DOM PEŁEN KŁAMSTW

DOM PEŁEN KŁAMSTW

KAROLINA WÓJCIAK

Mamie – wszystko zawdzięczam Tobie

KAJA

Nigdy nie sądziłam, że wydarzenia z życia mogą utrwalić się w pamięci jako dźwięki i odczucia. Zawsze wydawało mi się, że wspomnienia to obrazy odtwarzane jak w filmie albo jak zdjęcia ze starego albumu. Migawki pojawiające się przed oczami jak klatki w starodawnej kliszy, które z czasem bledną i tracą kontrast. Po to, by po jakimś czasie wtopić się w siebie nawzajem. Potrafiłam z dbałością o szczegóły odtworzyć wiele scen ze swojego życia. Jednak z tego jednego wieczoru nie pamiętam niczego, co dotyczyło mnie bezpośrednio. Przypominam sobie tylko telefon i brzmienie głosu oficera spokojnie donoszącego mi o śmierci męża. Nie pamiętam, co dokładnie powiedział, pamiętam jedynie jego głos i to, że było tak przeraźliwie cicho i zimno. Byłam wtedy w domu. Dzieci już spały. Policjant najpierw czekał na moją odpowiedź, a potem, starając się wypełnić ciszę, poradził mi, żebym poinformowała dalszą rodzinę o tym nieszczęśliwym wypadku. Gdy się z nim rozłączyłam, wpatrywałam się w telefon, nie wiedząc, co dalej robić, mimo że przed momentem dostałam polecenie. Jedyną osobą, która od razu przyszła mi wtedy do głowy, była moja mama. Czekałam na połączenie dość długo, a jednostajny dźwięk w słuchawce działał na mnie wręcz hipnotyzująco.

Gdy w końcu ją obudziłam, od razu oznajmiłam:

– Michał nie żyje.

Więcej nie potrzebowałam mówić. Rozłączyłam się, a zaraz po tym mój ogarnięty rozpaczą umysł przestał rejestrować dalsze wydarzenia.

Minęło już tyle czasu, że oswoiłam się z myślą, że jestem sama, że moje dotychczas piękne i szczęśliwe życie się zmieniło, że już nic nie będzie takie samo. Nie będzie poranków w łóżku ze skaczącymi po nas dzieciakami, nie będziemy ich łapać i łaskotać, aż zaczną piszczeć, nie będzie uśmiechów nad kawą, wieczornych spacerów ani tego potrzebnego mi do życia przytulania. Tego zapewnienia, że wszystko będzie okej. Tylko Michał tak potrafił. Nikt inny.

Byliśmy wyjątkową parą, żyliśmy bez większych kryzysów – jak w raju. Oczywiście zdarzało się, że Michał wkurzał mnie nieznośnie i miałam ochotę trzasnąć drzwiami, i wyjść. Zawsze kiedy ja krzyczałam, płakałam, on słuchał i nic nie mówił. A gdy opadały emocje, jego reakcja była jedna: mówił, że to nie tak, jak ja to interpretuję, bo przecież on nie chciał źle, a jeśli mnie zranił, to zrobił to nieświadomie. Teraz już nie miałam na kogo się wściekać, komu powiedzieć, że mnie irytuje, ani kogoś, kto powiedziałby mi, że źle widzę rzeczywistość, a prawda jest taka, że nie mam powodu do zdenerwowania. Brakuje mi go na każdym kroku, w każdym momencie dnia. Gdziekolwiek nie spojrzę, czegokolwiek nie dotknę, budzą się we mnie wspomnienia. Nie potrafię przestać o nim myśleć. O tym, co moglibyśmy robić, gdyby nie wypadek. Los zabrał mi go tak niesprawiedliwie szybko, wydarł go z rąk, nie patrząc na to, że moje serce roztrzaskało się na milion kawałków.

Wieczorami jest cicho, a rano, gdy się budzę, pościel obok jest nienaruszona i taka zimna. Nikt tam nie spał od dawna, mimo to zawsze zerkałam na jego poduszkę. Dotykałam miejsca, w którym zawsze mogłam poczuć ciepło jego ciała. Choć to niedorzeczne, pomimo upływu tylu miesięcy tliła się w mojej głowie nadzieja, że może któregoś dnia obudzę się i zobaczę go ponownie, a moje życie znów będzie radosne i szczęśliwe, takie, jakie było do tej pory.

W jeden wieczór, na jednej z dróg nieszczęśliwy zbieg okoliczności spowodował, że jego samochód wpadł w poślizg, wypadł na drugą stronę jezdni i dachował do rowu. Tylko tyle lub aż tyle spowodowało, że nie przeżył. Policja stwierdziła zgon na miejscu, przekonując mnie, że nie cierpiał. Tak, jakby to miało mnie w jakikolwiek sposób pocieszyć. Może i on nie cierpiał, ale mnie przeszywał ból nie do wytrzymania, gdy tylko pomyślałam o Michale. Wyrzucałam sobie, że gdybym zadzwoniła, może uchroniłabym go przed śmiercią? Oglądałam film, gdy on umierał.

– Może wezmę dzieci na weekend do siebie? – Pytanie mamy wyrwało mnie z zamyślenia.

– Nieee… dzięki, mamy już plan na sobotę. Chłopaki idą na basen, a potem jest jakieś przyjęcie urodzinowe… – wyjaśniłam, by nie sądziła, że odmawiam tylko po to, by ją spławić. – Już potwierdziłam, że będziemy.

– Tak, wiem o urodzinach. Mama tego chłopca rozmawiała ze mną w sprawie prezentu, ale pomyślałam, że może chcesz gdzieś wyjechać?

Rozumiałam, że chciała zmusić mnie do opuszczenia czterech ścian, ale gdzie miałam jechać? Sama? Gapienie się w telewizor lub w książkę jest takie samo w każdym miejscu na ziemi, niezależnie, czy płacę krocie za nocleg, czy zostanę u siebie, więc po co gdziekolwiek jechać. Nie miałam ani nastroju, ani chęci, ani nawet siły, by zmierzyć się z samotnością gdzieś indziej niż w dobrze znanych mi miejscach. Doceniałam, że chciała mi pomóc, że zrezygnowała z pracy i była z nami non stop, jak asystentka… choć nie, nawet więcej, jak lokaj w pakiecie z dzwoneczkiem, przybiegający na każde zawołanie. Cieszyłam się, że była, ale też czasami miałam już dość tego ciągłego bycia razem – jak w czasach, kiedy miałam naście lat.

– A gdzie ja mam jechać sama? – podjęłam temat.

– Nie wiem, może zaprosiłabyś kogoś na jakiś weekendowy wypad? Może koleżankę?

– Nie, to nie dla mnie.

Postanowiłam zmienić temat, zanim zacznie wymieniać osoby, które chętnie by ze mną pojechały.

– Widziałam list z ubezpieczalni. Według nagłówka to któreś z kolei pismo, które nam wysłali. Nie mogę tego zlekceważyć po raz kolejny, bo… – urwałam na chwilę, nie wiedząc nawet, co by się stało, gdybym nie odpisała. – Muszę zająć się kwestią ubezpieczenia. Zacząć monitorować wydatki i kontrolować środki na życie. Mija już prawie osiem miesięcy, a ja nie zrobiłam nic.

– Faktycznie musisz się tym zająć – powiedziała to jakoś zbyt entuzjastycznie, więc zerknęłam na nią badawczo.

Musiała to zauważyć, bo od razu pośpiesznie dodała:

– Wiesz… dobrze, że czemuś poświęcisz swoją uwagę.

Miałam wrażenie, że ostatnio każda nasza rozmowa tak się kończyła. Dawała mi rady – co i jak powinnam zrobić. Nie chciałam jej ranić ani odrzucać jej pomysłów, więc wolałam, jak zawsze, uciec. Odwróciłam się i bez słowa wyszłam z kuchni. Zostawiłam ją nad kipiącymi garnkami bez słowa wyjaśnienia. Udałam się do swojej samotni.

Ostatnie osiem miesięcy spędziłam w sypialni. Albo siedziałam w fotelu, albo leżałam na łóżku. Mama rzecz jasna narzekała na to, wołała mnie do salonu, do kuchni. Czasami szłam, ale tylko dlatego, że chciałam, by dała mi spokój. Kochałam ją za to, że gdy tylko dowiedziała się, że zostaliśmy sami, od razu złożyła w pracy wypowiedzenie i przyjechała jeszcze tego samego dnia. Niczym nie musiałam się zajmować, ba – do dziś nie muszę. Nie pamiętam, kiedy ostatni raz gotowałam albo zrobiłam coś dla dzieci czy w domu. Niesamowite było, jak płynnie, niezauważalnie dla mnie weszła do naszej codzienności. Fakt, była dość młodą, energiczną kobietą. Nigdy nie słyszałam, by narzekała. Szybko się regenerowała, błyskawicznie rozwiązywała wszystkie konflikty, nawet z dziećmi, miałam wrażenie, że radzi sobie lepiej niż ja. Czasami ludzie myśleli, że to jej dzieci, no bo jaka babcia jest ruda, modnie ubrana, w stylu sportowej trzydziestolatki, i bawi się z dziećmi tak, jakby jej samej to sprawiało frajdę. Większość ludzi postrzega babcie jako niedołężne, spokojne i stateczne osoby. Ona była zupełnie inna. Tak jakby stanowiła swego rodzaju zaprzeczenie, że liczba świeczek na torcie zobowiązuje ją do bycia poważną, stonowaną i powolną.

Był majowy poranek. Cały świat zaczynał odrastać po ciężkiej zimie. Pierwszy raz rozumiałam ten trud powstawania na nowo. Na ulicy ludzie już tak się nie spieszyli do domów jak przez ostatnie bure miesiące, zbyt śmiało ściągali kurtki – jakby chcieli, by trochę słońca dotknęło ich wnętrza. Choć zazdrościłam im tej swobody, nadal niechętnie opuszczałam cztery ściany własnego domu. Wolałam pozostać obserwatorem, bo jak mogłabym się cieszyć z tych drobnych rzeczy, gdy Michała nie było obok. Szczęście jest przecież wtedy, gdy można je z kimś dzielić.

Na kanapie piętrzył się stos papierów. Odeszłam od okna i zrobiłam sobie miejsce pomiędzy nimi. Delikatnie usiadłam, dbając o to, by niczego nie strącić z siedziska. Brałam kolejno pliki dokumentów. Starałam się zrozumieć wszystkie regulaminy zapisane tak małą czcionką, że zakup lupy byłby tu całkowicie uzasadniony. Zapisy o tym, kiedy trzeba jaki kwitek wypełnić, komu wręczyć osobiście, komu wysłać. Dalej było o jakichś kserach, zaświadczeniach. Robiłam sobie listę z zadaniami do wykonania. Ogrom pracy przytłaczał mnie, ale starałam się skupić i robić to sumiennie.

Dzieci były w szkole, mama, krzątając się po mieszkaniu, mijała mnie w ciszy. Od czasu do czasu zadawała swoje standardowe pytania o moje biologiczne potrzeby. Oferowała herbatę, jedzenie, przekąski. Otwierała, a zaraz po tym zamykała okna, uznając, że jednak wiosenny przeciąg mógłby nas przeziębić. Mówiła coś pod nosem, a gdy prosiłam o powtórzenie, sądząc, że kierowała swoje słowa do mnie, machała ręką, dając mi do zrozumienia, że nie chciała mi przeszkadzać.

– Usiądź koło mnie na chwilę. – Klepnęłam kanapę, odpychając jednocześnie dokumenty na bok. – Czasami wyglądasz jak kopciuszek w domu złej macochy.

Usłyszałam śmiech tak dziwnie zmieszany z radością i zaskoczeniem.

– Ja tu kopciuszkuję już od dłuższego czasu – stwierdziła i usiadła obok mnie wyraźnie ucieszona zaproszeniem.

– Nie chce mi się tego wszystkiego czytać. – Wskazałam dokumenty. – Może zrobimy sobie herbatę, usiądziemy na balkonie i pogadamy?

– Dobrze, to już idę. – Wstała tak szybko, że usłyszałam świst powietrza.

– Dziś zrobimy inaczej. – Zatrzymałam ją prawie w biegu, chwytając za rękę.

Zerknęła na mnie, na rękę, potem znów na mnie. Dotknęła swoją dłonią mojej i uśmiechnęła się serdecznie. Ten drobny gest, ten uśmiech wniknął we mnie gdzieś głęboko, rozgrzewając swoim ciepłem każdy centymetr mojego ciała.

– Usiądź na leżaku, ja wszystko przygotuję – zaproponowałam.

Nic nie mówiąc, poszła na taras. Weszłam do kuchni i zaczęłam poruszać się po niej intuicyjnie, nie zastanawiając się, gdzie są torebki z herbatą, gdzie kubki, gdzie cukier. Otwierałam szafki, ale niczego nie mogłam znaleźć. Nagle spostrzegłam, że wszystko zostało poukładane zupełnie inaczej niż kiedyś, kiedy ja to zrobiłam. Uśmiechnęłam się, mimo że powinno mnie to zdenerwować... przecież ja tu nie żyłam, nie mieszkałam. Nic dziwnego, że mama zmieniła układ produktów tak, jak jej pasowało.

Po niewielkich trudnościach udało mi się przygotować napoje i z aromatyczną herbatą parującą z wysokich porcelanowych kubków poszłam do mamy.

– Co to za herbata? – Podałam jej kubek, siadając obok niej na rozkładanym fotelu.

– Jakaś smakowa – odpowiedziała szybko. – Ładnie pachnie, prawda?

– Tak, bardzo. – Patrzyłam w ciemnobrązowy płyn. – Gdzie ja byłam przez cały ten czas?

– A czy to ważne? Czasami nie warto myśleć o tym, co już za nami.

Patrzyła na mnie wnikliwie, ale chyba spostrzegła moje smutne spojrzenie i odwróciła wzrok w kierunku ulicy. Do tej pory każda próba rozmawiania o mnie czy o Michale kończyła się tak, że zalewałam się łzami i prosiłam ją, by dała mi spokój. Nadal nie miałam w sobie takiej śmiałości, by używać słów „śmierć", „żałoba", „wdowa", „sieroty". Mama o tym wiedziała. Nauczyła się ostrożnie między nimi lawirować, by nie sprawić mi przykrości. Co więcej, bojąc się reakcji, jaką mogłaby wywołać jednym złym sformułowaniem, wycofywała się, zanim delikatna tama powstrzymująca mnie od płaczu pękłaby, zalewając nas obie powodzią rozpaczy.

– Dziwi mnie – kontynuowałam – że muszę wypełnić tyle papierów, żeby dostać to, co nam się formalnie należy. Tyle lat płaciliśmy te przeklęte raty ubezpieczenia po to, żeby teraz udowodnić, że on naprawdę nie żyje i że oni naprawdę muszą wypłacić kasę.

– Przecież tak jest wszędzie: jeśli chcesz otrzymać jakiekolwiek pieniądze, musisz udowodnić swoje prawa do nich. Zapewne chcą wykluczyć możliwość próby wyłudzenia.

– No tak, ale tu chyba nie ma co weryfikować – stwierdziłam smutno. – Chyba będę musiała umówić się z agentką na spotkanie. Niech mi wyjaśni, co mam robić. Nie chcę palnąć jakiejś głupoty.

– Dobry pomysł. – Patrzyła na mnie przez chwilę, po czym powoli pociągnęła łyk herbaty. – Jak się czujesz?

– Ja? Chyba dobrze. Nic mnie nie boli... fizycznie.

– A psychicznie?

– Nie wiem. Chyba jestem już pogodzona, już sama siebie zamęczyłam tym, jaka jestem, i tym, co czuję.

Przytaknęła tylko, patrząc nieobecnym wzrokiem w dal. Posiedziałyśmy tak jeszcze trochę, ale nieubłaganie zbliżał się już czas na wyjście do szkoły po dzieci. Po raz pierwszy od dawna zrobiłam to osobiście. Niesamowite było to, że dla dzieci moja niespodziewana obecność po tylu miesiącach przerwy okazała się tylko przez chwilę nowością. Szybko zaczęli ze mną rozmawiać o szkole, a potem już samo się potoczyło. Ludzie, owszem, patrzyli na mnie, jakbym miała na czole jakiś finezyjny tatuaż, ale nikt nic nie powiedział – na szczęście. Choć nie interesowało mnie zbytnio, co o mnie myślą, ich spojrzenia miały w sobie ogromną moc. Nie umiałam jednoznacznie określić, co się pod tym kryło. Doszukiwałam się w nich współczucia, zrozumienia, może nawet zwykłej ludzkiej ciekawości. Przyglądali mi się bacznie, jakby czekali na jakieś działanie z mojej strony, na coś szokującego. Tymczasem stałam, rozmawiałam z dziećmi i zachowywałam się jak każdy inny rodzic. Po chwili znudzili się wodzeniem za mną wzrokiem i zajęli się swoimi pociechami. Mogłam w końcu odetchnąć.

Nauczyciele w szkole wiedzieli o wypadku. Nie było to zresztą trudne do rozszyfrowania, biorąc pod uwagę, że ja zniknęłam z horyzontu, a mama przejęła wszystkie obowiązki: odprowadzała i odbierała dzieci ze szkoły, uczęszczała na wszystkie zebrania i uroczystości. Reprezentowała mnie, gdy maluchy wpadały w kłopoty i gdy nauczyciele gratulowali im talentu czy osiągnięć. Ja zapadłam się pod ziemię. Przestałam istnieć.

Rodzice z kolei dowiedzieli się pocztą pantoflową. Z nikim nie utrzymywałam bliższych relacji. Owszem, dzieci spotykały się czasami w weekendy, ale z żadną z matek nie rozmawiałyśmy o osobistych sprawach. Ograniczałyśmy się jedynie do ustalenia, kto, skąd i o której odbiera dzieci. Jeśli maluchy zostawały u nas, mama zmuszała mnie, bym chociaż pokazała się i przywitała z rodzicami, a potem, gdy tylko drzwi się zamknęły, przejmowała obowiązki i pozwalała mi na powrót do mojej samotni. W związku z tym ja nie miałam kiedy poinformować tych ludzi o Michale, a mama uważała, że dla dzieci będzie lepiej, jeśli jego sprawa zostanie między nami i nie będzie wyciągnięta w obecności maluchów ani razu.

Ubezpieczalnia nie wyraziła zgody na wypłatę odszkodowania. Zażądali przedstawienia raportu z sekcji zwłok, tłumacząc, że okoliczności wypadku były nietypowe. Jak się okazało, prokuratura nie wnioskowała o sekcję, bo nie znaleźli ku temu powodu. Nawet nie wiedziałam, czy ta decyzja została podjęta w porozumieniu z nami, czy też to w zupełności należało do nich. Może nawet ktoś mnie zapytał o to, a ja odmówiłam? Zresztą kogo ja chciałam oszukać, nawet nie pamiętam, jak wyglądał pogrzeb, a co dopiero mówić o podejmowaniu jakichkolwiek decyzji i planowaniu działań, które mogłyby się okazać przydatne w przyszłości.

Mama zorganizowała wszystko za mnie, a ja tylko poszłam i otępiała uczestniczyłam we wszelkich uroczystościach. Kiedy było trzeba, klękałam, siadałam lub szłam. Jak prowadzona na sznurku marionetka. Jedno za to pamiętam doskonale. Miałam na sobie buty swojej mamy, o numer za duże, które utrudniały mi chodzenie. Teraz zastanawiałam się, dlaczego akurat w nich poszłam na pogrzeb. Może się pomyliłam? A może ktoś mi je podał i włożyłam bezmyślnie, zupełnie tego nie rejestrując? Wtedy nie miało to dla mnie żadnego znaczenia. Zauważyłam je dopiero, gdy moje stopy zaczęły w nich pływać.

Na myśl o ekshumacji drżałam ze strachu. Nie chciałam tego. Nie byłam w stanie się z tym jeszcze raz zmierzyć. Z drugiej strony ubezpieczalnia postawiła warunek. Bez sekcji dokumenty nie zostaną nawet rozpatrzone. Gdyby nie ich wymogi, odmówiłabym od razu. Świadomość, że Michał pracował jako jedyny w naszej rodzinie, popychała mnie do działania. To on nas utrzymywał, więc brak dochodu od kilku miesięcy i perspektyw zarobkowych zmuszały mnie do zaciśnięcia zębów i wykonywania telefonów. Mama oczywiście zaoferowała, że wszystkim się zajmie. Gdybym tylko dała jej notarialne upoważnienie do reprezentowania mnie, tym jednym papierkiem zdjęłaby z moich ramion całą odpowiedzialność. Było to ogromnie kuszące, ale jednak zastanawiałam się, czy to nie była moja powinność, czy nie czas najwyższy sterować i kontrolować rzeczywistość, zamiast być obserwatorem tego, co się dzieje samo, bez mojej wiedzy, ingerencji czy akceptacji.

Po wielu rozmowach, pertraktacjach, kłótniach i pismach udało się wszystko zorganizować tak, że nie musiałam ruszać się z domu. Zdalnie zarządzałam przebiegiem procesu, dbając o to, by tym razem nic mi nie umknęło. Nie wyraziłam zgody na ponowny pogrzeb, co rzecz jasna zbulwersowało rodzinę męża. Podobnie przyjęli moją decyzję o skremowaniu ciała Michała po sekcji. Nie wyobrażałam sobie, by po tym, jak poćwiartują jego ciało, miał, tak jakby nigdy nic się nie stało, wrócić do grobu. Potrzebują sekcji, okej – dostaną ją, a potem będzie tak, jak ja chcę. Nikt ani nic nie będzie już go niepokoić. Nigdy.

W krematorium wręczono nam urnę, bez świadków czy komentarzy. W każdym innym przypadku miałybyśmy czas na pożegnanie się ze zmarłym, ale w związku z tym, że jego ciało nie nadawało się do oglądania, przyjechałyśmy do krematorium, jak już było po wszystkim. Wyczytali nazwisko i dali potwierdzenie. Trzymając w rękach ten niby wazon w kwieciste wzory, poczułam się tak, jakby ktoś ze mnie zadrwił. Jakby chciał poznać moją granicę wytrzymałości. Czy dam radę jeszcze temu stawić czoła? Bo przecież to, co do tej pory przeżyłam, to zbyt mało. Kiedy powiedziałam mamie, że chciałabym tę urnę trzymać w domu, nie przyjęła tego tak entuzjastycznie, jak się spodziewałam.

– Są miejsca przeznaczone właśnie do tego celu – przekonywała mnie.

– Ale ja chcę, żeby tu stała. – Wskazałam stolik pod oknem po tym, jak weszłyśmy z powrotem do mieszkania. – Chcę, żeby był z nami. Kiedy podejmowane były decyzje o pogrzebie, przegapiłam ten moment, teraz chcę to nadrobić. Michał był dla mnie całym światem, chcę mieć go przy sobie. Czy to tak trudno zrozumieć?

– Dla ciebie to teraz może i jest dobry pomysł, ale jak wytłumaczysz to dzieciom? Jest grób, nagrobek i będzie pusty? – Patrzyła na mnie jak na szaleńca. – Dzieciom będzie łatwiej mieć miejsce, które będą odwiedzać. Zachowaj porządek rzeczy. Żywi są w domu, zmarli na cmentarzu.

– Jak to łatwo brzmi, kiedy to mówisz, ale ja bym wolała, żeby tu został – upierałam się przy swoim.

– Tak samo, jakbyś wolała, żeby żył, ale czy to cokolwiek zmieni? Znów tracisz rozpęd i zaczynasz drobić w miejscu. Ruszyłaś już przecież, czemu hamujesz?

– O czym ty mówisz? Jakie hamowanie? – bulwersowałam się jej odpowiedziami.

Miałam odmienne oczekiwania. Sądziłam, że ta rozmowa podąży w innym kierunku. Byłam pewna, że mnie zrozumie, pomoże zrobić miejsce, by urna stała w centrum naszego pokoju gościnnego. Tymczasem patrzyła na mnie z politowaniem.

– Mówię o twoi życiu, o tym, co było. Nie oderwiesz się od tego, jeśli nie postąpisz tak, jak powinnaś. – Zrezygnowana usiadła na krześle przy stole i zaczęła zwijać serwetkę bambusową w rulon, ewidentnie rozważając słowa, które wymówiła bardzo powoli. – Jestem tu od początku i wierz mi, widok, z którym się codziennie rano spotykam i który widzę jako ostatni każdego wieczoru, nie napawa mnie radością. Już wiele razy myślałam, że umarłaś razem z nim, że nie otworzysz się ani na mnie, ani na dzieci.

Widziałam łzy w jej oczach, ale nie zrobiłam nic. Czułam, jakby ktoś wylał mi taczkę betonu na stopy i zablokował moje ruchy. Stałam, patrząc na jej zgarbioną postać – już nie wydawała mi się taka młoda. Nagle jej zmarszczki zdały się głębsze i jak gęsta sieć zakrywały jej twarz. Widziałam ten trud i oddanie, ale nie mogłam się ruszyć. Bałam się, że jakiekolwiek emocje spowodują, że pęknę w środku i już nic nie będę czuła.

– Kiedy podjęłaś ze mną rozmowę – kontynuowała po głębokim oddechu – zaczęłam wierzyć, że się ułoży, że przeżyjemy to…

razem… że jednak chcesz żyć, że będziesz żyć, normalnie. W miarę normalnie – poprawiła się, tak jakby przewidywała, że od razu powiem, że nic już nie będzie normalne.

– Chcesz, żebym zapomniała, żebym udała, że go nie było, że go nie kochałam… – Czułam palące łzy płynące po moich policzkach.

Nie wiedziałam, czy tego akurat ode mnie chciała, ale chyba właśnie tego sama się bałam. Wydawało mi się, że jeśli miałabym go tak blisko, to nie pozwoliłabym na to. Kiedy zobaczyłam, że spuściła głowę, płacząc, coś się we mnie odblokowało. Odruchowo ruszyłam z miejsca, nie myślałam o tym, co powinnam zrobić. Dotknęłam delikatnie jej ramienia. Przepełniał mnie smutek, ale inny niż do tej pory. Było mi jej żal. Nagle na nowo włączyła mi się empatia. Zaczęłam odbierać czyjeś emocje. Wyglądało to tak jak z radiem, które syczy źle nastrojone, a chwilę po przekręceniu pokrętła rozlega się czysta, pięknie brzmiąca muzyka. Bez szumów, bez trzasków. Jeden mały ruch powodujący taką różnicę.

– Dziecko – zaczęła, dusząc łzy – widzę twój ból, to, jak walczysz o każdy dzień. To, co kiedyś było między wami, dawało ci siłę, a teraz ci ją odbiera. Jemu to już nie robi różnicy, gdzie będzie, jak będzie i co będzie… ale masz dwoje dzieci, czekające na ciebie, na twoją miłość. Nie zapomnisz go, bo to niemożliwe… ale czas zająć się żywymi. Pomóż mi trochę tworzyć normalny dom.

Po raz pierwszy od kilku miesięcy zamieniłyśmy się rolami i to ja przytulałam, pocieszałam i mówiłam, że będzie dobrze. Dotarło do mnie, jakie znaczenie miała moja decyzja. Musiałam pozwolić Michałowi odejść.

Zgodziłam się na pozostawienie urny na cmentarzu.

Wynik sekcji zwłok potwierdził, że śmierć nastąpiła błyskawicznie. Jednak testy toksykologiczne wykazały obecność środków odurzających. Czytając raport, zastanawiałam się, czy na pewno patrzę na wyniki Michała. Choć wyglądało to jak ewidentna pomyłka, parametry – wzrost, grupa krwi, uzębienie i cechy szczególne – zgadzały się, więc o błędzie nie mogło być mowy. Nie docierało do mnie jednak, że użył jakiegoś narkotyku. Nigdy nic nie brał, nigdy nie widziałam niczego podejrzanego w jego zachowaniu. Wiedziałam, że czasem palił po kryjomu papierosy, ale narkotyki? To do niego zupełnie nie pasowało, to tak, jakby ktoś mi powiedział, że nie zauważyłam, że nie ma jednej nogi.

Ubezpieczalnia oczywiście znalazła szereg paragrafów wykluczających wypłatę odszkodowania. Z ich regulaminu wynikało, że osoba powinna być święta, by zasłużyć na pieniądze, które wpłacała latami. Mimo wielu rozmów z agentką nie dało się zrobić prawie nic. Prawie nic, bo wymusiliśmy wypłatę odszkodowania z tytułu nieszczęśliwego wypadku. O wiele lepiej stałoby się, gdyby pieniądze przelane do ubezpieczyciela odkładane były na oddzielne konto. Nie dostaliśmy nawet zwrotu tego, co wpłaciliśmy. Z punktu widzenia ubezpieczyciela mój mąż był narkomanem i nieodpowiedzialnym człowiekiem, który sam zdecydował o swoim losie.

Kiedy zaczęłyśmy z mamą planować wydatki na najbliższe miesiące, okazało się, że przy bardzo oszczędnym wydawaniu udałoby się utrzymać dzięki tym pieniądzom nawet cały rok. Utrzymując jednak poziom taki jak do tej pory, nie mieliśmy szans przeżyć nawet pół roku. Nadszedł czas, by zastanowić się nad tym, czego naprawdę potrzebujemy, a z czego można zrezygnować. Od początku naszego małżeństwa to Michał płacił rachunki, planował środki na koncie. Teraz mnie przyszło się tym zająć. Musiałam wczytać się w historię konta, by zrozumieć, co, gdzie i kiedy przelewał. Dopiero teraz zdałam sobie sprawę, że przez osiem miesięcy nie pomyślałam o czymś tak trywialnym jak rachunek za gaz. Miałam nadzieję, że nie mamy żadnych zaległości, że mama i tym się zajęła. Ogarnęło mnie przerażenie na myśl, jak dużo spraw miałam do załatwienia, a co najgorsze, nawet nie wiedziałam, od czego zacząć.

– Skoro pójdę do pracy, co jest nieuniknione – stwierdziłam – to może powinnam kupić samochód?

– Nawet jeśli zdecydujesz się na mały i używany, to pochłonie to dużą część tego, co mamy. A patrząc na to, że przez ostatnich kilka lat nie pracowałaś i że masz wykształcenie niezbyt popularne na rynku, to boję się, że możesz długo szukać pracy. Po prostu nie wiem, czy ten wydatek będzie miał sens – tłumaczyła skupiona.

Patrzyła na mnie, na dokumenty i starała się mi pomóc. Choć tak naprawdę trudno było znaleźć jakikolwiek punkt zaczepienia.

– Boże… jakie to wszystko beznadziejne…

– Może teraz takie się wydaje, ale może jest w tym jakiś cel – wypowiedziała szybko.

– Tak, wiem, żebym w końcu wzięła trochę odpowiedzialności za życie, a nie żerowała na innych.

– Nie tak to chciałam ująć. – Mama pogłaskała mnie po ramieniu. – Przecież wiesz, że ci pomogę, i jak nie ty, to ja coś znajdę.

Zerknęłam na nią. Znów mi się zdawała starszą niż jeszcze chwilę temu. Wzięłam głęboki oddech i na nowo zaczęłam przeglądać papiery. Mama włożyła okulary i też pochłonięta danymi studiowała je z uwagą. Każda z nas układała w myślach plan na najbliższe miesiące. Dla mnie to będzie czas wysiłku spowodowany wdrażaniem się na nowo w rolę matki i pani domu. Bałam się bardziej niż w dniu, w którym przywiozłam do domu pierworodnego syna ze szpitala.

– Może do ojca byś zadzwoniła i poprosiła o pomoc? – Mama przerwała ciszę.

– Na pewno tego nie zrobię! – wyrzuciłam z siebie szybko. – Nie akceptował tego małżeństwa, nie zgadzał się, żebym tu mieszkała, więc teraz prosząc go o pomoc, potwierdziłabym, że miał rację, gdy mówił, że nic dobrego z tego nie wyjdzie.

– Uparta jesteś, ale widać jeszcze nie jest tak źle – skwitowała moje słowa, wychodząc z pokoju.

Zawsze tak robiła. Kiedy uważała, że dyskusja jest zbędna, zostawiała mnie samą, tak jakby chciała, by jej słowa zawisły w powietrzu i żebym powtarzała je w myślach, analizując ich znaczenie. W czasach kiedy mieszkałam z nią pod jednym dachem, wywoływało to u mnie napady złości, że tak bezceremonialnie odbierała mi możliwość zabrania głosu. Teraz już to na mnie tak nie działało. Nawet to, że poszła spać bez słowa pożegnania, nie zrobiło na mnie wrażenia. Zostałam przy stole, gdzie jeszcze chwilę temu siedziałyśmy razem. Poskładałam wszystkie dokumenty, dopisałam do notatek konieczność zlustrowania konta i wydatków. Jednocześnie zdałam sobie sprawę, że gdybym kiedykolwiek zainteresowała się tematem utrzymywania domu, teraz byłoby mi łatwiej. Wiedziałabym, od czego zacząć, a tak patrzyłam jedynie na sumę na koncie i szacowałam, ile tak naprawdę może kosztować życie. Nie miałam pojęcia nawet o cenie bochenka chleba.

Następnego dnia wstałam razem z mamą, pomogłam też dzieciom przygotować się do szkoły. Żartowałyśmy i opowiadałyśmy różne historie z czasów, gdy chłopcy byli bardzo mali. Przez rozmowy byliśmy spóźnieni, więc prawie biegiem próbowaliśmy dogonić czas. Nauczycielka dość niemiłą uwagą podsumowała moją pierwszą samodzielną poranną wizytę w szkole. Upomniała mnie głosem pozbawionym emocji, prosząc o zwrócenie uwagi na chaos, jaki wprowadziłam wejściem do klasy po dzwonku. Przeprosiłam i z uśmiechem wyszłam na korytarz. Była pierwszą osobą, która nie bała się powiedzieć czegoś, co mogło sprawić mi przykrość. Dla równowagi w życiu potrzebowałam różnych emocji, a nie tylko poklepywania po plecach..

Po powrocie do domu włączyłam komputer. Odruchowo otworzyłam strony, które zawsze przeglądałam. Pocztę, wiadomości i Facebooka, gdzie czekało na mnie mnóstwo powiadomień. Wielu znajomych w ten sposób postanowiło złożyć mi kondolencje. Czytając wszystkie wiadomości, w których deklarowano mi pomoc, dotarło do mnie, że ta moja samotność przez ostatnie miesiące była moim wyborem. Ludzie wcale się nie odwrócili. Po dotarciu do propozycji spotkań poczułam taki spokój, że jednak świat zauważył moją tragedię.

Wszystkie wiadomości były prawie takie same, z takimi samymi ciepłymi słowami, mającymi na celu wyrażenie oddania moich znajomych i ich gotowości do pomocy. Jedna z nich się wyróżniała. Była to krótka informacja:

Cześć, jestem Wojtek – Michała kolega z pracy. Spotkaliśmy się kiedyś, ale możliwe, że mnie nie pamiętasz. Jak będziesz miała chwilę czasu, to się odezwij. Chciałbym ci coś przekazać.

W pierwszej chwili pomyślałam, że zapewne chce oddać mi jego rzeczy z biurka. Jednak czytałam tę wiadomość kilka razy, wyczuwając w niej jakieś drugie dno. Sprawdziłam datę – wysłał to ponad trzy miesiące temu. Mogło być już za późno, ale mimo to odpisałam, że mam czas każdego dnia. Po dosłownie kilku sekundach od wysłania mojej wiadomości pojawił się komunikat:

Jutro 12:30, lunch w chińskiej knajpie koło biura?

Odpisałam szybko, że przyjadę. Zaskoczyłam samą siebie błyskawiczną akceptacją jego propozycji. Chciałam jak najszybciej uporać się ze sprawami Michała, a to z pewnością była jedna z nich. Zaczęłam się nawet zastanawiać, co zrobię z przedmiotami. Może dorzucę je do kartonów w szafie, gdzie czekała na mnie reszta jego rzeczy, które dostałam od policji po wypadku. Na samą myśl o kolejnym zadaniu potrząsnęłam głową. Skupiłam się na Wojtku. On zawsze rzucał się w oczy. Pamiętałam go doskonale. Przystojny, wysoki, aż za wysoki, szczupły, z tym kuszącym uśmiechem, mającym w sobie jakąś tajemnicę. Nie zdziwiłabym się, gdyby kelnerki w restauracjach ulegały jego czarowi, mając z nim do czynienia przez trzy minuty podczas przyjmowania zamówienia. Zawsze opowiadał o muzyce, o koncertach, na jakie chodził i jakie grał, o sporcie, szalonych wyprawach przez pustynie czy o surfowaniu w przeróżnych wodach świata. Michał zawsze mówił, że mimo iż Wojtek jest bardzo atrakcyjny dla kobiet, życie z nim było ogromnie trudne. Wszystko przez to, że bardzo poświęcał się pracy i swoim pasjom. Kobiety stanowiły dla niego zaledwie dodatek do całości, a nie główny powód, dla którego żył.

Po południu chłopcy zostali na placu zabaw, a ja, siedząc na ławce, obserwowałam ich zabawę. Kiedy przyszli poprosić, bym dołączyła do nich i odgrywała rolę kasjera w sklepie, sprawiło mi to nieskrywaną radość.

– Pamiętaj – odezwał się do mnie Staś – musisz liczyć dokładnie kamyki, bo inaczej Jeremi będzie oszukiwał.

Zaśmiałam się z tego ostrzeżenia i zapytałam:

– On zawsze oszukuje, prawda?

– Tak… – Pokazując palcem, policzył kamienie, którymi zaraz miał zamiar zapłacić za towary zgromadzone przez nich wcześniej, a które ja miałam sprzedawać. – Jeremi, ile masz?

– Dwanaście – odpowiedział szybko młodszy.

– Zobacz – zwrócił się do mnie Staś – jeszcze nie zaczęliśmy się bawić, a on już ma o dwa więcej niż ja. Rozdałem nam po równo! Jak możesz mieć więcej? Pokaż! – odezwał się do brata z prośbą o weryfikację.

Następnego dnia wszystko szło już płynnie i jakoś tak samo z siebie. W szkole byliśmy na czas, w domu udało mi się posprzątać własny bałagan, bo cała reszta była już uprzątnięta przez moją mamę. A punktualnie o dwunastej trzydzieści dotarłam do restauracji China Town. Wchodząc do środka, podałam nazwisko Wojtka, by kelner mógł zaprowadzić mnie do odpowiedniego stolika. Zaskoczyło mnie, że obok niego siedziała kobieta. Nie mówił, że będzie sam, ale też nie uprzedzał, że przyjdzie z kimś.

– Cześć. – Wyciągnęłam rękę na przywitanie najpierw w kierunku Wojtka, który szybko wstał i uścisnął moją dłoń, odrobinę za mocno. Wyczułam nerwową atmosferę.

– To moja dziewczyna… – Skierował wzrok na swoją towarzyszkę.

– Narzeczona – przerwała mu. – Weronika, miło mi.

– Kaja – przedstawiłam się sama, widząc zszokowaną minę Wojtka.

Wymieniliśmy uściski dłoni i niezręczne spojrzenia. Nie rozumiałam sytuacji i nie wiedziałam, od czego zacząć. Czy zapytać wprost o to, co dla mnie ma? Czy też może dopytać, czy nie przeszkadzam? W myślach powtarzałam sobie jego wiadomość, gdzie pojawiło się słowo „lunch", więc to chyba oznaczało, że mieliśmy jednak zjeść razem.

– Weronika dowiedziała się, że wychodzę dzisiaj zjeść tutaj, i postanowiła do nas dołączyć. – Powiedział to tak, że nawet ja zrozumiałam, że nie spodziewał się tego i tłumaczył jej obecność, sugerując, że nie była mile widziana.

– Ej – pacnęła go dłonią w ramię, co nie wyglądało zbyt przyjaźnie – gdyby to było jakieś służbowe spotkanie, tobym nie śmiała się wpraszać, ale przecież na pogaduchy to chyba można, nie? – zwróciła się do niego, ale szybko przekierowała wzrok na mnie.

Poczułam, że oczekuje ode mnie potwierdzenia.

– Nie przeszkadzasz – zapewniłam. – Jest mi ogromnie miło cię poznać.

Atmosfera zrobiła się jeszcze bardziej niezręczna po mojej, jak się okazało, nieudanej próbie rozładowania jej. Zapadła długa cisza. Weronika zaczęła czytać menu, Wojtek patrzył na mnie, przygryzając dolną wargę. Wyglądał ładnie, jak zawsze. Elegancko ubrany i zadbany w każdym calu. Jedyne, co do niego teraz nie pasowało, to ten niepokój. Ewidentnie zastanawiał się, co zrobić. Nie chciałam być dla nikogo ciężarem.

– Może dasz mi to, co masz dać, a ja zostawię was samych? – zaproponowałam. – W sumie to całkiem niedawno jadłam śniadanie.

Spojrzenie Wojtka od razu powiedziało mi, że poruszyłam temat, którego on w ogóle nie chciał zaczynać. Nie w obecności narzeczonej.

– A co masz? – Weronika go zlustrowała.

Po raz kolejny zmierzyliśmy się z ciszą. Zastanawiałam się, czy powinnam coś powiedzieć, starać się wytłumaczyć. Zdezorientowana czekałam jednak na jego ruch.

– To nic materialnego… chciałem pogadać… – Spojrzał najpierw na mnie, potem na Weronikę. Widząc nasze zmieszanie, nie miał już wyboru. Odchrząknął i kontynuował: – Przed śmiercią Michała dużo się działo w firmie… są pewne informacje, które powinny do ciebie dotrzeć. To wszystko.

– Jakie informacje? – zapytałam zaskoczona.

W tym czasie podeszła kelnerka. Zebrała nasze zamówienia, posłała szeroki uśmiech Wojtkowi i zapytała, czy zapisać wszystko na jeden rachunek. Jej pytanie spowodowało, że Weronika odezwała się jako pierwsza.

– Kaja płaci oddzielnie, więc dwa rachunki. – Wskazała mnie ręką, a kelnerka podążyła wzrokiem za jej ruchem i rzuciła coś cicho pod nosem, co zapewne było potwierdzeniem, że zrozumiała. Kiedy chciała już odejść, Wojtek zatrzymał ją:

– Przepraszam, koleżanka się pomyliła. – Zaakcentował te słowa tak, jakby chciał Weronice świadomie sprawić przykrość, używając właśnie takiego określenia. – Jeden rachunek poproszę.

Wciągnęłam powietrze, spodziewając się, że zaraz będę świadkiem wybuchu Weroniki. Byłam więcej niż pewna, że mu tego nie przepuści. Zanim jednak cokolwiek zdążyła zrobić, Wojtek bardzo asertywnie zwrócił się do niej:

– Pozwól mi decydować o tym, czy chcę zapłacić za swojego gościa.

Złożyła ręce jak karateka przed walką i ukłoniła mi się. Zrozumiałam, że to był gest przeprosin, po którym nastąpiła kolejna długa cisza. Przebywanie z nimi przy jednym stoliku stanowiło swego rodzaju torturę. Wojtek zaciskał zęby, ja czekałam na rozwój wydarzeń, a Weronika chwyciła kartę win i czytała ją z takim przejęciem, jakby na każdej stronie były numery wygranych w totka na najbliższych kilka losowań. To spotkanie nie miało najmniejszego sensu, a przedłużanie go graniczyło z masochizmem. Gdybym mogła, od razu bym wyszła. Zatrzymywało mnie jednak zachowanie Wojtka. Ten niepokój, to, że z jakiegoś względu chciał mnie wtajemniczyć w sprawy firmy, oraz to, że łączył je z Michałem.

– Jakie informacje? – ponowiłam pytanie, chcąc jak najszybciej mieć to za sobą.

– Związane z pracą, rozliczeniami, nadgodzinami i zobowiązaniami.

– No dobrze, ale co z tego wynika? Bo na razie podajesz jakieś terminy, które nic mi nie mówią.

Wojtek ewidentnie szukał w sobie odwagi, by zacząć mówić otwarcie o tym, co tak naprawdę miał na myśli.

– Dwa dni po śmierci Michała nerwowo niszczono dokumenty…

– Co?! Jakie dokumenty? – wybuchnęłam. – Jaki to ma związek z jego śmiercią? A w ogóle skąd wiesz, że to ma jakikolwiek związek z jego śmiercią? – Potrząsnęłam głową, zaprzeczając. – Tak jakby niszczenie dokumentów w dużych firmach było czymś niezwykłym.

– Wojtek ma czasami tak, że mu się wydaje, że w firmie jest spisek, coś, co ukrywają – stwierdziła Weronika, unosząc brwi, co zapewne miało oznaczać poirytowanie.

– Spisek? – uśmiechnęłam się na dźwięk tego słowa. – Przeciwko komu? Michałowi?

– Nie, z udziałem Michała.

– Skończ już te teorie – strofowała go narzeczona. – To niedorzeczne, co mówisz.

– Wiem, że trudno to udowodnić, ale… – przerwał na chwilę i spojrzał na mnie tak przenikliwie, jakby chciał mnie tym spojrzeniem przekonać do swoich racji – …prześledziłaś to fikcyjne konto, które Michał miał założone pod twoim panieńskim nazwiskiem?

– Jakie konto? – Otworzyłam szeroko oczy z przerażenia. – Nie wiem nic o żadnym fikcyjnym koncie.

– Nie, konto jest prawdziwe, a jedynie właściciel jest fikcyjny. Musisz je znaleźć, tam są duże pieniądze. Piotr nie kontaktował się jeszcze z tobą? Masz jeszcze komputer Michała?

– Tak, mam… nie, Piotr się nie kontaktował – odpowiedziałam nieprzytomnie na dwa pytania jednocześnie.

Przypomniałam sobie kondolencje Piotra podczas pogrzebu, a także zapewnienia o pomocy. Jako szef zachował się adekwatnie do sytuacji. Nie naciskał na żadne rozliczenia. Nie pisał, nie dzwonił, by mnie pośpieszyć. Zapewne czekał na kontakt z mojej strony, dając mi tyle czasu, ile potrzebowałam. Piotr, mimo że był starszy ode mnie tylko o dziesięć lat, miał w sobie taką mądrość, która wyróżniała go z tłumu. Zawsze uśmiechnięty, życzliwy. Wielokrotnie chwalił Michała za jego pracę. Wynagradzał go bardzo hojnie premiami kilkukrotnie przewyższającymi miesięczną pensję. Dzięki temu mieliśmy nowy samochód, świetne wakacje i życie na takim poziomie, że o nic nie musieliśmy się martwić.

Nie, to niemożliwe. Nie potrafiłam nawet sobie wyobrazić, żeby ten człowiek miał złe intencje, niszczył dokumenty czy zakładał fikcyjne konta.

– Musimy zgrać z niego dane – przerwał moje myśli Wojtek – zanim poproszą cię o zwrot komputera.

– Musimy? – zapytałam podejrzliwie. – A jaki ty masz w tym interes?

Wojtek patrzył wrogo, zły na mnie i na Weronikę, i nawet chyba na kelnerkę, która przyniosła dania. Przyglądałam mu się uważnie. Zupełnie nie rozumiałam, czemu tak mu na tym zależało. Ta pasja w jego oczach, kiedy o tym mówił, była wręcz namacalna.

– Chcę ci pomóc – odparł prawie przez zaciśnięte zęby, kładąc nacisk na ostatnie słowo w taki sposób, że wywołał we mnie poirytowanie.

– Taki z ciebie dobry samarytanin… – wyśmiałam jego intencje. – Na pewno Piotr nie wie o tym spotkaniu i o tym, że chcesz wyłudzić ode mnie dane Michała.

– Słuchaj – widziałam narastającą w nim wściekłość, bo jego ton momentalnie zmienił się w szorstki – nie możesz mu nic powiedzieć, musisz mi pomóc…

– To teraz ja mam pomóc tobie? – zauważyłam. – Czyli jest coś, na czym ci zależy! Albo zaczniesz mówić otwarcie o całej sprawie, albo nie mamy o czym rozmawiać.

– Okej. Nie tak miała wyglądać ta rozmowa. – Wziął głęboki oddech, a po chwili kontynuował: – Zaczynamy sobie skakać do oczu, zamiast współpracować. Spotkajmy się u mnie w domu dziś lub jutro. Zdaje się, że tu nie dojdziemy do porozumienia. – Przeczesał ręką swoje czarne włosy i chwycił je mocno tuż nad karkiem. – Nie mam złych intencji, chcę pomóc nam obojgu.

– Wyglądasz jak maniak jakiś – podsumowała dość trafnie emocje Wojtka Weronika.

– Muszę to przemyśleć – wycedziłam, wstając i szykując się do wyjścia.

– Zostań – poprosił cicho, po czym wskazał na mój talerz. – Nic nie zjadłaś.

– Dzięki za troskę, ale nie umiem jeść, kiedy ktoś próbuje wywrócić cały mój światopogląd i wmówić coś, czego bym się nigdy nie spodziewała. – Wkładając płaszcz, dodałam: – Dzięki za rozmowę i spotkanie. Wiem, gdzie cię szukać.

W drodze powrotnej do domu zastanawiałam się nad tym, co jeszcze chwilę temu omawialiśmy nad słodko-kwaśnym kurczakiem. Mój mąż i fikcyjne konto? Czy można już mówić o praniu pieniędzy? Piotr wyglądał czasami jak anioł z tym swoim delikatnym wyrazem twarzy, złotymi włosami i niebieskimi oczami. Jak ktoś taki mógł być oszustem? Mając miliony, prężnie rozwijającą się firmę, najlepszych ludzi na rynku, po co miałby ryzykować i bawić się w jakieś machlojki. Z drugiej strony przy takich pieniądzach ludzie zaczynają ryzykować. Przypomniałam sobie, jak kiedyś po powrocie do domu Michał dał mi kopertę wypchaną banknotami.

– Zobacz, jaki twój mąż ma łeb! – Wręczył mi to tak radośnie, jak dziecko pokazuje dorosłemu supernowoczesną zabawkę.

– Wow! Sporo tego. – Zważyłam w dłoni kopertę tak, jakby były w niej złote dukaty, a nie banknoty. – Skąd to masz?

– W ostatniej chwili przed przetargiem zagrałem va banque. Zadzwoniłem do Piotra i powiedziałem mu, że mam przeczucie, że trzeba obniżyć cenę za projekt, bo inaczej nie przejdzie. Piotr się wahał, mówił, żeby składać tak, jak jest. Uparłem się, że obniżymy o milion. Piotr nie chciał się zgodzić. Przekonywał mnie, że nie mam podpisów na tej stronie, którą chcę wymienić, i że to ważny projekt, ale wiesz, rozłączyłem się z nim, przedrukowałem ofertę z obniżoną ceną do przetargu, podniosłem kwoty w kolejnych latach tak, żeby wyszło na to samo, i wygraliśmy! Mamy kontrakt na wiele następnych lat! To jest dojna krowa, żyła złota! – emocjonował się swoim osiągnięciem.

– I podrobiłeś podpisy? Piotr się nie wściekał? – Skupiłam się na szczegółach, które dla niego były jedynie koniecznością na drodze do sukcesu, zupełną błahostką.

– Tak, zrobiłem wszystko, jak było w oryginale, a czy się wściekał, to właśnie masz w ręku dowód.

Rozpierała go duma i radość. Podszedł do mnie, uśmiechając się od ucha do ucha. Przytulił mnie mocno.

– Co kupujemy? – zapytał, szybko zmieniając temat.

Właśnie to nas gubiło, to kupowanie. Wydawaliśmy wszystko. Wymienianie samochodów, wakacje, spa, koncerty, wyjazdy weekendowe, najlepsze hotele, kilkudniowe wojaże offroadowe, na które Michał zabierał nawet kolegów z pracy. Te przyjemności chłonęły pieniądze błyskawicznie. Fakt, kupiliśmy luksusowe mieszkanie w dobrej okolicy, które w pełni zostało zaaranżowane przez najlepszej klasy projektanta. Dzieliłam klatkę ze sławami z telewizji, na co nigdy nie byłoby mnie stać, gdyby nie mój mąż. Dobrze, że chociaż to miałam na własność, inaczej wszystko by było roztrwonione. Nigdy nie sądziłam, że te czasy tak szybko odejdą.

Zamknęłam oczy, żeby jeszcze raz dokładnie przypomnieć sobie tę sytuację, tę jego radość. Wtedy widziałam to tak: oddawał się pracy, podejmował ryzyko, liczył się ze stresem, porażkami i sukcesami, robił to dla dobra firmy, dla Piotra, dla kasy. Byliśmy jak duża machina, w której wszystkie tryby pracowały bezawaryjnie. Rozpierała mnie duma, że tak fantastycznie mu poszło, że gdyby nie on, to nie wygraliby tego przetargu. Nie kwestionowałam jego decyzji, nie pytałam, czy jego postępowanie było legalne. Wierzyłam mu i zakładałam, że wszystko, co robił, było dobre. Musiało być, bo następnego dnia jedliśmy obiad w towarzystwie Piotra i zastępcy szefa Rafała w najbardziej modnej, drogiej i szpanerskiej restauracji, jaką tylko stolica znała. Widziałam, że Piotr patrzył na Michała z szacunkiem i podziwem, że traktował go wyjątkowo. Rafał był mniej entuzjastyczny, ale on nigdy nie okazywał żadnych emocji. Kiedy Piotr dopytywał o dzieci, o moje pasje i zajęcia, Rafał sam z siebie wtrącał opowieści o swojej rodzinie. Śmialiśmy się długo i szczerze. Idealny obrazek, idealna firma, idealna relacja.

Zaczęłam się zastanawiać, czy Wojtek nie chciał zszargać dobrego imienia Michała, a może robił to z zazdrości, ponieważ sam nigdy nie odniósł tak spektakularnych sukcesów. Co więcej, nigdy nie miał takiej relacji z Piotrem, nigdy nie był tak blisko. Może zrozumiał, że jemu to się nigdy nie uda, i postanowił odegrać się za to na Michale? A może to wszystko to jakiś atak na Piotra?

Przesiadki i czekanie na przystankach mnie irytowały. Z naszego prywatnego samochodu, którym owego feralnego dnia Michał pojechał w delegację, nie zostało nic. No, prawie nic – dostałam kawałeczek papieru potwierdzający wywiezienie na złom szczątków pojazdu. Swoją drogą była to kolejna rzecz do zrobienia na mojej liście: załatwienie spraw związanych z samochodem, ubezpieczenia i złożenie ostatecznego podpisu na wysłanie go do kasacji. Zapewne za parking tej kupy złomu przez tyle miesięcy trzeba będzie słono zapłacić.

Mama zadzwoniła, że Jeremi spadł z jakiegoś wysokiego miejsca na placu zabaw i że musiała natychmiast iść do szkoły, by go odebrać. Zapewniła mnie, że nic się nie stało, a Jeremi skarżył się jedynie na ból ręki. Złamania zostały wykluczone przez szkolną pielęgniarkę, więc było to pewnie tylko stłuczenie. Brak samochodu i możliwości szybkiego dojazdu do szkoły powodowały we mnie narastającą złość. Po tylu latach niezależności, jaką dawał własny pojazd, przyszło mi przełknąć dumę i złość i siedzieć na drewnianej ławce obok śpiącego bezdomnego, i wyglądać po raz tysięczny, czy mój autobus już nadjeżdża. Autobusy zatrzymujące się na przystanku pierdziały na mnie czarną chmurą spalin, od bezdomnego zalatywał kwaśny zapach moczu i ogólnego, trudnego do zidentyfikowania smrodu, a na dodatek, żeby uzupełnić ten obraz rozpaczy, dwa gołębie próbowały zjeść zżutą gumę rozdeptaną na placek na chodniku. Zmuszona siedzieć tam w warunkach, które kiedyś uznałabym za nieludzkie, obiecałam sobie, że zrobię wszystko, by odmienić swój los.

Wieczorem dostałam wiadomość od Wojtka na Facebooku:

Przepraszam za dzisiaj. Byłem poirytowany tym, że Weronika przyszła. Nie miałem cierpliwości na spokojną rozmowę. Wiem, że ona mnie wyśmiewa. Wiem też, że ciężko ci uwierzyć, że twój mąż był tak naprawdę kimś innym, że robił brudną robotę Piotrowi i że dostawał za to naprawdę pokaźne pieniądze. Myślę, że Michał czuł się bardzo pewnie. Niczego wam nie brakowało, to po co miał cię wtajemniczać w to, co się dzieje, jeszcze byś się niepotrzebnie zamartwiała. Pewnie któregoś dnia dałby ci te pieniądze, tak jak te pozostałe koperty z bonusami od Piotra. Gdybym nie miał podstawowego dowodu, tobym w ogóle nie zaczynał tematu. Był projekt, który początkowo prowadziłem ja. Po kilku tygodniach miałem luźną rozmowę z Michałem, w której wspomniałem mu, że zauważyłem błąd w zapisie regulaminu umowy. Obaj stwierdziliśmy, że gdyby ktoś chciał, to na tej umowie mógłby zarobić krocie. Po jakimś czasie spotkaliśmy się we trzech w gabinecie Piotra i chłopaki powiedzieli, że zobaczą, czy da się faktycznie spożytkować ten niekorzystny zapis, który pozwoli im się nieźle obłowić. Byłem trochę załamany, bo ten projekt był dla mnie ważny, poświęciłem na niego dużo czasu, ale zgodnie z rozporządzeniem Piotra przekazałem zarządzanie projektem Michałowi. Po kilku dniach zerwali umowę. Pamiętasz sprawę Mobila? Było głośno o niej nawet w mediach. Oni zrobili to świadomie, dla kasy. Spotkajmy się jeszcze raz.

Faktycznie przypominam sobie, że Michał szczycił się, że zapobiegł próbie wpędzenia firmy w olbrzymie długi. Mówił, że wielka firma komunikacyjna chciała ich zniszczyć. Nie dopytywałam wtedy o szczegóły, więc teraz nie umiałam wyrokować, która wersja była prawdziwa.

Zobaczyłam, że Wojtek jest dostępny na Facebooku. Odpisałam, że spotkamy się niebawem, bez podawania jakichkolwiek konkretów. Potrzebowałam więcej czasu na przemyślenie tego, co chciałabym zrobić z informacjami, jakie mi przekazywał. Po chwili dostałam kolejną wiadomość:

Nie zostawiaj tego tak, pomogę Ci odzyskać to, co jest Twoje. Może Michał nie był święty, ale na pewno robił to dla Was.

Stukałam nerwowo paznokciami w blat biurka. To niemożliwe, żeby mój mąż był zamieszany w takie afery. Nie lubiłam, kiedy ktoś nie zostawiał mi wyboru i swoim zachowaniem stawiał mnie w sytuacji, w której musiałam zrobić coś, co nie współgrało z moimi przekonaniami. Powoli, cedząc słowa, odpisałam:

Jest mi ogromnie miło, że chcesz mi pomóc, ale w głowie mam jedną myśl: co Ty z tego będziesz miał? Nie chce mi się wierzyć, że robisz to z dobroci serca. A może jednak jest ukryty powód? Może liczysz na część tej kasy? To nie jest atak… chcę po prostu wiedzieć, na czym stoję, znać Twoje zamiary.

Wahałam się, czy wysłać tak sformułowane pytania, czy to nie był za ostry ton, ale w zasadzie czemu tylko ja miałam być przypierana do muru? Wysłałam. Od razu widziałam, że zaczął pisać, ale nic nie wysyłał. Po chwili informacja o tym, że pisze, zniknęła, po czym pojawiła się na nowo. Ewidentnie nie wiedział, co odpisać. Po długim czasie oczekiwania dostałam krótką wiadomość:

Dlatego właśnie musimy się spotkać.

Zbyłam go zapewnieniem, że odezwę się do niego w następnym tygodniu, jak znajdę chwilę czasu. Wspomniałam o długim dniu i konieczności wstawania rano z dziećmi, przeprosiłam i uciekłam z chatu.

Rano dzieciaki opowiadały swoje sny. Nie dowierzałam, że tak niewinne osoby mogą mieć czasem takie dziwne i straszne koszmary. Zawsze wydawało mi się, że zły sen to swego rodzaju odreagowanie negatywnych, mrocznych emocji z całego dnia. A dzieci, jako chronione przed okropnościami życia, powinny nie znać tych lęków, aż dorosną. Z drugiej strony moje doświadczyły czegoś strasznego – straciły ojca.

Śniadanie upłynęło nam zatem na słuchaniu opowieści o horrorach, potworach, smokach, lawach i innych okropnościach. Wyobrażając sobie ich sny, doszłam do wniosku, że sama bałabym się tych wszystkich straszydeł.

Mama uwijała się jak w ukropie, by zdążyć ze wszystkim na czas. Tego dnia Staś miał prezentację w szkole – jego zadaniem było przedstawić jak najwięcej sum dających ten sam wynik. Każde dziecko losowało liczbę i miało pokazać najwięcej możliwych kombinacji matematycznych w celu osiągnięcia tego wyniku. W drodze do szkoły opowiadał o tym z wielkim przejęciem i pytał o moje pomysły. Wszystko, o czym wspominałam, już miał zapisane, więc z poczuciem wyższości poinformował mnie, że w ogóle się nie znam na matematyce. Chciałam powiedzieć, że Michał się znał, ale ugryzłam się w język. Nie widziałam sensu w przypominaniu im o tym. Ku mojemu zaskoczeniu chłopcy w ogóle nie pytali o Michała, tak jakby nigdy nie mieli ojca. Fakt, że dużo pracował, często nie było go w domu, ale wydawało mi się, że była między nimi ta nić porozumienia. Zastanawiałam się, czy to moja mama odbyła z nimi te najtrudniejsze rozmowy o umieraniu i odchodzeniu ze świata, czy też nie tęsknili za nim wcale i nie odczuwali jego braku.

Z drugiej strony nie pytali też o to, dlaczego ja zachowywałam się tak długo jak warzywo.

Po powrocie do domu zobaczyłam kartkę z informacją na stole, jak w czasach, gdy nie istniały telefony. Podniosłam ją i przeczytałam, że mama pojechała na jakieś badania z ojcem. Nie wynikało z niej, które z nich będzie widziało się z lekarzem, ale wytłumaczyłam sobie, że zapewne są to jakieś kontrolne badania, bo przecież powiedzieliby mi, gdyby to było coś poważnego. Obiecałam sobie, że gdy wróci, poświęcę jej więcej czasu, zapytam, jak się czuje, co jej dolega, o czym myśli. Zastanawiające było to, że można przebywać w czyimś towarzystwie dwadzieścia cztery godziny na dobę i nie mieć pojęcia o tym, co się dzieje w życiu tej osoby. Zapewne gdybym nie była taka skupiona na sobie, zauważyłabym to już wcześniej. To też musi się zmienić. Niedługo moja lista rzeczy do zrobienia będzie łatwiejsza do spisania na papierze toaletowym.

Z zamyślenia wyrwał mnie dźwięk telefonu. Nie byłam przyzwyczajona do tego hałasu. Muzyka, którą mam przypisaną do numeru swojej mamy, była znajoma i przyjazna, zaś standardowy dzwonek, dla wszystkich pozostałych numerów, wydawał się agresywny i upominający. Odebrałam szybko.

– Witam, z tej strony Agnieszka – przedstawiła się agentka ubezpieczeniowa. – Czy możemy chwilę porozmawiać? Proszę powiedzieć, jeśli mam zadzwonić później.

– Nie, jest okej. Proszę mówić.

– Mam dla pani i dobrą, i złą wiadomość… – zawiesiła głos, czekając na moją reakcję.

Po tych wszystkich emocjach, które przebiegły po mnie w ostatnim czasie jak stado antylop po stepie, zamieniając wszystko w nic nieznaczący pył, nic nie było już w stanie sprawić, bym zadrżała ze strachu.

– Proszę mówić – powtórzyłam po raz kolejny zapewnienie, że jestem w stanie zmierzyć się z tym, co chce mi przekazać.

– Zacznę od tego, że przed każdą wypłatą odszkodowań sprawdzamy najpierw, czy nie ma żadnych zabezpieczeń finansowych z tytułu wypłaty odszkodowania. Co dokładnie oznacza, czy polisę można wypłacić uposażonemu, czy też jest jakiś inny podmiot, któremu się te pieniądze prawnie należą. W pani przypadku polisa niestety nie zostanie wypłacona, ponieważ zabezpieczeniem kredytu, jaki pani małżonek wziął na swoje nazwisko, jest właśnie jego polisa na życie. – Agnieszka tłumaczyła wszystko spokojnie, tak jakby informowała mnie o pogodzie na przyszły tydzień.

– Ale o jakim kredycie pani mówi? – dopytałam.

Żadnego kredytu nie mieliśmy i nie było wydatku, na który potrzebne byłyby pieniądze z kredytu. Za wszystkie przyjemności płaciliśmy przecież gotówką lub kartą, ściągając należność z nigdy nietopniejących środków na koncie.

– To był kredyt gotówkowy, ale nie mam niestety wglądu w szczegóły poza formalnościami, takimi jak: data zawarcia umowy i wysokość raty. Natomiast mogę dodać, że nie wszystkie pieniądze z polisy zostaną wykorzystane. Jest niewielka suma, którą pani wypłacimy.

To chyba miała być ta dobra wiadomość, bo jak do tej pory nie umiałam doszukać się niczego pozytywnego w tym, co usłyszałam. Może w jej rozumieniu dobre było to, że nie musiałam spłacać kredytu i miałam czyste konto, bez zadłużeń. Czyste konto. Tak, to było bardzo dobre określenie.

– Przykro mi, że przekazuję pani takie informacje po tym wszystkim, co się stało…

– Taką ma pani pracę. Proszę się nie tłumaczyć… rozumiem – przerwałam potok litości i pocieszeń, jaki miałam zaraz usłyszeć.

Ludzie często wypowiadają takie słowa automatycznie, bez większego zaangażowania, bo tak wypada, bo tak się robi, bo uznaje się to za taktowne. Zapewne na koniec dodałaby, że jakoś się wszystko ułoży i że mąż na pewno nie chciał mnie martwić.

– Gdyby miała pani jakieś pytania, proszę, śmiało.

– Mam pytanie, owszem. Jaką sumę dostanę? – zapytałam rzeczowo, nie oczekując zbyt wiele.

– Niewiele ponad dwadzieścia tysięcy złotych. – Agentka przerwała na moment, a po chwili ciszy, wypełnionej jedynie szelestem kartek, dodała: – Z tego wynika, że kwota około czterystu trzydziestu tysięcy złotych zostanie przelana na konto banku.

Podziękowałam za informację i rozłączyłam się. Starałam się wyobrazić sobie przedmioty o wartości zbliżonej do kwoty kredytu. Co to mogło być? Coś, za co zapłacił gotówką. Czemu też tak bezmyślnie zabezpieczył ten kredyt polisą na życie? Zapewne zakładał, że prędzej spłaci kredyt, niż skończy się jego życie. Tak czy inaczej powinien mnie poinformować. Jakie to przykre dowiadywać się od zupełnie obcych ludzi, że mój mąż zrobił coś za moimi plecami i – co gorsza – świadomie nie wtajemniczał mnie w swoje decyzje.

Powtarzałam sobie w myślach, że muszę opracować plan działania z uwzględnieniem planu finansowego na najbliższe miesiące. To, co do tej pory uznawałam za pewne, po raz kolejny musiało zostać zweryfikowane. Przez wiele lat nie zastanawiałam się nad wydatkami, nad tym, czy byłoby nas stać na coś, czy nie. Może los wysłał mnie na kilka lat na wakacje po to, abym teraz miała siłę do walki i odpracowała wszystko, co wcześniej przyszło tak łatwo. Nadszedł moment, w którym wygodne życie stało się przeszłością i miłym wspomnieniem. Teraźniejszość powodowała, że czułam smutek i żal. Nie umiałam wytłumaczyć, czy byłam zła na agentkę, na Michała, czy na samą siebie. Na pewno użalanie się nad sobą i nazywanie uczuć w niczym mi nie pomogły, ale tak trudno było zrozumieć nowe życie, a przede wszystkim do niego przywyknąć.

– To wszystko dzieje się tak szybko – zaczęłam tłumaczyć mamie po tym, jak dołączyłam do niej wieczorem w kuchni. – Gdy wydaje mi się, że już nic mnie nie zaskoczy, dowiaduję się o czymś nowym, czego nie byłam w stanie przewidzieć…

– Rozumiem cię, masz wrażenie, jakbyś wróciła z podróży i zastała…

– Nie. – Potrząsnęłam głową. – Mam wrażenie, że podróż dopiero się zaczyna.

– Damy radę – zapewniła mama i odwróciła się do mnie plecami, by wyłączyć zmywarkę. – Coś wymyślimy.

Popatrzyłam na nią z wahaniem. Bardzo chciałam jej wierzyć, że uda nam się żyć normalnie. Cały czas jednak powracałam myślami do rozmowy z agentką.

– Czy banki nie są zobowiązane do informowania małżonków o kredytach? Czy nie ma takiego prawa, że żona musi wyrazić zgodę na kredyt męża? – formułowałam na głos swoje wątpliwości.

– A skąd wiesz, że wziął ten kredyt, jak byliście małżeństwem? – zauważyła słusznie mama.

– To miałoby sens, ale polisa na życie to była oferta z firmy Piotra w ramach rozszerzenia pakietu dbania o pracowników, więc jeśli zabezpieczył kredyt polisą, to myślę, że wziął go, jak już byliśmy po ślubie, i to dobrych kilka lat.

– Pytałaś o daty? Kiedy wziął kredyt?

– Nie, zresztą to była rozmowa z agentką ubezpieczeniową, a nie z bankiem. Być może ona ma taką wiedzę, ale nie pytałam o to. Nie przyszło mi do głowy.

– No tak. – Mama spojrzała na mnie poważnie. – To w ogóle nie pasuje do Michała.

– Wiem – stwierdziłam smutno. – Dlatego tak bardzo mnie to szokuje.

Mama starała się jakoś wytłumaczyć postępowanie Michała, zapewniając mnie, że ona też nie o wszystkim rozmawiała z ojcem. Jej słowa miały być dla mnie pocieszeniem, ale nie umiałam tego tak postrzegać. Nie taki miałam obraz swojego związku.

– A jak twoje badania? – zmieniłam temat. – Które z was było u lekarza? Wszystko w porządku?

– Tak, wszystko dobrze. Nie martw się. – Mama obdarowała mnie uśmiechem, takim samym jak w czasach dzieciństwa, kiedy miałam pięć lat. Nie wspominając, kogo dotyczyła wizyta, dodała: – To tylko rutynowe badania.

– Obiecaj mi, proszę, że gdy cokolwiek będzie się działo, powiesz mi o tym od razu. Nieważne, czy to dotyczy zdrowia, czy innej sprawy. Mam już dość odkrywania prawdy po czasie.

– Dobrze. – Mama podeszła do stołu, ale nie usiadła.

Zrozumiałam, że chciała coś szybko powiedzieć i odejść bez dłuższych dyskusji.

– Ojciec chce, żebym wróciła do domu. – Zawiesiła na chwilę głos. – Mówił, że już czas, żebyś zajęła się wszystkim sama... Powiedziałam mu, że masz jeszcze sprawy, których uporządkowanie zajmie kilka tygodni, i że za jakiś miesiąc przeprowadzę się do niego.

– Rozumiem – odpowiedziałam dość cicho.

Naprawdę rozumiałam i mimo że nie miałam z ojcem najlepszych relacji, wiedziałam, że nie robił tego ze złości. Całkowicie naturalne było, że chciałby mieć swoją żonę w domu. Nie przypominałam sobie ani jednej sytuacji, kiedy odwiedziłby nas w moim mieszkaniu w ciągu ostatnich miesięcy. Trudno mi było stwierdzić, jak często rodzice się widywali i jeśli tak, to gdzie. Czy ojciec przyjeżdżał tutaj, czy też mama jeździła do niego, gdy dzieci były w szkole? Być może nawet zabierali chłopców do siebie, żeby spędzić razem trochę czasu. Nie umiałam o to zapytać, więc porzuciłam temat. Dawniej zapewne zadałabym wiele pytań. Wnikałabym w ich stosunki. Dzisiaj wyglądało to zupełnie inaczej. Nie zagłębiałam się w problemy, które nie były moim udziałem.

Mama wyszła z kuchni, zostawiając mnie samą przy stole. Mimo że był to ciężki dzień i w zasadzie powinnam się załamać i płakać, czułam się dobrze. Przesiadłam się na kanapę z komputerem na kolanach, rozważając obejrzenie jakiegoś filmu. Za wyliczanie pieniędzy i szacowanie budżetu postanowiłam zabrać się rano. Otworzyłam Facebooka. Zaczęłam przeglądać stronę główną, wyświetlającą wydarzenia z życia moich znajomych. Jedna z moich dawnych przyjaciółek opublikowała zdjęcie testu ciążowego. Pogratulowałam jej i zanim przeszłam do następnego wpisu, pojawiła się prywatna wiadomość od niej z pytaniem, co u mnie. Z uwagi na to, że kiedyś byłyśmy bardzo blisko, rozważałam, czy napisać jej szczerze o tym, co się dzieje w moim życiu, czy też odpisać tak, jak wypadało, że wszystko okej. Zdobyłam się jedynie na: „wiesz, jak jest". Zasypała mnie kolejnymi wiadomościami, informując mnie, że przestała pracować, że jest w domu, że chętnie się spotka na pogaduchy, że możemy odświeżyć kontakt. Nie było to jednak takie proste. Za dużo nas teraz dzieliło. Jej życie na pewno było kolorowe i radosne, podczas gdy moje miało jedynie różne odcienie szarości. Zapewniłam ją, że odezwę się, jak już załatwię wszystkie sprawy. Może do tego czasu moje życie nabierze barw.

Wróciłam do czytania pozostałych wiadomości na Facebooku. Zupełnie bez zaskoczenia otworzyłam tę od Wojtka. Poprosił o mój numer telefonu i kolejne spotkanie tak szybko, jak to możliwe, na – jak to określił – przyjaźniejszym gruncie. Wysłałam mu krótki tekst. Zaproponowałam spotkanie następnego dnia, podczas pobytu dzieci w szkole.

ZW – zobaczyłam wiadomość od niego wysłaną sekundę po mojej.

ZW? A co to znaczy?

Po chwili oczekiwania spostrzegłam, że Wojtek coś pisał.

To oznacza „zaraz wracam" w skrócie. Prowadziłem samochód i musiałem zjechać na pobocze. Nie umiem pisać i jechać jednocześnie :)

Zerknęłam na zegar. Było chwilę po dwudziestej drugiej. Nim zaczęłam pisać, pojawiła się kolejna wiadomość:

Wracam właśnie z pracy, czy mogę podjechać do Ciebie na chwilę?

Nie mam warunków na przyjmowanie gości o tej porze. Mama śpi, dzieci śpią. Nie wydaje mi się, żeby to był dobry pomysł.

OK, rozumiem, to może mógłbym Cię zabrać gdzieś na miasto lub nawet do siebie, do domu. Weronika na bank nie śpi i będzie zadowolona z towarzystwa…

Nie wspominałam spotkania z Weroniką tak miło, żeby traktować kolejną sposobność zobaczenia jej jako coś wartego mojego wysiłku. Gdy czytałam te wiadomości, zastanawiałam się jedynie nad tym, dlaczego tak mu zależy na spotkaniu. Budziło to moją ciekawość. Zanim zdrowy rozsądek zaczął mnie strofować argumentami typu, że jest już późno, że nie powinnam wychodzić z domu bez uprzedzenia, że to były tylko szalone wymysły Wojtka, odpisałam:

OK, możemy się spotkać. Wszystko mi jedno gdzie.

Choć tak naprawdę miałam nadzieję, że nie zaproponuje swojego mieszkania.

Będę za 10 minut. Jak możesz, to zejdź na dół, wiem, które to osiedle, ale nie wiem, gdzie dalej, B4N.

B4N?

Szyfr, którego nie byłam w stanie odczytać, skupił moją uwagę, zupełnie odciągając ją od faktu, że Wojtek wiedział, gdzie mieszkam. Tłumaczyłam sobie, że być może kiedyś odwoził Michała albo rozmawiali o tym, gdzie kto mieszka. Zatrzymałam na chwilę rozpędzone myśli pytaniem, czy to bezpieczne wychodzić z kimś, kogo się słabo zna. Odpowiedzialna strona mnie spowodowała, że wyrwałam kartkę z notatnika i zostawiłam mamie informację z danymi Wojtka – tego, co o nim wiedziałam, było niewiele. Po powrocie do komputera zastałam wyjaśnienie. B4N to skrót od *bye for now*. Czułam się staro, nie rozumiejąc obowiązujących obecnie szyfrów, tak jakby cała epoka minęła, odkąd ostatni raz czatowałam z ludźmi.

Pośpiesznie się przebrałam, odświeżyłam i zeszłam na dół. Moje osiedle to było skupisko czterech apartamentowców ustawionych w dwóch równoległych do siebie liniach. Na obu końcach znajdowały się parkingi dla gości. Przeszłam najpierw w jedną stronę osiedla, ale panująca cisza i ciemność szybko przegoniły mnie w drugą stronę. Tuż za bramą wjazdową stało zaparkowane auto z patrzącymi na mnie złowrogo włączonymi światłami. Pomyślałam o sarnach i innych zwierzętach, które w obliczu tych dwóch jasnych strumieni światła ogarnia paraliż. Poczułam nerwowość i zawahałam się niepewna, czy powinnam podejść i zapytać się, czy to on, czy też poczekać na kontakt z jego strony – o ile to była właściwa osoba.

– Cześć – usłyszałam głos ze strony groźnych świetlnych „oczu".

Zrobiłam sobie dłonią daszek nad brwiami jako sygnał, że nic nie widzę. Musiał zrozumieć mój gest, bo po chwili wyłączył światła.

– Sorry za to, nie sądziłem, że nie poznasz samochodu – powiedział Wojtek, zbliżając się do mnie i wyciągając rękę na przywitanie. – Dzięki, że przyszłaś.

– Wybacz, ale nie mam bladego pojęcia, jaki to samochód... Co więcej, widząc tylko umieszczone wysoko dwa snopy światła, łatwo pomyśleć, że to traktor.

Ścisnęłam jego dłoń pewnie, tak jakbym chciała przekonać i jego, i siebie, że mam w sobie siłę. W tym momencie zdałam sobie sprawę, ile mnie to spotkanie będzie kosztowało. Musiałam blefować, udawać obojętną, bo przecież nie mogłam mu pokazać, że przyszłam tu kierowana ciekawością.

– Traktor? – Szczery śmiech Wojtka sprawił, że się uśmiechnęłam. – Udam, że tego nie słyszałem. Nawet nie wiesz, jakie osiągi ma ten traktor.

Popatrzył na mnie przez chwilę tak sympatycznie i miło, jakby był moim przyjacielem.

– Jedziemy? – Otworzył mi drzwi od strony pasażera.

– A gdzie? – dopytałam, wsiadając.

– Może pojedziemy na Stare Miasto. Przejdziemy się, pogadamy...– zaproponował, odpalając silnik.

Skinęłam tylko głową. Wojtek zapiął pasy i zaczął cofać z podjazdu. Po chwili płyta CD zaczęła grać delikatną muzykę jazzową. Wieczór był dość ciepły jak na maj, a ja od tak dawna nigdzie nie wychodziłam. Ogarnęła mnie radość i lekkość. Po raz kolejny przywołałam swoją listę rzeczy do zrobienia i w myślach dopisałam następny punkt. Tak, muszę wychodzić z domu. Może jednak powinnam się zgodzić na to spotkanie ze swoją dawną, a obecnie ciężarną przyjaciółką? Może nie byłoby aż tak źle? Czy tak dużo zmienia to, że była szczęśliwa i w błogosławionym stanie?

– Czemu nic nie mówisz? – wyrwał mnie z zamyślenia Wojtek.

– Słucham? – Spojrzałam na niego tak, jakbym obudziła się zaskoczona, że znajduję się w jego samochodzie.

Na jego twarzy w ogóle nie było widać zmęczenia, a przecież pisał, że zaledwie przed chwilą wyszedł z pracy. Jedyną oznaką upływu godzin był jego ciemny zarost przebijający się przez skórę policzków. Wyglądał młodo i atrakcyjnie.

Zmarszczyłam brwi, starając się zrozumieć, o co mnie zapytał.

– A co mam mówić? To ty chciałeś rozmawiać.

– No tak, ale myślałem, że będziesz miała jakieś pytania – stwierdził, nie odrywając wzroku od ulicy.

Trzymał kierownicę jedną ręką. Zdecydowanie mi się to nie podobało. Brak zaufania, ciemność i duża prędkość wzbudzały we mnie mieszane uczucia.

– Najpierw trzeba wiedzieć, o co pytać – wycedziłam.

– Tak, to prawda – zauważył. – W twoich oczach wyglądam pewnie na desperata gnębiącego ludzi po nocach swoimi teoriami spiskowymi, wprawiając ich tym w zakłopotanie i zażenowanie.

Nie mogłam powstrzymać się od śmiechu. To było tak lekko powiedziane, że pozazdrościłam mu swobodnego formułowania myśli i odwagi wypowiadania ich na głos. Całe napięcie nagle odpuściło. Wojtek potrafił rozmawiać, przełamywać lody i nazywać rzeczy otwarcie, to było pewne. Bardzo szybko wzbudzał sympatię. Z pewnością pomagał mu też jego urok osobisty. W tym momencie stwierdziłam, że udzielę mu kredytu zaufania i wysłucham uważnie jego teorii spiskowych.

– Wiem, że wiele spraw, o których ode mnie usłyszysz, może ci się nie spodobać – kontynuował – ale chcę od razu powiedzieć, że jestem przekonany, że Michał któregoś dnia by ci o tym powiedział, tylko po prostu los przygotował dla niego inny scenariusz. – Wojtek rzucił mi przelotne spojrzenie, jakby chciał zbadać moją reakcję.

Sądził zapewne, że się rozkleję, a może że się otworzę i zacznę mówić. Dla mnie tego rodzaju emocje zostały zbyt głęboko zakopane, by takim lekkim stwierdzeniem wydostać je na wierzch. Nie miałam nic do powiedzenia, a przynajmniej jemu. To, co mój mąż przede mną ukrywał, czego nie powiedział, nie dawało się sensownie wytłumaczyć i zapewnienia o jego najlepszych intencjach były już nudne. Złość, którą czułam, powodowała, że powoli piedestał, na którym Michał stał przez wszystkie lata naszego związku, zaczynał się kruszyć. Faktem było, że sama go tam postawiłam, był moim bohaterem. Kimś godnym podziwu, szacunku, zaufania. Boże, jaka ja byłam ślepa – dlaczego nie zadawałam pytań? Przywołałam swoją odpowiedź sprzed kilku sekund – „trzeba wiedzieć, o co pytać".

– Muszę zacząć od początku – kontynuował rozmowę Wojtek – bo inaczej nie będziesz w stanie zrozumieć, o czym mówię. – Po krótkiej pauzie, potrzebnej na zebranie myśli, zaczął pewnie: – W firmie nie było żadnej konkurencji. Każdy doskonale znał swoje miejsce. Nie było zaskakujących awansów, niespodziewanych premii, przypadkowych gratulacji. Praca z Piotrem ma to do siebie, że organizacja znajduje się na pierwszym miejscu. Łatwo się zatem domyślić, że błędy nie zdarzały się często, a jeśli już były, to powodowały taką nerwówę, że ciężkie powietrze przygniatało do ziemi każdego, kto tylko przebywał pod dachem firmy. Wtedy była cisza.

Słuchałam Wojtka, zastanawiając się, czy jego słowa przedstawiały firmę tak, jak ja to widziałam. Częściowo się zgadzało, zwłaszcza z tą dobrze funkcjonującą machiną. W tej materii moje wrażenia były podobne, ale to, co Wojtek powiedział o błędach, zupełnie mi nie pasowało. Może mówił o swojej pracy i własnych doświadczeniach. Piotra postrzegałam jako bardzo dobrego szefa i nie potrafiłam sobie wyobrazić tej ciszy i napięcia. Prędzej widziałabym radykalne cięcie niż przeciągającą się niepewność wśród pracowników.

– Słuchasz mnie? – zapytał.

Zapatrzona w szybę przed sobą byłam nieświadoma, że Wojtek czeka na moją reakcję.

– Tak – rzuciłam pospiesznie. – Tylko staram się to sobie wyobrazić. I nie gra mi to o błędach i atmosferze.

– Widzisz, to jest kolejny dowód na to, że Michał nie chciał cię martwić, bo…

– Błagam, nie mów mi o tym jego wspaniałomyślnym planie niemartwienia mnie niczym. Niedobrze mi się robi, jak to słyszę – warknęłam.

– Okej, okej, sorry. – Wojtek uniósł jedną rękę w geście poddania. – Chciałem tylko powiedzieć, że była raz sytuacja, kiedy Michał dość ostro pokłócił się z Piotrem. Krzyczeli na siebie, po czym Michał wyszedł z jego gabinetu i idąc do siebie, uderzył w drzwi, rozbił szybę i skaleczył rękę…

W mojej głowie zapaliło się czerwone światełko. Pamiętam, jak przyszedł do domu ze świeżymi ranami na dłoni. Wrócił wtedy bardzo późno, nie odbierał telefonu. Umierałam ze strachu, myśląc o najgorszym. Wytłumaczył mi, że coś mu się w aucie zepsuło, próbował to naprawić, pokaleczył się, wylądował w serwisie i dlatego tak długo zeszło. Kłamstwo. A ja wtedy nawet o nic nie pytałam, tylko przytuliłam go szczęśliwa, że wrócił do domu cały i zdrowy, no… z kilkoma zadrapaniami. Muszę blefować, muszę blefować – powtarzałam sobie w głowie. Nie mogłam powiedzieć Wojtkowi, że o tym nie wiedziałam. Co on by sobie pomyślał o naszym małżeństwie? Jacy z nas byli partnerzy? Dlaczego Michał mi o tym nie powiedział? Może nie mógł? Może ja sprawiałam wrażenie, że byłam głucha na problemy? Teraz to sama siebie oszukiwałam, przecież byłam totalnie, absolutnie i całkowicie głucha na problemy, z zerową umiejętnością odczytywania znaków ostrzegawczych. Żona idiotka, nieświadoma otoczenia i żyjąca w raju – tak mogłam siebie podsumować.

Jedno mnie niepokoiło: kiedy przestałam być partnerem do rozmów? Ile to trwało? To chyba najważniejsze pytanie ze wszystkich, które grzmiały w mojej głowie. Ile to trwało? Jakaś część mnie nie chciała tego słyszeć, nie chciałam wiedzieć, ale druga część dopominała się prawdy. Musiałam wiedzieć, co poszło nie tak. Czy Michał okłamywał mnie od początku naszego małżeństwa, czy też wydarzyło się coś, co zapoczątkowało te praktyki, a potem zbyt dużo się wydarzyło, bym mogła cokolwiek zrozumieć?

W tym czasie Wojtek zaparkował samochód. Jakiś bezdomny przybiegł, zbliżył się do nas tak szybko, jak pozwalał mu na to chwiejny krok, i zapytał Wojtka, czy jako dobry kierownik życzy sobie, by on, samozwańczy parkingowy, przypilnował auta. Wojtek bez dyskusji dał mu monetę w dłoń. Pan parkingowy obdarzył nas bezzębnym uśmiechem i zapewnił o wysokiej jakości swoich usług. Pomyślałam wtedy, że wiele razy w życiu akceptujemy coś, co jest totalnie niepotrzebne, udając, że zawarto w tym jakiś ukryty sens. Jakieś nieme porozumienie stron, że tak powinno być, mimo że porządek świata upomina się o zupełnie inny bieg zdarzeń. Tak jak z tym bezzębnym dziadkiem. Wiedzieliśmy, że nie będzie pilnował samochodu, że stał tutaj tylko po to, by zbierać na tanie wino, i jak tylko tę kwotę uzbiera, czmychnie, nie wywiązując się z zadania, za które dostał wynagrodzenie z góry. Jego usługi to była ściema, a mimo to zgodziliśmy się na to kłamstwo.

Wyszliśmy na ulicę. Noc nie wydawała się już taka miła i zachęcająca do spacerowania. W dosłownie kilka sekund zmieniła się w mroczną i dziwnie chłodną czarną czeluść. Moje nastawienie pod wpływem wyjaśnień Wojtka też uległo radykalnej zmianie. To prawda, że życie to dziesięć procent tego, co daje los i dziewięćdziesiąt procent tego, jak się reaguje. Uzyskałam informacje i teraz to ode mnie zależało, co z nimi uczynię. Nie chciałam wyciągać pochopnych wniosków ani surowo niczego oceniać. Wbrew swoim odczuciom i ogarniającemu mnie niepokojowi wzięłam głęboki oddech gotowa na zmierzenie się z prawdą, a przynajmniej strzępami informacji, które układały się w prawdę. Miałam cichą nadzieję, że skutecznie udawało mi się ukryć swoją walkę przed Wojtkiem. Jeśli nawet się nie udawało, to byłam mu wdzięczna za powstrzymanie się od komentarza.

Piknięcie alarmu sterowanego z pilota i Wojtka poruszające się usta przywołały mnie z powrotem w miejsce, w którym byłam obecna tylko ciałem. Jego pytanie, jego pytanie – powtarzałam sobie w myślach. Skup się.

– Miałabyś ochotę coś zjeść? Jakąś kanapkę? – powtórzył Wojtek. – A jak nie, to może chociaż herbatę? – dodał, zauważając mój brak entuzjazmu.

– Jak uważasz. Wszystko mi jedno – wymamrotałam nadal zamyślona.

– Nie jadłem nic od lunchu, a mój brzuch woła rozpaczliwie o coś zjadliwego. Myślę, że zadowoliłby się nawet papierową chusteczką. – Próba rozładowania sytuacji nie wyszła mu tak, jak zakładał, więc zaraz stwierdził poważniej: – Wezmę coś z którejś z budek, a ty zdecydujesz na miejscu.

Przytaknęłam.

– Co to był za błąd? – zaczęłam na nowo temat.

– Który błąd? – Wydawało się, że Wojtek już zapomniał o naszej rozmowie w samochodzie. Zazdrościłam mu tego.

– Ten, który spowodował taką reakcję Michała – sprecyzowałam.

– Aaa, to. Nie wiem dokładnie, o co chodziło, a wiesz… jak nie wiadomo, o co chodzi, to chodzi o pieniądze. Zakładam, że była to duża kasa. Sądzę, że Piotr wiedział, ile wart jest Michał, i o drobne kwoty by się nie awanturowali tak zaciekle.

Westchnęłam ciężko.

– Co jest? – Wojtek zauważył moje przygnębienie.

– Pewnie to była taka kwota, której nie ma się ot tak na koncie oszczędnościowym, a którą pokrywa się z kredytu. Na przykład takiego, który się załatwia poza plecami żony i zabezpiecza polisą na życie – wypowiedziałam na głos swoje myśli, czując się jak Sherlock Holmes rozwiązujący zagadki. Przynajmniej to ułożyło się w całość.

– Zapewne. – Wojtek też się zamyślił, ważąc znaczenie moich słów. – Przykro mi.

– Niesłusznie – przerwałam i szybko naprowadzając jego myśli na inny tor, zapytałam: – Co jeszcze powinnam wiedzieć?

– Dużo tego – zaczął, patrząc w niebo, jakby starał się przypomnieć sobie istotne wydarzenia. Być może nawet takie, które sam przegapił, a były znaczące.

Szliśmy powoli przed siebie, zatrzymując się automatycznie na skrzyżowaniach. Gdzieś po drodze Wojtek kupił jakąś kanapkę i dwie herbaty. Byłam tak skupiona na swoich rozważaniach, że zapomniałam odezwać się w porę i poprosić o cukier, gdy jeszcze był na to czas. Dopiero gdy odeszliśmy kawałek od kawiarni, a ja upiłam łyk płynu, który do tego sparzył mi język, zrozumiałam, co się stało. Ocknęłam się.

– Moja herbata jest gorzka – powiedziałam, patrząc w kubek.

– Sorry, ale nie mówiłaś nic o cukrze. – Wojtek zmierzył wzrokiem swój, a potem mój kubek, po czym zaproponował zamianę, zapewniając, że jeszcze nie zdążył się napić swojej słodzonej.

Na moje wyjaśnienie, że ja już się napiłam, machnął tylko ręką i zamieniliśmy się herbatami. Pociągnęłam kilka łyków, starając się tym razem, by nie oparzyć ust. Przez chwilę szliśmy w ciszy, a ja w myślach wracałam do Michała i jego sekretów.

– Widzisz – Wojtek zaczął pierwszy – myślę, że Michał też doskonale wiedział, ile jest wart i jakie pieniądze robił dla Piotra, ale żaden szef nie lubi, kiedy pracownik rośnie tak w siłę, że zaczyna stanowić zagrożenie dla niego samego.

– Ale jakim zagrożeniem był Michał? – Nie dowierzałam jego słowom.

– Bo wiedział za dużo, bo powiedział, że ma konto z kasą na twoje nazwisko na wypadek, gdyby kiedyś ta bańka mydlana pękła. Tak jakby czuł, że zbliża się jakaś katastrofa.

– Katastrofa? – podchwyciłam słowo, które mnie wręcz uderzyło. – W firmie czy w życiu?

– Nie wiem, co miał na myśli, ale na pewno chciał się przygotować na sytuację, w której zostałby zmuszony do odejścia od Piotra.

Posiadanie planu B świadczyłoby o jego dojrzałości, a nie o kombinatorstwie. To akurat mogło nie mieć żadnego znaczenia w całej tej sprawie. Nie docierało do mnie jednak, czemu Wojtek ze mną o tym rozmawiał.

– Okej, ale nadal nie rozumiem, o co ci chodzi w tym wszystkim, po co mi to mówisz? Co ja mam z tym zrobić?

– Co zrobić? – ożywił się błyskawicznie. – Zacząłbym od zgrania całej zawartości komputera Michała. Jestem ogromnie zaskoczony, że do tej pory nikt się nie upomniał o jego zwrot. Potem mogłabyś wystąpić o wypłatę nadgodzin, bo z tym u nas w firmie jest bardzo kiepsko. Pracujemy jak mróweczki od rana do nocy, a nadgodziny przechodzą nam koło nosa.

Potok słów wypowiadanych przez Wojtka nie miał dla mnie najmniejszego sensu.

– A jak ja udowodnię jego nadgodziny?

– Prosto. Logami w komputerze. Kiedy zaczynał pracę i kiedy kończył. Gdyby to trafiło do sądu pracy, gdyby skontrolowały to urzędy, to...

– Hola, hola – zaprotestowałam głośno. – Ja mam iść do sądu, żeby załatwić sprawę twoich nadgodzin? Narazić się na proces z Piotrem i na ewentualne koszty w razie przegranej po to, żebyś ty miał kasę.

– I ty też – wtrącił szybko, ale widząc, że mnie to zapewnienie w ogóle nie ucieszyło, dodał: – Ale na bank byś wygrała.

– A skąd to możesz wiedzieć? Kto byłby świadkiem potwierdzającym jego pracę? A poza tym – stwierdziłam zdecydowanym głosem – Piotr ma takich prawników, że taką myszkę jak ja pożarłby, zanim sprawa ruszyłaby z miejsca.

– Ja byłbym świadkiem pracy nadgodzinowej Michała, jestem przekonany, że nam się uda. Nawet do tego stopnia, że zobowiązuję się pokryć wszystkie koszty, jakie poniesiesz, żeby zawalczyć o swoją należność.

– Skoro jesteś taki przekonany o sukcesie, czemu sam nie wystąpisz o zapłatę za swoje nadgodziny? – zauważyłam poirytowana. – W przeciwieństwie do Michała jesteś żywy i możesz mówić w swoim imieniu.

Wojtek zatrzymał się. Przeczesał nerwowo włosy i zacisnął usta w cienką linię. Widziałam, że dla niego też nie był to łatwy temat.

– Bo nie mogę odejść z tej firmy – zaczął spokojnie. – Jestem głupcem, który podpisał kontrakt na wykonywanie konkretnych zleceń i nie mam gwarancji na dalszą pracę. – Znacząco uniósł brwi i wziął głęboki oddech. – Nie mogę wystąpić przeciwko niemu sam… jako pierwszy, bo mam kary umowne, stracę opinię. Jestem przekonany, że zniszczyłby mnie w środowisku. Nawet nie wiesz, jakie on ma kontakty.

– Tak, to mnie przekonuje – odparłam, szydząc. – Sam boisz się jego, jego kontaktów, a mnie wystawiasz na pożarcie.

– Nie, to nie tak. – Wojtek złapał mnie za ramiona, jakby chciał mną potrząsnąć. – Tobie on nic nie zrobi, nie ma takiej możliwości. Nie łączą was żadne zobowiązania. Jedyne, co potrzebujemy, to pierwszego działania, a potem ruszy lawina. Wszystko byłoby inaczej, jakby różne kontrole zajęły się jego kontraktami i sprawdzeniem ich legalności. Gdyby tylko urząd pracy dowiedział się, że ten jego zadaniowy tryb pracy polega na jeżdżeniu na ludziach, to zaraz by mu przywalili kary. Takich ludzi jak Michał, którzy pracują po naście godzin na dobę, weekendy i święta, jest cała masa. A zgadnij, gdzie idzie hajs?

Pytanie, które odpychałam od siebie, powracało ze zdwojoną siłą. Może powinnam zagrać va banque? Faktycznie Michał dużo pracował, zapewne dwa razy więcej, niż przewiduje ustawa regulująca czas pracy. Z drugiej strony dostawał premie, te koperty z kasą, które wynagradzały jego wysiłki. Sięganie po pieniądze do Piotra wydawało się niskim i haniebnym zagraniem. Wyglądałoby to tak, jakbym szukała łatwych pieniędzy, zamiast zapracować na nie.

Zadzwonił Wojtka telefon.

– Hej, sorry, że tak późno – tłumaczył się cichym głosem. – Coś mnie zatrzymało.

I choć nie słyszałam, z kim rozmawiał, byłam absolutnie przekonana, że dzwoniła Weronika, zmartwiona przedłużającą się nieobecnością Wojtka.

– Tak, zaraz wychodzę – zapewniał. – Nie czekaj na mnie.

Posłałam mu spojrzenie, jakim strofowałabym własne dziecko za jakiś wybryk. Na Wojtku jednak nie zrobiło to najmniejszego wrażenia.

– No co? – zapytał niewinnie, wciskając czerwoną słuchawkę w telefonie.

– Wszyscy jesteście tacy sami! – rzuciłam z wyrzutem. – Ona się martwi, dzwoni. Z taką łatwością ją oszukałeś, że nadal pracujesz…

– Ech – westchnął. – Bo zasypywałaby mnie pytaniami o to, gdzie, z kim jestem, dlaczego, a jak długo jeszcze. Jest już późno i…

– Tak, jest już późno, wracajmy do domu – zakończyłam jego marną próbę wytłumaczenia się.

Drogę do samochodu pokonywaliśmy w milczeniu. Zachowanie Wojtka wobec narzeczonej nie miało dla mnie żadnego znaczenia. W ogóle nie zaprzątałam sobie nim głowy. To jego decyzje, jego związek. Analizowałam natomiast informacje, jakie mi dziś przekazał. Odpowiedzią na wszystkie pytania był kontrakt Michała z firmą. Na pewno udałoby mi się znaleźć zapisy o nadgodzinach, premiach i finansowych ustaleniach z Piotrem. Pytanie tylko, czy ja naprawdę chciałam się w to wszystko teraz wikłać. Miałam tyle rzeczy w kolejce do zrobienia, że zastanawianie się nad prawnymi aspektami jego pracy wydawało się niczym w porównaniu z tym, z czym musiałam zmierzyć się w najbliższych dniach.

Kiedy byliśmy w samochodzie, Wojtek zapytał, czy zgodziłabym się przegrać dane Michała. Po chwili wahania zdecydowałam, że moglibyśmy to zrobić, ale nie byłam pewna, czy będę chciała to jakkolwiek wykorzystać. Sama nie umiałabym tego skopiować. Oddanie komputera do firmy zajmującej się takimi usługami nie wchodziło w grę ze względu na poufność danych i ryzyko dostania się ich w niepowołane ręce. Musiałam zaufać Wojtkowi i poprosić go o pomoc. W zasadzie o nic nie musiałam go prosić, bo kierowany nadzieją na odzyskanie pieniędzy z nadgodzin deklarował zajęcie się wszelkimi kwestiami bez najmniejszego problemu.

– Pomyśl o tym wszystkim – poprosił, gdy dojeżdżaliśmy na miejsce. – Jesteś zapewne w czarnej dziurze finansowej i taki zastrzyk kasy byłby niezłym wsparciem. Patrząc na to, ile lat Michał tu pracował, suma mogłaby być naprawdę pokaźna.

– To są tylko przypuszczenia – skwitowałam. – Ale pomyślę o tym. – I na potwierdzenie swoich słów dodałam: – Poszukam kontraktu Michała, zobaczę, co tam jest.

Wojtek przyjął to spokojnie, bez dopytywania. Wymieniliśmy się też numerami telefonów, ale zaznaczyłam, że potrzebuję trochę czasu na przetrawienie informacji i podjęcie decyzji. Pomysł nadal wyglądał żałośnie, ale nie podzieliłam się z nim swoimi przemyśleniami.

To była kolejna nieprzespana noc. Choć jak zwykle towarzyszyły mi strach i niepewność, tym razem nie paraliżowało mnie to. Teraz łatwiej przychodziło mi planowanie, układanie etapów działania, analizowanie możliwych opcji i szukanie rozwiązań.

Całą rozmowę z Wojtkiem powtarzałam sobie w głowie. Jak w nagraniu, jak w filmie zatrzymywałam się w momentach, w których potrzebowałam więcej czasu na zrozumienie znaczenia wypowiedzianych słów. Gdy dotarłam do momentu o koncie na swoje panieńskie nazwisko, uzmysłowiłam sobie, że podczas rozmowy zupełnie nie zwróciłam na to uwagi. Moje myśli pogalopowały wówczas w całkowicie przeciwnym kierunku i nie uzyskałam odpowiedzi, których teraz najbardziej potrzebowałam. Wojtek kierował rozmową tak, jak mu pasowało, poruszał tematy, które go interesowały, co z kolei odciągnęło mnie od najważniejszej informacji. Jeśli prawdą było, że istniało jakieś konto ze środkami, to występowanie przeciwko Piotrowi nie miało najmniejszego sensu. Nie można łapać dwóch srok za ogon. Marnując energię na walkę na dwa fronty, nie zyskałabym nic. Robienie sobie z Piotra wroga to też był zły pomysł. Są pewni ludzie, z którymi lepiej nie zadzierać. I choć nigdy nie doświadczyłam od niego niczego złego, moja podświadomość podpowiadała mi, że lepiej nie zachodzić mu za skórę.

Brutalna rzeczywistość o poranku dopominała się o moją uwagę, zaangażowanie w codzienne i przyziemne czynności, ale nie byłam w stanie skupić się nad zadaniami. Z jednej strony odezwało się zmęczenie spowodowane zarwaną nocą, a z drugiej nie umiałam wyłączyć nękających mnie myśli. Zaskakujące było, że mój mózg mógł z taką samą intensywnością wznowić proces myślowy zaraz po przebudzeniu i jeszcze podążać tokiem myślenia sprzed zaśnięcia. Widząc, jaką mi to sprawiało trudność, mama szybko przejęła obowiązki – sprawnie przygotowała śniadanie, dopilnowała, by wszystko było na czas i w odpowiednim porządku. Nawet nie pytając, czy tego od niej oczekiwałam, sama poszła z dzieciakami do szkoły. Kiedy wyszli, mechanicznie zrobiłam sobie kawę i usiadłam przy oknie. Po chwili ciszę przerwał sygnał telefonu.

– Cześć! – usłyszałam. Spojrzałam na numer telefonu, ale był tam jedynie rząd nic niemówiących mi cyfr. – To ja, Piotr.

– Cześć – wyjąkałam, nie wiedząc, w jakim celu może do mnie dzwonić.

– Mam nadzieję, że wszystko okej… brzmisz jakoś dziwnie. Może…

– Tak, wszystko okej – zapewniłam szybko. – W jakiej sprawie dzwonisz? – Szybko zmieniłam temat.

Piotr był ostatnią z ostatnich osób, z którymi chciałabym rozmawiać na temat tego, jak brzmiałam i co było tego powodem. Poza tym miałam poczucie winy, że jeszcze kilka godzin temu omawiałam plan pozwania go i wyciągnięcia od niego pokaźnej sumy.

– Chciałem tylko zapytać, czy masz czas dziś, w okolicach lunchu, spotkać się i porozmawiać?

Sposób, w jaki Piotr formułował pytania, sprawiał, że w zasadzie nie pytał, czy mam na to ochotę, czy chciałabym. Pytał, czy mam czas. Ludzie sukcesu, nawet zadając pytanie, nakierowują na odpowiedź, jaką chcą usłyszeć.

– Dziś? Lunch? – powtórzyłam bezmyślnie.

Może i słońce wstało, ale ja byłam jednym wielkim bałaganem. Na spotkanie z kimś tak ważnym nie można po prostu wstać i iść. Pomijając fakt, że chciałabym ładnie wyglądać, to… Może nie ładnie w sensie bycia atrakcyjną, ale też nie jak ostatnia sierota, umęczona cierpieniem, oszustwami i odkrywaniem prawdy, jak w tej grze, w której trzeba z rozsypanych, odwróconych kart podnieść jednocześnie dwie i sprawdzić, czy do siebie pasują, a jeśli nie, odłożyć je i próbować aż do skutku. Chciałabym wyglądać dumnie. Tak, żeby pokazać mu, że sobie radzę. Było to dla mnie tym trudniejsze, że prawda wyglądała zupełnie inaczej. Musiałabym się przygotować, by stawić mu czoła. W obliczu takiego silnego człowieka nikt nie chce wyglądać ani czuć się nieporadnie.

– Jeśli to nie jest odpowiedni czas, to jestem pewien, że uda się nam ustalić coś dogodnego dla nas obojga. Poczekaj chwilkę, sprawdzę kalendarz na dziś i najbliższe dni.

W myślach ponaglałam siebie, żebym otworzyła buzię i zaprotestowała, zanim on zacznie proponować kolejne terminy. Jednak nie umiałam współpracować sama ze sobą i czekałam w otępieniu na Piotra. Cisza potwierdzała, że był zajęty i że naprawdę musiał szukać miejsca, by gdzieś mnie upchnąć. W duchu żywiłam nadzieję, że nie znajdzie takiego. Nie miałam ochoty się z nim teraz widzieć, nie w takiej emocjonalnej rozsypce. Kiedy napięcie w oczekiwaniu na jego głos sięgnęło zenitu, mama wróciła do domu. Widząc mnie z telefonem w dłoni, skinęła jedynie głową i skierowała się do kuchni. Obserwowałam jej ruchy dzięki temu, że kuchnia i salon tworzyły jedną całość, oddzieloną od siebie tylko wyspą kuchenną. Czekałam na Piotra i patrzyłam, jak rozpakowywała siatki pełne zakupów. Podziwiałam ją, że oprócz zaprowadzenia dzieci do szkoły zrobiła jeszcze zakupy i zaplanowała obiad. Obiad. Nawet nie przyszło mi to do głowy, a przecież powinnam była o tym pomyśleć.

– W zasadzie – przerwał milczenie Piotr – do wieczora nie znajdę nawet chwili, więc może mogłabyś przyjechać do mnie do domu koło dwudziestej pierwszej?

– O dwudziestej pierwszej? W domu? – Po raz kolejny błysnęłam intelektem, odpowiadając pytaniem na pytanie. Szybko jednak zreflektowałam się w obawie, że mój rozmówca niebawem stwierdzi, że rozmawia z imbecylem. – Trochę późno. Nie uważasz?

Usłyszałam śmiech, ale tak zrelaksowany i naturalny, że przywołałam swoje słowa sprzed chwili, zastanawiając się, czy nie powiedziałam czegoś, czego nie zamierzałam, a co mogło go tak rozśmieszyć.

– Dwudziesta pierwsza to późno? Zwykle o tej porze jestem w biurze, dziś wyjątkowo muszę odebrać pewne dokumenty, muszę podjechać w miejsce niedaleko mojego domu. Nie będzie mi się już opłacało wracać do biura – wyjaśnił Piotr. – No, chyba że wolisz się tam spotkać.

Zabrzmiało to bardzo lekko. Spokojnie. Tak, jakbyśmy nie przestali w ogóle rozmawiać w ciągu ostatnich miesięcy. Piotr co prawda nigdy do mnie nie dzwonił, nawet gdy Michał żył, ale zawsze na kolacjach czy imprezach rozmawialiśmy w najlepsze. Bez barier typowych dla relacji szef–podwładny. Wówczas, nieświadoma niczego, byłam odważna, pewna siebie i zabawna. Dzięki temu rozmowa toczyła się sama i nie odczuwałam sztuczności. Poza tym Piotr nam to ułatwiał, bo ze swoim naturalnym wdziękiem i szczerym zainteresowaniem nie zmuszał się do rozmowy z nami. Jemu samemu sprawiało to przyjemność.

Nie rozumiałam tego pośpiechu, konieczności spotkania się tak późno – i to jeszcze dzisiaj. Chwila zawahania, jakiej potrzebowałam na zebranie myśli, spowodowała, że Piotr pośpiesznie dodał, że następnego dnia wyjeżdża na kilka dni za granicę. Podkreślił, że bardzo mu zależy na spotkaniu ze mną i że jest dzisiaj elastyczny. Nie umiałam zareagować inaczej, jak tylko zgodzić się na przyjazd do jego domu. Kiedy dyktował mi swój adres, doszłam do wniosku, że będę potrzebowała taksówki, by tam dojechać i wrócić. Kolejny bezzasadny koszt, ale w okolicy domu Piotra autobusy niestety nie kursowały. Komunikacja miejska była tam zbędna, bo to tak, jakby ktoś jeździł autobusem do pałacu.

Stukając nerwowo w kartkę, potem rysując szlaczki, a następnie znak nieskończoności, układałam nowy plan działania. Nie tak miałam spędzić dzisiejszy dzień. Zakładałam, że dowiem się więcej o tym koncie, o tym, co robić. Tymczasem miałam na głowie Piotra i ogarnięcie samej siebie. Mama, jako lekarstwo na wszystko, wysłała mnie do łóżka, żebym odespała noc. Zapewniła, że wszystkim się zajmie, i utwierdziła mnie w przekonaniu, że dobrze zrobiłam, zgadzając się na to spotkanie, że to ważny dla nas człowiek i że tak ładnie nas potraktował na pogrzebie. Dowiedziałam się, że Piotr był z nami, z rodziną, tuż za trumną, że pomagał mi we wszystkim, w czym tylko była potrzebna jakaś asysta. Nie przypominałam sobie w ogóle jego obecności. Postać Piotra wydawała mi się przezroczysta, bez wyrazu, ale tak naprawdę nie wiedziałam nawet, czy moje dzieci były obecne na cmentarzu. Z drugiej strony skoro moja mama była z nami, to oni pewnie też. Miałam za to w pamięci ból fizyczny, który czułam od obtarcia skóry od obrączki podczas niekończących się silnych uścisków dłoni mających dać zapewnienie o głębokim współczuciu i wsparciu.

Niesamowicie było mieć w pobliżu moją mamę. Jej opowiadania wypełniały luki w mojej pamięci i nadawały niektórym faktom nowe znaczenie. Po tym, co usłyszałam o Piotrze, zaczęłam o nim myśleć ciepło. Zastanawiałam się, czy nie powinnam mu podziękować. Na pewno w odpowiednim do tego momencie milczałam. Czy po upływie tylu miesięcy nie byłaby to jedynie kurtuazja? Czy ja w ogóle czułam wdzięczność?

Kiedy obudziłam się po drzemce, dopełzł do mnie zapach jedzenia. Mój organizm zareagował i zaciągnął mnie do źródła pożywienia. Wchodząc do kuchni, zauważyłam, że mama zerknęła na zegarek.

– Aż tak długo spałam? – zapytałam, czując zażenowanie.

– Nieee. Powiedziałabym, że w sam raz. Zaraz nakryję do stołu. Może w tym czasie pójdziesz do łazienki?

Posłusznie jak dziecko pomaszerowałam, żeby się odświeżyć. Uwinęłam się tak szybko, jak to możliwe, by nie torturować siebie dłużej głodem. Siedziałyśmy naprzeciw siebie i jadłyśmy w milczeniu. Byłam zbyt zajęta własnymi myślami, żeby prowadzić rozmowę dla towarzystwa i umilenia czasu. Zdawałam sobie sprawę, że niedługo trzeba będzie odebrać dzieci, ale w ogóle się tym nie przejmowałam. Wiedziałam, że mama to zrobi. Gdy skończyłyśmy, spakowała obiad dla chłopaków w opakowania termiczne, zadeklarowała chęć odebrania dzieci i pojechania z nimi na zajęcia pozalekcyjne.

Kiedy wrócili do domu, byli bardzo zmęczeni. Dzieci zaczęły się kłócić o wszystko. Wystarczył minimalny powód, by atakowali siebie nawzajem, co z kolei doprowadzało do popychania lub bicia. Wyraz twarzy mojej mamy jasno wskazywał, że miała dość. Musieli dać jej w kość w autobusie, bo teraz tylko wzdychała i po raz kolejny powtarzała im to samo. Każdy z nich miał się zająć sobą i nie dokuczać bratu. Niby proste do wykonania, a nie udawało im się. Ciągle na siebie wpadali. Wyglądało to tak, jakby przyciągali się jak magnes. Wkroczyłam do akcji i zabrałam do łazienki najpierw starszego, a potem młodszego. Wykąpani, najedzeni i gotowi do łóżka na chwilę się rozpogodzili. Przeczytałam im bajkę na dobranoc i wyszłam z pokoju. Mama, mimo zmęczenia, siedziała prosto na kanapie. Zapytała, czy na mnie czekać, aż wrócę od Piotra. Widząc, jak już teraz walczyła ze zmęczeniem, nie miałam sumienia prosić jej o czuwanie. Chwilę porozmawiałyśmy o tym, jak chłopakom świetnie poszło na treningu karate, ale gdy mama ziewnęła, odesłałam ją do łóżka. Potem ruszyłam do swojej sypialni, żeby przygotować się na wyjście.

Siedziałam w taksówce, patrząc na dom Piotra. Przygaszone światła sprawiały wrażenie, jakby nikogo nie było w środku. Zaczęłam się zastanawiać, czy Piotr już wrócił. Może coś mu wypadło, a potem, zawalony pracą, zapomniał o naszym spotkaniu?

Zamknięta wysoka brama z giętymi metalowymi prętami skutecznie blokowała wejście do środka. Dopiero po chwili dojrzałam furtkę, która, otoczona winoroślą, zlewała się z resztą żywopłotu w jedną całość. Słabe światło, ginące wśród dzikiej zieleni, zdradzało, że gdzieś tam powinien znajdować się domofon. Nie odważyłam się jednak zaryzykować szukania go. Nie należałam do zbyt odważnych osób, więc bałam się wysiąść i pozwolić odjechać taksówce. Siedząc nadal na tylnej kanapie starej toyoty, wyszukałam w telefonie ostatnie połączenia i wysłałam wiadomość pod nadal niezapisany numer Piotra z pytaniem, czy wrócił już do domu, i informacją, że czekam na dole. Po chwili cały podjazd się rozświetlił, ukazując piękno budynku i okalającej go zieleni. Wszystko było tak umiejętnie skomponowane. Nie zmieniłabym ani jednego szczegółu, wzoru na kostce brukowej, podświetlenia drzew czy zawieszonych pomiędzy koronami lamp.

Uregulowałam należność i wysiadłam. W tym czasie otworzyły się automatyczne drzwi garażu, a brama bezszelestnie rozchyliła swoje skrzydła. Spojrzałam na zapalające się w krawężniku światła, które zapewne miały pomóc kierowcy wyjechać w gorzej oświetloną ulicę. Podziwiałam pomysłowość osoby, która to zaprojektowała.

– Czemu nie wchodzisz? – zapytał Piotr, podchodząc do bramy.

– Zaczarowały mnie światełka – odpowiedziałam zgodnie z prawdą.

Piotr pokiwał głową, jednocześnie śmiejąc się serdecznie.

– Dlatego kupiłem ten dom. Właśnie ze względu na światełka.

Wyciągnął do mnie dłoń, bo mimo naszej krótkiej wymiany zdań nie drgnęłam ani na krok. Zupełnie jakby coś zamurowało mi nogi i nie pozwalało na żaden ruch. Wzięłam głęboki oddech, a potem ruszyłam w kierunku domu. Piotr delikatnie dotknął otwartą dłonią moich pleców, jakby zapraszając mnie do środka, po czym – być może zorientował się, że to zauważyłam – zabrał ją i szedł obok mnie z powrotem do garażu.

– Nie używasz drzwi wejściowych? – zapytałam, nie rozumiejąc, dlaczego wchodzimy do domu z tej strony.

– Słucham? – Piotr wydawał się zaskoczony moim pytaniem.

– Czemu wchodzimy do garażu? Tutaj będziemy rozmawiać?

– Nieee... – Piotr znów pokiwał głową z uroczym uśmiechem na ustach. – Widzisz, jesteś pierwszym gościem w tym domu, który powiedział mi, że powinienem używać drzwi. Może dlatego, że jesteś pierwszą kobietą tutaj. Zwykle ludzie wchodzili bez zająknięcia i nawet jeśli mieli jakieś wątpliwości, to nie dzieli się nimi ze mną.

– Ale dlaczego? To nie ma sensu – stwierdziłam, podążając za nim przez szerokie drzwi do korytarza, a następnie do ogromnego salonu połączonego z kuchnią.

Była to jedna wielka otwarta przestrzeń. Dom urządzono prosto i funkcjonalnie, ale brakowało w nim takiego ciepła i charakteru nadanego mu przez zamieszkującą go osobę. Patrząc na wnętrze, pomyślałam, że wyglądało ono tak, jak jakbym oglądała katalog z poradami *Jak urządzić dom*. Wszystko, co nas otaczało, było poprawne, ale nijakie, a przez to nie wywołało we mnie już takiego zachwytu jak ogród.

– Zawsze używam garażu – wrócił do tematu Piotr – nawet nie wiem, gdzie są klucze do domu. Może gdybym miał automatycznego pilota do drzwi, tobym ich używał, a tak to za dużo roboty. Brama i garaż rozpoznają pilota w samochodzie i otwierają się automatycznie, więc po kilku latach weszło mi już w krew wchodzenie i wychodzenie tą drogą. Poza tym zwykle wracam tak zmęczony...

Słuchałam go uważnie, zastanawiając się nad jego życiem, a raczej nad jego brakiem. Wszystko, co mówił i robił, potwierdzało, że praca to jego prawdziwa pasja, której poświęcał całą swoją uwagę. Owszem, otaczał się luksusami, ale zdawał się w ogóle nie czerpać z tego przyjemności. Tak jakby posiadanie tego wszystkiego było naturalne i oczywiste.

Podszedł do stolika zastawionego butelkami przeróżnych alkoholi i zapytał, czy mam ochotę się napić. Szybko uzmysłowiłam sobie, że ostatni raz piłam wieki temu. Starałam się nawet sięgnąć w pamięci, kiedy to dokładnie było, ale nie umiałam przywołać tego dnia. Na pewno byłam wtedy razem z Michałem, więc tym bardziej czułam złość na siebie, że już zapomniałam.

Piotr czekał na moją decyzję, po czym stwierdził, że przyniesie wino.

Upomniałam sama siebie, żebym nie traciła kontaktu z rzeczywistością, bo moje odpływanie w myślach było tylko długim, cichym oczekiwaniem dla moich rozmówców.

– Zmieniłaś się trochę – zaczął Piotr, wchodząc do pokoju.

– Słucham? – Spojrzałam na niego niepewna, czy dobrze usłyszałam.

Po raz kolejny szeroki uśmiech zagościł na jego ustach. Nie przerywając go, oblizał delikatnie usta, ewidentnie wahając się nad odpowiedzią.

– Schudłaś. – Tym jednym słowem wprawił mnie w zdumienie.

Nalał wina do kieliszków i wskazał kanapy obok kominka.

– Spodziewałam się, że powiesz, że ciężko mi idzie myślenie, że powtarzam zdania lub pytania i że gapię się na wszystko jak nic nierozumiejące ciele.

– To też. – Wybuch jego śmiechu sprawił, że sama zaczęłam się śmiać. – Myślę, że dziś nic sensownego nie ustalimy.

– O nieee! – Szybko zmieniłam swoje nastawienie. – Nie po to ponosiłam koszt i tu przyjeżdżałam, żeby odjechać bez załatwienia tego, co chcesz omówić.

Siedząc na kanapie, wyciągnął nogi. Przesunął się do krawędzi siedziska, opierając się tak, jakby miał zamiar się położyć. Odchylił głowę na miękkie skórzane poduchy oparcia i zamknął oczy. Poluzował też krawat pod szyją i rozpiął jeden guzik koszuli. Widziałam jedynie jego profil. Pod oczami rysowały się ciemne cienie świadczące o tym, że zmuszał swoje ciało do pracy ponad możliwości. Mimo tego wyglądał dobrze. Nie nazwałabym go ani przystojnym, ani brzydkim. Miał ładną twarz, ale z powodu blond włosów i jasnej cery nie był w moim typie. Zobaczyłam, jak spokojnie przełknął łyk wina, który do tej pory trzymał w ustach. Po raz pierwszy zwróciłam uwagę na jego szyję i poruszające się jabłko Adama. Przyszły mi na myśl te wszystkie słyszane w dzieciństwie przestrogi o tym, jak to koty atakują śpiących mężczyzn z poruszającymi się jabłkami Adama, ponieważ myślą, że to mysz. Uśmiechnęłam się do własnych myśli i spojrzałam w kieliszek na czerwone wino. Smakowało dobrze, aż za dobrze. Czułam wyraźnie przyjemność, delektując się tą prostą czynnością i tym znanym smakiem. Przywoływało to pozytywne uczucia, mimo że nie rysowały się w mojej głowie żadne wyraźne wspomnienia. Po prostu czułam się dobrze.

– W zasadzie – kontynuował Piotr – to nie widziałem jeszcze, żeby ktoś, kto nie boryka się na co dzień z problemem alkoholowym, uśmiechał się do kieliszka wina. Masz chyba tysiąc myśli w głowie.

– Tak, to prawda – potwierdziłam, wracając do niego wzrokiem. – To taki kłębek myśli, po którym wędruję i czasami dochodzę do takich miejsc, że aż sama nie wierzę, że gdzieś tam tkwiły zapomniane.

– Podziel się nimi ze mną – poprosił.

Opowieść o kocie sprawiła, że oboje śmialiśmy się jak na dobrej komedii, dopowiadając coraz to nowe, dziwne historie słyszane w dzieciństwie i jako przestrogi, i jako legendy. Zrzuciłam buty ze stóp i podciągnęłam nogi na kanapę. Nie zauważyłam upływu czasu i wina w butelce. Wszystko przez to, że rozmawiało nam się naprawdę dobrze. Piotr potrafił słuchać i pytać, co z kolei ułatwiało otwieranie się, podobnie jak alkohol. Zupełnie nie myślałam o tym, że przyszłam na spotkanie z byłym szefem swojego męża. To, jak rozmawialiśmy, wyglądało raczej na spotkanie starych znajomych, którzy chcieli powspominać spędzony kiedyś wspólnie czas. Z tą jedną różnicą, że my nie mieliśmy nic wspólnego poza Michałem, a jego temat nie został poruszony ani razu.

Po jakimś czasie Piotr zapytał, czy chciałabym, by otworzył jeszcze jedno wino. Zdrowy rozsądek odpowiedział za mnie, że już wystarczy. Z jakiegoś względu moja odpowiedź rozśmieszyła nas oboje na nowo i znów żartowaliśmy o tym, jak to było w czasach młodości, kiedy tak łatwo było się upić.

– Myślę, że jesteś niesamowita – dodał do jednej ze swoich wypowiedzi Piotr, tak jakby to spostrzeżenie stanowiło całość z tym, o czym mówił jeszcze chwilę temu.

Wywołało to u mnie atak śmiechu, którego nie byłam w stanie powstrzymać. Coś we mnie pękło i było jak lawina schodząca z gór, której nie mogły zablokować żadne zabezpieczenia. Czułam się z tym lekko i dobrze.

– Ale ja mówię serio. Jesteś silniejsza niż wszystkie kobiety, jakie znam.

– Ech – westchnęłam, poważniejąc. – Nie znasz mnie i nie wiesz tak naprawdę, jaka jestem. Nie widziałeś tego, jak poradziłam…

a raczej jak poległam w ostatnich miesiącach. Jak dałam ciała ze swoimi dziećmi, jak wyłączyłam w sobie wszystko za wyjątkiem funkcji życiowych…

Piotr słuchał w zamyśleniu, podążając za moim spojrzeniem. Nie patrzyłam na niego, spuściłam wzrok. Po chwili ciszy poczułam, że przysunął się do mnie bliżej i delikatnie uniósł moją brodę, zmuszając mnie do zmierzenia się z jego spojrzeniem. Zaskoczyło mnie to do tego stopnia, że szybko odsunęłam się, uwalniając się od jego tak subtelnego, a tak parzącego dotyku.

– Przepraszam – wycedził, ale nie odsunął się ani na milimetr – nie chciałem cię zaskoczyć. Chcę tylko, żebyś nie myślała o sobie źle. Jesteś wyjątkowa i już. Dlatego właśnie skontaktowałem się z tobą. Jesteś jedyną osobą, która powracała w moich myślach, choć tyle razy odsuwałem je od siebie.

Patrzyłam na niego, nie rozumiejąc, do czego zmierza. Zapomniałam o tym, jak przed chwilą wylewałam na siebie gorzkie żale, i zaczęłam zastanawiać się, czemu Piotr o mnie myślał.

– I? – ponagliłam go.

Piotr wziął oddech, ale nie był to taki oddech, który się bierze, żeby dodać sobie otuchy przed powiedzeniem czegoś trudnego. Jemu nigdy nie brakowało pewności siebie. U niego nawet to było zwykłym procesem biologicznym polegającym na zaczerpnięciu powietrza przed wydobyciem z siebie głosu.

– Dobrze wiesz, jak wygląda moje życie i jak nie będzie nigdy wyglądało – zaczął ogólnikowo. – Nie mam możliwości ani czasu na normalne rozegranie spraw. Przeważnie wszystko w moim życiu jest zaplanowane…

– Rozumiem… ale nie rozumiem, co to ma wspólnego ze mną – przerwałam mu, zupełnie nie wiedząc, do czego prowadzą jego słowa.

– Okej… – Odsunął się trochę w przeciwny róg kanapy, dając mi więcej miejsca. – Potrzebuję cię…

Zapadła cisza, ale tylko na chwilę. Kiedy ja starałam się zrozumieć znaczenie usłyszanych słów, Piotr dobierał kolejne:

– Mam w życiu wszystko, co można sobie zamarzyć, a nawet jak tego nie mam dziś, to jutro mogę to kupić. Jestem jedynakiem i wszystko, co mam, jest tylko dla mnie, a chciałbym to komuś przekazać. Chciałbym mieć rodzinę, a przynajmniej dzieci, które przyjęłyby później mój majątek.

– To całkiem zrozumiałe, ale do czego ja ci jestem potrzebna?

– Bo chciałbym tę rodzinę stworzyć z tobą. – Słowa Piotra sprawiły, że poczułam w sobie jakiś ogień i nie mogłam opanować galopujących w mojej głowie myśli.

Setka pytań przewinęła się przez mój umysł w dosłownie jedną chwilę. Zerwałam się z kanapy, ale pół butelki wina brutalnie upomniało się o swoje pięć minut i posadziło mnie z powrotem na miejscu. Piotr dotknął mojej ręki, chcąc pomóc mi złapać równowagę, a ja nadal nie mogłam zdobyć się na wypowiedzenie choćby jednego słowa. Chciałam coś powiedzieć, chciałam zapytać, ale byłam zablokowana z szoku.

– Spokojnie. – On faktycznie wydawał się nieporuszony całą sytuacją. Widocznie to było coś, z czym on już dawno temu się oswoił. – Zrozum jedną rzecz – kontynuował. – Żadne z nas nie ma nic do stracenia. Nie mogę sobie pozwolić na miłość, zakochiwanie się czy zdobywanie kobiety. Szkoda mojego czasu na to, na niepowodzenia, fochy, niedomówienia. Czy nie lepiej po prostu zawrzeć umowę?

– Jaką umowę?! – wyrzuciłam w końcu z siebie głośniej, niż się tego spodziewałam. Gestykulując nerwowo w powietrzu, wykrzyczałam: – Czego ty się spodziewasz? W ogóle co ty sobie myślisz? Że kim ty jesteś? Myślisz, że masz prawo tak do mnie mówić?

Proponować mi jakiekolwiek układy? Zwłaszcza jeśli w grę wchodzą moje dzieci?

Kiedy ja wykrzykiwałam swoje pytania, Piotr pozostał na swoim miejscu bez najmniejszego zaangażowania emocjonalnego, co tylko potęgowało moją irytację. Nie umiałam tak jak on zapanować nad sobą i mówić o tym, co mnie boli, w tak rozważny sposób.

– Źle na to patrzysz – wyjaśniał mi swoją teorię spokojnie, jakby to była rozmowa o śniadaniu. – Każde z nas miałoby z tego korzyści. Moją już znasz – potomek. Ty miałabyś lepszą sytuację finansową i wszystko, co tylko chciałabyś mieć.

– Czemu nie możesz sobie zrobić własnego dziecka? Po co ci moje dzieci? – prychnęłam jak lwica broniąca lwiątek. Próbowałam wstać po raz kolejny i ponownie rozczarowałam się, że zaskoczyłam swoje ciało zbyt dużą dawką alkoholu.

– Hm – Piotr delikatnie się uśmiechnął – ale ja właśnie chcę mieć swoje dziecko. To znaczy nasze, wspólne... Oczywiście nie mam nic przeciwko adoptowaniu twoich dzieci. Możemy stworzyć całkowicie normalną rodzinę.

Poruszałam ustami, ale nie wydostawał się ze mnie żaden dźwięk. Moje myśli utknęły we mnie i z braku możliwości wydostania się powodowały, że jeszcze bardziej zatykało mnie przed powiedzeniem czegokolwiek. Byłam jak napompowany do granic możliwości balon, na sekundę przed wybuchem. Wydawało mi się jednak, że czekałam całą wieczność na swój wybuch, który nie chciał nadejść. Czy to oznaczało, że nadal nie osiągnęłam maksimum? A może miałam usłyszeć tego wieczoru jeszcze jakieś rewelacje?

– Zawsze uważałem cię za fantastyczną kobietę i ostatnio zacząłem się zastanawiać nad tym poważnie. – Kolejne wypowiadane przez niego słowa ani na chwilę nie pomagały zmienić mojego stanu. – Większość kobiet widzi we mnie tylko pieniądze i to, co mam.

– Aaaaa – w końcu wyrwało się ze mnie – więc postanowiłeś, że uprzedzisz fakty i kupisz sobie żonę, zanim ona poprosi o kasę, żeby to była twoja decyzja, żeby oferta wypłynęła od ciebie, tak?

Po raz pierwszy widziałam Piotra z nietypowym dla niego wyrazem twarzy. Przez ułamek sekundy dostrzegłam w nim różnicę, przez króciutką chwilę widziałam, że coś się w nim zmieniło. Było to chyba zaskoczenie, ale czy ktokolwiek był w stanie tak szybko nad nim zapanować?

– Może jest w tym jakaś prawda – powiedział cicho, po czym dodał powoli: – Jak każdy inny człowiek, chcę być szczęśliwy.

– Ufff, dobrze, że to dodałeś, bo już myślałam, że robisz to z czysto egoistycznych pobudek. To faktycznie wiele zmienia. Twoje szczęście jest tutaj niezmiernie ważne. Pomyślałeś może o moim szczęściu? – Mój gniew nie zelżał nawet odrobinę.

Patrząc na niego, czułam odrazę, a nawet wstręt. Z tego szlachetnego, uroczego człowieka pozostał tylko zapatrzony w siebie egoista. Jedynym argumentem za – według niego – dla którego miałabym się zdecydować, były pieniądze.

– Posłuchaj… – Po raz kolejny przysuwając się do mnie, Piotr chciał mnie przekonać do swojego pomysłu.

– Nie zbliżaj się do mnie – zastrzegłam groźnie, wchodząc mu w słowo.

– Posłuchaj – kontynuował zupełnie niezbity z tropu. – Oboje wypiliśmy i nie oceniamy tej rozmowy ani wypowiadanych słów rozważnie.

– O nie! – sprzeciwiłam się od razu. – Wino nie ma wpływu na to, co myślę…

– Ma – zapewnił. – Wiem, że masz trudną sytuację finansową. Sprawdziłem to.

– Chyba żartujesz!

Któryś już z kolei raz próbowałam wstać. Nadal chwiało mną dość mocno. Kto by pomyślał, że nie można wytrzeźwieć od natężenia wrażeń. Mój umysł był całkowicie trzeźwy, no chyba że tylko tak mi się wydawało. Z niewielkim trudem wsunęłam stopy w leżące pod kanapą czółenka. Chociaż to udało mi się zrobić bez problemu.

– Oboje możemy na tym skorzystać i cieszyć się dobrym życiem. Większość kobiet, które znam, wykorzystałaby tę sytuację i zrobiłaby wszystko, żeby wyciągnąć jak najwięcej pieniędzy. Ty taka nie jesteś i wierzę, że gdybym dał ci wszystko, czego zapragniesz, moglibyśmy żyć jak normalna rodzina… Ale to od ciebie będzie zależało, w jakim stopniu pozostaniesz w moim życiu. Jeśli nie chcesz być w nim wcale, możesz ograniczyć się do minimum i oddać dziecko zaraz po urodzeniu. Zrozumiem każdą decyzję.

To, w jaki sposób formułował swoje myśli, wyglądało tak, jakby przedstawiał mi możliwe opcje, niczym handlowiec oferujący plan sprzedaży telefonu w pakietach. Miałam wybrać pomiędzy opcją A i B lub sama określić warunki sprzedaży. Nie wierzyłam w to, co słyszałam. Tak nie rozmawia się o rodzinie, o życiu.

– Przestań! – zaprotestowałam ostro. – Jak możesz w ogóle tak mówić?

Schowałam twarz w dłoniach i zupełnie nie rozumiejąc swoich emocji, zaczęłam płakać. Tak bardzo chciałam powstrzymać potok łez, ale słowa, które przed chwilą usłyszałam, wracały ze zdwojoną siłą. W jego pięknym planie miałam być inkubatorem, przechowalnią, nośnikiem. Nie widziałam tu żadnej pomocy, tylko kupowanie ciała, i choć jeszcze nie padł żaden warunek finansowy, to przez „dać wszystko" rozumiałam godziwą zapłatę. Analizując jego propozycję, jeszcze bardziej doprowadzałam się do ruiny. Piotr chciał mnie pocieszyć i mówił coś o tym, żebym popatrzyła na sprawę obiektywnie, rozsądnie rozważyła plan, że teraz to ja jestem odpowiedzialna za rodzinę, że pomoże mi niezależnie od tego, czy się zdecyduję, czy nie, ale żebym teraz nie odmawiała. Następnie czekał na moją reakcję. Zrozumiałam wtedy, jak działał jego umysł. Krzycząc i płacząc, według niego, nie zachowywałam trzeźwości umysłu potrzebnego do rozważenia oferty. Musiałam nad sobą zapanować, a do tego potrzebny był mi czas. Człowiek ten miał niesamowitą cierpliwość i opanowanie. Gdybym to ja musiała czekać na czyjąś odpowiedź tak długo, zadałabym w tym czasie milion pytań.

Po długiej chwili ciszy zebrałam myśli i spokojnie odmówiłam:

– Przykro mi, że twój tak dobrze obmyślony plan nie wypali, ale ja nie chcę być jego częścią. Musisz znaleźć sobie kogoś innego, bo to nie będę ja.

– Nie traktuję tej odpowiedzi jako ostatecznej – stwierdził nieporuszony.

– To zacznij.

– Na początku ten pomysł i mnie wydawał się szalony, wręcz niemożliwy do zrealizowania, ale teraz myślę, że jest genialny. Jeszcze nie zrozumiałaś, czemu tak jest.

Chciałabym mieć taką pewność siebie w życiu, w decyzjach, które podejmuję. Nie mieć zahamowań, nie mieć wątpliwości i nie słyszeć tych ciągłych pytań wewnętrznego głosu, czy aby na pewno to było dobre rozwiązanie.

– Okej – Piotr podniósł ręce w geście poddania. – Zróbmy inaczej. Przełożę wyjazd na inny termin i spróbujemy się zaprzyjaźnić, poznać lepiej.

– Ty chyba nie rozumiesz. – Spojrzałam na niego przenikliwie, walcząc ze sobą, by nie wykrzyczeć mu tych słów prosto w twarz. – Jak mam wymazać z pamięci, że chcesz mnie wykorzystać, że potraktowałeś mnie jak towar. – Piotr chciał coś powiedzieć, ale uciszyłam go gestem ręki. – Gdybym mogła, tobym wstała i stąd wyszła, i już nigdy bym tu nie wróciła. Nie interesuje mnie, co chcesz powiedzieć więcej na temat tego genialnego planu, ja już nie chcę o tym słyszeć.

Poczułam się lepiej, przedstawiając mu swój punkt widzenia. Będąc na fali po głębokim westchnięciu, dodałam:

– Poza tym chcę wracać do domu.

Piotr zerknął na zegarek na nadgarstku i uniósł brwi w zaskoczeniu. Jemu chyba też czas szybko upłynął.

– Jest już prawie druga. Nie mogę cię odwieźć, więc wydaje mi się, że lepiej by było, gdybyś została tu do rana i wróciła do siebie jutro.

– Ooo nie! Nie zostanę tu na noc – zapewniłam, wstając. Tym razem udało mi się utrzymać pion. Poczułam się znacznie pewniej. – Wracam do domu. Czy możesz zadzwonić po taksówkę?

– Po pierwsze – Piotr, nadal siedząc na kanapie, zaczął wyliczać – jest już tak późno, że wracając o tej porze, obudzisz swoich domowników, po drugie wypiłaś i widać, że jesteś nadal pod wpływem, mimo że minęło kilka godzin. Nie powinnaś wracać sama, a ja jestem zbyt zmęczony, by pojechać z tobą, a potem jeszcze tu wrócić.

Faktycznie pora nie była zbyt właściwa na powrót do domu, zwłaszcza w takim stanie. Zapewne obudziłabym mamę, ale z drugiej strony pozostanie u niego na noc też nie było zbyt dobrym pomysłem. Martwiłam się o to, co pomyśli o mnie mama, dokładnie tak samo jak w czasach, gdy byłam nastolatką. Odwieczny dylemat, czy wrócić wcześniej pijaną, czy poczekać, wytrzeźwieć i być później, udając, że wcale nie straciło się nad sobą panowania.

– Możesz spać tutaj. – Dotknął dłonią kanapy. – Albo ja zostanę tu, a ty idź na górę. Będę miał telekonferencje za trzy godziny, więc pewnie bym ci tutaj przeszkadzał nawet przy zamkniętych drzwiach gabinetu.

Wskazał na pokój z lekko uchylonymi drzwiami do pomieszczenia, którego pewnie używał najczęściej w tym domu.

Spoczęłam z powrotem na kanapie i schowałam głowę w dłoniach. Wahałam się pomiędzy możliwościami. W końcu skinęłam głową na znak aprobaty, ale szybko dodałam, że nie wpłynie to w żaden sposób na moją decyzję. Chciałam po prostu lepiej wypaść w oczach własnej matki, bo ostatnio przynosiłam jej jedynie rozczarowanie.

Ruszyliśmy po schodach na górę. Podniosłam wzrok na sufit. Dopiero teraz zauważyłam, że salon ma dwa piętra. Po wdrapaniu się na górę stanęłam na szczycie schodów i obejrzałam się przez ramię. Zachwyciła mnie ta niesamowita przestrzeń, te okna sięgające od podłogi do sufitu. Piotr nie pospieszał mnie, ale też nic nie mówił. Czekał na mnie cierpliwie. Zdając sobie sprawę, że poświęcałam zbyt dużo czasu na przyglądanie się otoczeniu, ruszyłam za nim. Przeszliśmy do zbyt szerokiego jak na dom korytarza. Zwykle minimalizuje się takie nieużytkowe przestrzenie, żeby zwiększać metraż pokoi. Tutaj korytarz był dwukrotnie szerszy niż zazwyczaj. Drewno użyte na podłodze było lekko pomarańczowego koloru, który w kontraście z białymi ścianami dawał wrażenie świeżości i czystości. Ściany świeciły pustkami. Korytarz był po prostu pusty. Biorąc pod uwagę minimalizm Piotra, nie powinien mnie szokować brak dekoracji. Pomyślałam, że ten dom mógł być kiedyś naprawdę zjawiskowy, mimo że teraz wyglądał na opuszczony.

– To był dom jednego z moich klientów – wyjaśnił, jakby czytając mi w myślach. – Wyprowadzili się do innego miasta i tam zaczęli nowy biznes. Zabrali stąd wszystko, więc w zasadzie meble są tylko tam, gdzie urzęduję. Reszta domu jest pusta.

Weszliśmy do sypialni, w której umeblowanie ograniczało się do łóżka stojącego na środku pokoju i wielkiej garderoby, zajmującej całą długość jednej ściany. Drugą ścianę wypełniał rząd okien z przesuwnymi drzwiami prowadzącymi na ogromny taras. Miałam wrażenie, że oglądam dom na sprzedaż. Aż trudno było mi uwierzyć, że ktoś tu mieszkał – i to od kilku lat.

– Nie przejmuj się pościelą, mam gosposię, która przychodzi tu codziennie. Jak widzisz, niewiele ma do zrobienia, a żeby coś robić, gotuje i zmienia pościel każdego ranka. W lodówce znajdziesz różnego rodzaju potrawy opatrzone naklejkami z datami produkcji, więc zanim coś zjesz, sprawdź, kiedy to zrobiła.

Oprowadzał mnie po swoim domu z takim samym spokojem, z jakim przyjmował wszystko w życiu. Wydawało mi się, że zupełnie zapomniał o naszej wcześniejszej rozmowie. O tym, jak zademonstrował swój punkt widzenia, jednocześnie miażdżąc moją osobę i moje wartości.

Otworzył drzwi szafy i wszedł do środka, zapalając światło. Podążyłam za nim prowadzona ciekawością, mimo że, wnioskując po tym, jak wyglądała reszta domu, spodziewałam się pustego pomieszczenia z wieszakami i półkami. Ku mojemu zaskoczeniu ukazała się dość pokaźnego rozmiaru męska garderoba.

– Kiedyś, zanim miałem gosposię – doprecyzował – wszystkie ubrania z rajdów i wyjazdów po prostu wyrzucałem, teraz to przywożę. Sam nie wiem po co. Chyba też szukam dla niej jakiegoś zajęcia… Tutaj znajdziesz potrzebne ubrania, jakbyś chciała się przebrać. – Dotknął dłonią wieszaków z koszulkami.

Po przeciwnej stronie wisiały w rzędzie garnitury, pod spodem, na pochylonych półkach, wyeksponowano różne modele butów w rozmaitych kolorach. O dziwo, nie były to tylko formalne stroje, czego przede wszystkim się spodziewałam. Nie przypominałam sobie, żebym widziała Piotra w czymś innym niż garnitur. Nawet teraz miał go na sobie, jak również eleganckie buty, mimo że wrócił do domu kilka godzin temu.

Nie widziałam powodu do rozmowy z nim, więc to, co mówił, stanowiło monolog. Brak mojego entuzjazmu wpłynął też na niego, bo wskazał drzwi do łazienki i wyszedł z pokoju, życząc mi dobrej nocy. Bezgłośnie opuścił sypialnię.

Usiadałam na łóżku, zastanawiając się, dlaczego moje życie ostatnio nabrało takiego tempa, że nie byłam w stanie dotrzymać mu kroku. Co chwilę coś mnie zaskakiwało. Nie umiałam przygotować się na jakąkolwiek z niespodzianek od losu. Kwestionowałam każdą swoją decyzję, a wszystko przez to, że nagle zostałam z tym sama. Nagle nie miałam Michała, do którego mogłabym zadzwonić i zapytać, co o tym myśli, co on by zrobił, gdyby był na moim miejscu. Teraz odpowiedzialność spadała wyłącznie na mnie, a ja, jak nigdy w życiu, straciłam całą pewność siebie. Chciałam postępować właściwie, ale nie wiedziałam, jak to zrobić. Byłam pełna rozdzierających mnie na kawałki sprzeczności, co z kolei zagłuszało moją intuicję.

Rozejrzałam się raz jeszcze po pokoju. Postanowiłam, że nie skorzystam ani z łazienki, ani z jego ubrań. Nie umiałam stwierdzić, czy chciałam ukarać siebie za podjęcie złej decyzji, czy jego, czy po prostu zamanifestować swoją niezależność i honor, które zostały dziś podeptane. Obiecałam też sobie, że nie zasnę i przeczekam te kilka godzin, rozmyślając o naszej rozmowie.

Wydawało mi się, że słyszę dźwięk kosiarki i urywki rozmowy kogoś, kto próbuje przekrzyczeć hałas silnika. W moim mieszkaniu na szóstym piętrze wszelkie odgłosy zlewały się w jeden bliżej nieokreślony bełkot. Czasami można było słyszeć wyraźnie przekleństwa rzucane przez dzieci na placu zabaw, ale zdarzało się to bardzo sporadycznie – głównie latem, przy wszystkich otwartych oknach. Otworzyłam szeroko oczy i szybko przypomniałam sobie, że spędziłam noc poza domem i że wbrew swoim założeniom jednak zasnęłam. Odruchowo sięgnęłam do stolika nocnego po telefon – tak jak to robiłam u siebie w domu – ale moja ręka opadła bezwładnie. Ten niespodziewany ruch postawił mnie do pionu. Stolik nocny był widocznie Piotrowi niepotrzebny, a ja przypomniałam sobie, że mój telefon został na dole, w torebce. Ogarnęła mnie panika. Przez chwilę zaczęłam się zastanawiać, czy Piotr był na tyle sprytny by „złamać" pin do mojego telefonu i przeczytać moje wiadomości.

Wyskoczyłam z łóżka, jakby przyłapano mnie na gorącym uczynku, i podbiegłam na palcach do drzwi. Podświadomie chciałam uciec niezauważona. Nie miałam bladego pojęcia, która jest godzina i jak długo spałam. W tym momencie przypomniałam sobie o mamie, o tym, że nie zadzwoniłam, że nie poinformowałam jej, że zostaję gdzieś na noc. Miało to być lepszym wyjściem niż wracanie po nocy, ale brak kontaktu przebijał chyba wszystko i pokazywał, jak bezmyślnie postępowałam w życiu. Po raz kolejny dałam się zaskoczyć, a wściekłość na samą siebie sprawiała, że miałam ochotę krzyczeć. Nie pozwalając sobie jednak na utratę równowagi, pocieszałam się, że planowałam nie zasnąć, że planowałam wyjść wcześnie, tak żeby być w domu dokładnie w tym samym czasie, kiedy wstaje mama. Nie udało mi się, więc teraz musiałam to jak najszybciej naprawić.

Gdy byłam w połowie schodów, usłyszałam ciche, wypowiedziane przez kobietę „dzień dobry". Stanęłam jak wryta, starając się odnaleźć właścicielkę głosu.

– Tutaj – usłyszałam za sobą.

Odwróciłam się i zobaczyłam drobną kobietę koło pięćdziesiątki ubraną w czarne legginsy i równie ciemny podkoszulek, z chustką zawiązaną na głowie tak, jak kiedyś to robiła moja babcia.

– Pan Piotr prosił, żeby pani nie budzić. Mam też dopilnować, żeby przeczytała pani wiadomość w telefonie, zanim cokolwiek pani zrobi.

– W moim telefonie? – zapytałam bezmyślnie.

– Nie wiem – wzruszyła ramionami – nie mówił gdzie.

Podziękowałam, zbiegając po schodach. Wściekałam się w myślach na Piotra, że mnie nie obudził, że wyszedł, zostawiając mnie tutaj samą. Wczoraj tak troskliwie, w obawie przed obudzeniem mojej rodziny, proponował pozostanie u niego na noc, a dzisiaj wyszedł, nie dbając o to, co sobie pomyślą moi domownicy, gdy nie zastaną mnie rano w domu. Miałam ich nie denerwować, a pewnie dzwonili teraz po szpitalach, poszukując mojego ciała.

Moja torebka leżała dokładnie tam, gdzie ją zostawiłam. Pospiesznie wyciągnęłam telefon i odblokowałam ekran startowy. Prawie upuściłam telefon, widząc, że dochodziło już południe. Zupełnym zaskoczeniem był brak jakichkolwiek połączeń od mojej mamy. Czyżby jednak założyła, że zostałam na noc? Czy to było takie oczywiste? Nie, to nietypowe, że nie zainteresowała się w ogóle moim zniknięciem, że nie martwiła się i że nie dobijała się do mnie na telefon.

Po kolei sprawdzałam wiadomości. Pierwsza wiadomość, jaką odczytałam, przyszła od Piotra:

Zanim rano pojechałem do pracy, odwiedziłem Twoją mamę i wyjaśniłem jej, że zostałaś na noc i że wszystko jest w porządku. Obok torebki zostawiłem klucze do samochodu. Przyjedź truckiem do mnie do pracy i zamienisz go na mercedesa. Dokumenty były nieaktualne, ale jak przyjedziesz, będzie już gotowy. Możesz zrobić z nim, co chcesz – sprzedać, zatrzymać, nie wziąć. Jeśli się nie mylę, jedyny samochód, jaki mieliście, Michał skasował i nie masz teraz czym jeździć. Nie używam tego samochodu, więc nie wahaj się.

Szybkim ruchem zgarnęłam kluczyki i ruszyłam w kierunku drzwi. Przelotnie zerknęłam w olbrzymie lustro w grubej srebrnej ramie. Mój widok zatrzymał mnie na chwilę. Niezmyty makijaż i krótka noc wyrysowały na mojej twarzy okropne cienie i plamy. Wróciłam do łazienki, by umyć twarz w nadziei, że bez resztek makijażu będę wyglądać nieco lepiej. Miałam wrażenie, że powinnam użyć papieru ściernego, żeby zetrzeć warstwę zmęczenia ze swojej skóry. Rozważałam możliwe opcje i doszłam do wniosku, że nie mogłam z takim wyglądem jechać do ludzi, których obowiązuje formalny, schludny image.

Prowadzenie toyoty sequoi było dla mnie nowością. Źle się czułam w takich rozmiarów pojeździe. Nie mogłam się doczekać, aż wymienię go na mniejsze auto. Zdecydowałam się to zrobić z kilku powodów. Po pierwsze dlatego, że obiecałam sobie, że zrobię wszystko, żeby nie podróżować komunikacją miejską i polepszyć swój los. Po drugie wzięcie tego samochodu miało się nijak do oferty Piotra i nie oznaczało, że ją akceptowałam. Sprzedanie go i kupienie czegoś tańszego mogłoby uratować nasz budżet na jakiś czas, a także nie byłoby bezpośrednią, łączącą mnie z Piotrem cząstką. Jadąc do domu, obiecywałam sobie odegrać się za upokorzenie, jakiego wczoraj doznałam. Przeprowadziłam też, w głowie, rozmowę ze swoją mamą, obmyślając krok po kroku, co jej powiem i jak wytłumaczę wszystko, co się stało i co zamierzałam zrobić. Byłam pewna, że mnie poprze.

Zaparkowanie samochodu doprowadziło mnie do wściekłości. Kilka razy musiałam wysiadać, by sprawdzać odległości do innych samochodów i do ściany parkingu. Przeklinałam tego olbrzymiego potwora, denerwując się, że moje miejsce parkingowe zaprojektowano na smarta, a ja wpycham się tam czołgiem.

Do mieszkania prawie wbiegłam. Chciałam jak najszybciej wyrzucić z siebie wszystko, co się stało. Praktycznie na jednym oddechu, stojąc naprzeciw mamy, opowiedziałam swój wczorajszy wieczór. Patrzyła na mnie z uśmiechem i klepnęła kanapę obok siebie, dając mi do zrozumienia, że nie będziemy rozmawiać w przelocie.

– Nie wiem, co powiedzieć – zaczęła, odwracając się w moją stronę tak, że nasze kolana się stykały.

– Mnie też już słów brakuje, żeby wyrazić to, co czuję – westchnęłam i poczułam ulgę, wypowiadając na głos swoje myśli. – Mam wrażenie, że Piotr chce żerować na mojej trudnej sytuacji. To nie jest pomoc. – Przecząco kiwałam głową, ciągle nie mogąc uwierzyć w jego propozycję.

– Ale musisz zdać sobie sprawę z jednej rzeczy. – Mama wstrzymała mnie gestem ręki przed odebraniem jej głosu. – To jest człowiek, który całe swoje życie poświęca na robienie biznesu. Na pewno nie chciał cię zranić. Zrobił to, bo nie pomyślał, że jesteś uczuciowa i będziesz kierowała się sercem, a nie rozumem.

– O czym ty w ogóle mówisz? – zaprotestowałam, wyciągając z torebki telefon.

Jeśli miałam wymienić czołg na samochód, był to najwyższy czas, żeby się przebrać, nałożyć makijaż i wyjść z domu. Chciałam jednak wcześniej dokończyć rozmowę z mamą.

– Tak się nie traktuje ludzi – powiedziałam z żalem. – On ma mnie za nic. Według niego jak każdy inny przedmiot mam cenę i można sobie ot tak po mnie sięgnąć.

– Zapominasz o tym, że on nam bardzo pomógł. I jak widzisz, nadal nam pomaga. Chce dać ci samochód, który zapewne sporo kosztuje. To, że nie ma doświadczenia z kobietami, widać gołym okiem. Zamiast szukać zemsty, powinnaś mu to wyjaśnić, wytłumaczyć, w czym rzecz. Nie mówię, że masz to zrobić... nie zrozum mnie źle. Jedyne, o co cię proszę, to żebyś odpuściła z tym planem pomszczenia swojego honoru, bo to nie doprowadzi do niczego dobrego.

Mama tłumaczyła mi jak dziecku, przedstawiając fakty, których ja w ogóle nie chciałam dostrzec.

– Dorabiasz do tego historię, mimo że sprawa jest prosta – skwitowałam szybko.

– Nie, dziecko – westchnęła i po chwili namysłu dodała: – Gdyby Piotr był podstępny i wiedział, co robić, najpierw zwodziłby cię i uwodził, robiąc ci wodę z mózgu, dając fałszywe nadzieje i obiecując góry. Rozkochałby cię w sobie po to, by potem wykorzystać. Zamiast tego przedstawił otwarcie ofertę, którą możesz przyjąć lub nie. Proste. Zachowaj się jednak jak człowiek rozumny, nie jak rozhisteryzowana nastolatka... o to cię proszę.

– Jak to w ogóle możliwe, że ta oferta cię nie bulwersuje? – upierałam się przy swoim. – Co byś powiedziała, jakby tobie taką złożył? Też byś tak reagowała? Zupełnie to do mnie nie dociera!

– Bo ja go rozumiem i wbrew temu, jak to wygląda, doceniam to, co zrobił. Szczerze z tobą porozmawiał. Zachował się dojrzale, mądrze. To, czy ta oferta jest właściwa, czy nie, to już inna sprawa. Proszę cię jednak, żebyś się nie wygłupiała z odgrywaniem się na nim. Jeśli zdecydowałaś się odrzucić jego propozycję, powiedz mu to otwarcie, wyjaśnij, jak bardzo cię zranił, ale zrób to bez zbędnych emocji. Bez wściekłości i irytacji. Rozumiesz? Możesz mi to obiecać?

– Dobrze. – Danie słowa mojej mamie było dla mnie bardzo ważne i miało ogromną moc.

Nie chciałam jej okłamać i przytaknąć tylko po to, by dała mi spokój i pozwoliła zrobić to, co wcześniej planowałam. Liczyłam się z jej zdaniem. Jej obiektywizm, połączony z dużo mniejszym zaangażowaniem emocjonalnym, pomagał mi też nabrać dystansu do wydarzeń. W tym momencie przypomniałam sobie o naszej rozmowie z Wojtkiem i zdałam sobie sprawę z tego, że mama nic o tym nie wiedziała, więc na szybko streściłam jej swoje spotkanie z nim i przebieg rozmowy. Mama oczywiście spojrzała podejrzliwie i znów starała się wszystko wytłumaczyć tak, jak ona to widziała. Według niej plan skopiowania danych był w porządku, ale wykorzystywanie tego przeciwko Piotrowi już niekoniecznie. Przekonywała mnie, że powinnam poczekać cierpliwie na rozwój wydarzeń. Tłumaczyła, że nie uda mi się rozwiązać wszystkich problemów w kilka dni, bo jeśli będę się z tym spieszyć, to popełnię za dużo błędów. Tak, to prawda. Powoli moje racjonalne ja zaczynało dochodzić do głosu i przyznawałam sama przez sobą, że chęć zniszczenia Piotra za rozmowę i propozycję była niezwykle niedojrzała i dziecinna. Kierowały mną emocje, które kumulowały się we mnie od dawna. Chciałam, żeby ktoś też poniósł bolesną karę, a rodzaj przewinienia był tak naprawdę zupełnie bez znaczenia. Liczył się tylko ból.

Mama cieszyła się, że rozmawiałyśmy o tym, że dostrzegałam swoje błędy, a co najważniejsze – umiałam je naprawić. W takich sytuacjach znów czułam się jak nastolatka wracająca zapłakana ze szkoły z powodu, który sama rozdmuchała do granic możliwości. Jak dobrze mieć kogoś, kto potrafi tak uspokoić. Moje poczucie bezpieczeństwa było ostatnio bardzo zachwiane, potrzebowałam stabilności. Obecność w moim życiu mamy zawsze miała ogromne znaczenie, ale teraz jej wymiar był zupełnie inny. Wydawało mi się, że dziecko najbardziej potrzebuje matki, kiedy jest małe i bezbronne, a tak naprawdę potrzebuje jej przez całe swoje życie. Dzięki niej, mimo że byłam dorosła, czułam się jak dziecko. Tak, dzięki niej. Teoretycznie powinnam być z tego powodu zła, ale byłam jej wdzięczna za to, że mogłam czuć się zaopiekowana i zrozumiana, że był ktoś, kto chciał dzielić ze mną trud podejmowania decyzji. Jednocześnie myślę, że Michał odebrał mi tę zdolność rozkładania sytuacji na części pierwsze i analizowania ich w celu zrozumienia i zdecydowania się na jakieś działanie. Robił to za mnie, a ja na to pozwalałam.

Odstawiłam torebkę na bok i wstałam z kanapy.

– Muszę jechać do firmy – stwierdziłam cicho i z uśmiechem zapytałam: – Nie uważasz, że proponowanie mi matkowania po raz kolejny jest śmieszne? Co ze mnie za matka? Nie widziałam swoich dzieci od wczoraj. Robisz za mnie wszystko, a ja tylko przeżywam kryzys za kryzysem.

– Ej! – Mama stanęła obok mnie. – Jesteś supermatką, a to, że masz teraz tornado w życiu, to nie twoja wina. Nie tak miało być. Wiedz, że dzieci cię kochają miłością bezwarunkową i cieszą się z najmniejszego twojego uśmiechu. – Mama ruszyła do kuchni, ale po chwili zatrzymała się i dodała: – Poza tym wierzę, że kiedyś się to uspokoi.

– Wiesz – zdecydowałam się podzielić z nią myślą, która błysnęła nagle w mojej głowie – może właśnie tak miało być. Może plan był taki, że miałam obudzić się z bajki, którą do tej pory żyłam, a która była tylko złudnym zachwycającym snem. Może chodzi o to, że mam się zmienić i zacząć prowadzić życie, jakie powinnam mieć od zawsze. – Spuściłam wzrok i ciszej zakończyłam: – Może to zabrzmi brutalnie, ale naprawdę czuję się tak, jakbym się obudziła ze snu i wpadła prosto w pole walki.

Mama podeszła do mnie i przytuliła mnie bez słowa. Nie były nam potrzebne żadne wyjaśnienia. Wiedziałam, że te wnioski były słuszne. Mama też to wiedziała.

Podjeżdżając pod bramę automatyczną w firmie Piotra, nie spodziewałam się, że spotkam go osobiście. Wątpiłam, by znalazł czas na wyjście do mnie, co w zasadzie było mi na rękę i na co po kryjomu liczyłam. Mimo że zmieniłam o nim zdanie, potrzebowałam więcej czasu na ponowną konfrontację.

Pan z ochrony przywitał mnie i powiedział, żebym przejechała przez bramę, a następnie zatrzymała się naprzeciwko drzwi. Ktoś miał do mnie wyjść w celu przekazania informacji. Zatrzymując samochód, przyglądałam się wszystkiemu tak, jakbym była tam po raz pierwszy. Wielokrotnie odwiedzałam Michała w pracy, ale teraz było inaczej, bo wiedziałam, że nie ma w tym budynku nikogo, na kogo czekałabym z niecierpliwością. Przyjechałam tutaj załatwić sprawę jak do urzędu czy innego nic nieznaczącego dla mnie miejsca.

Z obrotowych drzwi wybiegł łysawy czterdziestokilkuletni mężczyzna ubrany w czarny garnitur z szarym wąskim krawatem. Był starszy, niż wynosiła średnia wieku pracowników Piotra. Podbiegł od strony pasażera i wsiadł do środka. Ten krótki sprint spowodował u niego zadyszkę. Niewielki piwny brzuszek falował pod marynarką, jakby mężczyzna biegł do mnie z drugiego końca miasta. Żadne z nas się nie odezwało po tym, jak usiadł w fotelu. Ja nie wiedziałam, co powiedzieć, on zaś nie mógł złapać pełnego oddechu. Dyszał płytko. Dotknął lewą dłonią klatki piersiowej, próbując uspokoić jej falowanie. Zapytałam, czy wszystko w porządku, a on pokiwał głową potwierdzająco. Wyciągnął do mnie rękę, więc ją uścisnęłam w geście powitania. Odwróciłam się w jego kierunku. Wpatrywałam się w niego i powoli się uśmiechając, zaczęłam:

– Proszę się nie denerwować, mamy czas. Posiedzimy tutaj chwilę, aż będzie pan w stanie wydobyć z siebie głos.

Minęła kolejna chwila ciszy, którą tym razem przerwał mój rozmówca.

– Bo… ja… – zaczął już w miarę spokojnym oddechem – nie spodziewałem się, że pani… jeszcze dziś przyjedzie i poszedłem do drugiego budynku… Przybiegłem, jak dostałem telefon.

– Ale ja nie czekałam długo – zapewniłam.

– Tak? – Spojrzał na mnie niepewnie. – Marek, szef floty. – Wyciągnął jeszcze raz rękę w moim kierunku.

– Kaja – przedstawiłam się. Nigdy wcześniej nie poznałam tego człowieka.

– Wiem, żona Michała – dodał pospiesznie, po czym spojrzał na mnie tak, jakby powiedział coś niewłaściwego. – To znaczy… wdowa – wycedził zmieszany. – O Boże, przepraszam.

– Nic nie szkodzi – powiedziałam tak ciepło, jak tylko potrafiłam. – W zasadzie po raz pierwszy słyszę to słowo. Ksiądz pewnie też tak mnie nazywał podczas nabożeństwa żałobnego, ale na szczęście tego nie pamiętam.

– To dobrze, dobrze. – Poprawił sobie teczkę na kolanach. – Jedźmy na parking podziemny. Tam jest drugie auto.

– Kolejne parkowanie? – zapytałam, próbując rozluźnić atmosferę.

Podziałało. Marek wyraźnie się odprężył, po czym zaproponował zamianę miejsc. Obeszłam samochód dookoła i przesiadłam się na miejsce pasażera. Spotkaliśmy się za bagażnikiem i wyminęliśmy niezręcznie. Marek po dostosowaniu fotela i lusterek do swoich potrzeb włączył wielki ekran w desce rozdzielczej, który pozostawał czarny przez czas mojego użytkowania tego samochodu.

– Dużo łatwiej jest z kamerami cofania – zażartował.

Roześmiałam się w głos. Że też wcześniej na to nie wpadłam. Założyłam, że to tylko radio. Te kamery powinny włączać się same, a nie tkwić sobie bez znaku życia. Na moje pocieszenie Marek dodał, że ta kamera została zamontowana przez Piotra, bo jemu samemu trudno było parkować. Gdyby to producent montował kamery, włączałyby się same.

Faktycznie obraz stanowił ogromną pomoc i kiedy Marek manewrował w dokładnie takich samych rozmiarów miejscu parkingowym, wyglądało to na banalną czynność. Przesiedliśmy się do mercedesa. Ten samochód miał zupełnie inny charakter. Pachniał luksusem i elegancją. Marek zaprogramował moje ustawienia i wytłumaczył funkcje, z których warto korzystać, sugerując przy tym, że mogłabym znów pominąć jakąś niezbędną w użytkowaniu opcję.

– Piotr poinformował mnie, że mam czekać na pani decyzje i wytyczne w sprawie tego samochodu.

– Tak? – Nie do końca rozumiałam, co chciał przez to powiedzieć, więc poprosiłam o doprecyzowanie. – A co to znaczy? Chodzi o formalną własność?

– Po części tak. – Marek wyjął z teczki notatnik i zaczął szkicować tabelkę. – Pokażę, jakie ma pani opcje…

– Proszę, mów mi po imieniu.

– Okej – oderwał wzrok od kartki – i vice versa. Mamy zatem opcję pierwszą, którą ja uważam za najlepszą i przy niej bym został na twoim miejscu. – Wyciągnął z marynarki kopertę. – W związku z tym, że samochód jest własnością Piotra i firmy, wszystkie wydatki idą w koszty firmy, masz tutaj zatem kartę paliwową, dzięki której rozliczasz się bezgotówkowo za paliwo. Tankujesz, płacisz tą kartą i odjeżdżasz. Niepotrzebne są żadne faktury ani papiery. Wszystko teraz idzie drogą elektroniczną, więc niczym nie musisz się martwić. Samochód pozostaje własnością firmy.

– Rozumiem – potwierdziłam. – A co, jeśli chcę go mieć na własność?

– Wtedy jest opcja druga. – Tak jak przy pierwszej wpisywał plusy. – Firma przekazuje auto jako darowiznę, ale z tym wiązałaby się konieczność zapłaty podatku, więc nie wiem, czy to Piotr by go pokrywał, czy ty. Nie pytałem. Podobnie jest w wersji sprzedaży, gdzie przychodzi zapłacić podatek od czynności cywilnoprawnej. W przypadku nabycia pojazdu każdą z dróg tracisz możliwość tankowania i serwisowania auta przez firmę, ale nie jest powiedziane, że to niemożliwe. Kilku naszych pracowników używa samochodów prywatnych. Michał też rozliczał i serwisował wasz samochód – stwierdził niepewnie.

– Tak – dodałam mu odwagi, uśmiechając się – ale czy to nie oznacza, że musiałabym być pracownikiem firmy?

– Hm... nie pomyślałem o tym. – Marek podrapał się po głowie ewidentnie zaskoczony moim pytaniem. – Po raz pierwszy robię taki manewr. Muszę sprawdzić i zadzwonię do ciebie z informacją, okej?

– Okej.

– Napisz mi swój numer telefonu. – Wysunął w moją stronę kopertę, na której chwilę temu wyliczał możliwe opcje przejęcia samochodu. Podał mi też długopis, a ja zapisałam swój numer.

– Czy to już wszystko?

– Tak... w zasadzie tak. – Marek zaczął składać dokumenty. – Piotr prosił, żeby go poinformować, jak przyjedziesz, ale pojechał już na lotnisko, więc chyba tylko napiszę mu wiadomość, że wymieniłaś auta.

Skinęłam głową, czekając, aż wysiądzie. Pozdrowiliśmy się i odjechałam. Zaraz po tym, jak ruszyłam, zaskoczyła mnie lekkość prowadzenia tego auta. Rozpływałam się nad jego miękkością. Po prostu płynęło. Kiedy dojechałam do bramy i pomachałam panu w budce strażniczej, zadzwonił mój telefon. Włożyłam rękę do torebki i jak w tych konkursach dla dzieci, które mają rozpoznać wrzucony do worka przedmiot po jego kształcie, zaczęłam badać jej zawartość, poszukując pożądanej rzeczy. Natrafiłam na wibrujący telefon i szybko wyciągnęłam go z torebki. Odebrałam.

– Słucham.

– Hej, tu Wojtek.

– Cześć, co słychać? – zaczęłam luźno rozmowę.

– Zaskoczyłaś mnie…

– Ja? Czym? – zapytałam lekko rozbawiona.

– Byciem dziewczyną Piotra – wyrzucił z siebie Wojtek.

– Kim?!

– Powiedział, że przyjedzie jego dziewczyna po samochód, więc jak cieć dał sygnał, że przyjechała, to wszyscy żeśmy stali w oknach, patrząc, kto przyjechał, bo przecież nie od dziś wiadomo, że Piotr jest… to znaczy był sam.

– I jest! – dopowiedziałam.

– Ooookej. To co to znaczy?

– Mnie pytasz? Skąd mam wiedzieć? – odpowiedziałam pytaniem na pytanie.

Pan z budki patrzył na mnie wyczekująco, kiedy przejadę przez bramę. Trzymał uniesiony szlaban przez cały czas. Pomachałam mu przepraszająco i ruszyłam. Nie byłabym w stanie prowadzić rozmowy i jechać, więc zaparkowałam kilka metrów dalej, by dokończyć konwersację z Wojtkiem.

– Myśmy nawet obstawiali, że on jest gejem – mój rozmówca był już bardziej zrelaksowany – albo że jest chory, bo nigdy nie okazał zainteresowania żadną kobietą. Wiesz, o co chodzi? – Zaprzeczyłam, więc kontynuował: – Każdy facet będzie się oglądał za piękną kobietą, zajrzy w biust, jeśli nadarzy się ku temu okazja. Popatrzy na pupę, uśmiechnie się do kobiety, poflirtuje z nią, pogłaszcze. Zwłaszcza jak ma się tyle hajsu, to babkom niewiele trzeba, żeby się łasić.

– Mówisz o kobietach jak o psach – zauważyłam.

– O rany, nie gadaj. – Wojtek śmiał się w głos. – Tak to już jest z waszym gatunkiem. Ale mów, co zaszło z Piotrem, że dostałaś auto Bonda.

– Bonda? To on myśli o sobie, że jest jak 007? Że jest tajnym agentem?

Wojtek nie był w stanie od razu odpowiedzieć. Jego donośny rechot sprawiał, że powstrzymywałam się, by nie dołączyć do niego, mimo że zupełnie nie rozumiałam powodu jego radości. On jednak zamiast mi wytłumaczyć, co go tak rozbawiło, wycedził:

– Muszę to sprzedać chłopakom. – I śmiał się nadal.

– Okej, ale możesz mnie oświecić? – niecierpliwiłam się.

– To jest samochód Bonda.

– W sensie kolekcjonerski? – Moje pytanie wywołało kolejną salwę śmiechu. Znów musiałam poczekać, aż ten głośny, miły dla ucha dźwięk jego śmiechu ucichnie.

– Nieee. To jest dokładnie ten sam model, którym jeździł Bond w *Skyfall*. Piotr go kupił jakiś czas temu, ale w ogóle nim nie jeździł. Zresztą on zawsze śmiga na motorze, ale to wiesz, prawda?

– Tak – skwitowałam.

On używał na zmianę taksówek i motocykla. Gdy decydował się na jednoślad, przebierał się w biurze w garnitur, a potem, gdy miał wracać do domu, z powrotem w skórzany kombinezon. Wielokrotnie widziałam go wyjeżdżającego z firmy lub wjeżdżającego do niej, kiedy odwiedzałam Michała. Czasami zatrzymał się, żeby porozmawiać, a czasami machnął jedynie ręką na przywitanie i z zawrotną prędkością ruszał przed siebie. Widać było, że sprawiało mu to ogromną radość. Do wczoraj trwałam w przekonaniu, że posiada jeden motocykl, ale przechodząc przez garaż, dostrzegłam trzy różne maszyny, co w zasadzie dopiero teraz nabrało sensu. Piotra, poza jazdą po mieście, interesowały też rajdy i zwiedzanie krajów na motorze. Było to dość nietypowe dla kogoś, kto mógł sobie pozwolić na przemieszczanie się samolotami i luksusowymi limuzynami. Każdy szef znaczącej firmy dodawałby sobie powagi i ważności poprzez robienie tego, czego oczekiwali od niego wszyscy wokół, czyli manifestowanie swojego bogactwa. Piotr nie słynął z rozpieszczania siebie w typowo szpanerski sposób. W zasadzie do wczoraj nie wiedziałam, że ma dwa samochody, w tym jeden Bonda. To z kolei przypomniało mi o Wojtku i wyrwało z zamyślenia.

– No więc co się stało w tym czasie? Całkiem niedawno rozmawialiśmy, a dziś widzę cię w mercu.

– Ech... – westchnęłam. – Dużo by opowiadać...

– Mam czas – zapewnił.

– Ale ja go nie mam.

– Jedziesz do domu?

– Chyba tak.

– Może chcesz coś zjeść? Ciekawość mnie zżera.

– W zasadzie to ja dziś nic jeszcze nie jadłam.

– Nic? Czekaj chwilę. – Zapadła cisza.

Długa, rozciągająca się w czasie cisza. Nie wiedziałam, co odciągnęło go od rozmowy. Głód zaczynał mi doskwierać, robiło się już ciemno, więc czekanie dłużyło się w nieskończoność. Wyczekiwałam, w zasadzie nie wiedząc na co. Poirytowana w końcu rzuciłam nieśmiałe „halo?", żeby przerwać milczenie. Błyskawicznie usłyszałam jakiś szum, a po chwili głos:

– Już, już. Zamykałem tylko sprawy, żeby wyjść. Już wychodzę.

– Ale po co mnie trzymasz na linii? – Nie dbałam o to, że w moim głosie słychać było poirytowanie.

– Tak zawsze robię z klientami, jak mam coś do załatwienia dla nich. Bez sensu jest się rozłączać, skoro zaraz będziemy nadal rozmawiać.

– No ooookej – przeciągnęłam ostatnie słowo. – Mogłeś powiedzieć, że się spakujesz i wyjdziesz… i rozłączyć się.

– Cholera wie, jeszcze byś odjechała – rzucił rozbawiony.

Wojtek wsiadł w swój samochód i poprowadził mnie do jakiejś pobliskiej restauracji. Szybko zamówiliśmy jedzenie, rozmawiając jedynie zdawkowo o samochodach, jedzeniu i innych mało istotnych kwestiach. Po jakimś czasie kelnerka przyniosła zamówione dania i szybko odeszła, zajęta obsługą innych gości. Wojtek opowiadał o jakimś koncercie, na którym grał ostatnio, o tym, że zespół, w którym gra, jest coraz bardziej popularny, i że fani rozpoznają ich już na ulicy, zaczepiają, prosząc o autografy. Słuchałam go z niedowierzaniem, że miał tak zupełnie dwa różne style życia. Z jednej strony pracował u Piotra jako spec od komputerów od świtu do zmierzchu, a z drugiej był artystą i muzykiem. Zastanawiało mnie, skąd miał energię, by działać w dwóch tak skrajnie różnych dziedzinach.

Tymczasem zadzwoniła Weronika. Mimo że nie słyszałam, co mówiła, doskonale wiedziałam, co było powodem jej telefonu.

– Jeszcze jestem w pracy – skłamał pewnie Wojtek, po czym poczekał na odpowiedź, a następnie wymijająco zakończył rozmowę: – Nie wiem, ile mi zejdzie, pewnie ze dwie godziny. Wiem, że miałem wyjść wcześniej, ale coś mi wypadło. Nie mogę teraz rozmawiać.

Rozłączył się i położył telefon obok talerza na stoliku, po czym bez najmniejszego zmieszania wrócił do rozmowy o muzyce.

– Po co ci dziewczyna? – przerwałam jego wypowiedź.

– Słucham? – Wydawał się zaskoczony, ale błyskawicznie posłał mi uśmiech. – Żeby nie wracać do pustego domu – zażartował i od razu na nowo podjął temat koncertu.

– To kup sobie kota – skwitowałam, lekceważąc jego przechwałki. – Tylko tyle masz do powiedzenia? Ja pytam serio i oczekuję poważnej odpowiedzi.

Posłałam mu karcące spojrzenie.

– Ale co mam powiedzieć? – Zerknął najpierw na swój talerz, a po chwili na mnie, tym razem bez uśmiechu. – Nie usłyszysz ode mnie chwytliwej historii o tym, jak się kochamy i jaki to mam świetny związek. Jesteśmy razem i tyle.

– Nie traktujesz jej zbyt dobrze – oceniłam śmiało.

Pewnie zbyt śmiało, biorąc pod uwagę, że nie znaliśmy się aż tak dobrze, żebym otwarcie wyrażała, co myślę. Nie chciałam krytykować jego postępowania, ale działało mi ogromnie na nerwy, że ostatnie doświadczenia z mężczyznami sprowadzały mnie brutalnie na ziemię. To tylko kobiety czekają na uniesienia, pasję, miłość. Mężczyźni działają racjonalnie. Czy to naprawdę był wystarczający powód do bycia razem, że fajnie było wrócić do domu, w którym ktoś czekał? Może powinien mieć tego kota zamiast dziewczyny, choć nie… zwierzak też ma uczucia i tęskni. Patrzyłam na Wojtka i zaczynałam nawet doceniać ofertę Piotra, który wszystko powiedział otwarcie. Może mama miała rację, mówiąc, że taka oferta jest lepsza niż bycie oszukiwaną i mamioną obietnicami.

– Nie rozmawiajmy o niej. – Dobry humor Wojtka odszedł w zapomnienie.

Zapadła cisza. Żadne z nas nie wiedziało, co powiedzieć. Dokończyliśmy nasze posiłki w milczeniu. Tuż przed wyjściem kurtuazyjnie podziękowałam za zaproszenie, a następnie rzuciłam bezemocjonalnie, że chciałabym przegrać dane, ale tylko i wyłącznie na swój komputer i w mojej obecności. Wojtek przytaknął.

Nie rozmawialiśmy ani o Piotrze, ani o mercedesie, mimo że był to pierwotny powód spotkania. Wojtek – zapewne zakładając, że spędzi ze mną te dodatkowe dwie godziny, o których wspomniał narzeczonej – zmarnował spotkanie na przechwalanie się swoimi ostatnimi sukcesami, a potem atmosfera zmieniła się tak radykalnie, że nagle przestała nam się kleić rozmowa. Cieszyłam się z takiego obrotu spraw, bo nie miałam najmniejszej chęci na wtajemniczanie go w swoje życie prywatne. Nie po tym, jak zobaczyłam, jaki jest naprawdę.

Po powrocie do domu chwilę pobawiłyśmy się z dzieciakami, a następnie przyszedł czas na prace domowe, kąpanie i wieczorne czytanie. Kiedy mama przygotowywała drugie śniadanie dla dzieci do szkoły na następny dzień, ja kończyłam czytać bajki. Zerknęłam na swoich słuchaczy: obaj już spali, więc wysunęłam się z łóżka tak powoli, jak tylko mogłam, by nie obudzić ich zbyt gwałtownymi ruchami.

– Myślisz, że działanie wszystkich kobiet powoduje u facetów poirytowanie? – zaczęłam, wchodząc do kuchni.

Usiadłam na blacie kuchennym obok mamy. Spojrzała na mnie z lekkim uśmiechem dezaprobaty. Kiedyś, przewrażliwiona na punkcie dobrych manier i odpowiedniego zachowania, od razu zgoniłaby mnie z blatu i wskazała krzesło. Teraz na wiele rzeczy nie reagowała już z takim oburzeniem.

– Co masz na myśli? – Moje pytanie, zadane tak zupełnie znienacka, nie było jednak dla niej oczywiste.

Mama otworzyła lodówkę, by schować produkty, a następnie wzięła się za czyszczenie kuchenki gazowej i jednocześnie co chwilę zerkała na mnie. Podziwiałam jej lekkość poruszania się i grację. Nie było w niej grama niedołężności czy starości.

– Tak się zastanawiam, czy kobiety faktycznie umieją postępować z mężczyznami?

– Och... to trudny temat... a czemu pytasz?

– W ciągu ostatnich dwudziestu czterech godzin miałam do czynienia z dwoma różnymi mężczyznami, z całkowicie odmiennymi osobowościami, charakterami, ale odznaczającymi się jedną cechą wspólną: totalnym brakiem zrozumienia kobiet.

– Może to dlatego, że nie znają cię i nie wiedzą, jak z tobą postępować?

– Nieee – zaprzeczyłam szybko. – To nie chodzi o mnie.

To było coś więcej niż tylko brak porozumienia. Miałam wrażenie, że na nowo poznawałam męski świat, przekonując się, że rządzi się on zupełnie innymi regułami.

Zeskoczyłam lekko z blatu.

– Mam taki mętlik w głowie... Wzięłam auto Piotra – przerwałam, wyczekując jej komentarza.

– To dobrze. Sprzedajesz czy zatrzymasz?

– Muszę poczekać na odpowiedź szefa floty, jakie mam opcje, bo sprawa nie jest taka prosta, jak się wydawało.

Będąc w łóżku, położyłam komputer na kolanach. Zerknęłam na puste miejsce obok. Przyzwyczaiłam się już do tego, że byłam tu sama. Czułam się znacznie silniejsza i odporniejsza na niespodziewane życiowe wichury. Ostatnie wydarzenia dodawały mi sił, nabierałam pewności, że sobie poradzę, że najgorsze już za mną. Gdzieś w środku czułam, że odbijam się obiema stopami od dna i za chwilę wypłynę na wierzch, łapiąc oddech i ciesząc się z życia.

Ekran powitalny oświetlił moją twarz. Wpisałam hasło i zaczekałam na logowanie się do systemu. Pierwszą moją czynnością miało być napisanie maila do Piotra. Niby proste zadanie, ale przez długi czas zastanawiałam się, jak ubrać myśli w słowa i jak podziękować za samochód, jednocześnie dbając, żeby nie było to zbyt płytkie lub zbyt gorliwe podziękowanie. Wydusiłam z siebie poprawną formę i wysłałam. Nie omieszkałam dopisać krótkiej wzmianki o byciu jego dziewczyną. Pomysł może nie był najlepszy, bo sugerował, że rozmawiałam o tym z kimś z biura, zapewne wystawiając Marka na podejrzenia. Ciekawość była jednak silniejsza niż troska o szefa floty w jego firmie – skoro zaszedł tak daleko, znaczyło to, że poradził sobie z poważniejszymi sprawami. Nic mu nie będzie – pomyślałam.

Zegar wskazywał dopiero dziesiątą, a ja już byłam w łóżku i po wysłaniu podziękowania nie miałam co robić. Zaczęłam czytać wiadomości z kraju. Sprawdziłam pogodę. Z nudów przeczytałam nawet horoskop. Wróżka przestrzegała mnie przed kłopotami ze zdrowiem, ale zachęcała do podejmowania stanowczych decyzji w pracy. Z uśmiechem przyjęłam tę przepowiednię. Po chwili brzdąknięcie dzwonka zasygnalizowało nadejście nowej wiadomości. Nadawcą był Piotr. Nie spodziewałam się, że odpisze tak szybko.

Fajnie, że napisałaś. Myślałem, że po wieczorze u mnie przepadniesz jak kamień w wodę. Samochodu nie używam w ogóle, więc cieszę się, że go wzięłaś. Marek napisał mi wiadomość o odsprzedaży i formalnościach, ale nie martw się tymi sprawami. Załatwię to tak, żebyś nie odczuła kłopotu. Zatrzymaj kartę paliwową. Wątpliwości Marka są całkowicie do przeskoczenia i jestem zaskoczony jego brakiem kompetencji w temacie. Co do nazwania Cię moją dziewczyną, to widocznie opacznie zrozumieli, na co nie mam najmniejszego wpływu.

Ode mnie usłyszeli, że dziewczyna przyjedzie wymienić samochody. Ich problem, co sobie założyli. Ludzie mają to do siebie, że zamiast przyjmować fakty takie, jakimi są naprawdę, kombinują i nadają im zupełnie inny wymiar. Niepotrzebnie.

Domyślałam się, że ostatnie zdanie odnosiło się do naszej rozmowy i propozycji Piotra. Nie było na końcu ani pozdrowienia, ani jakiejkolwiek formy pożegnania. Po rozwinięciu stopki zobaczyłam jego imię i nazwisko, dane firmy oraz obszerny akapit o tym, żeby pomyśleć przed wydrukowaniem maila, zakończony prośbą o dbanie o środowisko i wieloma cyframi kapitału zakładowego. Byłam świadoma, że wszystkie formalne maile wyglądały dokładnie tak, ale jego wiadomość wydawała się wyjątkowo oschła. Tak jakby dostawca prądu informował mnie o zmianie stawki rozliczeniowej za kilowaty. Nikt nie odpisuje dostawcy z podziękowaniem za informacje, nie znalazłam w sobie zatem najmniejszej nawet chęci odpisania na wiadomość Piotra.

Zamykałam właśnie wszystkie otwarte uprzednio zakładki, gdy sygnał nadejścia maila zabrzmiał ponownie. Wróciłam do poczty i zupełnie zaskoczona otworzyłam kolejną wiadomość od niego. Była to jedynie krótka informacja o tym, że zdecydował się zostać tylko trzy dni na wyjeździe i że wraca pod koniec tygodnia. Zaproponował spotkanie na, jak to określił, neutralnym gruncie, gdzieś w restauracji, którą sama wybiorę. Odpisałam, że się zgadzam i że neutralny grunt nie jest potrzebny, jako że nie prowadzimy wojny i nie będą to pertraktacje pokojowe, a jedynie rozmowa dwojga ludzi. Byłam dumna z siebie, klikając „wyślij". To była taka wiadomość, którą nawet moja mama przyjęłaby z uśmiechem i aprobującym lekkim kiwaniem głowy. Spodziewając się maila zwrotnego, czekałam, patrząc w ekran. Musiał na to odpisać. Nie myliłam się.

Jego odpowiedź nawet mnie rozśmieszyła, choć jeszcze paręnaście godzin temu potraktowałabym ją jako obraźliwą. Napisał, że gdyby wiedział, że mercedes ma taką moc, zacząłby od przekazania mi go od razu, zaraz po przekroczeniu progu jego domu. Skomentowałam to w poważnym tonie, wysyłając mu słowa, które wcześniej usłyszałam od mamy. Wyjaśniłam mu, że przemyślałam wszystko, nadal podtrzymuję swoje zdanie i nie przyjmuję jego oferty, ale że doceniam przedstawienie wszystkiego w bezpośredni sposób. Dodałam, że jestem wdzięczna za jego otwartość wobec mnie.

Kolejne „wyślij" i kolejne „masz nową wiadomość".

Teraz brzmisz jak prawdziwa Ty. Muszę wrócić do pracy, żeby wyrobić się na czas ze wszystkim, a robi się już późno. Napisz tylko, gdzie i kiedy możesz się spotkać w weekend. Bez odbioru.

Nie wiedziałam, gdzie Piotr poleciał, ale jeśli był w tej samej co ja strefie czasowej, oznaczało, że pracował naprawdę długo. Niesamowite było dla mnie to, jak wydajny i produktywny może okazać się człowiek, gdy mu na czymś bardzo zależy. Rozmyślałam nad swoim postępowaniem, czy byłam aż tak zdeterminowana i ambitna w działaniu jak on. Odłożyłam komputer na bok z myślą, że potrzebuję większego wysiłku od samej siebie, by osiągnąć coś w życiu, że muszę skończyć z tym rozpamiętywaniem swojego życia z czasów, kiedy był ze mną Michał. Może nie tyle skończyć, co zmienić sposób wspominania tego, co już za mną. Zamienić żałosną tęsknotę na ciepłe myślenie o nim, jak o najlepszych wakacjach, jak o pierwszej, młodzieńczej miłości. Pozytywnie, miło. Bez żalu i złości. Musiałam pogodzić się z tym, czego już nie mam, i z tym, co mi zostało. W tym momencie potrząsnęłam głową – nie, nie mogłam myśleć o swoim życiu w kategoriach „tego, co mi zostało".

To nie było właściwe podejście. Mówiąc w ten sposób, z góry zakładałam, że ktoś za mnie decyduje, zabiera, daje, zostawia, a to ja muszę wszystkim kierować. Czas na moje decyzje, moje działania, moje świadome wybory.

Kolejne dni mijały spokojnie, rodzinnie. Nadrabiałam stracony czas z dziećmi. Długie godziny zabaw, rozmów i typowych czynności domowych wypełniały kolejne popołudnia i wieczory. Coraz częściej pojawiały się sytuacje, z których głośno i długo mogliśmy się śmiać. Oczywiście nie odcięłam się od przeszłości jak ostrym nożem. Nadal byłam pełna wątpliwości i niepewności, ale teraz, dla odmiany, mówiłam o tym otwarcie. Wieczorami, kiedy dzieci już spały, siadałyśmy na balkonie otulone grubymi kocami, zapalałyśmy kilka świec i rozmawiałyśmy. Czasami tematy były lekkie i przyjemne, ale bywały też trudne, zakończone uciskiem w klatce piersiowej i łzami. Podczas jednej z rozmów zapytałam mamę, czy ja kiedyś zapomnę. Czy nadejdzie taki moment, w którym Michał nie będzie pierwszą i ostatnią myślą mojego dnia.

– To jest tak jak z przedmiotem, który wkładasz do kieszeni – zaczęła mama, spokojnie dobierając słowa. – Po jakimś czasie zapominasz, że coś tam włożyłaś, i kiedy zupełnie nieświadomie wsuwasz tam rękę i czujesz to, przypominasz sobie o tym ponownie. Obracasz w palcach, uśmiechasz się i tyle. Zobaczysz, z czasem to stanie się czymś miłym.

– Sama nie wiem – westchnęłam ciężko. – Otwieram szafę, żeby się ubrać, i jedyne, co widzę, to jego garnitury. Myję rano zęby i spoglądam na jego szczoteczkę albo… patrzę na kabinę prysznicową i widzę, że nikt nie rozciągnął ręczników na drzwiach, żeby wyschły… tak jak to on zawsze robił…

– To się zmieni…

– Pewnie z czasem tak… ale nie przestanę o nim myśleć. Zobaczę rodzinę na ulicy i nieważne, czy będą się przytulać, uśmiechać, czy kłócić, będę myślała, że chciałabym mieć taką. Poza tym nie będziemy mieli okazji spierać się o to, ile dać kieszonkowego chłopakom albo czy pozwolić im wyjść na imprezę do znajomych.

– Nie jest powiedziane, że nie będziesz miała takiej rodziny. Jesteś młoda, życie jeszcze przed tobą.

Mama wyciągnęła rękę spod fałdów koca i ścisnęła moje kolano, wyrażając w ten sposób swoje wsparcie. Pewnie chciała też dodać mi otuchy. Westchnęłam po raz kolejny.

– Ale to już nie będzie to samo. Nigdy już nie będę miała takiego zaufania do mężczyzny, nie poczuję takiego luzu, takiego błogiego stanu beztroski.

– To chyba nawet lepiej. – Lekkość jej tonu sprawiła, że obie się uśmiechnęłyśmy. – Ale czego tak naprawdę się obawiasz?

– Będę się obawiała, że w każdej chwili może mnie opuścić.

– Takie jest życie – podsumowała. – Nigdy nie masz gwarancji. Możesz starać się sterować tym, nad czym możesz zapanować, ale związki lubią wymykać się spod kontroli. Wszystko przez to, że związek tworzy dwoje ludzi. Deklarują miłość, szacunek i szczerość, ale każdy jest odpowiedzialny tylko za siebie. Nawet jeśli ty dasz z siebie sto procent, nie masz gwarancji co do drugiej osoby. Dajesz kredyt zaufania z nadzieją, że twój partner cię nie zawiedzie, i w zasadzie to wszystko, co możesz zrobić.

– Pozostają mi tylko układy – zażartowałam. – Coś za coś, bez wzdychania, motyli w brzuchu i innych ceregieli.

Następnego wieczoru, zanim wyszłyśmy na balkon, wyciągnęłyśmy albumy ze zdjęciami. Kartkując je, zaśmiewałyśmy się do łez z fryzur i strojów, jakie kiedyś nosiłyśmy. Przeglądałyśmy je po kolei, często dodając prawdziwe i całkowicie zmyślone opisy do uchwyconych sytuacji. W jednym z albumów było kilka zdjęć z ostatniej firmowej imprezy świątecznej. Mając te fotografie w dłoni, zatrzymałam się na chwilę. Pamiętam, że poszliśmy na nią pokłóceni. Sprawa była banalna i niewarta całej tej nerwowej dyskusji, ale wtedy wydawało mi się to ważne. Michał został zaproszony sam. Kilka dni przed imprezą ktoś z kadr postanowił naprawić błąd i zadzwonił do Michała z przeprosinami. Prosił też o przekazanie mi zaproszenia, które zostało wysłane na jego firmowy mail. Przyjęcie było bardzo wykwintne i dostępne jedynie dla wybranych. Nie był to na pewno grill dla wszystkich pracowników, choć takie imprezy też się zdarzały. Te świąteczne przyjęcia miały inny charakter. Piotr zwykł zapraszać tych, dla których przygotował awans lub podwyżkę. Wszyscy doskonale o tym wiedzieli i z niecierpliwością oczekiwali wiadomości z zaproszeniem. Gdy takową otrzymali, nie dzielili się informacją z innymi. W milczeniu przyjmowali wyróżnienie, nie mając jednocześnie pojęcia, kto jeszcze z zespołu je dostał. Dopiero podczas przyjęcia okazywało się, kogo zabrakło, a kto się pojawił. Niektórzy byli pewniakami, a obecność innych stanowiła czasem nie lada zaskoczenie. Dopiero po jakimś czasie zrozumiałam, że to w ten sposób Piotr dziękował pracownikom za wybitną pracę. Robił to dodatkowo, bo przede wszystkim funkcjonował oczywiście, typowy dla korporacji, system ocen, mający na celu ukierunkować ludzi w firmie, a także przy okazji wyeliminować tych, którzy przestali mieć znaczący wkład w firmę. Michał otrzymywał zaproszenie każdego roku. Nie zdarzyło się, by nie dostał od Piotra jakiegoś świątecznego prezentu. Kolacja była dobrym do tego pretekstem, więc mimo że zwyczajowo był to awans lub podwyżka, w naszym przypadku bywały to też jednorazowe bonusy. Zwykle na zaproszeniu widnieliśmy oboje, ostatnie jednak przeznaczono tylko dla Michała. Początkowo pomyślałam, że może tym razem będzie to spotkanie w męskim gronie, ale kiedy kilka dni przed starannie naprawiono „pomyłkę", poczułam się niekomfortowo. Nie chciałam iść na to przyjęcie. Odmawiałam długi czas, co doprowadzało Michała do wściekłości. Nalegał i prosił, potem nawet straszył, że zostanie zwolniony, ale oboje wiedzieliśmy, że to akurat by nie nastąpiło. Widząc jednak, jak mu zależy, zgodziłam się pójść. Na ostatnią chwilę zorganizowałam fryzjera, suknię i buty. Tak… brzmi to jak szykowanie się Kopciuszka na bal, ale właśnie tego wymagało to spotkanie. Kobiety przybywały w szykownych kreacjach, brzęczały kosztowną biżuterią, mężczyźni występowali w garniturach lub nawet w smokingach.

Piotr wynajmował jeden duży stolik w restauracji lub, gdy szczęśliwców było dużo, dwa. Tam kelnerzy, jak dawniej czarni niewolnicy, stali w niewielkiej odległości na wypadek, gdyby ktoś potrzebował pilnej dolewki koniaku lub wody. Tamtego wieczoru siedzieliśmy przy okrągłym stole, w gronie około dwudziestu osób. Rzecz jasna każdy prowadził rozmowę z najbliżej siedzącymi osobami. Piotr na początku wszystkich witał, dziękował i gratulował. Następnie był posiłek, a później przechodziliśmy do sali z wygodnymi kanapami przeplatanymi stoliczkami z ciemnego drewna, na których stały srebrne tace, przygotowane na puste szklanki po drinkach. Wtedy też Piotr podchodził do każdego wybrańca i informował go o tym, jaką podwyżkę dostanie, lub też wręczał kopertę bezpośrednio do ręki samego uszczęśliwionego zainteresowanego. Niektórzy, czekając na swoją kolej, spędzali czas na tańczeniu do muzyki granej na żywo, rozmawiali lub spożywali spore ilości alkoholu.

Dla nas ten wieczór był dziwny. Najpierw się spóźniliśmy, bo niania nie mogła dojechać na czas do dzieci, więc musieliśmy ściągać moją mamę, a potem okazało się, że nasze miejsca tuż obok Piotra zajął ktoś inny. Musieliśmy usiąść dalej, co było dla Michała policzkiem. Nie mógł się pogodzić z tym, że ludzie założyli jego nieobecność i zajęli przeznaczone dla niego miejsce. Jego współpracownicy byli dokładnie tacy sami jak on i też chcieli usiąść jak najbliżej szefa. Wyglądało to trochę jak wzdychanie do ulubionej gwiazdy, ale było też zrozumiałe, jako że niewielu z nich pracowało z Piotrem bezpośrednio, a chciało wykorzystać swój krótki czas na okazanie wdzięczności i upewnienie się, że tym razem zostaną zapamiętani na długo.

Michał był poirytowany z powodu zaistniałej sytuacji. Komentował z przekąsem rozmowy i głośne wybuchy śmiechu kolegów. Po jakimś czasie przyszła nasza kolej. Mój mąż doczekał się wreszcie uściśnięcia dłoni szefa i wyszczerzenia zębów, co – jak za dotknięciem różdżki – zmieniło jego podły dotąd nastrój w lekki stan bytu. Nastąpiła chwila rozmowy o biznesie, o zyskach, o projektach i innych całkowicie nudnych sprawach. Pozostawałam ze swoim uśmiechem i przytakiwaniem jak chińska żona stąpająca trzy kroki za mężem, będąca na każde skinienie. Kolejne uściśnięcie dłoni, koperta z kieszeni marynarki, wymiana uśmiechów i już Piotr włączał radar na kolejną osobę. Dodawał na odchodne, że dobrze mnie widzieć, i znikał.

Zostaliśmy jeszcze przez chwilę, ale w związku z tym, że mama musiała iść następnego dnia do pracy, nasz czas był ograniczony. W zasadzie to, po co przyjechaliśmy, zostało załatwione. Nie utrzymywaliśmy kontaktu z innymi małżeństwami czy parami w firmie. Zbyt rzadko się widywaliśmy, by nawiązać jakąś nić porozumienia. Nie pamiętam nawet, czy Wojtek był na tym przyjęciu obecny, a jeśli tak, to czy przyprowadził Weronikę. Pozostały nam po tym wieczorze dwa zdjęcia: jedno z Piotrem, a drugie przedstawiające

Michała, który stoi nade mną i coś opowiada, a ja patrzę na niego z lekko przekrzywioną głową i poważnym wyrazem twarzy. Zapewne zdjęcia grupowe robiono przed kolacją. Zresztą teraz nic z tego wyścigu o uwagę Piotra, z tej kłótni czy nerwów nie miało już znaczenia. Patrząc na nas razem, żałowałam, że zmarnowałam wtedy tyle dni na przepychanie się w kwestii wspólnego wyjścia, że jadąc samochodem, wyrzucałam Michałowi, że zdenerwował się na moją mamę, ponieważ za późno przyjechała.

Doszłam do wniosku, że mogłam ten wieczór spędzić lepiej. Zamiast się złościć, powinnam była przytulić go i zapewnić, że wszystko to, co go tak stresowało, nie miało znaczenia, że liczyliśmy się tylko my. Westchnęłam ciężko, rozumiejąc, że zupełnie nie doceniałam tego, co miałam. Myślałam: moje życie, związek i obecność Michała obok to pewniaki.

Przyszło mi do głowy, że może to właśnie był dla niego powód odcięcia mnie od swoich decyzji. Biorąc pod uwagę, jak ostro zareagowałam z tak błahego powodu, miał prawo obawiać się rozmów o kredycie. Gdyby się przyznał, że zabezpieczył kredyt polisą na życie, z pewnością czyniłabym mu wyrzuty. Nazwałabym go lekkomyślnym i żądałabym zmiany umowy. Wszystko przez moje pragnienie idealnego związku i życia. Pewnie gdybym była bardziej wyrozumiała, mniej od niego wymagała, on potrafiłby mówić otwarcie o swoich wątpliwościach i problemach.

Pod koniec tygodnia dostałam dwie wiadomości ponaglające. Jedną od Piotra – z prośbą o adres miejsca, które wybrałam na spotkanie, a drugą od Wojtka – z upomnieniem, że czas uciekał, a my nie zrobiliśmy nic, by zabezpieczyć dane. Obu chciałam zbyć taką samą wiadomością, żeby dali mi spokój. Zwalczyłam jednak w sobie niechęć i odpisałam. Piotrowi podałam adres pierwszego lepszego miejsca, jakie wyszukiwarka wypluła na zapytanie o restauracje niedaleko centrum, a Wojtkowi, że może do mnie przyjechać w niedzielę o każdej porze.

Następnego dnia rozpoczęłam poszukiwania wraku samochodu. Musiałam wykonać kilka telefonów, bo niestety nikt nie potrafił powiedzieć, gdzie dokładnie znajduje się nasze auto. Miało być na parkingu, przygotowane do złomowania, ale nikt nie wiedział, co się z nim dokładnie stało. Odsyłano mnie z jednego miejsca w drugie z zapewnieniem, że kojarzą samochód, ale nie byli w stanie podać, gdzie został przewieziony. Rozważałam pozostawienie tego samochodu w czeluściach, w jakie wpadł, ale bałam się, że z czasem ktoś sobie o mnie przypomni i wyśle mi rachunek za ten złom. Mimo trudności nie poddawałam się. W każdym miejscu zostawiałam swój numer telefonu z prośbą o kontakt, gdyby coś się wyjaśniło. Byłam wściekła, że z kolejną sprawą poległam z powodu niekompetentnych ludzi. Po kilku minutach odebrałam telefon od jakiegoś człowieka, który nawet się nie przedstawił. Powiedział tylko, żebym zapisała sobie nazwisko detektywa Mauera i jego numer telefonu. Zastanawiało mnie, dlaczego dostałam ten numer. Czy oznaczało to, że ktoś tak bardzo się przejął i ściągnął detektywa, który będzie szukał dla mnie tego wraku? Detektyw, czyli ktoś taki jak Sherlock Holmes, którego się opłaca i prosi o wytropienie osoby lub przedmiotu, czy też zwykły policjant, który jedynie używa tego tytułu? Zaczęłam nerwowo chodzić po pokoju.

Od razu zadzwoniłam pod wskazany numer.

– Mauer – usłyszałam.

– Witam, Kaja Henderson – zaczęłam.

– Tak, tak – przerwał mi od razu. – Miałem się z panią kontaktować, ale ciągle mi to gdzieś umykało.

– Czyli pan wie, w jakiej sprawie dzwonię? – dopytywałam, sama nie rozumiejąc, czemu rozmawiam akurat z nim.

– Tak, chodzi o auto – wyjaśniał. – Policja wznowiła śledztwo w sprawie pani męża i przetransportowaliśmy samochód do komendy w celu przeprowadzenia testów.

– Bez mojej wiedzy? – Nie brzmiało to wystarczająco mocno, więc dodatkowo podkreśliłam: – Bez mojej zgody?

– Próbowaliśmy się z panią skontaktować…

– Taaak? A w jaki sposób? Bo ja nie otrzymałam żadnej wiadomości, nawet listownej. Niech pan sobie oszczędzi tych marnych wyjaśnień.

– Naprawdę poprosiłem sekretarkę o zdobycie numeru do pani… – Zdawał się niezbity z tropu, mimo że ja przedstawiałam swoje zdanie dość asertywnie.

– Aha – przerwałam i wzięłam głębszy oddech. – W dniu wypadku jakoś znaleźliście sposób, żeby się ze mną skontaktować zaraz po tym, jak zidentyfikowano ciało, a teraz jest taki problem. Nic dziwnego, że tkwicie nad sprawą tyle czasu i nie macie bladego pojęcia, co i jak – podsumowałam sarkastycznie.

Wszystkie działania policji i urzędów wyprowadzały mnie z równowagi. Żadnego pożytku, tylko kłopoty i nieporozumienia. Miałam wrażenie, że nie było tam kompetentnej osoby i traciłam czas na jakiegoś krawężnika bez pojęcia. Chyba naprawdę nie mieli co robić, skoro wyciągnęli tę sprawę ponownie na wierzch.

– Czy mogę rozmawiać z pana przełożonym? – dopominałam się o kogoś ważniejszego, by uzyskać jakiekolwiek informacje.

– Przełożonym? – wyjąkał niepewnie Mauer, a potem cicho dodał: – Zaraz zapytam.

Usłyszałam skrzypnięcie starych drzwi, następnie dobiegły mnie urywki rozmów z otoczenia, tworząc jeden niezrozumiały szum.

Po jakiejś chwili usłyszałam jedno szybkie puknięcie – zapewne do drzwi. Potem bez najmniejszego problemu mogłam przysłuchiwać się całej rozmowie mojego tajnego detektywa, który albo zapomniał z wrażenia, albo nie umiał wyciszyć swojego telefonu.

– Szefie, mamy problem. Zadzwoniła do mnie wdowa po tym biznesmenie, który zginął w wypadku. Jest wściekła, jak to baba. Myśmy jej nie powiadomili, że auto zostało zabrane na testy, i ona teraz chce rozmawiać z moim przełożonym.

Zaakcentował to ostatnie słowo dość zabawnie. Chciał chyba dać do zrozumienia, że upomniałam się o kogoś ważnego. Istniała też opcja, że w policji używali innych określeń, a to, po które ja sięgnęłam, nie pasowało do sytuacji. Nie miałam jednak czasu, żeby się nad tym zastanawiać, bo po chwili usłyszałam przerażający krzyk.

– Kurwa, Mauer! – wrzasnął głos z oddali.

Momentalnie straciłam ochotę na rozmowę z nim. Gdybym mogła, odkręciłabym wszystko i powiedziałabym, żeby wzięli to auto i zrobili z nim, co tylko chcą.

– Czy ty nic nie umiesz zrobić tak, żeby miało ręce i nogi? Co ja jestem twój ojciec, żeby za ciebie odpowiadać? – Donośny głos był coraz bliżej telefonu.

Wiedziałam, że zaraz będę mieć przyjemność lub właśnie nieprzyjemność rozmawiania z tym człowiekiem. Starałam się zebrać w sobie, by brzmieć pewnie i nie dać się zastraszyć.

– Podinspektor Malinowski – usłyszałam, jak zgłosił się do słuchawki tym samym poirytowanym tonem, którym strofował swojego podwładnego.

– Witam – zaczęłam bardzo niepewnie.

– Witam – odpowiedział.

I nic. Zero tłumaczenia. Zero wyjaśnień. Cisza w słuchawce.

– Nie ma mi pan nic do powiedzenia? – ponagliłam go.

– Jeśli chce pani usłyszeć przeprosiny, to tego pani nie usłyszy. Fakt, Mauer naruszył prawo, fakt, nie dopełnił swoich obowiązków, ale jest też jeszcze jeden fakt: to, że policja wznowiła śledztwo i zmieniła kategorię sprawy z nieszczęśliwego wypadku na podejrzenie zabójstwa z udziałem osób trzecich…

– Słucham?! – Tylko tyle zdążyłam powiedzieć, zanim opadłam na kanapę.

– Dobrze pani słyszała – zapewnił i zamilkł.

– Ale… ale jest pan pewien, że to dotyczy mojego męża? – wycedziłam. – Może to pomyłka?

– Nie, proszę pani. – Usłyszałam zniecierpliwienie w jego głosie. – Ja nie jestem od tego, żeby bawić się w kotka i myszkę, żeby zapewniać panią o tym, co się dzieje. Jeśli chce pani zasięgnąć jakichś informacji, proszę o kontakt z detektywem prowadzącym. Ja nie mam czasu, żeby urządzać sobie pogaduchy. To wszystko z mojej strony. Życzę miłego dnia.

Usłyszałam sygnał przerwania połączenia i ciszę. Tysiąc pytań przychodziło mi naraz do głowy. Dlaczego wznowili śledztwo? Co było tego powodem? Czy mieli jakiś dowód, NOWY dowód? Czy może ktoś wcześniej przeoczył fakty? Dlaczego nikt do mnie nie zadzwonił? Od jak dawna trwało to śledztwo? Czy gdyby nie fakt, że zaczęłam szukać samochodu, w ogóle bym się o tym nie dowiedziała?

Z zamyślenia wyrwał mnie dźwięk telefonu. Na wyświetlaczu ukazał się nieznany numer. Odebrałam połączenie i ku mojemu zaskoczeniu usłyszałam ponownie detektywa.

– Muszę się z panią spotkać – zaczął bez przedstawienia się i ceregieli powitalnych.

– Kiedy? – zareagowałam szybko na jego prośbę.

– Kiedy jest pani dostępna?

– Jeśli ma pan czas, to nawet teraz.

– Wie pani, gdzie jest parking pod starą fabryką traktorów?

– Wiem, gdzie stała fabryka, więc myślę, że parking też znajdę.

– Będę na panią czekał – przerwał na chwilę. – Powiedzmy za pół godziny?

– Okej – zapewniłam go i rozłączyłam się.

Złapałam w locie kurtkę i wybiegłam na korytarz. Kilkanaście razy wciskałam guzik przywołujący windę. Czas oczekiwania na nią wydawał się wiecznością. Gdyby ktoś chciał wsiąść teraz ze mną, wypchnęłabym go na korytarz. Gdy tylko metalowe drzwi się rozsunęły w podziemiu, ruszyłam biegiem przez garaż i pospiesznie wsiadłam do samochodu. Z piskiem opon opuściłam osiedle i jechałam przez miasto jak wariatka. W tym czasie zadzwoniłam do mamy z informacją, że wyszłam z domu i że nie będzie mnie, jak wrócą. Mama, słysząc zdenerwowanie w moim głosie, dopytywała, czy coś się stało. Zawahałam się. Zdecydowałam, że wszystko opowiem jej, jak wrócę z potwierdzonymi informacjami.

Po dotarciu na miejsce nie byłam pewna, czy to ten parking, o którym mówiliśmy. Z niecierpliwością spoglądałam na zegarek. Każdy przejeżdżający w oddali samochód odprowadzałam wzrokiem. Nikt nie wjeżdżał jednak na parking. Było już kilka minut po czasie. Stwierdziłam, że muszę jeszcze raz objechać tę fabrykę, że musi być jakiś inny parking, na którym detektyw na mnie czeka. Mógł przecież pomyśleć, że się nie zjawiłam, i odjechać. Ogarnęła mnie panika. Uruchomiłam silnik i już miałam ruszać, kiedy na drugim końcu parkingu zaparkowała stara honda accord. Samochód zatrzymał się dobrych kilkanaście metrów ode mnie. Byłam wściekła, że nie zapytałam, jakim autem przyjedzie. Wpatrywałam się w kierowcę, szukając jakiegokolwiek znaku potwierdzającego, że to właśnie ten policjant, na którego czekam, ale był tylko kształtem postaci. Poza tym samochód nie miał typowego dla policji oznakowania. To może być każdy – pomyślałam. Jeśli pójdę i zapytam go wprost, a okaże się zwykłym cywilem, skompromituję się. Sięgnęłam więc po telefon i zadzwoniłam pod ostatni numer. Nie odrywając wzroku od starej hondy, czekałam na połączenie. Po kilku sygnałach usłyszałam tylko: „czy to pani jest w tym czarnym mercedesie?". Nie wiedziałam, jak zareagować. Rozłączyłam się, odpaliłam silnik i podjechałam bliżej jego pojazdu.

Z samochodu wysiadł trzydziestokilkuletni mężczyzna. Stanął naprzeciw mnie, a przez dużą różnicę wzrostu musiałam patrzeć na niego z zadartą głową. Wyglądał dokładnie jak gliniarz z amerykańskiego filmu: jeansy, skórzana, zdarta na łokciach kurtka i lustrzane okulary przeciwsłoneczne, takie, w których widać odbicie osoby stojącej naprzeciwko. Kilkudniowy zarost na twarzy i ciemne włosy sprawiały, że przypominał aktora. Wyglądał na twardziela, co potwierdzało jego umięśnione ciało. Byłam pewna, że mógłby zabić gołymi rękami. Mogłabym się założyć, że po domu chodził w białym podkoszulku, eksponując każdy mięsień swojego ciała, a robił to też po to, by móc z dumą pocałować od czasu do czasu swój biceps. Pomyślałam, że jeśli takich ludzi mieliśmy w policji w dochodzeniach, to nic dziwnego, że tak trudno było im rozwiązać jakąkolwiek sprawę. Banda cwaniaków mających o sobie nie wiadomo jakie mniemanie. Jeden ważniejszy od drugiego.

– Ładne auto. – Wskazał na mój samochód.

Przewróciłam oczami, a następnie spojrzałam na niego, oczekując czegoś innego niż komplementowanie mercedesa. To jedynie potwierdziło moje przypuszczenia na temat detektywa.

Oparł się o maskę swojego samochodu i rozpiął kurtkę. Sięgnął do wewnętrznej kieszeni na piersi, a drugą ręką przytrzymał kurtkę od spodu. Kiedy zastanawiałam się, czy jest uzbrojony, rozchylił mocniej kurtkę, a ja mogłam zobaczyć kaburę. Wyciągnął papierosy. Skierował otwartą paczkę w moim kierunku i tym gestem zaproponował mi zapalenie razem z nim. Potrząsnęłam głową, odmawiając. Patrzyłam, jak wyciąga zapalniczkę, zapala papierosa i zaciąga się dymem. Moja cierpliwość się kończyła, a on zachowywał się tak, jakby wyszedł na przerwę. Chciałam przyspieszyć bieg rozmowy, ale nawet nie wiedziałam, od czego zacząć, o co pytać. W tej sytuacji również oparłam się o drzwi mercedesa, czekając na ruch detektywa. Uśmiechnął się do mnie, wypuścił powoli dym w powietrze, po czym znów się zaciągnął.

– Musi pani zrozumieć jedną rzecz. – Ściągnął okulary i spojrzał na mnie. – Wszystko, o czym teraz mówimy, jest poufne. Nie może pani z nikim o tym rozmawiać… dla dobra sprawy. Ufam, że mamy ten sam cel. Oboje chcemy poznać prawdę.

Przytaknęłam i czując ogarniające mnie zdenerwowanie, uciekłam wzrokiem w dal, na zachodzące słońce. Choć to wszystko nie miało sensu i tak trudno było mi uwierzyć w to, co wcześniej usłyszałam o możliwym zabójstwie, chciałam dowiedzieć się, czemu na nowo zajęli się sprawą. Jakie były ku temu powody.

– Proszę mówić dalej – pospieszyłam go.

– Muszę usłyszeć, że jest pani świadoma, czego od pani oczekuję.

– Mam potwierdzić, że mamy ten sam cel? Okej. Mamy. Zadowolony? – warknęłam zirytowana jego nastawieniem i sposobem prowadzenia rozmowy.

Detektyw Mauer wziął głęboki oddech i spojrzał na mnie z dezaprobatą.

– Utwierdza mnie pani w przekonaniu, że lepiej było pani nie powiadamiać. Jeśli nie jest pani w stanie skupić się na ważnych kwestiach i będziemy w kółko kręcić się wokół pani histerycznych reakcji, to ja się pakuję i jadę do siebie. Szkoda mojego czasu.

– Proszę mówić – wyraziłam szorstko swoje żądanie.

– Nie! – Zmarszczył wrogo brwi. – Poświęcam na tę sprawę zbyt dużo czasu i wysiłku, żeby to zmarnować na kobietę, która nie potrafi zapanować nad swoimi emocjami.

Tego było już za dużo. Jego zachowanie doprowadzało mnie do szału. Miałam ochotę znów zadzwonić do jego przełożonego i... poskarżyć się. Brzmiało to infantylnie, ale nie wiedziałam, w jaki sposób wpłynąć na niego i zmusić go do gadania. Jego wygląd idealnie współgrał z jego osobowością. Twardziel w każdym calu, który z satysfakcją manifestował swoją siłę i władzę, jakie dawała mu praca w policji. Zamknęłam na chwilę oczy. Postanowiłam zmienić sposób rozmowy z tym człowiekiem. Może zmiana mojego nastawienia była sposobem na wyciągnięcie z niego jakichś informacji.

– Trudno mi się zdystansować. – Spojrzałam na niego poważnie. – Do dzisiaj myślałam, że mój mąż zginął w wypadku. Był jednym z tych, którym niedane było wrócić do domu. Jednym z tych, o których wspomina się w krótkiej wzmiance w wiadomościach tuż przed pogodą, opisującej tragiczny wypadek. Nic nieznacząca informacja dla całej populacji, ale łamiąca serce i niszcząca życie kilku najbliższym ofierze osobom. Dzisiaj dowiaduję się, że ktoś to zaplanował, że chciał go zabić, zrobił to specjalnie. – Wypowiedziałam na głos swoje myśli bez martwienia się o to, co on sobie o mnie pomyśli. Nie wiedziałam już, czy to jemu tłumaczyłam, czy też robiłam to dla samej siebie. Patrzył na mnie, słuchając mnie uważnie, ale nie potrafiłam odczytać z jego twarzy żadnych emocji. Mimo że nie znajdowałam współczucia ani zrozumienia, które bardzo by mi teraz pomogły, kontynuowałam: – Tak, jestem zła, że policja mnie nie powiadomiła i że gdybym nie zaczęła szukać samochodu, to pewnie jeszcze długo bym nie wiedziała, że toczy się jakieś postępowanie. Proszę się postawić w mojej sytuacji. Rozumiem, że to pana praca i efekt, na który pan pracuje, ale do jasnej cholery – to jest mój mąż, a raczej był... Jak mam więc reagować? Przytakiwać bez emocji i mówić, że poczekam sobie z założonymi rękami, aż ktoś mnie raczy powiadomić o rezultacie śledztwa?

Oczekiwałam na jakąś reakcję z jego strony. Na wyjaśnienie, na zaprzeczenie, przytaknięcie, cokolwiek. Patrzył na mnie spokojnie, jakby powtarzał w myślach słowa, które przed chwilą usłyszał. Nie zabrał jednak głosu. Cisza przeciągała się w nieskończoność i uwierała mnie bardziej niż jakikolwiek hałas do tej pory. Rozłożyłam ręce, dając sygnał, że czekam na jego ruch. Nic. To też nie zadziałało. Opuściłam je zrezygnowana i kiwnęłam głową. Zacisnęłam usta, spojrzałam na niego raz jeszcze. Okej. Zrozumiałam. To jego dobra wola, czy mi coś zdradzi, i jeśli miał mnie wtajemniczyć w jakiekolwiek szczegóły, musiało się to odbyć na jego warunkach.

– Jakie są twoje warunki? – wypowiedziałam na głos swoje myśli. – Bo rozumiem, że masz w nosie, co myślę, i dajesz mi w ten sposób jasno do zrozumienia, że muszę się dostosować.

– Nie zauważyłem, żebyśmy przeszli na ty – stwierdził, uśmiechając się kokieteryjnie.

Wypuściłam powietrze. Nie mogłam pozwolić, by ten tani glina wytrącił mnie ponownie z równowagi. Przyglądałam mu się uważnie. Stwierdziłam, że ma śliczny uśmiech i gdyby nie był takim chamem, mógłby być naprawdę atrakcyjnym mężczyzną. Jednakże, jak przystało na niedowartościowanego policjanta, musiał zademonstrować swoją władzę przy każdej nadarzającej się okazji. Najlepiej względem kogoś takiego jak ja: słabego, polegającego na nim i potrzebującego jego pomocy.

– Po tym, jak mnie sprowadziłeś do parteru, nie ma sensu bawić się w grzeczności – wycedziłam te słowa tak zimno, jak tylko mogłam.

– Teraz dopiero rozmawiamy.

– Okej. Mów.

– Potwierdź, że nikomu nie powiesz.

– Nie powiem.

– Śledztwo zostało wznowione dwa tygodnie temu. Wszystko zaczęło się od badań toksykologicznych.

– Tych wykonanych na prośbę ubezpieczalni? – Skojarzyłam szybko fakty. – Policja to zleciła?

– Nie, myśmy tę sprawę zakończyli dawno temu. Dochodzenia wcześniej w ogóle nie było. Policja dostała potwierdzenie zgonu i na tej podstawie sprawa została sklasyfikowana jako wypadek z nieznanych przyczyn, a dokładnie z najczęstszego powodu, czyli zaśnięcia za kierownicą, błędu kierowcy, rozmowy telefonicznej. Cokolwiek, co można wpisać w polu „przyczyna wypadku".

– Czyli to ubezpieczalnia przekazała wam jakieś informacje, które otworzyły sprawę na nowo?

– Tak. Dobrze kombinujesz – pochwalił mnie, ale nie okazał żadnych emocji. – Chodzi konkretnie o substancję narkotyczną, którą podaje się tylko i wyłącznie dożylnie, a twój mąż miał to w układzie pokarmowym…

– I to jest ten powód? – przerwałam jego wyjaśnienia. – Może nie chciał, żebym się dowiedziała, i przyjął to doustnie. Zauważyłabym nakłucia na skórze i jego tajemnica o narkotykach wyszłaby na jaw. – Przy słowie „narkotykach" zaznaczyłam palcami w powietrzu cudzysłów.

– Taak. – Znów posłał mi ten swój uśmiech.

Nie widziałam powodu, dla którego to zrobił. Wyglądało to jednak tak, jak gdyby szczycił się posiadaną wiedzą. Podkreślał w ten sposób, jak mało wiedziałam o własnym mężu.

– Toksykolog – kontynuował dumnie – napisał w raporcie, że spożycie doustne nie byłoby niczym szokującym czy zwracającym na siebie uwagę, gdyby nie substancje, które zostały użyte do transportu tego narkotyku. To nie jest standardowa tabletka. Została przygotowana na specjalne zamówienie. Ktoś wiedział, co robi. Nie ma takiego narkotyku na rynku.

– Okej. To jest dobry powód – stwierdziłam. – I co teraz?

– Teraz samochód został zabrany na testy. Z ciała nic więcej się nie dowiedzieliśmy.

Informacja o ciele zmroziła mnie na chwilę, w ogóle nie dopuszczałam do siebie tej myśli. Nie chciałam wyobrażać go sobie leżącego na stole sekcyjnym i pokrojonego na kawałki. Analizowanie ludzkich szczątków budziło we mnie wstręt, a co dopiero, gdy ciało leżało tak długo w ziemi, zanim je ponownie zabrano na testy. To była chyba najgorsza możliwa praca.

– Kiedy będą wyniki? – zmieniłam temat, odrywając wyobraźnię od tematu sekcji.

– Nie wiem… trudno powiedzieć… – Rzucał terminami, wahając się przy tym, jakby nie otrzymał konkretnej daty, i zgadywał: – Może tydzień, może dłużej. Dobrze, że nie zniszczyłaś auta zaraz po wypadku.

– Co dalej, jak już będą testy? – sprecyzowałam.

– Zobaczymy, co testy pokażą.

Odepchnął się od swojego samochodu, obrócił i stanął obok mnie, patrząc w tym samym, bliżej nieokreślonym kierunku, gdzieś w dal. Nie zauważyłam momentu, w którym skończył palić papierosa. Zerknęłam na jego dłonie skrzyżowane na piersiach, potem przeniosłam wzrok na ziemię, gdzie leżał żółty filtr. Zapewne był to rzucony przez niego pet.

– Pewnie pojadę na miejsce wypadku, do hotelu... bo zakładam, że przebywając za granicą, mieszkał gdzieś w hotelu... Odwiedzę miejsca, w których był, ludzi, z którymi się widział. Może czegoś się dowiem.

Spojrzałam na niego. Starałam się wyczytać coś z jego twarzy, ale pozostawała nadal niezmieniona. Nie umiałam stwierdzić, czy grał takiego obojętnego, czy też po prostu był taki na co dzień. Starałam się, aby moje kolejne pytanie wybrzmiało poważnie i żeby on udzielił mi konkretnej odpowiedzi.

– Macie jakieś podejrzenia? Lub... podejrzanego?

– Nieee – odparł szybko. – Za wcześnie na jakiekolwiek wnioski.

Wzięłam głęboki oddech. Nie miałam pewności, czy to była prawda, ale wiedziałam, że nie usłyszę już innej odpowiedzi. Prawdopodobnie mieli już kogoś na oku, pewne śledzili już jego kroki i przesłuchiwali całe zastępy ludzi. Chciałam w to wierzyć.

– Czy mogę w jakiś sposób pomóc?

– Możesz zacząć od jego zdjęć. Znajdź mi coś, co mogę pokazywać ludziom, gdy będę o niego pytał.

– Dobrze. Dostarczę je tak szybko, jak to możliwe.

– Sprawdź też, gdzie się zatrzymał, będąc w delegacji.

Skrzywiłam się. Michał wyjeżdżał tak często, że po jakimś czasie przestałam śledzić jego podróże służbowe. Gdy potwierdził przyjazd na miejsce, w zupełności mi to wystarczało. Interesowało mnie jego bezpieczeństwo, a nie liczba gwiazdek hotelu, w którym się zatrzymał.

– Co jest? – zapytał po chwili.

– Wątpię, żebym potrafiła znaleźć takie informacje.

– Nie wiesz, w jakich hotelach się zatrzymywał? – dociekał, a ja pokręciłam przecząco głową. – A chociaż jakieś miasto, do którego się udawał?

Znów ta sama reakcja. Słysząc ton jego głosu, chciałam się obronić, bo czułam się tak, jakbym nie zdała testu na perfekcyjną panią domu. Wiedziałam, że jeździł w delegacje, więc jeśli ktoś posiadał szerszą wiedzę na ten temat, to musiał to być Piotr albo ktoś z firmy. Może jakaś asystentka załatwiała mu pokój? Detektyw słuchał uważnie moich podpowiedzi, a potem przytaknął. Nie wiedziałam, o co go zapytać. Staliśmy więc przez chwilę w ciszy, patrząc na siebie, na powoli ogarniający nas mrok. Nad nami leciał helikopter. Hałas jego śmigła przyciągnął mój wzrok.

– Masz już mój numer. – Detektyw sięgnął do kieszeni i wyciągnął z niej portfel.

Odchylił klapę i zaczął wyciągać coś z kieszonki. Zobaczyłam jego odznakę. Przyszło mi do głowy, że nawet nie poprosiłam go, by się wylegitymował. Miałam zerowe poczucie zagrożenia i dbania o własne bezpieczeństwo. W końcu wyciągnął białą wizytówkę. Wręczając mi kawałek papieru, dopowiedział:

– Tutaj masz adres. Podrzuć zdjęcia do firmy. Nazwisko znasz.

Spojrzałam na karteczkę.

– Sebastian – przeczytałam na głos jego imię.

– Tak? – zapytał.

Nie miałam na celu zawołać go, po prostu przeczytałam jego imię… na głos. Usiłując jednak zatuszować niezręczną sytuację, z sympatycznym wyrazem twarzy, mając zamiar sprawić wrażenie osoby współpracującej, dodałam:

– Dziękuję za spotkanie. Doceniam twój czas. Jeśli to możliwe, proszę, informuj mnie o postępie w śledztwie…

– Okej – rzucił krótko, otworzył drzwi samochodu i wsiadł do środka.

Zrozumiałam, że to koniec spotkania, więc wsiadłam do swojego auta i bez pożegnania rozjechaliśmy się w swoje strony. Detektyw ruszył pierwszy, a ja, zupełnie bezmyślnie, podążałam jego śladami. Przy drugim skrzyżowaniu zorientowałam się, że jadę za nim zderzak w zderzak. Pośpiesznie skręciłam w pierwszą możliwą ulicę. Przez jakiś czas jeździłam w kółko po mieście, zastanawiając się nad tym, co powinnam zrobić. Nie mogłam czekać tylko na działania policji. Musiałam sprawdzić to konto, o którym mówił Wojtek, no i oczywiście zgrać dane. Spróbować dowiedzieć się czegoś samodzielnie. Gdzieś w środku bałam się, że może te pieniądze to zapłata za coś nielegalnego? Może to łapówka? A może przyczyna śmierci Michała?

Myśląc o tym, co powinnam zrobić, zaczęłam bać się konsekwencji związanej z tym, co zataiłam przed detektywem. Czy z punktu widzenia prawa powinnam od razu dzielić się wiedzą o Michale i firmie z policją, czy też mogłabym potem wyjaśnić, że nie wiedziałam, że działałam wbrew prawu. Nie dowierzałam sama sobie. Zakładałam, że prędzej czy później będę musiała się z tego tłumaczyć. To mnie wystraszyło. Przecież nie mogłam ryzykować. Miałam dwoje dzieci, za które byłam odpowiedzialna. Przekonywałam siebie, że jeśli cierpliwie zaczekam, przyjdzie moment, w którym uzyskam odpowiedzi na wszystkie pytania. Przecież wznowili śledztwo, szukają. Prędzej czy później znajdą, prawda? Szkoda jednak, że zmarnowali tyle miesięcy. Jeśli ktoś zabił go świadomie, to na pewno zadbał o zatarcie śladów i zniszczenie dowodów na dokonanie zbrodni. Miałam ochotę zadzwonić do Sebastiana i mu o wszystkim powiedzieć, o Wojtku, o nadgodzinach, o koncie, o tych kombinacjach, o niszczeniu dokumentów. Przedstawić firmę jako podejrzanego. Może to przyspieszyłoby śledztwo?

Zatrzymałam się na światłach. Wnętrze samochodu wypełnione było krwistą czerwienią. Patrzyłam na swoje dłonie, na deskę rozdzielczą. Po sekundzie kolor zmienił się na zielony, a donośny dźwięk klaksonu dobiegający z tyłu sprawił, że podskoczyłam ze strachu. Uniosłam rękę w geście przeprosin i odjechałam.

Odpychałam w myślach jedno głośno krzyczące o uwagę przypuszczenie. Jeśli firma miała z tym coś wspólnego, to głównym podejrzanym był Piotr. Nie chciałam w to wierzyć, wydawało się niemożliwe, żeby w ten sposób załatwiał sprawy. Teraz wyglądało to tak, jakby świadomie pozbył się Michała. Jeśli to, co mówił Wojtek, że Michał rósł w siłę i zagrażał Piotrowi, było prawdą, miał wystarczający motyw, by go sprzątnąć. Zastanawiałam się, czy znalazłabym potwierdzenie tych przypuszczeń w komputerze Michała. Doszłam do wniosku, że wyjawię wszystko Sebastianowi, gdy tylko przegram dane.

Jeździłam po okolicy, aż dopadło mnie zmęczenie. Wtedy skierowałam się w drogę powrotną. Było już bardzo późno, kiedy weszłam do domu. Mama i dzieci już spały. Było głucho, a przygaszone światła tworzyły mroczną atmosferę. Przepełniała mnie wdzięczność, że mama zostawiła je dla mnie zapalone, ale z drugiej strony czułam się dziwnie.

Ściągnęłam po cichu buty i zostawiłam je w korytarzu. Rzuciłam obok kurtkę i torebkę. Od razu poszłam do sypialni po komputer Michała. Nikt nawet nie sprawdził po wypadku, czy działa. Dostałam go w paczce z resztą rzeczy, zanim samochód odesłano na parking.

Wyciągnęłam z szafy niewielki karton, a z niego laptopa. Na szczęście Michał, zachwycony sprzętem, który dostał z firmy, kupił mi taki sam komputer. Usiadłam z nim na łóżku i sięgnęłam po swoją ładowarkę. Zobaczyłam światełko. Dobry znak – pomyślałam, bateria się ładowała. Działał. Wcisnęłam guzik i czekałam na ekran powitalny. Pojawił się komunikat z prośbą o podanie hasła. Zadowolona z tego, jak sprawnie wszystko szło, z uśmiechem wpisałam pierwsze, które przyszło mi do głowy. Pudło. Sprawdziłam wszystkie możliwe używane przez nas hasła: do banków, do poczty, do portali społecznościowych. Nic. Utknęłam w miejscu. Zerknęłam na zegarek. Było po północy. Miałam plan, ale musiałam sprawdzić, czy to się uda. Włączyłam swój komputer i od razu zalogowałam się do Facebooka. Przejrzałam listę znajomych dostępnych online. Nie było go. Mimo wszystko napisałam wiadomość z zapytaniem, czy śpi. Nie minęła sekunda, kiedy otrzymałam odpowiedź od Wojtka z pytaniem, co mnie sprowadza do niego po nocy. Zapytałam, jak złamać hasło, żeby zalogować się do komputera i dostać się do danych. Wojtek odpisał, że to tak proste jak zrozumieć kobietę. Irytowały mnie jego odpowiedzi, ale nie poddawałam się. Wymieniliśmy kilka wiadomości, w których ja dopytywałam o możliwości, a on wyjaśniał, że to wszystko wymaga czasu i umiejętności technicznych i że ja sobie z tym na pewno nie poradzę sama, nawet gdyby mnie poinstruował przez Facebooka. Po chwili zapytałam, czy mógłby to dla mnie zrobić – teraz. Nie odpisał. Czekałam, ale nawet nie widziałam ikonki informującej mnie o tym, że jest w trakcie pisania wiadomości. W tej chwili rozległ się głośny dzwonek mojego telefonu. Rzuciłam się biegiem przez korytarz. W pośpiechu wyrzucałam całą zawartość z torebki. Melodyjka telefonu w tej głuchej ciszy brzmiała dokładnie tak, jakby ktoś puścił ją przez megafon. W tym samym momencie, w którym odebrałam połączenie, usłyszałam za sobą dźwięk otwieranych drzwi od pokoju chłopaków. Obudziłam mamę. Odwróciłam się i pokazałam jej kciuk skierowany w górę na znak, że wszystko jest w porządku. Próbowałam wygonić ją gestem do pokoju. Uśmiechałam się szeroko, dając do zrozumienia, że panuję nad sytuacją, ale to jej nie uspokajało. Od śmierci Michała telefon o północy znaczył dla nas tylko i wyłącznie coś złego. Mama nie odchodziła, nie reagowała też na moje gesty. Pozostawiona w sytuacji bez wyjścia, nie zakrywając nawet głośnika, powiedziałam do niej po cichu:

– Wszystko w porządku. To pomoc techniczna oddzwania na moją prośbę, bo nie mogę zalogować się do systemu. Przepraszam – dodałam lekko.

– Wiesz, że jest już bardzo późno? – zapytała tak, jakbym nie znała się na zegarku. – Nie możesz tych spraw załatwiać w ciągu dnia?

– Przepraszam, tak zrobię. Teraz już muszę dokończyć. – Wskazałam na telefon, przypominając jej, że mam kogoś na linii.

Mama pokiwała głową z dezaprobatą i wróciła do pokoju.

– Cały dom postawiłeś na nogi – wypowiedziałam do słuchawki tak cicho, jak potrafiłam.

– Sorry, ale kto zostawia dzwonek włączony na noc!

– Ja – wyszeptałam. – Nie spodziewam się telefonów po północy.

– Mam ci teraz wyjaśnić, jak rozkręcić laptopa, wyciągnąć dysk i podłączyć go pod inny komputer, tak? Dobrze rozumiem?

– Yyy…

– Tak myślałem.

– A nie ma innej metody?

– Są, ale w filmach. Może jak postukasz nerwowo w klawiaturę, zmarszczysz czoło, to uda ci się zatrzymać zegar odliczający czas do końca świata.

– Okej, okej, rozumiem.

Zamknęłam drzwi do sypialni. Ściągnęłam skarpetki i usiadłam na łóżku.

– Czemu to takie pilne? Co się stało? – zapytał Wojtek.

– Nie mogę ci powiedzieć – wypowiedziałam te słowa tak, żeby zrozumiał, że ktoś mi zabronił.

Miałam nadzieję, że zrozumie sam, ale dla niego brzmiałam pewnie jak szaleniec. Czułam jednak, że on stał po mojej stronie, bo był przeciwko firmie. Czułam, że mogłam mu zaufać. Na ile to było w ogóle teraz możliwe. Wojtek wydawał się teraz moim jedynym przyjacielem, jedynym rozumiejącym choć w pewnym stopniu sytuację z Piotrem.

– Spoko. Twoja decyzja. – Przyjął to tak normalnie, jakbym mu powiedziała coś oczywistego.

– To co mam zrobić? – wracałam do tematu.

– Iść spać? – zasugerował rozbawiony.

– Nie mogę spać i nie zasnę. – Poprawiłam się nerwowo na łóżku, zerknęłam jeszcze raz na komputer Michała, włączył się już wygaszacz ekranu. – Muszę to skopiować. Muszę się dowiedzieć, co tam jest. Proszę – szepnęłam.

– Ale teraz? O północy? – Wojtek upewniał się, że dobrze usłyszał.

– Tak, im szybciej, tym lepiej. W niedługim czasie ktoś pewnie zgłosi się po tego laptopa. – Mówiąc „ktoś", miałam na myśli albo Piotra, albo policję.

Dziwne, że do tej pory tego nie zrobili. Jeśli wszczęli śledztwo, powinni od razu zacząć od firmy.

– Ja jutro idę do pracy – zaczął niepewnie Wojtek.

– To zadzwonisz, że jesteś chory – podpowiedziałam.

Usłyszałam śmiech.

– Widzę, że jesteś zdesperowana.

– Tak – przytaknęłam szybko. – Bardzo, bardzo proszę. Będziesz miał we mnie dłużnika.

– Dobrze wiedzieć. Okej. Niech pomyślę… – Zapadła cisza, a ja zaczęłam pakować laptopy.

Zgasiłam światło w sypialni i wyszłam na korytarz. Włożyłam buty na gołe stopy.

– Może przyjedź do mnie. Wera śpi, ja jeszcze pracowałem, więc jak zrobimy to raz-dwa, nikt się nie dowie. – Zaczął się głośno śmiać. – I kto by pomyślał, że ja mówię tylko o kopiowaniu danych.

Rozłączyłam się. Złapałam swoje rzeczy i wyszłam z domu. Kiedy wyjechałam z garażu podziemnego, zdałam sobie sprawę, że nawet nie wiedziałam, gdzie się udać. Mój telefon po opuszczeniu betonowego podziemia złapał zasięg i zagrał melodię informującą o nadchodzącej wiadomości. Przyszedł esemes od Wojtka z adresem.

Zaparkowałam na miejscu dla osoby niepełnosprawnej, jedynym wolnym w polu widzenia. Nie miałam czasu na szukanie lepszego. Szybko wysiadłam i z torbami truchtem pobiegłam do klatki. Przed drzwiami czekał na mnie Wojtek.

– Udało ci się znaleźć miejsce? – Stał z rękami skrzyżowanymi na piersiach.

– Tak. – Szybko zbyłam jego pytanie, pokazując, że czekam, by się ruszył i otworzył nam drzwi.

– Taaak? – Posłał mi przenikliwe spojrzenie. – Gdybyś się tak szybko nie rozłączyła, tobym ci powiedział, że musisz zaparkować na miejscu dla gości, bo jutro nie zobaczysz samochodu.

– Jutro!? – zapytałam zaskoczona.

– A ty myślisz, że ile trwa kopiowanie danych? Jeśli zostawisz mi komputer, możesz już teraz jechać do domu, a ja to zrobię sam.

– Nie! – prychnęłam i zaraz spokojniej dodałam: – To gdzie mam zaparkować?

Wojtek wyciągnął ręce po torby. Nie umiałam dokładnie powiedzieć dlaczego, ale czułam się tak, jakbym miała oddać mu coś bardzo cennego. Po chwili zawahania przekazałam mu oba laptopy. Ku mojemu zaskoczeniu Wojtek ruszył w kierunku, z którego przyszłam. Przeparkowaliśmy auto i przeszliśmy z powrotem przez osiedle do klatki. W tym czasie Wojtek dopytywał ponownie o mercedesa, o powód, który skłonił Piotra do ofiarowania mi tak hojnego prezentu. Skłamałam, że to chwilowy stan rzeczy, że Piotr, rozumiejąc moją sytuację, pożyczył mi samochód na jakiś czas. Cieszyłam się, że odbyliśmy tę rozmowę w windzie i nie musiałam patrzeć mu w oczy. Gdybym tylko była zmuszona zmierzyć się z jego spojrzeniem, kłamanie nie przyszłoby mi tak łatwo. Z drugiej strony wtajemniczenie go w to, co się wydarzyło w domu Piotra, nie miało najmniejszego sensu. Pewnie nawet nie uwierzyłby w tę niedorzeczną propozycję.

Minimalizując wszystkie hałasy, dostaliśmy się do mieszkania, w którym przywitał nas puszysty rudy kocur.

– Nie wiedziałam, że masz kota… że macie kota – poprawiłam się.

– Mało o mnie wiesz – podsumował. – A kot jest tylko mój. To moje zwierzę, mój towarzysz nocnej pracy. Był tutaj przed Werą.

Weszliśmy do dużego pokoju. Pomieszczenie urządzone było bardzo nowocześnie, ale lekko, przyjemnie. Wszędzie znajdowały się jakieś akcenty muzyczne. Stare winylowe płyty, plakaty, a na jednej ze ścian wisiały skrzypce. Gdy ja podziwiałam mieszkanie, Wojtek rozpakował torby i ustawił laptopy na stole. Przyniósł kable i inne potrzebne narzędzia. Otworzył tylną klapę laptopa Michała i pracował nad wyciągnięciem dysku, zupełnie nie zwracając na mnie uwagi. W tle cichutko leciała jakaś muzyka klasyczna. Podeszłam do ściany z czarną ramką okalającą nic niemówiący mi dokument.

– To potwierdzenie liczby sprzedanych kopii – wyjaśnił Wojtek, jakby rozumiejąc, że dla mnie ten papier nic nie znaczy.

– Płyt?

– Tak. – Spojrzał na mnie, uśmiechając się. – Jestem sławny. Przecież opowiadałem ci o koncertach, o tym, że mam już fanów, którzy rozpoznają mnie na ulicy. Chyba nie słuchałaś.

– Nie – powiedziałam uczciwie – nawet nie wiem, czy śpiewasz, grasz, czy tylko wyglądasz.

– O proszę, jaka riposta. – Wojtek pokiwał głową z wyrazem uznania. – Wszystko naraz. Jestem utalentowany, przystojny i dodatkowo mądry.

Wojtek nadal zmagał się z obudową i dyskiem. Usiadłam na kanapie. Jej brzeg dotykał biurka, przy którym siedział Wojtek.

– Na czym grasz? – wznowiłam rozmowę.

– Na wiolonczeli, skrzypcach, pianinie i gitarze – wyrecytował swoje umiejętności z nieukrywaną dumą.

– Wiesz, jak coś jest do wszystkiego, to…

– Tak właśnie tłumaczą się osoby, które nie mają pojęcia o muzyce.

– Kiedyś grałam na keyboardzie – wyjaśniłam.

– To może któregoś dnia zagramy razem? – zapytał całkowicie serio.

Zaskoczyło mnie to, że nagle przeszedł z bardzo lekkiego do poważnego tonu. Zostawiłam jego pytanie bez odpowiedzi, bo oboje wiedzieliśmy, że kontynuowanie tej rozmowy nie ma sensu.

– Mam nadzieję, że kiedyś dowiem się, co spowodowało, że tak przyspieszyłaś działanie – odezwał się bardziej do siebie niż do mnie. – Może chcesz coś do picia? – Spojrzał na mnie pytająco, po czym dorzucił: – Albo do jedzenia?

Znów ominęłam kilka posiłków, a w brzuchu burczało mi głośno, co zapewne Wojtek usłyszał i dlatego zaproponował mi posiłek. Pokazał mi ręką kuchnię i kazał czuć się jak u siebie.

Na blacie kuchennym, tuż pod oknem, znajdował się wywietrznik od grzejnika sprytnie ukrytego w szafce kuchennej, a na nim, całkowicie blokując przepływ powietrza, leżał kot. Nie raczył nawet podnieść łba, gdy weszłam do kuchni. Otwarcie lodówki też nie zrobiło na nim najmniejszego wrażenia. Przygotowałam pieczywo i w momencie otwierania puszki z tuńczykiem kot podniósł głowę, spoglądając na to, co robię. Wstając, przeciągnął się bezszelestnie. Nie wiedziałam, czy był na mnie obrażony, bo zakłóciłam mu sen, czy też zainteresował się odgłosem otwieranej puszki. Powoli i dostojnie podszedł do mnie, urządzając sobie spacer po całym blacie, po czym usiadł w miejscu, w którym przed chwilą miałam deskę do krojenia chleba. Powstrzymywałam się od zepchnięcia go z blatu, oboje zachowywaliśmy się z klasą. On siedział obok i patrzył, a ja nie zwracałam na niego uwagi. Kiedy skończyłam, zgasiłam światło i poszłam do pokoju. Postawiłam talerz na biurku obok Wojtka.

– A herbata? – zwrócił mi uwagę.

– To może zrobię, jak zjem? – zaproponowałam. – Jestem zbyt głodna.

Przytaknął i zaczęliśmy jeść. Nie minęła minuta, jak kot przybiegł truchtem do pokoju. Nie przyszedł od razu, tak jakby duma nie pozwalała mu gonić za jedzeniem. Podbiegł pod biurko i wskoczył Wojtkowi na kolana. Ocierając się o jego twarz i szyję, usiadł tuż przed monitorem. Wprawiając mnie w osłupienie, ten dostojny zwierzak pukał Wojtka w rękę, dając mu do zrozumienia, że chciałby dostać coś z kanapki. Wojtek oczywiście się z nim podzielił.

Po kolacji, o pierwszej w nocy, ruszyliśmy ostro do pracy. To znaczy... Wojtek ruszył. Ja siedziałam na kanapie, potem leżałam, potem lekko drzemałam, kiedy on usiłował przygotować komputery do kopiowania. W pewnym momencie przebudziłam się i zobaczyłam, że Wojtek nakrywa mnie kocem. Chciałam coś powiedzieć, ale pokiwał głową i zapewnił, że zostawia komputery włączone na noc i że do rana wszystko powinno być skopiowane.

Odpłynęłam. Tej nocy śniłam o Michale. Widziałam go jakby przez okno, jak wsiadał do samochodu. Oparł jedną stopę o próg auta i machał do mnie. Dostrzegłam, że poruszał ustami, jakby coś mówił, ale nie mogłam zrozumieć wypowiadanych słów. Przykładając rękę do ucha, dałam mu do zrozumienia, że nie słyszę, co mówi. Tym razem wyraźnie wyczytałam z ruchu jego warg, że powiedział: „kocham cię". Od razu, chcąc, by mnie usłyszał, odkrzyknęłam to samo. Wtedy znów coś powiedział, a ja znów nie rozumiałam. Zamknęłam na chwilę oczy, po czym otwierając je, obudziłam się ze snu i zobaczyłam stojącą nade mną Weronikę. Przez sekundę byłam zbyt zdezorientowana, żeby zareagować w jakikolwiek sposób.

– Co ty tu robisz? – Wyczekujący wzrok Weroniki przeszywał mnie jak ostry kolec wbity prosto w pierś.

– Yyy… nie wiem – wycedziłam. – Przegrywaliśmy dane z komputera Michała – wyjaśniłam z trudem przyczynę swojej obecności w jej domu.

– A czemu to takie pilne? No wiesz, to pojawienie się w nocy i proszenie Wojtka, żeby skłamał, że jest chory… I jeszcze na dodatek zostawanie tu na noc…

Jej słowa w pełni mnie obudziły. Chciałam się odkryć, ale coś ciążyło na kocu. Zobaczyłam, że rude zawiniątko blokuje mnie przed wygrzebaniem się spod koca.

– Psik! – syknęła na kota Weronika, a ja otworzyłam usta zszokowana.

Zwierzak zeskoczył ze mnie i odszedł, a Weronika odprowadziła go wzrokiem. Cieszyłam się, że skupiła się na kocie, jednak nie trwało to długo i szybko powróciła do mnie.

– Czemu to takie pilne? – powtórzyła.

– Dostałam termin na oddanie komputera – skłamałam. – Nie spodziewałam się tego wcześniej. Stąd ten pośpiech.

W myślach pochwaliłam samą siebie za umiejętność szybkiej reakcji. Zaraz po tym wstałam, chcąc zrównać się z nią wzrokiem. Dziwnie się czułam, gdy stała tak nade mną. Cofnęła się o krok, by zrobić mi miejsce.

– Ludzie, czy wy nie macie nic innego do roboty? – zapytała już lżej. – Nie ma znaczenia, co znajdziecie na tym komputerze.

– Skąd wiesz?

– Bo gdyby miało, to już dawno by ci ten komputer zabrali – skwitowała i poszła do siebie.

Miałam ochotę zapytać, czy Wojtek wstał, a jeśli nie, to czy mogłaby go obudzić. Nie zdobyłam się jednak na odwagę, by za nią krzyczeć. Wróciłam na kanapę. Kot, utrzymując odpowiedni dystans, usiadł naprzeciwko i nie odrywał ode mnie wzroku.

Westchnęłam ciężko. Przypomniałam sobie wydarzenia z poprzedniego dnia. Błyskawicznie naszła mnie myśl o mojej mamie, która ostatni raz widziała mnie odbierającą w nocy połączenie. Wyciągnęłam telefon z torebki i wybrałam jej numer. Tak jak podejrzewałam, wściekła jak nigdy, syczała do słuchawki. Nie pomagały tłumaczenia ani zapewnienia, że musiałam załatwić coś pilnego. Upominała mnie jak nastolatkę, która zabalowała i nie wróciła na noc. Wśród kilku nieprzyjemnych słów usłyszałam także krytykę mojego, jak to ujęła, prowadzenia się. Wzięłam głęboki oddech, by nie dać się sprowokować do kłótni u Wojtka w domu. Zapewniłam, że wszystko w porządku. Poprosiłam, żeby zajęła się chłopakami i że wrócę niebawem. Miałam nadzieję, że nie będę musiała wracać do tego tematu, kiedy spotkam się z nią w cztery oczy.

Gdy kończyłam rozmowę z mamą, Weronika wyszła bez słowa i zapadła grobowa cisza. Poczekałam kwadrans na jakiś znak życia. Jednak oprócz wpatrującego się we mnie kota nie działo się nic.

– Idź i obudź pana – poleciłam, ale kot nawet nie drgnął.

Przeszło mi przez myśl, że wyglądał tak, jakby mnie pilnował. Podeszłam do biurka. Mój komputer był uśpiony, a dysk Michała podłączony tak, jak wieczorem go ustawił Wojtek. Uruchomiłam go i zalogowałam się, czując ogarniające mnie przerażenie. Po chwili system zapytał mnie, czy wznowić kopiowanie. Potwierdziłam, a następnie zobaczyłam błyskające paski postępu. Oszacowanie czasu kopiowania i ilości danych zajęło chwilę, aż w końcu pokazał się komunikat, że pozostało jeszcze pięć godzin. Zaklęłam głośno. Komputer najpewniej uśpił się po stanie bezczynności, co nastąpiło prawdopodobnie po upływie około dwudziestu, może trzydziestu minut. Niewiele się skopiowało. Dochodziła siódma rano, więc przegrywanie skończyłoby się w południe. Genialnie. Nawet nie wiedziałam, że miałam włączoną tę funkcję. Usiadłam i zaczęłam szukać opcji wyłączenia usypiania. Nie mogłam sobie pozwolić na kolejny błąd. Poszłam do sypialni Wojtka. Zapukałam, po czym zapukałam głośniej, a następnie zapukałam i zawołałam go. Nic. Zero reakcji. Wróciłam do biurka, sprawdziłam jeszcze raz proces przegrywania i upewniłam się, że usypianie jest wyłączone, a bateria podłączona. Napisałam kartkę, że wrócę później, i wyszłam, nie zamykając za sobą drzwi na klucz.

SEBASTIAN

Każdego poranka w piątki spotykaliśmy się w sali konferencyjnej, by podsumować zakres pracy wykonanej w ciągu tygodnia. Dzisiaj, jak zwykle, każdy z kubkiem czarnej kawy wędrował ze swoją teczką do sali. Każdy z nas mówił o swoim dochodzeniu. Jeśli utknęło w miejscu, przechodziliśmy do sprawy następnego detektywa, ale bywały takie, którym poświęcaliśmy cały czas spotkania, bo konieczna była burza mózgów, żeby pchnąć je dalej. Wtedy resztę spraw omawiano jedynie pobieżnie. Chyba że ktoś wyraźnie prosił o pomoc lub konsultacje. Do momentu przyjścia szefa nikt nie rozmawiał o pracy. Mówiliśmy o planach na weekend, o życiu prywatnym, żartowaliśmy z samych siebie. Kiedy przychodził szef, sala milkła i od razu braliśmy się do omawiania przypadków.

– Mauer, jak twoja wdowa? – wywołał mnie od razu szef, co sprawiło, że wszyscy utkwili we mnie spojrzenia.

Usiadł wygodnie na krześle na skraju wielkiego stołu. Przez swoją masę nie był w stanie przysunąć się do blatu, siedział więc odchylony lekko bokiem, zostawiając sobie wystarczająco dużo miejsca na swój okrągły brzuch. W przeciwieństwie do nas, od kiedy zasiadł za biurkiem, przestał dbać o kondycję. Spasł się do granic możliwości.

Przyszło mi do głowy, że siedzieliśmy tutaj jak rycerze Okrągłego Stołu. Szybko jednak doszedłem do wniosku, że żaden z nas nie był szlachetny, a stół nie był okrągły. No może jedynie szef zachowywał się jak król.

– Nie zdziwiłbym się, gdyby facet sam się zabił, żeby uciec od tej baby – skomentowałem, a sala wybuchnęła śmiechem.

– Kto wie, może to i prawdziwy powód. Co się zmieniło w sprawie? – naprowadził mnie na tor. – Jakie mamy nowe fakty?

– Analiza toksykologiczna – zacząłem, otwierając swoją teczkę – wskazuje, że ktoś mu podał narkotyk, by wzmóc jego reakcje na otoczenie. Substancje pudrowe zastosowane do wyprodukowania tabletki są pozyskane z witaminy C. Zrobił to jakiś chemik w domowym zaciszu. Wątpię, by udało nam się znaleźć źródło tego wynalazku.

– Masz motyw zabójstwa albo chociaż podejrzanych? – Szef wszystkie wiadomości przyjmował chłodno.

Chłopaki słuchali uważnie, ale nikt nie zadawał pytań. Nauczyliśmy się już, że do czasu, kiedy szef ma pytania, my spisujemy swoje na kartkach i zadajemy je po zakończonej prezentacji.

– Prześwietliłem rodzinę z obu stron. Jego rodzice to nudna para, rozwiedziona od ponad piętnastu lat. Ojciec – Anglik, matka – Polka. Po rozwodzie on wrócił do Anglii, ona została tutaj. Nie pracuje, finansuje ją były mąż. Nie ma żadnego powodu, dla którego chcieliby śmierci swojego jedynego dziecka. Brak rodzeństwa. Rodzina żony to szczęśliwe, jak mniemam – wtrącam od siebie – małżeństwo, z jedynaczką. Brak powodów. Wdowa sama w sobie powodu też raczej by nie miała. Dopuszczaliśmy możliwość zabójstwa w celu uzyskania wypłaty odszkodowania, ale fakty temu przeczą.

– Jakie masz fakty? – przerwał mi szef.

– Ubezpieczyli się z własnej inicjatywy na kwotę standardową. Nie było podwyżki kwoty od początku podpisania umowy, która, niech sprawdzę – wertowałem kartki w poszukiwaniu informacji – trwała ponad pięć lat. Poza tym – dodałem szybko – on tyle zarabiał, że to ubezpieczenie to taki pikuś w porównaniu z kasą, jaką przynosił.

– Wdowa spieniężyła już ubezpieczenie? – padło kolejne pytanie mojego szefa.

Z upływem lat nauczyłem się już, jakich pytań się spodziewać, i wiedziałem, że brak odpowiedzi na nie wywołuje u podinspektora szał. On wpadał w dwa stany emocjonalne: spokój i furię. Nie było nic pośrodku. Nie przypominałem sobie, żebym kiedykolwiek widział go lekko zdenerwowanego czy poirytowanego. Zawsze zmieniał się od razu we wrzeszczącego potwora.

– Tak, choć nie dostała całej kwoty, tylko niewielką część. Reszta poszła na spłatę jego kredytu.

– Jego? Czyli pozamałżeńska sprawa? – dopytywał.

– Tak. Od ubezpieczalni dowiedziałem się, że kredyt był gotówkowy, więc nie ma śladu po tym, co sfinansował tymi pieniędzmi. Zabezpieczył kredyt polisą na życie.

– Kto jeszcze jest w kręgu podejrzanych? – Powrócił do najważniejszej kwestii.

– Pozostaje firma, w której pracował, i ewentualnie jacyś wrogowie, których potencjalnie miał. Bogaty był skurczybyk, to może komuś podpadł.

– Bogatych to się porywa dla okupu, a nie zabija – wyjaśnił. – Jaki masz plan działania na następny tydzień?

– Testy samochodu – zacząłem czytać swoje wypunktowane cele. – Wyniki, według laboratorium, powinny być gotowe w ciągu kilku dni. Jeśli auto nam coś powie, wtedy zweryfikuję inne opcje. Na razie mam plan, żeby pojechać w miejsce wypadku, przepytać ludzi…

– Ile czasu minęło od zdarzenia? – przerwał mi szybko.

– Ponad osiem miesięcy – odpowiedziałem, wpatrując się w niego i czekając na konkluzję.

– Za długo. Nikt już nie będzie go pamiętał – podsumowywał oschle, czym zbił mnie z tropu. – Szkoda czasu i pieniędzy.

Przytaknąłem i obok kilku punktów postawiłem sobie znak zapytania. Osobiście uważałem, że to mogłoby przynieść jakiś efekt, ale wiedziałem, że sprzeciwianie się decyzji Malinowskiego niczego by nie zmieniło. Praca w tym zespole była trudna, bo często nasze plany blokowano odgórnie. Wiedzieliśmy dokładnie, że na sprawy, których wyjaśnienie graniczyło praktycznie z cudem, szef bardzo ograniczał wydatki. Gdy sprawa dobrze rokowała, procedury wyglądały zupełnie inaczej. Szef wiedział doskonale, że czasami wysiłek to nie wszystko i nie warto wydawać pieniędzy na dochodzenie, jeśli nie było z góry wiadomo, że poprawi nam ono statystyki. Oczywiście mogliśmy działać na własną rękę. Bywali tacy, którzy angażowali się w sprawy i finansowali własne wyjazdy czy inne kwestie związane z poszukiwaniem odpowiedzi. Zapał szybko im jednak mijał i uczyli się akceptowania decyzji szefa.

– Chcę porozmawiać z szefem firmy, w której pracował – kontynuowałem. – Zadać kilka pytań, zobaczyć, co powie.

– To nie jest sprawa zabicia siekierą niewiernego męża – oznajmił spokojnie szef. – Tutaj może być potrzebny zespół z podłożem finansowym do analizowania danych. Bo nawet jeśli dostaniemy się do jakichś informacji bankowych czy finansowych, żaden z nas nie będzie w stanie wypatrzeć błędu.

– To prawda – przytaknąłem. – Dużo wyjaśniła mi ubezpieczalnia, ale to właśnie dzięki temu, że znają się na rzeczy.

– Tak. Może pogadaj z kimś ze skarbówki i wyślij tam jakiś audyt, żeby przetrzepali finanse gościa.

– Okej. – Zanotowałem wszystkie sugestie.

– Potrzebujesz jakichś nakazów?

– Chciałbym dwa: na zajęcie jego komputerów i sprawdzenie jego domu.

– Na komputer dostaniesz dziś, z domem musisz się wstrzymać, bo nie ma żadnych powodów ku temu, żeby robić to już teraz.

Kolejna blokada, ale przytaknąłem i zapisałem, co mi wolno, a co nie. Szef spytał chłopaków, czy mają jakieś pytania. Skupili się na motywie żony i ewentualnych korzyściach, jakie mogłaby osiągnąć dzięki zleceniu sprzątnięcia swojego męża. Wyjaśniłem, że sprawdziłem ich konta i że nie mieli zbyt dużych oszczędności, żyli ponad stan od początku małżeństwa. Przeczyło to typowemu dla takich spraw przygotowywaniu się do przestępstwa i planowaniu go. Poza tym biorąc pod uwagę, że ona nie pracowała, a dzięki niemu miała wygodne życie, jego śmierć by jej się nie opłacała.

– To z czego ta kobieta żyje? – zapytał Marek.

– Z danych wynika, że ma środki z ich wspólnego konta – odpowiedziałem. – Ale zastanowiło mnie jedno. Przyjechała na spotkanie nowym s400, a jak robiłem wywiad o ich majątku, to jedynym samochodem zarejestrowanym na ich dane był wrak na złomowisku. Myślałem początkowo, że to właśnie tego merca kupił na kredyt, ale warunki u dilera są lepsze niż kredyt gotówkowy, więc to nie miałoby sensu. Spisałem numery rejestracyjne i poprosiłem o informacje.

– Dobra robota – chwalił mnie szef. – Przesłuchaj też żonę. Jakby się udało, nagraj jej zeznania.

– Dobrze – potwierdziłem.

– Tylko tym razem trzymaj się procedur – zaznaczył. – Poinformuj ją o możliwości rozmawiania w obecności prawnika, uprzedź, że chcesz nagrać rozmowę. Najlepiej zaproś ją do nas. Nie musi zeznawać w pokoju przesłuchań. Możemy spotkać się tutaj. Nie jest przecież formalnie podejrzaną.

– Dobrze – przytaknąłem.

Gdyby to zależało ode mnie, rozmawiałbym z ludźmi poza firmą. Zwykle po przekroczeniu progu tego miejsca wezwani zaczynają czuć się tak, jakby mieli postawione zarzuty. Denerwują się, mówią od rzeczy albo milkną i boją się odezwać choćby słowem. Dla szefa jednak przesłuchiwanie tutaj, na miejscu, było bardziej formalne, co sprawiało, że ludzie albo mówili prawdę, albo nie mówili nic. W jego oczach stanowiło to oszczędność czasu i pieniędzy.

– Nie ma sprawy. Wyznacz dzień z chłopakami i niech któryś ci pomoże z przesłuchaniem. Kto ma luźniejszą sprawę i mógłby to zrobić? – rzucił Malinowski do ogółu.

Nikt się nie zgłosił dobrowolnie, więc szef sam wyznaczył Marka. Bez pytania, czy może, czy chciałby. Zwrócił się potem do mnie, żebym skopiował swój folder i dostarczył wszystko Markowi, by ten mógł zapoznać się ze sprawą i przygotować do rozmowy. Nikt z nas tego nie lubił, ale szef uważał, że we dwóch stanowimy lepszy zespół i osiągamy lepsze rezultaty. Zwłaszcza podczas przesłuchań.

Później omawialiśmy pozostałe sprawy i po ponad dwóch godzinach bezczynnego siedzenia wróciliśmy do siebie. Każdy z nas marzył o szefie jak z amerykańskiego filmu, takim, który pozwala na wszystko, a w sytuacji, gdy któryś z podwładnych daje plamę, tuszuje jego błąd. Niestety u nas to się nigdy nie zdarzyło. Malinowski był uznawany przez górę za wybitnego stratega i managera. Chwalono go za pracę i za to, jak wspomagał swój zespół. Nowi policjanci dołączający do naszego wydziału marzyli o dochodzeniach, myśląc, że ich praca będzie interesującym zajęciem, pełnym przygód i ekscytacji. A tak naprawdę była to masa papierologii i ciągła konieczność tłumaczenia się.

W zasadzie mógłbym nawet dostać upomnienie za niepowiadomienie wdowy po biznesmenie o zajęciu samochodu, ale to akurat należało do sekretarki, która dostała polecenie skontaktowania się z nią i przekazania informacji. Byłem więcej niż pewien, że najdalej dziś do południa zostanie wezwana na rozmowę z szefem. Takie rzeczy nie uchodziły u nas na sucho. Dlatego też wczoraj postąpiłem tak ostro z Kają. Musiała się kobieta nauczyć, że to nie ona tu rządzi, że to my jesteśmy prawem i to od nas zależy, czy sprawa się wyjaśni, czy nie. Ludzie nie mają teraz za grosz szacunku do policji, podważają wszystkie nasze działania i traktują nas jak bandę głupków, utrudniając nam tym stosunkiem pracę.

Zacząłem dzień od załatwienia nakazu i rozmowy z naszymi łącznikami w urzędach, by dowiedzieć się o możliwości przeprowadzenia pilnego audytu. Jak ze wszystkim w tym kraju trzeba przejść przez papierologię i zdobyć podpisy pod zleceniami. Wydrukowałem zapotrzebowanie na audyt w najszybszym możliwym do zorganizowania czasie. Od chłopaków ze skarbówki uzyskałem zapewnienie, że czas oczekiwania na zespół specjalistów to około półtora tygodnia. Przefaksowałem im dokumenty z podpisem Malinowskiego i poprosiłem o przyspieszenie sprawy.

Kiedy wisiałem na telefonie, dopytując o informacje odnośnie do mercedesa, do pokoju wszedł Marek. Wskazałem mu, żeby usiadł, i przełączyłem telefon na głośnomówiący. Kobieta wyczytała dane wyciągnięte z rejestru pojazdu. Obaj przysłuchiwaliśmy się uważnie, ja notowałem wszystkie dane, a Marek siedział i spoglądał na zegarek. Auto należało do Piotra Hoffmana szefa firmy, w której pracował Henderson. Podziękowałem za informacje i poprosiłem o przefaksowanie wyciągu z rejestru.

– Może to służbowy samochód? – wtrącił Marek.

– Eee… Mercedes s400? – zapytałem. – Kto by taką furę dał na auto służbowe?

– Zwłaszcza kobiecie – dodał Marek i obaj się zaśmialiśmy. – Idziemy coś zjeść. Dołączysz?

Było już popołudnie, a ja miałem w planach odwiedzenie firmy i zarekwirowanie komputerów. Musiałem coś zrobić przed weekendem, inaczej straciłbym dwa dni na siedzenie z założonymi rękami. Wytłumaczyłem Markowi, że muszę coś pilnie zrobić i że zjem w aucie po drodze. Wychodząc z gabinetu, błagał, żebym nie umawiał przesłuchania do środy. Nie chciał siedzieć w weekend nad papierami. Rozumiałem to, miał żonę i dzieci. Z drugiej strony to były dla mnie cenne dni i cenne informacje, które mogłyby zmienić dużo w moim dochodzeniu. Potwierdziłem jednak, że poczekam i postaram się ustawić wszystko na środę.

KAJA

Wbiegłam do domu i zrzuciłam z siebie ubrania po drodze do łazienki. Kiedy mama stanęła przede mną i zaczęła dopytywać, co się stało, wzięłam jej dłonie w swoje i poprosiłam, żeby usiadła na brzegu wanny, obok kabiny. Zapewniłam, że opowiem jej, co się stało, gdy będę brała prysznic. Streszczałam wydarzenia poprzedniego dnia i oczywiście powtarzałam dokładnie, co usłyszałam od detektywa. Nie zwracałam uwagi na to, co mu obiecałam. Miałam nie mówić nikomu, ale moja mama była osobą, której w pełni ufałam. Nie pisnęłam słowa Wojtkowi, więc tłumaczyłam sobie, że częściowo spełniłam jego prośbę.

Gdy tylko zakręciłam wodę, mama podała mi ręcznik do kabiny. Nie przestawałam mówić. Jej wyraz twarzy nie wróżył nic dobrego. Kiedy doszłam do momentu, w którym podzieliłam się z nią swoimi podejrzeniami, przerwała mi szybko.

– To nie Piotr.

– Skąd masz taką pewność? Czemu zawsze go bronisz i tłumaczysz jego zachowanie czy zamiary? Tak samo było, gdy złożył mi tę niedorzeczną propozycję. Wzięłaś jego stronę.

– Nie wzięłam żadnej strony – tłumaczyła spokojnie, mimo że ja gestykulowałam nerwowo. – Po prostu moja intuicja mi podpowiada, że on tego nie zrobił. A jeśli chodzi o propozycję, nadal uważam, że mówiąc otwarcie, przedstawił tylko ofertę, której notabene nie przyjęłaś. Za to przyjęłaś ofertę z samochodem.

– To co innego – broniłam się.

– Naprawdę? – Spojrzała na mnie dezaprobująco. – Każdy wybiera to, co jest korzystne dla niego. Bycie surogatką naruszało twoje wartości moralne, ale wzięcie samochodu już nie.

– Jak mam to rozumieć? Chcesz powiedzieć, że źle zrobiłam?

– Nie. Zrobiłaś to, co uważałaś za stosowne.

– Ale ty byś tak nie zrobiła?

– Tego nie wiem. Nie jestem w tej sytuacji i nie muszę podejmować takich decyzji. Jedno jest pewne: nikomu nie podobałoby się życie na niższym poziomie od tego, do którego już przywykł.

– Mam nieodparte wrażenie, że mnie krytykujesz – stwierdziłam gorzko.

– Rozmawiamy tylko o twoich wyborach – powiedziała spokojnie. – Nie krytykuję ich. Wyrażam jedynie swoją opinię na podstawie tego, co widzę.

– Możesz powiedzieć otwarcie. Nie musisz się bawić w te psychologiczne gadki.

Owinięta w ręcznik podeszłam do umywalki i sięgnęłam po szczoteczkę do zębów. Nie chciałam teraz patrzeć na mamę. Było mi przykro, że tak surowo mnie oceniała.

– Dobrze, powiem otwarcie… – Siedziała dotąd na krawędzi wanny, ale teraz wstała i zanim wyszła, dopowiedziała sucho: – Szczekasz na złe drzewo, to nie Piotr.

Nie spodziewałam się takiej odpowiedzi. Nie miałam jednak czasu na dłuższe analizowanie naszej rozmowy. Dokończyłam szczotkowanie zębów, przebrałam się i ruszyłam do drzwi. Kiedy wychodziłam, krzyknęłam, że nie wiem, kiedy wrócę. Usłyszałam w odpowiedzi „baw się dobrze", które nie brzmiało zbyt zachęcająco. Znałam swoją matkę na tyle dobrze, by wiedzieć, że była na mnie zła. Trudno opisać to uczucie, kiedy oczekuje się wsparcia od kogoś bliskiego, a spotyka się jedynie z zimnym, gaszącym zapał brakiem akceptacji.

Po drodze do Wojtka zajechałam do pobliskiego fast foodu, żeby szybko złapać coś do jedzenia. Kolejka do zamawiania z auta była bardzo długa. Większość przyjechała tylko po kawę, więc szło dość sprawnie aż do czasu, gdy zablokowało się na amen. Minęło ponad pięć minut. Kierowcy zaczynali się irytować, wykrzykiwali obelgi z samochodów i trąbili. Nikt nie widział przyczyny zatoru, ale frustracja brała górę. Jedno auto tuż przede mną zjechało gwałtownie na bok. Domyśliłam się, że kierowca zmienił zdanie i zrezygnował z zamawiania. Przejeżdżając wzdłuż kolejki, zatrąbił po raz kolejny. Mnie też się spieszyło, ale wyładowywanie swojej złości w taki sposób było dla mnie naprawdę podłym zachowaniem. Musiało się stać coś poważnego, bo nie wyobrażam sobie, by ktoś tak długo zamawiał posiłek. Powoli zaczynałam rozważać opuszczenie wężyka. Poczekałam jeszcze kilka minut. Bez zmian. Poszłam w ślady swojego poprzednika. Kiedy wyjechałam z kolejki, zobaczyłam samochód z uniesioną maską stojący na wysokości okienka do odbierania zamówień. Komuś zepsuło się auto w najgorszym możliwym miejscu. Współczułam temu nieszczęśnikowi. Zaparkowałam i weszłam do środka. Szybko dostałam swoje zamówienie i kiedy wychodziłam, rzuciłam kątem oka w kierunku zepsutego samochodu. Wydawało mi się, że gdzieś już widziałam to auto. Zatrzymałam się, spoglądając uważniej. Ku mojemu zaskoczeniu była to stara honda accord należąca do detektywa, którą widziałam wczoraj. Podeszłam bliżej. Detektyw siedział w środku i rozmawiał przez radio policyjne.

– Przepraszam, czy coś się stało? – zapytałam, podchodząc do okna.

Uniesiona maska zasłaniała mu widok przez przednią szybę, więc słyszał jedynie mój głos. Zapewne w ciągu ostatniego kwadransa rzucono pod jego adresem wiele przykrych komentarzy i przekleństw.

– Nie – warknął ostro. – Wszystko pod kontrolą, jak widać.

Jego agresywna odpowiedź zgasiła mój entuzjazm. Mogłam się domyślić, że będzie wściekły, ale nie spodziewałam się takiej reakcji. Zresztą moje pytanie też musiało zabrzmieć głupio. Miałam już odejść, kiedy wychylił się i nasze spojrzenia się skrzyżowały, a mój rozmówca mógł wreszcie dostrzec, na kogo przerzucił swoją frustrację. Na chwilę zamarliśmy. Przyglądaliśmy się sobie nawzajem, a ja mogłam przysiąc, że widziałam, jak jego spojrzenie łagodniało.

– Sorry – przeprosił bez większego zaangażowania emocjonalnego. – Czekam właśnie na kogoś, kto mi auto ściągnie do firmy. Nie mogę go tu zostawić.

– Blokujesz kolejkę – stwierdziłam oczywisty fakt, więc spojrzał na mnie z pogardą.

Dopiero wtedy dostrzegłam, że było już pusto. Nikt za nim nie stał. Zapewne zablokowali wjazd, żeby nie irytować biednych ludzi. Tak czy siak wiele osób pewnie przyjeżdżało w nadziei na szybki posiłek, ale musiało odjechać, widząc blokadę.

Podeszłam do zamkniętego okienka i zapukałam. Pani z zestawem do rozmów na głowie otworzyła i spojrzała na mnie wyczekująco.

– Czy jest manager zmiany? – zapytałam.

– Wszystkie sprawy tak załatwiasz? – usłyszałam za sobą, ale nie odwróciłam się. I bez tego mogłam sobie wyobrazić, jak patrzy na mnie z politowaniem.

Kobieta zawahała się przez chwilę i bez słowa wyjaśnienia zamknęła mi okno tuż przed nosem, co spowodowało przypływ radości u Sebastiana. Zaśmiał się za moimi plecami, a ja, nie okazując zaskoczenia, tkwiłam w miejscu i patrzyłam przed siebie na ludzi kręcących się wewnątrz restauracji. Moja konsekwencja opłaciła się, bo okienko ponownie się uchyliło, a moim oczom ukazał się pryszczaty nastolatek w ładnie uprasowanej koszuli, innej niż te, które mieli na sobie wszyscy pozostali.

– W czym mogę pomóc? – zaoferował z lekkim uśmiechem.

– Czy dałoby się zorganizować grupę kilku chłopaków, by popchnęli auto kolegi dalej na parking? – zapytałam uprzejmie.

– Yyy... ale z tego, co wiem, pomoc jest już w drodze – wycedził.

– A nie chcecie otworzyć okienek, żeby zamawianie funkcjonowało normalnie? To tylko kilka minut, żeby przepchnąć to auto – przekonywałam.

– Zapytam – odparł bez entuzjazmu.

Nie takiej rozmowy oczekiwałam po managerze, ale z drugiej strony, patrząc na jego wiek, nie mogłam spodziewać się zbyt wiele. Zerknęłam na Sebastiana. Siedział szarmancko w samochodzie przy szeroko otwartych drzwiach i uśmiechał się. Nie skomentował mojej akcji ratowniczej. Oboje wiedzieliśmy, że gorzej być nie mogło. Co ja sobie myślałam, chcąc mu pomóc? Zresztą on nawet nie prosił o pomoc. Gdzieś podświadomie założyłam, że zablokowany tutaj nie będzie mógł pracować nad moją sprawą, że tracił właśnie cenne minuty przeznaczone na znalezienie mordercy Michała. Chciałam wierzyć, że nawet teraz był w trasie, by uzyskać odpowiedzi na jakieś pytania. Widząc jednak jego obojętność, zaczynałam sobie wyrzucać swoją nadgorliwość. Żadne z nas nic nie mówiło, a ja przypomniałam sobie o komputerach u Wojtka. Kiedy miałam odejść, zza rogu wyłoniło się dwóch młodych chłopaków deklarujących chęć pomocy. Zmierzyłam ich wzrokiem – obaj wyglądali, jakby kilka dni temu uciekli z obozu koncentracyjnego. Nie wierzyłam w ich możliwości.

– Wsiądź do auta, a my popchniemy – zarządził Sebastian.

Posłuchałam. Położyłam torby z nietkniętym jedzeniem na siedzeniu pasażera i usiadłam w fotelu kierowcy. Wrzuciłam luz, a auto delikatnie ruszyło. Sebastian powiedział coś do chłopaków z restauracji, a zaraz potem wszyscy trzej śmiali się tak serdecznie, że nawet musieli się zatrzymać, by opanować atak śmiechu. Kiedy samochód był już z dala od okienka, a ja wysiadłam, zobaczyłam, że Sebastian sięgnął do portfela i dał nastolatkom pieniądze za pomoc. To było miłe z jego strony.

– Podrzucić cię gdzieś? – zaczęłam, wyciągając swoje zimne już jedzenie z torebki.

Spojrzał kolejno na zegarek, na swój samochód, na mnie i przytaknął. Zgarnął jakieś dokumenty z samochodu, po czym zamknął go. Dwa razy upewnił się, że jest zamknięty, po czym podążył za mną. Tym razem nie komentował mercedesa. Zresztą na początku był bardzo małomówny.

Zawiozłam go pod budynek, który w ogóle nie wyglądał na siedzibę policji. Wychyliłam się, żeby spojrzeć na rozmiary komendy. Ku mojemu zaskoczeniu policja dysponowała wielkim budynkiem, równie pokaźnym jak blok mieszkalny. Sebastian od razu wyjaśnił mi, że to typowa komenda policji, do której może wejść każdy, gdzie przywozi się aresztowanych i gdzie znajduje się tymczasowe więzienie. On sam pracował w wydziale kryminalnym. Choć pod budynkiem zaparkowanych stało wiele oznakowanych aut, Sebastian używał cywilnego. Nie afiszowali się jako policjanci, bo ich praca była tajna. Nikt nie nosił munduru, a do pracy przychodzili co rano jak do biura. Pracowali na zmiany i po skończonej pracy szli do domu. Oficjalnie nie istniały zmiany popołudniowe czy nocne, ale jeśli praca tego wymagała, musieli zostawać tak długo, jak to było konieczne. Poza tym przez całą dobę dyżurowała dwójka oficerów alarmowych, którzy w przypadku konieczności wysłania kogoś dzwonili do osoby wyznaczonej i dostępnej pod telefonem. Każdy z detektywów miał, zgodnie z ustalonym grafikiem, telefon alarmowy i przyjmował bieżące wydarzenia. Musiał być przez ten czas dyspozycyjny non stop. Dzięki temu jednostka nie płaciła za bezczynne siedzenie pracowników w oczekiwaniu na jakieś wydarzenie. Sebastian opowiadał o swojej pracy tak, jakby udzielał mi wywiadu. Nie było w tym pasji. Opisywał po prostu funkcjonowanie jego jednostki. Moje pytania zupełnie go nie irytowały ani nie zbywał mnie, kiedy dopytywałam o szczegóły. Wydawało mi się, że sprytnie skieruję rozmowę na tor śledztwa i dowiem się czegoś w kwestii nowych ustaleń w sprawie Michała, ale Sebastian tylko warknął na mnie w typowy dla siebie sposób. Musiał po raz kolejny pokazać mi, że to on wyznacza granice i decyduje o tym, czy chce się dzielić informacjami. Po tym jego szorstkim wykręceniu się od odpowiedzi zapadła niezręczna cisza. Sebastian wysiadł z auta, nachylił się do otwartej szyby, podziękował i poszedł w kierunku schodów. Nawet nie poczekałam, aż odejdzie, i z piskiem opon ruszyłam do Wojtka.

SEBASTIAN

Wszystko mi się jebało naraz. Było sporo po pierwszej, a ja nadal nic nie załatwiłem. Jeszcze ten bezsensowny powrót na komendę. Nie mogłem poprosić wdowy po biznesmenie o podrzucenie do firmy Piotra, bo przejrzałaby mój tok postępowania. Jeśli mieliśmy ustawić przesłuchanie na środę, to najlepiej by było, gdybym powiadomił Kaję na dzień, góra dwa wcześniej i zaskoczył ją faktami. Nie chciałem, by wiedziała, że pracuję nad sprawą. Kiedy zapytała, czy są jakieś nowe wiadomości, świadomie odgryzłem się, że mam też swoje prywatne życie i że od ostatniej rozmowy nie minęła nawet doba. Przyjęła to bez obrazy, z lekkim uśmiechem. Muszę przyznać, że radziła sobie z tym zaskakująco dobrze, biorąc pod uwagę jej wczorajszą reakcję.

Pędziłem swoim prywatnym autem przez miasto. Po tym, jak zmarnowałem tyle czasu, ścigałem się z nim, starając się dowiedzieć czegoś o stosunkach w firmie. Liczyłem na to, że może szef mi poda, jak na tacy, jakiegoś wroga Michała. Z pozytywnym nastawieniem dojechałem na miejsce chwilę przed drugą. Przedstawiłem się w sekretariacie i poprosiłem o spotkanie z właścicielem firmy. Recepcjonistka zadzwoniła do kogoś i ściszając głos, przedstawiła sytuację. Poprosiła mnie, żebym usiadł i poczekał. Piotr był zajęty, ale obiecał, że gdy tylko zwolni mu się miejsce w jego napiętym grafiku, przyjmie mnie. Spędziłem najnudniejszą godzinę swojego życia. Jedynym pocieszeniem była uroda recepcjonistki.

Po jakimś czasie przez obrotowe drzwi firmy wszedł elegancki mężczyzna z grubą teczką. Dziewczyna wstała ze swojego miejsca, przywitała go radosnym „dzień dobry, panie mecenasie", po czym otworzyła mu drzwi. Minęło kolejne pół godziny. Zmieniałem pozycje wielokrotnie, ale od ciągłego siedzenia zaczynał mnie boleć tyłek. Wstałem i podszedłem jeszcze raz do biurka z zapytaniem, czy istnieje szansa na przyspieszenie spotkania. Pani uśmiechnęła się tylko i pokiwała przecząco głową. Zaproponowała mi kawę. Upłynęło półtorej godziny. Powstrzymywałem się od rzucenia jakiegoś kąśliwego komentarza, ale wróciłem na swoje miejsce. Drzwi uchyliły się i wyszła jeszcze ładniejsza dziewczyna. Nasze sekretarki w porównaniu z tymi tutaj wyglądały na włochate, straszne bestie. Swoją drogą coś w tym było, bo asystentka szefa miała nawet wąsy.

W gabinecie Piotra siedział spotkany wcześniej w korytarzu mężczyzna, który uścisnął moją dłoń bez wstawania z krzesła. Piotr przedstawił go jako swojego prawnika i powiedział, że wszystkie moje przyszłe rozmowy, które miałem zamiar zainicjować, muszą zostać zaakceptowane przez mecenasa. Poprosił o nienachodzenie go w biurze, kiedy miał ważne sprawy na głowie. Wyjaśnił, że dzisiaj przyjmuje mnie w drodze wyjątku. Chciał sprawić wrażenie współpracującego i niezwykle uprzejmego. Tyle że ja tego nie łykałem. Widziałem już nieraz takich cwaniaczków, którzy ubrani w garnitur jak w kostium odgrywali rolę, jakiej od nich oczekiwano. Niemniej jednak podziękowałem mu za jego wspaniałomyślność. Ugryzłem się w język, że mimo całej tej uprzejmości trzymał mnie przez tyle czasu w holu swojej firmy.

Usiadłem obok prawnika, który za wyjątkiem wypowiedzenia swojego imienia podczas przedstawiania się nie odezwał się do tej pory słowem. Wyciągnął notatnik i położył go sobie na kolanie. Sprawiał wrażenie, jakby liczył na to, że to ja będę gadać, a on sobie wszystko zanotuje.

– W czym mogę pomóc? – zapytał Piotr, siadając wygodnie w fotelu.

– Chciałem porozmawiać o pana pracowniku… – zacząłem.

– Którym? – przerwał mi od razu. – Zatrudniam pół tysiąca ludzi.

– Michał Henderson – artykułowałem to imię bardzo powoli. – Mówi to coś panu?

– Tak. – Piotr przestał się uśmiechać.

Przyglądałem mu się uważnie. Zarówno jego uśmiech, jak i ta posągowa mina nie mówiły nic. Poza uprzejmością i skupieniem nie widziałem tutaj nic podejrzanego. Piotra nie poruszyło nazwisko Hendersona. Nie sprawiło, by drgnął czy okazał jakiekolwiek emocje. Przypomniałem sobie, że obok mnie siedzi drugi delikwent, którego też powinienem lustrować. Przeniosłem wzrok na mecenasa, ale ten kartkował jakieś dokumenty w teczce, którą trzymał teraz na kolanach. Umknęło mi, kiedy podniósł ją z podłogi, więc obiecałem sobie, że muszę go bardziej pilnować. Zupełnie nie zwracał na mnie uwagi. Zajęty swoją pracą, dopiero na skutek ciszy zerknął przelotnie na Piotra. Przerwał też na chwilę wertowanie zawartości teczki i unosząc kartkę z wykresami w dłoni, upomniał mnie:

– Proszę przejść do rzeczy.

– Okej. – Poprawiłem się w fotelu. – Sprawa zmieniła charakter na kryminalną. Mamy dowody na przyczynienie się osób trzecich do jego śmierci.

Takie informacje zawsze przekazujemy osobiście, obserwując reakcję rozmówcy. Zwykle ta pierwsza rozmowa rysuje najlepszy obraz osoby, pokazuje jej prawdziwe emocje. Z biznesmenami jest trochę inaczej, bo oni nauczeni są negocjowania, zachowywania pokerowej twarzy przy totalnym nokaucie. Żaden z moich rozmówców nie okazał zaskoczenia, nie zadał też pytania. Czekali na moje dalsze wyjaśnienia.

– Mamy przypuszczenia, że jego śmierć może być powiązana z pana firmą. Wobec tego chcielibyśmy poprosić o jego komputery, by przekazać je do działu analiz.

– Pańskie przypuszczenia są bezzasadne – zaczął Piotr. – Proszę zacząć od prywatnego życia Michała. Mogę pana zapewnić, że szuka pan w złym miejscu.

– Sprawdzamy wszystkie możliwe scenariusze. Jeden z nich przewiduje motyw biznesowy, co automatycznie wysuwa jego miejsce pracy na pierwszy plan.

– Bez nakazu sądowego nie może pan wkroczyć do firmy – zauważył mecenas, odrywając się od swoich papierów. Zamknął teczkę i odłożył ją na biurko Piotra.

– Mamy nakaz zajęcia komputerów – stwierdziłem sucho.

Miałem ochotę rzucić im prosto w twarz, że niedługo będą mieć jeszcze audyt, ale dla dobra sprawy przełknąłem swoją urażoną dumę i nie zdradziłem czekającej ich niespodzianki. Wyciągnąłem z kieszeni kopertę i wręczyłem ją mecenasowi, który od razu sprawdził pismo. Pokiwał głową.

– Zapewne chce pan zabrać sprzęt niezwłocznie? – Wstał i podszedł do Piotra. Pokazał mu palcem jakieś zdanie z dokumentu.

– Tak, zdecydowanie.

– No to mamy mały problem – zauważył Piotr – bo Michał miał tylko jeden komputer, który, o ile się nie mylę, jest w posiadaniu jego żony. Proszę poczekać, zapytam administratora sprzętu w firmie.

Piotr nachylił się do telefonu i wybrał jakiś numer. Po chwili uzyskał potwierdzenie, że komputer nigdy nie wrócił do firmy. Piotr rozłączył się, po czym sięgnął po swój telefon komórkowy i wybrał numer, pozostawiając telefon w trybie głośnomówiącym.

– Słucham – usłyszeliśmy głos rozmówcy.

To była kobieta. Początkowo jej nie poznałem, ale w toku rozmowy wiedziałem już, że to Kaja.

– Przykro mi, że jestem posłańcem takich wieści – zaczął jej tłumaczyć Piotr – ale właśnie odbyłem rozmowę z niejakim detektywem Mauerem, który wznowił sprawę Michała. Mają jakieś nowe dowody i szukają kolejnych informacji – mówił spokojnie i rzeczowo.

– Tak, wiem – odpowiedziała. – Ze mną też się kontaktował. Powiedział, że samochód jest na testach i chciał zdjęcie Michała, a także adres hotelu, w którym przebywał. Nie potrafiłam podać mu tych informacji, więc wysłałam go do ciebie.

– Aha. – Piotr był zaskoczony, widziałem to teraz po jego reakcji. – To czemu nic nie mówiłaś?

– Bo, jak przystało na typowego krawężnika, któremu się wydaje, że jest królem świata, zakazał mi mówić. – Jej odpowiedź sprawiła, że wszyscy się uśmiechnęli. Nawet ja.

Jakie to typowe dla kobiet. Tym jednym zdaniem pokazała, że nie warto jej niczego zdradzać. Byłem na nią wściekły i obiecałem sobie, że gdy tylko czegoś się dowiem, ona będzie ostatnią osobą, którą powiadomię.

Piotr spojrzał na mnie wywyższająco, jakby słowa tej kobiety w jakiś sposób uderzały we mnie. Chciałem mu walnąć prosto w twarz, że wypowiadane opinie nie świadczą o ich adresacie, tylko o osobie, która je wygłasza.

– Detektyw przyjechał tutaj po komputer Michała, ale my go nie mamy. Jest u ciebie, prawda? – utwierdził się.

Nie odpowiedziała od razu.

– Tak – potwierdziła po dłuższej chwili. – Leży gdzieś w szafie.

– Mogłabyś go przywieźć do firmy? Jeśli to nie kłopot... – poprosił.

– Jestem poza miastem. Zresztą pewnie słyszysz, że właśnie jadę samochodem – odpowiedziała wymijająco, choć to akurat było prawdą.

Wyraźnie słyszeliśmy odgłosy miasta i ruchu ulicznego w tle.

– Nie mówiłeś, że wrócisz wcześniej – rzuciła dziwnym do określenia tonem.

Nie umiałem ocenić, czy to zdanie miało na celu wypomnienie mu, że jej nie poinformował, czy siebie nawzajem również oszukiwali.

– A ty nie mówiłaś, że wyjeżdżasz – wytknął jej, unikając odpowiedzi.

– Wyjechałam wczoraj i wrócę pewnie wieczorem – skłamała.

Nie wiedziała, że jest na głośnomówiącym. Nie uprzedził jej, więc nie miała pojęcia, że przysłuchiwałem się ich rozmowie.

– Detektywie – zwrócił się do mnie, nadal trzymając ją na linii – czy dzisiaj wieczorem lub ewentualnie jutro rano pasuje panu przejęcie komputera?

– Tak – odpowiedziałem tak głośno, żeby wyraźnie mnie słyszała. – Jeśli to nie problem, skontaktuję się z panią osobiście jeszcze dzisiaj w celu umówienia miejsca przekazania.

Zapadła cisza. Piotr zawołał ją, upewniając się, że nie zerwało połączenia. Potwierdziła, że odda komputer, po czym poprosiła Piotra, żeby zadzwonił do niej później, jeśli to nie problem. Zastanawiało mnie, co chciała z nim omawiać. Była ewidentnie zaskoczona, co dało mi poczucie ogromnej satysfakcji. Przyłapałem ją na kłamstwie i wiedziałem, że musiała mieć jakiś powód, dla którego to zrobiła. Nie rozumiałem tylko, czy chciała oszukać Piotra, mnie, czy nas obu. Piotr ją pozdrowił i rozłączył się. Następnie zadałem im standardowe pytania: czy Michał miał wrogów w pracy, czy miał jakieś niepowodzenia, czy zauważyli coś podejrzanego przed wypadkiem. Na wszystkie padała jedna odpowiedź: „nie". Kiedy zapytałem, czy mógłbym porozmawiać z jego najbliższymi współpracownikami, Piotr stwierdził, że nie widzi takiej potrzeby i że do czasu, kiedy nie padną konkretne zarzuty, prosi, by ta wizyta miała charakter przyjacielskiej pomocy ze strony Piotra i nie wyciekła nigdzie do mediów ani do pracowników. Jako firma będąca na giełdzie nie mógł sobie pozwolić na złe notowania. Walka o dobrą opinię była sprawą wielkiej wagi.

Zostawiłem swoją wizytówkę na wypadek, gdyby coś mu się przypomniało, i ruszyłem w kierunku drzwi.

– Gdzie pan był w dniu wypadku? – zapytałem, dotykając klamki.

– Zapewne w domu lub w firmie.

– Ma pan na to jakieś potwierdzenie?

Piotr uśmiechnął się i zapewnił mnie, że znajdzie takie, jeśli naprawdę zachodzi taka potrzeba. Odwróciłem się do niego.

– W jakim celu on tam pojechał?

– Tego niestety nie wiem, nie reprezentował tego dnia firmy.

– To nie była delegacja?

– Nie. – Jego odpowiedź zatrzymała mnie na chwilę, ale szybko postanowiłem kontynuować.

– Mogę prosić o podanie nazwy hotelu, w którym się zatrzymał?

– Tak jak wcześniej powiedziałem, Michał nie reprezentował firmy w trakcie tego wyjazdu. Nie mam w zwyczaju śledzić pracowników podczas ich urlopu. To, gdzie się zatrzymał, to jego prywatna sprawa.

– Gdzie on był? – dociekałem, mimo że wiedziałem, jaką rzuci mi odpowiedź.

– Proszę pana… – Piotr uśmiechnął się do mnie z wyraźną satysfakcją. Mogłem w tym momencie wyjść, ale stwierdziłem, że pozwolę mu na docinek, którym zamierzał mnie ukarać. – Chyba nie liczy pan na to, że to ja wykonam za pana pracę. Nie wiem, czego pan nie rozumie lub nie chce zrozumieć. Michał zabrał swój prywatny samochód na prywatną wycieczkę.

– Czy jest jakaś firma, z którą współpracujecie, mająca swoją siedzibę w okolicach miejsca zdarzenia? – zaryzykowałem kolejne pytanie.

Mecenas kiwnął lekko głową, a Piotr zrozumiał ten sygnał i odsunął krzesło od biurka. Wstał, podszedł do mnie, wyciągnął rękę i przeprosił, że niestety nie może mi poświęcić więcej czasu.

– Bardzo byłbym wdzięczny za listę jego najbliższych współpracowników – rzuciłem, otwierając drzwi.

Żaden z nich nie zareagował na moje polecenie.

Mecenas oczywiście został, by omówić sprawy z Piotrem, co było absolutnie zrozumiałe dla kogoś, kto ma tak dużą firmę i policję na karku. Zastanawiało mnie, czemu przez ten cały czas nikt z firmy nie poprosił o zwrot komputera. Czyżby nie zależało im na tym? Może Piotr nie odpowiadał bezpośrednio za śmierć Michała? A może nie było w komputerze nic, co wskazywałoby na niego? Może nie miał się czego obawiać, a może założył, że był bezpieczny, bo śmierć Michała stanowiła już odległą przeszłość, a policja świeżo po zdarzeniu nie dopatrzyła się morderstwa ani nie zrobiła nic, pozwalając, by sprawa rozeszła się bez echa? Gdyby zaczął dopytywać o komputer, żądał zwrotu, skupiłby na sobie uwagę. Może to zaalarmowałoby Kaję i doniosłaby na niego na policję. Chociaż nie, ona nie dopatrzyła się znamion przestępstwa i gdybym jej tego nie powiedział, w życiu by na to sama nie wpadła.

Wiedziałem jedno: trudno będzie uzyskać jakiekolwiek informacje od tego bufona, bo oprócz tego, że miał doświadczenie w prowadzeniu rozmów, stał za nim sztab ludzi, który zapewne nie pozwoli mu umoczyć dupy.

Cały czas jedna myśl powracała mi w głowie. Dlaczego Kaja skłamała, że wyjechała? Co ukrywała? Muszę się z nią skonfrontować – pomyślałem. Wyciągnąłem telefon i poprosiłem naszą asystentkę o znalezienie adresu Michała Hendersona.

KAJA

Jak z tego wybrnąć? Co powiedzieć, gdy mnie ten durny detektyw zapyta, czemu oszukałam Piotra? Byłam głupia, tak, byłam głupia, że zatrzymałam się i zainteresowałam się tym jego starym samochodem. Dlaczego nie przeszłam obok? Gdyby mnie nie widział, całe to kłamstwo nie wyszłoby na jaw.

Gdybym od razu pojechała do Wojtka, miałabym już ten przeklęty komputer ze sobą. Musiałam odebrać dzieci ze szkoły, bo mama zdecydowała się akurat teraz walnąć focha i odmówiła mi pomocy. Stwierdziła, że nie będzie tłukła się autobusami, podczas gdy ja mam samochód do zabawy. Zirytował mnie jej dobór słów, ale nie odezwałam się. Zawróciłam i skierowałam się do szkoły. Zmarnowałam na to dwie godziny. Może nie tyle zmarnowałam, bo fajnie było porozmawiać z dzieciakami, dowiedzieć się, jak im minął dzień, co robiły, ale straciłam cenny czas. Gdybym tylko wiedziała, że ten policjant pojedzie do firmy Piotra, zadzwoniłabym do Wojtka wcześniej i poprosiłabym o przygotowanie komputerów tak szybko, jak to możliwe. Teraz jego telefon nie odpowiadał – musiał go wyłączyć, ciesząc się wolnym dniem.

Wyrzucałam sobie, że słuchałam chwytliwych opowieści o funkcjonowaniu wydziału kryminalnego zupełnie nieświadoma, że ten detektyw tylko odciągnął moją uwagę od rozmowy o Michale.

Po raz kolejny zaparkowałam pod blokiem Wojtka na miejscu dla niepełnosprawnych. Nie miałam pewności, czy na parkingu dla gości znajdę miejsce, a nie mogłam sobie pozwolić na krążenie po alejkach. To było najlepsze i jedyne rozwiązanie, biorąc pod uwagę, że detektyw deptał mi już po piętach. Tak bardzo bałam się, że ten gliniarz zaraz do mnie zadzwoni i zasypie pytaniami, a ja – postawiona przed faktem dokonanym – nie będę umiała wymyślić wymówki na poczekaniu. Ogarniało mnie przerażenie, że zrobiłam coś wbrew prawu, że będę musiała zapłacić jakąś grzywnę albo pójdę do więzienia. Jedyne, co musiałam zrobić, by tego uniknąć, to odebrać komputer i wrócić z nim jak najszybciej do domu. Popędziłam do klatki. Na moje szczęście ktoś wychodził, więc złapałam drzwi i nie zadzwoniłam nawet domofonem. Wpadłam do mieszkania Wojtka, wprawiając go w osłupienie.

– Coś się stało? – Wstał z kanapy i ruszył w moim kierunku.

– Pakuj laptopa – poleciłam, ale Wojtek ani drgnął. – Kurwa mać! Pakuj laptopa! – wrzeszczałam.

– Nie podoba mi się to. – Podszedł do biurka.

– To może spodoba ci się to, że policja ma nakaz przejęcia tego komputera i dzisiaj muszę go oddać? – zapytałam drwiąco.

– Co?!

– Słyszałeś, więc bierz się do roboty, bo nie mamy czasu.

Pospieszyłam do biurka, ale nie mogłam nic zrobić, żeby zmusić go do działania.

– Nie – powiedział stanowczo Wojtek i zablokował mi drogę do komputera. – Albo mi wyjaśnisz, co to wszystko znaczy, albo nie ruszę palcem. Sama nie jesteś tego w stanie zrobić, a kogokolwiek nie poprosisz o skręcenie go z powrotem, będzie wiedział, że był rozkręcany w wiadomym celu. Więc albo zaczniesz mówić, albo działasz dalej sama.

Zamknęłam oczy i wzięłam głęboki oddech. Streściłam swoją rozmowę z policjantem, potem telefon z biura Piotra i doszłam do momentu, w którym błagałam go o to, żeby mi pomógł.

– To jest za duże ryzyko – stwierdził Wojtek. I wskazując na mnie palcem, od razu dodał: – Nie mieszaj mnie w to. Zabierz komputer, dane i ja umywam ręce.

– To ty chciałeś je kopiować – przypomniałam mu szorstko.

– Tak, zgadza się. Tyle że ja chciałem udowodnić nadgodziny do wypłaty i ewentualnie przyprzeć Piotra do muru ryzykiem sypnięcia jego lewych firm. Nie wiedziałem, że Michała zabili, że policja wznowiła śledztwo!

– Jakich lewych firm? – Skupiłam się na najważniejszych słowach jego wypowiedzi.

– Nieważne – zakończył temat. – Czemu mi nie powiedziałaś, że spotkałaś się wczoraj z tym policjantem?

– Czy gdybym powiedziała, przegrałbyś te dane? – zapytałam.

– Nie.

– No właśnie.

Dotknęłam ręką jego ramienia.

– Ufam ci i dlatego przyszłam z tym do ciebie.

– Tak?! – Strącił moją dłoń ze swojego ramienia i odwrócił się w moją stronę. Dzielił nas niewielki dystans. – Skoro mi ufasz, to czemu nie zostawiłaś wczoraj komputera? Czemu pilnowałaś go jak pies warujący przy budzie? Czemu mi nie powiedziałaś o gliniarzu? To są według ciebie przykłady zaufania?

Zacisnęłam zęby.

– Rozumiem – odparłam. Odchodząc do kanapy, zdałam sobie sprawę, że niepotrzebnie mu to wszystko powiedziałam.

Usiadłam i zamilkłam, czując ogarniającą mnie bezsilność. Wojtek tymczasem przystąpił do skręcania komputera. Byłam wdzięczna, że zajął się pracą. Nie miałam ochoty kontynuować tej przepychanki. Przyłapał mnie na kłamstwie, więc cokolwiek bym teraz nie powiedziała, budziłoby jego podejrzenia. Przekonana, że to koniec naszej rozmowy, odetchnęłam z ulgą.

– Na te pytania chciałbym jednak usłyszeć odpowiedzi – nalegał.

Wysilałam swoje szare komórki, by udzielić mu jakiejkolwiek, żeby tylko dał mi już spokój.

– Nie zostawiłam komputera – zaczęłam, patrząc na swoje stopy – bo bałam się, że skopiujesz to, co ci się podoba…

– Gówno prawda! – krzyknął, przerywając mi szybko. – Skąd wiesz, że teraz wszystko przekopiowałem? Zacznij mówić prawdę.

– Dobrze. – Wypuściłam powietrze ze świstem. – Po rozmowie z policjantem jestem prawie pewna, że Piotr to zrobił.

– Zrobił co? – rzucił pytanie w powietrze, nie odrywając się od pracy.

– Zlecił zabicie Michała.

– Eee… – spojrzał na mnie – chyba żartujesz.

Podniosłam na niego wzrok.

– Skąd masz taką pewność? – zadałam to pytanie po raz drugi. Tym razem innej osobie. Co było takiego w Piotrze, że ludzie tak go bronili?

– Nie wiem, nie mam, ale Piotr za dużo by ryzykował. Mógł go po prostu zwolnić, nie uważasz?

– Może za dużo wiedział.

– To nie porachunki mafii – stwierdził z przekąsem. – Ale co to ma wspólnego z zostawieniem komputera?

– Bo myślałam, że może coś o tym wiesz… – Zaczęłam ogólnikowo, a potem doprecyzowałam. – Wiedziałeś na przykład o koncie na moje nazwisko… teraz mówisz o jakichś lewych firmach. Bałam się, że ten twój pośpiech i ta konieczność przegrania danych wynika z tego, że wiesz coś na temat śmierci Michała. Tworząc możliwe scenariusze w głowie, posunęłam się nawet do tego, że zgrasz dane dla siebie, a potem zaszantażujesz mordercę Michała albo… robisz to na zlecenie Piotra, albo po prostu dasz mu cynk, licząc na dużą kwotę za milczenie.

– Serio? – Wojtek podszedł do mnie. – Tak nisko mnie cenisz?

– Nie wiem już, co myśleć. Tyle się dzieje ostatnio – wytłumaczyłam się.

– Gdybym wiedział cokolwiek na temat śmierci Michała, przyszedłbym z tym od razu do ciebie. Co więcej, kontaktując się z tobą jako pierwszy, ryzykowałem to samo, że pobiegniesz do Piotra i wyśpiewasz mu wszystko, a tym samym doprowadzisz do wywalenia mnie na zbity pysk. A jednak udzieliłem ci kredytu zaufania.

– Bo nikt nie oszukał cię tak jak mnie Michał – stwierdziłam odważnie. – Postaw się w mojej sytuacji, to zrozumiesz. Podejrzewałbyś każdego po czymś takim.

– Może – rzucił tylko.

Odwrócił laptopa monitorem do góry i zaczął pakować go do torby. Zaraz potem sięgnął po mój komputer.

– Nie sprawdzisz, czy działa?

– Działa – zapewnił. – Jeśli teraz go włączymy, to policja będzie miała po tym ślad. Wczoraj go włączyłaś, wpisałaś kilka razy błędne hasło i od tamtej pory nie był włączony. Wszystko gra. Nie ma dowodu na to, że dane zostały skopiowane.

– Dzięki. Nie wpadłabym na to.

Wzięłam od Wojtka obie torby. Odprowadził mnie do korytarza. Już miałam wyjść, ale zatrzymałam się.

– Słuchaj – zwróciłam do niego – bez kogoś, kto wie, jak czytać te dane, całe to kopiowanie nie ma sensu.

– Wiem – potwierdził.

– Nie pomożesz mi? – zapytałam, patrząc mu prosto w oczy.

Odwrócił wzrok, co było bardzo złym sygnałem. Poczekał chwilę.

– Przykro mi, ale nie będę ryzykował. – Stanowczość jego tonu ścisnęła mi żołądek, dokładnie tak, jakby ktoś mnie w niego kopnął.

SEBASTIAN

Gdy tylko dostałem adres jej mieszkania, zawróciłem na dwupasmówce. Opony zapiszczały od gwałtownego manewru, a kilku kierowców strąbiło mnie na znak dezaprobaty. Musiałem działać szybko. Czas był zarówno moim sprzymierzeńcem, jak i wrogiem. Potrzebowałem go, by rozwiązać zagadkę, tak samo jak ludzie, których muszę przesłuchać, by móc zakombinować. Jeśli dostaną czas, będą mogli wymyślić scenariusz i odgrywać przede mną istne przedstawienie, wymigując się od odpowiedzialności. Jeśli ich szybko zaskoczę, istnieje większe prawdopodobieństwo dotarcia do prawdy.

Na moje nieszczęście nikt nie wychodził z klatki, a że przez długi czas nie mogłem wejść do środka, po chwili zastanowienia zadzwoniłem domofonem. Odebrała kobieta. Powiedziałem, że mam list polecony do podpisu dla pani Henderson. Kobieta potwierdziła, że to jej córka, ale pośpiesznie dodała, że nie zastałem jej w domu, ale że może przyjąć list, jeśli go zostawię. Powiedziałem, że muszę go dostarczyć do rąk własnych i rozłączyłem się.

Gdzie podziała się ta kobieta? Kiedy Piotr do niej dzwonił, jechała gdzieś samochodem, a to było ponad godzinę temu. Błędnie założyłem, że pojechała do swojego domu. Coś tu śmierdziało. Wyciągnąłem swój telefon i wybrałem jej numer.

– Gdzie jesteś? – zapytałem bez ogródek.

– Zaparkowałam na miejscu dla niepełnosprawnych i mam blokadę na kole. Czekam właśnie na straż miejską, żeby mi ją zdjęli – wyjaśniła.

– Podaj ulicę.

Cisza. Zapytałem, czy mnie usłyszała, i ponowiłem pytanie o ulicę. Po chwili wahania podała mi adres. Powiedziałem, że za chwilę u niej będę i żeby nie odjeżdżała. Stwierdziła, że to nie jest zabawne.

Nie umiałem rozszyfrować tej kobiety. Zaczynałem przypuszczać, że być może miała jakiś udział w tej sprawie. Mówi się, że najszybszą metodą na znalezienie rozwiązania zagadki w dochodzeniu jest rozpoczęcie od członków rodziny. Przypadków, w których winny jest spoza tego kręgu, odnotowano niewiele.

Miałam ochotę płakać. Czułam, że to by mi pomogło. Siedziałam w samochodzie i czekałam na straż... i na Sebastiana. Gdyby tylko Wojtek wiedział, że policja będzie tak blisko niego... Zerknęłam na fotel obok, gdzie leżały dwie czarne torby. Podskoczyłam nagle, uświadamiając sobie, że powinnam je schować, że jeśli ten policjant przyjechałby tutaj i zastał mnie z torbami, nie umiałabym tego logicznie wytłumaczyć. Wyrzucałam sobie, że siedziałam tak długo, użalając się nad sobą, zamiast skupić się na właściwym działaniu. Chwyciłam obie torby i obiegłam samochód. Delikatnie włożyłam je do bagażnika, a kiedy zamykałam klapę, dostrzegłam nadchodzącego Sebastiana. Miałam nadzieję, że nie widział, co przed chwilą zrobiłam. Modliłam się w ciszy, żeby nie zapytał o to, czemu akurat tutaj utknęłam, choć powoli zdawałam sobie sprawę z tego, że miałam poważne kłopoty. Czułam się jak zwierzę zapędzone w róg, które wie, że nie ma już możliwości ucieczki, i czeka przerażone na strzał. Na dodatek nie było nikogo w pobliżu, co sprawiało, że jeszcze bardziej obawiałam się rozmowy z nim.

– Czy wyjazd za miasto się udał? – zapytał cynicznie, podchodząc do mnie.

– Dobrze wiesz, że nigdzie nie byłam – warknęłam.

– To gdzie byłaś?

Jego pytanie pozostało bez odpowiedzi, bo podjechał samochód straży. Wysiadł z niego człowiek i zaczął nas pouczać o parkowaniu na miejscach dla niepełnosprawnych. Od razu rzucił komentarz o tym, jak to posiadacze takich luksusowych samochodów myślą, że wszystko im wolno. Dodał, że mieszkańcy osiedla szybko donoszą na takich ludzi jak my, którym się wydaje, że jesteśmy bezkarni. Cały czas adresował swoje słowa do nas obojga. Zakładał, że jesteśmy parą, więc kiedy wyciągnął kwitek mandatowy, spytał, które z nas go przyjmie. Sebastian podszedł do niego, wyciągając portfel z tylnej kieszeni jeansów. Początkowo myślałam, że chce mu zapłacić, ale on pokazał mu odznakę i powiedział, że to sprawa wyjątkowa i żeby zdjęli blokadę. Strażnik, lekko zbity z tropu, tłumaczył się, że sprawdzali numery, czy nie są zarejestrowane na służby, ale w wykazie widniała osoba prywatna. Sebastian pokiwał głową i powiedział, że wszystko się zgadza i że strażnicy zrobili dobrą robotę.

Panowie pospiesznie rzucili się do pracy. Zdjęcie blokady zajęło im tylko chwilę. Chrzęst wrzuconego żelastwa na pakę samochodu straży przypominał mi odgłos ściąganych kajdanek w filmach. Mimo że mnie uwolnili, nadal czułam się uwięziona. Niczego to dla mnie nie zmieniło. Musieliby razem z blokadą zapakować na pakę Sebastiana. Uśmiechnęłam się na myśl o możliwości pozbycia się go w taki sposób.

– Cieszę się, że doceniasz moją pomoc i że sprawia ci tyle radości. – Sebastian wyrwał mnie z zamyślenia.

Siedziałam w fotelu kierowcy, a on stanął w drzwiach. Trzymał je jakby w obawie, że uwolniona od blokady wrzucę wsteczny bieg i mu ucieknę.

– Dziękuję.

– Może wrócimy do tematu i powiesz mi, gdzie byłaś – zmienił ton na poważny, co sprawiło, że na nowo ogarnął mnie strach.

– W kilku miejscach – odpowiedziałam wymijająco.

Sebastian zaklął pod nosem, trzasnął moimi drzwiami i szybko obszedł samochód dookoła. Szybkim szarpnięciem otworzył drzwi pasażera i wskoczył do środka, zajmując fotel obok.

– Słuchaj... – wycedził przez zaciśnięte zęby.

Pochylił się w moim kierunku i rozpiął kurtkę, a mnie nagle sparaliżował strach. Widziałam, że jest wściekły, ale nie rozumiałam, co chciał zrobić. Bałam się, że wyciągnie pistolet i wyceluje we mnie. Przywarłam plecami do szyby, zapierając się rękami o brzeg fotela. Miałam ochotę wtopić się w nią i zniknąć. W głowie pojawiały mi się obrazy jak z filmów, w których policjant przystawia pistolet do głowy przestępcy i zaczyna wykrzykiwać groźby. On jednak przyglądał mi się uważnie i nic nie mówił. Rozchyliłam usta i ciężko oddychałam, próbując zapanować nad sobą.

– Boisz się mnie? – spytał łagodniej.

Nie odpowiedziałam. Czekałam.

– Nie chciałem cię aż tak przestraszyć – dodał, patrząc mi prosto w oczy.

Czułam się tak, jakby patrzył gdzieś głęboko we mnie. Jakby potrafił przejrzeć mnie na wskroś. Sparaliżowana, wyczekiwałam momentu ataku. On jednak odsunął się ode mnie i oparł się plecami w fotel. Głową dotknął zagłówka. Zamknął oczy. Siedzieliśmy tak przez kilka sekund. Pozostałam oparta o drzwi i zimną szybę samochodu, ale rozluźniłam już dłonie. Przyglądałam mu się, starając się przewidzieć, co zaraz nastąpi. Zastanawiałam się, czy mam przy sobie coś, co mogłabym wykorzystać w samoobronie na wypadek, gdyby zdecydował się na użycie siły. Z drugiej strony byłam przecież ze stróżem prawa, z kimś, kto powinien dbać o bezpieczeństwo ludzi takich jak ja. Nie znajdowałam powodu, dla którego tak mnie traktował. Owszem, oszukałam go, mówiąc, że wyjechałam, ale to przecież nic złego. Nie musiałam mu mówić, gdzie jeżdżę i po co, a on nie miał prawa być o to tak wściekły. Zdałam sobie sprawę, że on jeszcze nie wiedział o skopiowanych danych. Zaczęłam drżeć na myśl, jak zareaguje, gdy się o tym dowie. Przez moją głowę przebiegło tysiąc myśli, a on wyglądał tak, jakby spał. Otworzył po chwili oczy i nie patrząc na mnie, zaczął mówić:

– Jesteś teraz główną podejrzaną i…

– Słucham!? – przerwałam mu, zupełnie nie spodziewając się, że tak potoczy się ta rozmowa.

– Robisz wszystko, żeby skupić na sobie uwagę i podejrzenia. – Spojrzał na mnie przenikliwie. – Oszukałaś Piotra, że wyjechałaś, a teraz, kiedy pytam, gdzie byłaś, odpowiadasz wymijająco. Ewidentnie potrzebowałaś na coś czasu. Mam polecenie od szefa, by ściągnąć cię na przesłuchanie. – Skończył i czekał na moją reakcję.

Zatkało mnie. Łapałam powietrze jak ryba bez wody. Rozumiałam jego słowa, to, co do mnie mówił, ale nie byłam w stanie przyjąć tego jako faktu. Co się stało w tym krótkim czasie, że to mnie teraz podejrzewali?

– Ale ja nic nie zrobiłam – tłumaczyłam się, a bezsilność i strach powodowały, że mimowolnie popłynęły mi łzy.

– To czemu zachowujesz się tak, jakbyś coś ukrywała? – Sebastian nie zwracał uwagi na moje zachowanie i zadawał pytania, jakbyśmy rozmawiali nad kawą w restauracji. – Niewinny człowiek nie musi się tłumaczyć i kłamać.

– Aresztujesz mnie? – wydobyłam z siebie, dusząc się łzami.

– Nie. – Patrzył na mnie zdezorientowany. – Skąd ci to przyszło do głowy?

– Przed chwilą powiedziałeś, że masz mnie ściągnąć na zeznania…

– Tak, ale dopiero w środę – wyjaśnił. – Czego w zasadzie nie powinienem ci mówić.

Coś w nim jakby lekko złagodniało, bo spojrzał na moją żałosną postać i spokojnie po chwili dodał:

– Powiedz mi, co wiesz, a postaram się anulować to przesłuchanie.

Kalkulowałam korzyści płynące z wtajemniczenia Sebastiana we wszystko, co wiedziałam, jednocześnie pamiętając o stratach, jakie poniosę. Zastanawiałam się, jak daleko powinnam się posunąć w przekazywaniu mu faktów, które odkrywałam przez ostatnie tygodnie. Cały czas przewijała się w mojej głowie myśl, że może to wszystko jest jakąś policyjną sztuczką i że powinnam powiedzieć, że bez prawnika nie będę z nim rozmawiała. Chciałam zapytać Piotra, o co w tym wszystkim chodzi, porozmawiać z nim o Michale i jego śmierci. Nie wiedziałam, jaki był jego udział, co zrobił albo czego nie zrobił. Może w jakiś sposób mógł temu wszystkiemu zapobiec? Intuicyjnie jednak czułam, że to on był winien śmierci mojego męża – może nie bezpośrednio, ale na pewno się do tego przyczynił. Wiedziałam też, że umiał postępować z ludźmi i na pewno nie popełniłby takich błędów jak ja, więc nawet jeśli miał jakiś udział w tej sprawie, trudno będzie go z nią powiązać.

Wybierałam fakty, którymi dzieliłam się z Sebastianem. Zdecydowałam się na wersję, od której naprawdę się zaczęło, czyli że razem z Wojtkiem chcieliśmy znaleźć dowód na pracę Michała ponad normę i dostać za to odszkodowanie. Wojtka w opowiadaniach określałam mianem „znajomy". Sebastian nie przerywał mojej opowieści. Słuchał cierpliwie, a kiedy skończyłam, zasypał mnie pytaniami. Potem stwierdził, że musi przesłuchać mojego znajomego. Zapewniłam, że on nic nie wiedział i że wyświadczał mi tylko przysługę.

– Jesteś w stanie zrozumieć dane z komputera? – dociekał Sebastian.

– Nie – odpowiedziałam zgodnie z prawdą.

– To po co je kopiowałaś?

– Bo liczyłam na to, że ten mój znajomy mi pomoże – wyjaśniłam – ale kiedy dowiedział się o policji, powiedział, że nie ma szans, że nie chce być zamieszany w tę sprawę.

– Przypomnij mi, bo zdaje się, że umknął mi ten fakt... Czy ja nie zobowiązałem cię do obietnicy, żebyś nikomu nie mówiła o dochodzeniu?

– Tak, ale było już za późno. Piotr sam wiedział, a Wojtkowi musiałam powiedzieć, bo byłam mu to winna...

– Kim jest ten Wojtek? – przerwał mi Sebastian, szybko wyłapując, że niechcący wysypałam się z imieniem. – Gdzie mieszka?

– Kolega, na drugim końcu miasta – odpowiedziałam szybko na oba pytania.

Sebastian zacisnął usta, jednocześnie się uśmiechając. Oboje wiedzieliśmy, że kłamię. Dla mnie to nic przyjemnego i chciałabym mieć to za sobą. On z kolei miał satysfakcję, że mnie przyłapał, i tylko czekał, aż przyznam się do kłamstwa. Szkoda mi było Wojtka. Konsekwencje mojej rozmowy o nim mogły być poważne. Jeśli policja podejrzewała nawet mnie, to znaczy, że każdy mógł być winny.

– Kolega? Na pewno? – wypowiadał cynicznie słowa Sebastian. – Tak kolegi bronisz? A może to kochanek i mamy powód do odsunięcia męża na drugi plan?

Zachłysnęłam się powietrzem, słysząc jego oskarżenie. To, co mówił, było niedorzeczne, a mimo wszystko zabolało, że tak o mnie myślał. Wściekłość narastała we mnie w zastraszająco szybkim tempie. Powstrzymywałam się, żeby nie wykrzyczeć mu prosto w twarz, że jest podłym, manipulującym bydlakiem. Choć w myślach zasypywałam go przeróżnymi obelgami, w rzeczywistości ograniczyłam się jedynie do stwierdzenia:

– Jesteś świnią. Jak możesz wyciągać takie wnioski? Masz ku temu jakiekolwiek przesłanki? – zagrzmiałam groźnie.

Miałam nadzieję, że dotknęłam go tym wyzwiskiem, tymczasem moje słowa nie znaczyły dla niego nic. Zdawał się w ogóle nie zwracać na nie uwagi. Pozostawiona bez wyboru, musiałam zareagować mocniej.

– Czy jak każdy facet, który słyszy o kobiecie potrzebującej przysługi, jako jedyną możliwość widzisz wymianę handlową, w której kobieta musi zapłacić tyłkiem? Nie przyszło ci do głowy, że pomógł mi z dobrego serca? Nie masz żadnych przesłanek, żeby tak mówić – stwierdziłam tym razem z pewnością w głosie.

Detektyw słuchał uważnie i czekał na swoją kolej. Nie dał się ponieść emocjom. Liczyłam na to, że wytykając mu prymitywny sposób myślenia, zbiję go z tropu i sprawię, że poczuje się jak skończony idiota i przeprosi mnie za te niesłuszne oskarżenia.

– Wyobraź sobie, że mam. – Sebastian wyciągnął rękę i zaczął wyliczać na palcach: – Po pierwsze nie żyje facet, który zginął w upozorowanym wypadku. Po drugie firma, w której pracował, nie przejmowała się zawartością komputera i nie upomniała się o niego do czasu przyjścia policji, co sugeruje, że nie mieli powodu, żeby obawiać się czegoś z danych, to zaś z kolei oznacza, że nie mieli celu, by sprzątnąć Michała. Po trzecie pomogli mi w namierzeniu żony zmarłego, która miała komputer przez cały ten czas. Po czwarte żona w rozmowie telefonicznej kłamie, a po piąte chowa dwa laptopy tuż przed moim przyjściem, uwięziona w samochodzie, który zablokowała jej straż miejska w miejscu, na pobyt w którym nie ma logicznego wyjaśnienia. – Spojrzał na mnie surowo. – Sprawdziłem, kiedy zaraportowali założenie blokady. Stałaś tu dość długo, zaparkowałaś na jedynym wolnym miejscu, które nieszczęśliwie dla ciebie okazało się kotwicą, a fakt, że masz dwa laptopy przy sobie i chowałaś je w bagażniku sugeruje, że właśnie przegrałaś dane i że facet tu mieszka. Jeśli z nim nie sypiasz, co mnie w ogóle nie interesuje, to pojawia się pytanie: czemu go nie zdemaskujesz?

Otworzyłam usta zszokowana jego wnioskami. Biorąc pod uwagę, jak sprawnie radził sobie z rozszyfrowywaniem mnie, dotarło do mnie, że żadne moje kłamstwo nie ujdzie mi na sucho.

– Bo pracuje w firmie Piotra i boi się, że wyleci. Ma narzeczoną i własne życie. Nie chce ryzykować – wyrzuciłam na jednym oddechu.

– Dobrze, rozumiem. – Sebastian poprawił się w fotelu, a ja zrozumiałam, że szukuje się do kolejnego ataku.

Poznawałam już ten moment, w którym chciał mi rzucić podkręconą piłkę. Wydawało mi się, że to wystarczy, żebym przygotowała sobie odpowiedź, ale nie miałam bladego pojęcia, o czym ten skurczybyk myśli i do czego prowadzą jego pytania.

– Jeśli facet tak się boi, to czemu zgodził się przegrać dane?

Przygryzłam wargę. Sama zadawałam sobie to pytanie. Jeśli Wojtek był faktycznie nastawiony na walkę z Piotrem w sądzie o nadgodziny, czemu teraz tak szybko się wycofał? Przecież proces też wymaga nie lada odwagi i siły, żeby przeciwstawić się dużej korporacji. Zakładałam, że był niewinny i nie miał żadnej wiedzy na temat śmierci Michała, więc co spowodowało, że nagle stchórzył. A może jednak wiedział coś albo znał kogoś odpowiedzialnego za zamordowanie Michała. Jego strach sugerował, że z tymi ludźmi nie można zadzierać. To z kolei uzmysłowiło mi, że może Michał był zmuszony trzymać w tajemnicy przede mną wszelkie informacje. Pewnie wszystko by mi powiedział, gdyby nie to, że go szantażowano. A co, jeśli grożono mu śmiercią? Co, jeśli on zrobił to wszystko, by nas ochronić? Jeśli był niewinny, a ja go tak brutalnie oceniłam, to wychodziłam na podłą osobę, której niewielki powód wystarczył, by przekreślić nasze małżeństwo i zaufanie w związku. Skarciłam się w myślach, że straciłam wiarę we własnego męża.

– No więc? – pospieszył mnie Sebastian.

– To było, zanim sprawa stała się tak poważna. Gdy tylko usłyszał hasło „morderstwo", sparaliżował go strach i zrezygnował z planu.

– Powiem ci, jak to wygląda według mnie. – Odwrócił się przodem do mnie i pokazał dwa palce. – Mam dwa scenariusze. Numer jeden to wersja, że jest kochankiem, ale to by było śmieszne, gdyby teraz się wycofał. A druga wersja jest taka, że on też chciał dostać te dane, że miał swój powód. Sprawa się zaostrzyła, to facet speniał, że mu się koło dupy policja zakręci, i odesłał cię z kwitkiem.

Nie wiedziałam, jak zareagować. Widząc moją konsternację, Sebastian dodał:

– A może jednak coś wie i boi się konsekwencji?

Sama zaczynałam się nad tym zastanawiać, zupełnie nie rozumiejąc postępowania Wojtka.

– Tak. – To jedyne, co byłam w stanie z siebie wydobyć.

Rodziła się w mojej głowie tylko cicha nadzieja, że ten policjant z takim samym zaangażowaniem będzie szukał winnego śmierci Michała.

– Co „tak"? Tak – boi się konsekwencji czy tak – on się z tobą skontaktował i chciał wystąpić przeciwko Piotrowi, a nie jak powiedziałaś, że chciałaś zrobić to sama i tylko potrzebowałaś kogoś, kto dałby ci dowody na nadgodziny na tacy.

– Tak – przyznałam. – Ja nie wiedziałam o niczym.

– Nie miałaś pojęcia, że to było morderstwo, i nie wiedziałaś, że można do czegokolwiek użyć danych z jego komputera.

– Tak – powtórzyłam.

– Wiem – odpowiedział.

– Jak to wiesz? – Zmarszczyłam brwi zaskoczona jego wyznaniem. – To dlaczego mnie zastraszasz, męczysz pytaniami i sprawiasz mi przykrość? – zapytałam rozgoryczona.

– Wierz mi, że to nic w porównaniu z tym, jak wygląda przesłuchanie – zapewnił mnie, nie odrywając ode mnie wzroku. – Ja muszę wiedzieć, czy mówisz prawdę, jeśli mam anulować przesłuchanie. Chcę wiedzieć wszystko teraz.

– Powiedziałam ci wszystko!

Sebastian zamilkł i znów oparł głowę o zagłówek. Podniósł nadgarstek i zerknął na zegarek. Następnie spojrzał na mnie z tym swoim uśmiechem.

– Skąd masz mercedesa? – zapytał.

Nie spodziewałam się, że zada mi to pytanie. Chciałam powiedzieć, że to nasze auto rodzinne, bo przecież są dwa foteliki na tylnej kanapie, ale podejrzewałam, że to też sprawdził. Wczoraj na parkingu zaczął rozmowę od pochwalenia samochodu, a ja wtedy zupełnie nie zrozumiałam, dlaczego zwrócił uwagę na auto. Pomyślałam po prostu, że zaimponowała mu blacha i że jak każdy facet ślinił się do ekskluzywnego samochodu. Musiałam przyznać, że wiedział, co robi. Całą rozmowę przeprowadzał ze mną tak, że uzyskał odpowiedzi na wszystkie pytania.

– Od Piotra. To prezent.

– Za co? – dopytywał.

– Pewnie myślisz, że z nim też sypiam. – Starałam się przewidzieć jego tok myślenia.

– Nie, o tym nie pomyślałem. Skłaniałem się ku temu, że dostałaś go za milczenie w jakiejś sprawie… wiesz… jako łapówkę.

– Nie. Chciał mi pomóc i oddał swój samochód, którego i tak nie używał – wyjaśniłam.

– I ja mam w to uwierzyć? – wyśmiał moją odpowiedź Sebastian.

– Rób, co chcesz. Taka jest prawda.

Pominęłam całą rozmowę o propozycji Piotra. Mercedesa dał mi, mówiąc dokładnie to, co ja powiedziałam teraz Sebastianowi. To akurat nie było kłamstwem i nie miało żadnego związku z Michałem. W taką wersję chciałam wierzyć.

– Mam rozumieć, że gość rozdaje przedmioty z dobrego serca. Kosztowne w pizdu s400 oddał, bo mu wadziło w garażu. To mi chcesz powiedzieć?

– Nie, mówię ci, że go nie używał i chciał mi pomóc. Czego nie rozumiesz?

– Zwrócisz go? – wypalił.

– Samochód? – dopytałam, a Sebastian przytaknął. – Nie.

– Zaraz, czy ja dobrze rozumiem? Podejrzewasz gościa o przyczynienie się do śmierci swojego ukochanego męża, ale samochodu nie zwrócisz? Przyjmiesz prezent od mordercy męża?

Sebastian artykułował słowa z taką mocą, że czułam, jak napływa mi krew do policzków i pali skórę mojej twarzy od środka. Za każdym razem gdy opisywał mnie i moje działanie, robił to tak, że wychodziłam na najgorszą osobę na świecie. Sprawiało mi to ogromną przykrość.

– Mam paskudną sytuację materialną, nie stać mnie na nowy samochód. Ubezpieczenie na życie poszło na pokrycie jakiegoś durnego kredytu – syczałam groźnie każde słowo. – Jeśli Piotr to zrobił, to jest mi winien więcej niż mercedesa. Jeśli dał zlecenie, jeśli to był jego pomysł, chciałabym, żeby za to zapłacił. Może nawet cała ta jego firma upaść. Nie obchodzi mnie to. Nie będę cierpiała więcej przez tego człowieka, rozumiesz?

– Ale mimo wszystko chciałaś, żeby do ciebie zadzwonił po spotkaniu ze mną – zauważył Sebastian.

Każde jego pytanie było jak cięcie nożem. Czułam się, jakbym toczyła walkę i musiała przyjmować ciosy od uzbrojonego przeciwnika, pozostając całkowicie bezbronną. Nie miało znaczenia, co powiedziałam, bo on już czekał, by uderzyć we mnie ponownie.

– Tak, bo miałam z nim iść jutro na kolację – uśmiechnęłam się gorzko. – A wobec zaistniałych faktów uznałam, że muszę odwołać nasze spotkanie.

W ciągu całej tej rozmowy przeszłam przez wszystkie negatywne emocje, od strachu, przez złość, po agresję. Zmieniłam też zdanie co do Sebastiana. To nie tylko twardziel, ale i cwany sukinkot, który manipulował mną, jak mu się podobało. Miałam wrażenie, że cała nasza rozmowa potoczyła się dokładnie tak, jak tego oczekiwał. Kiedyś czytałam, że do pracy w policji przyjmują tylko ludzi podłych, bo człowiek z empatią nie umiałby tak bezdusznie potraktować drugiego człowieka tylko po to, by dowiedzieć się czegoś, co mogło przydać się w śledztwie. Czułam, że ze mnie zadrwił. Wyśmiał nie tylko moje decyzje, ale też odpowiedzi. Kiedy zadał mi jeszcze jednoznaczne pytanie odnośnie do tego, czy często spotykam się z Piotrem i jeśli tak, to w jakim celu, krzyknęłam, żeby się pierdolił i żeby wyniósł się z mojego samochodu. Jego odpowiedź całkowicie wytrąciła mnie z równowagi. Powiedział, że to samochód Piotra, a nie mój, i że nie powinnam o nim mówić jako o mojej własności. Wściekłość wzięła górę i popychając jego ramię, grzmiałam przekleństwami, żądając, by zostawił mnie w spokoju. Powiedział, że będzie mnie miał na oku, i wyszedł z samochodu. Puknął w bagażnik, żebym otworzyła klapę. Zapytał, którą torbę ma wziąć. Nie mogłam pozwolić, żeby wziął mój komputer, więc wysiadłam, otworzyłam torbę, w której powinien być laptop Michała. Teatralnie wyciągnęłam go ze środka, powachlowałam nim w powietrzu, potwierdziłam, że to ten, po czym włożyłam go z powrotem i podałam mu torbę. Trzasnęłam klapą bagażnika i wsiadłam do samochodu bez słowa pożegnania.

SEBASTIAN

Korzystając z okazji, że byłem na miejscu, zadzwoniłem do firmy z prośbą o sprawdzenie najpierw, ilu Wojtków mieszkało na tym osiedlu. Niestety danych było za dużo, poprosiłem więc, by potem sprawdzili, ilu Wojtków zatrudnia Piotr i który z nich mieszka na tym osiedlu. Siedząc na krawężniku, czekałem, aż otrzymam informację zwrotną. Po chwili oddzwonili z wiadomością, że Piotr nie zatrudnia żadnego Wojtka, który mieszkałby w tej okolicy. Według mojej rozmówczyni w dzisiejszych czasach wiele firm korzystało z możliwości zatrudniania ludzi na fakturę, a nie na etat. Kobieta przestrzegła mnie, że musiałaby sprawdzać jego kontrahentów po kolei, co dla mnie jedynie oznaczało długi czas oczekiwania. Nie odwlekając, zadzwoniłem ponownie do Kai. Odebrała tak samo wściekła jak wtedy, gdy odjeżdżała, w ogóle jej nie przeszło. Oczywiście od razu zaprotestowała, że nie poda mi ani adresu, ani numeru telefonu, ale kiedy zablefowałem, że to tylko kwestia czasu, jak wyciągnę jej billing, zdecydowała się współpracować. Rozłączyła się i wysłała mi wszystko, czego potrzebowałem.

Facet okazał się bardzo wyrafinowanym typem. Od razu zapytał mnie o nakaz, o moją legitymację i powód najścia. Zaprzeczył, że kopiował dane i że w ogóle utrzymywał kontakt z wdową po Hendersonie, jednocześnie zerkając wymownie na przewieszoną przez ramię torbę. Rozpoznał ją bez dwóch zdań – i tu go miałem. Opanował się jednak i nic mi nie zdradził. Zanim trzasnął mi drzwiami przed nosem, dodał jeszcze, że nie omieszka złożyć doniesienia na mnie, jakobym nachodził ludzi bez powodu. Nie zależało mi na tym. Byłem w stanie wyjaśnić szefowi swoje postępowanie.

Wróciłem do auta. Było już bardzo późno i gdyby nie fakt, że ta sprawa wciągnęła mnie do reszty, pojechałbym do domu, wyciągnąłbym zimne piwo i spędził przyjemnie wieczór. Pojechałem jednak do firmy. Przygotowałem dokumenty wciągające komputer jako dowód w sprawie i zaniosłem go do policyjnego laboratorium. Zmianę nocną miała Sylwia – młoda studentka prawa zaocznego, która w wolnym czasie grała na telefonie w różne gry. W laboratorium wszystko toczyło się jak u nas. Jeśli nie było pilnego telefonu z prośbą o natychmiastową pracę, przez całą noc panowała głucha cisza. Nikogo z techników już nie zastałem. Wiedziałem też, że do poniedziałku nikt nie dotknie tego laptopa. Chciałem się jednak upewnić, że zostanie on przekazany od razu z samego rana. Sylwia przyjęła ode mnie komputer zafoliowany w torbie. Opisałem go już numerem sprawy, więc zamknęła szczelnie plombę. Wsadziła go do skrytki, zamknęła na klucz, do którego dołączyła opaskę z numerem, a następnie poszliśmy do drzwi laboratorium i przez małe przesuwne okienko – dokładnie takie jak w aptekach z nocnym dyżurem – wrzuciła kluczyk do pokoju. Pożyczyłem jej spokojnej nocy, po czym wróciłem do swojego biura. Włączyłem swój komputer i na świeżo zacząłem spisywać zdobyte dzisiaj informacje.

Nie byłem zadowolony z tego, jak przeprowadziłem rozmowę z Kają. Nie chodziło o sam fakt rozmowy, tego, jak wyglądała, bo musiałem ją przycisnąć. Istotny był koniec przesłuchania. Powinienem był jakoś to załagodzić, nie zostawiać jej w takiej złości. Choć nie sądziłem, by jeszcze mi się do czegoś przydała, to warto mieć w ludziach przyjaciół, a nie wrogów, lub przynajmniej utwierdzić ich w przekonaniu, że są moimi przyjaciółmi.

KAJA

Po drodze do domu zatrzymałam się w sklepie monopolowym i kupiłam słodki wermut. Miałam zamiar się dziś upić tak, żeby urwał mi się film, żebym przestała myśleć i oderwała się od tej smutnej rzeczywistości. Kobieta przy kasie zagadywała, czy czeka mnie jakaś piątkowa babska imprezka, ale nie odpowiedziałam. Nie umiałam zdobyć się na minimalną grzeczność. Miałam już dość grania na dzisiaj, a wtajemniczanie jej w moje życie nie miało najmniejszego sensu. Jedyne, o czym teraz myślałam, to reset. Wszystko przez to, że po rozmowie z tym podłym człowiekiem musiałam krążyć po mieście przez dobre dwie godziny, jak nie dłużej. Potrzebowałam tego czasu, by dojść do siebie, by wyrzucić z siebie złość i irytację. W takim stanie nie mogłam pojawić się w domu, bo niepotrzebnie wyładowałabym się na mamie lub dzieciach. Biorąc pod uwagę, jak bardzo była na mnie zła za dotychczasowe moje postępowanie, teraz nie zostawiłaby na mnie suchej nitki. Musiałam przetrawić to sama. Udać, że nic się nie stało. Z tego względu odwlekałam powrót do domu tak długo, jak tylko mogłam, a kupując alkohol, modliłam się w duchu, żeby moja mama już spała. Nie miałam siły, by jeszcze teraz jej coś tłumaczyć.

Moje modlitwy zostały wysłuchane, w domu było cicho. Usiadłam na kanapie, zrzuciłam buty i zaczęłam pić trunek prosto z gwinta. W myślach powtarzałam sobie rozmowę z Sebastianem. Klęłam pod nosem i wściekałam się na to, że tak łatwo wyciągnął ze mnie wszystkie informacje. No, prawie wszystkie. Cieszyłam się, że nie powiedziałam mu o koncie w banku, o tym, że Michał miał jakieś tajemnice. Z każdym kolejnym łykiem byłam z siebie coraz bardziej dumna. Zanim urwał mi się film, wierzyłam już, że dobrze wypadłam i że pomogłam w śledztwie.

Następnego dnia mama obudziła mnie chłodnym poleceniem, żebym zrobiła ze sobą porządek, bo wyglądałam jak wrak człowieka. Posłusznie poszłam do łazienki. Odkręciłam kurek z wodą i usiadłam na podłodze. Słyszałam krzyki chłopaków, którzy bawili się w policjanta i złodzieja. Biegali i krzyczeli: „ręce do góry". Po chwili weszłam do wanny i wzięłam gorącą kąpiel. Kiedy wyszłam z łazienki, mama zakomunikowała mi, że wychodzimy na spacer. Wszyscy.

Kiedy dzieci bawiły się na placu zabaw, nam udało się oczyścić atmosferę. Nie przyszło nam to jednak łatwo. Mama, korzystając z okazji, że w końcu zostałyśmy same, wyrzucała mi wieczną nieobecność. Stwierdziła nawet, że wolała, jak leżałam w łóżku, niż to, jak znikam na całe dnie. Zabolało mnie, kiedy powiedziała, że nie po to zajmuje się dziećmi, żebym ja biegała po mieście i łamała prawo. Nie docierało do niej, kto stanowił przyczynę moich problemów. Za każdym razem gdy wracałam do Michała i jego niewyjaśnionych spraw, mama irytowała się coraz bardziej i powtarzała w kółko, że marnuję czas. Chcąc ją przekonać, musiałam jej opowiedzieć o detektywie Mauerze i naszej nieszczęsnej rozmowie. Mama zasugerowała, że powinnam poszukać prawnika, i po raz kolejny podkreśliła, że gdyby ona była na moim miejscu, zaufałaby Piotrowi. Byłam na nią zła, że upierała się przy swojej teorii, bo wszystkie znaki na niebie i ziemi mówiły coś zupełnie innego.

Spędziliśmy dzień razem, a mama podczas kolacji powiedziała, że jutro pojedzie do domu i żebym nie planowała nic, bo zostanę z dziećmi, sama. Przytaknęłam. Kiedy wróciłam do jedzenia, zadzwonił mój telefon. Obie spojrzałyśmy na siebie. Wyraz twarzy mamy mówił wszystko. Obawiała się, że coś lub ktoś po raz kolejny odciągnie mnie od rodziny. Wahałam się, czy powinnam odebrać, czy też zignorować dzwonienie, ale bałam się, że przegapię coś bardzo ważnego. Mimo dezaprobującego spojrzenia, jakim mama starała się mnie przykuć do krzesła, wstałam, żeby odebrać. Na wyświetlaczu pojawiło się imię Piotr. W sekundę dotarło do mnie, że nie odwołałam spotkania, a on nie oddzwonił pomimo mojej prośby.

– Witaj, dzwonię, żeby zapytać, gdzie jesteś.

– W domu. Przepraszam, całkowicie zapomniałam o naszym spotkaniu.

– Chcesz je przełożyć czy mam do ciebie przyjechać? – dopytywał.

– Nie wiem – skwitowałam. – Nie jestem gotowa na wyjście.

– Musimy się spotkać, choć na chwilę.

Zastanawiałam się, czy Sebastian zdążył mu coś powiedzieć, czy Piotr wiedział już o przegranych danych. Zawahałam się przez moment niepewna, co powie moja mama. Czułam się jak nastolatka, która zbyt często umawia się na randki. Zaproponowałam, żeby przyjechał do mnie do domu, że spotkamy się na dole. Zakończyłam połączenie i wróciłam do stołu.

– Kto to był? – zapytała jak nigdy mama.

– Piotr – odpowiedziałam krótko.

– I tak go przyjmiesz jak listonosza, pod drzwiami? – skrytykowała mnie bez wahania.

– Mam go zaprosić do domu? Jak gościa honorowego? – warknęłam z przekąsem.

– Czemu nie? Chyba najwyższy czas, żebyś się dobrze puknęła w ten pusty łeb.

Słowa mamy mnie zaskoczyły. Nigdy bym nie przypuszczała, że tak ostro mi odpowie. Dzieci momentalnie umilkły. Ja też ucichłam, ale za to mama miała wiele do powiedzenia.

– Jak myślisz, skąd miałam pieniądze, by nas utrzymywać przez cały ten czas? Masz się za taką sprytną, a nie zauważyłaś, że wasze konto było nietknięte przez te wszystkie miesiące! Jakim cudem masz jeszcze ubezpieczenie medyczne? Kto daje na życie? Światło, wodę, media?

– Myślałam, że ty to robisz…

– Ja? – wybuchnęła mama. – A z czego? Nie pracuję przecież, a wiesz, że ojciec złotówki nie dołoży, dopóki nie poprosisz, a ty z kolei jesteś zbyt dumna, żeby do niego zadzwonić. Kiedy rozmawiałaś z nim ostatni raz? Na pogrzebie? Czy jeszcze wcześniej? – Mama wykrzyczała wszystkie pytania, nawet nie oczekując ode mnie odpowiedzi.

Nie miałam pojęcia, że tak to wyglądało. Nigdy bym się nie domyśliła, że Piotr nam pomaga. Faktycznie nie zauważyłam, że kwota na koncie niewiele się zmieniła od dnia śmierci Michała. Założyłam, że przestudiuję wydatki, ale nie zrobiłam tego do tej pory. Wszystko przez to, że bardzo pochłonęły mnie wydarzenia ostatnich dni.

Otumaniły mnie jej słowa. Na jej twarzy widziałam wściekłość wymieszaną z irytacją.

– Piotr jest ze mną w kontakcie od dnia pogrzebu. Reaguje na najmniejszą prośbę z mojej strony. Jesteście jak rodzina Piotra, tyle że bez kontaktu codziennego – rzuciła na koniec.

Wstała i zaczęła sprzątać naczynia. Poprosiłam chłopców, by poszli do pokoju i dali nam chwilę na porozmawianie w cztery oczy. Niechętnie odeszli od stołu. Pytali, czym mają się zająć, a ja, chcąc ich jak najszybciej spławić, rzuciłam, by wyciągnęli coś do malowania. Posłuchali i z posępnymi minami opuścili pokój. Chciałam jak najszybciej wyjaśnić sprawę, by zdążyć dowiedzieć się wszystkiego, zanim pojawi się tu Piotr.

Podążyłam za mamą do kuchni. Dziwnie się czułam, stojąc za nią i patrząc, jak wypełnia naczyniami zmywarkę. Chwyciłam talerze, by jej pomóc. Zachowywała się tak, jakby mnie w ogóle nie dostrzegała. Przejmowała ode mnie rzeczy w milczeniu. Zastanawiałam się, jak zacząć temat, żeby po raz kolejny jej nie zdenerwować. Zerknęłam niespokojnie na zegarek.

– Czemu mi tego nie powiedziałaś wcześniej? – zapytałam delikatnie.

– Bo podejmujesz głupie decyzje – wypaliła szczerze, zatrzymując się w połowie drogi do zmywarki z naczyniami w rękach. – A ja nie mam zdrowia, żeby cię przekonywać, że się mylisz w swoich osądach.

Jak tylko to powiedziała, wróciła do pracy. Tym razem poszła do jadalni zebrać ostatnie nakrycia ze stołu. Ruszyłam za nią i przez chwilę mijałyśmy się w niezręcznym tańcu, starając się nie wchodzić sobie w drogę. Naśladowałam ją, zupełnie nie myśląc o czynności, jaką wykonuję. Informacje, jakie na mnie spadły, spowodowały, że po raz kolejny poczułam się wykluczona – tym razem przez własną matkę. Niczego nie pragnęłam tak jak tego, by mieć z nią dobre relacje. Nie rozumiałam, czemu nie wtajemniczyła mnie w ustalenia z Piotrem i dlaczego pozwoliła, bym, z braku wiedzy, wieszała na nim psy. Wyszłam na niewdzięczną i podłą.

– To co ja mam teraz zrobić? – zapytałam zdezorientowana, zatrzymując się przed nią.

– Teraz mnie pytasz? – Nawet na mnie nie spojrzała.

– Pytałam rano…

– Myślałam, że masz więcej oleju w głowie. – Mama nerwowo chodziła po kuchni, nie mogąc znaleźć sobie miejsca. – Powiem to raz i nie będę więcej powtarzać: albo zajmujesz się dziećmi i rodziną, albo bawisz się w detektywa. Jeśli wybierasz to drugie, to ja się pakuję i wracam do domu. Nie będę ci pomagała w głupotach. Szkoda mojego czasu. Takie życie na pół gwizdka.

– To jest ultimatum – stwierdziłam.

– Nazwij to, jak chcesz. – Wzięła talerz z mojej ręki. – A teraz idź na dół i zachowaj się jak trzeba.

Posłusznie włożyłam buty i poszłam do windy. Mama miała rację. Byłam nieobecna w życiu swoich dzieci od długiego czasu, a teraz na dodatek albo biegłam do czegoś, albo za czymś. Ostatnie dwa tygodnie spędziłam na wyjaśnianiu niedopowiedzeń, jakie pozostawił po sobie Michał. Żyłam przeszłością. Nie mogłam jednak uwierzyć w to, że kiedy ja użalałam się nad sobą i przepłakiwałam dzień za dniem, Piotr stanął na wysokości zadania i zajął się moją rodziną. Sam z siebie. No chyba że mama mu to w jakiś sposób zasugerowała. Niezależnie od tego, jak było, wiodło mnie to do jednego wniosku: bardzo surowo go oceniałam i co więcej, pomyliłam się w swojej ocenie. Nawet teraz rodziła się we mnie myśl, że może pomagał nam, bo czuł się winny z powodu Michała. Może wiedział, że odebrał mi męża, a dzieciom ojca i starał się zagłuszyć własne wyrzuty sumienia? Potrząsnęłam głową. Nie, to niemożliwe. Tłumiłam w sobie te przypuszczenia, bo nigdzie mnie one nie prowadziły. Kiedy już wydawało mi się, że jestem bliska prawdy, horyzont rozmywał się, a ja wciąż tkwiłam w tym samym miejscu. Jednego byłam za to pewna: coraz bardziej ogarniała mnie złość na Michała. Gdybyśmy tworzyli normalne małżeństwo, wiedziałabym, co się w nim dzieje. Zapewne wszystko dałoby się szybko wyjaśnić, gdybym miała podstawowe informacje z jego życia codziennego.

Kiedy otworzyłam drzwi wyjściowe, uderzyła mnie fala zimnego powietrza. Zdałam sobie sprawę, że zapomniałam o kurtce. Otuliłam się rękami i ruszyłam w kierunku parkingu. Powtarzałam sobie w myślach, że jestem ślepa i nie zasługuję na otrzymywaną pomoc. Byłam jak mała dziewczynka, która tupie w sklepie, chcąc dostać jakąś drobnostkę, a nie docenia tego, co już ma w przepełnionym koszyku.

Zobaczyłam jedno światło zbliżające się w kierunku mojego osiedla. No tak, motocykl – pomyślałam. Piotr podjechał do mnie i zaparkował. Zgasił silnik i zeskoczył ze ścigacza. Najpierw ściągnął kask, a potem zdjął kurtkę i od razu mi ją podał. Uśmiechnął się przy tym przyjacielsko. Włożyłam ją na siebie. Uszyta była z mocnej, grubej skóry, która pewnie miała ochronić skórę przed zdarciem w przypadku wywrotki. Zaskoczyło mnie, że była taka ciężka. Przyjemne jednak było ciepło jej wnętrza płynące od ciała Piotra. Zasunęłam suwak, jednocześnie odcinając od siebie zimne powietrze. Zaraz potem zerknęłam na swojego towarzysza. Rozpiął pas umieszczony na biodrach i brzuchu, a potem sięgnął po kołnierz zasłaniający jego szyję. Dodatkowo miał jeszcze ochraniacz na plecy, wyglądający jak skorupa żółwia. To też zdjął z siebie szybkim ruchem. Trzymał wszystkie przedmioty na siedzisku motocykla i przyglądał mi się uważnie.

– Mam nadzieję, że długo nie czekałaś – zaczął.

– Nie – zapewniłam. A następnie dodałam: – Przydał mi się taki zimny, orzeźwiający spacer.

– To ja postaram się szybko powiedzieć, o co chodzi. Mam dla ciebie… – Piotr sięgnął do kieszeni swojej kurtki, którą miałam teraz na sobie.

– Poczekaj. – Cofnęłam się o krok, uniemożliwiając mu wyciągnięcie z niej przedmiotu, o którym mówił. – Może chcesz wejść na górę?

– A to nie problem? – upewniał się. – Wiesz, dzieci, mama… ja to rozumiem.

– Nie, to żaden problem – potwierdziłam, uśmiechając się.

Ruszyliśmy w kierunku klatki.

– Oddałaś komputer? – zmienił lekko temat, którego ja w ogóle nie chciałam poruszać.

Nie mając jednak możliwości wykręcenia się od odpowiedzi, pokiwałam twierdząco głową. Zatrzymałam się na chwilę, a Piotr spojrzał na mnie, zapewne przeczuwając powód mojego zawahania. Pomyślałam, że lepiej będzie, gdy dowie się o przegranych danych ode mnie niż od detektywa.

– Ale muszę ci coś powiedzieć... – zaczęłam nieśmiało.

Moje wyznanie nic nie zmieniło, nadal patrzył na mnie życzliwie. Wszystko wskazywało na to, że zupełnie nie spodziewał się, jak podle się zachowałam.

– Skopiowałam wcześniej dane – wyrzuciłam z siebie szybko.

Piotr zaczął się śmiać. Nie takiej reakcji się spodziewałam. Byłam pewna, że wybuchnie, że zacznie mnie krytykować i odejdzie. On tymczasem się śmiał. Widząc moje zaskoczenie, objął mnie ramieniem.

– Też bym tak zrobił! A chociaż rozumiesz coś z tego?

– Jeszcze nie patrzyłam, ale pewnie niewiele – powiedziałam ze skruchą w głosie, a Piotr śmiał się jeszcze głośniej.

– Nie jesteś zły? – zapytałam, gdy wsiadaliśmy do windy.

– A za co? Twój zysk, że ten tępy gliniarz nie wiedział, że masz komputer, więc miałaś czas na reakcję. Sam jestem ciekaw, co tam Michał miał. Co więcej, muszę przyznać, że to mi się nawet podoba.

Weszliśmy do mieszkania. Badawczo zerknęłam na mamę. Jej nastrój uległ totalnej zmianie. Była wesoła i miła. Chłopcy przybiegli zaciekawieni hałasem przy drzwiach. Przywitali Piotra tak, jakby go dobrze znali. Stasio go nawet przytulił, czym wprawił mnie w kompletne osłupienie. Jeden przez drugiego pytali, czy ma coś dla nich w prezencie. Piotr powiedział, że nic konkretnego, bo nie spodziewał się, że ich dzisiaj odwiedzi. Zaoferował im za to kasę, żeby coś sobie jutro od niego kupili. Zaczęłam protestować, ale Piotr zbył mnie tekstem, że chłopaki są do tego przyzwyczajeni. Okazało się, że dawał im coś podczas każdego spotkania. Nie czekając na moją reakcję, stwierdził, że będzie im przykro, jeśli tym razem nic nie dostaną, po czym wręczył im po banknocie. Spojrzenie mojej mamy było jak tysiąc sztyletów rzuconych prosto w moje ciało za jednym zamachem. To było jak potwierdzenie, że spotkali się wielokrotnie, podczas gdy ja użalałam się nad swoim życiem i opłakiwałam męża, leżąc w łóżku, zamknięta w sypialni przez długie miesiące. Moje dzieci trzepotały banknotami w powietrzu, wyliczając, co sobie kupią. Ten człowiek nie mógł zlecić zlikwidowania mojego męża, więc kto to zrobił?

Usiedliśmy na kanapie. Mama zaproponowała herbatę i kolację, co Piotr przyjął serdecznie. Chłopaki przynosili mu różne zabawki i pokazywali sztuczki. Po chwili Jeremi przyniósł motocykl na baterie, który jeździł na jednym kole. Piotr zapytał, czy jeszcze działa. Jeremi stwierdził, że to najlepszy prezent, jaki dostał, zaraz po pieniądzach, które Piotr dał mu dzisiaj.

Mama przyniosła talerz z podgrzanym obiadem i zagoniła chłopaków do kąpania. Zostaliśmy sami. Piotr przesiadł się do stolika, a ja podążyłam za nim. Usiadłam po przeciwnej stronie stołu, przyglądając mu się, jak pochłania posiłek. Definitywnie musiał być głodny, zwłaszcza po tym, jak czekał na mnie przez ponad godzinę w restauracji. Nie miał mi jednak za złe, że go wystawiłam do wiatru, i w ogóle do tego nie wracał.

Czułam się podle, że tak źle o nim myślałam.

– Do dziś nie wiedziałam o twojej pomocy – zaczęłam.

Piotr spojrzał na mnie znad talerza i jak przystało na skromnego, wielkodusznego człowieka, machnął ręką tak, jakby to było nic wielkiego.

– Dziękuję – dodałam.

– Nawet nie wiesz, ile razy Michał powtarzał, że gdyby coś się stało, mam zająć się jego rodziną.

„Gdyby coś się stało" – wychwyciłam to zdanie i zastanawiałam się, czy Michał coś przeczuwał, czy dopuszczał myśl, że coś mogło mu się stać albo że ktoś chciałby zrobić mu krzywdę, albo że ktoś mu otwarcie groził. Przypomniałam sobie to podrabianie podpisów i zaczęłam wizualizować wściekłego klienta lub konkurencję. Jeśli faktycznie chodziło o milionowe kontrakty, to mógł naprawdę komuś podpaść, robiąc zamieszanie w przetargu. Po chwili jednak potrząsnęłam głową i wyrzuciłam to z siebie. Nie. Nie powinnam zaprzątać sobie tym głowy ani spalać się na każde zdanie, które słyszę. Teraz mogłabym podejrzewać nawet swojego własnego ojca, który nigdy nie zaakceptował Michała. To obłęd. Zwariuję, jeśli tego nie zakończę.

Piotr spoglądał na mnie od czasu do czasu, uśmiechając się delikatnie. Po chwili, przeżuwając kotleta schabowego, odezwał się swobodnie:

– Żałuj, że nie widziałaś miny tego detektywa, kiedy się z nim rozprawiliśmy.

Cieszyło mnie to, ale nie podjęłam tematu. Nie zareagowałam na jego komentarz, więc przypatrywał mi się, jakby zmartwiony.

– Co się stało?

– Wiesz… ja podejrzewałam ciebie – wypowiedziałam na głos swoje myśli.

Piotr przestał dłubać w talerzu.

– Zasugerowałaś się tym policjantem – stwierdził. – On uważa, że ktoś z firmy go zabił z jakiegoś niewiadomego powodu, i sądzi, że znajdzie na to dowód w jego komputerze. Ale daję ci moje słowo – w tym momencie położył dłoń na sercu – że nikt z firmy nie przyczynił się do śmierci Michała. Ubolewamy nad jego stratą tak samo jak ty i twoja rodzina. – Przerwał na chwilę, ale widząc moje poruszenie, kontynuował: – Mieliśmy nieporozumienia, były też kłótnie, ale to tak jak w małżeństwie – uśmiechnął się. – Po każdej burzy wychodziło słońce, a my naprawdę cieszyliśmy się dobrą relacją. To był wypadek. Nieszczęśliwy zbieg okoliczności. I tyle.

Do pokoju weszła mama. Piotr wielokrotnie dziękował za posiłek i powtarzał, że miał szczęście, wychodząc z restauracji bez zamawiania, bo warto było poczekać na takie domowe jedzenie. Mama z kolei zapewniała, że gdyby wiedziała, przygotowałaby coś lepszego. Piotr wstał.

– Późno już. Nie chcę nadużywać waszej gościnności.

– Ależ to żaden problem – zapewniła go mama.

Uśmiechnął się do niej, ale potem poszedł do przedpokoju. Ruszyłyśmy za nim, sądząc, że szykuje się do wyjścia. On jednak sięgnął do kieszeni kurtki. Wyciągnął z niej kopertę i podał mi ją.

– To jest voucher na wakacje, na kwotę dziesięciu tysięcy złotych. Dostałem od klienta jako podziękowanie. Jak pewnie wiesz, ja nie spędzam wakacji all inclusive na plaży, więc pomyślałem o was. Jeśli wybierzecie coś skromniejszego, pojedziecie całą rodziną.

Stałam jak wryta. W końcu mama mnie szturchnęła i odebrałam voucher, dziękując Piotrowi za jego hojność. Wyszedł, zostawiając mnie otumanioną.

– Mam nadzieję, że czujesz się tak głupio, jak wyglądasz – rzuciła mama na odchodne i zostawiła mnie samą w przedpokoju.

Zniknęła za drzwiami pokoju, chcąc, by jej komentarz zawisł w powietrzu jako ostatnie wypowiedziane w dyskusji zdanie. Nie mogłam tego tak zostawić i, jak zawsze do tej pory, unikać konfrontacji. Poszłam za nią. Mając świadomość, że stoimy obok śpiących dzieci, wyszeptałam:

– Czemu ze mną tego nie omówiłaś?

Mama spojrzała na mnie przenikliwie i zaczęła, lekceważąc moje pytanie, ścielić swoje łóżko. Jakimś zbiegiem okoliczności dzieliła pokój z dziećmi, mimo że mieliśmy w mieszkaniu inne puste pokoje. Gabinet Michała, sypialnia gościnna czy choćby kanapa. Nie musiała tutaj spać. To musiał być jej wybór. Nigdy wcześniej o to nie zapytałam i dopiero teraz zdałam sobie z tego sprawę.

– A co miałam z tobą omawiać? – W końcu nie wytrzymała i zabrała głos. – Byłaś jak warzywo, a decyzje trzeba było podejmować.

– Ale prosić Piotra o pomoc…

– Chyba żartujesz – przerwała mi szybko mama. – Ja go o nic nie prosiłam. On sam to zaproponował.

– Mogłaś odmówić.

– Naprawdę? – Jej szydzący głos bardzo mnie dotykał, ale nie chciałam pokazać tego po sobie. – A ty mogłaś odmówić, gdy zaoferował ci samochód. Zrobiłaś to? Popatrz na to, co ty robisz, jakie decyzje podejmujesz. Zacznij oceniać samą siebie, a dopiero potem innych. W przeciwieństwie do ciebie zrobiłam wszystko, by zapewnić dach nad głową całej waszej trójce. Konrad o niczym nie wiedział, bo wstyd mi było przed nim przyznać, jak wygląda życie tutaj. Prosiłam cię nieraz, żebyś wstała, poszła ze mną na zakupy czy do banku. Nic do ciebie nie docierało.

Gdzie się podziała moja wyrozumiała i wspierająca matka? Obserwując jej zachowanie, zrozumiałam, że niełatwo przychodziło jej rozmawianie o tym. Zabrała swoje rzeczy i ruszyła do łazienki, a ja za nią jak cień.

– Nie mam ci tego za złe – zapewniłam grzecznie, starając się ją udobruchać. – Rozumiem, że zrobiłaś to, co musiałaś.

Zatrzymała się i odwróciła do mnie. Przez krótką chwilę stałyśmy twarzą w twarz. Mama uśmiechnęła się kwaśno i zostawiła mnie samą w korytarzu, zamykając mi drzwi przed nosem.

Następnego dnia rano wstałam przed wszystkimi. Przygotowałam śniadanie i obudziłam swoich domowników. Chłopcy pobiegli szczotkować zęby i przebierać się, a my z mamą czekałyśmy na nich przy stole. Przeprosiłam ją wtedy i powiedziałam, że zrozumiałam swój błąd. Uśmiechnęła się tylko i zagadywała do chłopaków siadających do stołu.

Po śniadaniu mama spakowała się i wyszła, zostawiając nas samych na cały dzień. Przypuszczam, że był to sprawdzian, czy podołam wszystkiemu sama, zanim zostawi mnie tutaj z dziećmi na dobre. Być może też źle odczytywałam jej intencje. Sama już nie wiedziałam, w co wierzyć. Postanowiłam nie szukać powodów do zmartwień i analiz.

Udało nam się spędzić ten dzień naprawdę fajnie. Zaliczyliśmy spacer, potem rowery i obiad w restauracji, co dla chłopaków było nie lada rozrywką, bo mama wolała gotować w domu, a na koniec obejrzeliśmy wspólnie bajkę. Mama wróciła, kiedy chłopcy już zasypiali. Wyglądała na bardzo zmęczoną. Od razu poszła do łazienki, a potem dołączyła do dzieci.

Wieczorem, kiedy sprawdzałam pocztę, zauważyłam mail od Piotra, w którym pytał, czy mogłabym udostępnić mu dane Michała. Odpisałam, że w poniedziałek rano, po odstawieniu dzieci do szkoły, podjadę do firmy. Zanim wyłączyłam komputer, usunęłam całą historię rozmów z Wojtkiem. Zrobiłam to na wypadek, gdyby ktoś chciał mnie skontrolować. Następnie spakowałam laptopa do torby.

Zanim dojechałam do firmy, zadzwonił do mnie Wojtek. Był wściekły, że ten detektyw znał jego adres i przyszedł do jego domu, żeby zadać mu kilka pytań. Przepraszałam go za to, ale jednocześnie zapewniałam, że nie ma się czego obawiać, jeśli jest niewinny.

Nie podzieliłam się z nim tym, w jaki sposób potraktował mnie ten przeklęty glina, ale robiłam wszystko, żeby uspokoić Wojtka, który jak zacięta płyta powtarzał, że nie wie nic na temat śmierci Michała. Zaczął tłumaczyć, że o koncie dowiedział się podczas luźnej rozmowy, kiedy to obaj mówili o tym, że pracują u Piotra ponad siły i powinni zacząć myśleć o zabezpieczeniu, gdyby na przykład przytrafił im się jakiś wypadek. Wtedy właśnie Michał miał dumnie wyznać, że on już jest przygotowany na taką ewentualność. Mimo moich zapewnień, że może spać spokojnie, Wojtek rozłączył się ze mną tak samo zdenerwowany jak na początku rozmowy. Po tej krótkiej wymianie zdań przyszło mi do głowy, że skoro Michał miał pieniądze na koncie, to dlaczego wziął kredyt. Przecież mógł sięgnąć po pieniądze z konta. I tak o nich nie wiedziałam, więc nie zrobiłoby mi to żadnej różnicy. Kolejna niewiadoma, która spowodowała jeszcze jedną falę przypuszczeń. Nie. Nie! Nie znajdę logicznego wyjaśnienia dla poczynań Michała. Niech policja szuka odpowiedzi. Nawet jeśli ktoś faktycznie zlecił to morderstwo, mnie to przecież nie dotyczyło. Nie miałam na to wpływu i cokolwiek bym nie zrobiła, nie zmieniłabym biegu wydarzeń. Jedyne, co robiłam teraz, to zawracałam kijem rzekę, a przecież moje starania, by wyjaśnić sprawę, nie mogły mi zwrócić Michała.

Strażnik przy bramie wjazdowej do firmy otworzył szlaban, gdy tylko podjechałam. Podszedł następnie do okna samochodu i dał mi przepustkę VIP. Poinstruował mnie też, że mam zaparkować na miejscach oznaczonych tym samym napisem – dla „ważnych gości", jak to zaakcentował. Kiedy wysiadałam z samochodu, wzięłam głęboki oddech i obiecałam sobie, że od tej pory nie będę zaprzątała sobie głowy sprawami Michała.

Sekretarka w firmie przywitała mnie radośnie, po czym wstała i otworzyła mi drzwi. Szybko wyjaśniła, którędy mam iść do gabinetu Piotra. Zanim ruszyłam, wręczyła mi identyfikator z napisem „gość", który przypięłam do piersi jak harcerz odznakę. Przemierzając korytarz, minęłam się z Wojtkiem, który zbladł na mój widok, a raczej na widok mnie z torbą z laptopem w środku. Chcąc go uspokoić, pozdrowiłam go z uśmiechem, czym jeszcze mocniej wytrąciłam go z równowagi. Zanim doszłam do pokoju Piotra, dostałam esemesa. Sięgnęłam do komórki i zobaczyłam wiadomość:

Błagam, nie sypnij mnie.

Odpisałam, że wszystko w porządku, że później mu wyjaśnię i żeby się nie martwił. Zapukałam do drzwi gabinetu Piotra.

SEBASTIAN

Pierwszą rzeczą, jaką miałem do wykonania w poniedziałek rano, był telefon do laboratorium z prośbą o przyspieszenie wydobycia danych z komputera Michała. Miałem plan, by naciskać na naczelnika wydziału, aby jak najszybciej zorganizował zespół potrafiący odczytać zawartość dysku. Kiedy jednak usiadłem przy biurku, zobaczyłem migoczącą lampkę telefonu stacjonarnego świadczącą o czekających na mnie wiadomościach. Pierwszą z nich była informacja od zarządcy pojazdami, że honda nie nadaje się już do użytku, bo koszt naprawy byłby wyższy niż wartość samochodu, i że mam odebrać inne auto. Miałem dostać jakieś stare mondeo, wyjeżdżone w drogówce. Nie oczekiwałem zbyt wiele. Oby to posłużyło mi dłużej niż honda. Według zalecenia miałem zjawić się po samochód w środę rano. Zanotowałem sobie, że powinienem zmienić ten termin, jeśli mamy przesłuchać Kaję, co oczywiście było nieuniknione, skoro tak polecił Malinowski. Druga wiadomość na poczcie głosowej wywołała ogromny uśmiech na mojej twarzy: zakończono testy samochodu. Raport końcowy miał zostać przefaksowany do biura dzisiaj do południa. Romek, szef działu, zaznaczył w swoim nagraniu, że wiszę mu dobrą whisky za wysoki priorytet sprawy. Trzymając słuchawkę w dłoni, wybrałem wewnętrzny numer Marka i poprosiłem go, by przyszedł do mnie na chwilę pogadać. Czekałem na niego nie dłużej niż dwie minuty.

– Co tam, stary? – zawołał, wchodząc do mojego pokoju.

– Siadaj. – Wskazałem krzesło. – Muszę zreferować ci, co udało mi się dowiedzieć w piątek.

– A może zaczekasz, aż wczytam się w folder? – zapytał Marek, który najwyraźniej nie miał ochoty na słuchanie moich opowieści.

– Nie mogę. Po południu będzie raport z testów samochodu i chcę jechać do Romka osobiście, żeby mi wszystko wytłumaczył.

– Wal. – Marek przygotował notatnik.

Kiedy ja mówiłem, on przytakiwał i zapisywał sobie najważniejsze fakty.

– Czyli co – Marek szukał w notatkach imion – Michał załatwiał sprawy prywatne? Ale nadal nie wiesz, czy ma to związek z firmą.

– Wychodzi na to, że był tam prywatnie. Piotr nie odpowiedział jednoznacznie, gdy go o to zapytałem. Może chciał mnie oszukać. Wiesz, rzucić mi fałszywy trop.

– A może żona coś wie?

– Nie, ona nic nie wie.

– To po co to przesłuchanie? – Marek spojrzał na mnie, krzywiąc się i szukając ucieczki od dodatkowej pracy.

– Bo jak ją w piątek przycisnąłem, to mi sypnęła o jednym pracowniku i o tym, że chciała wystąpić przeciwko Piotrowi. Coś w tej firmie śmierdzi…

– Przycisnąłeś? – Marek podchwycił jedno słowo, krzywiąc się przy tym jak po zjedzeniu kwaśnej cytryny.

– Wiesz, jak jest z kobietami. Niewiele trzeba, a płaczą, panikują. Zrobiłem to dla dobra sprawy – wyjaśniłem. – Tamten ma prawnika, który blokuje jego odpowiedzi, a tutaj mam przynajmniej okazję czegoś się dowiedzieć.

– Kurwa, stary, za takie coś możesz stracić odznakę – pouczał mnie.

– Nie mam czasu na to, żeby sobie grzecznie rozmawiać i pytać o to samo kilka razy – stwierdziłem w nadziei, że teraz zrozumie i porzuci chęć pouczania mnie w kwestii moich obowiązków.

– Przypomnę ci, bo wydaje się, że nie słuchałeś, gdy szef mówił, że masz zachować wszystkie procedury. – Marek pozostawał nieubłagany.

Zdawało się, że piątkowe spotkanie z szefem było wieki temu. Faktycznie wspominał o tym. Nie wydaje mi się jednak, żeby mój sposób pozyskiwania informacji do niego dotarł, więc nie widziałem powodu do zamartwiania się.

– No to skoro już kobietę przycisnąłeś, to po co to przesłuchanie w środę? – Marek ponownie szukał powodu, by wszystko odkręcić, zupełnie nie rozumiał mojego postępowania.

– To jest dla szefa – doprecyzowałem. – Poza tym pewnie dowiem się czegoś nowego do tego czasu i może znów ją czymś zaskoczę, ale tym razem to już tak na spokojnie, bez płaczu.

– Nie chcę tego słuchać. – Marek zerwał się na równe nogi. – Powinienem cię zaraportować.

– Siadaj – nalegałem. – Ustalamy, że nic o tym nie wiedziałeś i jesteś kryty. Moje działania, moja odpowiedzialność.

Marek pozostał na swoim miejscu. Zmierzyliśmy się wzrokiem.

– Wydaje mi się – zaczął – że powinieneś oddać sprawę komuś innemu. Straciłeś zdrowy rozsądek potrzebny do zdystansowania się wobec sprawy.

– Pierdolisz od rzeczy – zaprotestowałem ostro. – Nastawiając Kaję przeciwko Piotrowi, mam gwarancję, że będzie szukała na własną rękę, a ja będę miał wgląd we wszystko, czego ona się dowie.

– No, na pewno będzie do ciebie biegła z każdym newsem, zwłaszcza po tym, jak doprowadziłeś ją do łez – podsumował ironicznie Marek. – Nic nie wiesz o kobietach.

– Ona jest inna. – W myślach szukałem właściwych słów. – Jest delikatna, ale zarazem silna, odważna… – Urwałem swoją myśl, by wyobrazić sobie jej postać, to, jak reaguje, jak mówi. – Owszem, kiedy płakała, było mi głupio. Musiałem walczyć ze sobą, żeby zachować zimną krew i nie zwracać na to uwagi.

– Chyba za długo jesteś sam – stwierdził z uśmiechem Marek. – Jeśli chcesz babkę zaliczyć, to… bądź dla niej miły. To naprawdę proste, detektywie – dodał wywyższająco i ruszył do drzwi. – Dobra, stary, miło było pogadać, ale muszę wracać do roboty.

– Czekaj! – Dogoniłem go i zablokowałem nogą drzwi. – W tej sprawie już nawet nie chodzi o jakiegoś biznesmena, z tego może być głośny proces. Gdybyśmy się wykazali, to przenieśliby nas do centrum, do głównej komendy.

– Seba – Marek położył mi rękę na ramieniu – jako twój kumpel jestem ci winny uczciwą odpowiedź. Jak szef mówił, że potrzeba kogoś, kto zrozumie, o co chodzi w tych przekrętach, miał bankowo na myśli oddanie sprawy komuś, kto potrafi się z tym uporać. My jesteśmy niepokonani jako zespół, ale o finansach wiemy we dwóch tyle, co ty o kobietach – zażartował. – Nie angażuj się w to bardziej, niż wymaga tego twoja praca.

Nie takiej odpowiedzi się spodziewałem. Byłem prawie pewien, że Marek zainteresuje się możliwością wyrwania się z tego zespołu i z ochotą przyłączy się do śledztwa. Wydawało mi się, że jemu też zależy na przeniesieniu. Obaj wiedzieliśmy, że było to bardzo trudne, bo powód do zmiany musiał być lepszy niż tylko chęć robienia kariery. Niezadowolenie z pracy też by kiepsko wyglądało przy transferze w inne miejsce. Natomiast znalezienie mordercy Michała, przyszpilenie Piotra i wystawienie jego firmy po kontroli bez dwóch zdań przyniosłoby awans i otworzyło drzwi do nowych możliwości.

– Skup się na tym, co ważne – sugerował Marek. – Pracuj uczciwie, ale bez wypruwania sobie żył. Poznałeś kobietę, która ewidentnie ci się podoba. Wygląda na to, że nie jest winna, więc nie pomiataj nią dla sprawy, którą za chwilę, być może, przekażesz. Stracisz i sprawę, i babkę.

– Dzięki. – Nie podjąłem dyskusji i otworzyłem drzwi Markowi, widząc, że nie udziela mu się mój entuzjazm. – Odmaszerować – rzuciłem dla rozładowania sytuacji.

– Widzisz – Marek nachylił się bliżej, tak, żeby nikt nie słyszał – i to jesteś cały ty. Odpychasz od siebie to, co dla ciebie dobre, i ścigasz złudne marzenia.

– Od kiedy taki z ciebie specjalista? – rzuciłem za Markiem, który już szedł dalej, do siebie.

Wróciłem do biurka. Chciałem skupić się na robocie, ale moje myśli krążyły wokół tego, co przed chwilą usłyszałem od Marka. Niby kobiety miały być dla mnie tym, czego potrzebuję? Doszedłem do wniosku, że mierzył mnie swoją miarą. On potrzebował domu, zupy i dupy. Mnie wystarczało to ostatnie.

Jakiś czas temu spotykałem się z kobietą poznaną podczas jednej ze spraw. Pracowała w hotelu, w którym bogaty dupek popełnił samobójstwo. Okazało się, że miał długi u dilerów i dostał od jednego z nich złoty strzał. Sprawa niby prosta, ale bywałem w tym hotelu prawie codziennie przez dwa tygodnie. Czekając na powrót typa do hotelu, oglądaliśmy nagrania z monitoringu, rozmawialiśmy i żartowaliśmy przy tym w najlepsze. Miło spędzałem z nią czas, więc w pewnym momencie zaprosiłem ją na kolację. Od tego się zaczęło. Układało się całkiem nieźle, jednak do czasu, kiedy zrozumiałem, że ten związek jest dla niej czymś więcej niż seksem. Chciała się wprowadzić, spróbować, jak to mówiła, „na poważnie", a ja czułem się tak, jakby zaciskała mi pętlę na szyi. Zacząłem zachowywać się jak największy dupek. Nie wracałem na noc, wylewałem swoją frustrację z pracy na niej, denerwowało mnie wszystko, co w najmniejszym stopniu dotyczyło jej lub nas. Chciałem się jej pozbyć, ale nie umiałem powiedzieć otwarcie, żeby odeszła. Taktyka może nie była najlepsza, ale jedyna, jaka przyszła mi do głowy. Traktowałem ją podle, bo chciałem, by miała mnie za bydlaka i zrozumiała, że marnuje tylko na mnie czas. Wtedy wydawało mi się, że będzie mi przeszkadzała w pracy, że będzie chciała dzieci i wspólnych wieczorów w domowym zaciszu, a ja pragnąłem innego życia. Szybkiego, ryzykownego. Nakręcała mnie adrenalina. Po trzech latach nadal nie wiedziałem, czy jestem gotowy na poważny związek. Dziewczyny z komendy wiedziały, że można ze mną gdzieś wyskoczyć, zaliczyć numerek i wrócić do normalności bez zobowiązań, rozczarowań czy pretensji.

Moje rozmyślania przerwało pukanie do drzwi. Weszła Justyna, sekretarka wydziału. Podała mi pomarańczową kopertę z napisem „pilne", tłumacząc, że właśnie dostarczył to kurier. Przejąłem od niej gruby plik.

– Może wyskoczymy wieczorem na piwo? – zapytała mnie, uśmiechając się kusząco.

– Za dużo roboty – odmówiłem, otwierając przesyłkę.

– To może wpadniesz do mnie do domu, jak skończysz?

– Słuchaj, nie mam czasu – odpowiedziałem jej tak chłodno, jak mogłem.

– Innym razem. – Z uśmiechem opuściła mój gabinet, zostawiając mnie samego.

Rozumiałem już, czemu Romek nie przefaksował tego raportu. Na ten pokaźny plik składały się opisy techniczne samochodu, przeglądy techniczne, zdjęcia dokumentujące każdy przebadany cal. Oglądając tę ekspertyzę, zastanawiałem się nad pierwszą podaną przez drogówkę przyczyną wypadku wpisaną w dokumentację. Policjanci, którzy przyjechali na miejsce, stwierdzili, że samochód wpadł w poślizg, przejechał na drugą stronę ulicy i dachował. Raport zaś wskazuje na wyciek płynu hamulcowego, czyli zapewne ślady opon na ulicy, które widzieli, to nie był poślizg, lecz brak możliwości zahamowania. Pewnie z pełną prędkością wjechał w rów i dachował. Ogarnęła mnie wściekłość, że nie miałem żadnych zdjęć z miejsca wypadku, bo teraz musiałem zakładać możliwe scenariusze. Wszystko byłoby jasne, gdyby ktoś wcześniej zrobił kilka fotek. Tak to jest, jak coś się dzieje na terenie wiejskim, gdzie policjanci w ogóle nie interesują się sprawą i chcą jak najszybciej wrócić do macania kur w swoim przydomowym gospodarstwie.

Stan techniczny pojazdu w momencie wypadku był idealny. Sprawdziłem datę produkcji. Samochód miał niewiele ponad dwa lata. Zużycie przewodu doprowadzającego płyn było niemożliwe. Ewidentnie ktoś przy tym grzebał, co potwierdziło zdjęcie przewodu, ukazujące niewielką dziurkę. Romek opisał to jako ślad po przecięciu poszarpanym narzędziem. Szukałem w internecie modelu tego samochodu. Chciałem się przekonać, czy można było uszkodzić przewód bez otwierania maski. Nie było żadnych jednoznacznych informacji o umiejscowieniu tego przewodu pod maską. Zadzwoniłem więc do Romka.

– Jeśli dzwonisz, żeby zaprosić mnie na wódkę, to tak możemy pogadać – przywitał mnie żartobliwie Romek, rozpoznając mój numer telefonu. – Jak chcesz coś do pracy, to spierdalaj. Wyczerpałeś limit dobrych przysług.

– Mam tylko jedno pytanie – tłumaczyłem niewinnie. – Weź wyślij jakiegoś człowieka i sprawdź, czy da się ten przewód płynu hamulcowego uszkodzić bez otwierania maski.

– Doszedłeś już do zdjęć? – Romek upewniał się, zanim zaczął wyjaśniać. – Przód samochodu jest tak zgnieciony, że nikt tam się nie wsunie od spodu, no chyba że jakaś Calineczka.

– Zabawne – odpowiedziałem zrezygnowany.

– Sprawdź u siebie. Może wasz mechanik będzie miał pojęcie.

– Spróbuję. – Po czym zmieniłem temat, bo byłem ciekaw jego opinii. – Jak to według ciebie wygląda?

– Na rozbity samochód – wybuchnął śmiechem Romek, ale tylko jego bawiła ta odpowiedź, więc szybko się zorientował i kontynuował: – Moim zdaniem facetowi coś wyskoczyło, nie miał jak zahamować, chciał ominąć przeszkodę i wjechał w rów. Tam auto zatrzymało się samo. – Zamilkł na chwilę, a potem entuzjastycznie spytał: – A doszedłeś do badań DNA?

– Jeszcze nie. Czekaj. – Kartkowałem raport.

– To dzwonisz do mnie, zanim wszystko przeczytałeś?

– A to zakazane? – rzuciłem, wczytując się w dane.

Szyba pękła tylko częściowo, pozostawiając duży płat skruszonego szkła, które mimo wygięcia trzymało się ramy okna od strony kierowcy.

– Ktoś z nim jechał. – Romek zdradził raport, zanim doszedłem do szczegółów. – To była kobieta. Na moje oko wypadła przez szybę.

Czytałem dokładnie opis i oglądałem zdjęcia. Jak mogli nie wpaść na to, że ktoś tam siedział. Szyba była wybita tylko od strony pasażera. Co fakt, nie widać, czy tam nie było jakiegoś drzewa albo słupka, z którym zderzenie mogłoby spowodować wybicie szyby, ale jeśli nie było i nikt nie zwrócił na to uwagi, jest to poważne uchybienie.

– Halo! Jesteś tam? – Mój rozmówca zirytował się brakiem reakcji z mojej strony.

– Tak, tak, czytam właśnie… Pytanie, co się stało z tą kobietą…

– Tego już nie wiem. Musisz sam sprawdzić.

Ustaliliśmy, że w weekend zaproszę go na whisky w ramach podziękowania. Teraz szybko go spławiłem, bo musiałem wykonać kilka telefonów. Wierząc w cuda, skontaktowałem się z działem drogówki i zapytałem o swoją sprawę. Wiedziałem doskonale, jak wyglądają ich akta, bo kserokopie dostałem, ale łudziłem się, że może ktoś skojarzy wypadek, połączy fakty i powie mi coś, czego nie było w ich cieniutkim folderze. Dopytywałem, czy znaleźli jakieś ciało na miejscu wypadku w dniu zdarzenia lub potem, nawet po kilku dniach. Zdarzało się przecież, że ktoś wypadał z samochodu, a ekipa ratownicza, nie wiedząc, że było więcej osób, nie szukała nawet ciał wokół miejsca zdarzenia. Po kilku dniach, gdy ciało zaczynało śmierdzieć, ktoś znajdował trupa opodal miejsca wypadku.

Odesłali mnie do dokumentów, które nam przekazali. Miałem ochotę im powiedzieć, że ich dokumentacja ma wartość papieru toaletowego. Odpuściłem jednak i rozłączyłem się, nie uzyskawszy niczego.

Spojrzałem raz jeszcze na zdjęcia i starałem się to sobie odtworzyć w głowie. Gdyby ta kobieta z jakiegoś względu wysunęła się z pasów lub nawet nie zapięła ich wcale, to w przypadku czołowego wjazdu w rów siła uderzenia nie wyrzuciłaby jej ciała poza samochód. Uderzyłaby w szybę, wybiłaby ją, ale zostałaby w samochodzie, bo gdzie indziej miałaby niby wylecieć, skoro auto wbiło się dziobem w rów. Co najwyżej, w przypadku przechylenia samochodu, mogła leżeć gdzieś obok, ale gdyby tak się stało, ratownicy by ją znaleźli na bank.

Otworzyłem Google Maps. Przewijałem mapę po oznaczeniach kilometrowych na trasie, szukając miejsca wypadku. Przełączyłem funkcję wyświetlania z mapy na widok ulicy. Rów miał głębokość około metra, ale był dość szeroki. Wobec tego istniało duże prawdopodobieństwo, że samochód wbił się dziobem i uderzył dachem w przeciwległą ścianę rowu. Nie umiałem wyobrazić sobie dachowania w tym układzie terenu. Tych pajaców z drogówki powinno się zwolnić, wszystkich. Jak ktoś mógł tak opisać zdarzenie? Dla rodziny zmarłego nie ma znaczenia, czy samochód leżał na dachu, czy dachował z impetem, czy też wyrzuciło go w powietrze i po trzech saltach i jednym piruecie wylądował w rowie. Dla mnie też by nie miało znaczenia, gdyby nie fakt, że ktoś tam był. Oprócz włosów jest też krew na szybie, której grupa nie zgadza się z grupą krwi kierowcy. Henderson zginął od przerwania rdzenia kręgowego, ale był w pasach i nie dotknął szyby.

Służby ratownicze zostały zaalarmowane przez osobę przypadkowo przejeżdżającą tamtą trasą, więc godzinę zdarzenia podawano na godzinę zgłoszenia, co było kolejną bujdą. Nie wiadomo, jak długo leżeli w samochodzie. Po takim wypadku nikt nie byłby w stanie pójść po pomoc o własnych siłach. Ktoś musiał jej pomóc i zabrać ją albo do szpitala, jeśli przeżyła, albo do kostnicy. Jaki cel miałoby usunięcie ciała tej kobiety – nieważne, czy żywej, czy martwej. Z drugiej strony, biorąc pod uwagę, jak opisano wypadek, wszystko było prawdopodobne. Nawet to, że do poszkodowanych jako pierwszy dotarł ktoś bez telefonu i pomógł tylko kobiecie, widząc śmierć kierowcy. Muszę sprawdzić szpitale i kostnice. Muszę znaleźć tę kobietę – powtarzałem w myślach.

KAJA

Weszłam do gabinetu Piotra, który nie przerywając rozmowy telefonicznej, przywitał mnie uśmiechem i pokazał ręką fotel obok biurka. Usiadłam posłusznie i położyłam torbę obok siebie na podłodze. Piotr tłumaczył coś po niemiecku i przygryzał wargę. Nie rozumiałam, o czym rozmawia, ale z obserwacji jego zachowania wynikało, że musiało to być coś skomplikowanego. Podeszłam do okna i wyjrzałam przez nie. Biuro Piotra mieściło się na rogu budynku, a ściany narożne były przeszklone od sufitu po podłogę. Niesamowity widok, który w połączeniu z letnim ciepłym powietrzem z otwartego okna zapierał dech w piersiach. Chciałabym mieć kiedyś takie miejsce pracy.

Przesuwałam wzrokiem po ścianie, po dyplomach i nagrodach, wyrazach uznania, zdjęciach z ważnymi osobistościami. Jedno zdjęcie przykuło moją uwagę. Wśród tych ważniaków dostrzegłam fotografię z Michałem, z tej ostatniej imprezy świątecznej. Podeszłam bliżej, żeby się lepiej przyjrzeć. My tego zdjęcia nie dostaliśmy. Panowie, szeroko uśmiechnięci, ściskają sobie dłonie, a ja przewracam oczami. Starałam się zdusić w sobie śmiech. Odwróciłam się do Piotra w nadziei, że nie widział mojej reakcji. On jednak śledził każdy mój ruch. Zmarszczyłam więc czoło i pokazałam palcem na fotografię, nie przestając się uśmiechać. Piotr zakrył dłonią słuchawkę telefonu i szepnął: „moje ulubione". Wyciągnęłam swój telefon z zamiarem zrobienia zdjęcia zdjęciu, ale najpierw spojrzałam na niego pytająco. Piotr kiwnął głową i… puścił do mnie oko. Odwrócił się po chwili do telefonu, zapisał coś na kartce, wymienił pozdrowienia i rozłączył się.

– Kiedy sekretarka wysłała link do zdjęć do albumu, pomyślałem, że to wyśmienicie obrazuje kontrast pomiędzy tym, jak bardzo my jesteśmy w firmę zaangażowani, a jak dla pozostałych to jest wręcz irytujące – skomentował.

– Nie, nie – zaprzeczyłam. – Nie wiem, co ja wtedy myślałam, ale na pewno nie było to coś negatywnego. – Starałam się jakoś wytłumaczyć.

– Nie przejmuj się – zapewnił mnie ciepło. – To moje ulubione zdjęcie. Jak czasem nie mogę się zdystansować, tracę zdrowy rozsądek, siedzę tu godzinami do momentu, kiedy zadaję sobie pytanie, po co to robię, to patrzę na nie i wracam do świata bardziej przytomny.

Piotr pozostał przy biurku, więc dołączyłam do niego i spoczęłam w fotelu, w którym wcześniej siedziałam. On zmienił jednak zdanie. Obszedł biurko dookoła i podskakując, usiadł na nim. Nogi mu wisiały jak dziecku na huśtawce. Ze względu na niewielką dzielącą nas odległość musiałam spoglądać w górę, kiedy rozmawialiśmy. Nie wiedziałam, czy zamierzał osiągnąć taki efekt, ale czułam się jak mała dziewczynka, mimo że to on siedział na biurku i machał nogami. Jego wzrok sprawiał, że ta sytuacja i dzielący nas dystans zaczynały mi doskwierać. Żadne z nas się nie odzywało, więc spuściłam wzrok jako pierwsza. Momentalnie przypomniały mi się te wszystkie opisy walki na wzrok z psem mówiące o tym, że nie wolno pierwszemu oderwać spojrzenia od zwierzęcia, ponieważ jest to oznaka słabości. W tym przypadku miałam świadomość, że to ja jestem słabsza, więc tego nie można było nawet nazwać pojedynkiem. Kiedy znów znalazłam odwagę, by na niego spojrzeć, dostrzegłam, że Piotr nadal się we mnie wpatruje.

– Ej – upomniałam go, nie wiedząc, co więcej powiedzieć.

On za to doskonale zdawał sobie sprawę z tego, że wprawiał mnie w zakłopotanie. Co więcej, przeciągał tę chwilę w nieskończoność.

– Rozumiem, że nie mamy o czym rozmawiać, że dostarczyłam komputer i że mam już iść, tak? – dopytałam, odsuwając lekko krzesło, by móc za chwilę wstać.

– Broń Boże, nie! – odezwał się w końcu do mnie, nie zmieniając sposobu, w jaki siedział i w jaki świdrował mnie wzrokiem. – To jest najprzyjemniejszy moment dzisiaj, więc cieszę się nim.

– Ale mógłbyś coś mówić przy okazji – strofowałam go.

– Cały dzień gadam, prawie bez przerwy.

Nie ruszając się z miejsca, sięgnął po telefon, wybrał jakiś numer i czekał na połączenie na głośnomówiącym, a kiedy jego rozmówca się zgłosił, Piotr bez ogródek wydał polecenia:

– Przygotuj dysk zewnętrzny, minimum cztery terabajty, i przyjdź do mnie zaraz po laptopa do przegrania danych. – Na koniec rzucił „dzięki", bez czekania na potwierdzenie czy choćby jedno słowo od osoby po drugiej stronie. Nie wiedziałam nawet, czy to była kobieta, czy mężczyzna.

Schyliłam się do torby leżącej przy moich nogach i podniosłam ją. Piotr szybko ją ode mnie przejął i położył sobie na kolanach, obejmując rękami, jakby trzymał skarb. Widząc, że mnie to bawi, nachylił się jeszcze mocniej i zamknął swoje objęcia ciaśniej. Wyglądał prawie jak Gollum z *Władcy Pierścieni*, obawiający się utraty zdobyczy. Oboje wybuchnęliśmy śmiechem, przez co nie usłyszeliśmy cichego puknięcia administratora, który wszedł do środka mimo braku zaproszenia. Piotr, z racji pozycji, w której siedział – twarzą do drzwi, zauważył go pierwszy. Wyciągnął rękę z torbą w jego kierunku. Odwróciłam się na krześle zaskoczona ruchem Piotra. Zobaczyłam młodego chłopaka, który po krótkiej chwili stania w progu podbiegł do nas jak wystrzelony z procy. Piotr nadal siedział na biurku, więc administrator stanął obok niego jak dziecko wezwane do odpowiedzi. Dawno nie widziałam kogoś tak zmieszanego.

Nerwowo przeniósł na mnie wzrok, ale po tym, jak nasze spojrzenia się skrzyżowały, jeszcze bardziej się zawstydził. Było mi go naprawdę żal, ale nie umiałam mu pomóc. Nie potrafiłam też określić, co go tak zawstydziło. Piotra postawa? Czy może moja obecność? Cokolwiek to było, nie potrafił nad sobą zapanować.

– Skopiuj… – Piotr przeniósł wzrok na mnie, dając do zrozumienia, że to moment, w którym ja kończyłam zdanie, więc jak obudzona w nocy wyjąkałam:

– Folder „dane Michała" z pulpitu.

Piotr teatralnie schował swoją twarz w dłoni i kiwał głową na boki. Administrator nieśmiało się uśmiechnął, a ja nie rozumiałam, czemu tak zareagowali. Chłopak przejął od Piotra torbę. Następnie został poinstruowany, że ma się zająć tym niezwłocznie. Odwrócił się na pięcie i pośpiesznie wyszedł.

– Jestem prawie pewna, że będzie biegł przez korytarz.

– Nowy jest, chce się wykazać. – Piotr zeskoczył z biurka.

– Co jest w tobie takiego, że ludzie tak bardzo starają ci się zaimponować? Wykonać dla ciebie pracę najlepiej, jak tylko są w stanie? – zapytałam serio.

– Dlatego, że ich doceniam – odpowiedział z uśmiechem, a potem dodał: – Chodź, pójdziemy coś zjeść.

Podszedł do wieszaka i włożył marynarkę, a z kieszeni wyciągnął pager. Położył go na biurku.

– Zostaw swój telefon – polecił. Ale widząc moje zaskoczenie, wytłumaczył, dlaczego o to poprosił: – W ciągu godziny świat się nie zawali. Kiedyś ludzie żyli bez tego. – Zerknął na zegarek. – Choć jeszcze nie ma jedenastej, ja już mam dość tych urządzeń.

– Mogę wyciszyć – zaproponowałam, a on przytaknął.

– Wiesz, że musisz mnie podrzucić – rzucił kokieteryjnie, otwierając drzwi.

– Nie ma sprawy, mam fajny samochód – uśmiechnęłam się szeroko jak małe dziecko. – Jak nie masz szofera, to przebierasz się i jedziesz motocyklem na lunch?

– Nieee. – Piotr prowadził mnie przez korytarz firmy. Szedł lekko zwrócony bokiem do mnie, a jego dłoń spoczywała na moich plecach. Było w tym coś władczego, ale i miłego. – Zawsze biorę taksówkę – wyjaśnił wyraźnie rozbawiony.

Kiedy otworzyliśmy drzwi, sekretarka rzuciła przelotnie okiem i dostrzegła idącego za mną Piotra. Szybko wstała i z miłym wyrazem twarzy czekała na dyspozycje. On nie zwracał na nią w ogóle uwagi, ale mnie przypomniała się plakietka, którą dostałam, zanim tu weszłam. Zatrzymałam się, żeby ją odpiąć, ale Piotr chwycił mnie za rękę i odciągał w kierunku drzwi.

– Opuszczasz firmę z szefem, więc nie musisz dbać o formalności.

– Dobrze, szefie – odpowiedziałam żartem.

Ku mojemu zaskoczeniu Piotr nie puszczał mojej ręki. Byłam pewna, że przy obrotowych drzwiach pójdę pierwsza, ale były na tyle szerokie, że zmieściliśmy się oboje. On szedł nieco przede mną. Zaraz po wyjściu widać było samochód, więc Piotr ruszył w kierunku mercedesa. Trzymał swoją prawą ręką moją lewą dłoń, więc zaczęłam główkować, czy powinnam go już puścić, bo przecież musieliśmy się jakoś minąć, żebym mogła dojść do drzwi kierowcy. W tym momencie olśniło mnie, że być może to on wolał prowadzić. Piotr jednak szedł ze mną, cały czas ściskając moją dłoń, a kiedy samochód wykrył klucz w mojej torebce i odblokował drzwi, chwycił za klamkę i zachęcił uśmiechem do wsiadania. Niczym prawdziwy dżentelmen otworzył drzwi i przytrzymał je dla mnie. Miałam na sobie ciasną ołówkową spódnicę, więc wsiadałam w dość komicznym stylu, ale on tego nie skomentował. Czekał, aż zajmę miejsce, po czym zamknął drzwi i udał się na miejsce pasażera.

– Przez moment myślałam, że to ty będziesz prowadzić – skomentowałam, gdy zapinał pasy.

– Niee, to dzień mojej przyjemności – zaczął, uśmiechając się szeroko, a następnie wyciągnął nogi i rozpiął guzik w marynarce. – Nie mam zamiaru się spinać. Co więcej, mógłbym dzisiaj ruszyć w trasę i zostawić to wszystko za sobą, ciesząc się z przygody w drodze. Wyrzuciłbym telefony przez okno i zniknął choć na chwilę.

– Nie znałam cię z tej strony. Mam na myśli twoje luzackie podejście.

– Zaczyna mi chyba doskwierać nuda w tym moim poważnym życiu – stwierdził serio. A po chwili, już rozbawiony, dopowiedział: – Albo to twój zły wpływ.

Wymieniliśmy spojrzenia. Przyglądałam mu się uważniej. Dostrzegłam to, co powoduje, że wszyscy czują wobec niego taki respekt. On zawsze zachowywał powagę, a z jego twarzy nie dawało się wyczytać żadnych emocji. Teraz z łatwością widziałam, że był zrelaksowany i zadowolony. Czuł się ze mną dobrze – to pewne. Ta myśl sprawiła, że zaczęłam zastanawiać się nad swoją postawą. Strofowałam samą siebie, że nie powinnam się tak dobrze bawić, że nie wypada, że należy zachowywać się poważniej, że to szef mojego męża, człowiek, który mi pomaga, którego jeszcze nie tak dawno temu posądzałam o udział w zamordowaniu Michała. Dzieliło nas bardzo dużo, a ja zachowywałam się tak, jakbym była na randce. Sięgałam pamięcią do tego wieczoru, kiedy złożył mi osobliwą propozycję. Czułam lekkie ukłucie żalu w środku, więc odepchnęłam te myśli od siebie.

Postanowiłam skupić się na drodze. Piotr mówił mi, gdzie jechać, a ja posłusznie wypełniałam jego polecenia.

– Coś się stało? – spytał. – Spoważniałaś.

– Nie, nic – zbyłam go.

– Powiedz, nie chcę, żebyś się wahała, jeśli coś siedzi ci w głowie. Obiecuję odnieść się do tego z głębi serca… szczerze i prawdziwie. Bez oceniania. Chcę, żebyś wiedziała, że możesz mi zaufać.

– Sama nie wiem – zaczęłam niepewnie.

– Co ci szkodzi? – Posłał mi uśmiech. – Zawsze lepiej wyrzucić coś z siebie, niż się z tym kisić… Zresztą nie chcę cię do niczego zmuszać. Jeśli uważasz, że…

– Okej. – Nabrałam odwagi. – Pamiętasz tamten wieczór, kiedy do ciebie przyjechałam?

– Tak – odpowiedział krótko.

– Nie pomagasz mi – stwierdziłam lekko, ale jego nastrój był już inny.

Skupił się na mnie.

– Nie wiem, do czego zmierzasz, więc odpowiadam na twoje pytania.

– Nadal tak uważasz?

– Tak.

Liczyłam na dłuższą odpowiedź, ale zrobił dokładnie tak, jak wcześniej wyjaśnił – ograniczył się jedynie do potwierdzenia. Pomyślałam, że muszę skonstruować pytanie tak, by nie był w stanie odpowiedzieć na nie „tak" lub „nie".

– Jak to sobie wyobrażasz? – Mój ton był łagodny i przyjacielski.

– Teraz? – Wziął głęboki oddech. – Czekałem tyle lat, więc poczekam jeszcze trochę na twoją decyzję. Cokolwiek uznasz za dobre dla siebie, zaakceptuję bez słowa sprzeciwu.

– Ale ja już ci odmówiłam – upomniałam go, śmiejąc się.

– A ja powiedziałem, że nie biorę tego serio. – Spojrzał na mnie serdecznie.

Zaskoczyła mnie jego odpowiedź. Zadając mu to pytanie, miałam na myśli nasze stosunki. Jeśli mamy pozostać na stopie przyjacielskiej, powinniśmy to sobie jakoś wyjaśnić. On nadal podtrzymywał swoją ofertę, co zbiło mnie z tropu. Sądziłam, że już dawno odpuścił.

– Pytałam o to, jak sobie wyobrażasz przejście nad tym do porządku dziennego – sprecyzowałam.

– Nie jestem typem faceta, który coś mówi, a potem się z tego wycofuje. Nadal uważam, że to świetny plan, ale jeśli nie chcesz, uszanuję to. Nie będę cię do niczego zmuszać. Cieszę się, że rozmawiamy i że mogłem rozwiać twoje wątpliwości, które zasiał ten glina. Swoją drogą dziwię się, że w policji zatrudniają takich buraków.

– Ale on jest naprawdę dobry. – Wzięłam stronę Sebastiana. – Może w szkole ich uczą, żeby nie byli zbyt przyjacielscy.

– Ten musiał być wybitnym uczniem – podsumował Piotr i oboje się zaśmialiśmy.

Atmosfera znów stała się lekka i przyjemna. Reszta trasy upłynęła szybko, podobnie jak lunch. Rozmawiało nam się dobrze, naturalnie, bez tego dyskomfortu, jaki zwykle towarzyszy ludziom, gdy nie znają się wystarczająco dobrze. Piotr opowiadał o planie wyjazdu do Indii i przemierzeniu całego kraju na motocyklu. Podziwiałam jego odwagę. Wydawało mi się, że to człowiek, który niczego się nie boi.

Po lunchu podrzuciłam go z powrotem do biura. Zanim wysiadł, zapewnił, że osobiście dostarczy mój komputer po przegraniu danych. Zapadła niezręczna cisza i żadne z nas nie wiedziało, co powiedzieć, więc po raz kolejny podziękowałam za posiłek. Piotr, nie przeciągając sytuacji, wyszedł z samochodu i oddalił się w kierunku firmy.

Kiedy wróciłam do domu, zdążyłyśmy chwilę porozmawiać z mamą o dzieciach, a zaraz potem musiałam wyjść do szkoły. Ku mojemu zaskoczeniu mama chwyciła swoją torebkę i ruszyła za mną. Szybko zrozumiałam, że pojechała tylko dlatego, że była zbyt ciekawa, by poczekać do mojego powrotu. Choć ją rozszyfrowałam, nie podjęłam rozmowy. Ona też nie wiedziała, jak zacząć. Bawiła mnie jej ciekawość i ten dziwnie dobry humor. W końcu zdobyła się na pytanie o Piotra. Zrelacjonowałam jej cały przebieg, bez omijana szczegółów, takich jak ten, że wziął mnie za rękę. Słuchała uważnie i z nieskrywanym zadowoleniem.

– Mam wrażenie, że najchętniej to byś mnie widziała z nim przy ołtarzu – zażartowałam.

– Z twoimi humorami to nie dożyję takiego dnia – skwitowała.

– Może się jeszcze zdziwisz – rzuciłam zadziornie.

Zaparkowałam pod szkołą. Obie patrzyłyśmy w kierunku głównego wyjścia, którym moje dzieci wychodziły na zewnątrz. Kilka dni temu wszyscy rodzice dostali karteczki od nauczycielek z prośbą o dawanie dzieciom możliwości wyjścia na zewnątrz samodzielnie. Ten pomysł był dla nich dobry, miał na celu wykształcić zdolność radzenia sobie, ale jednocześnie dostarczał nam tylko niepotrzebnego stresu. Starsze dzieci często nie zwracały uwagi na maluchy. Mimo naszych skarg, a co za tym idzie zapewnień dyrekcji o uwrażliwianiu starszaków, nie ulegało to polepszeniu. Nie odrywałyśmy wzroku od wejścia gotowe wyskoczyć w każdej chwili.

– To kiedy się z nim widzisz? – odezwała się mama.

– Mamo! – upomniałam ją, ale zadbałam o to, by mój ton był przyjacielski.

– No co? Nic nie zaproponował?

– Zaproponował, owszem. Prokreację, potomka i pseudorodzinę – wyliczyłam. – Zapomniałaś już?

– Jestem pewna, że już tak na to nie patrzysz.

Chciałam zaprzeczyć, zapewnić ją, że nic się nie zmieniło, że nadal byłam urażona do szpiku kości, ale to nie byłaby prawda. Zamyśliłam się na ułamek sekundy.

– Masz rację – stwierdziłam. – Coś się zmieniło, ale nie umiem określić co.

– Nie bądź dla siebie taka okrutna. – Mama czytała mi w myślach. – Jesteś młoda, masz obowiązek żyć odważnie, bez myślenia o tym, co wypada, a co nie.

Nie skomentowałam tego, więc po chwili ciszy dodała:

– Wolę to, niż to ściganie przeszłości.

Dzieci wybiegły ze szkoły. Obserwowałyśmy, jak rozmawiają ze swoimi kolegami i nieśpiesznie idą w kierunku parkingu. Kiedy chłopcy wsiedli do samochodu, rozmowa zeszła na inne tory. Przestałyśmy omawiać życiowe decyzje i słuchałyśmy zabawnych historii ze szkolnego podwórka.

SEBASTIAN

Wydałem stażystom polecenie sprawdzenia wszystkich szpitali. Poprosiłem, żeby w poszukiwaniach uwzględnili dwa dni i skąpy opis, jaki im podałem. Brzmiało to niedorzecznie, ale było to tylko jedno zdanie: „Kobieta z ciemnymi włosami, z grupą krwi AB plus, po wypadku samochodowym, wiek nieznany". Prawdopodobieństwo znalezienia było niewielkie, ale liczyłem na to, że uda mi się czegoś dowiedzieć ze względu na fakt, że wypadek miał miejsce gdzieś na zadupiu. Jeśli były tam szpitale i domy pogrzebowe, to raczej nieliczne. Rozpocząłem poszukiwania od podzielenia listy jednostek pomiędzy kilku młodych aspirantów. Szybko okazało się, że nie radzili sobie z powagą sytuacji i poddawali się szybciej, niż powinni, co w rezultacie sprowadzało mnie do tego, że musiałem ponownie dzwonić w te same miejsca. Odesłałem bezużytecznych młodych i zaprosiłem do siebie Justynę. Pracowała tu tyle lat, że nauczyła się wręcz czytać w myślach detektywom. Bez zbędnego tłumaczenia zgadła, jaki był mój cel. Przejęła bez słowa przydział aspirantów. Oboje dzwoniliśmy i pytaliśmy o możliwe informacje, drążąc każdy najmniejszy ślad. Nic to jednak nie wniosło. Justyna po dłuższym czasie wróciła ze swoją listą, pytając, czy powinna rozciągnąć promień poszukiwań. Przytaknąłem. Byłem wściekły, bo liczyłem, że w miarę szybko coś znajdę. Tymczasem spędziliśmy tak całe popołudnie, dzwoniąc do miejsc oddalonych o setki kilometrów od zdarzenia. Czasami wydawało się, że już mieliśmy trop, ale szybko okazywało się, że to nie to, czego szukaliśmy. Zaczynałem wariować i myśleć, że to może błąd, że może DNA należało do mężczyzny albo włosy do kogoś innego, kto podróżował w tym samochodzie wcześniej, a nie w momencie wypadku. Wyobrażałem sobie całą sytuację i zdałem sobie sprawę, że każda kobieta zawsze ma ze sobą torebkę, a tutaj nie było nic, co by na to wskazywało. Tak, jakby jej tam w ogóle nie było. Odrzuciłem tę myśl. Skłaniałem się ku scenariuszowi, że ktoś musiał tę kobietę wyciągnąć i zadbać o szczegóły tak, żeby nikt się nigdy o niej nie dowiedział. Istniała jeszcze opcja, że gdzieś ją bezdusznie zakopali. Zabicie jej i pozbycie się ciała nie miało najmniejszego sensu, ale ja nie umiałem znaleźć ani jednego powodu, by potwierdzić tę teorię. Chciałem wierzyć, że przeżyła. Martwa nie wniosłaby nic do mojego śledztwa. Gdzieś tam jeszcze pojawiła się myśl, że to może ona spowodowała jego wypadek i wyszła z wraku z ranami. Zatarła po sobie ślady, wypełniając bezbłędnie misję, bez względu na urazy, jakich doznała. Mogła przecież być najemnikiem i pracować na zlecenie kogoś, kogo Michał porządnie wkurwił. Mogła podać mu tabletki, otumanić go, a potem zabić. A może to ona mu skręciła kark, ale nie przewidziała, że przy takiej prędkości auto wbije się w rów? Tylko czemu decydowałaby się na taki ruch w trakcie jazdy? Może wsiadła i pozostawała w ukryciu na tylnej kanapie? Nie, to się kupy nie trzymało – pokręciłem przecząco głową. Skąd by się wzięły ślady krwi na przedniej szybie.

Podczas gdy ja, pogrążony w myślach, starałem się znaleźć sensowne wytłumaczenie tego, co się stało z pasażerką, Justyna po raz kolejny wróciła z kwaśną miną.

– Sorry. – Pokazała mi listę. – Nic. Jeśli każesz mi rozciągnąć promień, to mówię ci od razu, że to nie ma sensu.

– Masz rannego i chcesz go ukryć, nie chcesz, żeby ktokolwiek się o nim dowiedział, robisz to w tajemnicy, gdzie jedziesz? – zapytałem na głos.

Zamknąłem oczy i dotknąłem palcami skroni, mając nadzieję, że w ten sposób wspomogę pracę swoich szarych komórek. Nic mi nie przychodziło do głowy za wyjątkiem głupich skojarzeń trzymania kogoś w stodole lub zagrzebywania półżywej babki w czarnym dole gdzieś na pustkowiu.

– Może to jest tak jak z aborcją, że ludzie uciekają za granicę – rzuciła żartobliwie Justyna.

Bingo! To jest to! – pomyślałem.

– Szukamy w złym miejscu, a raczej w złym kraju – oświadczyłem dumnie. – Znajdź pierwszy najbliższy szpital za granicą. Zadzwoń tam.

Wyrzucałem sobie, że na to wcześniej nie wpadłem. Kiedy Justyna wyszła, otworzyłem raz jeszcze mapę i oddaliłem się, żeby zobaczyć, jak daleko znajdowaliśmy się od granicy kraju. Zakląłem, a potem uśmiechnąłem się szeroko zadowolony z odkrycia.

Cały czas wracałem jednak myślami do tego tajemniczego zniknięcia. Wyobrażałem sobie, że może ktoś za nimi jechał i wyciągnął tę kobietę po wypadku albo że chcieli go zabić, zajechali Michałowi drogę, a on stracił panowanie nad kierownicą i przywalił w rów, zabijając się sam. Był martwy, więc zabrali jego pasażerkę. Tylko czemu? Jako zakładnika? A może jako świadka? Mój umysł zaczynał tworzyć historie rodem z amerykańskich filmów. Wiedziałem jednak, że żadna z tych teorii nie jest śmieszna, dopóki nie da się jej wykluczyć. Możliwych scenariuszy było wiele, a do mnie należało wyeliminowanie wszystkich poza jednym. Prędzej czy później dowiem się, co zaszło tamtej nocy, znajdę mordercę i odtworzę wydarzenia.

Gdy tak patrzyłem na mapę, przyszła mi jeszcze do głowy możliwość pościgu. Może on od kogoś uciekał? Może ktoś puknął go z tyłu, a on wpadł do rowu? Szybko wróciłem do zdjęć samochodu w folderze Romka. Tył był czysty. Zapisałem jednak wszystkie swoje niedorzeczne wizje. Zanim zdążyłem dokończyć notatkę, Justyna weszła do pokoju i już po jej minie wiedziałem, że coś było na rzeczy. Sposób, w jaki wręczyła mi karteczkę, świadczył o tym, że trop był słuszny.

– Wisisz mi przysługę, bo nic nie robię od rana, tylko ślęczę nad twoją sprawą.

– Odwdzięczę się – obiecałem, starając się przyspieszyć moment odkrycia kolejnego elementu układanki. – Co masz?

– Jest kobieta przywieziona po wypadku z licznymi obrażeniami. Nie ma jej danych, a za rachunek ze szpitala zapłacono przelewem. Jak się możesz domyślić, kwota była niemała. – Justyna pokazała palcem na kartce napis „Bohemian". – To firma, która uiściła opłatę.

– Serio? – spytałem, nie dowierzając. – Wiadomo, co z tą kobietą?

– Tylko tyle, że przeszła liczne operacje i spędziła w szpitalu prawie miesiąc.

– Jeśli to możliwe, ustaw telekonferencję, ściągnij szefa, tłumacza i poproś o protokolantkę tak szybko, jak to możliwe.

– Ale to dopiero jutro – upewniała się nieśmiało.

– A czemu nie dzisiaj? – Spojrzałem na nią znad papierów.

– Bo jest już za późno? Szef wyszedł dawno temu. Nikogo nie ma już w biurze. – Justyna wpatrywała się we mnie. – Wiesz w ogóle, która godzina?

– Okej, okej. To ustaw wszystko na jutro rano.

Justyna skierowała się do wyjścia, ale zatrzymałem ją pytaniem o analizę danych z komputera. Kiwnęła przecząco głową i poinformowała mnie, że nic jeszcze nie przyszło. Po raz kolejny zaproponowała mi wspólne wyjście. Dzisiaj już nic więcej nie mogłem załatwić. Osiągnąłem dużo i zasłużyłem na odpoczynek. Choć wiedziałem, jak to się skończy, rzuciłem, żeby poczekała na mnie, i zacząłem zbierać się do wyjścia. Rano, po wspólnie spędzonej nocy, wejdziemy do biura tak, jakby każde z nas spało u siebie.

KAJA

Wieczorem, kiedy brałam prysznic, mama wbiegła do łazienki z informacją, że Piotr już któryś raz z kolei dzwonił na mój telefon. Poprosiłam, żeby odebrała i zapytała, co go do mnie sprowadza, lub ewentualnie wytłumaczyła, że teraz nie mogę rozmawiać. Telefon o tak późnej porze zawsze budził w nas niepokój, więc szybko dostrzegłam u mamy zdenerwowanie. Nie umiała ustać w miejscu w trakcie pierwszych minut rozmowy, chodziła niespokojnie po łazience, poprawiając przedmioty na półkach. Po chwili zatrzymała się, a uśmiech nie schodził jej z ust. Szum wody zakłócał jej słowa, ale obserwowałam jej reakcje. Z mowy ciała domyślałam się, że rozmowa toczyła się lekko. Przewróciłam oczami, widząc jej nieskrywaną radość.

– Coś pilnego? – krzyknęłam, widząc, że zakończyła już połączenie.

– Masz oddzwonić.

Zostawiła telefon na szafce obok zlewu i wyszła z łazienki. Nie spieszyłam się, bo obiecałam sobie, że ta sprawa nie będzie przysłaniała mi innych spraw. Poza tym zakładałam, że to będzie tylko krótka rozmowa i że prawdopodobnie umówimy się na jutro. Owszem, schlebiało mi, że mimo spędzonego wspólnie lunchu szukał ze mną kontaktu jeszcze raz, tym razem na wieczór. Tak jakby nie mógł się doczekać, by mnie usłyszeć. Uśmiechnęłam się na tę myśl i bez pośpiechu zawinęłam się w ręcznik.

Wiedziałam, że Piotr długo pracuje, więc dla niego nie miało znaczenia, czy zadzwonię zaraz, czy za godzinę, bo i tak będzie ślęczał nad komputerem. Co więcej, oddzwaniając od razu, pokazałabym, że jestem na każde jego zawołanie. Niech poczeka – pomyślałam.

Wytarłam się, wklepałam krem przeciwzmarszczkowy, na rozstępy oraz do suchej skóry, wysuszyłam włosy, używając szczotek modelujących. Dbanie o siebie znów sprawiało mi przyjemność. Włożyłam piżamę z owieczkami skaczącymi przez płot i zamknęłam się w sypialni.

Zastanawiał mnie powód, dla którego Piotr starał się ze mną skontaktować o tak późnej porze. Być może wcale nie chodziło o mnie. Może znalazł jakieś informacje w plikach Michała, którymi chciał się ze mną od razu podzielić. Przypomniałam sobie samej obietnicę, jaką złożyłam – o nienakręcaniu się dochodzeniem w sprawie Michała. Wahałam się z decyzją, czy powinnam całkowicie odciąć się od grzechów jego przeszłości, czy też je wszystkie poznać, by dowiedzieć się, kim mój mąż był naprawdę. Już teraz na samo brzmienie jego imienia wypełniło mnie rozgoryczenie.

Nie odwlekając już tego dłużej, nacisnęłam guzik w telefonie. Wydawało mi się, że mama już spała, ale kiedy skończyłam rozmowę z Piotrem, uchyliła drzwi i wsuwając tylko głowę, zapytała, co się stało.

– Czekałaś tyle czasu, żeby dowiedzieć się, o co mu chodzi? – zapytałam rozbawiona.

– No mów, bo późno już – ponagliła, nie wchodząc do pokoju.

– Chciał mi pokazać coś z danych Michała i pytał, czy mogłabym przyjechać…

– Zgodziłaś się?

– Nie. – Popatrzyłam na nią zdegustowana. – Przecież wypiłyśmy po kieliszku wina. No i zbyt długo mi zeszło w łazience.

– Możesz wziąć taksówkę – zaproponowała ochoczo – i zostać na noc.

– A masz prezerwatywy czy mogę bez? – Dusiłam w sobie śmiech.

Nie mogłam uwierzyć, że moja własna matka tak bardzo chciała mnie z nim wyswatać.

– Możesz bez – zaskoczyła mnie swoją odpowiedzią. – Po to tu jestem, żebyś ułożyła sobie życie, więc korzystaj z możliwości, bo ojciec się piekli, żebym już wracała.

Czułam się dziwnie. Nie wiedziałam, od czego zacząć. Wysłałam więc esemesa z pytaniem, czy mógłby zdradzić chociaż drobny szczegół ze swojego odkrycia. Wymieniliśmy kilka wiadomości, po czym znów padła propozycja, żebyśmy jednak się spotkali. Zaoferował, że przyjedzie po mnie, więc pozostawiona bez wyboru zdecydowałam się pojechać. Wyciągnęłam z szafy legginsy i tunikę. Pomyślałam, że powinnam uprzedzić go, by nie przyjeżdżał motocyklem. Miałam nadzieję, że wpadnie na to sam. Z facetami jednak nigdy nie wiadomo i może zaserwuje mi jazdę przez ciemne miasto przekonany, jak wielką mi zrobił frajdę.

Wrzuciłam na siebie lekką, krótką skórzaną kurtkę i wyszłam. Opuszczając mieszkanie, obiecałam sobie, że mimo zachęt ze strony mamy do niczego nie dojdzie. Nie mogę działać zbyt pochopnie.

Na szczęście Piotr przyjechał truckiem i czekał już na mnie pod bramą osiedla. Wsiadłam pospiesznie do samochodu. Mimo że w ciągu dnia temperatura wzrastała do przyjemnego poziomu, wieczory nadal były chłodne. Skryłam się przed zimnem do ciepłego wnętrza jego samochodu. Być może to nie chłód, tylko strach powodował, że mną trzęsło. Piotr, jakby wiedząc, czego teraz potrzebuję, przywitał mnie uśmiechnięty od ucha do ucha.

– Muszę kupić sobie jakieś mniejsze, miejskie auto – stwierdził żartobliwie.

Nadal miał na sobie ten sam garnitur, w którym widziałam go rano podczas przekazywania komputera.

– Dobrze, że motocykla nie wziąłeś – pochwaliłam go.

– W pracy zostawiłem.

Przez jakiś czas jechaliśmy, rozmawiając o drobnych sprawach. Od czasu do czasu zerkałam na prędkościomierz. Niepokoił mnie jego styl jazdy. Prowadził pewnie, ale zważając na gabaryty samochodu, wolałabym, żeby jechał wolniej. Owszem, producenci zapewniali, że te samochody były niezniszczalne, ale mimo wszystko mój strach brał górę. Możliwe, że powodem było wspomnienie mojej pierwszej jazdy tym olbrzymem i trudność, jaką mi sprawiło kierowanie nim. Z płyty leciała bardzo przyjemna muzyka, więc skupiłam się na tym. Zamknęłam oczy i wsłuchiwałam się w śpiew kobiety.

– Zmęczona jesteś?

– Nie – odpowiedziałam od razu. – Po prostu nie mogę patrzeć, jak prowadzisz.

Piotr wybuchnął śmiechem i zjechał na pobocze. W pierwszej chwili pomyślałam, że mnie wyprosi z samochodu za ten komentarz. On jednak bez słowa patrzył na mnie, lekko się uśmiechając. Czekałam niepewna na jakiś gest, wyjaśnienie, a on powoli nachylił się do mnie. Na ułamek sekundy ogarnęła mnie panika, bo zrozumiałam, co chciał zrobić. Pozostałam jednak bez ruchu, wpatrując się w niego. Zanim poczułam jego dotyk, zamknęłam oczy. Objął obiema dłońmi moją twarz i pocałował mnie, delikatnie i czule. Przez chwilę wyczekiwałam, jakby w zamrożeniu, na dalszy bieg wydarzeń, ale kiedy przyciągnął mnie lekko do siebie, wyrzuciłam z głowy wszystkie myśli i odwzajemniłam pocałunek. Usłyszałam jego delikatne westchnięcie, które poruszyło w moim brzuchu stado motyli. Zadrżałam. Wspaniale było poczuć pożądanie. Piotr przerwał pocałunek jako pierwszy, a ja jeszcze przez chwilę nie otworzyłam oczu. Kiedy w końcu to zrobiłam, zobaczyłam jego szczerzącą się twarz. Zupełnie nie pasowało to do poważnego właściciela ogromnej firmy, przed którym drżało ze strachu tyle osób. Starałam się zachować powagę, przygryzłam wargę, ale mimo wszystko szeroki uśmiech nie schodził mi z twarzy.

– Chciałem to zrobić dzisiaj już wiele razy – mówił, dotykając mojej dłoni. – W biurze, podczas lunchu, w samochodzie. Bałem się jednak, jak zareagujesz. Kiedy przez chwilę trzymałem cię za rękę, zrozumiałem, że to jest to, czego chcę.

Słuchałam, rozważając jego słowa.

– Pozwól mi zaopiekować się tobą, wami – poprawił się od razu, jakby zdając sobie sprawę, że jestem dostępna tylko w pakiecie z dziećmi.

Oniemiałam z wrażenia, nie sądziłam, że tak poważną rozmowę odbędziemy tak szybko. Nie zaakceptowałam jeszcze do końca myśli, że mogłabym być z innym mężczyzną. Liczyłam na spokojniejszy rozwój sytuacji.

– Czemu nic nie mówisz? – zapytał zakłopotany.

– Bo nie wiem, co powiedzieć – odpowiedziałam uczciwie. – Nie będę zaprzeczała, że nic nie czułam, ale też muszę przyzwyczaić się do obecności kogoś nowego w swoim życiu. Nie jestem w stanie nawet stwierdzić, czy ja tego chcę. Nie zrozum mnie źle – dodałam szybko – pięć minut temu byłam pewna, że nie jestem gotowa na to, by ktokolwiek mnie pocałował, a zrobiłam to.

– Nigdzie się nie wybieram. – Przeplatając nasze palce, podniósł moją dłoń i pocałował jej wierzchnią stronę. – Jestem cierpliwy, jeśli zrobię coś, co nie będzie ci się podobało lub poczujesz się niekomfortowo, mów od razu.

Przytaknęłam, a on włączył się do ruchu. Prowadził, trzymając mnie za rękę, a od czasu do czasu głaskał kciukiem miejsce, które przed chwilą pocałował. Zapomniałam, jak to jest czuć dotyk drugiej osoby. Po raz pierwszy od długiego czasu miałam poczucie bezpieczeństwa, choć nadal niewyraźnie widziałam przyszłość. Zastanawiałam się, czy chciałabym mieć takie samo życie, jakie wiodłam do tej pory… Czy z Piotrem codzienność byłaby taka sama jak z Michałem? Niby całkowicie się różnili, ale miałam nieodparte wrażenie, że związek z nim byłby powtórką. Chciałam się jednak przekonać, czy moje obawy się potwierdzą.

Kiedy dojeżdżaliśmy na miejsce, zarówno brama wjazdowa, jak i garażowa wykryły auto Piotra i otworzyły się automatycznie. Nie musiał nawet wciskać guzika na pilocie, co ja zawsze robiłam przy wyjeździe i wjeździe do garażu podziemnego na moim osiedlu. Czasem klikałam nawet kilka razy, bo coś zakłócało sygnał.

– Czy gdybym przyjechała tu mercedesem, wszystko otworzy się tak jak teraz? – zapytałam zaciekawiona.

– Tak. Nic nie zmieniłem.

Z garażu przeszliśmy do domu. Piotr szedł jako pierwszy, prowadząc mnie prosto do gabinetu. No tak. Przypomniałam sobie o celowości tego spotkania. Choć po tym pocałunku powoli zaczynałam mieć wątpliwości, czy aby na pewno tylko to było powodem, dla którego chciał się ze mną widzieć. Piotr usiadł za biurkiem, dokładnie tak samo jak w firmie, wskazując mi miejsce naprzeciwko.

– Zanim ci coś pokażę, muszę najpierw wyjaśnić pewne rzeczy – powiedział, uchylając klapę laptopa.

Przytaknęłam, a on włączył komputer i zaczął opowiadać.

– Jakiś czas temu zawarliśmy umowę z firmą z Niemiec. Przygotowaliśmy dla nich system. Skracając historię, oni zajmują się kupowaniem firm, które szybko dzielą tak, by można było z nich zrobić mniejsze start-upy, a potem sprzedają te maluchy za duże pieniądze. To oni podsunęli mi myśl na biznes, a po tym, jak się dowiedziałem, że Unia z chęcią dofinansowuje małe firmy wkraczające dopiero na rynek, postanowiłem zaryzykować. Zarabialiśmy na tym podwójnie, bo w każdym przetargu połowę środków wykładała Unia. Jak powiedziałem o tym Michałowi, cieszył się jak dziecko. Nie musiałem go nawet przekonywać do pomysłu. Sam miał masę genialnych, które czekały na realizację. Jak dobrze wiesz, był prezesem kilku mniejszych firm powstających jako siostry mojej głównej firmy...

– Nie, nie wiem – przerwałam mu, a Piotr zmarszczył czoło zaskoczony moją odpowiedzią. Widząc jego reakcję, wyjaśniłam: – Wielu rzeczy nie wiedziałam i co ciekawsze, więcej dowiedziałam się po jego śmierci niż za jego życia.

– Rozumiem... – przerwał na chwilę i zatopił się w myślach. Nie pospieszałam go. Cierpliwie czekałam, aż wznowił: – To ja muszę zacząć jeszcze wcześniej tę historię.

Odchylił się w fotelu i dotknął ręką swojej twarzy. Ewidentnie myślał nad tym, jak mi przedstawić sytuację firmy. W końcu wziął oddech i zaczął powoli tłumaczyć:

– Ten podział na mniejsze firmy robimy po to, żeby odpowiedzialność finansowa w przypadku porażki nie dotykała mnie bezpośrednio. Odpowiadam kapitałem zakładowym za ewentualne błędy. Michał nie jest jedynym, który prezesował naszym mniejszym firmom. To taki przedsmak przed założeniem czegoś własnego. Często te firmy są jednoosobowe, ale bywają też takie funkcjonujące prężnie i zatrudniające ludzi. Michał miał intuicję do biznesu – opowiadał, patrząc mi prosto w oczy. – Miał też odwagę, której czasem brakowało nawet mnie. Jego decyzje były przeważnie genialne, ale jak się domyślasz, czasami i jego nie omijała porażka. Odpowiadał wówczas kapitałem swojej firmy, który często był tylko fikcyjny, utworzony na potrzebę wygrania przetargu. Jeśli wszystko poszło zgodnie z planem, nikt nie wiedział, że to był przekręt. Wyłudzenie dofinansowania. Dopiero gdy dana firma upadała, wtedy zaczynały się schody, a Michał musiał wywiązać się z odpowiedzialności wobec tego, co przedstawił fikcyjnie w papierach.

– Rozumiem. – Po raz kolejny wtrąciłam się w jego opowieść. – Na pokrycie jednego z tych błędów wziął kredyt.

– Ale zwykle szybko nadrabiał stratę.

– Zwykle? – Zauważyłam słowo sugerujące powtarzalność sytuacji.

– Tak, niestety. Kredytów było więcej.

Piotr usiadł prosto w fotelu, nie dotykając plecami oparcia. Położył łokcie na biurku i mówił do mnie spokojnie.

– Ale on wiedział, co robił. Tak wygląda ten biznes. Albo jesteś na fali i ryzykujesz, albo boisz się i nie osiągasz nic.

Gdybym miała opisać cechy charakteru Michała, nigdy, ale to przenigdy nie użyłabym określenia „lubiący ryzyko". Teraz myślałam, że to świadomość wartości, o jaką grał, była jego paliwem. Doskonale wiedział, że ja bym tego nie zrozumiała, dlatego trzymał to w tajemnicy. Było mi przykro, że nie spróbował mi nawet wytłumaczyć tego, co robił naprawdę.

– W każdym razie ta firma z Niemiec, widząc naszą strukturę, zaproponowała podział i sprzedaż, na co ja się nie zgodziłem. Michał miał oczywiście inną wizję. Widział w tym opcję rozszerzenia naszego obszaru pracy na Niemcy i być może inne kraje w niedalekiej przyszłości. – W tym momencie odwrócił komputer w moją stronę i pokazał wiadomość po niemiecku. – To jest potwierdzenie przelewu na konto, na twoje nazwisko, z podziękowaniem za udaną fuzję.

– Ale co to znaczy? – Przerzuciłam wzrok z nic nieznaczącego dla mnie tekstu na Piotra.

– To znaczy, że sprzedał swoje dwie firmy.

– Mógł to zrobić?

– Teoretycznie tak. Są to jednoosobowe firmy, więc nie ma zarządu i nie ma głosowania, ale tu chodzi o coś innego.

Piotr odwrócił laptopa do siebie i klikał pomiędzy plikami, a po chwili zwrócił komputer ponownie w moją stronę.

– Ta wiadomość sugeruje, że on przenosił firmy do Niemiec, ale pozostawał w zarządzie.

– Nic z tego nie rozumiem – oznajmiłam, patrząc na e-mail. – Zaraz... czy on chciał się przeprowadzić?

– Nie wiem. – Piotr zabrał komputer i zamknął go. – Ta podróż, w czasie której zginął, to nie była delegacja. On pojechał tam w swoim czasie prywatnym.

Opadłam na krzesło, otwierając szeroko usta. Łapałam powietrze. Nagle zaschło mi w gardle. Starałam się przełknąć, ale czułam się tak, jakbym miała pętlę na szyi, odcinającą mnie od powietrza i funkcji życiowych.

– On... tam był tydzień... – wycedziłam każde słowo ostrożnie.

Starałam się przywołać w pamięci, czy mówił coś przed wyjazdem. Wyjeżdżał tak często, że nawet nie pytałam, nad czym konkretnie będzie pracował. Nie przychodziło mi też do głowy, żeby kontrolować jego wyjazdy, sprawdzać czy też potwierdzać w firmie jego delegacje.

– Wiem. – Piotr wstał i podszedł do mnie.

Wziął mnie za rękę i delikatnie pociągnął, sugerując, żebym wstała. Przeszliśmy do głównego pokoju. Chciałam, żeby moje myśli zostały w tym gabinecie, jednak po raz kolejny traciłam grunt pod nogami i po raz kolejny miałam wrażenie, że Michał był dla mnie obcym człowiekiem. Nic o nim nie wiedziałam. Jak to możliwe, że byłam szczęśliwa z kimś, kto mnie na każdym kroku oszukiwał, z kimś, kto mi nie ufał, kto nie traktował mnie jako partnera.

– Gdyby policja pytała o cokolwiek, to nie wiesz nic, okej? – Uniósł dłonią mój podbródek, szukając mojego nieobecnego spojrzenia. – Masz prawo do odmówienia zeznań przeciwko mężowi.

– Myślisz, że to oni go zabili? – zapytałam o to, co nurtowało mnie najbardziej.

– Przede wszystkim nie wierzę w wersję, że go ktokolwiek zabił. Nie umiem znaleźć dobrego powodu, dla którego chcieliby go uśmiercić. Sprzedał im firmy, pozostawał ich prezesem, co dla nich niewątpliwie było plusem. Bez niego te firmy nie miałyby takiej wartości. Na pewno nie zapłaciliby mu tak dużo, gdyby on się tam nie przenosił.

– Nic z tego nie rozumiem. – Zatopiłam twarz w dłoniach.

– Nieszczęśliwy wypadek. – Piotr uśmiechnął się delikatnie. – Tak mogę to podsumować.

Usiadł obok mnie na kanapie i czekał, aż przetrawię wszystkie informacje. Odpowiadał na pytania szczerze i wyjaśniał po kilka razy to samo. Nie mogłam zrozumieć, czemu wszystko w jego pracy było takie skomplikowane. Po co mi to wszystko mówił, po co wtajemniczał mnie w strukturę działania firmy. Dlaczego zdradził mi plany Michała? Jeśli nawet chciał się przenieść, czy to oznaczało, że planował nas ze sobą zabrać, czy też założył, że będzie pracował zdalnie, a może chciał wracać do domu jedynie na weekendy? Nieważne, jaka byłaby jego decyzja, powinien był ze mną o tym wcześniej porozmawiać, skonsultować tak ważną decyzję, jaką jest przeprowadzka do innego kraju. Zaraz potem doszłam do wniosku, że może nie mógł. Może zmuszono go do tej transakcji? Co, jeśli nie miał wyjścia?

– Co z tym zrobimy? – zapytałam w końcu.

– Nic. – Piotr wzruszył ramionami. – Dochodzenie prawdy nic nie zmieni.

– Ale tak nie może być! – zaprotestowałam. – Ktoś musi ponieść karę za zabójstwo, tak nie można.

– Słuchaj... – Piotr pogłaskał moją dłoń, ale zabrałam ją szybko.

Jego wzrok śledził moją reakcję. Zapewne był zaskoczony, ale zachowywał się zupełnie przeciwnie do sytuacji. Sięgnął po moją dłoń ponownie, a ja zastygłam.

– Posłuchaj – powtórzył. – To jest tylko strzępek informacji. Jak policja znajdzie dobry dowód na morderstwo, to zacznę traktować ich podjerzenia serio. Teraz wygląda mi to tak, że Michał w tajemnicy przede mną pojechał do Niemiec, żeby dogadać się w sprawie sprzedaży. Sfinalizował ją, a w drodze powrotnej do domu nieszczęśliwy wypadek odebrał mu życie. Nie ma tu nic dla policji. Ot, życie.

Nie byłam w stanie ustalić, w jakim stopniu Sebastian poinformował go o analizie toksykologicznej, czy Piotr wiedział o narkotyku, czy też tym podzielił się tylko ze mną. Jak się nad tym tak dogłębnie zastanawiałam, to może faktycznie Michał był żądny rozrywek i doznań. Może nikt nie czyhał na jego życie. Eksperymentował, a policja dorobiła do tego teorię spiskową, zakładając, że żaden normalny człowiek nie trułby się dobrowolnie. Wtajemniczając Piotra w narkotyki, skompromitowałabym Michała doszczętnie. Prychnęłam na myśl o tym, jak go nadal broniłam, mimo że na to nie zasługiwał, mimo jego kłamstw i mimo braku szacunku do mnie i do naszej rodziny. Obawiałam się, że Piotr ma rację, ale nie mogłam uwierzyć, że miałam po prostu zapomnieć o tym, co usłyszałam.

Oddychałam teraz z ulgą, że brak czasu uniemożliwił mi dotarcie do tych pieniędzy. Jeśli to były takie brudne interesy, kto wie, jakby się to dla mnie skończyło. Nie dawało mi to jednak spokoju. Zestawiałam słowa Wojtka, który mówił o tym koncie jak o zabezpieczeniu Michała na wypadek, gdyby rozstał się z firmą, z wersją Piotra, w której z kolei Michał zrobił coś bardzo ryzykownego, wręcz na pograniczu legalności. Gdybym wcześniej nie słyszała o podrabianiu podpisów, w życiu nie uwierzyłabym w to, co przed chwilą wyjawił mi Piotr.

– Czy te dwie firmy są naprawdę sprzedane? – upewniłam się. – Wiesz… legalnie?

– Wygląda na to, że tak.

– Czyli te pieniądze mi się należą? Za sprzedaż, z tego konta na moje nazwisko? – doprecyzowałam.

– Być może. – Wzruszył ramionami, ale po chwili dodał: – O ile tam jeszcze są.

Piotr zapewnił, że poprosi swojego prawnika o sprawdzenie konta. Miał też poszukać umowy kupna na dysku, no i na koniec zbadać możliwości wypłaty lub przelania środków na inne konto.

– Jeśli mógłbym coś ci zasugerować – stwierdził po dłuższej chwili Piotr – to zapomnij o tej sprawie i o tych pieniądzach. Ze mną nie musisz się martwić o to, jak pozyskać środki na utrzymanie.

Uśmiechnęłam się gorzko. Już raz żyłam w pięknej bajce, która zamieniła się w trudny do przebiegnięcia maraton pełen wyzwań. Nie ma czegoś takiego jak wygodne życie bez zapłacenia prędzej czy później za nie odpowiedniej ceny. To chyba zrozumiałe, że wolałabym mieć coś swojego. Jego oferta, owszem, była miła, ale nie chciałam o tym rozmawiać. W myślach nadal analizowałam informacje. Z całego zdarzenia nie pasowało mi jedno: czemu Piotr aż do tej pory trzymał w tajemnicy informacje o sprzedaży firm?

– Nie wiedziałeś, że on sprzedał te firmy? – zapytałam.

– Wiedziałem. Od razu.

Odpowiedź Piotra była dla mnie niemałym zaskoczeniem, ale starałam się nie dać ponieść emocjom.

– To dlaczego mi nie powiedziałeś?

– Bo do tej pory nie miało to znaczenia, a ja nie dysponowałem dowodem, żeby ci go pokazać. Nie wiedziałem, gdzie są te pieniądze, gdzie je Michał trzyma, no i czy faktycznie doszło do zapłaty. – Piotr podszedł do pięknego kredensu i wyciągnął z niego wino. – Poza tym do czasu odgrzebania sprawy przez policję zdążyłem już o tym zapomnieć.

Otworzył sprawnie butelkę i nalał wina do kieliszków. Jego ruchy były pewne, a ja miałam wrażenie, jakbym była na pokazie magika, który zaraz jakimś cudem wyciągnie z butelki kolorową wstążkę.

– Dzisiaj, gdy dostałem dane z komputera, znalazłem potwierdzenie przelewu – kontynuował zajęty nalewaniem wina.

Podał mi jeden kieliszek, ale ja nie podniosłam go do ust. Trzymałam go w dłoni, starając się zrozumieć przebieg zdarzeń. Chciałam też zachować trzeźwość umysłu. Ostatnim razem alkohol zatrważająco szybko sparaliżował moje ciało. Tym razem rozmawialiśmy o zbyt poważnych sprawach, bym delektowała się winem i traktowała to spotkanie jako towarzyskie.

– Posłuchaj… – kontynuował Piotr, widząc moją czujność. – Wiedziałem, że podpisy zostały złożone, a pieniądze prawdopodobnie przekazane, ale nie wiedziałem, gdzie są i co Michał z nimi zrobił. Mógł spłacić kredyt, mógł coś kupić. Możliwości jest wiele, a on mi się nie spowiadał ze swoich decyzji.

– Czy Michał chciał odejść z firmy? – drążyłam temat.

– Być może. – Jego zwięzła odpowiedź zakończyła rozmowę.

W mojej głowie pojawiło się tysiąc kolejnych pytań. Jak i kiedy dowiedział się o sprzedaży? Czy zdążył porozmawiać z Michałem, zanim zdarzył się wypadek? Jednocześnie przywołałam w pamięci jedną z pierwszych rozmów z Wojtkiem. On wiedział o koncie na panieńskie nazwisko, więc to musiało wydarzyć się wcześniej. Istniała też zawsze szansa, że Michał rozmawiał z Wojtkiem telefonicznie, przebywając w Niemczech. Nie musiał mu przecież przekazywać takich informacji osobiście. Sama już nie wiedziałam, w co wierzyć. Zastanawiał mnie również fakt, że Piotr nie szukał tych pieniędzy. Zdawałam sobie sprawę, że to były firmy Michała i on je sprzedał, ale czy nie byłoby naturalne, gdyby Piotr chciał to odzyskać? Albo chociaż dowiedzieć się, co się z nimi stało? Z drugiej strony dla niego taka strata to żadna strata. Była też jeszcze możliwość, że obawiał się tej firmy, co by tłumaczyło, że namawiał mnie do zaniechania poszukiwań. Prawdopodobnie martwił się o nasze bezpieczeństwo. Michał przecież nie zginął w Niemczech, więc może chcieli go sprzątnąć poza własnym terytorium i jednocześnie zamanifestować swoją siłę.

Położyłam kieliszek wina obok swojej stopy na podłodze. Oparłam łokcie na kolanach i schowałam twarz w dłoniach. Próbowałam zablokować swoje myśli, które tworzyły scenariusze rodem z filmów grozy.

– Kiedy podjął decyzję o sprzedaży? – dociekałam, starając się poukładać fakty.

– Nie umiem powiedzieć, kiedy się dogadali – Piotr przysunął się do mnie, a ja wyprostowałam się, przyglądając mu się uważnie – ale wiem, że pojechał do Niemiec, żeby sfinalizować umowę.

Siedzieliśmy przez chwilę w ciszy. Nie odrywaliśmy od siebie wzroku.

– Z całego serca – zaczął spokojnie Piotr – chciałbym, żebyś uwierzyła, że jesteś bezpieczna. Po raz kolejny powtórzę, że ta firma chciała Michała żywego i nic mu nie zrobiła. Tobie też nic nie grozi, a jeśli chcesz te pieniądze i jeśli są jeszcze na koncie, to pomogę ci je odzyskać. Być może będą z tym jakieś trudności, bo nie mamy umowy sprzedaży, no i przede wszystkim Michał założył to konto na twoje panieńskie nazwisko, co wygląda tak…

– Tak, jakby się obawiał? – podpowiedziałam mu.

– Nie. – Piotr kiwnął głową rozbawiony. – On się niczego nie obawiał. Był zuchwały i wszystkie decyzje podejmował z premedytacją. Tak jak tę, że chciał ukryć przede mną całą transakcję. Przecież ja widzę zeznania podatkowe pracowników. Widzę, że nie masz dochodu, nie pracujesz.

– Ale przecież wiedziałeś, że sprzedał firmy.

– Nie wiedziałem, za ile, i do dzisiaj nie miałem pojęcia, że planował zostać ich prezesem. Sprzedając je na inne nazwisko, w życiu by tych pieniędzy nie wykazywał w jakimkolwiek zeznaniu. On musiał najpierw te firmy formalnie przekazać tobie, podrobić wszystkie podpisy, a następnie puścić je na rynek niemiecki.

W tym momencie przyznałam, że wyszło to Michałowi nieźle. Oszukał wszystkich dookoła. Rozumiałam, że udało mu się w moim przypadku, bo kim ja jestem? Artystka z wykształcenia, która nie ma bladego pojęcia o ekonomii – łatwy cel. Ale Piotr? Przypomniałam sobie poczynania Michała z tą firmą, w której podmienił strony w ofercie, by wygryźć innych z przetargu, i ze smutkiem stwierdziłam, że to do niego pasowało.

– Kto przegrał ci dane? – Piotr przerwał moje zamyślenie.

– Słucham? – Podniosłam wzrok i powtórzyłam jego pytanie, dając sobie trochę czasu na znalezienie jakiejś dobrej odpowiedzi.

– Kogo poprosiłaś o skopiowanie zawartości komputera Michała? – ponowił Piotr, a ja znów zatopiłam twarz w dłoniach.

Nie miałam odwagi na niego spojrzeć. Jeśli miałam mu teraz wyjaśniać, jak to knuliśmy z Wojtkiem przeciwko niemu, będzie miał czarno na białym, że oboje z Michałem jesteśmy tacy sami: pazerni, zachłanni jak hieny.

– Nieważne, kto to – zapewnił. – Chcę tylko wiedzieć, czy miał szansę przeczytać to, co kopiował.

Rozważałam kłamstwo i powiedzenie, że dałam zlecenie firmie zajmującej się tym na co dzień, ale nie znałam ani jednej nazwy, którą mogłabym na szybko wymienić. Od razu zauważyłby, że coś kręcę. Nie uwierzyłby też, że zrobiłam to sama. Przysunął się do mnie jeszcze bliżej. Dotykał swoim udem mojego. Przytulił mnie i pocałował w głowę jak małą dziewczynkę, która zrobiła coś źle.

– Wojtek – powiedziałam cicho, nie podnosząc wzroku.

– Miał szansę przeczytać dane? – Nie wypuścił mnie z objęcia, ale ja zmieniłam pozycję tak, żeby na niego spojrzeć.

– Nie wiem. Komputer przywiozłam mu w nocy, spałam na kanapie przy biurku, gdzie dane miały się kopiować – tłumaczyłam. – Ale włączyło mu się uśpienie i nic się nie skopiowało, więc rano wznowiłam przegrywanie i musiałam wyjść, a Wojtek spał w najlepsze.

– I kiedy odebrałaś komputer?

– Jak ten durny detektyw był u ciebie w biurze. – Wzdrygnęłam się na myśl o tej rozmowie.

– Czemu nie zwróciłaś się z tym do mnie?

Zaskoczył mnie swoim pytaniem.

– Wiem, że to zabrzmi źle – wyswobodziłam się z jego objęcia i usiadłam naprzeciw niego, podwijając nogę – ale nie ufałam ci wtedy i…

– A Wojtkowi ufasz? – przerwał moje wyjaśnienia.

– Wydawało mi się, że mamy wspólny mianownik – uśmiechnęłam się delikatnie. – Pracownicy Piotra.

– Mam nadzieję, że teraz mi ufasz i że wiesz, że możesz powiedzieć mi wszystko.

Przytaknęłam tylko głową, przypominając sobie o ostatnich dniach i o tym, co się wydarzyło. Wahałam się, czy nie powiedzieć teraz, co mnie gnębi, i nie czekać, aż samo wypłynie. Bałam się, że

Piotr weźmie mnie za idiotkę. Z jego twarzy mogłam wyczytać zrozumienie i cierpliwość. Nie był zły, że otwarcie przyznałam się do braku zaufania, że wybrałam Wojtka, że działałam przeciwko niemu. Piotr chciał mnie przyciągnąć do siebie, ale zablokowałam jego ruch. Spojrzał na mnie badawczo, a ja po raz pierwszy postąpiłam tak, jak powinnam od samego początku. Otworzyłam się przed Piotrem i każdą rozmowę, każde wydarzenie opisałam tak dokładnie, jak tylko umiałam. Pominęłam jednak w opowiadaniach udział Wojtka i rozmowy z nim. Nie chciałam na niego ściągnąć kłopotów. Miałam nadzieję, że zachowując szczerość, przeskoczymy cały ten blokujący nas ciąg niedopowiedzeń i nieporozumień. Reakcja Piotra była niesamowita: przyjął moje zwierzenia tak, jakbym mu opowiadała zły sen. Pocieszał mnie i przytulał. Kiedy w końcu umilkłam, oboje oparliśmy się plecami o kanapę i patrzyliśmy w sufit. Tkwiliśmy tak w ciszy przez długi czas. Każde z nas biło się z myślami i układało je, katalogując w głowie i decydując, które z nich zostają, a które nie zasługują na zatrzymanie. Nie wiedziałam, co zaprzątało głowę Piotra, ale ja zdecydowałam się w pełni odpuścić dochodzenie prawdy, której odkrycie nie zmieniłoby już nic. Nadal czułabym się znieważona brakiem zaufania, a im więcej wiedziałam, tym mocniejszą czułam niechęć do Michała. Gdybym go teraz spotkała, dostałby ode mnie w twarz. Nazwałabym go głupcem i wykrzyczałabym, że ja też mam głos i też powinnam decydować o naszym życiu. Narzucił nam swoje decyzje i żyliśmy z ich konsekwencjami. O zmarłych nie mówi się źle, ale jedyne słowa, które przychodziły mi teraz do głowy, były inwektywami. Żałowałam, że opłakiwałam go tyle czasu, że tak długo nie mogłam się z nim pożegnać, odpuścić, przestać go kochać.

– Musisz wracać do domu? – Piotr szybciej wrócił do świata żywych.

– Nie.
– To idź na górę, a ja tu zostanę.
Posłusznie wykonałam jego polecenie, zostawiając go na kanapie. Zerknęłam za okno, wchodząc po schodach na górę – zaczynało się przejaśniać. Wyglądało na to, że przegadaliśmy pół nocy. Weszłam do sypialni Piotra i usiadłam na idealnie pościelonym łóżku. Przeciągnęłam dłonią po pościeli i pomyślałam, że nigdy w życiu nie czułam się taka samotna. Jakie to brutalne doświadczenie być wystawioną przez własnego męża.
Piotr zapukał do pokoju. Zaprosiłam go do środka.
– Mogę wziąć coś z garderoby? – zapytał.
– To twoja sypialnia – stwierdziłam.
Ruszył do szafy, ale zatrzymał się i w połowie drogi zmienił kierunek, a następnie podszedł do mnie.
– Wyglądasz mizernie – zauważył, siadając obok mnie. – Co się dzieje?
– Nie chcę być teraz sama.
Wyraz jego twarzy zmienił się momentalnie. Widziałam, że sprawiłam mu radość swoim zwierzeniem. Zanim jednak opacznie zrozumiał moje słowa, wyjaśniłam, że chciałabym, żeby został, ale nie zgadzam się na seks. Wytłumaczyłam mu otwarcie, że teraz potrzebowałam przyjaciela, a nie kochanka. Przytaknął. Ściągnął tylko krawat i buty, po czym podniósł narzutę na łóżku. Położyłam się płasko i naciągnęłam na siebie kołdrę. Piotr był tuż obok, przełożył rękę pod moją głową, przyciągnął mnie do siebie i bez słowa zamknął w objęciach. Kiedy położyłam głowę na jego klatce, usłyszałam bicie jego serca. Wtuliłam się w niego jeszcze mocniej i zasnęłam.

SEBASTIAN

Justyna wstała wcześnie. Słyszałem jej krzątanie się, ale udawałem, że nadal śpię. Nie miałem zamiaru z nią rozmawiać. Liczyłem, że szybko się ulotni, ale się nie spieszyła. W końcu opuściła moje mieszkanie, a ja w pośpiechu zebrałem najpotrzebniejsze rzeczy i uważając, by nie spotkać jej po drodze, zbiegłem na dół do garażu po samochód. Pojechałem najpierw na siłownię. Byłem spóźniony, więc miałem czas tylko na bieżnię – na mniej więcej pół godziny. Ustawiłem parametry na szybki bieg, do kostek przyczepiłem ciężarki i zacząłem trening. Przeważnie byłem tutaj jako pierwszy i całą salę miałem do własnego użytku, ale dzisiaj, jak na złość, musiałem trafić na zbiorowy trening. Na środku sali stał prywatny trener i wykrzykiwał motywacyjne hasła, zagrzewając grupę pulchnych mamusiek do spalania kalorii. Wcisnąłem guzik głośności w swoim telefonie w nadziei, że uda mi się zagłuszyć muzyką ze słuchawek te wrzaski. Nie dałem rady skupić się na swoich myślach, więc patrzyłem bezmyślnie na podskakujące tuż przede mną pośladki i piersi.

Kiedy wrzeszczący trener i jego grupa opuścili salę, zdecydowałem się zostać dłużej i popracować nad muskulaturą. Przeszedłem do sekcji ciężarów i w końcu w spokoju delektowałem się wysiłkiem. Ćwiczyłem dłużej, niż powinienem, ale nie umiałem przerwać. Dopiero gdy poczułem zmęczenie ogarniające moje mięśnie, odłożyłem sprzęt i udałem się do łazienki. Byłem zadowolony z treningu, ale z niewyjaśnionego powodu czułem irytację. Wydawało mi się, że to Justyna jest tego przyczyną. Nie potrafiłem jednak określić, czy bardziej przeszkadzało mi to, że się przez nią spóźniłem, czy to, że w ogóle przyszliśmy do mnie.

Wziąłem szybki prysznic i pojechałem od razu do pracy. Po drodze zatrzymałem się w McDonald'sie na śniadanie i kawę. Jedyne, co przychodziło mi do głowy podczas czekania na jedzenie, to moja ostatnia wizyta tutaj i spotkanie z Kają. Po raz pierwszy w życiu było mi głupio z powodu swojego dotychczasowego zachowania w stosunku do niej. Taki już chyba byłem, że baby irytowały mnie swoim nieracjonalnym zachowaniem.

– Cześć, śpiochu – przywitała mnie radośnie Justyna, kiedy wszedłem do biura.

Zignorowałem ją i poszedłem od razu do siebie. Ruszyła za mną, więc razem weszliśmy do gabinetu. Kiedy ściągałem kurtkę, zamknęła za sobą drzwi. Nie był to dobry znak. Śledziła każdy mój ruch, a ja w tym czasie uruchomiłem komputer, otworzyłem okno i robiłem wszystko, by dać jej do zrozumienia, że nie chcę z nią teraz rozmawiać. Wydawało mi się, że doskonale rozumiała układ, jaki mogłem jej zaoferować.

– Jesteś chamem, wiesz? – odezwała się z pretensją w głosie.

– Okej.

Usiadłem za biurkiem. Nie zareagowałem na jej zaczepkę. Temat, który chciała poruszyć, w ogóle dla mnie nie istniał, skupiłem się więc na tym, co było dla mnie ważne.

– Jest coś nowego w sprawie?

Justyna nie odpowiedziała na moje pytanie. Rzuciła na biurko teczkę, którą do tej pory trzymała w rękach. Zadbała o to, żeby wszystkie dokumenty z niej wypadły. Zbierałem papiery bez słowa. Rozumiałem jej oburzenie i gdyby kiedyś jakiś facet tak potraktował kogoś mi bliskiego, zatłukłbym go. Nie ma usprawiedliwienia dla takiego zachowania i chyba Marek miał rację, mówiąc, że odpycham kobiety od siebie, bo boję się zobowiązań i ryzyka utraty panowania nad pracą. Teraz w stu procentach skupiałem się na swoich zadaniach. Choć musiałem przyznać, że ostatnio, zupełnie nietypowo dla siebie, zaczynałem analizować swoje postępowanie i dostrzegać w nim błędy, co wcześniej nigdy mi się nie zdarzało. Dawniej podążałem za instynktem, ufając mu bezgranicznie. Dzisiaj na przykład żałowałem wczorajszego seksu z nią. To, co mi dokuczało od samego rana, w końcu dotarło do mnie w bardzo klarownej formie.

Justyna, rozżalona moją obojętnością, zostawiła mnie samego, a ja oddałem się bez reszty pracy. Pochłaniało mnie wczytywanie się w dokumentację przesłaną z niemieckiego szpitala. Zauważyłem potwierdzenie zapłaty i rozpoznałem logo polskiego banku. Odłożyłem teczkę na bok i wybrałem numer telefonu widniejący w stopce wydruku.

Rozmowa z bankiem przeciągała się w nieskończoność, bo weryfikowanie mojej osoby przez telefon okazało się dla nich zbyt trudne. Zapewniłem więc swojego rozmówcę, że pojawię się u nich za mniej niż pół godziny i przyjadę z podpisem szefa, potwierdzającym prawo do upublicznienia danych ich klienta.

Na miejscu spotkały mnie kolejne trudności. Tym razem mieli problem ze zorganizowaniem osoby odpowiedzialnej do przyjęcia policji. Po dłuższym czasie oczekiwania pojawiła się kobieta, która przedstawiła się jako manager banku. Zaprosiła mnie do swojego pokoju i od razu powachlowała mi przed nosem wyciągiem z banku z danymi, których potrzebowałem. Jednakże nie wręczyła mi go od razu, najpierw poprosiła o nakaz, dając do zrozumienia, że nie darzy szacunkiem służb. Zrobiła też kserokopię mojego dokumentu tożsamości i sfotografowała odznakę policyjną. Kiedy podała mi folder, z przekąsem stwierdziła, że jej czas przeznaczony dla mnie dobiegł końca. I tak w kulturalny sposób wyprosiła mnie ze swojego gabinetu. Zgarnąłem dokumenty, podziękowałem za współpracę i wyszedłem. Nie mogłem znieść tej biurokracji. Byłem pewien, że gdybym miał mundur i durną czapeczkę, wzbudzałbym więcej szacunku u takich ludzi jak ona. Nie od dziś przychodziło mi się mierzyć z negatywnym nastawieniem cywilów. To już chyba było wpisane w zawód policjanta.

Z papierów wynikało, że konto zarejestrowano na firmę Bohemian, której właścicielką jest Kaja Kowalska. Choć nazwisko się nie zgadzało, imię było zbyt unikatowe, by to była zbieżność. Wyciągnąłem jednak telefon z kieszeni i zadzwoniłem do firmy, prosząc o sprawdzenie danych osobowych.

KAJA

Obudziłam się w pustym łóżku. Obok mnie, na poduszce, leżała krótka notatka od Piotra. Napisał, że musiał rano iść do pracy i że mogę wziąć trucka i wrócić do domu, ale jeśli poczekam do południa, przyjedzie na lunch do domu.

W zasadzie to już była pora lunchu, a ja nadal tkwiłam w łóżku. Pośpiesznie wstałam i odruchowo zaczęłam wygładzać ubrania, w których spałam. W łazience Piotra sprawdziłam kilka szuflad i półek w poszukiwaniu zapasowych szczoteczek do zębów. Nie znalazłam nic, więc jedynie wypłukałam usta i zeszłam na dół, pozdrawiając po drodze panią krzątającą się po pokojach. Zastanawiało mnie, czy nie irytuje Piotra, że codziennie ktoś przebywa w domu podczas jego nieobecności. Włączyłam telewizor i wyciągnęłam telefon z torebki. Żadnych wiadomości ani nieodebranych połączeń. Napisałam do Piotra z pytaniem o zapasowe szczoteczki, a następnie zadzwoniłam do mamy. Zgodnie z moimi przewidywaniami kazała mi się nie spieszyć, zostać tak długo, jak będę chciała. Prosiła tylko, żeby ją poinformować, gdzie jestem, żeby wiedziała, że wszystko jest w porządku. W tym czasie przyszedł esemes od Piotra:

Jestem u klienta, omawiamy umowę na grube miliony, kiedy przychodzi Twój SMS. Zadowolony otwieram wiadomość, a tam takie trywialne pytanie. Muszę przyznać, że jestem rozczarowany. Liczyłem na coś innego… Idź do garażu, na półce powinna być czarna torba z napisem „Speedo", tam znajdziesz wszystko.

Postąpiłam zgodnie z poleceniem. Znalazłam torbę wypełnioną turystycznymi zestawami higienicznymi. Domyśliłam się, że używał tego, gdy jeździł na rajdy motocyklem. Sprawdziłam dokładnie zawartość torby i wyciągnęłam ze środka maści rozgrzewające, tabletki przeciwbólowe przeróżnych firm, kremy na uderzenia i otarcia. No tak, urazowy sport – pomyślałam.

Kiedy wróciłam do sypialni, łóżko było już pościelone, a okna otwarte. Weszłam do łazienki i napotkałam ponownie gosposię. Tym razem była pochylona nad prysznicem i szorowała nieskazitelnie czystą kabinę. Zerwała się na równe nogi, słysząc mnie wchodzącą do środka. Patrzyła na mnie tak, jakbym przyłapała ją na grzebaniu w pudełeczku z biżuterią.

– Jak ma pani na imię? – zagadnęłam, starając się rozluźnić atmosferę.

– Beata.

– Kaja. – Wyciągnęłam rękę, uśmiechając się serdecznie.

Odruchowo przy przedstawianiu się wyciągnęła dłoń, ale przypominając sobie o lateksowej rękawiczce, cofnęła rękę.

– Proszę się nie martwić – zapewniłam i uścisnęłam jej dłoń, zanim zdążyła cokolwiek zrobić.

Nie bardzo wiedząc, o czym miałybyśmy rozmawiać, odwróciłam się do zlewu i sięgnęłam po pastę.

– To ja przyjdę później – rzuciła zmieszana, wychodząc pospiesznie z łazienki.

Byłam wdzięczna, że poszła, bo czułam się dość niezręcznie w jej towarzystwie. Później mijałyśmy się na schodach jak obrażone siostry po kłótni, nie mówiąc nic do siebie. Kiedy wróciłam na kanapę do wyłączonego już telewizora, gosposia zajęła się przygotowywaniem jedzenia. Włączyłam ponownie odbiornik i sięgnęłam po swój telefon. W kolejnej wiadomości Piotr napisał, że przyjedzie o wpół do pierwszej. Miałam więc jeszcze ponad godzinę do jego przyjazdu. Najchętniej wróciłabym do domu, bo nie czułam się tutaj zbyt komfortowo. Trudno powiedzieć, czemu chciałam uciekać – czy to była wina gosposi, czy też wrażenia, że to nie moje miejsce, nie mój dom. Byłam jednak to winna Piotrowi. Kiedy myślałam o tym, jak miło mnie potraktował, nie mogłam tak po prostu wyjść. Zaczęłam przeskakiwać po kanałach w poszukiwaniu czegoś ciekawego do obejrzenia. Zdecydowałam się zatrzymać, widząc początkowe napisy filmu. Miałam nadzieję, że czas szybciej mi zleci, gdy czymś odwrócę swoją uwagę. Niestety film wcale mnie nie zainteresował. Znużył mnie zupełnie, co w połączeniu z zarwaną nocą sprawiło, że zasnęłam. Obudził mnie stojący nade mną Piotr. Z pozycji leżącej zerwałam się na równe nogi jak żołnierz do zbiórki.

– Myślałam, że gosposia mnie budzi – tłumaczyłam, przecierając oczy. – Że chce odkurzyć kanapę i mam się wynieść albo że przeszkadzam jej tutaj.

Zainteresowana ciszą z jego strony spojrzałam na niego. Uśmiechał się radośnie. Dostrzegłam na jego twarzy zmęczenie. Musiał naprawdę wcześnie wstać.

– Czemu nic nie mówisz? – zapytałam.

Piotr wyciągnął do mnie rękę i kiedy mu ją podałam, delikatnie pociągnął mnie do siebie. Był na tyle blisko, że dzieliła nas długość dłoni. Krępowała mnie ta bliskość, więc odruchowo napięłam się do cofnięcia. Zanim jednak zdążyłam zrobić krok w tył, Piotr zatrzymał mnie w objęciach. Początkowo myślałam, że mnie pocałuje, on jednak przytulił mnie do siebie i usłyszałam, jak wciąga powietrze, mając zanurzoną twarz w moich włosach.

– Mam dość wracania do pustego domu – szepnął mi do ucha. – Chciałbym, żebyś tu została.

Chciałam zaprotestować, wytłumaczyć, że nie tak wyglądało moje życie, ale Piotr położył palec na moich ustach, dając mi do zrozumienia, że wie, co chcę powiedzieć. Dotknął opuszkiem krawędzi moich ust, obrysował je dookoła, a ja wyczekiwałam, by poczuć coś więcej niż przyjemność. Typową fizyczną przyjemność. Pozwoliłam mu na pocałunek, który tym razem był już mniej ekscytujący, choć nadal miły. Piotr włożył obie dłonie w moje włosy i całował bardziej intensywnie, a w mojej głowie rodziła się myśl, że może to, że był dla mnie i dla mojej rodziny dobry, nie było wystarczającym powodem do stworzenia związku. Bałam się odpowiedzialności, jaka kryła się za tą bliskością. Tłumaczyłam sobie, że będzie mi trudno znów pokochać mężczyznę, ponieważ Michał tak mocno mnie zranił.

Nigdy w życiu nie byłam taka bierna. Wszystko, co się działo między nami, wynikało z inicjatywy Piotra, ja tylko podążałam za narzuconymi przez niego pomysłami. Pozwalałam na to, bo bardzo chciałam wypełnić pustkę, którą Michał pozostawił po sobie, nie do końca jednak pasowała mi koncepcja zastąpienia go Piotrem. O ile w ogóle dało się go zastąpić.

Przerwaliśmy pocałunek. Piotr patrzył na mnie dumnie, a ja byłam wdzięczna, że nie znał moich myśli. Z drugiej jednak strony może właśnie domyślał się ich i chciał mnie w ten sposób przekonać. Rozwiać moje wątpliwości. Pokazać swoją cierpliwość i wyrozumiałość. Biorąc pod uwagę, że osiągnął tak dużo w tak młodym wieku, musiał być dobrym obserwatorem i znać się na ludziach. Myślę, że to, jak mnie traktował, miało być obietnicą tego, jak będzie wyglądała nasza przyszłość.

Pierwsza bliskość z nim była czymś przyjemnym, ale nie było między nami tego czegoś. Przychodziło mi do głowy, że może Michał był moją jedyną, prawdziwą miłością. Nie uszanował tego, oszukiwał mnie, a ja oddałam mu całą siebie. Kochałam go do szaleństwa. Być może tak kocha się tylko raz, a może już zmądrzałam i moje racjonalne postrzeganie świata bierze górę, uwidaczniając mi, jak bardzo się myliłam. Zapewne, zgodnie z rozsądkiem, powinnam zaakceptować obecny stan rzeczy, czyli Piotra u swojego boku. Jednak moje głupie serce buntowało się, upominając się o coś więcej niż komfort życia.

Po wspólnym lunchu każde z nas wsiadło w swoją taksówkę i odjechaliśmy w różnych kierunkach. On z powrotem do pracy, ja do domu. Kiedy weszłam do mieszkania, zastałam mamę siedzącą na balkonie. Po jej minie widziałam, że nie mogła się doczekać, aż zdradzę jej, co wydarzyło się w ciągu ostatnich godzin. Dołączyłam do niej, zajmując fotel obok, i zaczęłyśmy rozmawiać. Wypytywała mnie o szczegóły, chwaliła postawę Piotra i to, jak się do mnie odnosił, a następnie omawiałyśmy moje wątpliwości.

– W związku o wiele bardziej liczy się szacunek i zrozumienie niż ta cała chemia. – Mama starała się przedstawić sprawę w innym świetle.

– Pewnie masz rację.

– Z czasem przyjdzie i miłość. Kocha się ludzi za to, jacy są, a nie jak wyglądają i czy budzą pożądanie.

– Masz pół wieku – zauważyłam – więc i inne priorytety.

– Jeśli szukasz kogoś na teraz, to tak, szukaj tej iskry, ale jeśli chcesz partnera na życie, z którym możesz spokojne się zestarzeć, to patrz na to, co jesteście w stanie sobie wzajemnie zaoferować. Piotr jest dobrym człowiekiem, nie jest pyszny, nie obnosi się z tym, co ma. Po pogrzebie z własnej inicjatywy zainteresował się naszą sytuacją, sam zaproponował pomoc.

– Nie uważasz, że to wyrachowane, tak kalkulować, co mi się bardziej opłaca?

– Dzieciuch jeszcze jesteś – skrytykowała mnie od razu. – Kiedyś zrozumiesz moje słowa.

– Tak, wiem i będzie wtedy za późno – dokończyłam za nią.

– Nie, nie to chciałam powiedzieć. Dorośniesz po prostu do podejmowania decyzji w życiu rozumowo, a nie pod wpływem głosu serca. Masz dwoje dzieci, więc myśl za was troje, a nie tylko o sobie.

– Myślisz, że jestem egoistką?

– Nie, nie jesteś. Tylko dokładnie tak samo było, jak poznałaś Michała. Nic się nie liczyło… tylko wy. Byłaś pijana ze szczęścia i nie zauważyłaś, że nie pasowaliście do siebie.

– O czym ty mówisz? – spytałam zdezorientowana. – Jak to do siebie nie pasowaliśmy? Zresztą… to nie ma związku z tym, co teraz przechodzę.

– Widzisz – mama odwróciła się twarzą do mnie i patrzyła mi przejmująco w oczy – myślisz, że ojcu łatwo przyszło odepchnąć swoją ukochaną, jedyną córkę? Nie mógł patrzeć, jak porzucasz swoje artystyczne życie, malowanie i stajesz się kurą domową u boku mężczyzny, którego napędzało ryzyko i życie na krawędzi. Pomyśl, co zrobiłaś dla siebie przez ostatnie lata. W kółko tylko słyszeliśmy: „Michał to, Michał tamto".

Chciałabym zaprzeczyć, powiedzieć, że się myli, że cały czas rozwijałam się, że pracowałam. Nie mogłam sobie jednak przypomnieć, kiedy ostatni raz malowałam, nawet nie potrafiłam wskazać miejsca, gdzie schowałam sztalugi, gdzie farby. Moja artystyczna strona została zagrzebana gdzieś głęboko, a co smutniejsze, zrobiłam to sama.

– Wychowywałam dzieci – starałam się wybrnąć.

– To prawda, ale mogłaś robić też coś dla siebie.

Z rezygnacją spuściłam głowę i zaczęłam wygładzać zmarszczkę na tunice, żeby tylko skupić się na czymś innym. Słowa mamy były takie prawdziwe.

– Masz rację – przyznałam cicho.

– Ale musisz wiedzieć jedno – głos mamy był bardzo pewny – Michał był wyjątkowo utalentowanym handlowcem. Ludzie z ochotą spełniali każdą jego najmniejszą prośbę, dosłownie stawali na głowie, by dać mu wszystko to, czego od nich wymagał. Co więcej, robił to tak, że sprawiało im to przyjemność. Uwiódł nas obie swoim urokiem, ja też go bardzo lubiłam i cieszyłam się twoim szczęściem. Dla mnie najważniejsza zawsze jesteś ty. Jeśli mówiłaś, że dawał ci szczęście, to i mnie to wystarczało.

Michał doskonale wiedział, jak rozmawiać z moją mamą, która – w przeciwieństwie do taty – zawsze miała z nim dobre stosunki. Co więcej, pozwalała mu na żarty czy komentarze, które mnie by nie uszły na sucho. On robił to w taki uroczy i przyjacielski sposób, że jedyną dopuszczalną reakcją ze strony mamy był wybuch śmiechu.

– Myślisz, że ojciec chciałby ze mną pogadać? – zmieniłam temat.

– Wydaje mi się, że twoim pierwszym krokiem powinny być przeprosiny. On zrozumie.

– Za wesele? – upewniłam się. – Czy ogólnie, za brak kontaktu?

– I to, i to.

Nie rozmawialiśmy ze sobą od dnia ślubu. Zaczęło się niewinnie, bo tańczyliśmy do jednej z wielu piosenek, którą mi zadedykował na weselu. Kiedy spokojnie kołysaliśmy się, mówił o moim dzieciństwie, o tym, jaki był ze mnie zawsze dumny. Przypomniał mój wernisaż, wymienił nagrody, które dostałam. Wspominał wszystkie miłe i zabawne momenty z naszego życia, a potem powiedział, że ma nadzieję, że nie wyrzucę tego ze swojego serca. Zaprotestowałam, powiedziałam mu, że będę pamiętać, co razem przeżyliśmy, ale że zaczynam z Michałem nowe życie i chciałabym, żeby był bardziej optymistyczny w kwestii mojej przyszłości. Tłumaczył mi, że Michał nie ma w sobie wrażliwości na sztukę i że nie szanuje jego pracy jako profesora akademii sztuk pięknych. Broniłam swojego świeżo poślubionego męża, a ojciec, wręcz bliski łez, przekonywał mnie, że jestem ślepa. Od słowa do słowa doszło do kłótni, a koniec był taki, że wyprosiłam go z wesela. Wykrzyczałam, że ma iść precz. Jako człowiek honoru zrobił to bez zawahania, a że ja nie cofnęłam swojej prośby, pozostał w oddali.

– Byłaś zbyt zajęta swoim życiem, ale wiedz, że on czeka – zapewniła mama.

Wieczorem zdobyłam się na odwagę i zadzwoniłam do niego. Na początku było sztywno, ale z czasem zaczęliśmy rozmawiać o dzieciach, rodzinie, o tym, jak się czuję. Potem zaproponował pomoc, również finansową. Następnie ja zapytałam o jego życie i stworzyłam okazję do luźniejszej rozmowy. Oczywiście ojciec zachwycał się jakąś wystawą i utrzymywał, że mnie także zachwyciłoby, gdybym przyszła zobaczyć. Obiecałam, że wybierzemy się tam razem.

SEBASTIAN

Byłem zmęczony tym intensywnym dniem. Przed chwilą prawie spowodowałem wypadek. Musiałem otworzyć okno, żeby się orzeźwić. Po ponad dziesięciu godzinach dochodzenia dowiedziałem się, że konto było faktycznie zarejestrowane na Kaję Henderson, tyle że na jej panieńskie nazwisko. Wątpiłem, by ona o tym wiedziała, ale nie zamierzałem pytać o to, nie teraz. Jej słowa o kłopotach finansowych potwierdzały tylko moje przypuszczenie, że to konto było tajemnicą. Środki zostały tam przelane z konta w Grecji, do którego nie miałem najmniejszej szansy się dostać. Z wyciągów wynikało, że jedna duża kwota została przelana do szpitala w Niemczech, a inne, mniejsze kwoty, szły za granicę, do banku gdzieś w Skandynawii. Dawało to typowy obraz maskowania przelewów i zacierania danych, co – musiałem przyznać – idealnie się udało tej firmie. Byli poza naszym zasięgiem. Nawet gdybym zdobył zgodę na odnalezienie podmiotu odpowiedzialnego za transakcje, zajęłoby mi to wieczność. Mimo wszystko spędziłem wiele godzin, starając się czegoś dowiedzieć. Od początku miałem świadomość, że tutaj nic nie rokowało wpadnięcia nawet na najmniejszy trop, ale musiałem to sprawdzić dla samego siebie.

Z powodu intensywnego przebiegu śledztwa nie miałem chwili na przygotowanie się do przesłuchania wdowy po Hendersonie, więc ku ogromnemu zadowoleniu Marka przełożyłem je na bliżej nieokreślony dzień, po powrocie z Niemiec. Nie dowiedziałbym się od Kai niczego, co byłoby przełomem w dochodzeniu, więc wzywanie jej teraz nie miało sensu. Wyjazd do Niemiec dawał dużo większe szanse. Nawet szef to dostrzegał, bo po tym, jak dostaliśmy dokumenty z niemieckiego szpitala, potwierdziliśmy grupę krwi tej kobiety. Wobec tego faktu zaakceptował moją podróż ze względu na żyjącego świadka, który mógł pomóc w znalezieniu sprawcy wypadku. Nie wiedziałem jeszcze, jak ją znajdę, ale zamierzałem zrobić wszystko, żeby ją namierzyć. Wylot miałem następnego dnia rano. Ostatnią rzeczą, jakiej mi brakowało, było kilka zdjęć Michała, więc mając nadzieję, że uda mi się dogadać z Kają, zdecydowałem się pojechać do niej do domu. Byłem w pełni świadomy, że to niezbyt mądre posunięcie, ale nie miałem wyjścia. Wcześniej prosiłem ją o zdjęcia, ale niczego nie dostarczyła. Choć przypuszczałem, że była na mnie nadal zła, nie mogłem nijak ominąć kontaktu z nią. Mógłbym kombinować i prosić Piotra, firmę, ale tak było po prostu szybciej. Prościej dla mnie.

Tym razem miałem szczęście i udało mi się przemknąć przez drzwi, kiedy jeden z mieszkańców opuszczał klatkę, wychodząc z psem na spacer. Obiecywałem sobie, że rozmowa przebiegnie dobrze i dołożę wszelkich starań, by zmieniła zdanie o mnie, żeby zrozumiała, że robię wszystko, co w mojej mocy, by rozwiązać sprawę. Ku mojemu zaskoczeniu drzwi otworzyła jej matka. Nie sądziłem, że mieszkają razem. To nie był dobry znak, ale nie poddawałem się. Uśmiechnąłem się w nadziei na przełamanie lodów.

– Dobry wieczór. – Sięgnąłem do kieszeni po odznakę i pokazałem ją. – Detektyw Mauer. Czy mógłbym porozmawiać z pani córką?

– W jakim celu? Nie uważa pan, że to trochę nieodpowiednia pora na wizyty domowe? – syknęła złowrogo.

Jej matka to typ kwoki, to pewne. Przypuszczałem, że wiedziała o naszej ostatniej rozmowie i o tym, jakich metod perswazji użyłem do uzyskania informacji, co tylko zapewne wzmagało jeszcze matczyny instynkt obronny. Jej chłód był wyczuwalny na odległość. Chciała mnie przegonić, więc musiałem zmusić ją do poproszenia Kai chociaż do drzwi. Nie po to tu przyjechałem, żeby mnie przegoniono.

– Przepraszam najmocniej – kajałem się grzecznie – sprawa niestety jest bardzo pilna. To zajmie tylko chwilę.

Po chwili w korytarzu pojawiła się Kaja. Miała na sobie szorty i podkoszulek z jakimś artystycznym malunkiem. Włosy upięła na czubku głowy w śmieszną babeczkę. Wyglądała jak studentka oderwana od książek na dzień przed egzaminem. Zatkało mnie na jej widok i nie byłem w stanie nic powiedzieć. Gdybym miał teraz coś z siebie wydobyć, stać by mnie było tylko na bełkot. Uśmiechałem się oszołomiony, ale jej reakcja była dokładnie taka, jakiej mógłbym się spodziewać. Nie cieszyła się na mój widok, a na jej twarzy uśmiech przeszedł w grymas niechęci. Podobała mi się nawet w tej wersji.

– Przepraszam za to nagłe najście, ale jutro wylatuję do Niemiec i bardzo, ale to bardzo potrzebowałbym kilku zdjęć Michała.

Coś się w niej zmieniło. Wychodząc przed matkę, wzięła klamkę w dłoń. W pierwszej chwili byłem pewien, że trzaśnie drzwiami, nie zwracając uwagi na moje słowa. Ona jednak otworzyła je szeroko i zaprosiła mnie do środka. Jej matka odchrząknęła i pokazała na moje buty, więc posłusznie je ściągnąłem. Po chwili wyjęła z szafy klapki, ale Kaja szybko popchnęła je stopą na bok, jednocześnie przepraszając za matkę. Uśmiechnąłem się z zapewnieniem, że rozumiem, choć zupełnie nie docierało do mnie zachowanie starej.

Szedłem za nimi do pokoju. Z korytarza wypadli dwaj chłopcy i stanęli jak zaczarowani. Babka podeszła do nich i tłumaczyła, że jestem ich gościem, a potem dodała, że policjantem. Nic więcej im nie było trzeba. Zapytali mnie, czy mam pistolet i kajdanki. Kaja się uśmiechnęła i przepraszała tym razem za dzieci. Strofowała synów, ale ja wykorzystałem ten moment. Musiałem zrobić coś, żeby nie była na mnie taka zła, więc poprosiłem, żeby poszukała zdjęć, a ja w tym czasie pokażę chłopakom gadżety. Wyciągnąłem odznakę, a ich oczy szeroko się otworzyły. Bawiła mnie ich ekscytacja, więc ściągnąłem kurtkę i zaprezentowałem kaburę i broń. Tłumaczyłem im, że mam prawdziwe kule i nie mogę wyciągać pistoletu, jeśli nie jest to konieczne. Chcieli jednak dotknąć kabury, więc uklęknąłem, by zrównać się z nimi poziomem, i pozwoliłem im, mówiąc, że broń staje się bardzo niebezpieczna w niepowołanych rękach i można wyrządzić nią krzywdę, zwłaszcza jeśli używają jej ludzie do tego nieupoważnieni. Straciłem ich uwagę, tłumacząc zawiłości licencji. Mimo mojego smęcenia ich podekscytowanie pozostało jednak na wysokim poziomie. Pytali od razu, czy kogoś w życiu zabiłem, więc odpowiedziałem zgodnie z prawdą, że tak. Kaja odwróciła się gwałtownie od szafki i pokazała mi gestem ręki, żeby o tym nie mówić, więc szybko dodałem, że to był żart i że chciałem ich przestraszyć. Zapewniali, że się w ogóle nie boją. Zaproponowałem, że mogę ich zakuć w kajdanki, więc obaj wyciągnęli ręce w tym samym czasie. Starszy mądrze zauważył, że nie mam munduru, więc zakuwając go w kajdanki, wyjaśniłem, że jestem tajnym agentem. Złapałem za łańcuszek łączący metalowe bransoletki i zaprowadziłem starszego do młodszego.

– Proszę odprowadzić więźnia, szeregowy – zwróciłem się do malucha.

Zaczęli gonić się w kółko po pokoju, krzyczeli, kto jest dobrym policjantem, a kto bandziorem. Po chwili przybiegli oznajmiając, że potrzebują jeszcze odznaki. Z szerokim uśmiechem na ustach skomentowałem, że do tej pory byli przebierańcami, ale z odznaką to już stali się prawdziwymi stróżami prawa. Zabawa trwała w najlepsze, ale po chwili zmienili zdanie i zdecydowali, że powinni mnie zakuć. Wyciągnąłem kluczyk z kabury i otworzyłem zamek. Podałem kajdanki starszemu i wyciągnąłem ręce, ale dzieciaki były sprytne i dopominały się, żeby skuć mi ręce na plecach. Widać było, że naoglądali się odpowiednich filmów. Usiadłem więc na podłodze i pozwoliłem im zacisnąć kajdanki na moich nadgarstkach, trzymając jednocześnie klucz w ustach. Gdyby ktokolwiek z pracy mnie teraz widział, śmiałby się ze mnie do końca mojej służby w jednostce.

– Jest pan pewien, że to dobry pomysł? – zapytała niepewnie babka.

Nie umiała się bawić, była sztywna, więc udałem, że połknąłem kluczyk. Chłopaki, spanikowani, pobiegli do Kai, krzycząc, że zjadłem go. Przesunąłem go z powrotem do warg i przez zaciśnięte zęby wycedziłem, że teraz ktoś musi mnie rozkuć, bo siedzę tyłkiem na podłodze bezbronny jak nigdy dotąd, pozbawiony przez dwójkę dzieci siły i możliwości działania. Obaj chcieli to zrobić, ale Kaja wkroczyła do akcji i podeszła do mnie. Kucnęła przede mną i dotykając lekko moich warg, wyjęła kluczyk. Jak to dobrze, że te kluczyki były takie małe i mogłem poczuć jej dotyk. Przez tę krótką chwilę miałem wrażenie, jakby nikogo obok nas nie było. Jakbyśmy trwali w jakiejś cichej, pustej przestrzeni. Jej obecność tak blisko mnie w połączeniu z delikatnym muśnięciem moich ust obudziły we mnie pożądanie. Spojrzałem na jej piersi, co oczywiście zauważyła i przewróciła oczami. Przeszła za mnie i trzymając moje dłonie, rozkuła mnie. Nie wiedziałem, czy cokolwiek czuła, ale ja miałem już pewność, że ona była dla mnie niezwykle atrakcyjna i poruszała coś we mnie.

Zacząłem teatralnie masować skórę, mówiąc, że zakuli mnie jak prawdziwi policjanci. Kaja oddała mi kajdanki i kluczyk bez słowa komentarza, co z kolei wywołało falę protestu u dzieciaków. Babka zgarnęła obu za ręce i przypomniała im o konieczności wstawania rano. Przeprosiła mnie i wyszła z pokoju. Odetchnąłem z ulgą, że w końcu miałem z głowy tego meserszmita. Wróciłem wzrokiem do Kai. Uśmiechała się wdzięcznie.

– To było miłe z twojej strony, że się z nimi pobawiłeś. Zapewne później będą wspominać ten wieczór, zastanawiając się, co było fajniejsze, czy być zakutym, czy zakuć ciebie.

Nie wiedziałem, co powiedzieć, więc puściłem do niej oko, co ona przyjęła lekkim zmarszczeniem czoła, jakby niepewna, czy to było adresowane do niej.

– To są trzy ostatnie zdjęcia Michała z imprezy firmowej. – Podała mi je odwrócone białym papierem do góry.

Wziąłem od niej zdjęcia i usiadłem na kanapie, mimo że nikt mnie nie zaprosił.

– Jeśli to nie jest to, czego szukasz – dodała – mam jeszcze takie z dowodu. Pozowane.

Zerknąłem na fotografie. Idealnie – pomyślałem. Był tam też Piotr, a moja intuicja podpowiadała mi, że dobrze by było mieć i jego wizerunek. Czułem, że ten facet był w to mocno zamieszany.

Oddałem jej tylko to, na którym są we dwoje, a wziąłem to, na którym są razem z Piotrem, we trójkę. Musiałem przyznać, że stanowili piękną parę, a na tym ostatnim zdjęciu to wyglądali jak rodzina królewska.

– Dziękuję. – Wstałem gotowy do wyjścia.

– Poczekaj. – Zatrzymała mnie i zainteresowana moją nagłą wizytą zapytała: – Po co jedziesz do Niemiec?

– Nowe fakty – odpowiedziałem wymijająco, a ona przewróciła oczami po raz kolejny.

Zasadniczo nie lubię tego u kobiet, ale u niej wyglądało to pociągająco. Do tego stopnia, że budziła się we mnie chęć zareagowania na ten drobny gest.

– A już przez chwilę myślałam, że masz duszę i jesteś człowiekiem – wyrzuciła mi zrezygnowana.

– Mam i właśnie dlatego nie chcę ci powiedzieć – uprzedziłem.

– Sprawdź mnie – rzuciła mi odważnie wyzwanie. – Już nic mnie nie zaskoczy.

Biorąc głęboki oddech, zastanawiałem się, co jej powiedzieć. Zdecydowałem się pominąć w całości sprawę banku. Wiedziałem też, że zranię ją jeszcze bardziej, więc poprosiłem, żeby usiadła.

– Michał nie był sam w momencie wypadku – zacząłem, a ona zmrużyła oczy i przechyliła głowę w niedowierzaniu. – Dostaliśmy wyniki testu samochodu. Znaleziono ślady krwi i włosy na rozbitej szybie. Dokładnie w miejscu, w którym ta osoba uderzyła głową lub ciałem. Nie wiem, czy widziałaś samochód, ale szyba była wybita tylko od strony pasażera.

Potrząsnęła głową przecząco, a po chwili spytała:

– To gdzie jest ciało?

– Nie ma ciała, bo pasażer przeżył. Został przetransportowany do szpitala w Niemczech.

Kaja rozchyliła usta, łapiąc powietrze. Chciała o coś zapytać, ale nie wydobyła z siebie głosu. Po chwili znów zaczerpnęła powietrza, zmarszczyła czoło i ponownie poruszała wargami bez słowa.

– Wiesz, kto to jest? – Jej głos był taki cichy, jakby przeczuwała, że odpowiedź jej się nie spodoba.

– Jeszcze nie wiem, ale postaram się dowiedzieć.

– A masz jakieś podejrzenia? – dopytywała, a ja zdawałem sobie sprawę, że świadomie używam określenia „pasażer" i że czas odsłonić karty.

– Nie, ale z testów DNA wiemy, że to była kobieta.

Te słowa były dla niej jak nóż wbity w pierś, bo o ile wcześniej starała się zrozumieć przekazywane informacje, tak teraz zmieniła się w posąg. Nie ruszała się, miała otwarte usta w szoku, a jedyną oznaką, że żyła, było mruganie i przyspieszony oddech. Ze wszystkich scenariuszy, jakie przewidywałem, zapomniałem o jednym, że ta kobieta mogła mieć zupełnie inne znaczenie w życiu Michała. Brałem ją za świadka, za najemcę, a nie wpadłem na to, że mogła się z nim puszczać. Olśniło mnie w tym samym momencie, w którym Kaja doznała szoku. Tak jakby jej reakcja wpłynęła na mnie.

W pewnym momencie spojrzenie Kai zrobiło się bardziej przytomne i spojrzała na mnie tak, jakby jej życie zależało ode mnie.

– Myślisz, że to… – Nawet nie dokończyła pytania, ale wiedziałem, jakiego słowa nie chciała wypowiedzieć. Wiedziałem, że to słowo „kochanka", na którym jej drżący głos się załamał.

– Posłuchaj… – przysunąłem się do niej, zmniejszając dystans między nami. – Na tym etapie śledztwa nie jestem w stanie powiedzieć, kto to jest. Być może to tylko ktoś ze środowiska.

Zacisnęła usta i przytaknęła. Ten gest miał niby potwierdzić, że przyjęła do wiadomości moje sugestie, ale wiedziałem, że w myślach rozważała zupełnie inne możliwości. Była skupiona, smutna i nie odbierała informacji o świadku jak o czymś dobrym. Dla mnie stanowiło to przełom w sprawie, dla niej bolesny cios. Patrzyłem na jej drobną postać i doszedłem do wniosku, że dla takiej kobiety mógłbym zmienić swoje myślenie o potraktowaniu kogoś serio. Sprawiała wrażenie tak delikatnej, wrażliwej i kobiecej, że czułem się przy niej jak prawdziwy facet. Mimo że nie prowokowała tego swoim zachowaniem, rodziła się we mnie chęć zaopiekowania się nią. Patrzyłem na Kaję, nie mogąc zrozumieć własnych myśli. Jednego za to byłem pewien: jeśli Michał ją zdradzał, był głupcem.

Zapadła cisza. Czekałem na jakąś reakcję z jej strony, ale nadal pozostawała pogrążona w myślach. Biła się z czymś w środku i oddychała ciężko. Chciałem ją przytulić, ale wiedziałem, że nie byłoby to mile widziane.

– Nie przekreślaj faceta – przekonywałem, wstając. – Jeszcze nic nie jest potwierdzone. Wiesz, co mówi prawo? Do czasu udowodnienia winy podejrzany jest niewinny.

– Trudno w to uwierzyć w przypadku Michała.

Sposób, w jaki wypowiedziała te słowa sprawił, że zaniemówiłem. Tak bardzo było mi jej szkoda, ale nie mogłem nic zrobić.

– Pójdę już – oświadczyłem po kolejnej chwili ciszy.

Potaknęła i również wstała. Ruszyliśmy do drzwi. Kucnąłem, żeby włożyć buty, a ona oparła się ramieniem o lustro w szafie wnękowej w korytarzu. Zastanawiałem się, czy nie było jej zimno od lustra, ale szybko zrozumiałem, że nawet gdybym wylał wiadro lodu prosto na jej głowę, nie zwróciłaby na to uwagi. Widziałem ją już przestraszoną, zmartwioną, smutną do szpiku kości, a teraz widzę ją załamaną. Chciałbym kiedyś zobaczyć ją szczęśliwą, ale tak naprawdę szczęśliwą, tryskającą szczęściem. Podniosłem się, mamrocząc grzecznościowe formy, a ona przerwała mi. Zaskoczyła mnie prośbą, bym do niej dzwonił, jak tylko czegoś się dowiem, bo chce znać prawdę, nawet jeśli byłaby brutalna. Mówiła to spokojnie, ale była bliska łez. Przytaknąłem. Nie mogłem się dłużej powstrzymywać i objąłem ją, mówiąc cicho, że będzie dobrze, choć nie miałem pojęcia, czy tak faktycznie będzie. Zapadła się w moim objęciu, co sprawiło, że przytuliłem ją jeszcze mocniej. Teraz poczułem się w końcu tak, jak chciałbym czuć się w życiu, potrzebny. Nie jako ciało do sprawiania przyjemności, ale jako oparcie, jako mężczyzna. Wszystkie moje związki zaczynały się od seksu i na nim się opierały.

Usłyszałem, jak zaczęła płakać, ale nie wiedziałem, co zrobić, co powiedzieć. Głaskałem jej włosy i plecy. Nasłuchiwałem jakichś odgłosów z mieszkania, ale nie było żadnego innego dźwięku, tylko jej delikatny płacz, który coraz bardziej narastał. Uspokajałem ją i mówiłem, żeby się nie załamywała, że sprawdzę każdy trop, żeby tylko dać jej odpowiedzi. Składałem jej różne obietnice, ale ona nie przestawała płakać. Po chwili pojawiła się jej matka, wołając jej imię. Byłem pewien, że słyszała całą rozmowę, ale przyszła dopiero, gdy płacz jej córki zmienił się w szloch. Kaja odsunęła się ode mnie i dławiąc się, przekazała matce, że Michał miał kochankę. Gdy tylko skończyła zdanie, osunęła się na podłogę, tak jakby siła tych słów ją dosłownie przygniotła. Usiadła płasko i nadal płakała. Jej matka wymieniła ze mną spojrzenia. Obawiałem się, że coś mi powie, że rzuci się na mnie, obwiniając mnie za taki stan jej córki, ale ona tylko patrzyła ze smutkiem. Bez słowa podeszła do córki i usiłowała ją podnieść. Odwróciłem się do drzwi, starając się nie zaburzyć ich życia jeszcze bardziej. Powinienem dać im teraz przestrzeń, ale kiedy nacisnąłem klamkę, odwróciłem się jeszcze raz i spytałem matkę, czy jej pomóc. Skinęła głową, więc kucnąłem i wziąłem Kaję na ręce tak, jakby była małym dzieckiem. Matka pokazała mi drzwi sypialni, więc trzymając dziewczynę w objęciach, zaniosłem ją do łóżka.

Zostawiłem je, mówiąc, że trafię do drzwi i że położę wizytówkę na stoliku na wypadek, gdyby potrzebowały pomocy.

Dziwnie się czułem, opuszczając je, ale byłem tylko nieznajomym, który chwilę wcześniej zapukał do drzwi i przekazał najtrudniejszą do zniesienia nowinę od czasu poinformowania o wypadku. Widziałem teraz, że ona naprawdę go kochała i naprawdę nie miała pojęcia o tym, co się działo w jego życiu. Byłem zły na siebie za to, że ją podejrzewałem i traktowałem jak wyrachowaną kobietę. Jesteśmy podli jako gatunek – stwierdziłem brutalnie.

KAJA

Mój mąż był podłym człowiekiem. Oszukiwał mnie na każdej płaszczyźnie: w finansach, w pracy i w życiu. Nie zostało po nim nic dobrego, nic. Nie licząc oczywiście dzieci. Stwierdziłam, że będę musiała nauczyć się opowiadać im o ojcu bez obrzydzenia, jakie teraz odczuwałam. Najchętniej zmyśliłabym im ojca astronautę, który zginął w kosmosie, wykonując ważną dla ludzkości misję. Przyszło mi nawet do głowy, że to, jak zginął, było działaniem karmy. Został ukarany za swoje postępowanie. Kiedyś zastanawiałam się, co by było, gdyby przeżył, połamał się, ale przeżył. Byłabym wtedy dzień w dzień przy jego łóżku podczas rekonwalescencji, byłabym na każde zawołanie, bo mój ukochany mąż miał wypadek. Nigdy przenigdy bym się nie dowiedziała, ile przede mną ukrywał. Zajęło mi to dużo czasu, kosztowało wiele emocji, ale w końcu odkryłam prawdę, w końcu moje życie przestało być iluzją.

Mama powtarzała słowa Sebastiana o domniemanej niewinności Michała, o tym, że trzeba udowodnić zdradę. Twierdziła, że to tylko moje przypuszczenie, że owa kobieta miała jakiekolwiek znaczenie w życiu Michała. Tłumaczyła mi jak dziecku, że teraz kobiety stoją na równi z mężczyznami w biznesie i być może łączyły ich jedynie sprawy zawodowe, a ja niesłusznie zakładałam najczarniejsze scenariusze. Nie mogłam w to uwierzyć, moja intuicja podpowiadała mi coś innego. Połączyłam fakty – to, że był tam prywatnie, z kobietą, z narkotykami. Teraz już nie miałam wątpliwości. Wziął to świństwo świadomie, bo ze mną nie mógłby sobie na to pozwolić.

Przez całą noc mama obalała moje teorie, starając się logicznie wyjaśnić postępowanie Michała, obecność kobiety, narkotyków, a nawet przyczynę wypadku. Słuchając jej spokojnego głosu, zasnęłam ze znużenia, zmęczenia i bólu.

Następnego dnia mama zajęła się dziećmi, a ja zostałam w łóżku. Zasypiałam i budziłam się na zmianę. W myślach przewijało mi się nasze życie, starałam się doszukać jakichś oznak problemów. Analizowałam wspomnienia, ale nie dostrzegałam nic, żadnych sygnałów ostrzegawczych. W kółko zadawałam sobie te same pytania. Czy ta kobieta była dla niego ważna, czy też był to tylko numerek na boku z przypadkową dziewczyną? Najbardziej jednak nie dawało mi spokoju pytanie: czy był ze mną nieszczęśliwy? No i przede wszystkim, czy mnie kochał?

Po południu mama weszła do sypialni z telefonem w dłoni, zakrywając jednocześnie mikrofon. Powiedziała, że Piotr czeka na linii, ale poprosiłam ją, żeby go spławiła. Nie dbałam o to, czy usłyszy moją lekceważącą odpowiedź. Groźne spojrzenie mamy dało mi do zrozumienia, że nie akceptuje takiego zachowania, ale nie miałam siły na zmuszanie się do rozmów z kimkolwiek. Zaszyłam się w sypialni. Spędziłam cały dzień w łóżku, a wieczorem mama przyszła do mnie po raz kolejny, tym razem wściekła już od progu. Najpierw zaczęła wygłaszać mi kazanie o odpowiedzialności, dorosłości, zaradności i moim szybkim poddawaniu się. Potem upominała mnie, że powinnam się wziąć w garść dla dzieci. Na koniec wypowiedziała słowa, które bardzo mnie poruszyły.

– Masz w sobie ogromną wrażliwość i odbierasz świat bardzo intensywnie. Gdy byłaś mała, ryczałaś tak, jakby ktoś cię ze skóry obdzierał, i nieważne, czy się uderzyłaś, czy też wylądowała na tobie biedronka. Jak się zakochiwałaś, świat stawał w miejscu, jak rozpaczasz, to do granic szaleństwa. Rozumiem to, ale jeśli się nie zbierzesz, dzwonię po pomoc do psychiatry. Walczyłam o to, żebyś znalazła drogę bez pomocy specjalistów po śmierci Michała, ale nie zgodzę się na to po raz drugi. Wstawaj! – zarządziła na koniec ostro, a ja od razu posłuchałam. – Już nic nie jest w stanie cię bardziej zranić. Nic. Rozumiesz? To była ostatnia rzecz, jaką mógł spieprzyć. Zrobił to, więc teraz już nic gorszego nie może się stać. To koniec.

Usiadłam w salonie na kanapie. Zjadłam posłusznie jakąś zupę i pierwsze o co zapytałam to, czy, czy Sebastian odezwał się po wylądowaniu w Niemczech. Pokiwała głową i podała mi telefon. Myślałam, że daje mi aparat po to, żebym sama zadzwoniła do niego z pytaniami, ale ona naciskała, żebym przeczytała wiadomości od Piotra. Otworzyłam skrzynkę odbiorczą i zobaczyłam kilka esemesów z pytaniami, jak się czuję. Zapewniał wylewnie, jak bardzo się o mnie martwi. Sugerował, żebym się nie przejmowała, bo on jest tu po to, by mi pomóc, i że nie zostawi mnie w cierpieniu. Zaskoczył mnie radą na temat tego, co powinnam zrobić. Według niego najlepszym wyjściem było wymazanie Michała z pamięci, związanych z nim problemów i wzięcie życia w swoje ręce. W kolejnych wiadomościach prosił o spotkanie. Zaproponował też posiedzenie w ciszy lub obejrzenie filmu. Miałam mu ochotę napisać, że wszyscy faceci są tacy sami i że myślą tylko o jednym. Byłam zła, nie – byłam wściekła. Uśmiechnęłam się gorzko i powiedziałam do mamy, że później mu odpiszę, a następnie udałam się do łazienki, by wziąć prysznic. Byłam wdzięczna za to, że wyciągnęła mnie z łóżka, kiedy dzieci już spały. Dzięki temu nie widziały mnie w takim stanie, choć pewnie przywykły już do prawie szalonych reakcji swojej matki. Mama pilnowała mnie jak wierny pies. Nawet do łazienki wchodziła, by sprawdzić, czy wszystko jest w porządku, a kiedy przebrana w piżamę wróciłam do pokoju, przynosiła herbatki i zagadywała. Podziwiałam ją. Zdumiało mnie, jak ona tego dokonała, że mimo zarwanej nocy wykonała wszystkie obowiązki w ciągu dnia i jeszcze miała siłę znosić moje humory i motywować mnie do działania.

W końcu poddała się i poszła spać, a ja wreszcie odetchnęłam.

SEBASTIAN

Wróciłem do mieszkania, spakowałem torbę i przygotowałem się do wyjazdu. Gdy położyłem się do łóżka, wziąłem ze sobą ich zdjęcia. Mimo że moją głowę powinna w pełni zaprzątać sprawa, patrzyłem tylko na nią. Zwracałem uwagę na drobne szczegóły, takie jak: sposób, w jaki przekrzywiła głowę, jak jej wzrok utkwiony był w tym skurczybyku, który nawet nie docenił, co miał. Zastanawiałem się, co ja bym zrobił, gdybym był w takim związku, z taką kobietą i tak serio. Czy to by mi wystarczyło do szczęścia? Może teraz wydawało mi się to atrakcyjne, bo było nieosiągalne? Takie działanie podświadomości, że skoro wiem, że tego nie dostanę, to jeszcze bardziej tego pragnę.

Lot minął mi błyskawicznie. Z lotniska odebrałem wypożyczone auto i od razu pojechałem do najbliższej jednostki policji. Możliwość prowadzenia dochodzenia na terenie innego kraju nie była tak prosta, jak mogłoby się wydawać. Musiałem najpierw potwierdzić swoją tożsamość, zdobyć odpowiednie papiery i w końcu, po zmarnowaniu połowy dnia, wyruszyłem do szpitala, w którym poszukiwana przeszła leczenie. Spotkałem się najpierw z rzecznikiem prasowym szpitala, by usłyszeć dokładnie te same informacje, które mogłem znaleźć w przefaksowanych wcześniej do mojego biura dokumentach. Telekonferencja, o którą uprzednio prosiłem, nie odbyła się, bo jak to powiedział rzecznik, rozmawianie o tym, co było w teczce, nie miało sensu. Na potwierdzenie słuszności swoich słów rzucił, że powinniśmy umieć czytać dane, o które prosimy, a nie wysyłać ludzi osobiście, by ich nękali o to samo. Zapadła cisza, ale ja nie zamierzałem się tak szybko poddać. W końcu zapytałem o pielęgniarki i lekarzy, którzy pracowali bezpośrednio z tą kobietą.

Wytłumaczyłem, że to bardzo ważne dla śledztwa, bym poznał jej tożsamość. Rzecznik powtarzał jak mantrę, że nie podała numeru ubezpieczenia, że zarejestrowana była jako NN i że faktura została zapłacona przelewem, co dla szpitala zamknęło sprawę. Widząc jego opór i nastawienie, błagałem go o kilka minut rozmowy z kimś z zespołu medycznego. W końcu uległ i zadzwonił po jedną z pielęgniarek. Ogromnie mnie ucieszyło, gdy do pokoju weszła młoda dziewczyna. Pomyślałem, że teraz nastał moment, w którym musiałem zamienić się w uroczego księcia i starać się urobić ją, ile mogłem, żeby tylko coś powiedziała. Szeroki uśmiech zdradzał, że była gotowa mówić. Zapytałem rzecznika, czy to byłby problem, gdyby przyniósł mi jakiś notatnik i coś do pisania. Nie oszczędził mi komentarza o moim nieprzygotowaniu do prowadzenia rozmów. Nie zrozumiał, w jakim celu to zrobiłem. Po prostu chciałem, żeby ten niemiecki żandarm poszedł gdzieś w świat. Starałem się nawet przypomnieć sobie, czy znam jakieś obelgi po niemiecku.

Pielęgniarka usiadła, a ja kokietując, ile wlazło, zacząłem zadawać pytania. Pierwsze pytanie i od razu sukces, bo dowiedziałem się, że kobieta, której szukam, jest Polką, ale mówiącą świetnie po niemiecku, co sugerowałoby, że mieszkała gdzieś w Niemczech. Potem poszło jeszcze lepiej.

– Jak ją przywieźli, była w kiepskim stanie – zdradziła mi moja rozmówczyni. – Miała wstrząśnienie mózgu i z powodu narkotyków, jakie przyjęła, nie była w stanie leżeć spokojnie. Musieli ją wprowadzić w śpiączkę farmakologiczną.

– Narkotyki?

– Tak, ale nie ma tego w raporcie, bo testy były niejednoznaczne, więc nie zidentyfikowali tego narkotyku – wyjaśniła.

Uśmiechnąłem się, gdy to usłyszałem, bo nasi analitycy zdołali rozpoznać substancję, z którą niemiecki szpital sobie nie poradził.

Doszedłem do wniosku, że nie tylko u nas zdarzali się partacze, odwalający robotę po linii najmniejszego oporu.

– Dzwoniła do kogoś? Rozmawiała z kimś? – dopytywałem.

– O tak, często dzwoniła, ale mówiła po polsku, więc my nic nie rozumiałyśmy.

Zapamiętałem, by sprawdzić połączenia z jej pokoju, o ile to w ogóle było możliwe do wykonania. Nie wiedziałem jeszcze, czy powinienem szukać numerów do Polski czy niemieckich, ale od czegoś musiałem zacząć. Każdy pokój musiał mieć unikatowy numer telefonu, więc teoretycznie gdybym sprawdził wychodzące i przychodzące połączenia w trakcie jej pobytu tutaj, to powinienem coś znaleźć. O ile ktoś umiałby wskazać pokój, w którym leżała.

– A jaki był jej stan, gdy opuszczała szpital?

– W miarę dobry, choć do końca życia będzie kulała. Nogi miała zmasakrowane, jedną udało się poskładać całkiem nieźle, ale druga to już inna historia. – Spojrzała na mnie kokieteryjnie. – A czemu pan jej szuka?

– Poszukuje jej policja – sprecyzowałem. – Ale nic złego nie zrobiła, chcemy tylko zadać jej kilka pytań.

Dla dobra śledztwa nie zdradzałem więcej szczegółów. Szybko odciągając jej uwagę, wyciągnąłem z kieszeni zdjęcia i pokazałem jej Michała i Piotra, ale nie rozpoznała ich. Tymczasem wrócił do nas rzecznik prasowy i rzucił mi notatnik z długopisem wpiętym w kartki. Podziękowałem, mimo że miałem ochotę wsadzić mu to prosto w dupę.

– Czy mówiła coś o tym, gdzie mieszka? – zwróciłem się do pielęgniarki. – W jakim mieście?

– Tak – wyśpiewała szybko podekscytowana pielęgniarka. – Mówiła coś o tym, że z jej okien widać pomniki jakichś ofiar.

– A miasto? Mówiła, gdzie pojedzie po opuszczeniu szpitala?

– Nieee... – Kobieta zamyśliła się na chwilę, po czym dodała z radosnym wyrazem twarzy. – Ale została przewieziona do szpitala bliżej siebie, naszą karetką. Wtedy jeszcze nie mogła chodzić, więc musieli ją transportować.

Bingo! Właśnie po to tu przyjechałem. To były tego rodzaju informacje, które można zdobyć jedynie podczas rozmowy w cztery oczy. Zwróciłem się do bufona z prośbą o kserokopię protokołu transportu. Rzecznik bez emocji ponownie opuścił pokój, a ja znów miałem moją rozmowną pielęgniarkę tylko dla siebie.

– Czy ktoś ją odwiedzał?

– Nikt.

– W dniu wypisu też była sama?

– Chyba ktoś był, kto pomógł jej zabrać rzeczy, ale nie mam pewności.

Wyciągnąłem jeszcze raz zdjęcia i zapytałem, czy na pewno nie był to któryś z mężczyzn ze zdjęcia. Myślałem, że wskaże Piotra i poda mi dowód na tacy. Ponownie zaprzeczyła. Podkreśliła, że w ogóle nie kojarzy tych twarzy, ale nadal wpatrywała się w zdjęcia. Skomplementowała Kaję. Mówiła o niej, że wygląda jak gwiazda filmowa. Potwierdziłem i wróciłem do sprawy, zanim moje myśli pobiegły w jej kierunku.

– Nie pamiętam za wiele – kontynuowała po chwili ciszy. – Przepraszam. Za dużo ludzi się tu przewija, żebym pamiętała, co robili i z kim się spotykali. Ją zapamiętałam, bo była Polką, bo przyjechała w środku nocy i jej stan był koszmarny. Ledwo dotarła do nas żywa...

– Rozumiem – przytaknąłem.

– Była taka smutna – kontynuowała, mimo że o nic nie zapytałem. Albo lubiła dźwięk własnego głosu, albo nie lubiła ciszy w trakcie rozmowy. – Zresztą ja też bym taka była, jakbym miała tak zmasakrowane nogi. Całe życie przed nią i… taki start. Jak sobie radzić…

– W jakim wieku jest ta kobieta? – przerwałem jej, chcąc przywrócić rozmowę na właściwy tor. – Jak wygląda?

– Ciemne włosy – zaczęła, co zgadzało się z badaniem DNA. – Myślę, że ma nie więcej niż trzydzieści pięć lat. Raczej przeciętna.

Delikatnie badałem grunt, czy zgodziłaby się opisać ją rysownikowi policyjnemu. Dałem jej swoją wizytówkę, żeby uwiarygodnić siebie i swoją pracę, ale ona potraktowała to jako zaproszenie na piwo. Nie wyprowadziłem jej z błędu, licząc na współpracę. Zapewniała mnie, że w każdej chwili może się ze mną spotkać i że jej zmiana kończy się po siódmej wieczorem. Zerknąłem na zegarek. Czasu zostało niewiele. Musiałem jak najszybciej zorganizować jakiegoś rysownika.

Rzecznik wrócił z trasą przejazdu i poinformował mnie, że kobieta została przewieziona do Berlina i że miała zalecenie rehabilitacji, więc radziłby zacząć poszukiwania od szpitala, do którego została przetransportowana, a następnie od nich dowiedzieć się, gdzie przechodziła rehabilitację.

Chciałem pogratulować geniuszowi tej błyskotliwej rady, ale wstałem z uśmiechem, puściłem oko do pielęgniarki i wyszedłem.

Pojechałem od razu do wydziału policji i przedstawiłem ponownie sprawę. Weryfikowanie danych i potwierdzanie wszystkiego trwało wieki. Siedziałem tam jak skazaniec, ale po długich pertraktacjach udało mi się dostać zgodę na rysownika. Potem musiałem odczekać swoje, by go ściągnęli na spotkanie ze mną. Gdy już się pojawił, miałem wrażenie, że oderwałem go od czegoś przyjemniejszego niż patrzenie na moją gębę. Facet nie był zbyt kontaktowy, a cokolwiek do niego mówiłem, przyjmował z grymasem na twarzy. Przepraszałem go z tysiąc razy, że nie mogłem czekać na ściąganie kobiety do wydziału, że musieliśmy działać szybko. Początkowo opierał się, tłumacząc, że proszę o coś, co wykracza poza jego obowiązki. Przekonałem go w końcu, uciekając się do przeróżnych obietnic i kłamstw. Zaprosiłem faceta do samochodu i ruszyłem z nim pod szpital. Kiedy prowadząc, zerkałem na niego, dostrzegłem, że jest spięty. Trzymał swoje przyrządy na kolanach. Chciałem jakoś rozładować sytuację, więc sprzedałem mu chwytliwą historię o swojej rodzinie, której bezpośrednio dotyczyła ta sprawa. Posunąłem się nawet dalej i kłamałem o obietnicy, jaką im złożyłem, zanim wyjechałem z kraju. Wtedy przypomniała mi się Kaja i uzmysłowiłem sobie, że moje kłamstwo jednak było prawdą. Nie zmieniło to niestety zachowania mojego towarzysza, więc odpuściłem i dalszą trasę pokonaliśmy w ciszy.

Czekaliśmy na pielęgniarkę na parkingu jak przestępcy na ofiarę. Gdy dobił kwadrans po siódmej, zacząłem się denerwować, że mogła opuścić szpital innym wyjściem. Mój pasażer co chwilę spoglądał na mnie, ale pozostawał milczący. Byłem mu za to wdzięczny, bo sam nie miałem pewności, czy dobrze robiłem i co robiłem. W końcu dostrzegłem ją idącą w kierunku parkingu. Wyskoczyłem ze swojego samochodu w pośpiechu i pobiegłem do niej, co przyprawiło ją prawie o zawał. W pierwszej chwili chciała uciekać w popłochu, ale powiedziałem jej, że mam rysownika w samochodzie, co brzmiało prawie tak, jakbym jej wyznał, że mam już jednego zakładnika na pokładzie i chcę ją porwać do kompletu. Powtórzyłem jeszcze raz tę samą historię, że ktoś mi bliski cierpi z powodu tej sprawy. W końcu udało mi się ją przekonać, żeby wsiadła ze mną do samochodu. Jednocześnie pomyślałem sobie, że kobiety nie mają instynktu zachowawczego, bo powinna raczej kopnąć mnie w jaja i uciec. Było ciemno, jakiś nieznany obcokrajowiec ciągnął ją do samochodu, gdzie siedział jeszcze jeden facet. Niesamowite, jak łatwo można przekonać kobietę do zrobienia głupoty. Otworzyłem tylne drzwi samochodu, a ona posłusznie wsiadła.

Rysownik zapalił światło w suficie auta i wyciągnął blok papieru. Pielęgniarka czuła się dość swobodnie w moim samochodzie, bo ściągnęła kurtkę i położyła torebkę na kanapie. Siedziała idealnie pośrodku, tak żeby widzieć nas obu. Odwróciłem się lekko bokiem i przeskakiwałem co chwilę wzrokiem z rysownika na nią. Nie wtrącałem się w ich rozmowę, słuchałem tylko, jak ona, odpowiadając na pytania, opisuje tę tajemniczą kobietę. Starałem się rysować jej obraz w myślach w tym samym czasie, gdy rysownik pracował nad szkicem na papierze. Nie widziałem, co rysował, ale kiedy odwrócił do mnie kartkę, pokazując mi portret, miałem wrażenie, że to ktoś zupełnie inny niż osoba, jaką sobie wyobraziłem. Przyglądając się rysunkowi, pomyślałem, że kiepski z niego artysta. Niemniej jednak odwróciłem kartkę w kierunku mojego świadka i zanim zdążyłem coś powiedzieć, pielęgniarka wykrzyknęła: „to ona". Przyjrzałem się tej twarzy raz jeszcze. Kobieta miała naprawdę przeciętną urodę i jeśli była kochanką Michała, musiała mieć inne atuty, skoro facet zrezygnował dla niej ze swojej żony.

Rysownik dopytywał, czy moglibyśmy już wracać, więc podziękowałem im obojgu. Pielęgniarce wydawało się, że gdzieś z nami pojedzie, bo ani drgnęła. Dość taktownie starałem się jej zasugerować, by opuściła samochód. W końcu powiedziałem, że muszę coś dzisiaj jeszcze załatwić. Życząc mi powodzenia, pokazała moją wizytówkę i wysiadła z samochodu. Miałem ochotę ją znokautować i odebrać ten niewielki kawałek papieru z moim numerem telefonu, ale dla dobra sprawy zachowywałem się grzecznie. Uśmiechałem się jedynie, czekając na wstecznym, aż zamknie za sobą drzwi.

Z piskiem opon odjechałem z parkingu. Najpierw odwiozłem swojego pomocnika w miejsce, z którego go zabrałem. Musiałem jeszcze zostawić kserokopię portretu zgodnie z tym, co obiecałem, zanim dostałem pozwolenie na zabranie rysownika ze sobą. Na szczęście to udało się załatwić bez zbędnej zwłoki. Po chwili byłem z powrotem w samochodzie i ruszyłem w trasę. Czułem wielkie zmęczenie, ale musiałem dostać się tam jeszcze dzisiaj, żeby rano zacząć kolejne przesłuchania. Szukałem stacji radiowej z jakąś fajną muzyką, ale po przeskoczeniu kilku z nich odpuściłem sobie. Otworzyłem też okno, ale mimo wszystko czułem znużenie. Chcąc uniknąć rozbicia się na jakimś drzewie, zdecydowałem się zjechać z autostrady na pierwszym skrzyżowaniu, by przespać się w jakimś motelu choć kilka godzin i następnego dnia ruszyć z samego rana. Wytężyłem wzrok, patrząc na znaki przy drodze. Szukałem jakiejś tabliczki z nazwą hotelu. Zmieniłem też pas, żeby przygotować się do zjazdu, ale zaraz po tym manewrze zadzwonił telefon. Odebrałem z zestawu głośnomówiącego. Byłem więcej niż pewien, że to ta pielęgniarka, więc zgłosiłem się ostro, sycząc po niemiecku: „czego?".

– Niewłaściwa pora? – usłyszałem kobiecy głos.

Moja rozmówczyni mówiła po polsku, więc to nie mogła być ta natrętna piguła. Zerknąłem na wyświetlacz. Kaja.

– Nieee – zapewniłem już miłym tonem. – Jak się czujesz?

Nadal miałem przed oczami jej obraz, to, jak siedziała na podłodze, jak trzymałem ją w ramionach, czułem nawet jej zapach, jej ciepło. Gdybym zamknął oczy, mógłbym przysiąc, że jest obok mnie.

– Przeszłam błyskawiczne załamanie nerwowe – wyznała dość cicho. – Moja mama nie pozwoliła mi się dłużej nad sobą użalać.

Uśmiechnąłem się. Byłem zadowolony, słysząc, że tak szybko uporała się z przyniesionymi przeze mnie wieściami. Biorąc pod uwagę, jak bardzo ją to uderzyło, spodziewałem się, że zajmie jej to znacznie więcej czasu. Jednak była twardsza, niż mi się wydawało.

– Nie pozwól, by facet niszczył twoje życie – powiedziałem, szokując sam siebie poradami, których nigdy wcześniej nikomu nie udzielałem.

– Już to zrobił – usłyszałem w jej głosie smutek.

Nie wiedziałem, co powiedzieć, nie byłem dobry w pocieszaniu. Gdyby to był jakiś mój kumpel, tobym mu dał jedyną radę, jaką do tej pory znałem. Powiedziałbym mu, żeby nie pierdolił, zgarnął się do pionu i żył dalej. Z nią tak nie mogłem. Główkowałem, jak powinienem się zachować w takiej sytuacji, co mówić.

– Dowiedziałeś się czegoś nowego? – zmieniła temat, co przyjąłem z ulgą.

Relacjonowałem jej krok po kroku przebieg swojego śledztwa. Zażartowałem nawet z instynktu pielęgniarki, a ona zaskoczyła mnie stwierdzeniem:

– Nie śmiej się z tego. Ja też bym tak zrobiła.

– Naprawdę?

– Spotkałam się z tobą na parkingu fabryki, nie mając pojęcia, kim jesteś. Powiedziałam, gdzie jestem, kiedy miałam zablokowane koło, i opowiedziałam wszystko, kiedy siedzieliśmy razem w samochodzie – wyliczyła jednym tchem, a do mnie dotarło, że faktycznie tak było.

Jej wypowiedź przypomniała mi o tym, co obiecałem sobie zrobić, kiedy będę miał ku temu okazję.

– Przepraszam – powiedziałem. – Już wcześniej chciałem to zrobić…

– Za co? – przerwała mi.

– Za tamto przesłuchanie w samochodzie.

– Taką masz pracę. – Zaskoczyła mnie po raz kolejny swoją odpowiedzią.

– Nie – zaprzeczyłem. – Moją pracą jest ścigać złych ludzi, ale nie kosztem tych dobrych.

– Kogo zabiłeś? – zapytała, zupełnie odbiegając od tematu.

Domyśliłem się, że wróciła do sytuacji, gdy bawiłem się z jej dzieciakami.

Mknąłem autostradą, mijając wszystkie zjazdy. Byłem w pełni przytomny i gotowy jechać tak jeszcze setki kilometrów. Podzieliłem się z nią jednym z trudniejszym momentów swojej służby. Dochodzenie dotyczyło mafijnej egzekucji, podczas której facet został brutalnie zamordowany. Torturowali go i zostawili w lesie jeszcze przytomnego tylko po to, by pokazać siłę mafii. Do dzisiaj nikt nie wie, jakie było przewinienie tego nieszczęśnika, jednakże udało nam się trafić na trop jednego z jego morderców, zupełnie tego nie planując. Było o tym głośno w mediach. Wszystkie stacje telewizyjne koczowały na miejscu zdarzenia i nawet mówili o mnie, informując, że jeden z policjantów został postrzelony. Zaczęło się od tego, że przez jakiś czas śledziliśmy faceta i doprowadził nas on w miejsce spotkania z innym ważnym w mafijnym świecie przestępcą. Gość zorientował się, że był obserwowany i nerwowo zaczął się pakować, a następnie uciekać. Nie reagował na nasze polecenia, by się zatrzymał i poddał. W odpowiedzi wyciągnął broń w miejscu publicznym. Pozostawieni bez wyboru musieliśmy przejść do ostatecznych rozwiązań. Wywiązała się strzelanina, a ja w pełni świadomie wychyliłem się, by mieć na niego lepszy cel. Dostałem w ramię, on w prosto w głowę.

Kaja słuchała mojej opowieści, a kiedy skończyłem i czekałem na jej reakcję, stwierdziła tylko, że zabiłem tego złego. Potwierdziłem. Zapytałem po chwili, czy nie jest dla niej za późno, ale zapewniała mnie, że przespała cały dzień i w ogóle nie czuje zmęczenia.

– Okej, dzięki za wszystko – powiedziała, przygotowując się do rozłączenia.

Nie zrozumiała, że pytałem kierowany troską o nią, a nie dlatego, że chciałem się już rozłączyć.

– Mam jeszcze jakieś półtorej godziny do celu, więc jeśli nie masz nic do roboty, zostań ze mną na linii, bo padam na twarz – poprosiłem dość śmiało, jednocześnie ściągając nogę z gazu.

– To o czym chcesz porozmawiać? – zapytała.

– Co jest twoją pasją? – rzuciłem pierwsze lepsze pytanie, które przyszło mi do głowy.

– Odkrywanie tajemnic męża – odpowiedziała rozbawiona i oboje się zaśmialiśmy.

Po chwili jednak spoważniała.

– Czy postrzał bardzo boli?

– Jasne, ale to ból fizyczny. Wiesz, że prędzej czy później minie.

– A nie masz jakiejś blokady? Wiesz... psychicznej?

– Gdybym był w tym samym miejscu jeszcze raz, strzelałbym tak samo, celując w jego łeb – wyjaśniłem. – To była decyzja typu: albo ja, albo on. Sprawdzają nas potem na testach, czy coś nam się pod kopułą zmieniło. Inaczej nie dostałbym z powrotem naładowanej broni.

– Co byś zrobił, gdybyś nie przeszedł testu? Gdyby się okazało, że już nie dostaniesz broni i nie możesz pracować w policji?

– Hm – mruknąłem, naprawdę zastanawiając się, co by było, gdyby... Nigdy nawet nie dopuszczałem takiej myśli. – Nie myślałem o tym. Pewnie daliby mi jakąś robotę za biurkiem.

– Ale zostałbyś?

– Nie wiem.

– Myślisz czasem o tym, jak mogłoby się potoczyć twoje życie, gdyby jedno wydarzenie, jeden jego element był inny?

– Mówisz o tym, że wszystko w naszym życiu jest z góry zaplanowane? – zgadywałem, nie bardzo wiedząc, dokąd zmierzała.

– A jest? – Zawiesiła na chwilę głos. – Myślałam raczej o tym, że może się w życiu wydarzyć coś lub pojawić się ktoś, kto je zupełnie odmieni. Skąd wiesz, że byłbyś dziś policjantem, gdybyś na przykład na teście złamał nogę i przez to nie zdał, a potem rozwinął się w pełni w innej dziedzinie. Albo dajmy na to poznał kogoś, kto by sprawił, że dzisiaj nie pełniłbyś tej funkcji, tylko, powiedzmy, zwiedzał świat, podróżując na słoniu.

Zaśmiałem się, wyobrażając sobie siebie przedzierającego się gdzieś przez zarośla w Afryce.

– Myślę – powiedziałem po chwili – że byłbym kiepski w każdej innej dziedzinie. Mam takie przekonanie, że ta praca to moje powołanie, ale… wiem już, do czego zmierzasz. Pewnie zastanawiasz się, co by było, gdyby Michał nie zginął w wypadku. Zgadłem?

– Tak. Dochodzę do wniosku, że jego śmierć, którą na początku postrzegałam jako tragedię, wcale nią nie jest. Wbrew temu, co myślałam i jak się czułam, wypadek był czymś pozytywnym, jeśli można użyć takiego określenia w przypadku śmierci człowieka, bo uwolnił mnie od zakłamania. Zamiast rozpaczać, powinnam się cieszyć, że w końcu jestem wolna…

– Na wszystko potrzeba czasu – rzuciłem ogólnikowo. – Zobaczysz, że zanim się obejrzysz…

– Nie – weszła mi w słowo. – Już zrozumiałam, że ten człowiek kosztował mnie za dużo mojej uwagi, czasu i łez… – Urwała na chwilę. – Zresztą nie rozmawiajmy dłużej o nim.

Przeskakiwaliśmy tak z tematu na temat, kiedy dojechałem do Berlina. Rozmowa toczyła się lekko i naturalnie. Kiedy wsiadałem do samochodu, byłem pewien, że to będzie trudna jazda, a teraz z chęcią jechałbym dalej. Słuchanie Kai działało na mnie motywująco i w pewien sposób kojąco. Ten mój wewnętrzny głos namawiający mnie do działania, do podejmowania ryzyka bladł, bo skupiałem się na niej. Nie myślałem już o akcji, o tym, by dorwać ludzi, ukarać ich. Załatwić na miejscu, by raz na zawsze położyć kres ich działaniom. Teraz moim celem było wprowadzenie spokoju w życie Kai. Chciałem pomóc jej uporządkować sprawy. Dać odpowiedzi na wszystkie pytania, tak by mogła wreszcie zamknąć ten rozdział i zacząć cieszyć się wolnością.

Gdy dojechałem na miejsce, tkwiłem w aucie przez dobrych kilkanaście minut. Wszystko przez to, że rozmowa toczyła się dalej. Zadawała mi pytania, a ja, raz śmiejąc się, raz poważniejąc, odpowiadałem. Ona też musiała się ze mną dobrze czuć, bo co jakiś czas słyszałem ten miły dla ucha dźwięk jej śmiechu. Przyłapałem się na tym, że po raz pierwszy w życiu słuchałem kobiety z taką uwagą.

Wysiadłem z samochodu, przyciskając ramieniem telefon do ucha. Choć ta pozycja nie należała do najwygodniejszych, sięgnąłem po torbę podróżną leżącą na tylnej kanapie samochodu. Zabrałem tylko najpotrzebniejsze rzeczy, ale mimo to była dość ciężka. Zarzuciłem ją sobie na drugie ramię. Wygięty jak chińskie s, zamknąłem drzwi. Kaja usłyszała trzaśnięcie i słusznie zauważyła, że dojechałem na miejsce. Potwierdziłem i żałując, że musiałem kończyć, wytłumaczyłem, że pójdę się zameldować do hotelu i że odezwę się później.

KAJA

Tej nocy w ogóle nie spałam. Była to po części wina zaburzenia cyklu snu, ale też wiadomości, jakie dostawałam i na jakie czekałam od Sebastiana. Wszystko to sprawiało, że bałam się zamknąć oczy. Nie wiedziałam, co jeszcze może mnie spotkać i chyba ta niepewność mnie paraliżowała. Uspokajała mnie jedynie świadomość, że Sebastian był tam gdzieś, daleko, i usiłował dowiedzieć się prawdy. Nieważne, ile razy wmawiałam sobie, że nie chcę jej znać, spoglądałam co chwilę na telefon w nadziei, że Sebastian coś wysłał lub próbował się połączyć, co ja nieuważnie przegapiłam. Każdy najmniejszy sygnał stawiał mnie na nogi. Moje myśli krążyły wokół sprawy Michała, tej kobiety, a następnie wracały do Sebastiana. Do tej pory dał się poznać jedynie z tej szorstkiej strony, ale teraz powoli zaczynałam dostrzegać w nim coś dobrego. Nie znałam w ogóle policjantów, więc nie wiedziałam, jak pracują, ale czułam się tak, jakby Sebastian traktował moją sprawę priorytetowo. Może po prostu byłam w to zbyt zaangażowana i traciłam już zdrowy rozsądek?

Rano wstałam, by wypełnić domowe obowiązki, mimo że byłam na skraju wyczerpania. W milczeniu szykowałyśmy dzieci do szkoły. Nie ustalałyśmy, co która z nas miała zrobić, ale mama, widząc, że ubrałam się bardziej elegancko niż na typowe zawiezienie dzieci, dopytywała, gdzie mnie niosło po nieprzespanej nocy. Od razu stwierdziła, że zmęczona popełnię jakiś błąd za kierownicą. Wiedziałam, co miała na myśli. Według niej mogłam rozbić się tak samo jak Michał i osierocić dzieci. Zasugerowała, żebym przemyślała swoje wyjście z domu i załatwiła sprawy, gdy będę wypoczęta. Kiedy powiedziałam, że chciałabym odebrać komputer od Piotra, jej nastawienie od razu się zmieniło. Na dźwięk jego imienia mama uśmiechnęła się i zapewniła, że może mnie wyręczyć i pojechać po dzieci po południu, jeśli ja potrzebuję czasu.

W samochodzie, ku mojemu zaskoczeniu, chłopaki pytali o Sebastiana. Błagali mnie wręcz, żebym go do nas zaprosiła, ale szybko doprecyzowali, że tym razem powinien przyjść ze wszystkimi karabinami, których używał. Starałam się wytłumaczyć, że policja nie używa karabinów, ale wyobraźnia moich dzieci była niczym nieograniczona. Odpuściłam, a oni dalej mówili o tym, jak Sebastian musiał krzyczeć: „stój, policja" i że było to hasło, które znał każdy bandyta. Wiedział, że gdy tylko policjant to powie, on już nie ma prawa dalej uciekać, bo jak ruszy do biegu, to zostanie od razu zastrzelony. Słuchałam ich teorii i nie dowierzałam, zastanawiam się, skąd mają takie pomysły.

Po drodze ze szkoły wstąpiłam po kanapkę do McDonalda i uśmiechnęłam się, czekając w kolejce. Wtedy Sebastian potraktował mnie bardzo niemiło, a mimo wszystko zostałam, by mu pomóc. Zastanawiałam się, czy gdyby ta sytuacja wydarzyła się teraz, zmieniłby swoje nastawienie do mnie. Chciałam wierzyć, że jego postępowanie wynikało jedynie z konieczności prowadzenia dochodzenia. Nie mógł być miły i życzliwy, jeśli musiał budować autorytet i zastraszać ludzi.

Pod firmą jak zawsze pan otworzył bramkę bez legitymowania mnie, już nawet nie wstał, by wytłumaczyć, gdzie powinnam zaparkować. Sekretarka w recepcji szybko zerwała się na równe nogi i otworzyła drzwi do korytarza. Poinformowała mnie, że uprzedzi szefa, zanim dojdę do gabinetu. Podziękowałam jej i ruszyłam korytarzem do pokoju Piotra. Bez zastanowienia wparowałam do środka, sądząc, że już na mnie czeka. On tymczasem odbywał spotkanie z kilkoma pracownikami i rysował coś na tablicy. Stanęłam jak zamurowana, ale Piotr szybko przyszedł mi z pomocą i wyprosił wszystkich zebranych, oznajmiając, że dokończą spotkanie w późniejszym terminie. Panowie ruszyli gęsiego do drzwi. Kłaniali mi się po kolei, opuszczając pokój.

– Przepraszam – wycedziłam. – Nie wiedziałam, że masz spotkanie. Nie wiem, czemu założyłam, że tylko tu siedzisz i nic nie robisz.

Mój komentarz wywołał wybuch śmiechu u Piotra.

– Nie przepraszaj – zapewnił. – Cieszę się, że przyszłaś. Ewa wczoraj zamartwiała się o ciebie…

– Od kiedy jesteście na ty z moją matką?

Wiedziałam, że oni się ze sobą wcześniej kontaktowali, ale nie sądziłam, że ich znajomość była aż tak zażyła. Nie podobało mi się to. Zresztą im bardziej moja mama popychała mnie w jego kierunku, tym bardziej ja się temu opierałam.

– Ja ze wszystkimi tak robię – wyjaśnił, co faktycznie mogło być prawdą. – Tak jest wygodniej.

Podszedł do mnie, ale zanim zdążył cokolwiek zrobić, minęłam go i usiadłam w fotelu. Wytłumaczyłam mu, że chciałabym odebrać komputer, co on z kolei skwitował uwagą, że chciałby się ze mną przywitać tak, jak do tego przywykł.

– Przywykł? Nie za wcześnie na nawyki? – zaśmiałam się sztucznie z jego sformułowania.

Piotr pozostawił mój nieśmieszny żart bez odpowiedzi, co od razu dało mi do myślenia. Być może uraziłam go tymi słowami, ale nie chciałam bawić się w wyjaśnienia, więc zostawiłam sprawę tak, jakbym w ogóle jej nie zauważyła. Dziś wyjątkowo nie miałam ochoty na to, by mnie całował lub przytulał. W ciągu ostatnich godzin przyszło mi się zmierzyć ze zbyt intensywnymi emocjami, bym była żądna kolejnych. Piotr, rozumiejąc aluzję, odpuścił i usiadł za biurkiem. W tym momencie rozdzwonił się jego telefon, a on, przepraszając, odebrał. Zaczął rozmowę, jednocześnie pisząc na kartce, że to nie zajmie więcej niż pięć minut. Czekałam. Jego rozmówca był wyraźnie z czegoś niezadowolony, bo Piotr zaczął zapewniać, że dołoży wszelkich starań, żeby przygotować wszystko na sobotę. Współczułam mu, że musiał obiecywać wywiązanie się ze zobowiązań i terminów w weekend. Zerknęłam na niego. Mimo poważnego tonu rozmowy cały czas miał pogodną twarz. Po chwili pożegnał się z rozmówcą i nie odkładając słuchawki, wybrał numer. Domyśliłam się, że dzwoni po administratora. Ten jednak nie odbierał, co ewidentnie Piotra irytowało.

– Jak mi powiesz gdzie, to sama pójdę po komputer – zaproponowałam.

Piotr pozostał jeszcze chwilę na linii, ale nie widząc szans na połączenie, przytaknął i podał mi numer pokoju. Kiedy podniosłam się do wyjścia, Piotr także wstał ze swojego fotela i ruszył w moim kierunku.

– Chciałbym cię o coś poprosić.

– Tak? – Miałam jednak nadzieję, że nie poprosi mnie, żebym go pocałowała.

– W sobotę odbywa się gala wręczenia nagród biznesowych. Tak się akurat składa, że jedną z nich odbieram ja i chciałbym zapytać, czy mogłabyś być moją osobą towarzyszącą.

– Musiałabym porozmawiać z mamą – odpowiedziałam wymijająco. – Ustalić opiekę nad dziećmi… wiesz… sprawdzić, czy nie ma planów.

Starałam się odmówić tak grzecznie, jak tylko umiałam. Było to wyjątkowo trudne, gdy miało się do czynienia z kimś takim jak on, kto pomagał mi do tej pory i starał się być wspierającym i wyrozumiałym przyjacielem.

– Oczywiście. – On od razu wyraził swoje zrozumienie tak lekko, że jeszcze bardziej zrobiło mi się głupio. – Zadzwoń lub napisz, jak już będziesz wiedziała. Prześlę ci jednak wszystkie szczegóły mailem za chwilę, tak na wszelki wypadek. Jestem pewien, że Ewa się zgodzi. Zresztą jak chcesz, mogę do niej zadzwonić i dogadać wszystko.

– Nie, nie trzeba.

Czułam się tak, jakbym traciła grunt. Nie potrafiłam mu odmówić wprost, a on odbierał to nie jako niechęć do niego, lecz jako obawę przed mamą, która mogłaby się nie zgodzić. Doskonale wiedziałam, że moja mama, nawet jakby miała w planach coś nieziemsko ważnego, odwołałaby to, a potem zawiązałaby mi kokardę we włosach, szykując na bal. Zrobiłaby wszystko, żebym tylko poszła i najlepiej wróciła z pierścionkiem na palcu.

– Ale… – Urwałam, nie będąc w stanie zwerbalizować swoich myśli.

– Co ale? – Piotr zmniejszył dystans między nami.

– Nie wydaje mi się, że dam radę – zaczęłam nieśmiało. – Ta gala jest już pojutrze… nie będę miała czasu się przygotować.

Jego reakcja była bardzo miła, bo zapewnił mnie, że czegokolwiek bym nie włożyła, będę wyglądała ślicznie. Komplementował moją urodę, a potem zachwycał się tym, jaka cudowna jestem. Atmosfera zmieniła się po tym na bardziej intymną, co Piotr od razu wykorzystał i dotknął mojego policzka. Byłam wdzięczna, że pozostał tylko przy takim kontakcie. Zrozumiał, że nie byłam w nastroju na jakąkolwiek bliskość.

Nie chciałam przeciągać tej wizyty. Nachyliłam się i pocałowałam go w policzek, zapewniając, że odezwę się, gdy tylko omówię z mamą plany. Wychodząc z jego gabinetu, poczułam ulgę. Doszłam do wniosku, że zbyt szybko pozwoliłam Piotrowi na kontakt fizyczny, bo on już teraz był gotowy na kolejny krok, podczas gdy ja utknęłam w miejscu i obawiałam się wykonać najmniejszy ruch.

Idąc korytarzem, szukałam numeru pokoju administratora. Kiedy weszłam do środka, nie zastałam go, ale zauważyłam swój laptop leżący na biurku z ładowarką zwiniętą starannie w kłębek na zamkniętej klapce. Szukałam wzrokiem swojej torby, ale nie mogłam jej znaleźć, zgarnęłam więc komputer i wyszłam. Wystukałam w telefonie wiadomość do Piotra, że nikogo nie zastałam i że wzięłam swój komputer. Nie odpisał.

Wsiadając do samochodu, od razu zadzwoniłam do mamy. Była bardzo poruszona tym, że musiała mi odmówić opieki nad dziećmi. Jednocześnie oznajmiła, że od teraz w każdą sobotę będzie wyjeżdżała. Gdy zapytałam o problemy, czy to w małżeństwie, czy między nami, powiedziała, że to nie to, że po prostu musi mieć czas dla siebie. Zdziwiło mnie, że plan wyjścia z Piotrem nie sprawił, że chciała wszystko rzucić. Gdy już miałam to skomentować, po chwili tłumaczenia doszła do wniosku, że wróci na tyle wcześnie, żebym ja mogła pójść. Przez moment przepychałyśmy się, obie deklarując gotowość do rezygnacji z planów. Ona prosiła mnie, żebym poszła, ja z kolei, żeby nie skracała swojego wolnego czasu tylko dlatego, że Piotrowi przypomniało się na dwa dni przed galą, że ma podwójne zaproszenie. To on przegapił moment i dał ciała, a mimo to stawiał nas w niezręcznej sytuacji i wymagał, żebyśmy się dostosowały. Powiedziałam otwarcie, że jej wyjazd był dla mnie idealną wymówką, żeby odmówić Piotrowi bez uciekania się do kłamstwa, ale od razu przerwała mi, nalegając, bym przyjęła zaproszenie. Po raz kolejny przypomniała mi, jaki wspaniałomyślny jest dla nas Piotr i jak życzliwie nas potraktował. Te słowa zaczynały działać mi na nerwy. Czułam się jednak podle, bo wiedziałam, że powinnam okazywać więcej wdzięczności. Może gdyby mama mi tego nie wypominała przy każdej nadarzającej się okazji, nie przepełniałaby mnie taka niechęć. Wszystko, co miałam zrobić, a co dotyczyło Piotra, wykonywałam nie dlatego, że chciałam, lecz dlatego, że tak wypadało.

Nie byłam zadowolona z takiego obrotu spraw. Zawróciłam jednak w kierunku sklepu z sukniami wieczorowymi z nadzieją, że szybko coś wybiorę.

Ekspedientka od progu przywitała mnie serdecznie i zaoferowała swoją pomoc. Przeczesywałam wieszaki samodzielnie i wyciągnęłam czarną sukienkę w swoim rozmiarze. Ruszyłam do kasy. Nie miałam zamiaru tracić czasu na przymierzanie. Kobieta pilnie mnie obserwowała, a następnie zaczęła dopytywać o okazję. Nie czekając nawet na moją odpowiedź, przyniosła mi przepiękną kremową tiulową suknię. Wahałam się, czy powinnam jej powiedzieć, że jestem wdową w żałobie, ale przypomniałam sobie o wszystkich przykrościach, jakich doznałam, i uprzejmie dziękując, przewiesiłam delikatnie suknię przez ramię, jednocześnie oddając jej tę czarną.

SEBASTIAN

Kiedy wstałem rano, dostrzegłem kawałek papieru wsunięty do mojego pokoju. Leżał pod drzwiami tekstem do dywanu. Podniosłem kartkę i przeczytałem faks od szefa, w którym dopominał się jakichś wiadomości z przebiegu wizyty. Napisałem na odwrocie krótką odpowiedź w prostych zdaniach, w formie telegramu. Poinformowałem go o tym, czego udało mi się dowiedzieć, a także podzieliłem się z nim planami na najbliższe godziny, bo tylko to byłem w stanie teraz przewidzieć. Opuszczając hotel, poprosiłem recepcjonistę o odesłanie tej kartki pod numer, z którego przyszedł faks.

Podekscytowany wsiadłem w samochód i skierowałem się do szpitala. Mój entuzjazm szybko opadał. Szpital w Berlinie był dużo większy niż tamten przygraniczny. Panował tu ogromny chaos organizacyjny. Nie było nikogo, kto mógłby ze mną porozmawiać. Co chwilę odsyłali mnie do poczekalni jak namolnego pacjenta bez ubezpieczenia. Bolał mnie już tyłek od siedzenia na tych niewygodnych krzesłach. Nic nie zapowiadało w najbliższym czasie kontaktu z kimkolwiek, więc wyciągnąłem telefon. Szef mnie zabije, jeśli będę próbował wciągnąć rachunek za połączenia z Polską w wydatki służbowe, ale musiałem się czymś zająć.

Zupełnie nietypowo dla siebie poczułem potrzebę zadzwonienia do Kai. Nie umiałem wytłumaczyć, czy kierowała mną sama chęć pogadania z nią, przytłaczająca mnie nuda, czy też przyzwyczajenie do omawiania z nią tej sprawy. Inna rzecz, że po prostu nie miałem też do kogo zadzwonić. Do rodziców dzwonię tylko wtedy, gdy czegoś potrzebuję, do rodzeństwa w ogóle – choć wbrew pozorom mamy naprawdę dobre stosunki i mogę na każde z nich liczyć. Gdy spotykaliśmy się w domu, dzieliłem się z nimi ciekawszymi sprawami, o ile mogłem o nich mówić. Nie miałem jednak zwyczaju, by wciągać ich celowo w swoją pracę. Do firmy z kolei nie miałem po co zadzwonić.

Wybrałem numer Kai, zanim doszedłbym do wniosku, że to nie ma sensu.

– Gdzie jedziesz? – zapytałem, słysząc szum miasta w tle.

– Wracam od Piotra – odpowiedziała bez ogródek.

Nie spodziewałem się tego. Z punktu widzenia śledztwa powinienem zapytać o powód tej wizyty, drążąc temat, aż dowiedziałbym się wszystkiego i wykluczył każdy możliwy scenariusz, który mógłby być powiązany ze sprawą. Zdecydowałem jednak inaczej.

– Wezwał cię do siebie? – zacząłem spokojnie.

– Nie. Sama pojechałam. – Na chwilę zamilkła, a ja usłyszałem sygnał kierunkowskazu. – Musiałam odebrać swój komputer.

Zrozumiałem, że nie tylko u mnie dużo się działo. Stopniowo dowiedziałem się, że Piotr chciał skopiować dane Michała, co z kolei kazało mi się zastanowić, czy powinienem pytać bardziej szczegółowo o ich rozmowę. Być może Kaja była w posiadaniu czegoś, co mogłoby mi pomóc w śledztwie, ale nie chciałem zabrzmieć tak, jakbym ją przesłuchiwał. Starałem się dobierać słowa, co w pewnym stopniu mnie ograniczało. Nie byłem przyzwyczajony do takiego stylu rozmowy. Uważanie na każde zdanie kosztowało mnie zbyt dużo wysiłku, przez co traciłem rozpęd. Nie poddawałem się jednak. Zależało mi, żeby jej już więcej nie krzywdzić. Wahałem się nad formą następnego pytania.

– Dowiedziałeś się czegoś nowego? – Oderwała się od tematu Piotra.

– Nie – zapewniłem szybko.

Choć chciałem rozmawiać o pracy, to wszystko, o co miałem zamiar pytać, zostało wyparte przez silne uczucie, że gdzieś umknęła ta lekkość z ostatniego razu. Zakładałem, że coś musiało się stać.

– Wszystko w porządku?

– Taak – przeciągnęła odpowiedź, a ja zastanawiałem się, czy rozmawianie z samochodu sprawiało jej trudność, czy też była skupiona na czymś innym.

Przychodziło mi do głowy, że to coś, co nas wczoraj tak magicznie połączyło, było tylko efektem jej chwiejności emocjonalnej. Chciałbym jej powiedzieć, że pragnąłbym wrócić do tej bliskości, która się między nami zdarzyła, podjąć rozmowę dokładnie tam, gdzie ją skończyliśmy, ale cały czas czułem, jakbym był znów daleko. Zbyt daleko, by móc tak otwarcie mówić.

– Jestem bardzo zmęczona – zaczęła. – Muszę też przemyśleć pewne sprawy, bo odkąd się pojawiłeś, dużo się wydarzyło.

– Czy to dotyczy mnie? – spytałem śmiało.

– Częściowo tak. – Choć była poważna, mógłbym przysiąc, że uśmiechnęła się, wypowiadając te słowa.

Pewnie gdybym nie podjął śledztwa, nie wprowadziłbym w jej życie takiego zamieszania. W duchu jednak chciałem wierzyć, że nie tylko moja praca miała na Kaję taki wpływ.

– Nie strasz mnie – zażartowałem, maskując lekką niepewność.

Nie wiedziałem, jak zareaguje na takie słowa. Czy odbierze je – tak jak chciałem – dwuznacznie, czy też dosłownie. Może pomyśli, że rozmawiałem z nią teraz jako stróż prawa.

– Muszę zdecydować, co chcę robić dalej, jak pokierować swoim życiem, ale mam wrażenie, jakby coś mnie blokowało… sama nie wiem… – Urwała ponownie, a potem dodała: – Może to tylko brak odwagi…

To mi wystarczyło. Zacząłem główkować, co zaszło u Piotra, skoro była taka rozkojarzona i mówiła o podejmowaniu decyzji.

– Zakończenie śledztwa ci pomoże – stwierdziłem. – To taka kropka nad i. Będziesz mogła wtedy zamknąć ten rozdział i nigdy do niego nie wracać. Gwarantuję, że nabierzesz odwagi.

– Tak, pewnie tak… sama nie wiem… – westchnęła ciężko, a ja kombinowałem, jak ją pocieszyć, co jeszcze zrobić, skoro poprzednie zapewnienie nie pomogło.

– Jeśli coś cię trapi, możesz mi zawsze o tym opowiedzieć. – Chciałem dodać jej otuchy.

– Eee… nie zrozumiałbyś.

– Jeśli dasz mi szansę, obiecuję dać z siebie wszystko. – Nigdy, przenigdy w swoim życiu nie mówiłem tak do żadnej kobiety.

– Gdybym sama rozumiała, czego chcę w życiu, byłoby mi łatwiej. Czasem nawet myślę, że wygodniej by było wsiąść do wehikułu czasu i w dniu, w którym poznałam Michała, uciekać, gdzie pieprz rośnie.

W tym momencie, po ponad trzech godzinach czekania, pojawił się lekarz, który również pełnił funkcję rzecznika. Przeprosiłem Kaję i zapewniłem, że odezwę się, jak tylko będę mógł.

Starszy mężczyzna, spoglądając na mnie zza okularów, potwierdził, że jestem osobą, z którą miał się spotkać. Najpierw wypytał mnie o powód mojej wizyty, a potem zabrał mnie do biura gdzieś na czwartym piętrze. Tam zaprowadził mnie do administracji, gdzie jedna z kobiet poprosiła mnie, bym zostawił dane ze szpitala granicznego, a także swoje i wrócił następnego dnia. Była obecnie zbyt zajęta, by – jak to określiła – rzucić wszystko i mi pomagać. Zapewniła za to, że jeśli jej dzień się zluzuje, sprawdzi archiwa wcześniej. Od razu zaprotestowałem. Wyjaśniłem im, że to sprawa życia i śmierci, że ludzie mogą z tego powodu zginąć. Lekarz przeniósł wzrok ze mnie na kobietę, a potem skinął głową. Wymamrotała coś pod nosem, ale zapewne lepiej, że tego nie słyszeliśmy. Staliśmy nad nią dobrych kilkanaście minut, gdy ona klikała coś w komputerze. Szukała jej pod imieniem – tym fałszywym, wpisywała też numer konta, z którego wcześniej płaciła, ale nic nie dawało oczekiwanego wyniku. W końcu wyszukała numer przewozu i datę transportu. Wyszukiwarka wreszcie wypluła dane. Kobieta wydrukowała wszystko, co zostało zapisane pod nazwiskiem, i wręczyła to lekarzowi. Ten skinął na mnie i wyszliśmy na korytarz.

Mężczyzna, trzymając teczkę w ręce, wczytywał się w dane. Zapadła długa cisza. Dałem mu spokój i czekałem, aż pierwszy się odezwie. Zaczął od banalnych spraw. Mówił o tym, że w tym miejscu moja podejrzana również zarejestrowała się, używając nieprawdziwego imienia i nazwiska, które brzmiało śmiesznie i fałszywie, ale dla szpitala nie miało to znaczenia, bo należności uregulowano. Zanim lekarz zdążył cokolwiek powiedzieć, uprzedziłem go, zgadując, że koszty pokryto przelewami z zagranicznego konta. Przytaknął. Potem wyjaśnił mi, jakie przeszła u nich zabiegi, ale poza tym nie miał dla mnie żadnych innych informacji. Na wszelki wypadek pokazałem mu zdjęcia moich przystojniaków, ale lekarz pokazał ręką szpital i tłumaczył, że każdego tygodnia widzi tysiące różnych twarzy. Rozumiałem go i nie naciskałem. Zapytałem jedynie, w jaki sposób ta kobieta się tutaj dostawała. Lekarz zapewniał, że ze względu na uszkodzenia ciała na pewno nie prowadziła samochodu, więc albo ktoś ją przywoził, albo zamawiała taksówkę. Zapytany o możliwość porozmawiania z kimś z personelu potrząsnął przecząco głową. Po pierwsze nikt by nie znalazł czasu na sprawdzanie dni, w których ona tu przebywała, a kto wówczas pełnił zmianę, a po drugie nawet gdyby udało się znaleźć kogoś, to nikt by takich rzeczy nie pamiętał. Lekarz otwarcie przyznał, że pamięta przez dłuższy czas tylko pojedyncze twarze, a najczęściej te, które się błędnie zdiagnozowało i z powodu których trzeba ponieść konsekwencje. Przy tym zdaniu wręczył mi teczkę gotowy, by odejść. Tradycyjnie wręczyłem mu swoją wizytówkę i wyszedłem bez tropu.

Usiadłem na ławce przed szpitalem i zacząłem się wczytywać w dane. Niewiele rozumiałem z zapisanych tu informacji. Jedno za to przykuło moją uwagę, a mianowicie częstotliwość wizyt. Co jakiś czas wracała do szpitala. Moją jedyną nadzieją na znalezienie tej kobiety było to, że odbywała tu regularne rehabilitacje. Postanowiłem, że jeśli nie uda mi się jej namierzyć, wyliczę częstotliwość wizyt i zapoluję na nią w szpitalu. Od razu usłyszałem w głowie tekst Malinowskiego, który strofował mnie w kwestii długiego pobytu i generowania kosztów. Na pewno ściągnąłby mnie do domu zaraz po zapoznaniu się z moim planem. Złapałem się za głowę. Musiałem wymyślić coś innego. Zamknąłem na chwilę oczy, wysilając szare komórki. Zerknąłem jeszcze raz na dokumenty. Cały czas powtarzało się to samo nazwisko. Wróciłem z powrotem do recepcji. Odstałem swoje w kolejce, a kiedy nadeszła moja kolej, podszedłem do okienka. Kobieta przewróciła oczami, gdy mnie zobaczyła. Trafiłem do tej samej, z którą rozmawiałem chwilę temu. Nie przyjęła mnie zbyt życzliwie, więc na wszelki wypadek powtórzyłem, że szukam świadka. Jej poirytowanie nie zbijało mnie z tropu. Pokazałem jej nazwisko na kartce, a ona wklepała je w komputer. Rzuciła mi od niechcenia, że to pracownik przychodni przyszpitalnej, która mieści się w zachodnim skrzydle szpitala. Podziękowałem i pobiegłem tam ile sił w nogach. Niestety po raz kolejny musiałem przechodzić przez proces udowadniania im, że mam prawo pytać o ich pacjenta. Po raz kolejny również wyciągałem pliki z upoważnieniami i pozwoleniami, a następnie po raz kolejny posadzili mnie na ławce w poczekalni.

Zanim ktoś się mną zainteresował, rozładowałem prawie do zera baterię. Wszystko przez to, że wrzucałem w Google wszelkie imiona, których używała poszukiwana. Ani Facebook, ani Google nie potrafiły jej namierzyć. Musiała te dane po prostu zmyślić.

W końcu wyszedł do mnie młody, wysportowany mężczyzna. Sprężystym krokiem przymaszerował do mnie i przywitał mnie z uśmiechem. Gdy tylko się odezwał, zorientowałem się, że jest obcokrajowcem, co by tłumaczyło, dlaczego był taki miły. Jeszcze nie ogarnęła go znieczulica i zależało mu na robocie. Bez zbędnych ceregieli wręczyłem mu teczkę. Wystarczyło jedno spojrzenie na zawartość, ale oddał mi dokumenty, mówiąc, że nie jest w stanie mi pomóc. Zapewnił jedynie, że trafiłem we właściwe miejsce, bo kobieta, której szukam, jest pacjentką jego zmiennika, który niestety pojawi się w pracy dopiero jutro. W myślach zakląłem. Kazał mi przyjść następnego dnia koło południa, bo wcześniej jego kolega miał zarezerwowane wszystkie godziny i nawet gdybym się płaszczył, nie będzie mógł ze mną porozmawiać ze względu na pacjentów.

Musiałem opuścić szpital i wrócić do hotelu.

KAJA

Wracając ze sklepu, wstąpiłam do drogerii. Potrzebowałam nowych kosmetyków. Może nie tyle potrzebowałam, co chciałam zrobić coś dla siebie. Coś, co sprawiłoby mi przyjemność.

Wysiadając z samochodu, spojrzałam na suknię. Gdyby ta gala dotyczyła sukcesu Michała w czasach, gdy nasze życie było sielanką, byłabym przeszczęśliwa z możliwości wyjścia. Teraz krzywiłam się na myśl o włożeniu tej bajkowej kreacji. Westchnęłam i poszłam do sklepu. Snułam się między alejkami, nie bardzo wiedząc, na co się zdecydować. Czytałam etykiety, ale nie rozumiałam znaczenia słów. Byłam po prostu nieobecna. Jedna z ekspedientek zaoferowała pomoc i dosłownie chwilę później mój koszyk pękał w szwach. Kupiłam więcej, niż potrzebowałam. Oszołomiona wróciłam do samochodu. Rzuciłam siatkę na siedzenie obok i odjechałam. Kiedy opuszczałam parking, rozdzwonił się mój telefon. Szybko wyciągnęłam go z torebki.

– Hej – przywitałam go pospiesznie. – Coś nowego?

– Niestety muszę czekać – powiedział Sebastian. – Sorry, że tak szybko się wtedy rozłączyłem.

– Czekaj, może zjadę, bo… – Urwałam i zerknęłam we wsteczne lusterko.

Duży czarny samochód stał za mną i mrugał do mnie światłami. W pierwszej chwili sądziłam, że chce mnie pospieszyć, bo blokowałam drogę, ale dopiero po chwili zobaczyłam przyklejoną do szyby kartkę. Wcześniej mi umknęła, ponieważ cofając, patrzyłam na kamerę cofania, nie przez ramię.

– A gdzie jesteś? – zapytał.

– Na parkingu, ale muszę zjechać… mam jakąś kartkę na szybie.

– Jedź! – krzyknął, czym mnie przestraszył.

– Jak to? – Po raz kolejny spojrzałam na czarnego SUV-a za mną.
– Jedź, to przekręt. Ktoś chce ci ukraść auto.
– Co ty mówisz?!
W sekundę ogarnęło mnie przerażenie. Zobaczyłam we wstecznym lusterku, jak drzwi pasażera w czarnym SUV-ie się otworzyły. Zanim ktokolwiek wyłonił się z samochodu, wcisnęłam gaz do dechy. Auto szarpnęło mną, przyspieszając jak rakieta. Choć Sebastian krzyczał polecenia prosto w słuchawkę, ogłuchłam. Wszystko działo się tak szybko, a jednocześnie miałam wrażenie, jakbym zbyt wolno uciekała i reagowała. Moje przerażenie odebrało mi możliwość oceny sytuacji. Znalazłam się w miejscu, którego nie mogłam rozpoznać, a przecież byłam tu tysiące razy. Nagle uliczki przestały dokądkolwiek prowadzić. Nie potrafiłam zdecydować, gdzie skręcić i gdzie jechać. Cały czas patrzyłam we wsteczne lusterko, zastanawiając się, czy nie powinnam się zatrzymać. Może lepiej by było, gdybym wyskoczyła z tego drogocennego mercedesa i oddała im auto, żeby tylko dali mi spokój.
– Jesteś?! Jesteś?! – darł się wniebogłosy Sebastian.
– Tak! – W końcu oprzytomniałam.
– Co się dzieje? Mów mi!
– Wyjeżdżam z parkingu… – Urwałam i zmrużyłam oczy, zajeżdżając drogę rozpędzonemu volkswagenowi.
Zahamował z piskiem, a następnie wcisnął klakson na tak długo, by w ten sposób dać upust swojej wściekłości i jednocześnie zaakcentować, jak ryzykowny manewr wykonałam. Sebastian od razu pochwalił mnie, mówiąc, że skupiłam na sobie uwagę innych i teraz nikt nie odważy się mnie zaatakować. Polecił mi, żebym ruszyła w trasę, wyjechała na ruchliwą ulicę.
– Jest ktoś za tobą? Czy jesteś sama?
– Zaraz sprawdzę…

Gdy tylko zerknęłam w lusterko, oblał mnie zimny pot. Tuż za mną, mimo że chwilę temu zajechałam drogę volkswagenowi, jechał zderzak w zderzak czarny SUV. Kiedy powiedziałam o tym Sebastianowi, zaklął, a potem zapytał, czy jestem w stanie odczytać tablice rejestracyjne. Niestety podjechał zbyt blisko. Sebastian powtarzał, że tylko w ruchu będę bezpieczna. Kazał mi nie patrzeć na znaki, tylko uciekać. Nawet jeśli miałoby to oznaczać, że ktoś mnie potrąci czy porysuje samochód.

– A może im po prostu oddam ten samochód? – zapytałam, powątpiewając, czy byłabym w stanie wykonać jego polecenia.

– Nie! – sprzeciwił się od razu. – Skąd wiesz, że chodzi im tylko o auto. Może ścigają cię, bo chcą dostać komputer Michała albo…

– O Boże… – jęknęłam.

– Nie bój się. Zaraz coś wymyślę. Jedź w kierunku trasy i mów mi, co widzisz, a ja zaraz uruchomię znajomości. Gdzie dokładnie jesteś?

Rozejrzałam się i przeczytałam nazwę ulicy, w którą właśnie skręciłam. Mój umysł nadal nie rejestrował otoczenia, więc Sebastian musiał mnie poinstruować, jak dalej jechać. Powtarzałam w myślach jak mantrę jego wskazówki, kiedy poprosił, bym się nie rozłączała, ale zachowała ciszę w czasie, gdy on będzie starał się zorganizować pomoc. Miałam jechać na autostradę, mimo że od domu dzieliło mnie dosłownie kilka kilometrów. Według Sebastiana jazda przez miasto w tej sytuacji była bardziej ryzykowna niż na trasie szybkiego ruchu. Choć wolałabym się schować w garażu podziemnym, zrobiłam jak kazał. Czarny SUV niczym cień podążał wszędzie za mną. Ręce trzęsły mi się do tego stopnia, że z ledwością trzymałam kierownicę. W zasadzie trzymałam się kierownicy, siedząc pionowo w fotelu. Co chwilę patrzyłam w lusterka, ale mój cień nie odpuszczał. Zmieniał pasy jak wprawny partner w tańcu figury, by tylko nie stracić mnie z pola widzenia. Nie próbowali mnie spychać, zajeżdżać drogi ani nie kontaktowali się ze mną. Utknęli na moim zderzaku, z czym nadal nie mogłam się oswoić. Powtarzałam sobie, że Sebastian mi pomoże, że dam radę. Słysząc jego głos, kiedy rozmawiał z kimś na drugiej linii, pomyślałam, że pomoc zaraz nadejdzie.

Przekraczałam prędkość, pędząc lewym pasem. Minęłam zjazd, nadal czekając, aż Sebastian się odezwie. Telefon jednak milczał. Zbliżałam się do jadącej przede mną czarnej toyoty. Mrugnęłam światłami, by uciekała z mojego pasa i pozwoliła mi kontynuować ten szaleńczy pęd. Kierowca, jak na złość, stwierdził, że akurat dzisiaj wykorzysta moment na uczenie mrugających kultury poprzez gwałtowne zahamowanie. Musiałam wcisnąć hamulec dość mocno, jednocześnie zaciskając dłonie na kierownicy i zerkając w lusterko. Jakby mnie teraz uderzyli, moja ucieczka zakończyłaby się w tym momencie, ale w inny sposób, niż oczekiwałam. Zaklęłam, a sekundę później odezwał się Sebastian. Dopytywał, co się stało, a ja zrelacjonowałam mu sytuację. Spokojnym głosem zapewnił mnie, że na następnym wjeździe na autostradę dołączy do mnie policja. Mieli dwa nieoznakowane pojazdy, które miały nas otoczyć i odciąć kierowcę SUV-a ode mnie.

– Nie bój się – powiedział po raz kolejny. – Jestem z tobą i daję ci moje słowo, że nic ci się nie stanie.

To jedno zdanie trafiło do mnie gdzieś głęboko, bo nagle, jak za dotknięciem magicznej różdżki, uwierzyłam, że wyjdę z tego cało.

Widząc znak informujący o następnym zjeździe za niewiele ponad kilometr, poczułam ulgę. Zaczynałam na nowo oddychać, a moje galopujące serce zwalniało. Wypatrywałam pomocy przekonana, że rozpoznam samochody. Tylko tyle i aż tyle, by uratować mnie z opresji.

Jednak gdy minęłam zjazd, a potem wjazd, po raz kolejny ogarnęło mnie przerażenie. Nikt nie włączył się do ruchu.

– Sebastian? – Czułam jak nagle zaschło mi w gardle.

– Tak?

– Minęłam wjazd, patrzę w lusterko i nie ma…

SEBASTIAN

Zerwało połączenie. Bateria w moim telefonie zdechła w najgorszym możliwym momencie. Po raz pierwszy od kiedy pełniłem służbę, poczułem strach, którego do tej pory nie doświadczyłem w akcji. Starając się zachować spokój, przerzuciłem wszystko w torbie w poszukiwaniu ładowarki, ale znalazłem jedynie wtyczkę. Przypomniało mi się, że zabrałem kabel do samochodu, bo używałem nawigacji z telefonu. Pobiegłem na dół, prawie wyrwałem go z gniazda USB i jeszcze szybciej wróciłem do pokoju.

Gdy telefon pokazał jeden procent, wcisnąłem guzik, by go włączyć. Pokazał się napis producenta, ale zaraz zgasł, bo nie wystarczyło energii na uruchomienie systemu. Chodziłem po pokoju wkurwiony jak nigdy. Jeśli nie przyjechali, jeśli faktycznie nikt nie dołączył na tym wjeździe, to własnoręcznie im przestrzelę jaja. W tym przypadku mało prawdopodobne było, by chodziło tylko o merola. Co, jeśli ten cwaniak, Piotr, odebrał dane i kazał zniszczyć jej komputer lub nawet ją samą.

Gdybym miał jej numer, zadzwoniłbym ze stacjonarnego w pokoju hotelowym, ale niestety nie zapamiętałem nawet jednej cyfry z dziewięciu. Plułem sobie w twarz, że nigdzie tego nie zapisałem, i co chwilę sprawdzałem stan naładowania. Czas dłużył się w nieskończoność. Gdy tylko zobaczyłem osiem procent, zaryzykowałem ponownie. Tym razem po dobrej chwili telefon się uruchomił. Od razu wybrałem numer Kai. Nie odebrała. Dzwoniłem kilka razy, ale bez skutku. Szybko zadzwoniłem do Marka.

– Stary – warknąłem na niego.

– Nasz ford leci już obok niej – powiedział pewnie. – Już jej dali cynk, żeby zjechała. Zaraz ją zatrzymają.

– Którym wjazdem wjechali? – dociekałem, mimo że nie było mi to już do niczego potrzebne, bo pomoc przecież nadeszła.

Chciałem jednak wiedzieć, czy mnie posłuchali, czy też zlekceważyli, mimo że mówiłem, jak ważna jest dla mnie ta sprawa. Nawet szef o tym wiedział i wyraził zgodę na akcję czarnych.

– Wyobraź sobie, że tak się wzięli w garść, że dołączyli do niej, zanim minęła wjazd, więc musieli poczekać, aż dojedzie.

Odetchnąłem z ulgą.

– Co to za SUV? – zapytałem szybko.

– Czarny volkswagen tiguan.

– Macie blachy?

– Tak, drugi wóz ruszy za nim.

– Niech go zatrzymają, choćby mieli przestrzelić opony albo odstrzelić kierowcę.

– A ty co? Rambo się znalazł…

– Nie pierdol mi tu! – krzyknąłem poirytowany jego żartami.

– Masz dwa wozy na miejscu, kolejny wjeżdża następnym wjazdem. Jak nasi go nie zatrzymają do następnego zjazdu, to mu zrobią blokadę. Wierz mi na słowo, że nie ucieknie.

– Zadzwoń do nich i powiedz mi, co się dzieje… albo nie, daj mi numer, to sam zadzwonię.

– Mam w komórce, jak się rozłączę, to ci wyślę esemesa.

Niestety nie doczekałem się na wiadomość od niego. Przez dobre piętnaście minut wpatrywałem się w ekran, który jak na złość wyświetlał jedynie odliczany w ciszy czas. Nie mogłem go poganiać, bo zakładałem, że oderwało go coś pilnego. Kaja też milczała, niezależnie od tego, ile razy próbowałem się z nią połączyć. Ta niewiedza mnie dobijała, bo w zasadzie wszystko mogło sięwydarzyć: począwszy od zwykłego wypadku, aż po strzelaninę, w której ktoś zginął.

KAJA

Licznik pokazywał sto osiemdziesiąt na godzinę. Czułam prędkość w każdym centymetrze mojego ciała. Jak nigdy byłam napięta, bo zrozumiałam, że zostałam sama. Bez Sebastiana, bez policji, która miała do mnie dołączyć. Poczułam ogarniającą mnie trwogę. Po tym, jak zerwało połączenie, mój telefon leżał na fotelu pasażera, ale ja bałam się po niego sięgnąć. Nie przy takiej prędkości. Jeden mały błąd i po mnie – pomyślałam. Stwierdziłam, że nie będę pruć przed siebie, ile fabryka dała, tylko zjadę i wrócę do domu. Już miałam zmienić pas na środkowy, gdy po mojej prawej stronie pokazał się ford. Zrozumiałam, że to ten samochód, na który czekałam. Mimo że zrównali się ze mną na dosłownie chwilę i posłali znaczące spojrzenie z lekkim potaknięciem, nic się nie wydarzyło. Auto wręcz zwolniło i znajdowało się gdzieś pomiędzy mną a czarnym volkswagenem. Nie mając Sebastiana na linii, nie wiedziałam, co robić. Mój telefon dzwonił jak oszalały, ale teraz nie mogłam odebrać. Bałam się oderwać ręki od kierownicy. Jedyne, co mogłam teraz zrobić, to czekać. Utrzymałam więc prędkość i sprawdzałam raz za razem lusterka. Nic się jednak nie zmieniało. Pruliśmy tak we troje przez kolejne kilometry, aż w pewnym momencie ford ponownie nabrał prędkości, zrównał się ze mną i włączył światła policyjne, a zaraz potem zawył. Kierowca forda kazał mi zjechać na bok, tak jak w przypadku zwykłej kontroli drogowej. Ruch od razu zwolnił. Policja najpierw wpuściła mnie na środkowy pas, a następnie zjechali na zewnętrzny, robiąc mi miejsce z przodu. Czarny SUV został na wewnętrznym pasie, zupełnie tak, jakby wcale za mną nie jechał. Tuż za nim podążała kia. Obaj zwolnili, sądząc, że policja zatrzymała mnie za przekroczenie prędkości.

Zjeżdżając na pobocze, odprowadziłam wzrokiem swojego prześladowcę. Odjechał. Oparłam głowę o kierownicę i rozpłakałam się.

Gdy policjant puknął w szybę, krzyknęłam. Przez te emocje traciłam panowanie nad sobą. Otworzyłam drzwi, ale gliniarz, widząc moją poprzednią reakcję, kazał mi zostać w środku. Sam obszedł samochód dookoła i usiadł po stronie pasażera. Najpierw zapytał, czy będę w stanie jechać dalej sama, ale widząc, że nie mogę wydobyć z siebie głosu, podniósł radio policyjne do ust – tak blisko, że prawie dotykał nimi czarnej plastikowej kratki. Zgłosił przez nie, że mnie zatrzymali i stoją ze mną na poboczu.

– Widziała pani tę kię, co leciała tuż za nim? – zapytał, a ja jedynie skinęłam głową. – To antyterroryści. Seba skierował panią na autostradę, bo wiedział, że trudno z niej uciekać. Czarni poczekają, aż volkswagen dojedzie do fragmentu z ekranami, i wtedy go przyskrzynią. Nie da rady nigdzie czmychnąć. Będzie jak w tunelu. – Uśmiechnął się do mnie. – Mamy go. Naprawdę.

Mój oddech falował, gdy wypuszczałam powietrze. Nawet ja to słyszałam. Niemniej jednak jego słowa sprawiły, że poczułam ulgę. Strach sparaliżował mnie do tego stopnia, że nie zauważyłam nawet, jak ruch zaczął zwalniać. Siedzący obok policjant odwrócił wzrok najpierw na kolegę z tyłu, a potem wysiadł, by wyjrzeć przed siebie.

– Pewnie blokują – stwierdził, chowając się z powrotem do środka.

Nieco później autostrada kompletnie stanęła. Samochód za mną nadal migał światłami, a kierowcy zaglądali mi w okna. Zapewne współczuli mi zatrzymania i mandatu. Nie mieli pojęcia, że ci policjanci właśnie uratowali mi życie.

Kiedy mój towarzysz zostawił mnie na chwilę, poczułam grozę. Teoretycznie zagrożenie minęło, ale mimo to się bałam. Co chwilę zerkałam w lusterka, spodziewając się, że dojrzę kogoś czyhającego na mnie. Widziałam jednak tylko policjanta, jak najpierw stanął przed drzwiami kierowcy i rozmawiał z nim o czymś, a następnie spokojnym krokiem wrócił do mnie. Puknął mi w szybę, bym ją otworzyła.

– My się będziemy zwijać – zaczął. – W związku z tym, że w akcji wzięli udział antyterroryści, musi pani jechać na przesłuchanie.

– Tak? – Przełknęłam głośno.

Walczyłam ze sobą, by go poprosić, żeby ze mną jeszcze chwilę został. Nie miałam siły odpowiadać teraz na pytania. Najchętniej pojechałabym do domu i zaszyłabym się w sypialni.

– Niech pani opuści pojazd – polecił oschle. – Pojedzie pani z kolegą na komendę.

– A nie mogę jechać z panem? – zapytałam bliska łez.

Przez to, że zdążyłam go poznać, wydawał mi się mniej obcy. Nie chciałam wysiadać z samochodu ani wyjaśniać niczego tamtemu drugiemu funkcjonariuszowi.

– Zwykle nie ma takiej dyskusji. – Podrapał się po brodzie, jakby nad czymś myślał. – Ale Sebastian mówił, żeby traktować panią jak VIP-a.

To jedno zdanie wywołało falę ciepła, która przeszła przez moje ciało, powodując nieopisany spokój. Prośba Sebastiana znaczyła dla mnie bardzo dużo. Zwłaszcza teraz, kiedy tak bardzo potrzebowałam pomocy. Przekonałam się już, że los równomiernie zabiera i daje. W momencie, w którym wydawało mi się, że moja sytuacja jest patowa, a Sebastian stanowi tego główną przyczynę, okazało się zupełnie przeciwnie. Nie mogłam trafić na lepszego policjanta. Ten człowiek należał do wyjątków, a ja byłam głupia, traktując jego pojawienie się w moim życiu jako karę.

– Biorąc pod uwagę, jaki jest korek, spadamy na sygnale – powiedział, kiedy ja przesiadałam się pomiędzy fotelami wewnątrz samochodu, czego na szczęście mój towarzysz nie skomentował.

Z lekkością wsiadł do środka. Patrzyłam, jak przystosował lusterka do swoich potrzeb, a potem machnął do kolegi, by go wyminął. Usłyszałam wycie za nami, co w sekundę zmroziło mi krew w żyłach. Wypuściłam powietrze, starając się nie brać tego do siebie. Ten jeden dźwięk był w stanie doprowadzić mnie do rozpadu, więc zamknęłam oczy i walczyłam o wewnętrzną równowagę. Czułam, jak auto się posuwa. Kierowcy musieli zjeżdżać na boki, umożliwiając nam przejazd. Cieszyłam się, że nie musiałam prowadzić, bo pewnie nie byłabym w stanie.

Komenda tętniła życiem. Musiałam odczekać dość długo, zanim ktoś pojawił się, by zadać mi kilka pytań. Odpowiedziałam tak, jak umiałam, ale miałam wrażenie, że spodziewali się lepszych informacji. Ani nie potrafiłam wskazać przyczyny, dla której mogliby mnie ścigać, ani stwierdzić, kiedy samochód pojawił się za mną, ani tym bardziej przypomnieć sobie, czy cokolwiek w sklepie przykuło moją uwagę. Za każdym razem przepraszałam ich, czując zażenowanie z powodu swoich bezużytecznych odpowiedzi. W końcu zabrali mnie do pomieszczenia z lustrem weneckim, gdzie pokazano mi kierowcę i pasażera. Nigdy w życiu nie widziałam tych ludzi.

Moje przesłuchanie niewiele wniosło do sprawy, więc po wypełnieniu papierów i podpisaniu dokumentów pozwolono mi odejść. Szurając nogami, opuściłam komendę. Czułam się tak wypompowana jak nigdy.

Przez te wszystkie zawirowania umknął mi prawie cały dzień, więc wracając do domu, wbiłam się w najgorszy czas powrotów z pracy. Korek ciągnął się kilometrami, a ja przesuwałam się po kilkadziesiąt centymetrów naraz, co raczej wynikało z nerwowego podjeżdżania do przodu, a nie rozładowywania się zatoru. Od czasu do czasu rozbrzmiewał klaksonowy dialog pomiędzy sfrustrowanymi kierowcami. Im się spieszyło, a ja po raz pierwszy cieszyłam się ze stagnacji. Żyłam w zdecydowanie zbyt szybkim tempie.

Tkwiłam tak przez dobrych kilka minut, gdy zadzwonił telefon. Mama chciała się dowiedzieć, dlaczego jeszcze nie wróciłam i czy zostałam u Piotra. Nie była zmartwiona moją długą nieobecnością, więc pominęłam wszystko, co wydarzyło się po tym, jak opuściłam firmę Piotra, aż do momentu, gdy stanęłam w korku. Zdradziłam jej jedynie, że utknęłam, i zasugerowałam, żeby na mnie nie czekała.

– To na pewno wypadek – stwierdziła. – Jedź powoli.

– Mamo! – upomniałam ją. – Ja stoję! W ogóle się nie poruszam.

– Dobrze, dobrze, ale jedź ostrożnie, teraz ludzie tak szaleją.

Nie miałam weny do rozmowy z nią, a tym bardziej do sprzeczania się w kwestii ruchu drogowego i ryzyka stania w korku. Marzyłam o tym, by się rozłączyła, ale jak na złość wygłaszała monolog o nic nieznaczących pierdołach. Dopiero pikanie w telefonie sygnalizujące połączenie oczekujące dodało mi odwagi. Przeprosiłam ją, nawet nie dając jej dokończyć kazania o konieczności posiadania oczu dookoła głowy, i przełączyłam się pomiędzy rozmowami.

– Halo? – zgłosiłam się, widząc jedynie rząd cyfr.

– To ja – odezwał się Sebastian.

Już znałam dźwięk jego głosu, więc nawet nie musiał się przedstawiać.

– Dzwonię z hotelu, bo mam na komórce drugie połączenie. Chcę tylko potwierdzić, czy wszystko okej.

Nie odpowiedziała od razu, więc zrobiłem się czujny. Nie popędzałem jej jednak.

– Tak, wszystko w porządku – powiedziała cicho. – Czuję się, jakby mnie pociąg przejechał. Jest przecież ciepło... maj... a ja trzęsę się z zimna.

– To adrenalina. Zaraz ci przejdzie, bo...

– Myślisz, że oni polowali na komputer Michała? – weszła mi w słowo.

– Nie martw się o to. Dowiem się wszystkiego – zapewniłem, a zaraz po tym zmieniłem temat. – Gdzie teraz pojedziesz?

– Jak się wydostanę z tego przeklętego korka, to wrócę do domu. Zamknę się w sypialni i pójdę spać. Mam dość.

W tym momencie usłyszałem głos dobiegający z komórki. Musiałem rozłączyć się z Kają, ale zanim to zrobiłem, poprosiłem, żeby dzwoniła do mnie, jeśli będzie mnie potrzebować.

Od razu podniosłem telefon i przyłożyłem go do ucha.

– Mów – poleciłem Markowi.

– Zatrzymani twierdzą, że nie miało to żadnego związku z panią Henderson ani z jej mężem. Nawet udawali zaskoczonych, gdy im rzucili nazwisko. Według nich baba spanikowała i wezwała pomoc, a oni po prostu jechali blisko, bo nie chcieli...

– Pierdolenie – przerwałem mu. – Trzeba ich przycisnąć. A kartka?

– Jaka kartka?

– Kaja miała na szybie naklejoną. Przecież mówiłem ci, jak dzwoniłem po raz pierwszy.

– I nadal ma ją na szybie?

– Jezu! – syknąłem. – Jak mi powiesz, że odprawili ją i nie zabrali kartki, to się porządnie wkurwię.

– Ja tu się bawię w głuchy telefon. – Usłyszałem w jego głosie irytację. – Nie wiem, co ustalali i jak. Przekazałem sprawę, załatwiłem, o co prosiłeś, więc co do reszty dowiaduj się sam.

– Zaraz ci wyślę jej numer telefonu, zadzwoń i poproś, by wyszła z auta – o ile kartka tam nadal jest – zrobiła zdjęcie i ci wysłała. Potem sprawdź, czy pismo się zgadza, a na koniec...

– Seba – wszedł mi w słowo Marek – weź głęboki oddech, idź na spacer i przewietrz się. Gadasz jak potłuczony. Zachowujesz się jak cywil, któremu się wydaje, że świat pali się żywym ogniem. Na spokojnie. Pracujemy nad tym. Choć nie powinienem ci tego mówić, to cieszę się, że jesteś gdzieś daleko w pizdu wysłany, bo – serio – ciężki jesteś do zniesienia jak kilo gwoździ z czwartego piętra.

Już miałem mu coś powiedzieć, ale musiał kończyć. Szef wparował do gabinetu i jak to on zaczął od razu ryczeć na niego z grubej rury. Gdy tylko się z nim rozłączyłem, zadzwoniłem do firmy po kserokopie papierów, by wysłali mi je na faks hotelowy. Informacje jeszcze nie spłynęły do systemu, a ludzie zajęci byli swoimi obowiązkami i nie mieli ochoty na sprawdzanie czegokolwiek dla mnie. Dopiero po skontaktowaniu się z Justyną dowiedziałem się, że nie znaleziono żadnych powodów do oskarżenia ich. Kartka na szybie była jedynie chamskim tekstem sugerującym, że Kaja powinna nauczyć się poprawnie parkować. Nie zawierała żadnych gróźb, więc dla zespołu nie stanowiła dowodu. Analiza graficzno-porównawcza będzie gotowa dopiero za kilka dni, bo przecież sprawa dla nikogo nie stanowiła takiego priorytetu jak dla mnie. Czułem, że był w to zamieszany Piotr i nie mogłem doczekać się, aż dorwę mu się do dupy. Choćby po to, by zetrzeć z jego gęby ten wyraz twarzy nieporuszonego cwaniaka. Zlecenie zniszczenia komputerów w celu ochronienia własnej firmy pasowało do niego jak ulał. Jednakże w całym tym idealnym planie jedno się nie zgadzało. Gdyby zależało mu na zniszczeniu danych, mógł mnie w dniu, w którym pojawiłem na progu jego gabinetu, zbyć bez zawahania, a tymczasem on bez najmniejszego problemu wskazał Kaję jako osobę pozostającą w posiadaniu komputera. Tak nie zachowuje się ktoś, kto próbuje coś zatuszować. Nieprawdopodobne było, żeby okazał się takim fantastycznym graczem, który mimo przerażenia zachowuje zimną krew. Na takie coś trzeba maniaka, by nie pokazać po sobie w żaden sposób, że ma się gówno w majtkach.

Wiedziałem, że jak będę gadał o Piotrze, to z braku dowodów wypuszczą kierowcę i pasażera czarnego SUV-a. Zadzwoniłem więc do firmy, zmieniając taktykę. Jako powód podałem im swoje przypuszczenie, że ktoś, kto sprzątnął Michała, chciał też zabić Kaję. Jakkolwiek szaleńczo to nie brzmiało, było możliwe. Dlatego też dali mi dwadzieścia cztery godziny na znalezienie dowodu przeciwko nim.

KAJA

Gdy tylko wróciłam do domu, rzuciłam się na łóżko. Stres sięgnął zenitu i wykończył mnie na tyle, że nie przeszkadzały mi nawet krzyki dzieci w pokoju obok. Gadanie mamy tuż nad moją głową też nie wywołało we mnie reakcji. Po prostu zamknęłam oczy i odleciałam. Śniło mi się, że byłam chora. Leżałam w łóżku, w szpitalu, z zamkniętymi oczami. Ku mojemu zaskoczeniu nie martwiłam się o siebie, o to, co mi dolega, tylko o dzieci. Ich brak w pokoju, przy mnie, powodował u mnie ataki paniki. Ocknęłam się, by sprawdzić, czy nadal są obok. Słysząc śmiech za ścianą, odwróciłam się na drugi bok i ponownie zasnęłam. Tym razem wypoczywałam bez koszmarów, a kiedy się obudziłam, w mieszkaniu panowała grobowa cisza. Usiadłam na łóżku, nasłuchując. W tle usłyszałam fragmenty rozmów. Zrozumiałam, że chłopaki oglądają jakąś bajkę. Dołączyłam do nich zawinięta w koc. Mama od razu pojawiła się obok i bez pytania wręczyła mi talerz z jedzeniem. Wiedziałam, że odmowa ściągnęłaby na mnie lawinę wyrzutów, więc z kwaśnym uśmiechem sięgnęłam po talerz. Od Jeremiego dowiedziałam się, że robili kotlety mielone z moją mamą. Zachwalałam więc ich smak, zmuszając się do jedzenia. Mama, niczym najlepszej klasy żandarm, stała nade mną i pilnowała, bym nie oszukiwała. Nie wiem, co miałabym zrobić z tymi kotletami, bo przecież wyrzucenie ich za kanapę nie wchodziło w grę. Zabrała talerz, gdy tylko skończyłam, a potem usiadła obok. Znałam ją na tyle dobrze, by wiedzieć, że nie przemilczy sprawy. Zbyt mocno ją to poruszyło, by nic nie powiedzieć. Zaczęła rzecz jasna od dawania mi rad odnośnie do organizowania czasu. Irytowało ją, że śpię w ciągu dnia, a potem siedzę po nocach. Patrzyłam na nią i zastanawiałam się, ile z tego, co mówiła, było troską o mnie, a ile forsowaniem własnego stylu życia. Chciała mnie zmotywować, wyrzucając mi, że zaniedbuję dzieci. Według niej prawdziwa matka powinna zawsze stawiać dzieci na pierwszym miejscu, a ja tego nie robiłam. Dusiłam w sobie chęć opowiedzenia jej o swoich dzisiejszych przejściach. Jakby się dowiedziała, z czym musiałam się zmierzyć, z pewnością zrozumiałaby mnie. Jednak mając na uwadze słowa Sebastiana, który twierdził, że nie mam powodów do obaw, zdecydowałam się nie wtajemniczać jej. Zaraz jeździłaby ze mną wszędzie albo namawiała mnie do zmiany samochodu, twierdząc, że to atrakcyjne auto sprowadza na mnie kłopoty. Wobec tego wszystkiego ugryzłam się w język i słuchałam kazania, które rozkręcało się w najlepsze. W jednym ze zdań, chcąc mocniej do mnie dotrzeć, wtrąciła, że Stasio mnie szukał i pytał o mnie. Wydawało jej się, że mówi bardzo cicho, a dzieci, zajęte oglądaniem, nie zwracają uwagi na naszą rozmowę. W tym jednak momencie starszy odwrócił się i powiedział sam z siebie:

– Ja cię nie szukałem. Babcia kazała mi iść cię obudzić.

Wzięłam głęboki oddech. Zawsze wiedziałam, że mama lubi uciekać się do manipulacji, gdy stawiałam opór. Teraz tę samą metodę stosowała w wychowaniu moich dzieci. Nie mogłam mieć do niej pretensji – gdybym sama się nimi zajmowała, nic takiego nie miałoby miejsca. Kiedyś pewnie by mnie to irytowało i starałabym się zmienić jej sposób zachowania, walczyć z każdym osądem tak, jakby to był sąd ostateczny. Obecnie, po tym, jak zobaczyłam, jak naprawdę wygląda życie, posłałam jej jedynie uśmiech i zachowałam dla siebie wszystko to, co dawniej bym wykrzyczała. Poprosiłam, żeby wzięła książkę i wygodnie usiadła sobie na tarasie, podczas gdy ja przejmę obowiązki. Ku mojemu zaskoczeniu protestowała, ale zmusiłam ją do odpoczynku.

Gdy zajmowałam się dziećmi, przypominały mi się czasy sprzed wypadku. Wielokrotnie Michał wracał tak późno, że mijał się z chłopakami. Bywały takie dni, a nawet tygodnie, że ich wcale nie widział, bo delegacje, bo zlecenia, bo projekty... Zawsze było coś, co stawało na drodze życiu rodzinnemu. Gdyby nie weekendy, pewnie nawet nie wiedzieliby, że mają ojca. Żałowałam tych wszystkich zmarnowanych dni, tych chwil, które dzieci mogły spędzić z Michałem. Tego, że nigdy nie powiedziałam „dość". Wydawało mi się, że właśnie tak powinno wyglądać życie. Po tym, jak pędziłam autostradą, uciekając przed zagrożeniem, zdałam sobie sprawę, że w sumie niewiele trzeba, by wszystko stracić.

Późnym wieczorem starałam się zachowywać cicho, by mama sądziła, że poszłam spać. Po raz pierwszy odkąd u nas mieszkała, czułam się dziwnie, mając ją obok. Ściszyłam telefon na wypadek, gdyby zadzwonił Sebastian, i zabrałam laptopa do łóżka. Czytałam wiadomości, gdzie znalazłam wzmiankę o zablokowanej autostradzie ze względu na prowadzone czynności. Nie podali nic więcej poza tym, że doszło do zatrzymania dwóch osób. To jedno zdanie sprawiło, że poczułam ulgę. Od razu moje myśli powędrowały w kierunku Sebastiana. Sama nigdy bym sobie nie poradziła, gdyby nie jego trzeźwa reakcja i przede wszystkim pomoc. Chciałam mu podziękować, ale nie starczyło mi odwagi, żeby do niego zadzwonić. Czekałam na jego ruch. Tymczasem Piotr wysłał mi wiadomość mailową z zapytaniem o moje samopoczucie. Wszystko we mnie krzyczało, by go zignorować, ale wiedziałam, że nie powinnam. Odpisałam dość chłodno. Skupiłam się, by mu po raz kolejny podziękować, i łudziłam się, że na tym się zakończy. On jednak z prędkością wiatru, jakby miał już wcześniej przygotowaną wiadomość, zapytał o imprezę. Pomyślałam nawet, że ta pierwsza wiadomość została wysłana nie dlatego, że się mną faktycznie interesował, a po to, by zorganizować sobie towarzyszkę na wyjście. Zerknęłam po raz kolejny na suknię na wieszaku i znów wzdrygnęłam się z niechęci. Cedząc słowa, zdobyłam się na prawdziwe, ale krótkie zdanie informacyjne. Napisałam, że nie rozmawiałam jeszcze z mamą o szczegółach, ale zrobię to najszybciej, jak to będzie możliwe.

SEBASTIAN

Leżałem w łóżku, ale nie mogłem zasnąć. Cały czas myślałem nad sprawą. Wziąłem nawet kartkę papieru i zacząłem notować możliwe scenariusze, rysować połączenia pomiędzy ludźmi, spisywać motywy każdej z osób. Najwięcej jednak znaków zapytania pojawiło się w przypadku Kai. Jeśli do jutra nic nie znajdę na tych dwóch oprychów, to ich wypuszczą, a ja będę musiał powiedzieć jej, by zachowywała czujność na każdym kroku. Jeszcze tego jej brakowało, ale innego wyjścia nie widziałem. Dobijało mnie też to, że nie miałem nic w sprawie świadka z samochodu Hendersona. Jeśli nie znajdę tej kobiety, wrócę do domu z pustymi rękami. Nie mając nic nowego, nie miałem powodu do kontaktowania się z Kają, a potrzebowałem czegoś, żeby wcisnąć zieloną słuchawkę. Mój palec lewitował nad nią po raz enty, ale nie wiedziałem, od czego zacząć, czy wypada tak często do niej dzwonić. Co innego zadzwonić po akcji, ale teraz, w nocy? Przypomniała mi się rada, którą kiedyś dał mi mój ojciec. Mówił, że jeśli kiedyś dobre wychowanie będzie mnie powstrzymywać przed wykonaniem czegoś, na czym bardzo mi zależy, to powinienem choć raz o nim zapomnieć. Mając w głowie obraz staruszka, wcisnąłem słuchawkę. Odebrała od razu. Nie musiałem się zastanawiać, o co zapytać, bo rozmowa potoczyła się sama. Po tym, jak przyznała, że czekała na telefon ode mnie, nabrałem odwagi.

Rozmawialiśmy długo. Najpierw tłumaczyłem jej, jak wyglądała akcja, co chłopaki dla mnie zrobili i czego mogła spodziewać się dalej. Wstrzymałem się jednak od dzielenia się z nią informacjami odnośnie do zatrzymania. Nie chciałem jej martwić. Wiedziałem też, że gdybym był na miejscu, to prześwietliłbym obu gości do piątego pokolenia wstecz, żeby potwierdzić ich zamiary lub brak takowych.

Przegadaliśmy pół nocy. Raz się śmiałem, a innym razem poważniałem. Bywało, że zapytała o coś takiego, co zmuszało mnie do zastanowienia. Niemniej jednak gdyby nie to, że za oknem już świtało, pozostałbym na linii. Z dziwnym uczuciem wypełniającym mnie od środka poszedłem spać.

Z racji tego, że nie musiałem gnać do szpitala z samego rana, ustawiłem budzik na dziesiątą, a i tak w momencie, w którym zadzwonił, przesunąłem pobudkę o kwadrans. Byłem nieprzytomny, ale sprawa wzywała. W biegu wziąłem prysznic, wrzuciłem na siebie ciuchy z wczoraj i mknąc przez hotelowy hall, wypadłem na zewnątrz. Wskoczyłem do auta i ruszyłem do szpitala. Tam musiałem niestety czekać, więc korzystając z okazji, udałem się do szpitalnej stołówki. Żarcie było znośne, ale za to kawa okropna. Mimo niezbyt dobrego smaku wlałem w siebie pół litra. Brakowało mi wysiłku. Aktywność zawsze mnie pobudzała. Ładowała moje baterie lepiej niż cokolwiek innego.

Szurając nogami, poszedłem z powrotem do przychodni. Tym razem rehabilitant mnie przyjął. Nie zaprosił mnie do pokoju, tylko wyszedł na korytarz. Pokazałem mu zdjęcia i portret pamięciowy. Przy tym drugim zmrużył oczy, mówiąc, że kojarzy kobietę, ale coś w jej wyglądzie nie współgrało z tym, jak została narysowana. Nie potrzebowałem, by mi teraz, niczym chirurg plastyczny, wyliczał, co jest nie tak z jej twarzą, tylko żeby udzielił mi informacji. Oddając portret, rzucił jedynie, że kobieta była trudna we współpracy. Niemiła, opryskliwa i ciągle na niego warczała. Nie mówiła nic o sobie, o swoim życiu. Przychodziła, odbywała rehabilitację i wychodziła, sycząc na wszystkich dookoła. Ani nie wskazał imienia, ani nazwiska, ani nawet mniej więcej lokalizacji. Nic. Po prostu nic. Mógł za to dużo opowiadać o jej kontuzji i leczeniu, jakiego wymagała, ale to mnie w ogóle nie interesowało. Zakląłem pod nosem i zostawiłem gościa w spokoju. Zmarnowałem tyle godzin na czekanie, a nigdzie mnie to nie doprowadziło. Przypominając sobie akcję z Kają w roli głównej, doszedłem do wniosku, że gdybym był wtedy gdzieś na mieście, nie mógłbym jej pomóc, więc dobrze się złożyło. Niemniej jednak czas mi uciekał – było coraz bliżej do wypuszczenia cwaniaków z czarnego SUV-a, a także do wyczerpania się cierpliwości szefa. Dziś też czekał na mnie faks pod drzwiami, ale nawet na niego nie zerknąłem.

Stałem przed wejściem do szpitala i zastanawiałem się nad kolejnymi krokami. Po chwili rozejrzałem się dookoła. Przecież musiał być ktoś, kto ją pamiętał jako przewijającą się tu dość często twarz. Skoro jej stan uniemożliwiał jej swobodne przemieszczanie się, od razu przyszło mi do głowy sprawdzenie pobliskich taksiarzy.

Tuż przed szpitalem był postój taksówek, więc nie mając innej opcji, zacząłem podchodzić do każdego z kierowców i pokazywać rysunek. Pytałem, czy zdarzyło im się wieźć kulejącą kobietę, ale znudzeni kierowcy tylko potrząsali przecząco głowami. W końcu nastąpił przełom i którychś z nich rozpoznał jej twarz. Zapewnił, że kilkukrotnie ją woził, ale nie mógł skojarzyć, gdzie mieszkała. Podobnie jak lekarz, tłumaczył się obłożeniem. Przypomniałem sobie, że pielęgniarka w przygranicznym szpitalu mówiła o jakimś pomniku. Facetowi rozjaśniło się i powiedział, że mieszkała w blokach przy pomniku Ofiar Holokaustu i że jemu też mówiła, że to najbardziej depresyjne miejsce do mieszkania. Błagałem go, żeby mnie tam zawiózł tak szybko, jak to możliwe. Jemu mój pośpiech wydawał się bezpodstawny i wręcz zwolnił tempo. W trakcie przejazdu przez miasto mówił o pogodzie, o tym, że słońce niemiłosiernie przypieka, o samochodach, o taksówkach i wszystkim, co mu tylko przyszło w tym czasie do łba. Przytakiwałem poirytowany jego nawijaniem.

Kiedy dojechaliśmy na miejsce, moim oczom ukazało się blokowisko, z budynkami długimi jak jamniki. W każdym z nich mogło być kilkadziesiąt mieszkań. Westchnąłem ciężko z rezygnacją. Znalezienie kogoś w tym miejscu było tak samo trudne jak odłowienie sików z wody w basenie. Uzmysłowiłem sobie, że nadszedł taki etap w moim śledztwie, w którym pewnie będę musiał się poddać. Sprawdzenie tych wszystkich mieszkań zajęłoby mi wieki, na co szef z pewnością nie wyraziłby zgody.

Wyjrzałem przez okno, by rzucić wzrokiem w górę i oszacować, ile pięter mógł liczyć każdy blok. W tym czasie taksówkarz zaczął przeciskać się przez ciasną uliczkę wewnętrzną, co oczywiście spotykało się z irytacją przechodniów. On jednak brnął, złoszcząc się na nich. Dopiero po kilkunastu metrach zatrzymał się, gdy ktoś krzyknął na niego w dość agresywny sposób. Kierowca wcisnął guzik kończący kurs i odwrócił się do mnie, by przyjąć płatność. Wyciągnąłem portfel, a on w tym czasie zaczął mnie przepraszać, że dalej nie pojedzie. Tłumaczył mi, jak bardzo źle na niego patrzą ludzie, że inaczej jest, jak wiezie kalekę, bo wtedy nie mają sumienia, a co innego jak z tyłu siedzi sprawny, młody człowiek. To od razu przykuło moją uwagę. Zapytałem, czy to oznacza, że z kobietą jechał dalej. Od razu zakomunikował mi, że podrzucał ją pod samą klatkę, a czasem nawet pomagał wejść do środka, bo trudno jej było samej się poruszać. Miałem ochotę go pocałować. Ten człowiek spadł mi z nieba. Dziękowałem Bogu, że podejrzana okazała się niepełnosprawna. Inaczej spędziłbym tu wieczność. Dotarło też do mnie, jak bardzo się myliłem, osądzając tego kierowcę. Gdyby nie jego gadatliwość, gdyby nie to, że sam się ze mną dzielił swoimi przemyśleniami, nigdy bym się nie dowiedział, że odpowiedź miałem na wyciągnięcie ręki.

Stojąc przed klatką, spojrzałem w górę na budynek. Mrużyłem oczy od słońca odbijającego się w szybach budynku. Blok liczył osiem lub dziewięć pięter, więc jak dobrze by poszło, może znalazłbym coś już dziś lub najdalej jutro. Zrobiłem plan budynku i narysowałem tabelkę. Wszystko na wypadek, gdyby kogoś nie było w domu, żebym wiedział, gdzie potem wrócić. Zamknięte drzwi nie dawały żadnej informacji, musiałem porozmawiać z każdym mieszkańcem tego bloku, pokazując jednocześnie portret pamięciowy, by dowiedzieć się, czy znają poszukiwaną. Jeśli powiedzą, że nie kojarzą gęby, zaznaczę krzyżykiem ich mieszkanie jako sprawdzone i przejdę dalej. Jeśli nikogo nie zastanę, postawię znak zapytania i wrócę później. Będę przemierzał ten blok do czasu, aż znajdę swojego świadka. Swoją drogą moja nauczycielka niemieckiego byłaby ze mnie teraz dumna.

W kilku mieszkaniach pokazałem portret kobiety, ale nikt jej nie rozpoznał. Odesłali mnie za to do administracji budynku, która, jak na złość, była czynna tylko trzy razy w tygodniu i oczywiście nie w piątek. Dzisiaj wszystko było zamknięte. Nie zniechęciło mnie to. Odznaczałem sumiennie mieszkania, które już odwiedziłem, i szedłem dalej. Na czwartym piętrze dostrzegłem drzwi wyróżniające się spośród innych. Tutaj ktoś dokręcił specjalną rączkę. Wyobraziłem sobie, jak osoba, otwierając drzwi, trzyma się jej w trakcie kręcenia kluczem w zamku, i stwierdziłem, że pasowało to do kogoś niepełnosprawnego. Cholera wie, czy moje przypuszczenie było prawdziwe, czy też nakręcony sprawą wszędzie widziałem powiązania. Zapukałem do drzwi i czekałem długo na jakiś odzew, ale mieszkanie wydawało się puste. Zanim przeszedłem dalej, odnotowałem sobie uwagę o tej rączce. Dopisałem też notatkę, że z okien tego mieszkania widać pomniki, co by się w zasadzie zgadzało. Jednocześnie uzmysłowiłem sobie, że mogła się przecież gdzieś przeprowadzić lub wyjechać na wakacje. Plułem sobie w brodę, że nie zapytałem taksówkarza o częstotliwość jej kursów albo rehabilitanta o to, kiedy miała wyznaczony termin następnej wizyty. Tak niestety w pośpiechu umykały mi ważne rzeczy. Być może zamiast szukać jej teraz w blokowisku, mógłbym się po prostu zaczaić w dniu jej przyjazdu na rehabilitację. Zacisnąłem zęby ze złości. Starając się jednak skupić na tym, co robiłem, sporządziłem dość skrzętnie swoje notatki. Kończyłem właśnie ostatnie zdanie, kiedy usłyszałem hałas w drzwiach. W pierwszej reakcji położyłem dłoń na kaburze. Działałem automatycznie, ale przysłuchiwałem się odgłosom. Po chwili drzwi się otworzyły i moim oczom ukazała się kobieta z portretu. Przedstawiłem się po polsku, wiedząc, że ona to zrozumie. Początkowo była oszołomiona, a kiedy doszedłem do nazwiska Hendersona, zapadła się w sobie i miałem wrażenie, że gdyby nie kule po bokach upadłaby na podłogę. Zastanawiałem się, co ten facet miał takiego w sobie, że kobiety go tak kochały, bo bez wątpienia ta tutaj cierpiała tak samo jak Kaja w Polsce. Przytomniejąc nieco, zaprosiła mnie do środka. Chodzenie sprawiało jej ogromną trudność. Na prawej nodze miała jakiś wielki metalowy aparat, który blokował jej ruchy, a może przeciwnie – trzymał ją w pionie. Ciągnęła tę nogę tak, jakby ważyła ze sto kilo. Zaoferowałem jej pomoc, ale odmówiła i powoli doczłapała do łóżka szpitalnego ustawionego na środku pokoju. Z boku miała pilota z długim, szarym gumowym sznurem do sterowania nim. Wyglądało to bardzo profesjonalnie. Zastanawiałem się, czy za to też zapłacili pieniędzmi z konta. Możliwe, że to niemiecka opieka medyczna mogła zagwarantować chorym godną rekonwalescencję.

Usiadła na łóżku i spoglądała na mnie smutnymi oczami. Zrobiło mi się jej żal. Jej życie musiało być teraz bardzo trudne. Oprócz tego, że ledwo chodziła, wyglądała jak poskładana z wielu niekompatybilnych części. Na czole miała bliznę prawdopodobnie po głębokim rozcięciu. I choć blizna ta niewiele zmieniała, wyglądała bardzo przeciętnie.

– Długo mnie pan szukał?

– Kilka miesięcy śledztwa. – Dałem jej satysfakcję, że męczyłem się, żeby ją odszukać.

– Przyjechał mnie pan aresztować?

– Nie – odpowiedziałem zgodnie z prawdą. – Chcę porozmawiać.

Wyciągnąłem z kieszeni telefon i zapytałem, czy zgodzi się na nagrywanie. Żywiołowo zamachała ręką, dając mi do zrozumienia, że nie zaakceptuje takiego rozwiązania. Wyprzedziłem jej odmowę i zanim zdążyła otworzyć usta, uprzedziłem, że jeśli nie porozmawiamy teraz, zostanie wezwana na przesłuchanie do Polski. Spojrzała w dół na swoje nogi, rozważając podróż i niewygodę czekającą ją w przypadku odmowy. Pozostawiona bez wyjścia zgodziła się, więc włączyłem nagrywanie. Zacząłem od podania miejsca, daty i czasu spotkania. Przedstawiłem się, a potem usiadłem obok niej i poprosiłem, żeby podała swoje dane.

– Mam na imię Ivone Dravsky – zaczęła. – Jestem z pochodzenia Polką, mieszkającą od dwudziestu lat w Niemczech.

Kiwnąłem głową, dając jej do zrozumienia, że wszystko idzie bardzo dobrze.

– Czy zna pani Michała Hendersona? – Ustalałem najpierw najważniejsze szczegóły.

– Tak.

– Piotra Hoffmana?

– Też.

– Spotkała pani ich obu osobiście?

– Tak.

– Każdego osobno czy obu jednocześnie?

– I tak, i tak – sprecyzowała.

Oboje wiedzieliśmy, że zaraz będzie dużo trudniej, kiedy przestaniemy rozmawiać o formalnościach, więc zaproponowałem jej wodę, a kiedy szorstko odmówiła, zapytałem, czy mogę coś dla niej zrobić, żeby czuła się bardziej komfortowo.

– Może kiedyś i panu pęknie serce na pół, a ktoś zaproponuje szklankę wody jako zbawienny lek na ten ból – wypowiedziała to z taką żałością, że najchętniej cofnąłbym swoje słowa.

– Jak pani ich poznała? – wróciłem do tematu. – Proszę powiedzieć krok po kroku.

Zapadła chwila ciszy, ale Ivone przełknęła ślinę i nie patrząc na mnie, opowiadała:

– Pracowaliśmy razem. Pierwszego jednak poznałam Piotrka, kiedy moja firma wystąpiła z prośbą o przygotowanie systemu do jego firmy. On był pierwszą osobą kontaktową. Potem przekazał projekt… – Zawiesiła głos.

– Michałowi – dokończyłem za nią.

– Taak…

– Kiedy to było? – Starałem się uporządkować wydarzenia.

– Pewnie jakieś dwa lata temu. Reprezentowałam swoją firmę, więc spotykaliśmy się wiele razy, omawialiśmy projekt, wdrażaliśmy go, potem świętowaliśmy sukces. – Przerwała, uśmiechając się. – Zawsze była między nami chemia. To był niesamowity mężczyzna. Pełen pasji, życia. Jedyny w swoim rodzaju. Piotrkowi brakuje charyzmy Michała, jego pomysłowości i otwartości. No i rzecz jasna urody.

Nie wiedziałem, co powiedzieć, więc czekałem na nią. Widziałem, że odtwarzała jakieś wspomnienia w głowie, bo jej smutna twarz delikatnie się rozpogodziła, aczkolwiek nadal przepełniał ją ból.

– Nie ma dnia, w którym nie wspominałabym naszego życia – kontynuowała. – Po jednej z imprez poszliśmy razem do pokoju hotelowego. Od tego się zaczęło. On potem do mnie przyjeżdżał, jak tylko miał okazję. Zostawał na kilka dni i wracał. Wszystko było w porządku do czasu, aż moja firma zaproponowała wykup firmy Piotrka. On jest zbyt ambitny, żeby oddać to, na co ciężko pracował. Jak pan się domyśla, Piotrek odmówił i zaczęły się lawinowo namnażać problemy. Michał nie miał powodu, żeby przyjeżdżać, bo z dnia na dzień zerwali wszelkie umowy. Byłam załamana, ale dużo rozmawialiśmy o możliwych rozwiązaniach. Michał powiedział, że on skorzysta z propozycji i sprzeda mojemu szefowi jakieś swoje mniejsze firmy… oczywiście bez wiedzy Piotra.

– Ale to była własność Piotra? – Starałem się ustalić prawa. – Przyjął pieniądze za coś, co do niego nie należało?

– Nie – westchnęła Ivone. – Pan nie rozumie struktury firmy. Michał mógł zrobić, co chciał, z firmami, którymi zarządzał.

– Rozumiem – zapewniłem, choć nadal nie umiałem sobie wyobrazić, o czym mówiła. – Dlaczego dokonał transakcji?

– Chciał się tutaj przeprowadzić.

– Z rodziną? Czy zamierzał ich zostawić? – zapytałem.

– Pan serio mnie o to pyta? – rzuciła oschle. – Oczywiście, że bez nich. Co mnie oni obchodzą? On nie był tam szczęśliwy. Jego żona to nudziara bez ambicji, której myśli pochłonięte są wekami i pieluchami.

Miałem ochotę zaprzeczyć, powiedzieć, że nie ma prawa tak mówić. Momentalnie straciłem do niej sympatię i choć to podłe, pomyślałem, że zasłużyła na taki finał. Opanowałem emocje i zachowując pełen profesjonalizm, kontynuowałem przesłuchanie. Miałem świadomość, że to nagranie będzie wielokrotnie odsłuchiwane, więc pilnowałem się, jak mogłem.

– Proszę mówić dalej – ponagliłem.

– Wszystko było ustalone. Michał sprzedał firmy, a pieniądze przelał na konto w Polsce, żeby tamta kura miała z czego żyć…

– To jest to konto założone na firmę Bohemian? – dopytałem.

Jej reakcja była natychmiastowa. Zmarszczyła czoło i przyglądała mi się uważnie. Zrozumiałem, że nie zdawała sobie sprawy, jak bardzo byłem wtajemniczony w ich machlojki. Owszem, nie rozumiałem sposobu, w jaki prowadzili biznes, ale swoją robotę wykonywałem jak należy.

– Tak. To pan już wie o tym, że finansuję swoje leczenie z tych pieniędzy?

– Wiem – potwierdziłem.

Miałem ochotę dodać, że jest samolubną i paskudną kobietą. Do tej pory byłem przekonany, że to jej pracodawca miał dostęp do środków, że jej pomagał jako pokrzywdzonej w nieszczęśliwym wypadku, ale kiedy sama wskazała siebie, wszystko stało się jasne.

– Nie mam zamiaru tego tłumaczyć – zapewniła szybko. – Ona i tak o tym nie wie.

– Wie – powiedziałem z przekąsem, choć nie miałem pojęcia, czy tak jest naprawdę.

Chciałem jednak pokazać tej okropnej, wyrachowanej babie, że Kaja nie jest ofiarą. Ja wiedziałem i to wystarczyło. Gdy wrócę, zadbam o to, by nie zostawiła centa na tym koncie. Jeśli nadal coś tam, rzecz jasna, było.

– Zamierza wypłacić środki? – spytała przerażona, co zasugerowało, że jednak nie wyczyściła konta do dna.

– Pieniądze zostaną zamrożone przez policję do czasu ustalenia, komu się prawnie należą – wypowiedziałem te słowa w nadziei, że każde z nich okaże się dla niej bardzo bolesne.

– Blefuje pan. – Sprawdzała mnie odważnie.

Musiałem przyznać, że miała baba charakter. W takiej sytuacji zachowała w pełni trzeźwą reakcję. Przypomniałem sobie pierwsze minuty naszego spotkania i doszedłem do wniosku, że źle odczytałem jej zachowanie. To nie była miłość, lecz zwyczajne wyrachowanie – ona bała się o siebie, że zostanie wsadzona. Wyciągnąłem więc papiery z banku ze stemplami policyjnymi i powachlowałem jej przed nosem nakazem udostępnienia mi danych oraz wyciągiem, na którym widniała nazwa firmy i nazwisko Kai. Nie dałem jej czasu na wczytanie się w papiery i schowałem je z powrotem do plecaka.

– W jaki sposób ma pani dostęp do konta? – Starałem się dowiedzieć, jakim cudem udaje jej się za wszystko płacić, skoro konto zarejestrowane jest na Kaję.

Ivone patrzyła na mnie podejrzliwie. W końcu zapytała, czy to konto jest powodem, dla którego do niej przyjechałem. Miała na myśli defraudację pieniędzy. Nie odpowiedziałem na jej pytanie, natomiast ponowiłem swoje.

– Jest pan świadomy tego, że gdybym miała pieniądze, ta rozmowa nie odbywałaby się w takiej formie? Byłby tu ze mną prawnik. – Walczyła o swoje prawa, ale miałem przewagę, bo nie mogła sobie na to pozwolić.

Nie skomentowałem tego i nie podjąłem tej przepychanki słownej. Dałem jej czas, żeby zrozumiała, że to koniec zabawy. Po raz trzeci zadałem pytanie, w jaki sposób uzyskała dostęp do konta i jak wykonywała przelewy.

– Przelewam transze na konto w Norwegii, a potem tutaj. Do szpitala za rehabilitację, na swoje prywatne konto, a potem za rachunki i utrzymanie. Niestety muszą być to małe sumy, bo Michał ustawił jakieś głupie limity wypłat, a po tym, jak zapłaciłam za szpital bezpośrednio z tego konta, zablokowali mi je na ponad dwa tygodnie. Musiałam potem znaleźć kogoś, kto się za niego podał i odblokował mi je. Do zwiększenia limitów potrzebują podpisu w obecności pracownika banku, co mnie blokuje... O ile Michał generalnie był geniuszem, rachunek założył w najgorszym możliwym miejscu.

Smutno stwierdziłem, że nie mam bladego pojęcia o świecie biznesmenów. Podziwiałem ich za to, jak potrafią kombinować, jak naginają rzeczywistość, by ułatwić sobie życie. Bez wątpienia ta kobieta była bardzo inteligentna. Ale i na takich przychodził moment rozliczenia.

– W jaki sposób zdobyła pani potrzebne hasła i kody zabezpieczające?

Zaczęła masować prawą nogę i zwalniając opowieść, kontynuowała:

– Nie straciłam przytomności. Wszystko wydarzyło się bardzo szybko. Pędziliśmy trasą biegnącą przez las i nagle znikąd pojawił się człowiek. Był lekko wstawiony, jak się potem okazało. Wracał pieszo do domu. Michał nie chciał go uderzyć, odbił i stracił panowanie nad kierownicą. Wbiliśmy się w rów jak klin.

– Czyli nikt za wami nie jechał, nikt nie przyczynił się do śmierci Michała? Tylko ten pijany facet wlazł pod koła? – podsumowałem.

– To ten głupi pijak odebrał Michałowi życie, a ze mnie zrobił kalekę – zawyła żałośnie nieświadoma, że właśnie rozwiązała moją sprawę, bo do tej pory byłem przekonany, że miałem do czynienia z morderstwem. – Gdybym siedziała normalnie, pewnie wyszłabym z tego bez szwanku, ale położyłam nogi na desce rozdzielczej...

Tego bym się nie domyślił, że to nogami wybiła szybę. W sumie tłumaczyło to, dlaczego tak miała je zmasakrowane. Wobec tego jedynie blizna na czole pozostała zagadką, podobnie jak włosy na szybie. Chciałem, żeby zaczęła historię od tego, jak i dlaczego znaleźli się w samochodzie, ale widząc, że opowiada chętnie, musiałem poczekać ze swoimi pytaniami. Czasami takie wspomnienia kryją w sobie fakty, na które bym nawet nie wpadł, pytając o coś zupełnie innego.

– Zaczęłam wołać Michała, ale nie reagował. – Zaczęła się trząść. – Nie mogłam się ruszyć, a od pasa w dół czułam potworny ból. Jakbym się paliła w żywym ogniu. Dotknęłam go wtedy…

Szloch uniemożliwił jej mówienie. Pozostałem nieczuły na jej cierpienie. Nie wzbudzała we mnie ani grama współczucia. Podałem jej jednak chusteczki z szafki stojącej obok łóżka, to wszystko, co mogłem dla niej zrobić.

– Michał zginął na miejscu. – Starałem się pomóc jej przejść przez ten trudny moment opowieści, licząc na to, że podejmie temat, ale ona ryczała jeszcze mocniej.

Miałem ochotę nią potrząsnąć. Zacisnąłem usta i powtarzałem sobie w myślach, że nie mogę tego spierdolić. Klepnąłem ją delikatnie w plecy, jak robi się to w przypadku dziecka, a ona położyła mi głowę na ramieniu i nadal płakała. Zatrzymałem nagranie. Nie objąłem jej, nie pocieszałem. Odpłynąłem myślami do Polski, do kobiety, którą chciałem chronić. Zdecydowałem, że nie powiem jej nic do swojego powrotu. Dam jej w ten sposób jeszcze trochę czasu. Wybiorę też fragmenty z tej rozmowy, które przedstawię jej tak delikatnie, jak to możliwe. Czułem się podle, że na początku, kiedy ją poznałem, byłem dla niej taki chamski. Wtedy wydawało mi się, że była winna. To, co odbierałem jako kombinowanie i zatajanie faktów, było w rzeczywistości brakiem wiedzy na temat męża i jego poczynań. Źle to postrzegałem. Nie zadałem sobie trudu, by się bardziej wysilić, by ją zrozumieć. Nastawiłem się na szybkie śledztwo, więc typowo dla siebie forsowałem je, nie patrząc na innych. Plułem sobie teraz w brodę, że mogłem zrobić inaczej. Z drugiej strony kobieta siedząca obok mnie też mnie irytowała i gdyby nie to, że musiałem się wszystkiego dowiedzieć dziś, zastraszyłbym ją i zmusił do gadania. Może to była moja przypadłość, że jeśli ktoś nie miał dla mnie znaczenia, traktowałem go bez skrupułów.

Płacz Ivone tracił na sile, więc znów wcisnąłem guzik nagrywania i zapytałem, jak wyszła z samochodu.

– Tam był ten człowiek i on od razu przyszedł do samochodu. Próbował otworzyć moje drzwi, ale były zablokowane, Michała też, nawet tył. Nie mógł się do mnie dostać. Wiedziałam, że za siedzeniem kierowcy była teczka z dokumentami, więc mimo palącego bólu sięgnęłam po nią i podałam temu człowiekowi przez wybitą przednią szybę. Zrozumiałam wtedy, że to jedyna dla mnie droga wyjścia. Zadzwoniłam do swojego brata, który mieszka niedaleko granicy, i poprosiłam, żeby przyjechał. Nie chciałam trafić do polskiego szpitala. Michał leżał martwy, a w teczce były dokumenty do banku – mojej jedynej nadziei w tej sytuacji. Gdybym została i czekała na pomoc, straciłabym wszystko.

– W teczce były dokumenty banku w Polsce? – zauważyłem.

– Tak. I umowy podpisane dokładnie dzień wcześniej. Zabierając teczkę, zatarłam ślady po tym wydarzeniu... Piotrek oczywiście wiedział, ale umył ręce. Może chodziło o to, że nie miał pewności, czy mój szef zapłacił Michałowi, czy mnie, więc zostawił mnie w spokoju. Sama nie wiem, czemu nie walczył o pieniądze.

– Piotr wiedział, że byłaś w samochodzie tego dnia?

– Nie sądzę. – Podniosła wzrok i patrzyła w sufit.

– Jesteś kobietą biznesu, więc po co były ci pieniądze Michała? – zapytałem zainteresowany.

Trudno mi było uwierzyć, że ktoś mógł być tak pazerny, by okraść nieboszczyka.

– To z kolei inna historia – westchnęła. – Źle rozegrałam sprawę w pracy. Zaszantażowałam szefa, a on mnie zwolnił dyscyplinarnie. Chciałam przejść do Piotra, ale on nawet nie chciał ze mną rozmawiać. Zanim się obejrzałam, straciłam wszystko. – Odwróciła się do mnie i szukała zrozumienia w moich oczach. – Musiałam tak zrobić. Miałam nadzieję na normalne życie z Michałem. Zapewniał, że nie musiałabym pracować, że mogłabym cieszyć się domem i nim, że takie życie zagwarantował tej idiotce w Warszawie i że był przyzwyczajony. Miało być tak pięknie, ale kiedy on zginął, nasz plan się rozsypał.

– Jak wyszłaś z samochodu? – dopytywałem.

Przestałem zwracać się do niej, używając formy grzecznościowej. Nie zasługiwała na szacunek.

– Ten facet mi pomógł – prychnęła. A po chwili dodała: – Choć tego nie można chyba nazwać pomocą. Nie mógł mnie wyciągnąć z samochodu. Szarpaliśmy się przez chwilę, bo auto było w bardzo niedostępnym ułożeniu. Jakimś cudem udało mu się chwycić mnie pod pachy, ale gdy mnie wyciągał, stracił równowagę i kiedy byłam w połowie drogi, upuścił mnie. Z impetem wpadłam z powrotem do samochodu. Rozcięło mi przez ten upadek pół twarzy. Zatrzymałam się na pękniętej szybie, która wystawała jak ostrze. Być może pogorszył tym też stan moich nóg.

Chciałem rzucić kąśliwie, że może była to zapłata za zabranie teczki, ale powstrzymałem się od komentarzy i zamieniłem się w słuch.

– Za drugim razem już mnie wyciągnął. Położył mnie w rowie. Czułam chłód i wilgoć, ale nie wiedziałam, czy to moja krew, czy woda w rowie. Jednego byłam pewna: nie chciałam zostać w samochodzie z ciałem Michała i nie mogłam pozwolić na to, żeby ten pajac powiadomił służby ratunkowe. Na moje szczęście gdzieś w barze, w którym pił, zgubił telefon, więc stał koło mnie, zadając mi durne pytania. Nic mu nie mówiłam, ale nie pozwoliłam mu też odejść. Potrzebowałam ochrony. Mój brat przyjechał niedługo potem i zabrał mnie do szpitala. Tamtemu facetowi kazaliśmy sprowadzić pomoc, żeby ktoś zajął się samochodem i Michałem... Zawiadomił policję?

– Nie – odpowiedziałem. – Zrobił to ktoś, kto mijał wypadek.

– Tak myślałam. – Pogardliwie wypuściła powietrze przez nos.

– Skąd narkotyki? – zmieniłem temat, bo to, co było dalej, mnie nie interesowało.

– Ooo... – Kiwnęła głową z uznaniem. – Nie sądziłam, że pan do tego doszedł.

Zapewniłem ją, że dokładnie prześwietliłem sprawę i potrzebowałem jedynie jej wersji wydarzeń. Zupełnie nie była świadoma, że wypełniała ogromne luki w moim dochodzeniu. To dzięki niej poznawałem prawdę.

– No więc? – ponagliłem ją. – Skąd narkotyki?

– Według planu mieliśmy zostać całą noc w hotelu. Wzięliśmy te tabletki, żeby się zabawić, wzmóc reakcje. Nic groźnego – zapewniła mnie lekko.

– Rozumiem, a przecięty przewód płynu hamulcowego? – Wątpiłem, żeby miała akurat o tym pojęcie, ale na wszelki wypadek wyciągnąłem na wierzch i to.

Jeśli wypadek był losowy, a wina leżała po stronie pijaka, to ten przewód mógł okazać się wadą producenta. Albo też ktoś inny polował na Michała i chciał jego śmierci, co mu się w rezultacie udało, bo unicestwił się sam – z własnej głupoty.

Zastanawiałem się, jak pociągnąć dalej tę rozmowę, ale zaskoczyła mnie błyskawiczna reakcja kobiety. Odsunęła się ode mnie, otwierając szeroko usta. Na końcu języka miałem pytanie o to, czy jej szef lub ktokolwiek z otoczenia chciał zabić Michała? Czy mu grozili? Czy może Piotr dał zlecenie, chcąc zablokować sprzedaż firm? Coś jednak w środku kazało mi czekać.

– Skoro pan o tym wie? To po co pan przyszedł do mnie?

Zachowała powagę, a ja robiłem wszystko, by nie pokazać, jak mnie tym zszokowała. Moja głowa jarzyła się jak świetlówka, a ja kombinowałem, co to zdanie mogło znaczyć. W mig zrozumiałem, że miała z tym do czynienia. Musiałem jedynie umiejętnie nakierować ją na temat tak, by się sypnęła. Nie mając czasu na wymyślenie konkretnej linii ataku, szybko i dumnie wytłumaczyłem:

– Muszę poznać wszystkie opinie, zanim podejmę jakiekolwiek decyzje. Każdy ma prawo głosu.

– Jak pan się o tym dowiedział?

– Tak samo, jak panią znalazłem – lawirowałem. – Mam swoje sposoby.

– Mechanik? – rzuciła kolejne pytanie.

– To nie ma znaczenia – blefowałem.

Zacisnęła usta.

– Nikomu nie można ufać – zirytowała się. – Biorą pieniądze... obiecują... parszywe dranie.

Wypuściłem powietrze. Intuicyjnie czułem, że ta baba jest podła do szpiku kości. Zaczynałem główkować, czy byłaby na tyle perfidna, by zabić Michała po to tylko, żeby zgarnąć pieniądze. Za coś takiego na pewno pójdzie siedzieć.

– Kiedy Michał był ze mną, był zdecydowany na rozwód, ale kiedy wracał do niej, dzwonił i pisał, że to ciągle niewłaściwy moment. Tak się woziliśmy dobrych kilka miesięcy, bo ona działała na niego jak czarownica. Straciłam pracę, a moje życie zaczynało wyglądać mizernie. Nie mogłam pozwolić mu odejść. Będąc tu, obiecywał, że zakończy z nią związek, ale gdy długo nie przyjeżdżał, bałam się, że w końcu całkiem zmieni zdanie. Zaczynaliśmy się kłócić o jego żonę, co wcześniej w ogóle nie miało miejsca. Zmieniłam taktykę. Przekonałam go do sprzedania firm. Myślałam, że Piotr go za to wyrzuci, ale nie zrobił tego. Był wściekły, krzyczał na niego, ale nadal chciał go mieć w swoim zespole. Tak go cenił, że wybaczył mu nóż wbity w plecy... W każdym razie... Okazja przyszła sama, kiedy przyjechał do mnie jej samochodem. Rano, gdy jeszcze spał, zabrałam auto i zleciłam uszkodzenie jakiegoś elementu. Mechanik zaproponował przewód i zapewnił mnie, że Michał dojedzie do domu bezpiecznie. Ona tego samochodu używała na co dzień. Miało to wyglądać na wypadek.

– A co, gdyby jechała z dziećmi?! – Zerwałem się na równe nogi.

– To jeszcze lepiej – odpowiedziała. – Nic by już go tam nie trzymało.

– Ty podła suko! – krzyknąłem.

– Jak śmiesz tak do mnie mówić? – zwróciła mi błyskawicznie uwagę.

Była zaskoczona i chyba nawet wystraszona moją żywiołową reakcją. Złapała kule, ale mimo prób nie mogła wstać, by zmierzyć się ze mną, więc nadal siedziała na łóżku. Chciała być groźna, chciała pokazać, że jest silna, ale wyglądała odrażająco.

– Co?! – darłem się bez opamiętania, sięgając do kabury i kładąc dłoń na broni. – Jesteś wcieleniem szatana i zastrzeliłbym cię jak psa! Wszystkie kule wystrzelałbym w to przegniłe złem ciało. Jesteś chora! – Złapałem oddech i już spokojniej, ale wciąż zdecydowanie dodałem: – Nie skończę tego marnego życia, jakie masz, bo byłoby to jak prezent. Lepiej, jeśli zgnijesz tutaj albo w pudle.

Byłem świadomy, że nagrało się wszystko, co wykrzyczałem jej w twarz, nie wyłączałem jednak telefonu, bo musiałem zakończyć przesłuchanie, informując ją o jej prawach.

– Nie oceniaj mnie!

– Zamknij się! – uciszyłem ją, chcąc zyskać trochę spokoju na opanowanie emocji.

– Kim ty jesteś, krawężniku jeden?! – pyskowała mi zupełnie niezbita z tropu.

– Zamknij! Kurwa! Gębę! – wykrzyczałem jej każde z tych słów prosto w twarz.

W końcu zrozumiała, za to ja walczyłem z samym sobą. Moje ręce zrobiły się mokre, a w głowie zapanowała pustka. Nie mogłem zdecydować się na kolejny krok. Nigdy nie uderzyłem kobiety, ale teraz gotowało się we mnie i traciłem zdrowy rozsądek. Miałem ogromną ochotę ukarać ją od razu poirytowany tym, jak długo udawało jej się uniknąć odpowiedzialności. Wziąłem jednak głęboki oddech i zresetowałem swoje myśli.

– Zrobiłbyś to samo na moim miejscu – stwierdziła, czym znów doprowadziła mnie do wściekłości.

– Nie, nie zrobiłbym – warknąłem. – A wiesz czemu? Dlatego, że ludzie powinni być ze sobą dobrowolnie, jak komuś nie pasuje, można się rozstać. Nie trzeba ludzi mordować. Zwłaszcza niewinnych niczemu dzieci. Prawda jest taka, że nie kochał cię wcale i dlatego nie chciał zostawić żony. Ona znaczyła dla niego więcej niż ty.

– Nieprawda! – krzyknęła. – On z nią był, bo budziła w nim litość. Taka nieporadna, słodka i głupia do kwadratu. Musiałam ją usunąć z obrazka, bo inaczej nigdy by się nie zdecydował.

– Dobrze, że ci się nie udało – powiedziałem z satysfakcją. – Dobrze, że to ty zapłaciłaś najwyższą cenę. Nie masz faceta, pracy ani zdrowia.

– Ona też zapłaci – syknęła, co zjeżyło mi włosy na głowie.

Sam fakt, że mówiła o tym w czasie przyszłym, sugerował, że czeka na to wydarzenie. Obudziła się we mnie chęć wstrząśnięcia tą kobietą, ale po raz kolejny wziąłem głęboki oddech świadomy, że jeśli stracę kontrolę, stracę też śledztwo. Zaczynając dochodzenie, nie spodziewałem się takiego zamieszania. Wydawało mi się, że usłyszę od niej opowieść o tym, jak ktoś ich usiłował zabić, dostanę opis osoby, może auta i ruszę dalej w poszukiwaniu odpowiedzialnego za zlecenie zabójstwa. Tymczasem głównym źródłem wszystkich nieszczęść była Ivone.

– Muszę cię zmartwić – odezwałem się w końcu z pewnością siebie. – Żona Michała jest szczęśliwa i ułożyła sobie życie.

Zaśmiała się, co chwilowo zbiło mnie z tropu.

– Całe osiem miesięcy nie wychyliła nosa z bloku. Kwiczała jak zarzynana świnia – oznajmiła, a mnie zmroził fakt, jak dużo wie o życiu Kai.

– Skąd to wiesz?

– Bo ja też mam swoich ludzi – przechwalała się.

– Tylko po to, by potwierdzić, że rozpaczała po śmierci męża? – Nie mogłem uwierzyć w to, co słyszałem.

– Nieee… Wychodząc z samochodu, nie wzięłam jego laptopa. Nie zauważyłam, że torba była otwarta i że komputer wypadł. Zorientowałam się dopiero, jak doszłam do siebie. Najpierw myślałam, że oddali go Piotrkowi, więc odetchnęłam. Wiedziałam, że on nic nie zrobi. Mimo to podświadomie przeczuwałam, że coś się stanie, więc śledziłam logowania jego komputera do sieci. Okazało się, że przez całe osiem miesięcy nikt ani razu nie włączył komputera.

Kiedy w końcu się zalogował, spec podał mi dane z ich mieszkania. Zrozumiałam, że jej go oddali. Bałam się, że dowie się o koncie z komputera Michała. Wystarczyło przeczytać ostatnie maile, by dostać wszystko jak na tacy. Na to nie mogłam pozwolić. Musiałam ją zatrzymać.

– Czyli dałaś hasło, żeby ją sprzątnęli? – wycedziłem słowa, słysząc jednocześnie szum w uszach, bo właśnie odkryłem przyczynę pościgu na autostradzie.

Uśmiechnęła się. Oddychałem ciężko jak byk w arenie, gotowy do ataku. Walczyłem ze sobą o każdą sekundę, w której zachowywałem trzeźwość umysłu. Wypierałem z siebie te naturalne dla mnie reakcje i upominałem siebie samego, że jestem tu na misji. Jako policjant musiałem zdobyć słowne potwierdzenie, bo jej niewerbalne przyznanie się nie zarejestrowało się na nagraniu. Nabrałem powietrza w płuca, by zapytać, komu zleciła zabicie Kai, ale ona zaczęła mówić sama, tak jakby potrzebowała tego niczym spowiedzi. Być może – wbrew temu, jakie chciała sprawić wrażenie – to, co zrobiła, dręczyło ją. A może, jak typowy psychopata, czerpała satysfakcję z mówienia o swoich grzechach.

– Nie miałam innego wyjścia – tłumaczyła się. – Nie mam odszkodowania, nie mam innych oszczędności i środków do życia. Poza tym te pieniądze są moje. To ja zorganizowałam sprzedaż, to ja pomogłam z formalnościami. Michał to wiedział, ale chciał jej to zostawić po tym, jak się rozstaną. Nie podobało mi się to, bo tej kurze nic się z tego nie należało. Za co miała dostać pieniądze, za to, że miała dzieci z Michałem? Niech sama na nie zarobi. To była moja praca! – powtórzyła po raz kolejny, warcząc przy tym groźnie. Na chwilę zamilkła, a potem kontynuowała: – Ale mimo to ja się wtedy zgodziłam, bo miałam świadomość, że nie mogę go dręczyć sprawą żony, bo to już i tak był śliski temat. Poza tym on miał zarobić tyle samo w ciągu kolejnego roku pobytu tu, w Niemczech. – Spojrzała na mnie w oczekiwaniu na jakąś reakcję. Poza skinieniem głowy nie zdobyłem się na zabranie głosu. – Ale teraz jest zupełnie inaczej. Musisz to zrozumieć. To moje być albo nie być. Nie masz pojęcia, jak stresujący jest strach o własną przyszłość, kiedy jest się kaleką. – Czekała na moją litość. Na znak, że faktycznie ją rozumiem i usprawiedliwiam jej poczynania. Nie doczekała się tego. Musiało ją to irytować, bo szybko zakończyła: – Z dniem, w którym zakopaliby ją metr pod ziemią, mogłabym w końcu odetchnąć.

Wytłumaczyłem jej, że to przesłuchanie zostanie przedstawione policji i że może postarać się o prawnika, i że oficjalnie jest aresztowana za usiłowanie zabójstwa, defraudację pieniędzy i podszywanie się pod czyjąś tożsamość. Wyłączyłem nagrywanie. Nie założyłem jej kajdanek. Zadzwoniłem jedynie do Interpolu i zaraportowałem im popełnienie przestępstwa. Następnie wezwałem niemiecką policję do jej domu.

– Mówiłeś, że nie przyjechałeś mnie aresztować! – wyrzuciła z siebie, słysząc moją rozmowę telefoniczną.

– Bo nie przyjechałem i ja tego nie zrobię. – Pokazałem na jej nogi. – Nie uciekniesz stąd, a ja mam życie, do którego chcę wrócić. Za chwilę będzie tu policja. Oni się z tobą rozprawią.

– Oszukałeś mnie!

– A czego się spodziewałaś? Że wyśpiewasz mi wszystko, przyznasz się do usiłowania morderstwa, a ja powiem: „dzięki, nara"?

– Myślałam, że chodzi ci o konto, o pieniądze! – wyrzuciła z pretensją.

– To też – potwierdziłem triumfatorsko. – Ale o ciebie w pierdlu też i o to, żebyś w końcu odpowiedziała za wszystko, co odpierdalasz.

– Jeszcze tego pożałujesz! – syknęła jak żmija, kiedy odsunąłem się od niej i stanąłem na środku pokoju.

Wyklikałem w telefonie wiadomość do szefa i załączyłem mu nagranie. Miałem nadzieję, że mój roaming będzie wystarczający do przesłania mu tego pliku, a nawet jeśli nie, to mina szefa, gdy to dostanie, była warta wydanego hajsu na dodatkowe dane. Widząc pasek postępu, uśmiechnąłem się. Mimo że jej zaczepka, nie zrobiła na mnie najmniejszego wrażenia, nie mogłem powstrzymać się i współczującym tonem powiedziałem:

– Zobacz, do czego doprowadziłaś. Michał nie żyje, a ty jesteś kaleką. Mało ci? Odpuść, zmień się i napraw swoje życie.

W tym momencie usłyszałem pukanie do drzwi. Licząc na to, że to policja, ruszyłem ochoczo do drzwi i otworzyłem je bez zawahania. Ukazał się w nich jakiś młody mężczyzna, który bez słowa wyjaśnienia rzucił się na mnie i trafił pięścią prosto w mój policzek. Uderzenie było na tyle mocne, że obaj upadliśmy na podłogę. Zaczęliśmy się szarpać, a z pokoju obok Ivone krzyczała po niemiecku do faceta, żeby ten mnie zabił. Przez sekundę pomyślałem, że mógł mieć jakąś broń, może nóż? Pilnowałem jego dłoni na tyle, na ile było to możliwe. Adrenalina w końcu uderzyła mnie z impetem. Przewróciłem go na plecy i wisząc nad nim, wymierzałem mu cios za ciosem. Mój czas spędzony na siłowni i poświęcony treningom uratował mi teraz tyłek. Facet dał radę mnie uderzyć tylko ten jeden jedyny raz przy drzwiach, kiedy zupełnie się tego nie spodziewałem. Po chwili jego twarz zalała się krwią, a jego siła walki zmalała do zera. Opadł bez ruchu, a ja rzuciłem go brzuchem na podłogę. Przycisnąłem kolano do jego pleców i krzyczałem, że jest aresztowany za napaść na policjanta. Zapiąłem mu kajdanki. W tym momencie wpadła do mieszkania niemiecka policja. Policjanci, celując we mnie, krzyczeli, żebym położył się na podłodze. Podniosłem ręce i zapewniłem ich, że jestem policjantem. Mimo wszystko ryczeli swoje polecenia. Miałem uklęknąć na podłodze odwrócony do nich tyłem. Zrobiłem posłusznie to, o co mnie prosili, ale powiedziałem, że w kieszeni mam odznakę. Dodałem też, że to ja ich wezwałem. Rzucił się na mnie od tyłu jeden z policjantów i zaczął mnie sprawdzać. Natrafił dłonią na kaburę i od razu odkrzyknął do reszty, że jestem uzbrojony. Wyciągnął mojego glocka, sprawdził, czy jest zabezpieczony, i przesunął go po podłodze do swoich kolegów. Następnie sięgnął do kieszeni na piersi. Skuty facet na ziemi odzyskał przytomność i widząc, co się dzieje, zaczął skarżyć się jak małe dziecko. Obaj z przeszukującym mnie policjantem krzyknęliśmy do niego jednocześnie, żeby się zamknął. Kiedy niemiecki glina sprawdził moją odznakę, pozwolił mi wstać. Nie przepraszał mnie, ale ja też tego nie oczekiwałem. Zrobiłbym dokładnie tak samo, gdybym zastał taki widok po wparowaniu do mieszkania, w którym chwilę temu zgłoszono przestępstwo.

Odwróciłem się do jego kolegów i poprosiłem o zwrot pistoletu. Nie zgodzili się bez okazania wcześniej dokumentów. Choć zapewniałem, że mam je przy sobie, stwierdzili, że dopiero na miejscu, w firmie, mi go oddadzą, gdy potwierdzą dane. Owszem, wierzyli, że jestem z policji, ale po odebraniu mi broni obowiązywały ich procedury, których musieli przestrzegać. Z kwaśną miną przyjąłem ich odmowę. Dotknąłem palcami swojego policzka i odsunąłem rękę, żeby sprawdzić, czy krwawię. Niestety, rozciął mi skórę. Byłem wściekły, że nie zrobiłem uniku.

Przeszedłem do pokoju, w którym siedziała Ivone. Jeden z policjantów zajął miejsce obok niej, na materacu łóżka, i o czymś z nią rozmawiał. Podszedłem do niego i wytłumaczyłem, że mam nagranie potwierdzające jej winę, że przesłałem już plik do policji przygranicznej, z którą współpracuję, a także do jednostki, która mnie tutaj przysłała. Ona w tym czasie zaczęła mówić, że ją napadłem i że musiała wezwać ochronę. Przysłuchiwaliśmy się jej uważnie, jak opowiadała o swoim pomocniku, który – jak się okazało – pomagał jej od dawna. Na początku płaciła mu za opiekę nad sobą, a potem dogadali się, że będzie miała nadajnik przy łóżku i będzie go wzywała tylko i wyłącznie w krytycznych sytuacjach. Tłumaczyła, że wcisnęła guzik paręnaście razy, bo pilnie potrzebowała jego pomocy. Gdy wciskała im ściemę, zdała sobie sprawę, że ta wersja nie trzyma się kupy. Zmieniła ton i zaczęła mówić o tym, jak facet był już w środku, kiedy ja wpadłem do mieszkania, by ich napaść. Kłamała jak z nut. Opowiadała, że pobiłem człowieka bez powodu i że chciałem jej zrobić krzywdę. Mina policjanta wskazywała na szczęście na to, że w ogóle jej nie wierzył. Wyciągnąłem telefon i odtworzyłem początek rozmowy, w której Ivone przedstawiła się w nagraniu, a policja usłyszała godzinę rozpoczęcia przesłuchania. Tłumaczyłem im na bieżąco, o czym rozmawialiśmy. Po okazaniu tak dobrego dowodu przyjęli moją wersję. Im więcej im mówiłem, tym bardziej się dziwili. Im też trudno było uwierzyć, że inwalidka mogła być taką podłą osobą. Zwykle niepełnosprawni mieli w sobie ogromną pokorę i dobroć. Nie ona. Ivone uważała, że to jej stan przejściowy. W tej chwili żałowałem, że nie ma kary śmierci. Ludzie tacy jak ona nie powinni chodzić po ziemi.

Pomimo ogromnych trudności Ivone została wyprowadzona z mieszkania. Nikt jej nie zakuł w kajdanki, szła sama, a raczej wlokła się. Na odchodne krzyknęła w moim kierunku, żebym cieszył się pozostałym życiem, bo może nie być już zbyt długie. Była na tyle cwana, że powiedziała to po polsku, czego moi koledzy po fachu nie byli w stanie zrozumieć. Ode mnie usłyszała „spierdalaj" – również w ojczystym języku.

Policjanci poprosili mnie o dostarczenie nagrania do ich jednostki. Niestety wysłanie nagrania do komendy przygranicznej, która wydała mi pozwolenie na działanie, było dla nich niewystarczające. Tłumaczyli, że i tak muszę złożyć raport z dochodzenia. Zaproponowałem, że zrobię to z Polski. Nie zgodzili się. Uderzyłem więc w inny ton. Ściemniałem im, że nie mamy budżetu na mój dłuższy pobyt. Wciskałem im, co mi tylko przyszło do głowy. Wydawało się, że w końcu zrozumieli, bo wyrazili zgodę, ale upierali się, żebym zostawił swoje dane. Ucieszyłem się jak wariat, ale zaraz potem przypomnieli mi, że muszę jeszcze odebrać glocka. Zakląłem pod nosem, a policjant odszedł na bok, by zrobić mi przejście do korytarza. Byłem już w drzwiach, kiedy przypomniała mi się teczka Michała, więc zapytałem chłopaków, czy mógłbym poszukać w mieszkaniu materiału dowodowego, co do którego byłem pewien, że go znajdę. Nie zgodzili się, ale ja nie przestawałem nalegać. Znów sięgałem po wszystkie argumenty, jakie tylko przychodziły mi do głowy, ale tym razem pozostali nieubłagani. Przynieśli jednak plastikowe torby dowodowe. Policjant wręczył mi jedną z nich. Nie rozumiałem w jakim celu, co zamierzali zrobić. Po chwili wszystko stało się jasne. Pozwolili mi na odszukanie i zabranie dokumentów, na których mi zależało, ale miałem je opisać symbolem PL, oddać im i zostawić w ich jednostce. Oni mieli mi je przefaksować w najbliższym możliwym czasie. Zgodziłem się na to i zacząłem szperać w jej rzeczach. Mimo grubych lateksowych rękawic na dłoniach czułem obrzydzenie, dotykając jej własności. Tak jakbym wszedł do domu, w którym przez kilka miesięcy leżał trup, a wszystko dookoła było skażone jadem trupim. Nie mogłem przestać myśleć o Michale i jego powodach, dla których był w związku z tą kobietą. Nie dostrzegał podłości Ivone, czy sam też taki był?

Jeden z policjantów zaczepił mnie i podał mi paczkę lodu. Nie musiał nic tłumaczyć, od razu przyłożyłem lód do twarzy. Piekło jak cholera. Nie przestawałem szukać dokumentów. Na biurku nie było nic interesującego. Sięgnąłem do szuflady, ale była zamknięta. Nie widziałem nigdzie klucza. Poszedłem do kuchni i wziąłem nóż. Zamek trzymał mocno, ale po chwili walki udało mi się go rozwalić. Niemcy żartowali, że polscy detektywi pracują jak szaleńcy. Nie wyprowadziłem ich z błędu, że to tylko ja taki jestem i że gdyby mój szef się o tym dowiedział, opierdoliłby mnie od stóp do głów.

Znalazłem w szufladzie wszystko, co mi było potrzebne. Były tam umowy i kwity bankowe. Oglądałem każdy najmniejszy skrawek papieru, żeby jak najwięcej zapamiętać. Przełożyłem je do torby, żałując, że będę musiał to wszystko im zostawić. Sięgnąłem głębiej, po kolejne pliki, i znalazłem kopertę. Z jej zawartości wysypałem na blat biurka masę zdjęć. Przeglądałem je jedno po drugim. Na większości widziałem ich oboje z czasu spędzanego prywatnie, ale były też fotki ze spotkań, na których rozpoznałem również Piotra. Jedno z nich przykuło moją uwagę. Miałem wrażenie, jakbym już kiedyś widział wystrój tego wnętrza. Wyciągnąłem z kieszeni zdjęcia, które dostałem od Kai. Piotr na obu był tak samo ubrany, a i otoczenie wyglądało identycznie. Wynikało z tego, że zaprosili Ivone na tę samą imprezę, na której była Kaja. Być może nawet ze sobą rozmawiały, ale tylko jedna pozostała nieświadoma roli drugiej. Jak Michał mógł na to pozwolić? Ciekawiło mnie, czy Piotr wiedział o zdradach Michała. Pewnie tak i zapewne krył go, jak przystało na dobrego kumpla.

Wyszedłem z budynku, czułem się jak po przebiegnięciu maratonu. Pojechałem jednak za chłopakami złożyć podstawowe raporty. Skserowali mój dowód osobisty, sfotografowali odznakę, zabrali mi kwity z firmy na broń, spisali nawet numer seryjny mojego glocka. Choć początek zapowiadał się nieprzyjemnie, dalej szło bardzo sprawnie. Działali dużo szybciej niż u nas i po około dwóch godzinach byłem wolny. Komisariat opuściłem w jeszcze gorszym nastroju. Czułem głód i zmęczenie do granic wytrzymałości. Byłem jak wyprany i przepuszczony przez wyżymaczkę.

Wsiadłem w wypożyczone auto i bez zwłoki zadzwoniłem na lotnisko. Pytałem o loty do Warszawy. W związku z tym, że to firma kupiła mi bilet lotniczy tylko w jedną stronę, powinienem dzwonić do nich i poprosić biuro o kupno powrotnego, ale nie miałem ani czasu, ani siły na formalności. Jeśli nie zwrócą mi tego kosztu, to trudno, pokryję podróż z własnych środków. Nie chciałem tu zostać ani minuty dłużej. Udało mi się zarezerwować lot za około dwie godziny. Wcisnąłem gaz do dechy i mknąłem przez miasto, starając się dojechać na czas. Najważniejsze było dla mnie oddanie auta i zapakowanie się do samolotu. W zasadzie to już powinienem być na lotnisku, ale liczyłem na mały ruch i szybką odprawę.

Jedynym problemem było to, że nie miałem przy sobie potwierdzenia, że mój glock należy do mnie, to znaczy do policji, i że mogę z nim podróżować. Licencje i poświadczenie od szefa oddałem po tym, jak mi go zabrali. Zaaferowany wszystkim dookoła przegapiłem moment, w którym wsadzili moje papiery do teczki sprawy. Miałem dwa wyjścia: albo wrócić po dokumenty i ryzykować spóźnienie się na samolot, albo jechać na lotnisko i tam, na miejscu, kombinować co dalej. Na samą myśl o dłuższym pobycie tutaj czułem poirytowanie. Nie mogłem sobie pozwolić na stratę czasu, więc zdecydowałem się zaryzykować z bronią i nie zmieniłem kursu. Choć kolejność powinna być inna, najpierw zadzwoniłem do Kai. Poinformowałem ją, że wracam do Warszawy i że za około cztery godziny będę na lotnisku.

– Wszystko w porządku? – dopytywała zatroskana.

– Tak – potwierdziłem. – Ale muszę się z tobą spotkać.

– Skąd ten pośpiech?

– Kiedy możemy się spotkać? – zignorowałem jej pytanie.

– Będę na lotnisku – zaproponowała, czym sprawiała mi ogromną radość.

– Muszę jeszcze wykonać kilka telefonów, więc do zobaczenia na miejscu.

Następnie streściłem szefowi przebieg zdarzeń. Nietypowo dla siebie słuchał uważnie. Odesłałem go do skrzynki pocztowej, gdzie powinna czekać na niego kopia nagrania. Chwalił mnie za dobrą robotę, ale ja w odpowiedzi przekazałem mu dane lotu, który zarezerwowałem, i poprosiłem, żeby szybko przygotował jeszcze raz papiery na moją broń. Malinowski oczywiście grubiańsko zaprotestował i opierdolił mnie za brak myślenia. Po raz kolejny słyszałem, że powinienem umieć dbać o własną dupę. Rozłączył się ze mną wściekły. Nie miałem pewności, czy przygotuje ponownie dokumenty, czy też oleje mnie i zostawi na pastwę losu – choćby po to, by dać mi lekcję.

Doszedłem do wniosku, że w najgorszym wypadku oddam pistolet na lotnisku, a potem złożę wyjaśnienie, dlaczego wróciłem bez broni. W tej sytuacji dostanę zjeby, nieważne, co bym zrobił. Łatwiej byłoby przejechać granicę samochodem, bo nie musiałbym nawet zgłaszać, że jestem uzbrojony, ale prawie sześć godzin w samochodzie to za dużo wrażeń jak na jeden dzień.

Zaraz po tym zadzwoniłem do Marka, żeby zapytać o zatrzymanych, ale nie odebrał. Wiedziałem, że jedyną osobą, która mogła jeszcze siedzieć w firmie, była Justyna. Przywitała mnie, kokietując i wychwalając za moje postępy. Musiał Malinowski się komuś pochwalić, bo wieści rozniosły się zaskakująco szybko, albo to właśnie na Justynę przerzucił konieczność załatwienia dokumentów i stąd wiedziała o moim sukcesie.

– Czekaj – wszedłem jej w słowo, gdy śpiewała mi psalmy pochwalne. – Muszę wiedzieć, co z zatrzymanymi. Sprawdzisz to dla mnie?

– Daj mi pół godziny – powiedziała już poważnie.

– Nie mam tyle czasu. Potrzebuję na już.

Poprosiła, bym poczekał na linii, a sama zadzwoniła na dołek. Słyszałem, jak dopytywała o typków, a potem podziękowała. Gdy podniosła słuchawkę, rzuciła lekko:

– Wypuszczeni.

– Co?! – ryknąłem.

– Chcesz, żebym ogłuchła? Nie drzyj się w słuchawkę.

– Dlaczego ich wypuścili? Na jakiej podstawie?!

– Na takiej, że minęły dwadzieścia cztery godziny, a ty nie dostarczyłeś dowodu.

– Kurwa mać! – zakląłem, waląc jednocześnie w kierownicę. – Przecież w zeznaniu Ivone jest czarno na białym, że ona to zleciła.

– Ale tego nikt jeszcze nie słuchał. Skąd mieli wiedzieć? Wysłałeś to raptem chwilę temu.

Zerknąłem na zegarek. Ta chwila to ponad cztery godziny. Jak to możliwe, że do tej pory nikt się tym nawet nie zainteresował. Czułem wściekłość z powodu nieudolności tych, którzy pracowali w firmie. Pewnie założyli, że to moja sprawa i przesłałem do szefa tylko po to, by potwierdzić zakończenie śledztwa. Wyrzucałem też sobie, że nie zadzwoniłem wcześniej. Nie poprosiłem o przetrzymanie ich. Czas mi po prostu przeciekł przez palce.

– Możesz ich wezwać na ponowne przesłuchanie? Chociaż mam przeczucie, że już spierdalają i zamiast tego będę potrzebować nakazu zatrzymania. Załatwisz mi to? – zapytałem już spokojnie.

– Załatwię – potwierdziła, a ja odetchnąłem.

Rozłączając się z nią, zacząłem główkować, co to oznacza dla Kai. Czy była bezpieczna, czy spróbują ponownie, czy też dadzą chwilowo spokój? Ivone nie odwołała zlecenia, a jeśli zapłaciła z góry, mogli próbować do skutku. Wysłałem więc wiadomość do Kai z prośbą, by uważała na siebie, a gdyby coś przykuło jej uwagę, powinna zadzwonić do Marka. Pomyślałem, że należałoby odwołać jej przyjazd na lotnisko, ale moja intuicja podpowiadała mi, że tym razem nic się nie wydarzy. Mimo to ponownie wybrałem numer Marka. Teraz odebrał i zapewniał, że stanie na wysokości zadania i że będzie miał telefon przy sobie nawet w kiblu. Zaoferował też, że wyśle patrol pod blok Kai. Podziękowałem mu i rozłączyłem się.

Następnie skontaktowałem się z chłopakami od audytu i poprosiłem o anulowanie sprawdzania firmy Piotra, jako powód podając znalezienie winnego przestępstwa. Chciałem zminimalizować koszty śledztwa, skoro już miałem Ivone. Stwierdzili, że jest już za późno i że w poniedziałek wkracza do niego skarbówka. Miałem cichą nadzieję, że coś znajdą, inaczej szef będzie się złościł o niepotrzebne wydatki.

Na lotnisku biegłem jak szalony, żeby zdążyć na samolot. Ludzie patrzyli na mój policzek i myśleli, że to ja jestem jakimś przestępcą, który chce uciec z kraju. W zasadzie mi się to podobało, bo ustępowali mi wszędzie miejsca w obawie przed bandziorem, który zaatakuje ich tylko dlatego, że zastąpili mu drogę. Dzięki temu błyskawicznie szybko znalazłem się przy bramce kontroli bezpieczeństwa. Bez słowa wyjaśnienia pokazałem odznakę. Kazali mi odejść na bok. Przyszła służba graniczna i od razu zapytali, czy mam przy sobie broń. Potwierdziłem. Zaprowadzili mnie do pokoju, gdzie zaewidencjonowano moje wyposażenie. Nie miałem jedynie kajdanek, bo zostały na nadgarstkach tego kolesia, który mnie zaatakował.

Nowy strażnik wszedł do biura i pokazał dokumenty, które przefaksował mój szef. Była licencja, były też moje dane. Oni jednak upierali się, że nie mogą polegać na kopii, a ja wtrąciłem się w rozmowę, deklarując, że jeśli to niewystarczające, mogę zostawić broń. Nie dbałem o to. Strażnik, słysząc moje oświadczenie, zaproponował umieszczenie broni w sejfie i powierzenie go ekipie samolotu. Zgodziłem się.

Usiadłem wygodnie w fotelu, przygotowany do lotu, i jak mantrę powtarzałem: „jeszcze dwie godziny i będę w domu". Choć próbowałem wyrzucić to z głowy, nadal rozmyślałem nad sprawą. Kiedy stewardessa wyjaśniła procedury bezpieczeństwa, doszedłem do wniosku, że w moim przesłuchaniu brakuje jednego ogniwa w łańcuchu. Co się stało, że opuścili hotel? I gdzie jechali? Ivone mówiła, że wzięli tabletki, bo chcieli się zabawić, wątpliwe więc było, że część planu stanowiła jazda samochodem. Prędzej zaszyliby się w pokoju i bzykali aż do zmetabolizowania prochów. Biorąc pod uwagę, że stężenie w chwili śmierci pozostało na wysokim poziomie, coś musiało ich zaskoczyć i zmusić do wyjazdu. Irytowało mnie, że przeoczyłem ten fragment jej opowieści. Starałem się wymyślić jakiś powód, ale trudno było dopisać zakończenie do tej skomplikowanej historii.

Poczułem, że ktoś delikatnie potrząsa mnie za ramię. Otworzyłem oczy i zobaczyłem sztucznie uśmiechniętą twarz stewardessy. Poinformowała mnie, że już wylądowaliśmy, a następnie prosiła o opuszczenie pustego już samolotu. Patrzyła jednak na mnie jak na niebezpiecznego typa.

Prosto z samolotu poszedłem się odświeżyć. Zmyłem zaschniętą krew z policzka. Rozcięcie momentalnie zrobiło się czerwone, więc przestałem przy tym grzebać. Delikatnie osuszyłem twarz papierowym ręcznikiem i wyszedłem z łazienki. Dołączyłem do tłumu kierującego się w stronę wyjścia. Przesuwaliśmy się dość powoli, zlewając się z falą ludzi z naprzeciwka, którzy czekali na przyjezdnych. Niektórzy wołali swoich bliskich, inni machali rękami, starając się skupić na sobie uwagę. Byli też podróżni, którzy poirytowani całym tym zamieszaniem opuszczali lotnisko w samotności. Skanowałem twarze, ale nigdzie nie widziałem Kai. Tłumaczyłem sobie, że mogła nie przyjechać, że może wypadło jej coś z dzieciakami. Nie dopuszczałem do głowy myśli, że nie dojechała ze względu na jakiś atak. Przeczesałem raz jeszcze tłum, tym razem bardziej nerwowo. Dostrzegłem ją w końcu stojącą lekko z tyłu, jakby nie była pewna, czy ma prawo stać w pierwszej linii. Kiedy nasze spojrzenia się skrzyżowały, uśmiechnęliśmy się do siebie, ale ona od razu spostrzegła mój zraniony policzek i zmarszczyła brwi. Szczerząc się nadal, ruszyłem do niej pewnie, zmniejszając dystans między nami i nie gubiąc kontaktu wzrokowego. Kiedy byłem już blisko, widziałem, że zaczerpnęła powietrza, żeby coś powiedzieć, zapewne zapytać o moją twarz, ale nie dałem jej dość do głosu i pocałowałem ją, chcą przekazać tym wszystko, co myślałem i czułem. Nie opierała się, więc uniosłem ją, a ona delikatnie objęła moją twarz. Sadzając ją sobie na biodrach, nie przerywałem i oddaliłem się od tłumu. Oparłem ją plecami o ścianę i wsunąłem dłonie w jej włosy. Na początku wyczuwałem jej niepewność, ale szybko się rozluźniła, bo chwilę potem zniewoliła mnie jej czułość i intensywność. Ktoś za nami zagwizdał, a ona schowała swoją twarz, opierając głowę o mój obojczyk.

– Nie zwracaj na to uwagi – prosiłem, nie wypuszczając jej z objęć.

– Co się stało? – Dotknęła delikatnie mojego policzka, a ja syknąłem jak najlepszy aktor, udając ból.

Oderwała dłoń przestraszona, a ja zaśmiałem się w głos.

– Dostałem w gębę.

– Na lotnisku? – zgadywała, na co ewidentnie wskazywała świeżość rany.

– Nie. – Postawiłem ją na nogi. – Możemy pojechać do mnie?

– Porozmawiać? – Przekrzywiła lekko głowę, uśmiechając się zadziornie.

Flirtowała ze mną, co działało na mnie niesamowicie. Dodało mi to siły i pewności.

– Rób tak dalej – zagroziłem, nachylając się i sugerując, że znów porwę ją w objęcia.

– Co się stało? – zadała mi to samo pytanie, ale wiedziałem, że tym razem ma na myśli moje zachowanie w stosunku do niej.

– Wiele zrozumiałem. – Ścisnąłem jej dłoń i poprowadziłem ją do wyjścia.

Przypomniało mi się, że mój glock został w sejfie, zawróciłem więc w kierunku obsługi klienta, ciągnąc Kaję za sobą. Szła za mną posłusznie, dopytując, czemu nie wychodzimy. Zatrzymałem się gwałtownie i odwróciłem, a ona, nieprzygotowana na to, wpadła w moje objęcia. Nie mogąc oprzeć się jej bliskości, wykorzystałem ten moment, żeby znów ją pocałować. Nachyliłem się, a ona zamknęła oczy, gotowa na mnie. Zawisłem tuż nad jej twarzą, by chwilę na nią popatrzeć. Nacieszyć się nią z tak bliska. Sam nie mogłem uwierzyć, że nie protestuje, nie zadaje pytań i po prostu pozwala mi na to. Przepełniła mnie nieopisana radość. Tak bardzo się bałem, że to, co poczułem do niej, jest tylko jednostronne, że ona jest na to obojętna. Wszystko działo się tak szybko, ale czekanie i podchody to nie mój styl. Choć nie miałem pewności, jak zareaguje, zdecydowałem się wziąć sprawy w swoje ręce. Nie pytać, czy mnie chce, czy mogę ją pocałować. Istniało duże prawdopodobieństwo, że robiąc to wbrew jej woli, z zaskoczenia, dostanę w gębę po raz drugi dzisiaj, ale warto było zaryzykować.

Nasze usta zetknęły się ponownie, a mnie przeszyła fala pożądania. Jednak nie było to tak jak do tej pory, że czułem tylko fizyczne podniecenie, teraz chciałem pokazać, jak bardzo mi na niej zależy, dać dowód mojego oddania. Powiedzieć jej, że właśnie w Niemczech zdałem sobie sprawę, że po raz pierwszy w akcji nie myślałem o tym, jaka mnie czeka przygoda, tylko jak bardzo chciałem wracać do domu. Do niej. Chciałbym z nią dzielić każdą chwilę. Gdybym mógł, nie wypuszczałbym jej z objęć. Tym razem to ona odsunęła się jako pierwsza i cichym głosem poprosiła, bym załatwił to szybko.

Do punktu obsługi doszedłem z odznaką w ręku. Wyciągnąłem też wydruki z faksu z licencją i zanim zacząłem tłumaczyć, kobieta zgłosiła przez telefon, że przyszedłem po odbiór broni. Byłem wdzięczny, że została poinformowana. Kaja stała przy mnie. Po niedługiej chwili przyszedł strażnik.

– Oboje jesteście z policji? – zapytał zdezorientowany. – Bo my mamy tylko jeden pistolet.

– Nie – odpowiedziałem. – To moja dziewczyna.

Nie spojrzałem na jej reakcję. Nawet jeśli nią nie będzie, nie miałem teraz czasu na tłumaczenia. Strażnik przytaknął i poprosił tylko mnie o pójście z nim do biura.

KAJA

Rano odbyłam z chłopakami bardzo ważną rozmowę. Celowo nie zawiozłam ich do szkoły na pierwszą godzinę, tylko zabrałam do pobliskiej kawiarni. Tętniło w niej życie, bo każdy chciał złapać kawę i pobiec do pracy, więc kiedy usiadłam przy metalowym stoliku, wręczyłam chłopakom czekoladę i starałam się przekrzyczeć panujący hałas. Obaj uśmiechali się, czekając na rozwój wydarzeń.

Zaczęłam od przeproszenia ich za to, że w ostatnim czasie nie byłam obecna w ich życiu. Choć obaj sprawiali wrażenie, jakby nie rozumieli, po co to robię, słuchali uważnie. Ogromnie ważne było dla mnie, by wiedzieli, że postąpiłam źle i że zrobię wszystko, żeby im to wynagrodzić. Na hasło „nagroda" rozweselili się. Zaczęli wymieniać, co chcieliby dostać. Rzecz jasna dla nich liczyły się zabawki, a nie to, co ja próbowałam im zaoferować – swój czas i uwagę. Musiałam przełknąć gorzką prawdę: przywykli już do mojej nieobecności, co jeszcze bardziej utwierdziło mnie w przekonaniu, że nadszedł czas, bym potraktowała rodzicielstwo bardziej serio.

Chłopcy dojechali do szkoły na drugą lekcję. Zupełnie im nie przeszkadzało, że byli spóźnieni. Nauczycielkom skłamałam o pilnej konieczności zabrania dzieci na wizytę do lekarza. Cieszyłam się, że moje dzieci nie słyszały tych rozmów, bo inaczej znów straciłabym wiarygodność w ich oczach.

Południe minęło bardzo szybko. Wszystko przez to, że zajęłam się domem, dając mamie wolne. Widziałam, że nie umiała znaleźć sobie miejsca i wręcz kręciła się w poszukiwaniu jakiegoś zajęcia. Znudzona jak mops pojechała ze mną po dzieci. Po południu zostaliśmy na placu zabaw. Dopiero głód wygonił chłopaków z piachu. W przeciwnym razie siedzieliby zakopani niczym dwa krety na polu z kopcami.

Resztę dnia spędziliśmy na układaniu puzzli i różnych grach. Uśmiechy nie schodziły im z ust, a kiedy kładłam ich spać, dostałam tyle buziaków, że musiałam teatralnym gestem wytrzeć policzki. To z kolei zachęciło ich do wygłupiania się. Jako cel postawili sobie pocałować mnie tyle razy, aż przestanę się wycierać. Sprawiało im to ogromną frajdę. Ich śmiech ściągnął nawet mamę, która udając złą, dała nam reprymendę za tak długie usypianie. Nie chciała, by chłopcy wybijali się z rytmu. Dla mnie też czas miał znaczenie, bo po tym, jak Sebastian poprosił, bym przyjechała na lotnisko, nie mogłam przestać o nim myśleć.

Jadąc na lotnisko, siedziałam w fotelu kierowcy jak na szpilkach. Obserwowałam otoczenie, ale nie widziałam nic podejrzanego. Gdy ktoś jechał za mną dłużej, niż powinien, ogarniała mnie panika, zmieniałam pasy i sprawdzałam, czy jestem śledzona, czy też tylko ponosi mnie wyobraźnia. Zazwyczaj auto zostawało w tyle albo skręcało, a ja uciekałam.

Parkując na lotnisku, obejrzałam się kilka razy, zanim wysiadłam. Nie czułam się tutaj bezpiecznie. Dopiero gdy zobaczyłam policję tuż przed wejściem na terminal, odetchnęłam. Policjanci wprawdzie przeganiali kierowców, którzy blokowali ruch, ale mnie to wystarczało.

Na terminal przylotów wręcz wbiegłam, ale dopiero po tym, jak znalazłam się w środku, dotarło do mnie, że zaraz spotkam Sebastiana, a moja głowa jak nigdy była pusta… Gdy zobaczyłam na tablicy przylotów samolot z Berlina, ogarnął mnie strach. Bałam się, ale nie wiedziałam czego. Chciałam wyglądać na taką, którą sprowadziły tu sprawy Michała, ale w środku wiedziałam, że było zupełnie inaczej. Nie mogłam tego jednak po sobie pokazać. Stałam jak zamurowana z dala od wyjścia i czekałam. Gdy tylko zobaczyłam Sebastiana, ucieszyłam się na jego widok, ale trwało to tylko do momentu, w którym dostrzegłam jego zraniony policzek. Patrzyłam mu prosto w oczy i czekałam. Nigdy nie przypuszczałam, że tak mnie przywita. Zauważyłam zmianę w jego nastawieniu, w tym, jak ze mną rozmawia, ale nie sądziłam, że on też coś poczuł. Moment, w którym wyjęłam mu kluczyk z ust, powracał w moich myślach wielokrotnie. Odpychałam go od siebie, bo sądziłam, że to tylko moje ciało, po tak długiej przerwie, reaguje w ten sposób na kontakt z mężczyzną. Przecież pierwszy pocałunek z Piotrem też był miły, a dopiero potem dotarło do mnie, że to nie dla mnie. Te emocje były zbyt płytkie, by mogły przetrwać. Każda próba kontaktu ze strony Piotra irytowała mnie. Całkowicie straciłam nim zainteresowanie i jedyne, o czym myślałam, to by dał mi spokój.

Z Sebastianem z kolei do niczego nie doszło poza tym, że wyjęłam mu kluczyk z ust, ledwie dotykając jego dolnej wargi, ale ten fizyczny kontakt poruszył mnie do szpiku kości. Zaskoczyło mnie to ogromnie, ale stłumiłam w sobie reakcję, żeby nie pokazać, jak na mnie to zadziałało. Na szczęście on niczego nie zauważył, bo – jak typowy facet – skupił się na moim ciele, a dokładniej na dekolcie. Zerknął na biust, ale doskonale wiedziałam, że to nic nie oznaczało. Po prostu znalazł się blisko, w polu widzenia. Wobec tego musiałam potraktować to lekko i odepchnąć od siebie tę ciekawość spowodowaną kontaktem, która popychała mnie, by sprawdzić, czy to tylko jednorazowe, czy też mogłoby się powtórzyć z taką samą intensywnością.

Przewróciłam więc oczami, dając mu do zrozumienia, że nie spodobało mi się to, ale jednocześnie uśmiechnęłam się lekko. Zależało mi na tym, żeby moja reprymenda go nie zniechęciła. Schlebiało mi jego zainteresowanie i choć zabawnie to brzmi, jego reakcja wydała mi się taka szczera, prawdziwa i urocza.

Gdybym chociaż przypuszczała, że będzie chciał mnie pocałować na lotnisku, mogłabym się jakoś przygotować. Choć z drugiej strony to zaskoczenie było chyba jeszcze fajniejsze. Całował dokładnie tak, jak chciałam być całowana. Każda moja komórka budziła się do życia, a moje ciało przeszywały dreszcze. Teraz dopiero dowiedziałam się, co znaczy rój motyli, co to znaczy czuć coś naprawdę. Chciałam zatrzymać czas, by trwało to wiecznie, by nic tego momentu nie zepsuło. W mojej głowie nastała pustka, a ja poczułam się błogo. Bezpiecznie.

Sebastian wyszedł ze strażnikiem z biura. Mimo zranionego policzka wyglądał bardzo seksownie. Z daleka nawiązaliśmy kontakt wzrokowy, on puścił do mnie oko, a ja przygryzłam wargę, powstrzymując się przed wybiegnięciem do niego. Jedyne, czego teraz pragnęłam, to żeby znów znaleźć się w jego ramionach. Było to dla mnie tak niesamowicie zaskakujące uczucie. Przecież nie tak dawno temu tłumaczyłam sobie, jak to mnie Michał zranił, jak nie będę potrafiła nikomu zaufać, a teraz uśmiechałam się do Sebastiana szczęśliwa, że po prostu był obok. Tylko tyle.

Zrelacjonował mi przejścia z polską służbą graniczną, konfrontując to z oddaniem broni w Berlinie, a ja jedyne patrzyłam na jego usta. Z tym kilkudniowym zarostem i podbitym okiem wyglądał tak zadziornie, jak buntownik. Dopiero teraz dotarło do mnie, jak bardzo mi się podoba. Przypomniało mi się, jak go wtedy oceniłam na parkingu, co mnie teraz bardzo rozbawiło. Jak ja mogłam kiedyś nazywać go osiłkiem i jeszcze wyobrażać go sobie, jak siedzi w białym podkoszulku, wyciska siódme poty z domowymi sztangami i pali papierosa, trzymając go tylko ustami.

Sebastian zarzucił mi rękę na ramiona i przyciągnął do siebie. Powinnam się czuć niezręcznie, bo w zasadzie nic o nim nie wiedziałam, a mimo to czułam, że jest mi taki bliski.

Słuchając, jak opowiada o stewardessie w samolocie, opuściliśmy terminal przylotów i poszliśmy w kierunku parkingu. Pokazałam mu, gdzie zaparkowałam, pytając jednocześnie o jego adres, on jednak poprosił o kluczyki. Widziałam, że był zmęczony, ale zaufałam jego osądowi i wsiadłam od strony pasażera. Wyjeżdżając z parkingu, wybrał bramkę płatności gotówką i pokazał policyjną odznakę. Strażnik nawet nie pytał go o nic i otworzył od razu szlaban.

– Nie uważasz, że nadużywasz tego przywileju? – zapytałam żartobliwie.

– Taki urok tej pracy, raz dostaję w gębę, raz nie płacę za przejazd. Poza tym jest coś przyjemnego w tym, że ludzie się mnie boją i mnie szanują. To mój fetysz.

Musiałam przyznać, że też to w nim lubiłam. Tę zadziorność i pewność siebie.

– A co z tym drugim facetem? Tym, który cię uderzył?

– Wygląda dużo gorzej niż ja – wyznał poważnie. – Adrenalina wzięła górę i zmasakrowałem go, ale na swoje usprawiedliwienie mogę powiedzieć, że bałem się, że gość może mieć nóż albo jakąś broń.

Ciarki mnie przeszły, gdy to usłyszałam. Nie wiedziałam, czemu założyłam, że to było coś niegroźnego. Gdyby nie jego policzek, nawet nie przyszłoby mi do głowy, że używa siłowych rozwiązań do rozwikłania sprawy. Durnie założyłam, że wszystko odbywa się tak kulturalnie: policjant jedzie, zadaje pytania, dostaje odpowiedzi, spisuje je sobie w notatniku i wraca dumny po medal i podwyżkę.

– A miał? – dopytałam, choć wcale nie chciałam tego wiedzieć.

– Gdyby miał, to by go zbierali szufelką – rzucił rozbawiony.

Tym razem spojrzałam na niego, starając się wyobrazić sobie całą tę sytuację.

– Boisz się, że nie umiem się opanować? – Starał się odgadnąć moje myśli.

– Nie, myślałam raczej o tym, jak niebezpieczną masz pracę. Jeden mały błąd i możesz nie wrócić do domu – wyraziłam się ogólnie, ale oboje wiedzieliśmy, co zaprząta moje myśli.

– To nie błąd sprawił, że dziś oberwałem. Tak samo jak kiedyś z tym postrzałem – wyjaśnił, nie odrywając wzroku od trasy. – To moja brawura. Brak rozwagi, brak powodu, dla którego powinienem być ostrożny.

– To nie masz powodu, żeby uważać?

– Mam – uśmiechnął się i sięgnął po moją dłoń. – Do tej pory wydawało mi się, że zastrzelony w akcji byłbym niczym bohater, że ludzie by mnie podziwiali, szanowali. Wiem, że to dziecinne, ale to mnie napędzało… chciałem zostać zauważony…

Chciałam mu przerwać, ale nie dał mi dojść do słowa.

– Będąc tam, w Niemczech, jedyne, o czym myślałem, to ty. – Zerknął na mnie kokieteryjnie. – To uczucie jest dla mnie nowe, co w połączeniu z szybkością rozwiązania sprawy Michała uśpiło moją czujność. Pospieszyłem się.

– Dowiedziałeś się, co się stało? – zmieniłam temat, zostawiając jego wcześniejszą deklarację w zawieszeniu.

W każdych innych okolicznościach kontynuowałabym temat, ale wspomnienie imienia mojego byłego męża brutalnie sprowadziło mnie na ziemię, przysłaniając cały świat. Michał. Jego decyzje to wszystko, wokół czego kręcił się każdy mój dzień. Nie mogłam sobie pozwolić na chwilę wytchnienia, bo zawsze wracał jak bumerang.

– Tak.

– Powinnam wiedzieć? – Ostrożnie badałam grunt.

– Myślę, że tak.

Wzięłam głęboki oddech przygotowana na prawdę, ale Sebastian stwierdził, że to nie jest właściwy moment. Przez jakiś czas mknęliśmy prawie pustymi ulicami do jego domu. Powinnam się otrząsnąć, skupić się na czymś innym, ale rozważałam, co mogło się stać w Niemczech. Skąd bójka? Z kim? To najważniejsze. Czy ze zleceniodawcą wyroku na Michała? Czemu nie mógł mi teraz, w samochodzie powiedzieć, kto za tym stoi? A może jednak chodziło o Piotra i chcieli go najpierw aresztować?

Kiedy ja byłam pogrążona w rozmyślaniach, Sebastian zaparkował na podjeździe do całkiem sporego domu, pochłoniętego teraz w całości czarnością nocy. Dostrzegłam jedynie jego kształt w blasku księżyca. Na podjeździe nie było żadnego światła.

– Tutaj mieszkasz? – Wskazałam na wyglądający na opuszczony budynek.

Zanim odpowiedział, wysiedliśmy. Zamknął auto i uśmiechnął się serdecznie.

– To dom mojej babci, a ja dostałem go niecały rok temu. – Podszedł ze mną do drzwi, otworzył je szeroko i uprzedził: – Cały czas jestem w fazie remontu, więc przepraszam za bałagan.

Weszłam do środka i od razu uderzył mnie zapach drewna. Sebastian włączył światło, które ukazało wnętrze w całej okazałości. Spodziewałam się starego domu, zniszczonego i w stanie, który wymagał ogromnego nakładu pracy. Przez remont rozumiałam burzenie, malowanie i towarzyszący temu brud. Tymczasem jego dom był czysty i... pusty. Główny pokój był połączony z kuchnią, ale między jednym a drugim rysowała się wyraźna granica w postaci wyspy, która odcinała kuchnię w mniejsze pomieszczenie. To z pewnością te meble tak pachniały, a może też belki na suficie. Patrzyłam, jak Sebastian idzie na bok pokoju, którego całą ścianę wypełniały okna. Otworzył na oścież skrzydła drzwi, by wpuścić świeże powietrze, i przy okazji zapalił światło na zewnątrz. Za tym długim rzędem okien kryła się przecudna przeszklona altana, z której wychodziło się na ogród.

– Wymarzone miejsce, żeby malować – powiedziałam na głos, choć bardziej do siebie niż do niego.

– Malować, ale co? – Nie zrozumiał, do czego zmierzałam.

– Sztukę – przedrzeźniałam go, a on zmarszczył brwi, udając zafrasowanego.

Następnie przeszedł do kuchni, gdzie uchylił kolejne okno.

Nie miał zbyt dużo mebli na wyposażeniu. Domyśliłam się, że sporo z tego, co miała jego babcia, usunął. Poza stołem, kanapą i telewizorem nie potrzebował zbyt wiele. Jego dom, choć pusty, wyglądał ciepło i zapraszająco. Rozglądałam się dookoła, wdychając miły zapach wnętrza.

– Ładnie tu – skomentowałam.

– Nie byłem tu od jakiegoś czasu. Mam jeszcze kawalerkę w centrum. Zwykle kończę za późno, żeby tu jeszcze pracować, więc jakoś tak gramolę się z tym remontem.

– Niewiele ci zostało. – Rozejrzałam się ponownie dookoła.

Sebastian ściągnął kurtkę i położył ją na oparciu krzesła. Ubrany był w czarny, przylegający do ciała podkoszulek, ale mimo wszystko dostrzegłam kaburę.

– Nie ściągasz tego, jak wchodzisz do domu? – Podeszłam bliżej.

– Nie zwracam już na to uwagi, to jak część mojego ciała… Ale mogę zdjąć, jeśli ci to przeszkadza.

Potrząsnęłam przecząco głową i podeszłam jeszcze bliżej. Na moment zatrzymałam się przed nim, żeby nacieszyć się jego spojrzeniem, ale po chwili stanęłam za nim, z tyłu, i dotknęłam skórzanego paska między jego łopatkami. Promieniował ciepłem jego ciała. Podążyłam za paskami, wsuwając dłonie pod jego pachy. Oboje milczeliśmy. Jeden z pasków prowadził mnie do broni, spoczywającej na jego sercu. Drugą dłoń po prostu położyłam na jego piersi. Czułam, jak oddycha spokojnie. Czekał na moją reakcję, a mnie się wydało, że każdy mój ruch był jak w zwolnionym tempie. Przesunęłam dłonie ku górze i chwyciłam paski na ramionach.

– Musisz najpierw odpiąć pod pachą i przy pasku od spodni – poinstruował mnie, nie poruszając się ani na milimetr, jakby w obawie, że mnie spłoszy.

Słuchając jego wskazówek, najpierw odpięłam mały pasek trzymający się paska jego spodni. Następnie wróciłam dłonią do paska pod pachą i szukałam palcami zapięcia. Znalazłam symetrycznie ułożone zapięcia i jednocześnie delikatnie je odpięłam. Chwyciłam za paski na ramionach i ściągnęłam je. Sebastian złączył łopatki, żeby pomóc mi uporać się z ciasną skórą. Był niesamowicie umięśniony. Widziałam, jak rysuje się każdy jego mięsień pod koszulką, gdy poruszał ramionami.

Nie odchodząc od Sebastiana, odłożyłam delikatnie kaburę na stół. Położyłam mu obie dłonie płasko na plecach, a on wziął głęboki oddech. Przesunęłam je ku górze i zatrzymałam się na chwilę na obojczykach. On od razu dotknął policzkiem mojej dłoni i najpierw delikatnie potarł wierzchnią stronę, a potem pocałował lekko moje palce. Choć mnie nie widział, uśmiechnęłam się do niego. Ta drobna czułość z jego strony znaczyła dla mnie więcej niż ten intensywny pocałunek na lotnisku. Obrysowałam dłońmi kształt jego ramion, schodząc niżej, do łokci, a potem do nadgarstków. Wsunęłam swoje dłonie w jego – otwarte i zrelaksowane. Zamknął mnie ciasno w swoich, ale zwolnił uścisk i pozwolił mi dalej badać swoje ciało. Przysunęłam się krok bliżej. Dzieliły nas zaledwie centymetry. Objęłam go, przytulając się do niego, a następnie wyciągnęłam mu koszulkę ze spodni i wsunęłam swoje dłonie pod materiał, tuż nad paskiem. Dotknęłam jego brzucha, co obudziło we mnie niesamowite emocje. Sam fakt, że w końcu dotykałam go bezpośrednio, nie przez materiał koszulki, przyprawił mnie o drżenie. Miałam wrażenie, że jego skóra jest gorętsza niż moja. Sprawdzałam każdy cal jego ciała, włożyłam mu palec w pępek i zakręciłam nim w kółko. Znów się uśmiechnęłam, zauważając, że mój dotyk przyprawił go o gęsią skórkę. Pociągnęłam też delikatnie za włosy poniżej pępka, ale nie wydał z siebie żadnego dźwięku. Byliśmy zatopieni w ciszy, która zmieniła powietrze w lepką gęstość. Słyszałam jedynie jego oddech przez rozchylone usta. Zapytałam go szeptem, czy mogłabym mu zdjąć koszulkę, ale nie zaczekałam na jego odpowiedź, tylko zaczęłam ją podciągać. On, wychodząc mi naprzeciw, chwycił ją tuż nad karkiem i ściągnął przez głowę. Rzucił ją na podłogę tuż pod naszymi nogami. Miał na plecach ogromny tatuaż. Musiałam odwrócić głowę na bok, by rozpoznać wijącego się smoka. Przesunęłam palcem od łba zwierzaka dalej po ciele, a potem przywarłam do niego. Oparłam się czołem o plecy Sebastiana i wciągnęłam powietrze. Jego zapach, ciepło i ten błogi spokój sprawiły, że chciałam więcej. Zupełnie nie zastanawiając się, czy mogę, czy to właściwa decyzja, wyłączyłam wszystkie myśli i musnęłam ustami jego skórę, a potem przesunęłam językiem po kręgosłupie. Zaraz po tym Sebastian odwrócił się do mnie.

– To już jest jak tortura. – Objął moją twarz. – Czuć to wszystko i cię nie widzieć.

Patrzyłam mu prosto w oczy. Widziałam w nich swoje odbicie. Przytuliłam się do niego, do jego nagiej klatki, a on przycisnął mnie do siebie, dając mi w ten sposób poczuć, że nic poza nami się teraz nie liczyło. Spojrzałam do góry na jego uśmiechniętą twarz. Zamknęłam oczy i wysunęłam podbródek. Gdy dotknął mnie swoimi ustami, ziemia się pode mną zapadła. Miałam wrażenie, że gdyby nie jego ramiona, gdyby nie to, że mnie trzymał, upadłabym. On przerwał pocałunek, porwał mnie w objęcia i zaniósł na górę.

Choć protestowałam, że mogę iść sama, on nie chciał mnie puścić. Mówił, że sprawia mu to większą przyjemność. Położyłam dłoń na jego karku i głaskałam jego skórę. Uśmiechał się do mnie aż do momentu, gdy przekroczył próg sypialni. Tam postawił mnie tuż przy łóżku, a następnie zaczął całować tak namiętnie, że westchnęłam, co z kolei podziałało na niego niczym katalizator. Odsuwał się ode mnie tylko na chwilę, by ściągnąć ze mnie ubrania, a potem wracał i na nowo zasypywał pocałunkami. Kiedy sięgnęłam paska jego spodni, zwolnił na chwilę. Zrozumiałam, że to był moment, na który długo czekał, więc starałam się zrobić to tak, by jego doznania były tak samo intensywne jak moje. Powoli rozpięłam pasek, a potem guziki jego spodni. Najpierw zsunęłam jego jeansy, a potem wsunęłam dłonie w jego bokserki. Wodziłam palcami po krawędzi majtek, dotykając jedynie jego włosów łonowych. Przesuwając dłonie na jego biodra ściągnęłam bokserki w dół. W tym momencie Sebastian szepnął w moje usta, bym go dotknęła, bo zwariuje, jeśli tego nie zrobię. Objęłam dłonią jego penisa, a on westchnął ciężko. Poruszałam nią w górę i w dół. Jego spojrzenie stało się mgliste, na chwilę zamknął oczy i odchylił głowę. Stałam przed nim nago, mój oddech falował, a moje ciało drżało. Intensywność doznań sprawiała, że traciłam kontakt z rzeczywistością. Nie liczyło się nic poza nami. Sebastian najpierw położył moje ręce na swojej szyi, a następnie chwycił mnie za uda i posadził sobie na biodrach. Usiadł ze mną na łóżku, trzymając mnie na kolanach…

SEBASTIAN

Po raz pierwszy moje zmysły były tak wyostrzone i to nie dlatego, że ta kobieta tak na mnie działała, lecz dlatego, że chciałem dać jej wszystko, co tylko mogę. Słuchałem jej, wyczytywałem z jej ruchów i dźwięków, co jej się podobało, a co nie – choć mógłbym przysiąc, że wszystko robiło na niej ogromne wrażenie. Trzymałem ją na kolanach, ale czekałem na jej ruch. Chciałem, by to ona decydowała o wszystkim, by była na pierwszym miejscu. Jej przyjemność, jej satysfakcja i jej poczucie bezpieczeństwa. Za mało ją znałem, a zbyt bardzo się bałem, że mógłbym ją zranić pośpiechem. Było to dla mnie rzecz jasna nie lada wyzwanie, ponieważ widząc ją nagą, chciałem jak najszybciej znaleźć się w niej. Delikatność i niepewność, z jaką mnie dotykała, sprawiały, że godziłem się na wszystko. Całowałem jej szyję, piersi, sutki, którym nie dawałem spokoju, słysząc jej jęknięcia. Wodziłem dłońmi po jej pośladkach i przesuwałem się do wnętrza jej ud, gładząc jej aksamitną skórę. Sięgnąłem kciukiem do jej łechtaczki. Na samo dotknięcie wygięła się w łuk. Przytrzymałem ją drugą dłonią, a gdy zaczęła poruszać rytmicznie biodrami, zrozumiałem, że to ten moment. Odsunąłem się od niej na chwilę i sięgnąłem do szuflady przy łóżku. Wyciągnąłem prezerwatywę, a ona zaproponowała, że mi ją nałoży. To, jak poruszała dłońmi, jak mnie dotykała, sprawiało, że byłem na krawędzi. Jak dzieciak, jak szczeniak, który nie miał nigdy kobiety. Zaskakiwały mnie moje własne reakcje i mimo że chciałem ją porwać w ramiona i kochać się z nią już teraz, to zwalniając własne ruchy, delikatnie położyłem ją na łóżku. Uśmiechała się do mnie, ale gdy tylko znalazłem się tuż nad nią, spoważniała. Sięgnęła dłońmi do mojej szyi i przyciągnęła mnie do siebie. Całowałem ją namiętnie, a ona dotykała moich pleców.

Czekałem, aż mnie poprosi, aż powie, że jest gotowa. Kiedy to zrobiła, delikatnie w nią wszedłem. Zareagowała od razu. Wypuściła powietrze z jęknięciem, które dostało się gdzieś do mojego wnętrza. Moje ciało ogarnięte było pożarem, który narastał z każdą chwilą. Chciałem, by to ona decydowała o pozycji, o tempie, o tym, jakiego seksu potrzebuje, ale wszystko stało się tak naturalnie. Samo z siebie. Kiedy powiedziała moje imię, myślałem, że oszaleję. Przyspieszyłem, a ona wiła się pode mną, doprowadzając mnie do ekstazy. Jej jęki, szepty i pocałunki spowodowały, że mój własny orgazm wyłączył we mnie wszystkie myśli. Widząc ją spełnioną, z wypiekami na twarzy, uśmiechnąłem się do niej i pocałowałem jej nos.

KAJA

Seks z Sebastianem był delikatny i czuły. Dotykał mnie z wyjątkową łagodnością. Nie mówiliśmy nic do siebie, czytaliśmy sobie wzajemnie myśli z reakcji naszych ciał. Zaskakiwało mnie, jak on potrafił słuchać, jak czujny był na moje najmniejsze sygnały. Reagował tak, jakby to był jego pierwszy raz. Przyjmował każdy mój dotyk i pocałunek z drżeniem, z pasją, co jeszcze bardziej mnie pobudzało. Z kolei jego dłonie parzyły mnie jak ogień. Nie potrafiłam stwierdzić, czy to za sprawą jego czułości, czy też ze względu na wiele miesięcy, które upłynęły, od kiedy ostatni raz byłam z mężczyzną, ale moje doznania zapierały mi dech w piersi. Nigdy nie byłam tak dotykana i tak całowana. Nigdy nie czułam seksu tak intensywnie. Zatraciłam się w nim. Oboje czuliśmy coś prawdziwego, głębokiego i szczerego. Nie spieszyliśmy się. Kochaliśmy się kilka razy, za każdym razem odkrywając siebie nawzajem.

Gdy w końcu zaspokoiliśmy potrzebę tej intymnej bliskości, leżeliśmy obok siebie w łóżku. Nadal było ciemno, jedynie skąpe światło księżyca dawało lekki poblask, wkradając się do pokoju przez szeroko otwarte okno. Najpierw wpatrywaliśmy się w siebie, a potem zaczęliśmy się uśmiechać jak nieśmiałe nastolatki, nie wiedząc, co powiedzieć. Sebastian odezwał się pierwszy.

– Do dzisiaj myślałem, że seks to branie, czerpanie korzyści. Wiesz, że każda z osób chce własnego spełnienia.

– Nie wiem, czy chcę tego słuchać. – Zakryłam mu dłonią usta.

On delikatnie mnie ugryzł i dokończył swoją myśl:

– Tam, na dole, gdy stałaś za mną, czułem się tak, jakbym stał nad krawędzią, a potem spadał w dół, szybując bezszelestnie w powietrzu. To było coś na pograniczu takiej niesamowitej przyjemności pomieszanej ze strachem.

– Strachem?

– Jakkolwiek to zabrzmi – zaczął, uśmiechając się – do dzisiaj wydawało mi się, że widziałem wszystko i doświadczyłem wszystkiego. A tam, na dole, po raz pierwszy nie wiedziałem, co myśleć, co czuć. Ogarnął mnie strach, że te uczucia są mi tak nieznane, a jednocześnie tak silne.

Pocałował mnie w czubek nosa, a ja nie wiedziałam, jak zareagować, co powiedzieć. On za to zupełnie bez oporów dzielił się ze mną swoimi przemyśleniami.

– Od teraz nic już nie będzie takie samo. Musisz zostać w moim życiu. – Delikatnie pogładził moje ramię i przyciągnął mnie do siebie jakby na znak, że nigdzie mnie nie puści.

Położyłam głowę na jego klatce piersiowej, przełożyłam też nogę przez jego nogi.

– A co, jeśli mi się nie uda? Co, jeśli okoliczności nie będą sprzyjające?

– Pieprzyć okoliczności – wypalił typowo dla siebie Sebastian. – Zrobię wszystko, żebyśmy byli razem.

– A co to jest to wszystko? – zapytałam retorycznie.

– Rzucić się w wir pracy, pojechać do Niemiec, ścigać ludzi, dostać w ryj, mieć zastęp gliniarzy drących się po niemiecku za swoimi plecami, mieć świadomość, że każdy z nich celuje w moją głowę, a na koniec wrócić na łeb na szyję z powrotem, żeby dać ci odpowiedzi na pytania.

– Nie, to już nie jest moje „wszystko" – odpowiedziałam. – Doceniam, co zrobiłeś, ale nie chcę nic więcej wiedzieć. Poznanie przeszłości nic nie zmieni, wolę słuchać swojego serca i tego, co czuję.

Wtuliłam się w niego mocno. Czułam, jak rysuje kółka na moich plecach. Było w tym coś tak niezwykłego, że zamknęłam oczy, rozkoszując się chwilą. Nie myślałam o tym, co będzie jutro, czy będziemy razem, czy też każde z nas wstanie rano i ruszy w swoim kierunku. Z jednej strony rozumiałam Sebastiana i jego strach, bo dla mnie to też było takie nowe, ekscytujące, a zarazem przerażające, że bałam się o siebie, o dzieci. Jednak gdy na niego zerkałam, gdy czułam, jak jego dłoń wędruje po moim plecach, przepełniało mnie kojące uczucie. Tak, jakbym znalazła miejsce na ziemi, gdzieś, gdzie nie muszę się martwić, gdzie wszystko jest łatwe i naturalne.

Sebastian pocałował mnie czule w czoło. Zastygliśmy tak na chwilę. Za oknem świtało, a ptaki zaczynały śpiewać. Wsłuchiwałam się w ich trele, a po chwili odpłynęłam.

Rano obudziłam się z dziwnym przeczuciem, że ktoś na mnie patrzy. Otworzyłam oczy i zobaczyłam uśmiechniętego Sebastiana. Momentalnie zdałam sobie sprawę, że jestem naga, więc naciągnęłam na siebie kołdrę.

– Daremny trud. – Odkrył moją głowę. – Już się napatrzyłem.

– Wrr... – warknęłam na niego, sygnalizując, żeby nie drażnił bestii. Jednocześnie zachichotałam, a on wsunął się do mnie pod kołdrę. Zamiast się ze mną zrównać, zsunął się niżej.

– Jeszcze nie kochaliśmy się przy świetle dziennym. – Pocałował mój brzuch, a fala dreszczy przeszła przez moje ciało.

Starając się uniknąć jego dotyku, odsunęłam się od niego i obróciłam się na bok, co odebrał jako wyzwanie, bo od razu przewrócił mnie na plecy i położył się na mnie, blokując moje ruchy. I choć początkowo udawałam oburzoną, że wcale mi się to nie podoba, z czasem z nieskrywaną przyjemnością poddałam się jego pieszczotom. Każde kolejne zbliżenie z nim było jeszcze lepsze niż poprzednie. To był on, jego dotyk, jego usta.

Tak często współżyłam w czasach, kiedy miałam siedemnaście lat i dopiero odkrywałam seks. Wtedy kierowała mną ciekawość sprawdzenia możliwych pozycji. Teraz była to potrzeba bycia z nim. Choć to nie miało sensu, bo dopiero się poznaliśmy, czułam się tak, jakbym za nim tęskniła. Za każdym razem gdy był obok, musiałam go dotknąć. Po raz pierwszy spałam w objęciach i rozkoszowałam się tym. Michał nie lubił się przytulać, nie lubił, gdy w nocy niechcący przesunęłam się na jego stronę. Budził mnie i prosił, żebym wróciła na swoją połówkę, lub zwyczajnie mnie spychał. Zawsze mówił, że musi się wyspać do pracy, a ja swoim ciepłem i kontaktem fizycznym mu to uniemożliwiałam. Z czasem przestałam próbować tych zbliżeń i przywykłam do jego zasad.

Dopiero teraz, gdy Sebastian zamykał mnie w swoich ramionach, zdałam sobie sprawę, jak bardzo tego potrzebowałam. Tak samo jak słyszeć, jak zachwyca się mną, moim ciałem. Choć to próżne, dzięki niemu poczułam się atrakcyjna. Na nowo stałam się kobietą.

W pewnym momencie Sebastian położył się na boku i oparł głowę o rękę. Przyglądał mi się tak uważnie, że wzbudził we mnie kolejną falę pożądania. Gdyby mnie dotknął, z pewnością kochalibyśmy się po raz kolejny, ale tym razem zapytał, co chciałabym zrobić. W głowie miałam inną odpowiedź, ale zdecydowałam, że czas najwyższy zacząć dzień. Uśmiechnęłam się do niego i poszłam pod prysznic. Sebastian zaproponował, że zrobi dla nas śniadanie. Okazało się, że ja pierwsza skończyłam, więc udałam się do sypialni zawinięta w ręcznik. Otworzyłam jedną z szuflad w komodzie w poszukiwaniu koszulki. Niewiele tam jednak mogłam znaleźć. Skierowałam się więc do dużej szafy. Znalazłam w niej garnitur przykryty folią, co sugerowało, że odebrał go z pralni i powiesił w szafie. Wyciągnęłam koszulę spod marynarki i włożyłam ją na siebie. Musiałam podwinąć rękawy, bo była na mnie o wiele za duża. Sięgała mi do połowy uda. Chwyciłam kołnierz i przysunęłam do nosa. Poza typowym chemicznym zapachem nie pachniała nim, co mnie rozczarowało. Kiedy wrócił do pokoju z talerzem kanapek, pokrojonymi w plasterki jabłkami, dwoma kubkami z herbatą i moim telefonem w ustach, stanął na chwilę w drzwiach, a potem podszedł bliżej. Pozwolił, bym wyjęła z jego ust telefon, a potem nachylił się, żeby mnie pocałować. Zamknęłam oczy świadoma, że zaraz przez moje ciało przejdzie tornado, które skręci mnie od środka. Czułam, jak moje mięśnie zaciskają się na samą myśl o bliskości z nim. Rzuciłam telefon na łóżko, a zaraz potem chwyciłam jego twarz. Sebastian, trzymając w jednej dłoni talerz, a w drugiej kubki, odsunął je na boki, by zrobić mi miejsce. Zarzuciłam mu ręce na szyję, przywierając do niego ciałem i ustami. Jęknęłam, a on odsunął się ode mnie. Podszedł do stolika i odłożył wszystko, co miał w rękach. Usiadł na łóżku i wyciągnął do mnie rękę. Podałam mu swoją, więc przyciągnął mnie, zapraszając, bym usiadła na jego kolanach. Kiedy chwycił mnie za pośladki, zorientował się, że nie mam na sobie bielizny. Podniósł koszulę, a potem śmiejąc się w głos, odchylił głowę.

– Nie ma nic bardziej seksownego niż kobieta w męskiej koszuli – powiedział. – Niż moja kobieta w mojej koszuli – poprawił się po chwili. – Co ty ze mną wyprawiasz? Sprawiasz, że nie myślę o niczym innym niż ty. Zapominam o świecie, o życiu, o… wszystkim.

Zamiast mówić, przytuliłam się do niego. Jego dłonie błądziły po moim ciele, ale nie dotykał mnie tak, by obudzić we mnie ogień.

– Swoją drogą, twój telefon to chyba ma dziś dzień popularności, bo dzwoni raz za razem. Sprawdź, może coś się dzieje.

Odsunęłam się od niego, a on podał mi komórkę.

– Moja mama pewnie się dobija. – Zgadłam, zerkając na wyświetlacz. – Napisałam jej kartkę, że muszę pilnie wyjść, ale nie było tam nic o tym, że nie wrócę na noc. Pewnie się martwi.

– Chyba tak, dzwoniła wielokrotnie. I to tak wiesz, raz za razem…

– Sobota! – krzyknęłam, zeskakując z jego kolan.

– Tak, a jutro niedziela – żartował Sebastian.

– Nie rozumiesz, moja mama miała wyjechać, a ja miałam zostać z dziećmi. – Szybko usiadłam na łóżku i wybrałam jej numer. – Nie przewidziałam, że nie wrócę na czas. O Jezu, ale dałam plamę...

Czekałam na połączenie. Nie odbierała. Zastanawiałam się, co zrobić. Od razu przyszło mi na myśl, że miała spędzić czas u siebie, więc zadzwoniłam do ojca. Kiedy odebrał, słyszałam głosy chłopaków w tle, co potwierdziło, że mama też tam była.

– Przepraszam. Całkowicie zapomniałam, że macie się spotykać w soboty – wyrzuciłam na jednym tchu, gdy tylko się odezwał.

– My? – spytał mnie niepewnie ojciec.

– Tak.

– Ewa jeździ na zabiegi – wyjawił spokojnie.

– Jakie zabiegi?

– Przed operacją... – Przerwał i zwrócił się do moich dzieci.

Prosił chłopców, żeby poszli bawić się gdzieś dalej, żeby mógł spokojnie prowadzić rozmowę. Zaskakiwał mnie jego spokój. Ja natomiast czułam się tak, jakbym oberwała obuchem w głowę.

– Za miesiąc będą jej usuwać pierś – dokończył.

Miałam wrażenie, że cały pokój zaczął falować. W jednej chwili złożyłam w całość jej słowa, to upominanie, że ojciec chciał, żeby wróciła, tę chęć wyswatania mnie z Piotrem w trybie ekspresowym, poirytowanie spowodowane marnowaniem czasu na bieganie za przeszłością Michała. No i to zmęczenie, kiedy wróciła ostatnio do domu. Wszystko stało się jasne.

– O Boże... – Nie byłam w stanie wydobyć z siebie więcej.

Sebastian od razu szukał mojego wzroku, starając się czytać z ekspresji moich oczu.

– Ale nie jest źle – zapewnił mnie od razu ojciec.

– Jak to nie jest źle?! – zareagowałam ostro. – Przecież będzie miała operację.

Pierwszy szok powoli mijał, a jego miejsce zastępowała złość. Złość na to, że nie powiedziała mi nic, mimo że wcześniej prosiłam, a ona obiecała, że nie będzie niczego przede mną ukrywać. Patrząc mi prosto w oczy, mamiła mnie zapewnieniami o szczerości, a zrobiła coś zupełnie innego.

– Tak, ale to normalna procedura. Robi się to profilaktycznie, żeby guz się nie rozrósł. W jej wieku to już jest tak, że lepiej usunąć, jak nie ma żadnych przerzutów. To guz tylko w jednym miejscu, więc ani radioterapii nie będzie, ani chemii. Lekarz mówił, że mogliby teraz wyciąć tylko sam guz, ale istnieje ryzyko, że mógłby odrosnąć, a Ewa nie chce ponownej operacji, więc wybrała takie rozwiązanie.

– To ona nie umrze? – zapytałam, a Sebastian usiadł obok mnie i towarzyszył mi w ciszy.

Byłam mu wdzięczna za to, że nie próbował mnie przytulać, głaskać czy poklepywać. Stwierdziłam, że musi mnie naprawdę rozumieć, skoro wie, że takie gesty zadziałałyby na mnie teraz jak płachta na byka.

– Jeszcze nie teraz – zapewnił mnie dość pogodnie, a potem żartobliwie dodał: – Jeszcze będziesz ją miała na głowie przez długie lata.

– To dlaczego chciała wracać do siebie? Czemu nalegała, żebym związała się z Piotrem? Dlaczego mnie pospieszała, skoro nie ma strachu, że coś jej grozi?

– Bo naprawdę chcieliśmy być razem – powiedział lekko ojciec. – Nie ma w tym żadnej tajemnicy. Po prostu jesteśmy już starzy i chcemy razem napić się rano herbaty, wyjść na spacer wieczorem, porozmawiać o tym, co nas interesuje czy martwi.

– Rozumiem. – Przełknęłam gorzką prawdę, że egoistycznie trzymałam mamę jak zakładnika. – Przyjadę po dzieci za jakąś godzinę.

– Nie ma potrzeby – protestował. – Przecież masz jakąś galę wieczorem, więc tak czy siak miałem z nimi zostać.

Zamknęłam oczy. Ta przeklęta gala. O tym też zapomniałam.

– Mama zostaje z dziećmi na noc u ciebie czy wracają do Warszawy? – zapytałam.

– Chyba zostaniemy razem. Dzieciaki pobiegają po trawie, pobawią się z psami. Jakkolwiek nie będzie, damy sobie radę. Nie przejmuj się i baw się dobrze.

Skończyliśmy połączenie, a Sebastian patrzył na mnie wyczekująco.

– Wszystko w porządku?

– Nie wiem. – Wzięłam głęboki oddech.

– Rozmawiałaś o swojej mamie, prawda? – Sebastian upewnił się, czy dobrze zrozumiał moją konwersację.

– Tak, ale nie dociera do mnie, czemu utrzymywała w tajemnicy swoją chorobę.

Rzuciłam telefon na łóżko, schowałam twarz w dłoniach, a następnie zaczęłam masować skronie. Miałam wrażenie, że moja głowa zaraz eksploduje ze stresu. Tak bym chciała, żeby moje życie nie było już rollercoasterem przyprawiającym mnie o paraliżujący strach. Miałam wrażenie, że gdziekolwiek bym się nie zwróciła, czekała na mnie jakaś niemiła niespodzianka, jakiś ból. Okazało się, że najbardziej krzywdzą ci, którzy są najbliżej. Najbardziej bolą słowa i czyny osób, które się kocha. Tak jak mocna jest miłość do nich, silny jest również ból, który zadają.

Choć usprawiedliwiałam mamy wybór, to denerwowało mnie, że zachowała swój stan zdrowia w tajemnicy przede mną. Sądziłam, że jesteśmy tak blisko, że może mówić mi o wszystkim. Może nie chciała mnie martwić, dokładać mi smutku, ale czyż nie na tym polega rodzina? Tak jak ona pomagała mnie, tak i ja chciałam pomóc jej. Bolał mnie jej brak zaufania, fakt, że zdecydowała się mnie pominąć.

Siedzieliśmy w ciszy. Sebastian na szczęście o nic więcej nie pytał. Czekał na mnie, aż przetrawię to, co usłyszałam.

Dźwięk telefonu sprawił, że podskoczyłam. Wahałam się, czy po niego sięgnąć, ale jako matka wiedziałam, że może chodzić o moje dziecko, więc mimo strachu podniosłam telefon z łóżka.

– Gdzie byłaś? – Szorstki głos mamy od razu zburzył mój refleksyjny nastrój.

– Czemu mi nie powiedziałaś o operacji? – wyrzuciłam to pytanie bardziej nerwowo, niż planowałam.

Sebastian po cichu opuścił pokój.

– Gdzie byłaś? – ponowiła.

Każda z nas miała swoje pytanie, które forsowała w oczekiwaniu na odpowiedź. Jedna musiała ustąpić, ale obie miałyśmy zbyt ważne kwestie do omówienia. Nie chciałam się z nią kłócić, ale z drugiej strony nie czułam potrzeby opowiadania jej teraz o Sebastianie. To było zbyt skomplikowane, żeby dało się łatwo wytłumaczyć. Zapadła cisza, a ona po raz trzeci powtórzyła to suche i groźne „gdzie byłaś", ja natomiast zrozumiałam, że jest na mnie zła. Mimo wszystko zapytałam, żeby się upewnić.

– Jesteś na mnie zła?

Słyszałam, jak wzięła oddech, a następnie zmieniła całkowicie ton rozmowy.

– Czasami naprawdę mam wrażenie, że jesteśmy znów w czasach twojego dorastania.

Z pewnością ten komentarz zirytowałby mnie w każdych innych okolicznościach, ale teraz zrozumiałam wiele spraw… Poza tym w ostatnich tygodniach nie zdawałam egzaminu z macierzyństwa ani dorosłości. Miała prawo tak o mnie myśleć i mówić. Jedyne, czego nie rozumiałam, to jej złość. Skoro ojciec został z chłopakami, to przecież sprawa była załatwiona. Okej, mogłam ja to zorganizować, włożyć trud w znalezienie zastępstwa do opieki, a nie zwalać wszystko na nią.

– Powiesz mi w końcu, gdzie byłaś?

– Nadal jestem – odpowiedziałam śmiało.

Zdałam sobie sprawę, że ma rację. Zachowywałam się niedojrzale, więc starając się stawić czoła rzeczywistości, postanowiłam wziąć odpowiedzialność za swoje działania. Nie miałam zamiaru się tłumaczyć, chciałam jedynie, by spróbowała zrozumieć mój wybór. Nie odzywała się, więc ograniczyłam swoje wyjaśnienia do jednego krótkiego zdania:

– Wczoraj odebrałam z lotniska Sebastiana i zostałam u niego na noc.

– Kim jest Sebastian? – Jej pytanie obrazowało, jak szybko wszystko się potoczyło.

– Ten policjant.

– Ten? Który ten? Ten, co był u nas w domu?

– Tak – potwierdziłam i oczekiwałam na falę krytyki.

Byłam przygotowana na takie słowa jak: „nierozważna", „lekkomyślna", a nawet „głupia", ale żadne z nich nie padło. W zasadzie mama nie mówiła nic przez dłuższy czas. Oczekiwanie na jej reakcję przeciągało się w kolejne minuty, a ja odsunęłam telefon od ucha i wpatrywałam się w odliczający sekundy czas połączenia, upewniając się, że nie zostało zerwane. Była nadal na linii, ale pozostawała milcząca.

– Czemu nic nie mówisz? – ponagliłam.

– To twoje życie, rób co chcesz.

– Dziękuję.

– Za co mi dziękujesz? – Jej głos był dziwnie stłumiony.

– Za to, że nie starasz się na mnie wpłynąć, żebym zmieniła zdanie.

– A co z Piotrem? – Nie zdziwiła mnie wyciąganiem jego imienia na wierzch.

Gdy tylko je usłyszałam, ścisnęło mnie w brzuchu na myśl o konieczności skonfrontowania się z nim.

– Mamo, to nie ma sensu. – Nie ukrywałam swoich uczuć. – On jest dobrym człowiekiem, to pewne, ale nie jest dla mnie. Wszystko we mnie krzyczało, że robiłam coś wbrew sobie. Każdy jego pocałunek był tylko fizycznym doznaniem, a im więcej bliskości było między nami, tym mniej mi się to podobało. Czy to jest według ciebie normalne?

Na swoje pytanie usłyszałam jedynie chrząknięcie Sebastiana z tyłu. Stał oparty o futrynę drzwi. Skrzyżował ramiona na piersi. Jeśli zamierzał jakkolwiek zareagować na moje słowa, to obiecałam sobie, że nie wciągnie mnie w ten dramat. Przewróciłam oczami i odwróciłam się do niego plecami. Wsłuchiwałam się w zapewnienia mamy o tym, jak monotonne jest dorosłe życie, że na kierowanie się uczuciami mogą sobie pozwolić ludzie młodzi i wolni, a nie ja. Według niej powinnam, dla odmiany, zrobić coś nudnego – jak reszta śmiertelników, by w końcu traktować życie rozsądnie i racjonalnie, jak przystało na matkę i wdowę. Słuchając o tym, co mi wypada, a co nie, doszłam do wniosku, że jedyne, o co moja mama dbała, to pozory. Wiedziałam też, że czegokolwiek bym teraz nie powiedziała, nie przekonałabym jej do swojej racji. Pozwoliłam jej dokończyć, a kiedy ucichła, zmieniłam temat.

– Dlaczego mi nie powiedziałaś o kłopotach ze zdrowiem? – Starałam się nadać temu lżejszą nazwę. – Obiecałaś mi, że jeśli coś się zdarzy, powiesz mi o tym. Dlaczego tego nie zrobiłaś? Dlaczego ukryłaś przede mną operację?

Moje pytania zawisły w powietrzu. Wyobrażałam ją sobie, jak gdzieś, gdzie teraz była, usiadła w fotelu, wyciągnęła nogi i przygotowywała się na odpowiedź.

– Ta sprawa ciągnie się już od dawna – zaczęła bardzo delikatnie. – Mija rok, odkąd mnie zdiagnozowali. Na początku nie chciałam operacji, ale w ciągu tego roku guz zaczął rosnąć, więc już nie miałam wyboru.

– Rok?! – powtórzyłam. – Nie powiedziałaś mi nic przez rok?!

– Możesz się złościć, ile chcesz, ale to moje sprawy. Gdyby było źle, dowiedziałabyś się o tym od razu. Lekarze szukali różnych możliwości leczenia, więc nie było sensu, żebym po każdej wizycie biegła do ciebie i mówiła, co ustalili.

– Czy to jest guz złośliwy? – Sprawdzałam, czy wersja, którą podał mi ojciec, była prawdziwa.

– Nie. Ale też nie wiadomo, czemu aż tak urósł. Stąd decyzja o usunięciu.

– A jakie zabiegi wykonujesz? Ojciec wspomniał coś o tym.

– Rozmawialiście? – Mama zboczyła z tematu.

– Tak, zanim oddzwoniłaś. Ale powiedz, proszę, co to za leczenie.

– Akupunktura, masaże. Nic poważnego.

Odetchnęłam z ulgą. To mnie uspokoiło. Nawet nie tyle informacje o chorobie, a to, jak o tym mówiła. Brzmiała spokojnie i zdecydowanie. Dzięki temu zmienił się też trochę ton rozmowy, bo przeszłyśmy na temat dzieci. Rozmawiałyśmy o ich nieplanowanej wizycie u mojego ojca.

– Obiecaj mi jedno – powiedziała w pewnym momencie dość poważnie, a ja potwierdziłam, że dotrzymam słowa, choć nie miałam pojęcia, do czego chce mnie zobowiązać. – Obiecaj mi, że nie wprowadzisz do życia dzieci mężczyzny, którego nie jesteś pewna lub przynajmniej w miarę pewna.

Chciałabym jej powiedzieć, że miałam prawo do błędnego osądu i że tylko próbując, mogłam się przekonać, czy on był wart zachodu, ale jedyne, co z siebie wydobyłam, to obietnica, że dokładnie tak zrobię. Nie zgadzałam się z tą pewnością co do osoby, bo wybierając Michała na męża i ojca moich dzieci, wydawało mi się, że podjęłam najlepszą decyzję w życiu, a tymczasem okazało się, że była zupełnie nietrafiona. Najbardziej destrukcyjna, a moje przekonanie na nic się zdało.

Odwróciłam się po raz kolejny w stronę drzwi do sypialni. Sebastian nie ruszył się nawet o krok. Rozłączyłam się z mamą i czekałam na niego.

– To jakie plany na dzisiaj? – spytał w końcu, podchodząc do mnie.

Usiadł obok na krawędzi łóżka i położył swoją dłoń na moim kolanie.

– Tylko o to chcesz mnie zapytać? – Nie dowierzałam, że nie poruszył tematu Piotra i mojego wyznania o doświadczeniach z nim.

Podrapał się teatralnie po brodzie, udając, że myśli nad czymś intensywnie.

– Jestem detektywem, a nigdy nie zgadłbym, że Piotr starał się o ciebie. Tym bardziej cieszy mnie to, co o nim powiedziałaś, ale nie ma to dla mnie żadnego znaczenia. – Pocałował mnie delikatnie. – Nie jestem typem, który dostaje ataku furii z zazdrości. Wiem, co czuję, czego chcę, i nie muszę zaznaczać swojej własności jak pies obsikujący krzaczki w parku.

– Gdzie ty byłeś do tej pory? – zapytałam żartobliwie, podkreślając jego niezwykłość.

– Grzeszyłem – drażnił się ze mną.

– Muszę zadzwonić do Piotra – zmieniłam temat i po raz kolejny sięgnęłam po telefon.

– Pozdrów go ode mnie.

– Właśnie obsikałeś krzaczek.

– Wiem. – Przewrócił mnie na łóżko, ale uciekłam mu, prosząc, żeby dał mi chwilę.

Zaczął krzątać się po pokoju, sprzątając bałagan, jaki po sobie zostawiliśmy.

Rozmowa z Piotrem była rzeczowa i miła. Zapewniał, że rozumie, ale kiedy doszłam do momentu, w którym tłumaczyłam mu, że ja nie poczułam nic, że owszem, miło spędzałam z nim czas, ale nie było tego czegoś, co by mnie zaintrygowało, Piotr wyczuł powód mojej odmowy.

– Jest ktoś inny – wypalił szybko.

Zerknęłam na Sebastiana i potwierdziłam.

– Znam go?

– Tak. To Sebastian.

Moje wyznanie jednemu z nich sprawiło radość, a drugiemu przykrość. Piotr początkowo, tak jak mama, nie skojarzył imienia, ale kiedy podałam mu nazwisko, zrozumiał, o kim mówię.

– Za długo zwlekałem – stwierdził gorzko. – Z czasem nauczyłabyś się mnie kochać.

– Być może. – Chciałam mu okazać wdzięczność za jego zrozumienie, więc nie zaprzeczyłam z grzeczności, mimo że wiedziałam już, że to by nigdy nie nastąpiło.

– Gdyby policjant nie wypalił, wiesz, gdzie mnie szukać.

Złapałam oddech zaskoczona tym dojrzałym stwierdzeniem. Spodziewałam się usłyszeć coś uszczypliwego, co sprawiłoby mi przykrość za to, że go odrzuciłam. Piotr jednak pokazał klasę, a co więcej, pozwolił mi sprawdzić, czy mój wybór okaże się właściwy. Nie umiałam znaleźć słów na wyrażenie tego, co myślę, więc bezmyślnie powtórzyłam:

– Gdyby policjant nie wypalił, wiem, gdzie cię szukać. – Po tych słowach pozdrowił mnie, więc rozłączyłam się, patrząc na swoje dłonie, w których trzymałam telefon.

Michał wydawał się idealny, kiedy go poznałam. Byłam jednak ślepa na znaki ostrzegawcze. Nie widziałam u niego nigdy takiej mądrości działania jak u Piotra czy Sebastiana. Michał był dzieciuchem, którego zżerała zazdrość, gdy w trakcie imprezy ktoś inny, zamiast niego, usiadł obok Piotra. Teraz dopiero zrozumiałam, co ojciec miał na myśli w dniu naszego ślubu. Dla Michała najważniejsze były pieniądze, podziw, uznanie, a ja stanowiłam tylko dodatek.Wypadało mieć żonę, więc ją miał. Tak samo jak trzeba było posiadać dobry samochód czy mieszkanie w odpowiedniej dzielnicy. Nawet nie miałam pewności, czy on mnie kiedykolwiek kochał. A jeśli nawet kochał, to na pewno mniej niż poklask i samego siebie. Gdyby nie ten wypadek, tkwiłabym jak w uśpieniu przez kolejne lata w związku bez przyszłości. Byłam w szoku, że trwało to tak długo. Po co on to ciągnął? Czyżby moja, jednostronna miłość wystarczała, by utrzymać fikcję, jaką stanowiło nasze małżeństwo?

Przypatrywałam się Sebastianowi. Po raz kolejny przypomniało mi się to skojarzenie, kiedy go po raz pierwszy zobaczyłam: to o białym podkoszulku, typowym dla bezrobotnych facetów siedzących w domu i policjantów podkreślających w ten sposób muskulaturę. Uśmiechnęłam się na to wspomnienie, ale cieszyłam się, że ma na sobie jedynie szare sportowe spodnie. Wyglądał bardzo męsko i seksownie. Widząc, że się nie rusza, wstałam z łóżka. On w milczeniu podszedł do mnie. Różnica wzrostu między nami była dość duża, więc kiedy stanęliśmy bardzo blisko siebie, patrzył na mnie z góry. Uniósł mój podbródek, a ja, zgadując, co chce zrobić, zamknęłam oczy i stanęłam na palcach, żeby ułatwić mu pocałowanie mnie. On jednak na chwilę zatrzymał się i szepnął:

– Policjant wypali.

Uderzyłam go w klatkę i oboje zaczęliśmy się śmiać. Objęłam go w pasie i poważniej już dodałam:

– Nie wiesz, w co się pakujesz.

– To obietnica czy groźba? – Sebastian wsunął obie dłonie w moje włosy i nie dając mi czasu na odpowiedź, pocałował mnie długo, czym spowodował, że zapomniałam o problemach.

Czułem się lekko, choć wiedziałem, że wziąłem na siebie ogromną odpowiedzialność. Co chwilę spoglądałem na Kaję, jak mijaliśmy się w domu, i za każdym razem miałem ochotę porwać ją w ramiona i kochać się z nią. Cokolwiek zrobiła, działała na mnie tak, jakbym był trzymany siłą w celibacie przez ostatni rok albo jakbym znów miał naście lat i odkrył erekcję.

Wykorzystywałem każdą drobną okazję, żeby jej dotknąć. Odzywał się we mnie mały chłopiec, który nie mógł nacieszyć się faktem, że ma dziewczynę.

Po tym jak Kaja odwołała wyjście wieczorem z Piotrem, zdecydowała się pojechać do rodziców i spotkać się z ojcem. Tłumaczyła mi, że to dobra okazja, żeby znów zaczęli rozmawiać, że bardzo źle go potraktowała, że zmarnowała dużo czasu. Zaprosiła mnie do wspólnego wyjazdu, dodając jednocześnie, że zrozumie, jeśli nie będę chciał jechać. Była sobota i gdybym nie miał jej obok, pewnie spędziłbym ten czas na pracy, jakiejś aktywności i samotności, co dotychczas w zupełności by mi wystarczało. Ogarniało mnie zdenerwowanie na myśl, że miałbym pojechać z nią do domu, do jej rodziców. Nie przypominałem sobie, żebym z jakąkolwiek kobietą doszedł do etapu formalnego przedstawienia rodzicom, czy to moim czy jej, a tkwiłem w związkach dłużej niż dobę. Jednak nie chciałem się z nią tak szybko rozstawać. Poza tym istniało ryzyko, że dupki z czarnego SUV-a mogłyby ponownie próbować. Dopóki nie miałem potwierdzenia, że Ivone cofnęła zlecenie albo że obaj są z powrotem za kratkami, obawiałem się możliwości ataku. Nie wybaczyłbym sobie, gdyby coś się stało dlatego, że ja stchórzyłem z powodu jej starych. Wahałem się, co zrobić. Matki nie było, ojciec siedział z dziećmi, więc nie powinno być tak źle. Może okaże się, że wizyta będzie trwała tylko chwilę? Zaskoczyłem sam siebie i zgodziłem się na ten wyjazd. Z jednej strony pomyślałem, że to będzie korzystne, bo będę mógł od razu ocenić, z czym przyjdzie mi się mierzyć w przyszłości. Może to sprawi, że zmienię zdanie i będę chciał się wycofać, a wizytę potraktuję jedynie jako ochronę Kai przed możliwym atakiem gangusów.

Szykowaliśmy się do wyjścia, ona włożyła buty, ja – kaburę.

– Bierzesz ze sobą broń? – Wskazała palcem na pistolet, jakbym nie wiedział, o co pyta.

– Tak. – Spojrzałem na nią, zapinając guziki. – Nie mogę tego tutaj zostawić.

– Ale dlaczego? Nie jesteś przecież na służbie.

– Musiałbym zamknąć broń w sejfie, a poza tym bez niej czuję się bezbronny – odpowiedziałem szczerze.

Od dnia, w którym dostałem pozwolenie, nie rozstawałem się z nią nigdy, a kiedy szedłem spać, zostawiałem glocka przy łóżku. Do tej pory nie musiałem się o to martwić.

– Większość ludzi nie nosi broni i jakoś nie czują się bezbronni – usłyszałem poirytowanie w jej głosie. – Nie masz sejfu?

– Mam. – Podszedłem do niej, ale cofnęła się, blokując mnie dłonią. – Ale nie tutaj, nie przywiozłem go jeszcze ze starego mieszkania.

– Czy ja dobrze rozumiem, że chcesz jechać do dzieci, do moich rodziców uzbrojony, bo nie lubisz rozstawać się ze swoją pukawką?

Widziałem, że jest zła, ale to, jak próbowała umniejszyć wartości broni przez użycie śmiesznej nazwy, spowodowało, że rozczuliła mnie jeszcze bardziej. Próbowałem znów jej dotknąć, ale po raz kolejny nie pozwoliła mi na to.

– Posłuchaj, do tej pory nie było w moim życiu kobiety, nie było dzieci, więc nie było obawy przed tym, że wpadnie ona w niepowołane ręce. Jako odpowiedzialny za broń nie mogę też tego zostawić tutaj. Mógłbym teoretycznie gdzieś ją schować, ale z kolei gdyby ktoś się włamał w trakcie mojej nieobecności, mógłbym stracić pracę.

Moje słowa jej nie przekonały, więc kontynuowałem:

– Dzisiaj muszę go mieć. – Dotknąłem kabury. – Ale obiecuję, że w pierwszej wolnej chwili przywiozę sejf z mojego starego mieszkania i będę go używał.

Sądziłem, że to zapewnienie ją przekona, ale ona nie zmieniła wyrazu twarzy od czasu, gdy potwierdziłem, że wezmę broń ze sobą. Nic więcej nie mogłem zrobić, ale zacząłem się obawiać, że w jej ślicznej główce rodzą się myśli, w których ja występuję jako ten niewłaściwy w jej życiu. Szybko potwierdziła moje przypuszczenia, stwierdzając bardzo chłodno:

– Myślę, że lepiej by było, jakbyś dzisiaj został, a ja pojadę sama.

Wpatrywaliśmy się w siebie przez chwilę, a ja zdałem sobie sprawę, że to było właśnie to, przed czym do tej pory uciekałem. Przed koniecznością zmiany swojego życia, przystosowania go do kogoś. Rezygnowania z czegoś, co było dla mnie wygodne i do czego przywykłem, tylko dlatego, że ona uważała, że posiadanie broni w tym samym miejscu, w którym są dzieci, jest złym pomysłem. Tak jakby istniało ryzyko, że wpadłbym w szał i powystrzelał pół rodziny albo grillując kiełbasę, położył broń na stole i zapomniał o niej. Narastało we mnie dziwne uczucie bycia przypartym do muru, takiego decydowania: albo ona, albo broń. Kiedy zobaczyłem, że zbiera się do wyjścia, ściągnąłem kaburę.

– Nie musisz tego robić dla mnie – powiedziała, wiedząc doskonale, że to nieprawda.

Uśmiechnąłem się i poprosiłem, by poczekała, a ja szukałem dwóch odpowiednich miejsc: jednego na pistolet, drugiego na magazynek. Kiedy wbiegłem po schodach na górę, ona krzyknęła, że poczeka na zewnątrz.

Wiedziałem, że w podłodze w sypialni jedna deska dość mocno skrzypi, gdy się na nią nadepnie, więc uderzyłem w nią obcasem buta, licząc na to, że jest obluzowana na tyle, że za którymś razem gwoździe puszczą i odskoczy. Niemniej jednak mimo mocnego kopania deska siedziała nadal na swoim miejscu. Po kilku minutach poddałem się i szukałem wzrokiem innej lokalizacji. Zajrzałem pod łóżko, do szuflad, ale wszystkie miejsca wydawały mi się zbyt łatwe do odkrycia. Mówi się, że należy rzeczy chować tak, żeby nie schować za głęboko i żeby nie świeciły. Problem polegał na tym, że ten dom stał pusty i każde miejsce, które rozważałem, było równoznaczne z zostawieniem glocka na stole. Wyrzuciłem większość mebli, a na zakup nowych jeszcze nie znalazłem czasu. Myślałem o swoim szefie, który nie zostawiłby na mnie suchej nitki, widząc, co teraz robiłem.

Usłyszałem jej kroki na drewnianych schodach i jeszcze bardziej skupiłem się na znalezieniu właściwego schowka. Mógłbym wrzucić glocka do kominka, ale zacząłem myśleć o pyłkach i innym dziadostwie po spalonym drzewie. To samo z doniczkami.

– Czy ktokolwiek kiedykolwiek włamał się do tego domu? – zapytała, stając w futrynie drzwi.

– Nie – odpowiedziałem. Wiedząc jednak, do czego zmierza, szybko dodałem: – To moja odpowiedzialność przewidzieć coś, co się może wydarzyć.

Nie patrząc, co robi Kaja, wszedłem do łazienki. Zanim jeszcze zdążyłem wzrokiem poszukać odpowiedniego schowka, zrodziła się w mojej głowie myśl, że wilgotne miejsce i broń palna to najgorsze możliwe połączenie. Uzmysłowiłem sobie, że ja po prostu nie chciałem zostawić tego glocka i każdy powód był wystarczająco dobry, żeby tego nie robić. Dodatkowo miałem w głowie myśl, że gdyby do czegoś doszło w czasie podróży, moja broń mogłaby nam uratować życie. Kaja rzecz jasna tego nie wiedziała, nie była świadoma ryzyka, na jakie się decydowała, a ja z kolei nie chciałem jej wtajemniczać, by mogła zachować spokój.

– Dobrze – usłyszałem jej głos z pokoju. – A w samochodzie możesz zostawić?

– A jakie to ma znaczenie, że zostawię go w samochodzie? – zapytałem, wychodząc z łazienki. – Sęk w tym, że trzymając go w kaburze, mam nad nim pełną kontrolę, a zostawiając go tu czy w samochodzie albo gdziekolwiek indziej, nie mam wpływu na to, co może się zdarzyć.

W końcu do niej dotarło. Przytaknęła i poprosiła, żebym się pospieszył. Wyszła, nie czekając na mnie. Włożyłem magazynek z powrotem do pistoletu, a następnie umieściłem go w kaburze, którą zapiąłem na sobie.

Zamknąłem frontowe drzwi od środka i przechodząc przez dom, poszedłem odruchowo do garażu. Otworzyłem automatyczne drzwi, zakładając, że jedziemy moim samochodem. Całkowicie zapomniałem, że przyjechaliśmy wczoraj jej mercedesem, który stał na podjeździe i blokował wyjazd. Kaja siedziała już w środku, w fotelu kierowcy, i czekała na mnie. Zerknąłem na swojego jeepa i zamknąłem za sobą drzwi garażu, nawet nie proponując zamiany samochodów.

– Oddasz ten samochód? – zapytałem, kiedy mknęliśmy cienką jak nitka drogą przez las.

– Już mnie o to pytałeś – odpowiedziała rozbawiona.

– Ale z tego, co zrozumiałem, on dał ci go, mając nadzieję na związek…

– Nie – przerwała mi od razu. – Dał mi go, ponieważ go nie używa i chciał mi pomóc.

– Tak to nazwał…

– Sebastian, proszę. – Znów nie dała mi dokończyć.

Jechaliśmy chwilę w ciszy. Dziwnie się czułem ze świadomością, że chce zatrzymać kosztowny prezent od innego faceta. Kolejny raz doszło między nami do zgrzytu, a ja ponownie zacisnąłem zęby, nie mówiąc tego, co myślę naprawdę.

Kaja prowadziła pewnie i dynamicznie. Była skupiona na jeździe, a ja po chwili uciekłem wzrokiem i patrzyłem w bok, zastanawiając się, czy podjąłem właściwe decyzje. Zarówno odnośnie do pakowania się w ten związek, jak i jechania tutaj. Z jednej strony jednorazowego seksu nie można było określić mianem związku, ale z drugiej gdyby dla niej to nic nie znaczyło, nie zabrałaby mnie ze sobą. Wszystko działo się tak szybko, a ten jebany zdrowy rozsądek kazał mi spierdalać. Za każdym jednak razem gdy na nią zerkałem, czułem coś zupełnie innego. Potrzebę bycia obok. Opiekowania się nią. Coś, na co nie umiałem znaleźć logicznego wyjaśnienia.

Pokonywaliśmy kilometry w ciszy, ale nie przeszkadzało mi to, bo byłem skupiony na czymś innym. Mimo że nic nie budziło mojej czujności, patrzyłem w lusterko po stronie pasażera, by upewnić się, że nikt nas nie śledzi. Rejestrowałem otoczenie i ruch, spodziewając się najgorszego. Gotowy byłem na wszystko, żeby tylko jej się nic nie stało.

Gdy Kaja skręciła z trasy w boczną drogę, zobaczyłem auto stojące na poboczu. Od razu się wyprostowałem, bo jego ulokowanie wyglądało podejrzanie. Nie znajdowałem powodu, by miało tam akurat stać. Kierowca siedział w środku i przyglądał się bacznie samochodom skręcającym z głównej trasy.

– Daleko jeszcze? – zapytałem szybko, nawet na nią nie patrząc.

– Nie, dosłownie dwie minuty. Zaraz zjadę…

– Jedź dalej.

Zjechaliśmy z głównej trasy w mniejszą, z której powinniśmy za niedługi czas wjechać w drogę do rodziców Kai.

– Słucham? – rzuciła mi przelotne spojrzenie, a ja dostrzegłem w niej strach.

– Nie bój się, to tylko moja ostrożność. Widziałem samochód zaparkowany na poboczu i chcę sprawdzić, czy to ta sama banda, czy po prostu przypadek.

– Sebastian… – wypowiedziała moje imię z takim przerażeniem, że pożałowałem tłumaczenia jej czegokolwiek. Mimo to posłusznie wcisnęła gaz, mijając zjazd do rodziców, który pokazała mi palcem.

– Skup się – poprosiłem, dotykając jej ramienia. – Nic nikomu się nie stanie, chcę tylko sprawdzić. Rozumiesz?

Skinęła głową. Odwróciłem się w fotelu i patrzyłem przez tylną szybę. Po chwili zobaczyłem samochód, co potwierdziło moje przypuszczenie – faktycznie jechał za nami. Jeśli dotarli tutaj, musieli się zorientować, że nie spędziła nocy w domu, i zakładali, że sprawdzą każdą możliwą osobę, która mogłaby ich do niej doprowadzić. Jeżeli stali zaparkowani i czekali, oznaczało to, że zdążyli sprawdzić dom jej starych i potwierdzić, że jej tam nie ma. Jedyne pytanie, jakie mi się teraz nasuwało, brzmiało: czemu czekali tutaj, a nie pod blokiem? Czyżby udało im się wejść do garażu podziemnego albo nawet do domu, by sprawdzić, że nikogo tam nie ma? Mieli niesamowitą wiedzę o jej życiu, miejscach, w których przebywała. Musiałem przyznać Ivone, że dokładnie ich poinformowała. Szybko jednak wróciłem myślami do rzeczywistości. Zastanawiałem się, kiedy babka zabrała dzieci do siebie. Jak wcześnie rano? Czy minęli się, czy też widziała ich zakazane mordy, ale nie skojarzyła faktów? Czy Kaja jej powiedziała o pościgu? Czy była świadoma, że powinna uważać? Może nawet przeszła obok nich nieświadoma, że czyhają na jej córkę, by odebrać jej życie tylko dlatego, że jakaś pizda nie chciała tracić kasy. Albo sama ich tutaj sprowadziła, nie sprawdzając lusterek przez całą drogę z apartamentowca Kai.

– Co mam robić? – Głos Kai drżał.

– Spokojnie, jedź dalej.

Wyciągnąłem swój telefon z kieszeni i zadzwoniłem do firmy. Poprosiłem o jak najszybsze wsparcie. Powiedziałem im, że nie będziemy się zatrzymywać do czasu, aż dadzą sygnał, że są blisko. Zapytani o czas dojazdu, zapewnili, że zajmie im to nie dłużej niż dziesięć minut. Zwróciłem się do Kai, by jechała, ale nie za szybko. Żeby po prostu pokonywała kilometry tak, żebyśmy nie uciekli zbyt daleko. Samochód zmniejszył dystans, a ja wytężyłem wzrok, by przyjrzeć się kierowcy. Pasażer obok nie ruszał się wcale. Zresztą obaj siedzieli jak murowane posągi, bez cienia życia. Sięgnąłem po broń na wypadek, gdyby oni pierwsi zaczęli strzelać. Kaja musiała dostrzec ten ruch, bo zaczęła histeryzować. Położyłem pistolet pomiędzy nami i chwyciłem ją za udo. Ścisnąłem, dodając jej otuchy.

– Dasz radę – powiedziałem spokojnie. – To nic takiego. Chcę po prostu być przygotowany do akcji.

– Ta droga – szepnęła cicho – ona zaraz się kończy, trzeba albo zawrócić, albo odbić w czyjś podjazd.

Zerknąłem na zegarek. Powinni już być. W tym momencie samochód przyspieszył i podjechał bardzo blisko zderzaka mercedesa. Sięgnąłem po broń i oparłem ją w dziurze pomiędzy zagłówkiem i fotelem. Celowałem w kierowcę. Zapewne dostrzegli ten ruch, bo nagle kierowca dał po hantlach, co prawie wcisnęło ich obu w deskę rozdzielczą.

– Zatrzymaj się! – krzyknąłem do Kai.

Powinienem jej pozwolić odjechać, uciec, ale wiedziałem, że jeśli nic nie zrobię, oni będą na nią polować do skutku. Kazałem jej się położyć tak, by jej głowa nie stanowiła łatwego celu. Kierowca jednak zaczął zawracać. Wkurzyło mnie to do tego stopnia, że zdecydowałem im nie odpuścić. Gdy tylko zawrócili, zobaczyłem za nimi oznakowany policyjny samochód. Wychyliłem się więc i oddałem jeden strzał – prosto w oponę. Syknęła, a autem zarzuciło. Spadli na pobocze, w wysoką trawę. Rzuciłem do Kai, żeby została w mercedesie w tej samej pozycji, a sam ruszyłem do ich samochodu. Musiałem na własne oczy zobaczyć, jak zakuci wracają za kratki.

KAJA

Kiedy Sebastian powiedział, że ktoś za nami jedzie, zrozumiałam, co tak naprawdę to oznaczało. To nie był przypadek ani pogoń na autostradzie, ani kartka na tylnej szybie samochodu. Ktoś ewidentnie na mnie polował. Tylko czemu? Co ja takiego zrobiłam? Może powinnam zapytać, co takiego zrobił Michał? Ten przeklęty człowiek, ten bezmyślny, egoistyczny sukinsyn, który miał naszą rodzinę za nic. Zamknęłam oczy, potrząsając głową i starając się wyrzucić wszystkie myśli o nim, które pchały się do mojego umysłu i generowały wściekłość. W całej tej sytuacji zdałam sobie też sprawę z czegoś dużo ważniejszego. Co by się stało, gdyby nie było ze mną Sebastiana? Nawet nie zwróciłabym uwagi na ten samochód. Nie potrafiłabym zachować zimnej krwi, więc nie postąpiłabym słusznie. Być może nawet ściągnęłabym zagrożenie na swoje dzieci i ojca. Wstrząsnęła mną ta myśl.

Oddychałam ciężko, leżąc płasko w samochodzie. Fotel odsunęłam maksymalnie do tyłu, a rękami zakryłam głowę. Bałam się i o siebie, i o Sebastiana. Gdy był jeszcze w samochodzie, jego skupienie dodawało mi siły, teraz przyłapałam się na tym, że płakałam. Spadło na mnie zbyt dużo wrażeń w ostatnim czasie. Zamknęłam oczy i starałam się myśleć o czymś pozytywnym. Nie umiałam jednak przestać nasłuchiwać. Przyszło mi nawet do głowy, że jeśli było ich dwóch, to równie dobrze mogliby sprzątnąć Sebastiana i iść teraz po mnie. W sekundę pomyślałam, że powinnam uciekać. Zerknęłam przez otwarte drzwi od strony pasażera. Gdybym uciekła w tę wysoką trawę i położyła się płasko, nie znaleźliby mnie tak szybko. A skoro Sebastian dzwonił po pomoc, powinni już być w drodze. Może zanim by mnie znaleźli, policja już by dojechała. Przeczołgałam się przez fotel pasażera i wyjrzałam na zewnątrz. Obok samochodu, który za nami jechał, kręciła się duża grupa ludzi. Dostrzegłam wśród nich Sebastiana, który dociskał kogoś nogą do ziemi. Co jakiś czas się schylał. Wyglądało to tak, jakby na niego krzyczał. Widząc, że nic nie może się już stać, wyszłam z samochodu. Powoli podeszłam bliżej. Sebastian na chwilę podniósł wzrok. Jego spojrzenie było dzikie. Zwrócił się do jednego z kolegów i kazał ich obu zabrać. Wtedy zerknęłam na ziemię: obaj leżeli płasko na brzuchu, z rękami skrzyżowanymi za plecami. Po raz pierwszy w życiu widziałam akcję policyjną, a właściwie jej efekt końcowy.

Jeden z policjantów podał Sebastianowi rękawiczki, a ten od razu poszedł do samochodu moich prześladowców. Otworzyli wszystkie drzwi i bagażnik. Przeszukiwali go bardzo dokładnie. Widząc jak Sebastian pracuje, podziwiałam go jeszcze bardziej. Dla mnie to tempo i ryzyko byłoby zbyt duże. On natomiast zdawał się w ogóle tego nie zauważać.

Jeden z policjantów podszedł do mnie i poprosił, żebym się oddaliła. Wziął mnie za jakiegoś gapia. Niektórzy, zaciekawieni sytuacją, podchodzili śmiało do zgromadzenia i nawet zaglądali do mercedesa, spodziewając się tam trupa.

Chciałam podejść bliżej do Sebastiana, ale stojący obok policjant nie pozwolił mi. Mogłam powiedzieć, że jesteśmy parą, ale nie starczyło mi odwagi. Uśmiechnęłam się i odeszłam do mercedesa.

SEBASTIAN

Akcja przebiegła szybko. Żaden z nich nawet nie miał broni. Dopiero po przeszukaniu samochodu znaleźliśmy garotę, która leżała w nogach pasażera, a której zapewne chcieli użyć. Posiadali też dużą kolekcję kastetów, pałek, noży, w tym tasaków i siekier, a także maczugę, nabitą gwoździami. To nie byli specjaliści, tylko kibole, którzy pewnie wzięli zlecenie po taniości. Najemnik nie wpadłby tak głupio. Ivone żałowała pieniędzy nawet na specjalistę. Zdecydowała się na nich, bo pewnie obiecali, że uporają się z Kają raz-dwa. W sumie biorąc pod uwagę, jaka jest drobna i bezbronna, z pewnością by im się to udało – gdyby nie ja. Nie spodziewali się mnie. Choć ich przyciskałem, nie chcieli zdradzić, kto im płacił. Widząc, że przyszła Kaja, nie mogłem kontynuować. Musiałem liczyć na chłopaków, że przycisną ich i wydobędą wszystkie nazwiska. Potrzebowałem potwierdzenia, że poza tymi dwoma nikt nie będzie próbował jej skrzywdzić.

Prosiłem wszystkich po kolei, by dopilnowali ich tym razem, a sam poszedłem do mercedesa. Kaja siedziała w fotelu pasażera z zamkniętymi oczami. W pierwszej chwili sądziłem, że spała, ale gdy tylko podszedłem, spojrzała na mnie. Chciała się przesiąść, ale poprosiłem, żeby została na miejscu. Miała już wystarczająco dużo emocji, więc zasługiwała na odpoczynek. Nachyliłem się, opierając się ręką o drzwi, i poinformowałem ją, że gangusy trafią na dołek i lada chwila będą śpiewać nazwiska. Skinęła głową, a potem zacisnęła usta. Pewnie przyszło jej do głowy, że to jeszcze nie koniec. Nie miałem pojęcia, czy to się będzie ciągnęło, czy nie. Najważniejsza tutaj była Ivone i wydobycie z niej informacji o tym, komu zleciła zabójstwo.

Nachyliłem się jeszcze bardziej i pocałowałem ją w głowę, prosząc, by się o nic nie martwiła. Zapewniłem, że nie pozwolę, żeby cokolwiek stało się jej czy dzieciakom. Uśmiechnęła się do mnie, a ja puściłem do niej oko. Zamknąłem drzwi i obszedłem auto dookoła.

– Nie boisz się, że mogą cię postrzelić? – zapytała, gdy usiadłem za kierownicą.

– Pewnie, że się boję.

– Nie wyglądasz na takiego, który się boi.

Zaśmiałem się, regulując położenie fotela.

– Strach trzyma mnie przy życiu. Nie pozwala mi wyłączyć myślenia, nie pozwala dojść rutynie do głosu, a co za tym idzie, nie pozwala mi popełnić błędu. Tyle że ja nie pozwalam, żeby strach wziął nade mną górę. Kontroluję go.

– Jesteś niesamowity – podsumowała z takim uznaniem w głosie, że od razu poczułem potrzebę kontaktu z nią.

Nachyliłem się do niej, by ją przytulić, ale to nie wystarczało. Chwyciłem jej twarz i pocałowałem ją. Chciałem, żeby czuła się ze mną bezpieczna, by mi ufała. To, jak na mnie polegała, pozwalało mi się czuć tak męsko jak nigdy.

Po krótkiej chwili ruszyliśmy. Zawróciłem, a Kaja nawet nie musiała pokazywać mi drogi prowadzącej do domu jej starych, bo zdążyłem zapamiętać trasę. Z drogi, którą uciekała, należało wykonać dwa skręty w prawo, z czego ostatnia z dróg była szutrowa. Miałem wrażenie, że wjeżdżam w las, ale wtedy ukazał mi się wielki budynek. Zaparkowałem auto przed zamkniętą bramą i zerknąłem na otoczenie.

Jej rodzice mieszkali bardzo daleko od miasta, ale dzięki temu uciekli od zgiełku, smogu i smrodu. Zmienili dom, kiedy ona się wyprowadziła, i tutaj cieszyli się samotnością i spokojem. Dom wyglądał na duży, za duży na dwoje starszych ludzi. Zza domu, gdzie zapewne znajdował się taras, wybiegły dzieci i dwa ogromne dobermany. Byłem zaskoczony, że ludzie trzymają takie psy w towarzystwie dzieci, ale nie komentowałem tego. Kaja otworzyła furtkę i poprosiła mnie, żebym poszedł za nią. Psy dostrzegły obcego i zaczęły ujadać, szarżując w naszą stronę. Kaja, starając się przekrzyczeć ich jazgot, poleciła, żebym szybko zamknął za sobą furtkę i nie wypuścił ich poza ogrodzenie. Potem coś mówiła w kierunku tych wściekłych bestii, które jak za dotknięciem różdżki zmieniły swoje nastawienie i biegły już bardziej radośnie. Zgodnie z poleceniem zamknąłem za sobą drogę ucieczki i pozwoliłem tym dwóm bydlakom obwąchać mnie z każdej strony. Dzieci przywitały się z Kają pobieżnie i od razu zasypali mnie pytaniami, czy mam kajdanki i czy się z nimi dzisiaj pobawię. Zapewniłem, że znajdę na to czas i że dam im odznakę, tak jak ostatnim razem.

Rodzice Kai wyszli nam naprzeciw, co mnie zaskoczyło, bo nie spodziewałem się poznać ich obojga za jednym razem. Nie straciłem jednak rezonu. Uśmiechnąłem się. Wyglądali dość przyjaźnie. Uścisnęliśmy sobie dłonie, wymieniając grzeczności. Matka najpierw wymownie zerknęła na moje podbite oko, a potem prosto z mostu zapytała mnie, czy miałbym coś przeciwko, gdybyśmy dali ojcu i córce kilka chwil na rozmowę. Przytaknąłem i podążyłem za nią, a Kaja odeszła w kierunku domu ze swoim ojcem.

– Nie sądziłam, że pan dzisiaj przyjedzie – zaczęła matka, zanim jeszcze doszliśmy do kanap na tarasie.

Miałem na końcu języka, że jej obecność stanowiła dla mnie również nie lada niespodziankę.

– Proszę mi mówić po imieniu. – To jedyne, co mi przyszło do głowy.

Było ciepłe czerwcowe południe, a ja utknąłem na tarasie z matką Kai, która przyglądała mi się uważnie, śledząc każdy mój ruch. Objąłem wzrokiem ogromny ogród i grill wbudowany w kominek.

Ten dom musiał być nowy, bo wszystko wyglądało na takie schludne i zadbane. Stół zastawili tak, jakby miało przyjść kilka osób. Wszystko było przygotowane do fiesty.

– Rozwiązałeś sprawę Michała? – zapytała po chwili. – Wody, herbaty? A może piwo? – Spojrzała na mnie z udawaną życzliwością.

– Woda wystarczy. Tak, rozwiązałem. – Zachowałem minimalizm w odpowiedzi, bo zupełnie nie podobało mi się jej nastawienie.

Jeszcze nie wiedziałem, do czego zmierza, ale czułem, że jej pytania gdzieś prowadzą. Pozostałem więc czujny i udzielałem odpowiedzi, pilnując się, żeby nie powiedzieć więcej, niż to było konieczne.

– Miał kochankę? – wypaliła bez ogródek i wskazała mi miejsce w fotelu wiklinowym wyścielonym krystalicznie białą poduchą.

Jednocześnie usiadła na drugim, obok mnie, ze szklanką jakiegoś napoju z lodem. Wyglądała na zrelaksowaną i pewną siebie.

– Miał – potwierdziłem i zerknąłem na dzieciaki.

Chłopcy rzucali psom tenisowe piłki, potem wyciągali je im z pysków tak, jakby robili to od zawsze. Bez najmniejszego zawahania wkładali swoje małe rączki w ich wielkie paszcze. Musiałem przyznać, że te olbrzymie bestie były nad wyraz delikatne i przez czas zabawy, mimo że biegały jak szalone, nie znokautowały żadnego z nich.

– Fajne psy – skomentowałem ich wygłupy.

– Tak. – Matka podążyła za moim wzrokiem w kierunku hałasu. – Musimy mieć ochronę. Kiedy trzeba, potrafią przegonić intruza.

Siedząc na tarasie, wystawiliśmy się na południowe słońce, piekące niczym dobrze nagrzany piekarnik. Ściągnąłem kurtkę i kiedy przewieszałem ją przez oparcie swojego fotela, przypomniała mi się cała nasza rozmowa o broni. Miałem nadzieję, że matka była inna i nie zamierza tego komentować. Na moje szczęście Kaja wyszła przez drzwi tarasowe, zachwycając się pogodą i temperaturą.

Odwróciłem się w jej kierunku, nie wstając z fotela. Nasze spojrzenia się skrzyżowały i uśmiechnąłem się do niej. Była dziwnie spięta. Dostrzegłem jedynie niewielki uśmiech na jej twarzy, ale nie odezwałem się. Czekałem na dalszy bieg wydarzeń. Zastanawiałem się, po co my tu w ogóle przyjechaliśmy. Kaja miała jakieś niewyjaśnione sprawy z ojcem, a matka, do tej pory ukrywająca chorobę, grillowała w najlepsze na działce. Cała ta rodzina wyglądała tak, jakby żyła na pokaz.

– Pomożesz mi z grillem? – Ojciec Kai położył mi rękę na ramieniu, a ja z nieskrywaną radością podniosłem się z miejsca i poprosiłem o wskazówki.

Zgarnąłem, zgodnie z poleceniem, mięso i przeniosłem z ojcem tacę na stół obok grilla, zostawiając panie na tarasie.

– Dzisiaj też jesteś na służbie? – zagadał lekko.

– Nie – odpowiedziałem, ale nie miałem ochoty na dalsze wyjaśnienia. Liczyłem na to, że nie pociągnie tematu.

– Co ja bym dał za broń na uczelni – zażartował i obaj zaśmialiśmy się szczerze. – Czasem tych studentów to powinno się powystrzelać i zakończyć ich trud.

– Czego pan uczy? – zapytałem.

– Historii sztuki – pochwalił się dumnie. – Ale wierz mi, że nie każdy jest artystą i najboleśniejsze dla mnie jest patrzenie, jak tym ludziom wydaje się, że nimi są, podczas gdy tak naprawdę lepiej sprawdziliby się w każdym innym zawodzie za wyjątkiem tego, który sobie wybrali.

– Wszędzie tak jest – zapewniłem. – W każdej dziedzinie.

– Tak, to prawda.

W zasadzie moja rola wspólnego grillowania zakończyła się na przyniesieniu tac, bo teraz stałem i patrzyłem, jak on układa podpałkę, rozpala węgiel, układa mięso. Byłem tutaj tylko po to, żeby dotrzymać mu towarzystwa, lub ewentualnie wziął mnie, żebym robił mu za parasol i by mógł postać w moim cieniu.

– Ewcia chce, żeby Kaja wybrała Piotra – zaczął bez ogródek, a ja uniosłem brwi niepewny, czy w ogóle chcę poruszać ten temat. – Ale pieniądze szczęścia nie dają, a to jest jej główny powód.

Nie skomentowałem jego wypowiedzi. Cokolwiek bym powiedział, brzmiałoby sztucznie. Pozwoliłem mu na chwilę ciszy, żeby mógł zebrać myśli i zdecydować, o czym teraz będzie chciał gadać. On tymczasem, bez upewnienia się, czy w ogóle za nim stoję, kontynuował:

– Starałem się jej powiedzieć, żeby nie mieszała w jej życiu i pozwoliła jej na błędy, ale Ewcia uważa, że źle zrobiliśmy, że nie zabroniliśmy jej małżeństwa z Michałem.

Zastanawiało mnie, czemu traktują ją jak małą dziewczynkę, czemu ona w ogóle na to pozwala. Gdyby moi rodzice chcieli podejmować ze mną każdą jedną decyzję, na bank nie byłbym dziś uzbrojony i nie pracowałbym przy tym, co lubię.

– Jak człowiek może się kształtować i rozwijać, skoro nie ma możliwości na błędy i lekcje? – Ojciec nie przerywał monologu. – Ja bym tylko chciał, żeby Kaja wróciła do sztuki. Ma taki talent. Widziałeś jakieś jej prace?

Po raz pierwszy obejrzał się na mnie, a ja pokręciłem przecząco głową. Obrócił mięso i poprosił, żebym poszedł z nim do domu. Bez słowa sprzeciwu ruszyłem za starym. Mijając Kaję i Ewę siedzące na tarasie, rzucił, że zaraz wrócimy z powrotem do grilla. Żadna z nich się nie odezwała, więc przeszliśmy do chłodnego wnętrza domu. Wystrój pomieszczeń przypominał mi dom myśliwego. Ciemne, ciężkie drewniane meble, zielone dywany i wielkie obrazy w ciężkich, drewnianych ramach. Pokazywał mi różne malunki, podając dokładnie rok, w którym zostały namalowane, a ja dopiero po którymś z kolei zorientowałem się, że to wszystko to dzieła kobiety, o której prawie nic nie wiedziałem.

– Jej na tym nie zależy, nie tęskni za tym – mówił niby do mnie, ale nie odrywał wzroku od malunków – ale takich talentów nie spotyka się zbyt często.

Faktycznie obrazy miały w sobie duszę, a mnie przypomniał się jej komentarz z wczoraj, który wypowiedziałem na głos:

– Wczoraj u mnie w domu mówiła, że moja altana to idealne miejsce do malowania.

Ojciec klepnął mnie przyjacielsko po ramieniu i z szerokim uśmiechem błagał:

– Zadbaj o to, żeby wróciła do tego, synu.

Zaprowadził mnie na górę, do sypialni, gdzie wisiał jeden z obrazów, o którym opowiadał mi ze szczególnym wyróżnieniem techniki wykonania i emocji. Otworzył drzwi i wskazał palcem nad łóżko.

– Ewcia nie pozwoliła zawiesić tego na dole – tłumaczył. – Jak się domyślasz, z powodu nagości.

Na obrazie widniała naga kobieta w wodzie, unosząc się na niej, dryfowała na plecach. Miała zamknięte oczy i wyraz twarzy, który sugerował, że właśnie przeżywa orgazm. Nie wiedziałem, czy to tylko moje skojarzenie, czy też faktycznie takie było przesłanie. Nie miałem odwagi zapytać.

Ojciec porównywał emocje do tych z *Szału* Podkowińskiego. Wyjaśniał mi znaczenie *Szału*, przesłanie nagości i interpretację słynnego dzieła. Czekałem, aż zacznie komentować obraz na ścianie, ale z tyłu dobiegł nas krzyk matki, że mięso się pali. Ojciec wybiegł z pokoju, mówiąc jednocześnie, żebym nacieszył oczy, ile potrzeba, i dołączył za jakiś czas do niego na dole.

Po chwili usłyszałem, jak zbiega na dół, a ja spojrzałem na ten obraz raz jeszcze. Przeskanowałem także ich sypialnię. Zwracałem uwagę na takie szczegóły jak książki tylko po jednej stronie na stoliku nocnym, a po drugiej kremy. Dostrzegłem dwie różne kołdry, co sugerowało, że ojciec używa tylko swojej pościeli i nie zmienia tej ciągle świeżej po drugiej stronie, bo przecież jego żona nie wracała na noc – mieszkała z Kają. Pomieszczenie było chłodne, a ja nadal nie zmieniłem zdania, że ten wystrój przypominał dom myśliwego. Brakowało jedynie łbów dzikich zwierząt wiszących na ścianach. Wyjrzałem przez okno – patrzyłem na samochód, na zadbane podwórko, na otaczającą nas zieleń.

– Ojciec mówił, że oglądasz obraz – usłyszałem jej głos.

– Oglądam – zapewniłem z uśmiechem.

– Ale obraz jest tu. – Wskazała na ścianę.

Podszedłem do niej i zamknąłem jej usta swoimi. Opierała się na początku, ale nie pozwoliłem jej się wyswobodzić z mojego objęcia. Chciałaby pewnie zakończyć to szybciej, ale forsowałem swoim językiem drogę do niej, do środka, i czekałem na moment, aż odpuści. Przytuliłem ją jeszcze mocniej do siebie i w końcu poczułem, że zaczynała się rozluźniać. Odwzajemniła pocałunek z czułością, na którą czekałem, a która dała mi spokój i poczucie, że nic się nie zmieniło. Gdybyśmy byli sami, zacząłbym ją teraz rozbierać. Kaja przerwała pocałunek, ale zrobiła to inaczej, niż chciała początkowo. Teraz byłem pewny jej uczuć. Zatopiłem twarz w jej szyi i pocałowałem jej skórę. Dotykałem ustami jej ucha, włożyłem język do środka, a dźwięk, jaki wydała, spowodował, że byłem gotowy.

– Nie tutaj – szepnęła, a mnie nakręcała nawet jej odmowa.

– To ten obraz – zażartowałem, nie przerywając swoich pieszczot.

Odrzuciła głowę do tyłu i zaśmiała się głośno.

– Na pewno – przedrzeźniała się ze mną. – Zaraz tu przyjdą z misją ratunkową.

– I zobaczą mój namiot. – Pokazałem na spodnie, co jeszcze bardziej ją rozbawiło.

– Chodź – pociągnęła mnie za rękę, sugerując, byśmy zeszli na dół – będzie fajnie.

– To do tej pory nie było fajnie? – drażniłem się z nią.

Usiadłem na chwilę na łóżku jej rodziców i czekałem, aż moje ciało ochłonie. Kaja spoczęła obok mnie.

– Miałam chyba z siedemnaście lat, jak to namalowałam. – Pokazała głową na ścianę. – Moja matka prawie zawału dostała, za to ojciec nie mógł wyjść z podziwu.

– Nie dziwię mu się… mieć malowane porno na ścianie.

Kaja uderzyła mnie w ramię.

– Nie daj się traktować jak mała dziewczynka – powiedziałem do niej serio, obejmując jej twarz w dłoniach. – Podejmuj takie decyzje, jakie chcesz, i nie słuchaj tego, co oni mówią.

Kaja uniosła brwi z zaskoczenia, uwolniła swoją twarz z moich dłoni i nie tracąc humoru, odpowiedziała:

– Co to za porada?

– Ciągle tylko od nich słyszę, co powinnaś zrobić.

Moje słowa spowodowały, że spoważniała i wzięła głęboki oddech. Rozumiałem, że to mogło być dla niej trudne, ale musiała wiedzieć, jak to wyglądało z boku.

– Gdybym ich słuchała, tobym nie wyszła za mąż, nie przeprowadziłabym się do miasta i nie rzuciłabym malowania – wyliczyła na jednym oddechu.

– To rzuciłaś to w formie protestu?

– Wtedy tak, a potem to już zapomniałam, że malowanie może dawać radość – mówiąc to, uśmiechnęła się delikatnie. – Choć to może brzmieć śmiesznie, do czasu wypadku byłam naprawdę szczęśliwa, pewna siebie. Niczego mi nie brakowało. Teraz wyglądam na zagubioną, bo ostatnie lata okazały się fikcją. Wiesz, o co mi chodzi. Byłam szczęśliwa, mimo że nie miałam ku temu powodu, mimo że Michał mnie oszukiwał. Niczego nie widziałam. Byłam jak ślepa, dlatego teraz słucham, co ludzie mówią. Moi rodzice twierdzą, że wiedzieli, że tak się stanie, dlatego ciekawi mnie, co sprawiło, że oni potrafili to przewidzieć, a ja nie... Ja, serio, nie dostrzegłam najmniejszego sygnału ostrzegawczego... To takie dziwne uczucie, gdy nie słuchasz rodziców, robisz po swojemu, a potem się okazuje, że to ja się myliłam. Jeśli z nim mieli rację, to może w innych kwestiach też mają?

– Nie lubili go i tyle – uprościłem sprawę.

– Nie, to coś więcej. – Wzięła moją rękę i wstając, znów pociągnęła mnie do wyjścia. – Jesteś gotowy?

– Zaczekaj. – Zatrzymałem ją, nie podnosząc się.

Chciałem zapytać, czy jest teraz szczęśliwa, czy czuje się dobrze w takim układzie, czy pozwoli na to, żeby rodzice nieustannie mieszali jej w głowie, sugerując, co powinna zrobić, ale nie powiedziałem nic. Wstałem i objąłem ją, dając w ten sposób do zrozumienia, że ja nie będę kolejną w jej życiu osobą narzucającą rozwiązania. Wierzyłem, że sama jest w stanie podjąć właściwe decyzje.

Zeszliśmy na dół do rodziców. Tuż przed przejściem przez drzwi tarasowe Kaja puściła moją rękę. Sam ten fakt zjeżył mi włosy, ale starałem się nie tracić humoru. Usiedliśmy przy stoliku obok dzieci. Mięso faktycznie było spalone, za co oboje wielokrotnie przepraszali. Każdy nakładał sobie porcje jedzenia, a ja pod stołem dotknąłem jej uda i ścisnąłem je, nie pokazując po sobie, że robiłem coś niedozwolonego. Nie patrzyłem w jej kierunku, ale dałbym sobie głowę uciąć, że spowodowało to u niej zmieszanie.

– Zdecydowałaś już, gdzie jedziesz na wakacje z vouchera od Piotra? – rzuciła matka od niechcenia, nakładając sobie najbardziej spalony kawałek mięsa.

– Nie. – Kaja zerknęła na mnie, a ja znów dotknąłem jej uda, tym razem wyżej. – Ale zdecydowałam, że dam wam ten voucher jako podziękowanie za wsparcie, jakie mi okazaliście przez ostatnie miesiące. Zasługujecie na odpoczynek, na chwilę wytchnienia. Razem, tylko we dwoje.

Jej rodzice zapewniali, że ten gest jest zbyt hojny, ale po chwili, kiedy ona upierała się, że jeśli nie przyjmą prezentu, spienięży voucher i odda pieniądze na cele charytatywne, ojciec stwierdził, że przydałyby im się wakacje po operacji. Matka w końcu się zgodziła, ale nie wyluzowała nawet na chwilę. W momencie, w którym Kaja oznajmiła, że chciałaby zamieszkać sama, matka przestała jeść i zaczęła wyliczać szereg powodów, dla których nie powinna się na to decydować.

– Zamieszkasz z nami? – pytanie Jeremiego skierowane do mnie wyrwało wszystkich z rozmowy, tak jakby oznajmił właśnie, że ma dwie głowy. Albo tak jakby wszyscy zapomnieli, że dzieci były obok.

Matka chciała coś powiedzieć, ale ja, widząc jej reakcję, wyprzedziłem ją.

– A może ty zamieszkasz ze mną? – odpowiedziałem lekko, co spowodowało u niej poirytowanie.

– Nie możesz tak odpowiadać dziecku – skrytykowała mnie od razu. – Nie mieszaj im w głowach.

– Nie mam takiego zamiaru – oświadczyłem, nie przestając kroić spalonej karkówki.

– A masz w domu więcej karabinów? – zapytał tym razem starszy.

– Niestety tylko jeden. – Podniosłem rękę, pokazując kaburę. – Więcej mi nie dali, bo bym za dużo strzelał.

– To nie jest powód do żartów – strofowała mnie znów matka Kai.

– A ile masz kul w jednym pistolecie? – Dzieci nie zwracały uwagi na napięcie babci.

– Kule nie są w pistolecie, tylko w magazynku – wyjaśniłem. – Naboje wkłada się w magazynek, taką jakby szynę, a następnie w pistolet. W jeden wchodzi trzydzieści jeden plus dwa.

– Wow! Pokaż nam – piali obydwaj jednocześnie z zachwytu.

Spojrzałem na Kaję, ale widząc jej kiwanie głową, zrozumiałem, że sobie tego nie życzy.

– Pokażę wam innym razem, jak będą ku temu lepsze okoliczności. – Starałem się odmówić, nie zabijając w nich nadziei. – Może kiedyś pójdziecie ze mną na strzelnicę?

Obaj, podekscytowani, podskoczyli z miejsc, a babka uspokajała ich, rzucając w moją stronę:

– Nie uważa pan, że to za małe dzieci na zabawę bronią?

Spojrzałem w jej kierunku surowo i stanowczo podzieliłem się z nią swoją opinią.

– Szkoda, że ma pani takie podejście do broni. Nikt nie mówi o dzikim strzelaniu w lesie do drzew, tylko w przeznaczonym do tego miejscu. To są chłopcy i dla nich coś takiego jest zaspokojeniem ciekawości. No chyba że pani oczekuje, że założą spódnice.

Kaja parsknęła śmiechem. Matka posłała jej groźne spojrzenie, a ojciec, rozbawiony podobnie jak jego córka, w końcu zabrał głos:

– Ewuniu, myślę, że za bardzo się przejmujesz. Nie ma co dzielić skóry na niedźwiedziu.

– Daj im po pistolecie, wytatuuj i od razu poszukaj dobrego prawnika. – Matka nie zwracała uwagi na słowa swojego męża i wyrzucała swoje żale bezpośrednio do Kai.

Nerwowo mieszała sałatę w wielkiej misce, tak jakby nagle przypomniała sobie, że zapomniała to zrobić wcześniej.

– A co jest złego w tatuażu? – zapytałem, czując, że zaraz nazwie policjanta psem.

Kaja ścisnęła moją nogę pod stołem. Jej dotyk był upomnieniem, ale pogłaskałem jej dłoń, dając jej do zrozumienia, że odczytałem to jako pieszczotę.

Wzrok matki przeskakiwał po naszych twarzach, szukając zrozumienia, ale wszyscy czekaliśmy na jej odpowiedź – nawet dzieci.

– Tylko więźniowie mają tatuaże. Przestępcy – przemówiła.

– Mordercy? – dopytywały dzieci, co spowodowało, że matka zacisnęła usta.

– Muszę wyprowadzić panią z błędu – zacząłem spokojnie, a Kai dłoń znów mnie upomniała. – Tatuaż nie jest związany z więzieniem i wiele osób decyduje się na to jako na formę sztuki.

W tym momencie ojciec ożywił się i zaczął wykład o historii zapoczątkowania malowania znaków na ciele. Jako ciekawostkę przywołał jakieś plemię Indian, ale matka nie pozwoliła mu dokończyć.

– A pan by sobie zrobił tatuaż?

– Mamy jakiś deser? – Kaja chciała zmienić temat, ale jej matka wpatrywała się we mnie, oczekując reakcji.

Pytanie Kai zostało przez wszystkich zlekceważone. Oczy obojga rodziców wpatrzone były we mnie. Jedynie Kaja miała spuszczony wzrok, ale ja nie zamierzałem stchórzyć.

– Zrobiłbym. Czemu nie? – Kaja klepnęła mnie aprobująco, myśląc, że to moja ostateczna odpowiedź, ale ja, w pełni świadomy tego, że będzie to dla jej matki szokiem, dodałem: – Jako komplet do smoka i reszty, którą już mam.

Zaczerpnęła powietrza ze świstem. Byłem gotowy na atak.

– Teraz to wydaje się panu zabawne, ale jak to będzie wyglądało na starość? – zapytała. – Pomarszczona skóra pokryta brzydkimi rysunkami – prychnęła jak dziki kot. – W ogóle jaki to jest przykład dla dzieci?

Przeżuwałem kęs jedzenia i starałem się nie traktować jej słów jako zaczepki. Tłumaczyłem sobie, że kobieta ma starodawny sposób myślenia i że uważa tatuaż za coś oszpecającego ciało, coś haniebnego. Takie było jej zdanie, a ostatnią rzeczą, którą powinienem teraz zrobić, to starać się zmienić jej myślenie. Zamiast tego walczyłem ze sobą, by pozostać uprzejmym i rozmawiać z nią rzeczowo.

– Czy złym przykładem jest farbowanie włosów? Albo wizyty w solarium? A może złym przykładem jest krytykowanie ludzi za ich wybory? – przemyciłem drobną uszczypliwość.

– Sebastian! – Kaja przerwała moją śmiałą wypowiedź.

– Daj mu skończyć – upomniała ją matka. – Lepiej, jeśli poznamy, jaki jest, od razu.

– Tato? – Kaja szukała pomocy u ojca.

– Zgadzam się z Sebastianem. – Ojciec zadziwił swoją odpowiedzią nawet mnie. – Każdy ma prawo do decydowania o sobie. Nawet gdyby to był tatuaż czy irokez.

Wszyscy jednocześnie utkwiliśmy w nim wzrok. Rzecz jasna poza chłopakami. Podczas gdy my toczyliśmy potyczki słowne, dzieci całkowicie straciły zainteresowanie rozmową. Niby po kryjomu karmiły psy pod stołem, mając przy tym niezły ubaw. Wydawało im się, że dorośli nie słyszą, jak psy na okrągło mlaskają pyskami. Z drugiej strony jednak być może byli tak skupieni na mnie, że faktycznie nie słyszeli.

– Zbyt często widzę ludzi, którzy robią coś, co powinni, zamiast słuchać swojego serca. – Choć jego słowa brzmiały ogólnikowo, byłem pewien, że adresował je do swojej córki.

Gdybym był teraz z kolegami z pracy, przybiłbym mu piątkę. Gość był naprawdę spoko i zupełnie nie rozumiałem, co robi z tak władczą kobietą. Czemu sprzeciwiał jej się tylko w tak delikatny sposób? Miał o wiele szersze horyzonty i więcej do wypowiedzenia niż ona, a mimo to jej ustępował.

– Mówi pan tak, bo nie ma pan swoich dzieci. – Ewa skierowała swój wzrok na mnie, po czym przerzuciła go na swojego męża. – A ty tak mówisz, bo to nie dotyczy twojego dziecka.

Nie rozumiałem jej zawziętości i chęci wpłynięcia na swojego męża i mój światopogląd. Szokowało mnie, że nie dopuszczała myśli, że ktoś może mieć inne zdanie na ten sam temat. Miała potrzebę przekonania wszystkich zgromadzonych do swoich poglądów, które uznawała za jedyne słuszne. Współczułem Kai życia w takiej atmosferze.

– Gdyby moje dziecko przyszło i powiedziało, że chce mieć tatuaż – zacząłem – zaprowadziłbym je do salonu, gdzie na pewno zachowana jest higiena. Musiałbym wiedzieć również, że zrobi to ktoś, kto ma o tym pojęcie. – Po chwili dorzuciłem: – Rzecz jasna moje dziecko musiałoby być na tyle mądre, by rozumieć decyzję, którą podejmuje.

– W teorii wszystko wygląda pięknie, ale czemu kryjesz swój tatuaż? – W pewnym momencie przeskoczyła z nazywania mnie panem, co – całkiem prawdopodobnie – nastąpiło, gdy przyznałem się do tatuaży i zgody na tatuowanie dzieci.

Teraz pokazywała na długi rękaw mojej koszulki. Zacząłem się śmiać, mimo że nie powinienem.

– Czy możemy skończyć tę dyskusję? – wtrąciła nerwowo Kaja.

– Ewunia… – Ojciec ruszył z pomocą, widząc zdenerwowanie córki. – To dobry chłopak, daj mu spokój.

Doceniałem jego słowa, ale wyszedłem naprzeciw teoriom jego żony.

– Czy chce pani, żebym się rozebrał? – zapytałem żartobliwie. – Każda moja dziara to prawdziwe dzieło sztuki, którego w żadnym stopniu się nie wstydzę.

– Nie. Już wystarczy, że przyniosłeś do mojego domu broń. – Wstała i zaczęła składać naczynia.

Byłem zszokowany tą rodziną. Nie dałbym rady zamieszkać z nimi nawet na jeden dzień. Nie dziwię się, że Kaja uciekła stąd, gdy tylko nadarzyła się ku temu okazja. Nie rozumiałem, czemu zgadzała się, żeby ta stara konserwatystka z nią teraz mieszkała i pomagała jej w wychowywaniu dzieci, wpływając na ich światopogląd. Przykro mi było, że muszą dorastać w takim domu. Moja rodzina była zupełnie inna. Dużo więcej luzu, zaufania i szacunku, ale prawdziwego, nie takiego udawanego jak tutaj. Moi bliscy robili i mówili to, co chcieli, a nie to, co wypadało.

– Taką już mam pracę. – Nie mogłem zostawić jej wyrzutu bez komentarza.

– Czy ktoś z twojej rodziny pracuje w policji? – zapytał mnie ojciec Kai, pozwalając żonie powyrzucać resztki do kosza i sprzątnąć ze stołu.

Kaja podniosła się, żeby pomóc matce, ale ta odpędziła ją od siebie, mówiąc, żeby została przy stole. Nie posłuchała jednak jej polecenia i zamiast usiąść, zapytała dzieci, czy chciałyby się pobawić z psami.

– Nie do końca – odpowiedziałem. – Moi rodzice też stoją po stronie sprawiedliwości, ale nie w takim wymiarze jak ja. Tata jest prokuratorem generalnym, a mama sędzią w sądzie najwyższym.

Zignorowałem ich zszokowane spojrzenia i zamknąłem swoją wypowiedź słowami:

– Zakładam się o duże cyfry, że myśleliście, że jestem synem typowego niedowartościowanego krawężnika, który nawet nie umie napisać poprawnie tego słowa.

Wstałem od stołu, dziękując za poczęstunek, który oprócz tego, że nie był miły, nie był też smaczny.

– Idziemy się pobawić? – zwróciłem się do dzieciaków.

– Taaak! – odkrzyknęli.

Ściągnąłem kaburę i zawiesiłem ją wysoko na drzwiach, poza zasięgiem dzieci. Pomyślałem sobie, że powinien się upewnić, że matka też nie ma do niej dostępu. Na pewno, gdyby mogła, zastrzeliłaby mnie przekonana, że chroni swoją córkę.

Wziąłem młodszego na ręce i niosłem go pod pachą tak, jakby ważył tyle, co piórko, co rzecz jasna było prawdą. Śmiał się przy tym wniebogłosy, a starszy wykrzykiwał, że to nie fair, że tak długo niosłem jego brata, i że czas na zmianę, mimo że nie minęła nawet sekunda. Chwyciłem więc też starszego. Zapytałem, w co się bawią. Postawiłem ich na trawie z dala od dziadków i czekałem, aż przyniosą coś do zabawy. Przytaszczyli zestaw do gry w bule. Nie mogłem uwierzyć, że to jedyna rozrywka takich maluchów tutaj.

– Nie macie piłki? – zapytałem ich, a kiedy potrząsnęli przecząco głowami, wykrzyknąłem to samo pytanie do ich dziadka.

Ten zerwał się i zapewnił, że zaraz coś przyniesie z garażu. Po chwili wrócił z piłką i kopnął ją w naszym kierunku z tarasu. Widząc jego dobrą technikę, zaprosiłem go ręką do gry, co przyjął z chęcią.

– Teraz to mamy męską zabawę, a nie rodem z koła emerytów – rzuciłem, gdy do nas podbiegł.

– Takie z nas już dziadki. – Kiwnął głową i podał piłkę do mnie.

Graliśmy przez dobrą godzinę. Ciepło doskwierało nam wszystkim, więc co chwilę biegaliśmy po napoje. W tym czasie Kaja ściągnęła chłopakom koszulki, a ja pozostałem w swojej, mimo że spływałem potem. Zaczynałem powoli się wykręcać, ale ojciec drażnił się ze mną. Naśmiewał się, że mam słabą kondycję jak na policjanta. Zapewniłem go, że to nie kondycja jest problemem, lecz brak odpowiedniego stroju. Pokazałem na jego krótkie spodenki i koszulkę z krótkim rękawem, kontrastując to z moimi jeansami, kamaszami i długim rękawem. Facet był bystry i szybko zrozumiał. Jednym ruchem ręki ściągnął swoją koszulkę.

– Nie przejmuj się tym, synu – zapewnił. – Już gorzej być nie może.

Obaj wybuchnęliśmy śmiechem. Dołączyłem do klubu golasów i ściągnąłem też swoją koszulkę, zupełnie nie przejmując się, co pomyśli o mnie Ewunia. Dzieci kazały mi kucnąć, żeby móc obejrzeć wszystkie tatuaże. Pytali o poszczególne dziary. Byli jedynymi, którzy nie pytali, co ja z tym zrobię na starość albo czy odsiedziałem wyrok. Przyjmowali, że mi się to podoba i tak sobie zrobiłem, co było prawie jak prezent po zażartej dyskusji z ich babką.

Wróciliśmy do gry. Żaden z nas nie spojrzał w kierunku tarasu, gdzie panie siedziały i rozmawiały o czymś zawzięcie. Współczułem Kai, że tam została i musiała słuchać kazań swojej matki.

Po chwili krzyknęła, że telefon w mojej kurtce dzwoni jak oszalały. Podbiegłem, żeby odebrać, zupełnie nie zwracając uwagi na matkę. Zastanawiałem się, czy była dokładnie taka sama w stosunku do Michała, czy też tego złotego chłopca traktowali lepiej. W jej oczach byłem niegodny jej córki, to pewne, ale pomyślałem, że może każdego traktowałaby tak samo. Przypomniał mi się jednak jej zachwyt Piotrem, więc doszedłem do wniosku, że jej chłód i poirytowanie skierowane były tylko do mnie – wytatuowanego policjanta z bronią.

Kaja wyciągnęła telefon z kieszeni i podeszła do krawędzi tarasu. Podała mi go, schylając się. Z tarasu, żeby przejść do ogrodu, schodziło się po schodach – nie zadałem sobie trudu, żeby wchodzić na górę. Oparłem się plecami o ścianę i odebrałem połączenie. Świadomie wybrałem taką pozycję, dając matce możliwość spojrzenia mojemu smokowi na plecach prosto w oczy. Dzwonił do mnie szef z prośbą o pojawienie się jutro w biurze w celu dogrania formalności. Prosiłem go o przesunięcie wszystkiego na poniedziałek, tłumacząc, że mam prawie gotowy raport i że pozostało mi jedynie opisać dokumenty z niemieckiej policji. Malinowski, jak to zwykle on, chciałby, żeby każdy z jego pracowników poświęcał swój wolny czas na pracę, ale żaden z nas tego nie lubi i solidarnie odmawialiśmy mu harowania w weekendy. Teraz częściowo z satysfakcją przyjąłbym jego prośbę i pojechał stąd tak szybko, jak to możliwe, ale mieliśmy z chłopakami z wydziału zasady, więc trzymałem się tego mimo jego błagań.

Ku mojemu ogromnemu zaskoczeniu Kaja usiadła tuż za mną w rozkroku i układając nogi po bokach, skrzyżowała je w kostkach, zamykając mnie w objęciu. Gładziłem jej kolano i uśmiechałem się, doskonale wiedząc, że mnie nie widzi. Przewiesiła swoje dłonie na moich ramionach i przysunęła się do mnie. Ułożyła swoją głowę po stronie przeciwnej niż mój telefon i przytuliła się, przywierając piersiami do moich pleców. To jedyna miła rzecz, jaka mnie tutaj spotkała, za wyjątkiem oczywiście naszego spotkania na górze.

Szef w końcu odpuścił i upomniał mnie w kwestii konieczności przygotowania wszystkiego na tip-top. Sprawa miała zasięg międzynarodowy, więc bardzo mu zależało, by jego jednostka wypadła dobrze. Posunął się nawet do grania na mojej ambicji, bo rzucił, że zespół nadal pracuje nad przesłuchaniami gangusów i Ivone, podczas gdy ja obijałem dupę. Zapewniłem go, że jestem w to bardzo zaangażowany, ale ani się nie tłumaczyłem, ani nie kontynuowałem dyskusji. Mimo oporów z jego strony udało mi się go spławić.

Odłożyłem telefon na deski obok i położyłem wolną dłoń na drugim kolanie Kai.

– Praca wzywa?

– Tak, ale się nie dałem.

– Widzę właśnie. – Pocałowała mój kark, co spowodowało dreszcz przyjemności, który przeszył moje ciało. – Ale jesteś słony.

Zanim jednak zdążyłem cokolwiek powiedzieć, zakryła mi swoją dłonią usta. Jej dłoń pachniała cytrusami, co jeszcze bardziej pobudziło moje ciało. Zacząłem sobie wyobrażać jedzenie i zlizywanie soku owoców z jej ciała.

– Co ty ze mną robisz? – zapytałem retorycznie.

– To samo, co ty ze mną – odpowiedziała, przeciągając językiem po moim kręgosłupie. – Nikt nie widzi – zapewniła, czytając w moich myślach.

Obejrzałem się za siebie i zobaczyłem, że miejsce, w którym stara kwoka wygrzewała się na słońcu, było puste.

– To dlatego mnie przytuliłaś – stwierdziłem, rozumiejąc jej działanie. – Bo matka nie widziała.

– Nie, to dlatego ona wyszła. – Po raz kolejny musnęła ustami moją szyję.

Podniosła głowę i wskazała nią ojca.

– A Maradona jest tak pochłonięty, że choćbym cycki pokazała, nie zauważyłby.

– To pokaż – rzuciłem ochoczo i odwróciłem się do niej przodem, nie chcąc stracić takiej okazji.

– Może wieczorem? – flirtowała ze mną, a ja wcisnąłem się biodrami pomiędzy jej uda.

– Matka nie wybiła ci z głowy seksu ze mną? – drażniłem się z nią, jednocześnie głaszcząc jej plecy.

– Chciała. Robiła wszystko, co mogła, żebym tylko zaserwowała ci czarną polewkę. Zupełnie nie rozumie mojego tłumaczenia. Nie ma znaczenia, co powiem, bo upiera się, że na takie romansowanie miałam czas w liceum, nie teraz. Według niej to źle wpłynie na mnie i na dzieci. Uważa, że nie przetrwamy i że szybko się ulotnisz, co skrzywdzi chłopaków i mnie. Wolała Piotra, bo ten ma plan długoterminowy. Jest zdecydowany, pewny i na dodatek nadziany jak indyk na święta. Według niej ty przynosisz ryzyko, a Piotr stabilizację.

Zaniemówiłem. Nie spodziewałem się, że już teraz będą przeprowadzać tak poważne rozmowy. W sumie to pewnie tak powinno się robić, pakując się w związek z kobietą po przejściach, a ja tylko potwierdzałem swoją osobą, że nie jestem na to gotowy, skoro nawet o tym nie pomyślałem.

– Mama uważa, że nawet jeśli zdecydujemy się spróbować, to powinniśmy się kryć. Odczekać na tyle długo, aż będziemy pewni swoich uczuć. Żadnych wspólnych wyjazdów, dopóki nie zdecydujemy się na poważny związek.

Wypuściłem powietrze ze świstem. Owszem, takie rozumowanie było logiczne, ale zupełnie do mnie nie pasowało.

– Porozmawiam z chłopakami – kontynuowała Kaja. – Wytłumaczę im wszystko… – Zawiesiła głos i spojrzała na mnie. – Czemu nic nie mówisz? Powiedz coś.

– Wszystko w moim życiu toczy się własnym torem, więc dla mnie takie zasady są nowością, ale jeśli chcesz je wprowadzić, to je uszanuję – oznajmiłem. – Nie chcę być powodem problemów w twojej rodzinie.

– I tak będziesz – zażartowała.

– Sebastian! – zawołały mnie z oddali dzieci, czym przerwały naszą rozmowę. – Dziadek nie umie się kiwać!

Przepraszając, pocałowałem Kaję w dłoń jak damę i odszedłem do mojego zespołu, który beze mnie nie mógł udźwignąć gry. Biegaliśmy jeszcze przez chwilę, po czym padłem na trawę w cieniu, błagając o litość. Dzieci poszły po kolejną porcję wody. My we dwóch odpoczywaliśmy na trawie.

– Poczułem drugą młodość. – Dziadek usiadł obok mnie, całkiem energicznie jak na swój wiek.

– I tak ma pan niezłą kondycję.

– Mów mi po imieniu, Konrad. – Wyciągnął raz jeszcze dłoń.

– Sebastian. – Ścisnąłem jego rękę z uznaniem.

– Ona to zrozumie. – Wypalił nieadekwatnie do tematu.

Przytaknąłem, nie bardzo wiedząc, jak na to zareagować. Byłem zmęczony fizycznie i psychicznie. Najchętniej bym o tym w ogóle nie rozmawiał, ale widziałem, że dziadek ma potrzebę zapewnienia mnie, że jego żona wcale nie jest wiedźmą i że on jest gotowy na ustępstwa.

– W porządku. – Wyprostowałem się i spojrzałem na niego życzliwie.

– Ewunia jest bardzo zmartwiona tym, że Michał, którego notabene uwielbiała, okazał się kimś innym. On tu nas urobił jak małe dzieci. – Skierował swój wzrok na żonę w oddali, która wróciła już na taras, na swoje miejsce, a potem spojrzał na mnie. – Może nie mnie, ja go od początku nie lubiłem. Typowy handlowiec, co to umiał się dobrze sprzedać. Znasz to powiedzenie, że jeśli ktoś jest słodki poza domem, to domownikom daje w kość. On może nie należał do takich typowych łobuzów, ale miał Kaję i dzieciaki głęboko w nosie, a sprawiał wrażenie najlepszej klasy ojca i męża. Ludzie go podziwiali i nawet zazdrościli córce, że ma takiego męża. To wszystko okazało się chwytem marketingowym. On każdemu potrafił się tak sprzedać, że wszyscy go uwielbiali.

Zastanawiałem się, czy facet ma świadomość, że spałem z jego córką. Może myślał sobie, że aspirowałem do bycia jej chłopakiem, że może dopiero się poznaliśmy i jesteśmy na etapie opowiadania sobie swojego dotychczasowego życia. A może miał mnie po prostu za policjanta, który ot tak przyjechał z wizytą domową. Po co mi prawił o Michale, o tym, jaki był? Sam zdążyłem go poznać na tyle, by śmiało nazywać go chujem.

Dzieciaki wróciły, niosąc dwie szklanki wody. Wylali po drodze pół zawartości, ale prześcigali się, idąc do nas. Obaj podstawili mi szklanki pod nos, pominęli jednak dziadka.

– A ja? – upomniał się o swoją wodę Konrad.

– Ty gorzej grasz – odpowiedzieli mu szczerze.

Obaj się zaśmialiśmy, a ja wziąłem szklanki w dłonie i wypiłem wodę najpierw z jednej, a potem z drugiej. Konrad wstał szybko i poszedł do szlaucha ogrodowego. Odkręcił wodę. Napił się prosto ze strumienia, czym wzbudził podziw chłopaków. Kiedy oni podbiegli do niego i byli na tyle blisko, że strumień ich sięgnął, dziadek oblał ich wodą. Donośne piski przywołały psy i wszyscy razem biegali teraz, hałasując, ile wlezie. Zawołali mnie, żebym dołączył do zabawy, ale odkrzyknąłem, że nie mam ubrań na zmianę.

Wieczorem dzieciaki nalegały, żeby wracać z nami do domu. Nie przekonywały ich zapewnienia dziadków, że przygotowali dla nich film i fajną zabawę. Widząc opór maluchów, Kaja poprosiła, żeby zabrali swoje rzeczy i zapakowali je do samochodu. Matka nic nie mówiła, ale widać było, że ją to dotknęło. Kiedy dzieciaki pakowały się do mercedesa, Kaja sięgnęła do torebki i rzuciła mi kluczyki. Chwyciłem je w locie i włożyłem do kieszeni. Zwróciłem się jednocześnie do obojga jej rodziców, dziękując za gościnę, ale patrzyłem tylko na ojca. Wyciągnąłem do niego rękę i pogratulowałem mu dobrego meczu, jednocześnie prosząc o rewanż w najbliższym czasie. Matka zdobyła się jedynie na chłodne skinienie głowy i rzuciła prośbę, bym prowadził bezpiecznie.

Usiadłam w fotelu pasażera i zrzuciłam buty. Odchyliłam też fotel. Dopiero teraz wszystkie emocje z całego dnia uderzyły z impetem. Byłam pewna, że gdybym miała się odezwać, zaczęłabym bełkotać. Ucieczka zdawała się już nie mieć żadnego znaczenia. Nie w kontraście do wizyty u rodziców. Kiedy zerkałam na Sebastian prowadzącego samochód, wiedziałam, że dzisiaj był bardzo ważny dzień. Ogromnie się bałam, co moi rodzice powiedzą na niego, na broń, na jego styl życia, na jego pracę. Nie sądziłam, że mama oceni go ze względu na jego poglądy, że będzie niemiła tylko dlatego, że myśli inaczej niż ona. Co z tego, że otwarcie nie zgodził się z ich poglądami? Po chwili upomniałam siebie, że niesłusznie używałam określenia „oni", bo przecież tylko mama dała pokaz swojej zaściankowości, ojciec natomiast okazał się otwarty i wyrozumiały.

Odwróciłam się do tyłu, dzieci spały z wypiekami na twarzy. Pewnie to efekt mieszanki świeżego powietrza i opalenizny.

– Jestem ich jedynym dzieckiem. – Starałam się wytłumaczyć zachowanie mamy.

– Muszę cię zabrać do mojej rodziny – Sebastian wziął mnie za rękę – żebyś zobaczyła, jak wygląda normalny obiad.

– Może na jakiś czas starczy nam rozmów z rodzicami? – zaproponowałam lekko, nie mając ochoty na kolejną przeprawę przez rodzinne dramaty. – Gdyby nie to, że dzieciaki zostały z nimi, nie ciągnęłabym cię tutaj. Sama już nie wiem, czy dobrze wyszło…

– Jak było w domu Michała?

– Hm… – Sięgnęłam pamięcią do spotkań rodzinnych u Hendersonów. – Jego rodzice byli rozwiedzeni, więc to była albo tylko mama, albo tylko tata. Spokojnie, wręcz nudno.

– Nie, serio! – Sebastianowi zapaliły się oczy. – Musisz, ale to musisz to zobaczyć, bo masz niewłaściwy obraz.

– Ale u nas nie jest tak źle, jak to wyglądało dzisiaj – zapewniłam go. – Dużo emocji się nawarstwiło i to dlatego.

Sebastian wyciągnął telefon z kurtki i nie przerywając jazdy, wybrał numer telefonu z listy kontaktów. Czekał na połączenie.

– Chcesz rozmawiać, prowadząc? – upomniałam go.

– Tak. – Posłał mi całusa w powietrzu.

Przyłożył telefon do ucha. Po chwili, mimo moich protestów wysyłanych do niego machaniem rąk, ustalał z kimś spotkanie na jutro i prosił, żeby zaprosić wszystkich. Nie rozumiałam, co oznaczało „wszystkich". Nie miałam bladego pojęcia o jego rodzinie i byłam zła, że chciał ją skontrastować z moimi sztywnymi rodzicami. Miałam świadomość tego, jaka jest moja mama, i nie zaprzeczałam faktom. Na końcu rozmowy Sebastian rzucił swobodnie, że przyprowadzi dziewczynę i dwoje dzieci. Rozłączył się i schował telefon w kieszeni.

– Mam nadzieję, że nie masz planów na jutro, bo właśnie poprosiłem brata, żeby szybko coś zorganizować u starych.

– Dziewczyna i dwoje dzieci? – zapytałam.

– Tak. – Spojrzał na mnie przez ułamek sekundy i powrócił wzrokiem do drogi.

– Nie uważasz, że to brzmi dziwnie?

– Życiowo? – odpowiedział pytaniem. – Nie bój się, u mnie wszyscy to zrozumieją.

Nie udzielał mi się jego entuzjazm i do końca podróży myślałam nad tym, że wszystko dzieje się zbyt szybko, zbyt gwałtownie. Mama przy każdej sposobności, kiedy tylko zostałyśmy same, tłumaczyła mi, że pochopnie postępuję, wprowadzając Sebastiana tak szybko w moje życie. Według jej scenariusza on zostanie w nim tylko do czasu, gdy seks będzie dla niego interesujący. Potem, nie zwracając uwagi na dzieci ani na mnie, zniknie żądny nowych doznań. Choć zaprzeczałam, nie miałam pewności, że tak się nie stanie. Jak miałam ją przekonać, że interesowało go coś więcej niż moje ciało? Mnie samej brakowało argumentów, kiedy mama wymieniała swoje: brak finansów i dwoje dzieci na karku. Nie mogłam zaprzeczać i mówić, że stanowię wielką atrakcję. Choć było mi przykro, nie umiałam jej przekonać, że Sebastian tak nie myśli. Wszystko przez to, że nic o nim nie wiedziałam, a teraz, żeby uzupełnić ten dziwaczny obrazek, wracaliśmy do domu jak małżeństwo z wieloletnim stażem po sobotniej wizycie u dziadków. Rozsądna część mnie krzyczała, że to wszystko jest pomyłką, że powinnam zwolnić, dać sobie i nam czas. Przekonać się, co myślę i czuję, czego chcę od życia i od partnera. Przypomniało mi się, jak Sebastian pewnie stwierdził, że wie, czego chce. Zazdrościłam mu tego.

Kiedy dojechaliśmy na miejsce, wziął Stasia na ręce, a ja Jeremiego, i taszczyliśmy ich do windy przez garaż podziemny.

– Za każdym razem tak ich nosisz? – zapytał, pomagając mi z drzwiami.

– Nieee – szepnęłam nad głową śpiącego dziecka – zwykle nie wracamy tak późno.

– Te windy, drzwi. Jakie to irytujące – zauważył. – Odwykłem od tego. Zakupy też tak nosisz?

– Ej – upomniałam go. – Chłopcze z domku, niektórzy tak żyją i nie narzekają.

Po cichu weszliśmy do domu i ułożyliśmy dzieci na łóżkach. Nie przebieraliśmy ich. Ściągnęliśmy im jedynie buty i wyszliśmy. Przeszliśmy do pokoju i opadliśmy jednocześnie na kanapę.

– Mogę zostać? – Sebastian przerwał ciszę.

– Tak, ale pod jednym warunkiem.

Wstałam i poszłam po krzesło. Przysunęłam je do szafy w przedpokoju, otworzyłam szafkę tuż pod sufitem i wyciągnęłam z niej plastikowy koszyk, w którym trzymałam zimowe czapki. Odwróciłam się do Sebastiana, ale widziałam, że od razu zrozumiał, o co mi chodzi. Ściągnął bez słowa kaburę i podał mi ją razem z zawartością. Zatopiłam broń w puchatych czapkach, a następnie wsunęłam koszyk z powrotem na półkę. Zamykając szafkę, poczułam, że Sebastian objął mnie na wysokości ud. Opadłam w jego ramiona jak przy tych testach na zaufanie, gdy ktoś rzuca się w tył, mając nadzieję, że zostanie złapany. Trzymając mnie na rękach, zaczął odchodzić z korytarza, ale zanim oddaliliśmy się, upomniałam go, że krzesło musi być sprzątnięte, bo dzieci na bank tam wejdą, widząc, że ktoś je tutaj zostawił. Postawił mnie delikatnie na podłodze i odniósł krzesło z nieschodzącym mu z ust uśmiechem.

Kiedy wrócił do mnie, uprzedziłam jego entuzjazm.

– Nie możemy się dzisiaj kochać.

– A czemu? – Zmarszczył czoło. – Ze względu na dzieci?

– Tak, ale nie te, które są w pokoju obok – odpowiedziałam sugestywnie.

Sebastian uśmiechnął się, rozumiejąc aluzję.

– Nie masz nic?

– Mam stare pigułki, ale to tak nie działa, że wezmę jedną dziś i wszystko będzie w porządku.

– Wiem. – Sebastian wziął mnie za rękę i ruszyliśmy do sypialni.

– Ale ja mówię serio. – Zatrzymałam się, stawiając opór.

– Rozumiem. Możemy po prostu iść spać.

Jak stare małżeństwo weszliśmy do sypialni, a ja pokazałam Sebastianowi, która strona łóżka jest moja. Nie mogłam przestać porównywać teraźniejszości z przeszłością. Dawniej Michał pracował do późna i wsuwał się po cichu pod kołdrę, kiedy ja już od kilku godzin spałam. Teraz z Sebastianem szliśmy spać w tym samym czasie. Po raz pierwszy od bardzo dawna będę spała obok kogoś innego w łóżku, które dzieliłam do tej pory wyłącznie z Michałem.

Sebastian poprosił o jakieś przybory toaletowe, tłumacząc, że po dzisiejszej grze koniecznie musi się odświeżyć. Poszłam za nim do łazienki, czując się nad wyraz dziwnie. Wszystko działo się błyskawicznie szybko, więc miałam wrażenie, że nie powinnam przebywać w środku, kiedy on bierze prysznic. Poszłam szybko do drugiej i skorzystałam z wanny. Nie mogłam się pozbyć wrażenia, że jestem obserwowana. U niego w domu jakoś wszystko było łatwiejsze i bardziej naturalne. Tutaj nie mogłam się rozluźnić.

Kiedy wróciłam do pokoju, Sebastian leżał wygodnie zagrzebany w pościeli.

– Miałem nadzieję, że dołączysz do mnie pod prysznicem.

Podniosłam kołdrę, położyłam się obok niego i bez słowa zgasiłam światło.

– Stresujesz się? – Sebastian próbował rozszyfrować moje zachowanie.

– Nie wiem – szepnęłam, trzymając ręce wzdłuż swojego ciała jak mumia.

– Chodź do mnie. – Mimo ciemności widziałam, że uniósł swoją kołdrę i zaprosił mnie do siebie.

Przysunęłam się do niego i przytuliłam do jego ciepłego ciała.

– Chodzi o Michała? Czy o to, że jesteśmy u ciebie i teraz to już wygląda na coś poważnego, a nie jak skok w bok?

Jego pytania spowodowały, że dusiłam w sobie śmiech. Choć mnie rozbawił, miał rację. Nie mając jednak odwagi, by się odezwać, przytaknęłam. Objął mnie mocno i pogłaskał po głowie. Wsłuchiwałam się w bicie jego serca.

– Pięknie pachniesz – powiedział, a potem po raz kolejny powąchał moje włosy. – Nie przestaje mnie cieszyć twoja obecność.

– Mnie też – odpowiedziałam.

Leżeliśmy przez chwilę w ciszy. Powoli przyzwyczajałam się do faktu, że po raz pierwszy od dawna nie byłam tu sama. Odsunęłam się od niego i obróciłam się na brzuch. Wsparłam się na łokciach i wpatrywałam się w jego twarz.

– Przykro mi, że moi rodzice tak cię potraktowali. – Wróciłam ponownie do naszej nieudanej wizyty.

– Gdybym miał taką córkę, też bym ją chronił – zapewnił i założył pasemko włosów za moje ucho. – Poza tym widzę, że twoja mama jest do szpiku kości poruszona dwulicowością Michała. Nie każdy facet jest taki, a on był głupcem, nie wiedział co miał i nie doceniał tego.

Sebastian nie pozwolił mi odpowiedzieć i zaczął mnie całować. Ostrożnie, nie odrywając ode mnie swoich ust, wciągnął mnie na siebie. Był bardzo czuły. Delikatnie podwinął moją koszulkę nocną.

– Nie możemy… – szepnęłam mu prosto w usta.

– Ale ja chcę cię tylko rozebrać.

Pozwoliłam mu na to i przyjęłam jego dłonie na moim ciele z wyczekiwaniem. Zamknęłam oczy, rozkoszując się chwilą. To, w jaki sposób mnie dotykał, powodowało u mnie błyskawiczną reakcję. Odpowiadałam na jego pieszczoty, całując go bardziej intensywnie. Przesunęłam swoje usta na jego szyję i poczułam, że on położył się bez bielizny.

– Se… – Chciałam go upomnieć, ale szybko odnalazł moje wargi i po raz kolejny zasypał mnie pocałunkami.

– Przerwę, zanim…

Zanim zdążył dokończyć, zsunęłam się z niego, ale on od razu przygniótł mnie swoim ciałem.

– Nigdy nie kochałem się z kobietą bez zabezpieczenia – szepnął mi prosto w ucho, przeplatając słowa muskaniem języka i wargami. – Proszę… przerwę…

Mój zdrowy rozsądek kazał mi włożyć z powrotem piżamę i wrócić na swoją połowę łóżka, jednak doznania z Sebastianem były tak intensywne, że ciekawa tego, co będzie, jak będziemy się wzajemnie czuć, przekonałam samą siebie, że to wystarczy. Nie odzywając się do niego, rozchyliłam nogi, dając mu przyzwolenie. Jego reakcja była natychmiastowa. Wchodząc we mnie, wydał dźwięki, które powodowały u mnie drżenie. Zanim jeszcze zaczęliśmy się kochać, ja byłam już na krawędzi. Nie myślałam w ogóle o tym, że on w pewnym momencie będzie musiał przerwać stosunek i zostawić mnie na tej samej krawędzi bez spełnienia. Ciesząc się z tego, co miałam teraz, zatopiłam się w doznaniach, w czułości jego ust i intensywności kochania mnie. Bardzo szybko doprowadził mnie do orgazmu. Jak u Hemingwaya, poczułam trzęsienie ziemi, a następnie głuchą ciszę wypełnioną naszymi ciężkimi oddechami. Sebastian opadł na mnie na tyle, na ile mógł, wspierając część ciała na łokciu. Nadal był we mnie, w środku.

– Nie mogłem się powstrzymać – szepnął mi do ucha. – To było coś najpiękniejszego w moim życiu.

Całował mnie delikatnie w policzki, oczy, nos. Praktycznie centymetr po centymetrze.

– Nie tak się umawialiśmy – strofowałam go.

– Nie umawiaj się nigdy ze mną w kwestii seksu. – Zsunął się obok, zajmując moje miejsce. – Naprawdę myślałem, że jestem w stanie się powstrzymać. Przepraszam. – Przyciągnął mnie do siebie. – Jeśli chcesz, możemy jutro pojechać po jakąś pigułkę po.

– Okej – potwierdziłam.

– Chcesz? – zapytał.

– A ty nie chcesz? – odpowiedziałam pytaniem na pytanie.
– Chcę tego, czego ty chcesz.
– Przed chwilą doskonale wiedziałeś, czego chcesz, a teraz wymigujesz się odpowiedzi, zrzucając odpowiedzialność na mnie – zauważyłam.
– Nie. – Sebastian przytulił mnie mocniej. – Chcę tylko powiedzieć, że jeśli chcesz wziąć pigułkę, zgadzam się z tym, jeśli nie chcesz, jestem gotowy zaryzykować.
– To poważna deklaracja – podkreśliłam. – Nie wiesz, co mówisz, a przez to, że traktujesz to tak lekko, budzi się we mnie niepokój.
– Sam siebie też tym zadziwiam, ale wiem jedno: bardziej chcę być z tobą, niż wrócić do dotychczasowego życia, a dla takiego seksu… po prostu…
– Chcesz dzieci? – zapytałam otwarcie.
– Do tej pory byłem pewien, że nie chcę żadnych zobowiązań, bałem się ich jak małe dziecko burzy. Teraz mam wrażenie, że możliwość bycia ojcem dałaby mi poczucie spełnienia. Taka kropka na i.
Spojrzałam na niego i zastanawiałam się, czy mówił o naszym uniesieniu przed chwilą, czy ogólnie o życiu i o dzieciach kiedyś tam, w odpowiednim czasie.
– A ty chcesz? – Sebastian wyrwał mnie z zamyślenia.
– Piotr mi to zaproponował – powiedziałam, zupełnie się zapominając. – To zabawne, że po raz drugi rozmawiam na ten temat i to w takim krótkim odstępie czasu.
– Co!? – Sebastian odwrócił się tak, żeby lepiej widzieć moją twarz.
– Dobrze słyszałeś. Chciał, żebyśmy założyli rodzinę, żebym urodziła mu dziecko i żeby on miał potomka. Dziedzica jego majątku.
– Ja pierdolę, nie doceniłem go. – Sebastian spojrzał w sufit i kiwał głową. – Zgodziłaś się?

– Nie! Jak możesz tak myśleć. Od razu mu powiedziałam, że nie ma mowy i że odrzucam jego propozycję. Byłam na niego wściekła.

– Za to dostałaś mercedesa? Jako zachętę? Czy jako przeprosiny?

Uwaga Sebastiana obudziła moją czujność. Być może takie były właśnie Piotra intencje, ale nie podobało mi się, że rozmawialiśmy o tym w taki sposób. Nie w łóżku, nie w trakcie omawiania naszych spraw. W sumie sama byłam sobie winna, wyciągając ten fakt. Powinnam zachować to dla siebie, a nie paplać mu o wszystkim.

– Pewnie cię to nie ucieszy, ale będziesz musiała albo zwrócić ten samochód, albo go sprzedać. Nie chcę mieć z nim nic wspólnego i nie chcę, żeby moja kobieta miała z nim coś wspólnego.

– To tylko samochód, a ty zachowujesz się jak włoski macho.

– O samochód się nie martw, będziesz miała taki, na jaki zasługujesz, ale tego mercedesa nie zatrzymujemy. Nie ma mowy.

– My? Nie zatrzymujemy? – dopytywałam z uśmiechem. – Od kiedy to jesteśmy „my" w sprawach decydowania?

– Od kiedy kochałem się z tobą bez niczego i zrozumiałem, że to jest miejsce, kobieta i życie, którego już nie oddam. Zaliczyłem wizytę u rodziców, którzy najchętniej by mnie wypatroszyli i wypchali, przyozdabiając moim łbem wnętrze swojego myśliwskiego domu. Wisiałbym między łosiem a niedźwiedziem jako trofeum twojej matki… Jeśli nie będziesz chciała ze mną być, ustąpię, ale ostrzegam, że będę walczył, aż zrozumiem, że naprawdę nie chcesz mieć ze mną do czynienia.

– Nie wiem, czy się z tego powodu cieszyć, czy bać – podsumowałam żartem jego słowa.

– Do tej pory myślałem tylko o tym, jak spławić kobietę, a teraz jedyne, o czym myślę, to co zrobić, żeby ją zatrzymać.

– Kochać się z nią bez niczego i zapłodnić? – zażartowałam.

– Nawet jeśli tak się stało i małe Sebastianki walczą o przetrwanie, to ja jestem tutaj dla ciebie. A jeśli tego nie chcesz, jutro załatwimy pigułkę blokującą te małe skurczybyki przed dotarciem do celu albo zaczekamy i zobaczymy, co zdecyduje los. Za nas.

– Sama nie wiem, czego chcę – odpowiedziałam zgodnie z prawdą.

– Skoro nie wiesz, czego chcesz i raz już zgrzeszyliśmy, to czy mogę zrobić to jeszcze raz, ale tym razem rozkoszując się tym bez tego strachu o to, czy zdążę?

Gdybym miała teraz wyobrazić sobie, jak zareagowałaby moja matka na wieść, że – jak to ona określiła – wprowadziłam w życie dzieci mężczyznę, którego nie byłam pewna i na dodatek przespałam się z nim wielokrotnie bez zabezpieczenia, to zapewne zobaczyłabym jej postać rwącą włosy z głowy. Nie zrozumiałaby tego, co czuję. Pewnie dlatego, że nie potrafiłabym tego wyjaśnić – tego spokoju, szczęścia i spełnienia, jakie wniósł w moje życie Sebastian. Oczywiście była gdzieś tam tląca się nadal iskra niepewności, która niedawno strawiła ogromnym pożarem moje zaufanie do mężczyzn, ale chciałam wierzyć, że to tylko Michał był taki. Z Sebastianem rozmawiałam zupełnie inaczej – otwarcie, o wszystkim. Teraz dopiero zdałam sobie sprawę, że mój mąż był niedojrzały i płytki. Zapatrzony w siebie i w pracę. To moja miłość do niego utrzymywała ten związek tak długo. Kochałam za nas dwoje. Teraz dochodziłam do wniosku, że jemu byłam raczej obojętna, na co znajdywałam potwierdzenie każdego nowego dnia. Porównywałam swoje życie z nim do tego, co działo się obecnie. Z przykrością stwierdziłam, że byłam jak uśpiona. W letargu, który nie pozwalał mi żyć w pełni. Wszystko przez to, że Michał tak niewiele mi dawał, a ja nie miałam odwagi sięgnąć po więcej. Starałam się nawet przypomnieć sobie jego reakcję, gdy kochaliśmy się z myślą o spłodzeniu potomstwa. Owszem, żartowaliśmy i bawiliśmy się tym w najlepsze, ale brakowało w tym pasji, życia. Było wesoło, przyjemnie, ale nigdy nie byłam taka poruszona jak teraz. Nigdy nie czułam seksu tak dojrzale i głęboko jak teraz. Tak prawdziwie.

Z samego rana obudził mnie hałas dochodzący z pokoju gościnnego. Przypomniałam sobie o Sebastianie i sięgnęłam ręką obok pewna, że chłopcy już wstali i włączyli telewizor i że zaraz wparują do mojej sypialni. Sparaliżowała mnie myśl, że zastaną nas nagich w łóżku. Chciałam uprzedzić Sebastiana, żeby wstał i ubrał się, zanim przyjdą. Dotknęłam ręką pościeli, ale łóżko po jego stronie stało puste. Odetchnęłam z ulgą, zdając sobie sprawę, że wyszedł, nim wstaliśmy. Przyzwyczajona, że wszystkim zajmowała się mama, nawet nie przyszło mi do głowy, że zostawiłam dzieci bez opieki. Ogarnął mnie strach na myśl o tym, co chłopcy mogli zrobić pozostawieni bez nadzoru. Moja wyobraźnia tworzyła scenariusze jak z filmów grozy. Wciągnęłam szybko na siebie piżamę i pobiegłam w kierunku hałasu.

– Witaj, piękna. – Sebastian przywitał mnie szerokim uśmiechem, kiedy stanęłam jak wryta w progu pokoju.

Wszyscy trzej grali w jakąś grę na konsoli i przekrzykiwali się w poleceniach. Dzieci, zajęte strzelaniem, nawet nie zwracały na mnie uwagi.

– To może ja coś zrobię do jedzenia? – zaproponowałam, przecierając oczy. Częściowo z niedowierzania, a po części z zaspania.

– Nie ma takiej potrzeby. – Sebastian nie odrywał ode mnie wzroku, podczas gdy chłopcy byli przyklejeni do ekranu. – My już jedliśmy, a dla ciebie zostawiliśmy kilka kanapek.

– To ja jestem niepotrzebna? – zapytałam zadziornie.

Sebastian podszedł do mnie i objął mnie w pasie.

– Do życia mi jesteś potrzebna… jak powietrze. – Wtulił się we mnie i ściszonym głosem prosto w ucho powiedział: – Po obudzeniu się rano obok twojego nagiego ciała chciałem cię zbudzić penisem, ale stwierdziłem, że zasługujesz na kilka godzin snu ekstra po wczorajszych wybrykach.

Uwolniłam się z jego objęć, udając zbulwersowaną. Zerknęłam na chłopaków. To, jak bezproblemowo przyjęli obecność Sebastiana, zadziwiało mnie samą, ale też jednocześnie rozwiewało wątpliwości, czy odbije się to na nich w negatywny sposób. W ogóle nie zwracali uwagi na to, że mnie objął, że był tak blisko mnie.

– Śpisz jak zabita – stwierdził, kiedy oddaliłam się w kierunku kuchni. – My tu już od dobrych dwóch godzin rżniemy w gry, krzycząc jak banda kibiców w barze, a ciebie nic nie jest w stanie obudzić.

Zerknęłam na zegarek. Dochodziła jedenasta. Faktycznie długo dziś spałam. Oczywiście przyczyną był ktoś, kto nie dawał mi wczoraj zasnąć. Zastanawiałam się, jakim cudem on obudził się przed dziećmi, bo zakładam, że tak właśnie się stało. Gdyby weszły do sypialni, to i ja bym się ocknęła.

Wzięłam czajnik, by nalać do niego wody. Wyciągnęłam też filiżankę z szafki i gdy się obróciłam, zobaczyłam, że Sebastian podszedł do mnie. Zakomunikował, że weźmie Piotra samochód i skoczy do siebie, żeby się przebrać na dzisiejszy obiad u jego rodziców. Zapytał, czy mógłby wziąć swoje auto i zostawić mercedesa u siebie w garażu. Przewróciłam oczami na te jego przepychanki z prawami własności. Poprosiłam go, żeby przełożył foteliki do swojego samochodu, o ile ten jeep ma tylną kanapę. Jego odpowiedzią było klepnięcie mnie w pupę.

– Włóż tę sukienkę z wieszaka – polecił.

– Nieee – zaprotestowałam. – To suknia wieczorowa, a nie na obiad u rodziców.

– Nie daj się prosić – powiedział, wchodząc na krzesło i sięgając po broń. – U rodziców mam sejf, więc jakby co, zamknę swoją pukawkę. – Przy tych słowach spojrzał na mnie kokieteryjnie.

Odstawił krzesło, pocałował mnie przelotnie w głowę i wyszedł.

Kiedy skończyłam śniadanie, mama zadzwoniła, żeby zganić mnie za brak kontaktu po jeździe po nocy. Zapomniałam ją poinformować, że szczęśliwie dojechaliśmy na miejsce. Od czasu wypadku Michała słyszałam ją wielokrotnie, jak sprawdzała ojca po powrocie do domu lub gdy gdzieś jechał. Sama też dzwoniła do niego i powiadamiała, że bezpiecznie dotarła do celu. Teraz była zła na mnie za brak kontaktu.

Przyjęłam taktykę Sebastiana i odpowiadałam jedynie na pytania, które mi zadawała, bez dodatkowych wyjaśnień. Nie zaprzeczyłam, gdy pytała, czy Sebastian został. Tak jak wtedy, gdy grali w piłkę, a my siedziałyśmy w oddali, tak teraz po raz kolejny powtarzała, że powinnam postępować bardziej roztropnie. Miała absolutną rację i gdybym to ja była postronnym obserwatorem, dałabym komuś w mojej sytuacji takie same rady: zachowaj ostrożność, nie spiesz się, daj sobie czas. Tymczasem moje wybory były zupełnie przeciwne, a ja, mimo że miałam tego świadomość, nie potrafiłam się temu przeciwstawić.

Kiedy doszłyśmy do momentu, w którym zapytała, czy ma dzisiaj wrócić, podtrzymałam swoją decyzję o tym, że od teraz chcę mieszkać sama. Mama zamilkła, po czym jedynie oschle potwierdziła, że w tygodniu wpadnie spakować swoje rzeczy. Brzmiała dokładnie tak jak w dniu, w którym zakomunikowałam jej, że się wyprowadzam. Przypomniało mi się, jak wiele lat temu, kiedy mówiłam, że chcę się usamodzielnić, ostrzegała mnie przed niebezpieczeństwami świata zewnętrznego. Chciała dla mnie dobrze i martwiła się o mnie, ale brakowało mi wsparcia i kibicowania. Takiego pozytywnego zagrzewania do stawienia światu czoła. Według niej lepiej było się wycofać, niż się sparzyć, podczas gdy ja uważałam odwrotnie. Uciekając i bojąc się wszystkiego, co mogło się zdarzyć, odbierałam sobie możliwość sprawdzenia, co mnie uszczęśliwia. Do mamy zupełnie to nie docierało.

Porozmawiałyśmy jeszcze przez chwilę o dzieciach, a następnie zapytała o moje plany na dzisiaj. Zgodnie z prawdą powiedziałam o wizycie u rodziców Sebastiana. Nie podobało jej się to zbytnio, ale nie dałam się wciągnąć w dyskusję. Po chwili rozłączyłyśmy się, życząc sobie nawzajem miłego dnia.

Pozwoliłam chłopakom dokończyć grę, a następnie poprosiłam, by ze mną chwilę porozmawiali. Dobierając słowa, przedstawiałam im rolę Sebastiana w naszym życiu. Nazywałam go kolegą i krążyłam wokół tematu, podczas gdy oni przysłuchiwali mi się z uwagą. Gdy już zabrakło mi pomysłów na prezentację przykładów związków i ich funkcjonowania, zapytałam, czy go lubią. To pytanie należało do łatwych, bo Sebastian im bardzo imponował. Jego praca, kajdanki, którymi pozwalał im się bawić, przyćmiewały im zdolność racjonalnego postrzegania sytuacji. Zależało mi, by rozumieli, co się wydarzyło i co się może stać w przyszłości.

– A ty go lubisz? – zapytał Jeremi, czym kompletnie zbił mnie z tropu.

– Tak – potwierdziłam, uśmiechając się.

– Nawet jak jesteś zmęczona, to jak o nim mówisz, to się uśmiechasz – podsumował.

Otworzyłam usta w szoku.

– Bardzo dużo się śmiejesz – dodał Staś.

– A babcia mówi, że jak policjant mieszka w tym samym domu, to nic złego już się nie stanie.

– Babcia mówiła – poprawił go starszy – że jeden policjant rzucił granat i pies go przyniósł, i wybuchł.

– Słucham? – Potrząsnęłam głową, nie mogąc uwierzyć w jego słowa.

– To nie był policjant! Policjant nie ma granatów – upierał się młodszy.

– Ma!

– Sebastian nie ma!

– Ma!

– Nie ma!

– Już! Koniec! – weszłam im w słowo. – Możecie się nie kłócić?

Ich miny mówiły wszystko. Obaj byli na siebie nawzajem obrażeni i źli też na mnie za to, że nie pozwoliłam im tego wyjaśnić siłowo. Gdybym nie przerwała tej sprzeczki, jak nic zaczęliby się bić.

– Posłuchajcie – zwróciłam się do nich obu jednocześnie. – Pojedziemy dziś do rodziców Sebastiana? Chcecie jechać?

– Z babcią Ewą?

– Nie, sami. Tylko my i on.

– A babcia Ewa?

– Babcia zostanie z dziadkiem Konradem – wyjaśniłam.

– Ale babcia zawsze była z nami – upierał się Jeremi. – Wszędzie z nami jeździ.

Chciałam wyjaśnić, że to „zawsze" trwało tylko dziewięć miesięcy, ale dla dzieci ten czas wystarczył, by zapomniały, że zanim Michał zginął w wypadku, byliśmy tylko my, bez mojej mamy.

– To dzisiaj pojedziemy bez babci – starałam się brzmieć lekko.

– Babcia nie pojedzie, bo nie lubi Sebastiana – zauważył starszy, wprawiając mnie po raz kolejny w zdumienie.

Chyba nie doceniałam błyskotliwości własnych dzieci i nie wzięłam pod uwagę, że fantastycznie rozszyfrowali atmosferę podczas wczorajszej wizyty.

– Nie, to nie to – zaprzeczyłam lekko. – Babcia ma inne plany.

– A co? – zapytał od razu.

Zauważyłam, że z trudnością przychodziło im rozstanie z moją mamą. Przywykli do tego, że była na każde ich zawołanie, więc teraz pewnie nawet atrakcyjność Sebastiana nie przekonywała ich do porzucenia tematu babci tak lekko, jakbym się tego spodziewała. Musiałam zatem wysilić się, by nie użyć słowa, które zachęciłoby ich do pytania o nią.

– Babcia chciała iść na cały dzień do kościoła, modlić się – powiedziałam poważnie, a oni się skrzywili.

Wiedziałam, że ta wymówka zadziała. Uśmiechnęłam się zadowolona z siebie, a chłopaki zaczęli dopytywać, jaki jest dom Sebastiana. Czy daleko mieszka, czy mieszka sam, czy może ma jakieś zwierzęta. Nie umiałam odpowiedzieć na żadne z pytań, co sprawiło, że całkowicie straciłam pewność siebie. Blefowałam jednak i zapewniałam, że będą się świetnie bawić, choć w środku wahałam się, czy nie zadzwonić i nie odwołać spotkania.

Sebastian przyjechał kilka minut po pierwszej i zadzwonił, że nie ma gdzie zaparkować. Chciał, żebym zeszła z dziećmi na dół. Dodał od razu, że zablokował bramę wjazdową do garażu i że jeśli się nie pospieszę, będzie musiał zastrzelić któregoś z moich sąsiadów. Skarżył się, że trąbili na niego za każdym razem, kiedy wjeżdżali na osiedle lub z niego wyjeżdżali. Pomyślałam, że ten facet nigdy się nie nudził w życiu. Sugerowałam, by podjechał od strony zachodniej osiedla, gdzie strażnicy mogli go wpuścić i wskazać mu miejsce dla gości, ale uparł się, że poczeka na mnie tam, gdzie stał.

Zeszłam na dół. Kiedy dochodziłam do samochodu, zobaczyłam, że Sebastian siedzi na masce i macha do sąsiada w maździe, który zawzięcie na niego trąbi. Nie widział mnie, więc podeszłam i zmieniając głos, powiedziałam:

– A pan to nie ma gdzie parkować tej kupy złomu?

Sebastian zeskoczył z maski i kiedy zobaczył, że to ja, spoważniał.

– Coś nie tak? – zapytałam.

– Wow, po prostu wow – wyjąkał. – Ja wiedziałem, że ty jesteś piękna, ale teraz wyglądasz po prostu obłędnie.

– Dzięki. – Nie puszczając rąk chłopaków, skierowałam się do drzwi z tyłu auta. – Gdzie jest dach?

– Nie ma dachu! – Chłopaki dopiero teraz zauważyli, że samochód ma tylko rusztowanie.

– Mogę założyć, jeśli tak wolisz – zaproponował Sebastian.

– Wiatr zniszczy mi włosy. – Dotknęłam swoich loków, tak długo kręconych lokówką.

Sebastian puścił do mnie oko i zaczął zakładać dach, co momentalnie spowodowało sprzeciw moich dzieci. Widząc ich reakcję, dotknęłam jego ramienia i poprosiłam, żeby zostawił tak, jak było.

Kiedy pędziliśmy przez miasto, cieszyłam się, że posłuchałam własnych dzieci. Mieli ogromną frajdę, a i mnie podobało się wrażenie kontaktu z otoczeniem. Sebastian włożył te lustrzane okulary i wyglądał tak seksownie, że dotknęłam wymownie jego uda. Zrozumiał moje intencje i powiedział: „ja też".

Trasę do domu rodziców Sebastiana poznałam prawie od razu. To dokładnie ta sama okolica, w której mieszka Piotr. Miałam nadzieję, że nie znali swoich sąsiadów tak dobrze, żeby go kojarzyć. Zaparkowaliśmy na podjeździe pełnym samochodów. Sebastian wypuścił chłopaków i obiegł auto dookoła, żeby pomóc mi się wydostać na podjazd.

Na szczycie schodów ukazała się szykowna kobieta. Choć trzymała koniec długiej sukni w dłoni, reszta powiewała na wietrze. Domyśliłam się, że to jego mama. Zeszła do nas na dół. Najpierw chwyciła twarz Sebastiana i obejrzała jego policzek, ale bez wnikania w przyczyny uściskała nas oboje, witając i zapraszając ciepło do środka. Sebastian nas sobie przedstawił, a ona od razu poprosiła, żeby zwracać się do niej po imieniu. To samo powiedział jej mąż, kiedy przekroczyliśmy próg domu. Ku mojemu zaskoczeniu poświęcali sporo uwagi moim dzieciom. Podając im ręce, pytali, jak im się podoba u nich w domu, co lubią robić, w jakim są wieku i w której klasie. Po chwili, nie wypuszczając nas z objęć, ojciec Sebastiana krzyknął w głąb domu, zapraszając kogoś do wyjścia do holu.

– Pójdę do sejfu. – Sebastian pokazał na schody na górę, co jego ojciec przyjął skinieniem głowy.

Po chwili przyszła para z malutkim dzieckiem na rękach. Ojciec przedstawił mi ich jako brata i szwagierkę Sebastiana. Maluszek okazał się małą dziewczynką, z cudowną kokardą w kształcie rozkwitającego kwiatka. Brat Sebastiana zaproponował moim chłopakom, że zaprowadzi ich do reszty dzieci, które spędzały czas w pokoju rekreacyjnym, grając i łobuzując. Wprawiając mnie w osłupienie, poszli bez oglądania się na mnie.

– Szybko dorastają – skomentowałam. – Ja w ich wieku trzymałam się zawsze spódnicy mamy. Zwłaszcza w nowych miejscach.

– Może chcesz potrzymać Oliwię? – Weronika podała mi swoją córkę.

Delikatnie wzięłam dziecko i przyglądałam mu się uważnie. Przypominała wyglądem swoją matkę, co obudziło moją wyobraźnię i zaczęłam się zastanawiać, kogo przypominałoby dziecko moje i…

– To Kaja.

Usłyszałam obok siebie, kiedy ojciec Sebastiana przedstawiał mnie swojemu najmłodszemu synowi. Opowiedział o nim w kilku zdaniach, ale ja zapamiętałam jedynie to, że jest jeszcze w trakcie studiów. Zbyt dużo działo się dookoła, bym zarejestrowała coś więcej niż podstawowe informacje. Kiedy ja uśmiechałam się pewnie, on przyglądał mi się bacznie. Przyszło mi do głowy, że może czeka na uściśnięcie mojej dłoni. Trzymając nadal małą Oliwię, przeprosiłam, że nie mogę podać mu ręki. Nie doczekałam się jego reakcji, bo zostałam obrócona w stronę kolejnej nowej twarzy. Tym razem była to siostra, która – jak się okazało – ma troje dzieci, z czego dwóch synów w podobnym wieku jak moi chłopcy.

W tej chwili nie pamiętałam już imion żadnego z nich, za wyjątkiem dziecka i matki, której imię z kolei kojarzyło mi się z Weroniką Wojtka. Jedyne, co mogłam powiedzieć od razu, to, że wszyscy byli bardzo mili i jednocześnie ciekawi mojej osoby. Uśmiechali się do mnie przyjaźnie do czasu, aż Sebastian wrócił z góry.

– Co mnie minęło? – rzucił do ogółu. – Nie wystraszyliście jej, prawda?

Odnalazł mnie wzrokiem i podszedł do mnie.

– Nawet z tym dzieckiem wyglądasz seksownie – szepnął, nachylając się do mnie i całując w policzek.

Uśmiechnęłam się w nadziei, że nikt tego nie słyszał. Weronika zapytała, czy się zmęczyłam i czy chcę już oddać dziecko, ale zaprzeczyłam, uśmiechając się do śpiącej kruszynki. Nie chciałam jeszcze jej oddawać. Było coś tak kojącego w patrzeniu na śpiącego maluszka. Ten spokój, ta błogość wpływały też na mnie.

Rodzice zaprosili nas do przejścia do salonu, gdzie czekał na nas ogromny suto zastawiony stół. Ich dom był bardzo elegancki i szykowny. Nie zdziwiłabym się, gdyby mieli gosposię na stałe, tak jak Piotr. Zresztą w tej okolicy mieszkali sami bogaci ludzie.

Zerknęłam na Sebastiana i przywołałam w myślach jego drewnem pachnący dom, który zupełnie nie pasował do tego tutaj. Ciekawiło mnie, czy gdyby miał wybór, wolałby mieszkać w marmurowej wilii, czy w domku po babci, który mimo swojego uroku nie mógł konkurować pod względem wygody i przepychu z tym tutaj. Może to właśnie był jego wybór? Tak mało o nim wiedziałam.

Ktoś mnie zapytał, co robię na co dzień, czym się zajmuję, czy pracuję. Odpowiadałam na pytania, jak umiałam, czekając na to jedno, kiedy ktoś zapyta, dlaczego jestem samotną matką, ale na szczęście nikt nie miał odwagi drążyć tego tematu. Sebastian krążył pomiędzy grupkami ludzi rozmawiającymi na różne tematy, ale co chwilę wracał do mnie i upewniał się, że wszystko w porządku. Odprawiłam go, żeby się nie martwił, bo wszyscy byli naprawdę pozytywnie nastawieni.

– Fajnie go widzieć takiego zakochanego – powiedziała Weronika, poprawiając dziecku kokardę na moich rękach.

Uśmiechnęłam się niepewnie i obie zwróciłyśmy się w kierunku obiektu naszej rozmowy.

– Kurde, widziałaś go? – Podeszła do nas siostra Sebastiana.

– O tym właśnie rozmawiamy –rzuciła do niej Weronika, nie odwracając wzroku. – Masz wyczucie, Ula. Cały w skowronkach, nie?

– To z kogo my się teraz będziemy śmiać? – Ula dołączyła do nas.

Stałyśmy we trzy równo w linii, śledząc ruchy Sebastiana.

– Jak się poznaliście? – Weronika wróciła do mnie, co spowodowało, że Ula też zmieniła swoją pozycję.

Zamknęły mnie w kole, przysłaniając mi widok. Przez ułamek sekundy nie wiedziałam, co powiedzieć.

– Sebastian pracował nad… – Urwałam niepewnie, a one czekały cierpliwie, aż dokończę myśl – sprawą śmierci mojego męża.

– Przykro mi – zareagowały obie automatycznie.

– Niepotrzebnie. Był niezłym bydlakiem – dodałam lżej dla rozładowania sytuacji.

Dziewczyny przyjęły moje wytłumaczenie śmiechem. Napięcie zniknęło, a ja znów czułam się z nimi swobodnie.

– Na szczęście dla Seby – podsumowała Ula. – Gdzie kupiłaś tę sukienkę? Jest boska! Boska!

– Dziękuję. – Podałam jej adres i jednocześnie oddałam śpiące dziecko Weronice. – To twoje pierwsze?

– Nie, mamy jeszcze jednego łobuza. – Weronika ułożyła sobie Oliwię na rękach.

Mała kilkakrotnie przeciągnęła się i stęknęła, po czym znów zasnęła.

– No i Marcin ma syna z pierwszego małżeństwa. Teraz go tutaj nie ma, jest z jego byłą żoną, ale na pewno wkrótce się poznacie.

To jedno zdanie sprawiło, że ogarnęła mnie nieopisana radość. To, że mówiła o tym tak swobodnie, i to, że jego rodzina przyzwyczajona była do takich związków, spowodowało, że poczułam ogromną ulgę.

– Nie przejmuj się – Weronika rozszyfrowała moje myśli – w tej rodzinie nie ma konfliktów. Ważne, czy kochasz, nieważne, kim jesteś.

Pocałowała Oliwię i zaczęła ją kołysać, mimo że mała spała kamiennym snem.

– Moi rodzice na mnie wrzeszczeli za związek z rozwiedzionym mężczyzną – tłumaczyła, mimo że ja o to nie spytałam.

– Rozumiem… – objęłam ją ramieniem – moja mama też jest nam przeciwna.

Przy słowie „nam" przeskoczyłam palcem wskazującym pomiędzy mną a Sebastianem, rysując niewidzialną nić w powietrzu.

– Rozumiem – powtórzyła za mną Weronika. – Będzie dobrze. Z czasem wszystko się ułoży, będzie bardziej stabilnie. Rodzice to w końcu zrozumieją. Moim zajęło to tylko kilka lat. – Posłała mi ciepły uśmiech. Od razu poczułam, że to wyjątkowa dziewczyna. Miałam ochotę przytulić ją jeszcze raz, ale nie chciałam przytłoczyć jej swoją czułością.

– Mogę dołączyć do rozmowy? – Mama Sebastiana podeszła do nas z kieliszkiem. – Może drinka? – zaoferowała. – Wera, ty na pewno nie pijesz, ale może chcesz wodę? Albo sok?

Obie grzecznie odmówiłyśmy, a Maria skupiła się na Oliwce. Komplementowała jej piękno i spokój snu. Zapewniała, że Weronika to świetna matka. Nie wiedziałam, jak dobrze się znały, ale już tymi słowami skradła moje serce.

– Mam nadzieję, że to nie za dużo jak na jeden raz? – zwróciła się do mnie.

– To ogólnie jest za dużo, za szybko, ale takie jest życie, prawda? – Starałam się zabrzmieć sympatycznie, żeby pokazać moją wdzięczność za ich wyrozumiałość i gościnność.

– Dziękuję – powiedziała i dotknęła mojego ramienia.

Zdezorientowana spojrzałam na Weronikę, nie bardzo rozumiejąc, co jej teściowa chciała powiedzieć, ale ona miała błogi wyraz twarzy zatopiona w obserwowaniu swojego dziecka. Wyłączyła się z rozmowy.

– Nie bardzo wiem, za co – stwierdziłam.

– Za to, że tutaj jesteś, i za to, że mój wiecznie ścigający przestępców syn w końcu zatrzymał wzrok na kobiecie.

– Już mówiłam, że gdyby mógł, to fruwałby tutaj między nami – wtrąciła się w rozmowę Weronika, potwierdzając, że jednak nas słuchała.

– Nie wiem, co powiedzieć. – Zażenowanie otępiło mój umysł. – To ja dziękuję za tak miłe przyjęcie.

– Wiem, skąd cię znam. – Podszedł do nas młodszy brat.

On jeden się nie uśmiechał. Nie czułam od niego takiej sympatii jak od pozostałych członków rodziny. Trudno było stwierdzić, czy taki miał styl bycia, czy też z jakiegoś powodu mnie nie lubił.

– Musisz mnie z kimś mylić, bo ja niestety cię w ogóle nie kojarzę. – Starałam się wyjaśnić delikatnie.

Uśmiechnął się szeroko.

– Ależ spotkaliśmy się – powiedział triumfalnie. – Tylko wtedy nie zwróciłaś na mnie uwagi.

Sposób, w jaki wypowiedział te słowa, spowodował u mnie uczucie dyskomfortu.

– Nikt na ciebie nie zwraca uwagi – rzuciła zabawnie Weronika. – Musisz się z tym pogodzić.

– Nie robisz wrażenia na kobietach, Robercie? – zapyta jego rozbawiona matka.

– Jestem administratorem u Piotra Hoffmana – rzucił oschle i uniósł brwi, sprawiając wrażenie, jakby chciał pokazać, że czeka na mój ruch.

Jego słowa były jak policzek. Mina od razu mi zrzedła. Starałam się złapać powietrze, co skupiło uwagę moich rozmówców, a także Sebastiana w oddali, który błyskawicznie pojawił się u mojego boku.

– Wszystko w porządku? – dociekał, dotykając mojej ręki.

Przytaknęłam i przywołałam nasze ostatnie spotkanie. Nie zwróciłam na niego uwagi, bo byłam zbyt zajęta tym, co się działo, zanim wszedł do biura. Robert przyglądał mi się uważnie.

– Robert pracuje u Piotra jako administrator – artykułowałam te słowa tak, żeby skupić uwagę Sebastiana na imieniu jego pracodawcy.

– Gratuluję, młody. – Sebastian wyciągnął rękę uśmiechnięty od ucha do ucha.

Nie pytał o nic. Zwrócił się za to do swojej mamy, zagadując o jedzenie. Ona szybko zreflektowała się, że nadszedł czas posiłku. Wybawiła mnie w ten sposób od konieczności stawienia czoła Robertowi, który nawet siadając za stołem, spoglądał na mnie złowrogo. Odbierało mi to pewność siebie, ale posłusznie zajęłam krzesło obok Sebastiana. Ku mojemu zaskoczeniu dla dzieci przygotowany był mniejszy stolik na tarasie. Maria tłumaczyła, że rodzina im się tak rozrosła, że nie starczało dla wszystkich miejsca i że od jakiegoś czasu organizowali osobne miejsce dla dzieci. Mimo to miałam swoich synów w zasięgu wzroku, kiedy spoglądałam w ich kierunku przez otwarte na oścież drzwi tarasowe. Towarzyszyła im gosposia. Pilnowała, by każdy zjadł i nie odchodził do momentu ukończenia posiłku. Dzieci co jakiś czas przychodziły do nas, ale po chwili wracały posłusznie do siebie.

– Jak idzie remont? – zapytał ojciec, popijając winem kęs obiadu.

– Miałem długi przestój. – Sebastian jakimś sposobem wiedział, że to pytanie skierowane było do niego. – Ale muszę to skończyć, bo za długo się już z tym wożę.

– No i teraz też masz chyba powód, żeby nabrać wiatru w żagle – bardziej stwierdziła, niż pytała Maria.

Sebastian tylko się uśmiechnął i wsunął swoją dłoń pod stół. Dotknął mnie delikatnie, a ja włożyłam mu swoją i zacisnęłam, dając do zrozumienia, że nie czuję się pewnie z powodu Roberta. Wątpiłam, że odczytał poprawnie moje przesłanie, bo nachylił się do mnie i skomplementował mnie, podkreślając, że jestem najpiękniejsza w pokoju. Puścił moją dłoń i gładził moje udo.

Miałam ochotę skierować jego myśli z powrotem do Roberta, kiedy uzmysłowiłam sobie, że on nie ma pojęcia, że Robert zastał mnie w niedwuznacznej sytuacji z Piotrem. W zasadzie sama informacja, że pracuje u Piotra nie była niczym złym i faktycznie gratulacje w przypadku pierwszej pracy były czymś oczywistym. Ogarnęła mnie złość na myśl, że widział mój komputer i moje dane.

– Jak w nowej pracy? – padło kolejne pytanie głowy rodziny.

– Jakoś idzie. – Tym razem Robert zgadł, że to on jest adresatem. – Ludzie są naprawdę fajni. Trochę dziwny szef, ale ostatnio przygruchał sobie pannę i biega za nią, więc mamy spokój.

Wróciłam w miejsce, gdzie przed chwilą była dłoń Sebastiana, ale on już ją zabrał. Dotknęłam go, upewniając się, że rozumie, do czego odnosi się jego brat. On jednak w najlepsze delektował się swoim posiłkiem. Był zrelaksowany i w przeciwieństwie do tego, jak powściągliwie zachowywał się u mnie, tutaj co jakiś czas uśmiechał się lub wychwalał jedzenie.

– Jak w prokuraturze?

– Tato… – odezwał się najstarszy brat, przeżuwając coś mocno. – Weź mnie omiń, widzimy się codziennie. Może Ulki zapytaj, jak jej życie…

Wszyscy wybuchnęli śmiechem.

– Nawet nie można sobie pokonwersować z dziećmi – oburzył się teatralnie i wbił widelec w jakieś warzywo.

Pociągnęłam łyk wina. Zobaczyłam, że Sebastian też pije, ale nie miałam odwagi zapytać, jak wrócimy do domu. Nie ustaliliśmy tego wcześniej, więc odłożyłam swój kieliszek w poczuciu odpowiedzialności za bezpieczny powrót dzieci do domu.

– A co u ciebie, tato? –odwróciła kota ogonem Ulka.

– Starzeję się, wiesz? – Ojciec wykrzywił usta w podkowę. – Jakie to niesprawiedliwe. Tyle w was życia, miłości. Nowe rodziny, nowe dzieci, a ja zamieniam się w piernika.

– Nie jest tak źle – zapewniła go grzecznie Weronika.

– Kaja, a ty co robisz? – zwrócił się do mnie po chwili zamyślenia.

On jeszcze nie pytał o moje zajęcie, więc naturalne, że chciał się dowiedzieć. Z powodu świdrującego mnie spojrzenia Roberta czułam się jak na przesłuchaniu. Miałam ochotę, jak Ula, odbić piłeczkę, pytając „a co u ciebie", ale nie mogłam sobie na to pozwolić.

– Wychowuję obecnie dzieci – odpowiedziałam.

– A zawodowo? Planujesz jakiś powrót? – dociekał.

– Zawodowo to jestem malarką – wyznałam, czując zażenowanie.

Choć do tej pory uważałam, że to, co robiłam w przeszłości, było czymś niezwykłym, wzbudzającym emocje, teraz wydawało mi się dziecinne i niepoważne. Porównując ich życie do mojego, nie byłam wystarczająco dobra, by być z ich synem. Chciałabym, żeby zabrzmiało to bardziej godnie, więc grzebiąc w talerzu, dodałam:

– Zaczęłam doktorat u ojca w katedrze historii sztuki, ale przerwałam to. Mogłabym w zasadzie do tego wrócić.

– Wiedziałem – rzucił ojciec w podekscytowaniu – wiedziałem, że jesteś artystką. Czułem od razu.

– Mam nadzieję, że w dobrym tego słowa znaczeniu – dodałam żartobliwie.

– Ależ oczywiście. – Pokazał ręką zgromadzonych. – My to takie ciężkie umysły do roboty. No, poza Weroniką.

– A co robisz? – Spojrzałam na nią, licząc, że miałyśmy kolejną wspólną cechę.

– Jestem muzykiem – wyjaśniła dumnie. – Gram w filharmonii, a w wolnym czasie uczę gry na pianinie.

– Poczułam tę wrażliwość – powiedziałam i nad stołem, uśmiechając się, wyciągnęłam do niej rękę.

Uścisnęła mnie.

– A ja nie wiem, kim jestem – wyprzedziła wszystkie pytania Ulka. – Jakie to frustrujące, że wy wszyscy wiecie, co chcecie robić, a ja zaczynam kolejne studia i nadal nie czuję mięty.

– Znajdziesz – zapewniła ją ciepło matka – tylko może jeszcze nie tym razem.

Ula wyjaśniła, że jej mąż pracuje w przemyśle gazowniczym, co zmusza go do częstego podróżowania. Jest inżynierem odpowiedzialnym za odwierty. Ula zapewniała, że kiedy on ciężko pracuje, zarabiając ogromne pieniądze, ona wydaje je na kolejne prywatne studia. Maria dodała od siebie, że Ula jest zbyt rozkojarzona i ma za dużo pomysłów. Od tematu Uli przeszliśmy do rozmów o życiu, o polityce i plotkach. Atmosfera zrobiła się bardzo luźna i przyjemna. Co chwilę rozmowy przerywane były salwami śmiechu. Bawiłam się tak dobrze, że nawet nie zauważyłam, jak w tym czasie dzieci zniknęły. Widząc mnie szukającą wzrokiem chłopców, Maria wyjaśniała, że dzieci zwykle uciekają im do pokoju rozrywki na dole. Zapewniała, że z chłopakami Uli i Marcina będą się świetnie dogadywać. Cieszyło mnie, że w końcu moje dzieci bawią się z rówieśnikami.

Po skończonym posiłku przeszliśmy do ogrodu. Teren zielony okalający dom moich rodziców, bo inaczej tego nie można nazwać, nie umywał się do ich pięknego, przemyślanego, zadbanego ogrodu. Przypomniał mi się front domu Piotra, więc być może to taki standard w tej okolicy. Po raz kolejny goście rozmawiali w grupkach, a Sebastian odszedł dalej, na trawę, wypalić z ojcem cygaro. Robert odłączył się od nich i podszedł do mnie.

– Szybka zmiana – rzucił lekko.

– Słucham? – dopytałam.

– Kochanków. – Jego słowa uderzyły mnie, ale tym razem nie pokazałam tego po sobie i zachowywałam zimną krew.

– Tak, chcesz być następny w kolejce? – rzuciłam sarkastycznie.

– Nie i myślę, że gdyby Sebastian wiedział, też by nie chciał być następnym po Piotrze. – Przysunął się do mnie bliżej, zmniejszając dystans do zaledwie kilkunastu centymetrów, i powiedział: – Sebastian zaliczył i odprawił z kwitkiem wiele babek, więc jak się dowie, będziesz spieprzała w podskokach jak wszystkie inne.

– Piotr dla mnie nic nie znaczy i to, co ci się wydaje, że widziałeś, jest po prostu nieporozumieniem – starałam się wyjaśnić. – Nigdy nie byliśmy razem i nic mnie z nim nie łączy poza przyjaźnią.

– Każda tak mówi – odszczeknął się.

– Ja nie jestem każda – rzuciłam lekko, ale jego to w ogóle nie rozbawiło, wręcz przeciwnie. Jego twarz przybrała jeszcze poważniejszy wyraz.

– Wiesz, co robią ludzie, zanim oddają komputer do serwisu? – zapytał, ale nie zaczekał na moją odpowiedź. – Usuwają dane. Rozmowy, pliki, historię wyszukiwania. Wiesz, od czego zaczynam pracę, gdy dostaję czyjś komputer? Od odzyskania tego, co chciał ukryć.

Wzięłam głęboki oddech. Wiedziałam już, że nie przekonam go do siebie. Nie będę w stanie wytłumaczyć, dlaczego widywałam się z Piotrem, a już na pewno nie uwierzy, że nigdy nie byliśmy parą. Co więcej, był w posiadaniu moich rozmów z Wojtkiem, gdzie omawialiśmy pozwanie Piotra i jego przekręty z nadgodzinami.

– Zaproponuję ci ugodowe rozwiązanie – kontynuował. – Zostaw Sebastiana albo wszystko mu powiem i jeszcze na dodatek pokażę dowody.

– Idź, nie marnuj czasu – kiwnęłam głową w kierunku Sebastiana – tylko wiedz, że pozostajemy z Piotrem w dobrych stosunkach, więc jedno moje słowo i za chwilę będziesz szukał nowej pracy.

– Szantażujesz mnie? – zapytał bez wrażenia.

– Nie. Informuje cię, a do Sebastiana idź już teraz.

– Jestem pewien, że Piotr by się ucieszył i jeszcze by mi podziękował, gdybym pokazał mu zawartość twojego komputera. Dobrałby się do dupy tobie i temu frajerowi Wojtkowi. Sądzę, że to ty powinnaś się bać, nie ja.

– Poznajecie się? – Maria przerwała naszą rozmowę, podchodząc do nas tak cicho, jak tylko potrafiła.

Trzymała w dłoni kieliszek wina i nie przestawała się uśmiechać. Podziwiałam ją za jej pogodną naturę.

– Tak – odezwał się Robert. – Tak się składa, że znam jej wszystkich facetów, i tych żywych, i tych nieżywych…

– Robert! – upomniała go ostro matka. – Panuj nad słowami!

Jej twarz zmieniła się momentalnie. Dostrzegłam teraz surowość, której wcześniej w ogóle nie widziałam. Musiała być asertywną kobietą, skoro wychowała czworo dzieci.

– Wszystko w porządku – zapewniłam ją spokojnie. – Robert chce po prostu chronić Sebastiana.

– To nie jego sprawa. – Maria nie przestawała grzmieć na swojego syna.

– Przepraszam – kiwnęłam delikatnie głową i zostawiłam ich, kierując się do łazienki.

Zamknęłam za sobą drzwi i usiadłam na sedesie. Schowałam twarz w dłoniach i dotarło do mnie, jak czuł się wczoraj Sebastian u moich rodziców. Było mi przykro, że nie dałam mu wsparcia. Cieszyłam się, że nie zważając na moją matkę, przytuliłam go wtedy, gdy rozmawiał przez telefon. Miałam nadzieję, że odczytał to jako moje wsparcie.

Usłyszałam pukanie do drzwi, ale krzyknęłam tylko „zajęte", więc ktoś dał sobie spokój. Wzięłam głęboki oddech i wyszłam z łazienki. Weronika siadała do pianina, żeby dać minikoncert, a ja zaczęłam szukać swoich dzieci. Znalazłam chłopców w pokoju rekreacyjnym, do którego schodziło się po schodach. Dobrze, że Maria uprzednio o tym wspomniała, bo w życiu bym nie zgadła, że mają specjalne pomieszczenie na poziomie piwnicy. Gdy weszłam, od razu rzucił mi się w oczy stojący na środku ogromny stół bilardowy. Na ścianie wisiał ekran, bo nie wydawało mi się, żeby produkowali telewizory w takich rozmiarach. Naprzeciwko stały cztery rozkładane fotele, wyglądające bardziej jak pojedyncze łóżka niż jak krzesła kinowe. Wszystkie dzieci były skupione na tarczy i rzucaniu strzałkami do celu. Najstarszy syn Uli bardzo sumiennie nadzorował zabawę. Musiałam przyznać, że świetnie sobie radzi z grupką mniejszych dzieciaków. Moi synowie słuchali go jak wyroczni i nawet nie zwrócili uwagi na moje pojawienie się tuż obok. Kiedy zawołałam, spojrzeli na mnie. Ich oczy były świecące jak podczas gwiazdki, przy otwieraniu prezentów. Bawili się naprawdę dobrze. Pomyślałam, że może jest to klucz do sukcesu – zostać z dziećmi i unikać świata dorosłych. Jakby czytając mi w myślach, syn Uli podał mi strzałki i zaproponował dołączenie do zabawy. Choć było to bardzo kuszące, wiedziałam, że nie wyglądałoby najlepiej, gdybym tutaj została. Odmówiłam, życząc im jednocześnie dobrej zabawy. Zanim wyszłam, podziękowałam mu, że tak dobrze opiekuje się dzieciakami. Musiałam sprawić mu frajdę tym stwierdzeniem, bo sam z siebie obiecał, że będzie ich strzegł jak oka w głowie. Rozbawiło mnie to określenie, ale potwierdził, że jest bardzo dojrzały na swój wiek.

Rozbrzmiały pierwsze akordy muzyki, a ja bez zwłoki ruszyłam do salonu.

– Szukałem cię wszędzie. – Sebastian przywitał mnie poważnym spojrzeniem, kiedy wchodziłam po schodach na górę.

– Poszłam sprawdzić, jak dzieci.

– Jak się czujesz? – zapytał.

– Ja? Dobrze. – Chciałam dodać „fizycznie", ale ugryzłam się w język.

– Mama mi powiedziała, że Robert się niewłaściwie zachował.

– Jemu się wydaje, że ja jestem z wami oboma jednocześnie – powiedziałam, kiwając z niedowierzaniem głową.

W tej chwili stwierdziłam, że szczerość popłaca, bo gdybym nie powiedziała Sebastianowi o tej szalonej propozycji Piotra wcześniej, teraz wypadałbym bardzo niekorzystnie.

– Nami? – Przypatrywał mi się, zupełnie nie podążając za moim tokiem myślenia.

– Z tobą i z Piotrem – wyjaśniłam.

– To szczyl jeden. – Sebastian ruszył z miejsca.

– Poczekaj – zatrzymałam go. – Obiecaj mi, że nic nie zrobisz. Ja nie mam do niego żalu. Widział mnie kilka razy w biurze. – Nie dodałam, w jakich okolicznościach, ale sens wypowiedzi został zachowany, więc postanowiłam się skupić tylko na najważniejszym. – Mógł założyć coś, czego nie ma.

– To nieważne, nie ma prawa cię napastować! – Sebastian lekko podniósł głos, ale na szczęście utwór grany przez Weronikę zagłuszył jego słowa.

Nie chciałam być kością niezgody pomiędzy braćmi. Z szacunku do jego rodziców, za to, że tak miło i serdecznie mnie przyjęli, nie mogłam wprowadzać do ich rodziny chaosu. Choć czułam się potwornie urażona, nie pokazałam tego po sobie. Czytałam z zachowania Sebastiana, że wystarczyłoby jedno moje słowo, a ruszyłby do brata jak gotowy do walki gladiator. Robert obstawałby przy swoim, bo przecież zastał nas w bardzo luźnej, przyjacielskiej sytuacji, co bez wątpienia doprowadziłoby do awantury. Byłam w stanie zrozumieć, że takie wyciągnął wnioski. Być może widział nawet, jak Piotr trzymał mnie za rękę. Nie mogłam zatem pozwolić na to, by Sebastian stanął w mojej obronie. Szybko myślałam nad planem i jedyne, co mi przyszło do głowy, to odwrócenie jego uwagi.

– Pamiętasz, jak było wczoraj? – przypomniałam mu, co zadziałało błyskawicznie.

Uśmiechnął się do mnie i przysunął bliżej.

– Mam tutaj swój pokój. – Dotknął dłonią mojego policzka. – Pokazać ci?

Weronika zaczęła grać *Angel* Sarah McLachlan, co spowodowało, że zamknęłam oczy. Ten utwór był dla mnie wyjątkowy. Sebastian objął mnie i zaczął delikatnie kołysać. Cieszyłam się, że byliśmy z daleka od oczu jego rodziny. Wszyscy skupili się na fortepianie stojącym pod oknem, mając nas za plecami. Długie białe firany powiewały w ciepłym czerwcowym powietrzu. Sebastian tańczył ze mną na tyle, na ile pozwalało wolne tempo utworu. Weronika śpiewała doskonale, a ja po cichu dołączyłam do niej.

– Powinnaś śpiewać z nią w duecie – szepnął Sebastian. – Masz bardzo ładny głos.

– Dzięki.

Wtulił się we mnie, przywierając swoim ciałem do mojego. Było to bardzo kojące, czuć go tak blisko. Teraz, gdy na niego patrzyłam, zupełnie nie pasował mi do stereotypu gliniarza. Owszem, był twardzielem, miał w sobie taką zadziorność, ale też przepełniała go wrażliwość.

– Czemu zostałeś policjantem? – zmieniłam temat.

Sebastian lekko odepchnął mnie ramieniem, żeby zobaczyć moją twarz. Nie przestaliśmy ruszać się do muzyki. Chciał pewnie sprawdzić, czy pytam poważnie, czy też żartuję z jego profesji. Widząc jednak moją poważną minę, zaczął opowiadać, patrząc mi prosto w oczy.

– Najpierw wydawało mi się, że pójdę na prawo, śladami ojca i Marcina, ale zrozumiałem, że praca z papierami i za biurkiem to nie moja bajka. Kręciły mnie sprawy kryminalne, działanie w akcji, strzelanie, ściganie łajdaków… ale wyobraź sobie, że nie zdałem testu sprawnościowego.

– Naprawdę?

– Zobacz, jak wygląda Robert – stwierdził rozbawiony.

Odszukałam w pokoju jego młodszego brata. Ku mojemu zaskoczeniu zauważyłam, że bacznie nam się przyglądał. Jego chuda postać idealnie wpisywała się w obrazek typowego wątłego i bladego administratora.

– On na nas patrzy – szepnęłam Sebastianowi w obawie, że Robert mógłby usłyszeć.

Sebastian wykonał gwałtowny obrót i odwrócił mnie plecami do swojego brata.

– Nie zwracaj na niego uwagi.

Słyszałam narastający sygnał dźwięku telefonu, a Sebastian odkleił się ode mnie i wyciągnął aparat z tylnej kieszeni spodni. Przeprosił i odszedł, nie chcąc przeszkadzać rodzinie w dalszym delektowaniu się muzyką graną przez Weronikę.

Zostałam sama, ale nie czułam się już tak niezręcznie i niepewnie. Uspokoiła mnie świadomość, że Sebastian mi ufa. Gdy patrząc z boku na jego dotychczasowe życie, zastanawiałam się nad powodami, dla których miałby je dla mnie zmienić, doszłam do wniosku, że naprawdę jest szalony. Nie dało się inaczej określić chęci związania się z kobietą z przeszłością.

Sebastian wrócił po chwili z zaciśniętymi ustami.

– Mój szef to mięczak, bo pod wpływem nacisku obiecał gruszki na wierzbie. Dzwonili do niego, upominając go w kwestii formalności, a że z niego taki pieprzony szpaner, to chce wypaść jak najlepiej. – Widząc jednak, że nie rozumiałam, o czym mówi, wyjaśnił bardziej szczegółowo: – W piątek uciekłem niemieckiej policji, zanim otrzymali wszystkie dokumenty wyjaśniające dochodzenie, więc muszę jechać teraz do firmy złożyć raport. Nie mogą poczekać do poniedziałku i powołują się na procedury. Wiedziałem, że będą mnie o to cisnąć, więc już go częściowo napisałem, jak spałaś... jak zostałaś u mnie na noc.

– Musisz to wysłać? – Starałam się zrozumieć, jakie dostał polecenie.

– Tak, ale muszę też tam pojechać i opisać dowody z tych przefaksowanych dokumentów, bo tego na oczy nie widziałem, poza rzecz jasna dniem, w którym zatrzymano Ivone.

– Teraz? – dopytywałam. – W niedzielę?

– Niestety. – Sebastian przeczesał nerwowo włosy. – Malinowski uważa, że muszę się wykazać.

– Czyli koniec imprezy?

Sebastian przytaknął, a ja ruszyłam po dzieci. Chłopaki bawili się w najlepsze i nawet nie chcieli słyszeć o wychodzeniu. Szantażowałam ich, że odjadę bez nich, ale moja sztuczka nie zdała egzaminu, bo obaj mi powiedzieli, żebym przyjechała po nich z powrotem, jak już będzie ciemno i pora spania. Sebastian wpadł do pokoju i zaczął mnie pospieszać. Wskazałam na chłopaków.

– Musimy najpierw zwalczyć ruch oporu.

– To może zostań – dobiegł nas z tyłu głos Ulki. – A Sebastian załatwi w tym czasie pracę.

Posłałam mu błagalne spojrzenie, żeby nie zostawiał mnie tutaj samej. Podeszłam do moich dzieci raz jeszcze w nadziei, że tym razem odniosę sukces. Obiecywałam im, że jeszcze tu przyjedziemy, ale nawet na mnie nie patrzyli. Co chwilę odkrywali nowe zabawki. Teraz grali w golfa na konsoli Wii.

– Wiesz co – Ulka stanęła obok mnie i dotknęła mojego ramienia – zostaw ich. Skoro nie chcą iść, niech się bawią. Nawet nie zauważą twojej nieobecności. Obiecuję, że nie zostawię ich samych.

Sebastian wzruszył ramionami, a ja spojrzałam na swoje dzieci. Wytłumaczyłam im, że mogą zostać pod opieką Uli. Cieszyli się ogromnie, a ja miałam mieszane uczucia. Wolałabym, żeby nie zostawali tutaj beze mnie, ale nie byłam w stanie ich przekonać bez zrobienia sceny. Na bank obaj by się zaraz popłakali, gdybym próbowała ich oderwać od golfa.

Kiedy wyszliśmy, poprosiłam Sebastiana o kluczyki. Postawiłam sprawę jasno, nie chciałam, żeby prowadził po alkoholu. Upierał się początkowo, że ilość, jaką wypił, była niewielka, ale ja nie dałam się przekonać. W końcu się poddał. Siadając w fotelu pasażera, zaznaczył, że nikt poza nim nie jeździł tym samochodem i że bycie ze mną to jak głaskanie pod włos. Wiedziałam, że z tego żartuje, ale oboje byliśmy świadomi, że to prawda.

Jadąc na komendę, Sebastian rozglądał się i jak szalony sprawdzał lusterka, przyglądał się samochodom na poboczu i w ruchu. Nic jednak się nie stało. Chciałam wierzyć, że ten rozdział w moim życiu został zamknięty wraz z aresztowaniem obu prześladowców.

Mimo że była to niedziela, komendę wypełniał gwar. Wszystko przez sprawę Ivone – lub raczej sprawę mojego byłego męża. Byłam pewna, że jedziemy do pustego biura, gdzie Sebastian wypełni i złoży jedynie dokumenty. Zakładałam, że posiedzimy chwilę i wrócimy w miarę szybko do jego rodziców. Okazało się jednak, że po rozwiązaniu zagadki ściągnięto wiele osób, by w końcu uzyskać odpowiedzi na wszystkie pytania.

Sebastian pozdrawiał po drodze kolegów i prowadził mnie za rękę do swojego pokoju. Uruchomił komputer i wyszedł po dokumenty potrzebne do raportu. Podeszłam do okna, żeby sprawdzić, jaki ma widok, a następnie obejrzałam jego pokój. Snułam się bez pomysłu. Kiedy Sebastian wrócił, stanął przed biurkiem, przeglądając jakiś folder. Gdy miał już podejść do swojego krzesła, do pokoju wszedł jakiś mężczyzna i bez zbędnego gadania pogratulował mu, klepiąc go w ramię. Nie dostrzegł mnie, więc Sebastian, nie ruszając się z miejsca, przedstawił nas sobie. Zapadła niezręczna cisza, która sugerowała, że Marek kojarzy mnie ze sprawy, ale nie rozumiał, dlaczego jestem obecna dzień po wielkim sukcesie zamykającym sprawę.

– Przesłuchujemy dziś? – zapytał Marek zatrwożony.

– Nieee – ryknął śmiechem Sebastian, widząc, że jego przyjaciel w ząb nie rozumiał sytuacji.

Marek najpierw przeskakiwał wzrokiem pomiędzy nami, a potem wzruszył ramionami.

– Gratuluję raz jeszcze! Idziemy zaraz do konferencyjnej odsłuchać nagrania. Idziesz?

Sebastian zerknął na mnie. Nie wiedziałam, czy jestem gotowa, żeby usłyszeć winnego śmierci Michała i przede wszystkim pobudek, jakimi się kierował. Byłam jednak świadoma, że to było ważne osiągnięcie dla Sebastiana. Poza tym biorąc pod uwagę, że nadal na mnie polowano, powinnam wiedzieć, kogo się obawiać.

– Możemy spróbować, najwyżej wyjdę – stwierdziłam.

– Stary, to jest wewnętrzne spotkanie. Tylko dla funkcjonariuszy. – Marek usiłował podkreślić wagę miejsca i fakt, że jestem dla nich tylko cywilem.

Sebastian ponownie wyszedł, rzucając, że pójdzie pogadać z szefem. Marek stał jeszcze przez chwilę, po czym powiedział ni to do mnie, ni do ścian, że miło było mnie poznać, i uciekł w popłochu. Usiadłam w fotelu przeznaczonym dla gości i czekałam na dalsze wydarzenia. Sebastian wrócił dumny jak paw i przekazał mi, że mogę wziąć udział w ich spotkaniu, a także wyjść, kiedy tylko zechcę, ale że on będzie musiał zostać do końca. Zapewniał też, że nie wiedział o tym wspólnym odsłuchiwaniu nagrania ani o tym, że na to spotkanie przyjdzie tak dużo ludzi. Szef kazał mu przyjechać, by dopełnić formalności, ale to wszystko, co od niego usłyszał. Przepraszał, że mnie tu ciągnął. Dodał, że dla Malinowskiego sprawa o zasięgu międzynarodowym była bardzo ważna i że stawiał wszystkich do pionu, by wypaść jak najlepiej. Po raz kolejny powtarzał, że nie powinien był mnie tutaj przywozić. Przypomniałam mu, że to ja przywiozłam jego, a potem powiedziałam, że nic się nie stało i że ostatnio niespodzianki w moim życiu wychodzą mi na dobre.

Do gabinetu wszedł grubszy, starszy mężczyzna. Najpierw przyglądał mi się uważnie, a potem, pomijając jakiekolwiek formy grzecznościowe, zaprosił nas do sali konferencyjnej. Domyśliłam się, że to właśnie był Malinowski, który tak jak oschle rozmawiał ze mną przez telefon, tak samo bezemocjonalnie zachowywał się w kontakcie bezpośrednim. Nie wykrzesał z siebie nawet zwykłego „dzień dobry". Zachowywał się tak, jakby cały świat musiał z założenia go szanować i ulegać jego despotycznej naturze.

Nie wiedziałam, gdzie iść, więc podążyłam za nimi, przysłuchując się, jak rozmawiają o pracy. Szef tłumaczył po drodze, że oczekuje od Sebastiana pełnych wyjaśnień, że najlepiej, jakby zaczął od wydarzeń z ostatniego piątku, kiedy to po raz ostatni grupa usłyszała od niego aktualne informacje w kwestii dochodzenia. To było bardzo dziwne uczucie usłyszeć, że jego pracą była moja osobista tragedia. Widząc ich bezemocjonalne podejście, wahałam się, czy powinnam wejść do tej sali, gdzie czekała reszta policjantów. Przełknęłam głośno, przestępując próg. Wskazali mi miejsce. Usiadłam posłusznie. Okazałam się jedyną kobietą w pokoju, więc nietrudno było mnie zauważyć. Wszyscy spoglądali na mnie, nie rozumiejąc, co się stało, kim jestem, no i najważniejsze – co tu robię i na jakiej podstawie wpuszczono mnie na spotkanie. Na dodatek mój strój zupełnie nie pasował do sytuacji. Sebastian też był wprawdzie ubrany lepiej niż zwykle, ale to ja miałam na sobie wieczorową tiulową suknię.

Wychodząc naprzeciw domysłom, szef jednostki przedstawił mnie jako wdowę po Michale, co bolało mnie bardziej niż policzek. Słowo „wdowa" kojarzyło mi się z żalem, z opłakiwaniem, a ja miałam tego człowieka po prostu dość. Gdybym mogła, odcięłabym się od wszystkiego, co z nim związane. Musiałam jednak grać swoją rolę, więc pozdrowiłam ich lekkim skinieniem głowy. Sebastian podłączył laptopa do rzutnika i posłał mi ciepły uśmiech. Jego spokój był namacalny. Ja zaś zaczynałam czuć zdenerwowanie, pociły mi się ręce. Rozważałam wyjście już teraz, ale świadomość, że za chwilę poznamy prawdę, spowodowała, że zostałam. Prędzej czy później będę musiała się z tym zmierzyć, więc lepiej tego nie odkładać.

Sebastian był gotowy z mapą, rzutnikiem i nagraniem. Szef jednak kazał mu sekundę zaczekać. Jego dwaj koledzy wyciągnęli zza stołu wielki karton piwa. Starszy pan, wyglądający naprawdę sympatycznie jak na dowodzącego, podszedł do Sebastiana.

– Nie sądziłem, że to kiedyś powiem, ale dobrze, że z nami jesteś, uparty sukinkocie – powiedział.

Szef wskazał na karton od wydziału i polecił, żeby tylko nie upił się ze szczęścia. Przy ostatnich słowach zerknął na mnie wymownie. Miałam pewność, że Sebastian mu o nas powiedział, ale było coś w jego spojrzeniu, co od razu przypomniało mi filmy o zboczeńcach. Odsunęłam od siebie tę myśl.

Sebastian przygasił światła i zaczął opowiadać o testach samochodu, o koncie, o badaniu DNA potwierdzającym obecność pasażera w samochodzie. Co chwilę na mnie zerkał, sprawdzając moją reakcję, ale starałam się zachować pokerową twarz. Nie sprawiało mi to aż takiej trudności, bo były to fakty, które znałam już wcześniej. Sebastian kontynuował. Opisywał, jak wpadał na tropy i jak zdecydował się pojechać do Niemiec. Stał cały czas po drugiej stronie stołu, naprzeciw mnie, i referował. Przeszedł do szczegółów pracy w Niemczech, żartował na temat napotkanych trudności, namolnej pielęgniarki, a sala rechotała ze śmiechu. Wszyscy za wyjątkiem mnie. Czekałam na najgorsze. Podziwiałam Sebastiana za jego spryt, intuicję i inteligencję. Imponowało mi, że udało mu się tak szybko odkryć prawdę. Na wielkim ekranie pojawił się portret pamięciowy kobiety z samochodu. Nie rozpoznałam jej twarzy. Nigdy wcześniej jej nie widziałam. Wyglądała jak przestępca, ale nie ze względu na rysy twarzy, ale przez to, jak ją zaprezentowano. Każdy, kto widział portrety pamięciowe osób ściganych udostępniane w telewizji, wie, że widok takiego rysunku budzi same negatywne uczucia. Gdy szukają kogoś, kto zaginął, zawsze pokazują zdjęcia, a tylko tych złych ogląda się spod ołówka rysownika.

Opowieść Sebastiana doszła do momentu, w którym spotkał tę kobietę i był w jej mieszkaniu. Zerknął na mnie, zapowiadając włączenie nagrania. Choć wiedziałam, że to nie ma znaczenia i zrobiłby to niezależnie od mojej reakcji, dałam mu przyzwolenie skinieniem głowy. Kliknął coś w komputerze i od razu usłyszałam jego wyraźny głos przez głośniki. Pozostał na swoim miejscu, ale nie odrywał ode mnie wzroku, co dodawało mi siły. Zaraz po nim rozbrzmiał jej głos – cichszy i mniej pewny. Zamknęłam oczy. Starałam się nie myśleć, nie analizować, a jedynie słuchać tego, co mówiła, jak opowieści, tak jakby to mnie nie dotyczyło. Jakby to była historia kogoś obcego. Intuicyjnie wiedziałam, że byli parą, ale nie zdawałam sobie sprawy, że Michał był taki podły i tak nieszczęśliwy ze mną. Przekonywałam siebie, że kobieta wyrażała jedynie swoją opinię, że on mógł tylko tak mówić do niej, by sprawić jej przyjemność lub omamić ją, a czuć zupełnie co innego. Niemniej jednak z każdym jej słowem było mi coraz bardziej niedobrze. Otworzyłam oczy i spojrzałam na Sebastiana. Delikatnie się do mnie uśmiechnął, kiedy ona opowiadała o tym, że brali narkotyki, żeby się zabawić. To był ogromny cios. Potwierdzenie, że naprawdę mnie zdradzał. Czułam spojrzenia wszystkich zgromadzonych na sobie. Tak, jakby chcieli zobaczyć, czy mnie to rusza. Wypierałam z myśli wyobrażenie o nich dwojgu razem. Krzepiłam się tym, że seks z nią był pusty, skoro nie robili tego na trzeźwo, skoro potrzebowali dodatkowych bodźców. Wzięłam głęboki oddech i wstałam. Sebastian się wyprostował, rozumiejąc moje działanie. Ja, śledzona jego wzrokiem, obeszłam stół z drugiej strony, nie chcąc wejść w światło rzutnika, i doszłam do niego. Był przygotowany na to, że go minę, ale dokładnie jak tego wieczoru u niego w domu przytuliłam go od tyłu. On jedną ręką ścisnął moje obie dłonie na swoim brzuchu. Przysłuchiwałam się jej wyjaśnieniom, stojąc za nim jak za tarczą. Odetchnęłam z ulgą, bo nikt mnie teraz nie widział.

Nie mogłam uwierzyć, że Piotr ją znał i że rozmawiał z nią wielokrotnie. Musiał wiedzieć o ich romansie – to pewne. Słuchałam, jak Sebastian krzyczał na tę kobietę, jak ją straszył, że ją zastrzeli po tym, jak wyznała, że uszkodziła samochód. Wypełniło mnie budujące poczucie bezpieczeństwa. Zrozumiałam, że jego działanie spowodowane było strachem o moje życie. Pocałowałam go w plecy, a on ścisnął mocniej moją rękę. Dziękowałam Bogu, że tam, na tamtej drodze, wybrał Michała, a nie mnie i moje dzieci.

W momencie, w którym nagranie się skończyło, odsunęłam się od niego i opuściłam pokój, zanim zapaliły się światła.

SEBASTIAN

Wiedziałem, że Kaja nie wytrzyma całego spotkania. Powiedziałem nawet szefowi, że zapewne tylko wysłucha nagrania i wyjdzie. Na początku nie chciał się zgodzić na wpuszczenie jej, ale przekonałem go, żeby na to pozwolił, tylko nikogo nie przedstawiał ani nie poruszał żadnych kwestii do momentu, aż wyjdzie z pomieszczenia. Gdyby została, musiałbym ją wyprosić, ale na szczęście wyszła sama. Widziałem, że była poruszona wyznaniem Ivone. Pewnie potrzebowała wsparcia, ale ja nie mogłem ruszyć się z miejsca. Zbyt dużo ważnych ludzi poświęcało swój czas, nie mogłem ich teraz zostawić i gonić za kobietą.

Jej reakcja i przytulenie mnie na pewno będą się za mną ciągnąć i stanę się obiektem żartów. Pewnie dorobią mi łatkę policjanta sypiającego nie tylko z dziewczynami z wydziału, ale też z oskarżonymi lub poszkodowanymi. Nie obchodziło mnie to. Jeśli jej to pomogło, warte było wystawienia się na pośmiewisko.

Kiedy zostaliśmy sami, szef włączył światło. Wstał Jacek, który wczoraj przejął dwóch zatrzymanych i ich przesłuchiwał. Twierdził, że obaj przez długi czas odmawiali podania źródła zlecenia, ale w momencie, gdy zaproponował im układ, zaczęli gadać. Każdy z nich usłyszał, że jak sypnie resztę, wyrok zostanie złagodzony. Rzecz jasna przesłuchiwał ich oddzielnie i nie mieli pojęcia, co który powiedział. Jednogłośnie przyznali się do otrzymanego zlecenia. Faktycznie mieli ją zabić. Nie posiadali broni palnej, więc musieli zrobić to własnoręcznie. Jeden z nich potwierdził moje przypuszczenia. Chcieli użyć do tego celu garoty, a ich plan polegał na tym, że ją zatrzymają, zabiorą do swojego auta, wywiozą, uduszą i zostawią. Drugi z nich wyobrażał to sobie tak, że pobiją ją do takiego stopnia, że umrze od zadanych ran. Gdy słuchałem relacji Jacka, czułem, jak zrobiło mi się niedobrze. Nieraz spotkałem się z banalnymi motywami, ale Ivone przeszła samą siebie. Z jednej strony chciała usunąć Kaję, a z drugiej poskąpiła kasy na to zlecenie. Sądziła pewnie, że do zabicia bezbronnej kobiety nie trzeba sztabu specjalistów, a wystarczy dwóch uzbrojonych w garotę osiłków. Jak dobrze się stało, że przez te wszystkie miesiące Kaja nie wyściubiła nosa za drzwi. Gdyby wyszła wcześniej, dowiedziałbym się o niej z akt leżących na biurku, ze zdjęciem trupa w środku.

Następnie Jacek podał dane jakiegoś bossa, który zarządzał bandą koksów i wysłał tę dwójkę na polowanie na Kaję. Wnioskował o nakaz zatrzymania gościa, choć dodał, że to może być bardziej skomplikowana sprawa, bo gość słynie z tego, że handluje towarem. Był na radarze wydziału narkotykowego i oni pracowali nad przyskrzynieniem go za jego działalność na różnych frontach. Było tego znacznie więcej, a zlecenie zabójstwa Kai stanowiło tylko jeden z rozkazów wydawanych na ludzi. Jacek podał nam wtedy teczkę, pokazując, ile trupów facet ma już na koncie.

Szef pochwalił nas za robotę, kazał Jackowi wysłać dokumenty do narkotykowego, a mnie opisać całą sprawę. Stwierdził też, że skoro Ivone siedzi, koksy siedzą, ryzyko ponownego ataku jest zerowe. Potwierdziłem, ale mimo to stwierdziłem, że trzeba zachować ostrożność. Dla niego sprawa była zamknięta, materiał dowodowy wystarczający, więc nie chciał siedzieć dłużej w firmie i zarządził koniec spotkania.

KAJA

Poszłam do jego gabinetu i zamknęłam za sobą drzwi. Oparłam się o nie i starałam się powstrzymać potok łez zalewający moją twarz. Cieszyłam się, że Sebastian tam został. Nie chciałam, żeby mnie teraz widział. Ani nikt inny. Od dawna nie byłam w takiej rozsypce. Potrzebowałam spokoju, ale nie umiałam się wyciszyć, zapanować nad emocjami. Wyciągnęłam telefon z torebki i drżącymi rękami wybrałam numer z listy kontaktów.

– Wiedziałeś o Ivone!? – Pominęłam formy grzecznościowe, krzycząc w słuchawkę.

– Tak. – Piotr zachował spokój. – Kto ci powiedział? Ten policjant?

– Tak, jestem teraz w siedzibie policji – wytłumaczyłam.

– Pracują w niedzielę? – zapytał zaskoczony.

– Jakie to ma znaczenie?! – krzyknęłam poirytowana jego lekkim tonem. – Dlaczego mi nie powiedziałeś? Miałeś tyle okazji!

– Próbowałem tego wieczoru, kiedy pokazałem ci umowy, ale mimo zapewnień Ewy nie byłaś w dobrej kondycji do przyjmowania takich rewelacji.

– To moja matka też o tym wiedziała?!

Dusiło mnie w gardle. Czułam, że tracę głos.

– Nie, oczywiście, że nie. – Piotr nie zmienił tonu rozmowy. – Nie o to mi chodziło, źle się wyraziłem. Miałem na myśli swoją propozycję, którą złożyłem ci, kiedy do mnie przyjechałaś pierwszy raz. Zanim cię zaprosiłem, rozmawiałem z Ewą. Zapewniała, że jesteś znów sobą, że uporałaś się już ze stratą Michała…

Usiadłam na podłodze pod drzwiami i objęłam wolną ręką kolana. Chciałam zniknąć. Pojawić się w innym miejscu na ziemi po zresetowaniu pamięci i zacząć wszystko od nowa. Nie mieć żadnych wspomnień ze swojego dotychczasowego życia.

– To ona wiedziała, co mi zaproponujesz, i mimo wszystko wysłała mnie do ciebie? – cedziłam słowa.

– Nie – zaśmiał się Piotr.

– Nie wiem, co cię tak bawi. – Otarłam łzy z twarzy i postanowiłam nie płakać więcej z powodu Michała i jego kłamstw.

– Masz rację, przepraszam. Ewa nie wiedziała, co chciałem ci zaproponować. Pytałem ją jedynie o to, jak się czujesz, czy wróciłaś do życia, czy nadal leżysz pogrążona w smutku.

Nie wiedziałam, co teraz o nim myśleć. Zapadła chwilowa cisza, a on po chwili zapytał, dlaczego jestem z policją.

– Sprawa jest zakończona – wytłumaczyłam. – Właśnie odsłuchałam zeznania Ivone.

– Naprawdę? Mówiła coś o mnie? – Piotr wreszcie przeszedł do poważnego tonu.

– Tak, i to dużo – dodałam z przekąsem.

– O firmie?

– Też.

– Co mówiła?

– Nie wiem, skupiłam się na tym, jak opowiadała o tym, jak pieprzyła się z moim mężem.

– To już nie ma znaczenia. Kto zabił Michała? – ponaglił mnie surowo.

– A do tej pory mówiłeś, że nie wierzysz w zabójstwo – wypomniałam mu od razu.

– Bo nie wierzyłem, ale skoro jesteś na policji, są zeznania Ivone, to zakładam, że się pomyliłem i jest zabójca. Dlatego pytam, kto go zabił.

– Nikt – odpowiedziałam zgodnie z prawdą. – Sam się zabił.

– Sam? – powtórzył Piotr. – W jaki sposób?

– W taki, że po seksie z tą babą jechał sobie w najlepsze samochodem, wylazł mu pijak na drogę, stracił panowanie i przywalił w rów. Tylko tyle. Nikt mu nie pomógł, nikt nie czyhał na jego życie.

– Coś tu nie gra. – Piotr zawiesił głos. – On do mnie dzwonił zdenerwowany.

– Co?! W dniu wypadku? – dopytywałam.

– Tak, na kilka godzin przed tym, jak dostałem informację, że zginął.

– Wiedziałeś, że nie był sam?

– Tak, ale to nie miało przecież znaczenia.

– Jak to nie miało znaczenia? Kłamałeś mi prosto w twarz! – krzyknęłam.

– Nie kłamałem. Wybierałem fakty, którymi się z tobą dzieliłem. Nawet nie wiesz, jakim Michał był kombinatorem…

– Wyobraź sobie, że wiem – przerwałam mu, sycząc. – W tym zawodzie to chyba normalne, skoro wszyscy się tak umiejętnie kryjecie. Miałeś milion okazji, żeby mi powiedzieć.

– A ty milion okazji, żeby go przyłapać – odgryzł się bardzo rzeczowo.

Podniosłam się z podłogi i podeszłam do okna. Wyjrzałam na ulicę, którą ludzie przemierzali w różnych kierunkach. Na rogu młody chłopak grał na gitarze. W futerale świeciło się w słońcu kilka monet. Życie toczyło się dalej. Gdzieś w jednym z domów ktoś mógł właśnie odpływać w uniesieniu, w innym komuś pękało serce, a w jeszcze innym ktoś właśnie dokonywał zbrodni. Tak naprawdę nieważne, jak wielki jest świat – zaczyna się i kończy w ciasnym kręgu, który dotyczy człowieka bezpośrednio, a wszystko, co się dzieje dookoła, jest nieistotne. Nawet w tym ciasnym kręgu, nawet mając Michała tak blisko, przegapiłam zdradę. Jakby to był jednorazowy skok w bok, to owszem, mógłby mnie oszukać, ale to trwało latami. Może właśnie dlatego tak bardzo zabolały mnie słowa Piotra.

Trudno było przyznać się do tego, że związek, w którym tkwiłam, okazał się iluzją. Jakie to upokarzające, że byłam szczęśliwa z mężczyzną, który miał drugie życie i kochankę. Nigdy go o nic nie podejrzewałam, nie śledziłam, nie przyłapałam na kłamstwie, a tym bardziej na zdradzie. Przełykając gorzką prawdę, zebrałam myśli.

– Czemu oni byli razem w samochodzie? – dociekałam, starając się poznać całą prawdę. – Dlaczego zabierał ją do domu?

– Nie wiem.

– Kto jeszcze o nich wiedział? W firmie? Wśród znajomych?

– Tego też nie wiem. Możesz mi teraz powiedzieć, co zeznała na mój temat?

– Nic – prychnęłam. – Możesz spać spokojnie. Nic nie grozi twojemu królestwu. Możesz nadal robić swoje przekręty.

– Źle na to patrzysz – upierał się przy swoim.

– Czy aby na pewno? Ta kobieta chciała mnie zabić! Najpierw uszkodziła nasz samochód, a gdy jej to nie wyszło, zleciła dwóm najemnikom sprzątnięcie mnie. Wszystko tylko i wyłącznie dla pieniędzy. Wybacz, ale mam prawo sądzić, że w tym biznesie idzie się po trupach.

– Nie łącz mnie z nią – powiedział spokojnie. – To, co robi ona, ma się nijak do mnie. Ja taki nie jestem. Nie kieruje mną zazdrość.

Usłyszałam skrzypnięcie drzwi i odwróciłam się.

– Z kim rozmawiasz? – zapytał Sebastian.

– Muszę kończyć. – Bez słowa pożegnania rozłączyłam się i podeszłam do niego.

– Płakałaś? – Przyglądał mi się uważnie.

Przytaknęłam tylko i szybko zmieniłam temat.

– Dowiedziałeś się, czemu wracał z nią do domu?

– Nie – Sebastian pogładził moje włosy – ale to pewnie wyjdzie w zeznaniach potem.

Przepraszając, usiadł do komputera, a następnie wysyłał do druku jakieś dokumenty, bo stara drukarka zatrzeszczała, a potem zaczęła wypluwać zadrukowany papier.

– To musi wystarczyć Malinowskiemu – powiedział, trzymając kilka kartek w dłoni. – Na dzisiaj koniec. Możemy wracać do domu.

Skierowaliśmy się do wyjścia, ale zatrzymał nas przed drzwiami gabinetu szefa i wręczył mu pospiesznie swój raport. Kiedy zamknął za sobą drzwi, zażartował, że powinniśmy uciekać, zanim Malinowski zorientuje się, że ten raport jest nadal niepełny. Poprosiłam go, żebyśmy w drodze powrotnej wstąpili do mojego domu.

SEBASTIAN

Kaja wyciągnęła jakieś pudło z szafy i położyła je na łóżku. Wyjmowała z niego po kolei wszystkie przedmioty i oglądała je szczegółowo.

– Czego szukasz? – zapytałem, obserwując jej zachowanie.

Przez całą trasę była milcząca i nie reagowała na moje próby podjęcia rozmowy. Ewidentnie coś zaprzątało jej myśli, ale nie umiałem do niej dotrzeć. Nie dziwiło mnie, że pochłonęły ją przemyślenia, bo przed chwilą dowiedziała się, że jej mąż był podłym zdrajcą. Musiałem dać jej czas. Naciskanie i wyciąganie z niej odpowiedzi siłą nie miało sensu.

Teraz też zlekceważyła moje pytanie. W końcu wygrzebała z zawartości pudła telefon komórkowy i podała mi go.

– Da się go odblokować?

– Najpierw to go trzeba naładować i włączyć – zażartowałem, ale, jak wcześniej, całkowicie mnie zignorowała, pozostając skupioną.

Rzuciła go na łóżko i wróciła do przeszukiwania pudełka. Szperała przez chwilę, aż wyciągnęła jeszcze jeden telefon i trzymała go przez chwilę w dłoni, próbując włączyć.

– Daj. – Wyciągnąłem jej z dłoni aparat i podpiąłem do ładowania do gniazdka po jej stronie łóżka.

Jak to dobrze, że teraz wszystkie telefony ładują się przez uniwersalne mikro USB. Diodka zaświeciła się od razu, a ja włączyłem telefon.

– Zablokowany? – zapytała Kaja, stojąc za mną i obserwując moje działanie. – To musi być jego drugi numer, bo nigdy go tutaj nie widziałam. Tamtego samsunga używał w domu, jestem tego pewna, a ten widzę po raz pierwszy.

Czekałem na ekran powitalny i blokadę z polem na wpisanie pinu. Użyłem klawiszy skrótowych policji, żeby złamać szyfr. Przesunąłem się, robiąc miejsce dla niej. Długość kabla zmusiła ją do siedzenia, co przychodziło jej z trudnością. Widząc jej zdenerwowanie, mógłbym przysiąc, że gdyby nie krótki kabel, chodziłaby po pokoju tam i z powrotem.

Przesunęła palcami po ikonach i pierwsze, co zrobiła, to otworzyła galerię zdjęć. Ukazała się pokaźna liczba zdjęć, na których Michał był ze swoją kochanką. Niektóre zrobiono podczas wspólnych wyjazdów, inne w plenerze czy restauracjach, ale znalazła też takie z łóżka, nagie. Oglądaliśmy je w milczeniu. Doszliśmy do zdjęć u nich w domu. Michał miał odwagę przywieźć Ivone tutaj, do ich mieszkania. Była tu seria zdjęć, na których siedziała w wyzywającej bieliźnie na blacie w jej kuchni.

Kaja spojrzała na mnie zszokowana.

– Chcesz to oglądać? – zapytałem niepewnie.

– Tak, już mnie nic nie zdziwi. Piotr powiedział, że Michał dzwonił do niego. – Wypowiedziała te słowa spokojnie, a potem, patrząc mi prosto w oczy, kontynuowała: – Tego wieczoru, kiedy Michał zginął, zadzwonił do mnie i stwierdził, że idzie spać i wyłącza telefon. Miał się przygotować na ważne spotkanie następnego dnia i prosił, żebym nie martwiła się długą ciszą. Po jakimś czasie starałam się do niego dodzwonić jeszcze raz, ale ten numer – pokazała na samsunga – był wyłączony. Dopiero słowa Piotra o tym, jak Michał dzwonił do niego, uzmysłowiły mi, że mógł mieć inny telefon. Do kontaktu z tamtą kobietą.

– Miałaś to cały czas tutaj? – dociekałem, nie rozumiejąc, czemu wcześniej nie wpadła na myśl, żeby zacząć od najprostszej rzeczy, jaką jest skontrolowanie jego telefonów.

Miałbym zdjęcia Ivone, miałbym dane, które jak po nitce zaprowadziłyby mnie do niej. Wiedziałbym, o co pytać Piotra, a tak wszystko pozostało przez cały ten czas tajemnicą.

– Tak, ale zapomniałam o tym. Nawet nie zajrzałam do tego pudełka, zanim mama je włożyła do szafy, nie wiedziałam, co jest w środku – tłumaczyła. – Zbyt dużo mnie to kosztowało, by przeglądać jego rzeczy, więc kiedy moja matka to przywiozła, schowała wszystko, a ja z czasem zapomniałam. Gdy wyciągałam komputer, zupełnie nie przyszło mi do głowy, żeby sprawdzić też telefon. Byłam ślepa i głupia.

– Rozumiem, ale nie oceniaj siebie tak surowo.

– Były tu wszystkie odpowiedzi, a myśmy szukali wszędzie, tylko nie w jego własnym domu – stwierdziła smutno.

– Jak tylko dostałem sprawę, prosiłem o nakaz przeszukania waszego mieszkania, ale szef się nie zgodził. Musiałem odkrywać sprawę naokoło.

Kaja przytaknęła i wsparła głowę na moim ramieniu.

– Wiesz, jaki jest wniosek z tej sprawy? – zapytałem i nie czekając na jej zgadywanie, wyjaśniłem. – Prawda zawsze wyjdzie na jaw. Nieważne, jaką drogą się do niej dojdzie.

Odłączyła telefon od ładowarki i podała mi go.

– Michał dzwonił zdenerwowany do Piotra na kilka godzin przed wypadkiem – mówiła – a potem ruszył w trasę, podczas gdy mi powiedział, że idzie spać. Nie wiem, w którym momencie kłamał, ale Piotrowi to się wydawało podejrzane. Na tyle podejrzane, że uwierzył w morderstwo. Był zaskoczony, że Michał sam się zabił. – Położyła telefon na mojej dłoni. – Możesz to wziąć i przejrzeć, ja już nie chcę tego oglądać.

Wziąłem od niej urządzenie i śledziłem jej niespokojne chodzenie po pokoju.

– Cały czas nie mogłam uwierzyć w to, że on miał drugie życie. Łudziłam się nadzieją, że te wszystkie rewelacje to jakiś spisek albo nieporozumienie. – Kaja zatrzymała się, a jej oczy szkliły się jak do łez. – Potrzebowałam dowodu, czegoś, co zobaczyłabym na własne oczy, bo do tej pory to były tylko puste słowa. – Podeszła do mnie bliżej i pewnie dodała: – Obiecaj mi jedno. Od teraz nie mów mi nic o nim. Nie chcę już nic więcej wiedzieć. On dla mnie nie istnieje. Umarł. W końcu naprawdę umarł.

Położyłem rękę na sercu i tym gestem zapewniłem ją, że dotrzymam słowa. Ku mojemu zaskoczeniu uśmiechnęła się do mnie.

Wracaliśmy samochodem do moich rodziców. Tym razem ja prowadziłem. Nawet jeśli zostały we mnie jakieś szczątki promila, to i tak byłem trzeźwiejszy niż Kaja. Wieczór był ciepły, więc zostawiłem otwarty dach. W pewnym momencie Kaja odpięła pasy, wstała i wyciągnęła ramiona w powietrze. W obawie przed utratą przez nią równowagi chwyciłem ją za sukienkę, mając nadzieję, że w razie czego przyciągnę ją do siebie. Uśmiechnęła się do mnie i pozwoliła, żeby wiatr rozwiewał jej włosy i suknię.

– Wiem, co zrobię – krzyknęła do mnie radośnie, a ja nie mogłem przestać się uśmiechać, widząc ją taką.

– Tylko nie mów, że wyskoczysz z samochodu – dowcipkowałem, a ona przewróciła oczami.

Usiadła z powrotem w fotelu, a ja sięgnąłem po jej dłoń i dotknąłem nią swojej klatki. Jej oczy były zupełnie inne. Jakby rozmarzone. Tak, jakby uwolniła się od jakiegoś ciężaru.

– Sprzedam to mieszkanie – rzuciła, nie przestając się uśmiechać, ale szybko spoważniała. – Nie chcę tam dłużej mieszkać. Nie zniosę myśli, że on tam z nią był… w kuchni, której ja używam do przygotowania posiłków dzieciom… w naszym łóżku… tak, sprzedam to mieszkanie.

Oparła głowę o zagłówek i zamilkła na chwilę. Ewidentnie rozważała coś w myślach.

– Możesz zamieszkać ze mną – zaproponowałem.

Spojrzała na mnie niepewna. Zapewne sprawdzała moje intencje, upewniając się, czy mówię serio, czy tylko żartuję. Domyśliłem się, że znokautowałem ją swoją propozycją. Być może gdybym miał czas na przemyślenie wszystkich opcji, nie rzuciłbym tego tak lekko. Jednak nie żałowałem swoich słów.

– Mówię serio – zapewniłem ją.

– To miłe. – Nachyliła się i pocałowała mnie w policzek. – Ale wydaje mi się, że to byłaby pochopna decyzja.

– A ja myślę, że bylibyśmy szczęśliwi. Czego się obawiasz? – zapytałem poważnie. – Tego, co powiedzą ludzie? Twoi rodzice?

Jej oczy otworzyły się szeroko i zrozumiałem, że uderzyłem w jej czuły punkt, więc nie tracąc rozpędu, kontynuowałem:

– Jeśli chcesz spróbować, jeśli wiesz, co czujesz, nie bój się. Poza tym możesz się przeprowadzić na czas szukania nowego miejsca, a potem zdecydować, czy chcesz zostać ze mną, czy wolisz jednak mieszkać sama.

Dałem jej czas na zastanowienie się i zaparkowałem samochód na podjeździe u rodziców. Zgasiłem silnik i wyskoczyłem z samochodu, trzymając się rusztowania. Kaja siedziała nadal w środku, lekko się uśmiechając. Obszedłem samochód dookoła i otworzyłem jej drzwi, ale ona jedynie odpięła pas i odwróciła się w moim kierunku.

– Okej. – To wszystko, co powiedziała.

– Okej co?

W chwili, w której zadałem to pytanie, zrozumiałem, na co się zgodziła. Nachyliłem się i przypieczętowałem naszą umowę pocałunkiem.

Kolejne dni mijały szybko. Kaja pakowała swoje rzeczy i walczyła z matką, która próbowała każdego sposobu, żeby tylko przekonać ją do pozostania w domu. Po kilkudniowej przepychance w końcu pogodziła się z myślą, że jej córka przeprowadza się do mnie. Zaproponowała nawet przyjazd i zajęcie się dziećmi w trakcie, gdy Kaja będzie pakowała kartony. I choć uważałem to za dobry pomysł, byłem prawie pewny, że odrzuciła jej propozycję w obawie, że matka wykorzysta tę sytuację do prawienia jej kazań.

Teraz, kiedy nie miała matki w domu na co dzień, nasze spotkania były mocno ograniczone. Kaja nie mogła już wyrwać się wieczorem, a tym bardziej zostać u mnie na noc. Miała jedynie czas w ciągu dnia, kiedy dzieci były w szkole, co z kolei nie współgrało z moim grafikiem. Czasami po pracy przyjeżdżałem do niej, ale zwykle była tak zmęczona po całodniowym pakowaniu kartonów i segregowaniu rzeczy, które zabierała, że zasypiała, siedząc obok mnie na kanapie zaraz po tym, jak położyła dzieci spać. Bardzo rzadko zostawałem na noc, nie miałem tu swoich rzeczy, a poza tym codziennie rano chodziłem na siłownię. Kiedy wymykałem się wieczorem lub bardzo wcześnie rano, zabierałem ze sobą pojedyncze kartony, mając na celu ułatwienie przeprowadzki w dniu zero. Zwykle rzucałem to, gdzie popadnie, i biegłem na trening. Po tak intensywnym pierwszym weekendzie brakowało mi kontaktu z nią, bliskości. Nie mogłem się już doczekać, aż będzie ze mną każdego wieczoru i ranka. Myślałem tylko o niej. Wydawało mi się, że będą mnie przerażały namnażające się kartony w moim domu, pojawiające się meble, ale jedyne, co czułem, to podekscytowanie. Jak nigdy miałem wyjątkowe osiągi na siłowni, biegałem więcej niż dotychczas. Roznosiła mnie pozytywna energia. Czułem się tak, jakbym był na haju.

W pracy nie przestawali się ze mnie naśmiewać. Żartowali z mojego szybkiego ustatkowania się i pytali, kiedy zamienię jeepa na rodzinnego vana. Najbardziej irytowała mnie Justyna, która nie przestawała mówić, że moje dotychczasowe życie to mój charakter, a nie styl, i że nie uda mi się tego zmienić tylko dlatego, że poznałem nową kobietę. Przekonywała mnie, że gdy zwolnię i dam sobie czas, zrozumiem, że to nie dla mnie. Prawda była taka, że nie miałem pojęcia, jak to jest żyć na co dzień z kobietą, a tym bardziej z dwójką dzieci. Jednak byłem bardziej ciekawy niż przerażony.

W czwartek po pracy pojechałem do starego mieszkania po sejf i przy okazji zabrałem rzeczy, które i tak chciałem mieć w nowym miejscu, a na które nie zdecydowałem się przez ostatni rok. Będąc w środku, skontaktowałem się z agentem nieruchomości i poprosiłem go o przyjazd w celu odebrania ode mnie kluczy do mojego małego mieszkania. Zdecydowałem się na sprzedaż. Przyda mi się zastrzyk gotówki, żeby w końcu skończyć remont domu. Kiedy zdecydowałem się wziąć dom babci, liczyłem na własną siłownię, której nie miałem szans zorganizować na małym metrażu kawalerki w bloku. Dla moich rodziców ten dom to staroć i według nich lepiej bym zrobił, gdybym mieszkał w mieszkaniu, ale ja nie czułem się dobrze w blokowisku. To zdecydowanie nie było moje miejsce. Potrzebowałem więcej prywatności.

Mógłbym wprawdzie poprosić ojca o pokrycie wszystkich kosztów, jakie poniósłbym podczas odnawiania, ale mimo że było mi śpieszno, postanowiłem dojść do wszystkiego sam. Nie potrzebowałem dwóch miejsc. To małe mieszkanie było prezentem od nich, gdy podjąłem studia. Dali mi dobry start – i to wystarczy.

Agent zapewnił, że małe mieszkania są bardzo popularne i bardzo szybko się sprzedają. Zaproponował odświeżenie go, a kiedy ja nie zgodziłem się na dodatkowe marnotrawienie czasu, zapewnił mnie, że pokryje ten koszt ze swojej prowizji. Błagał, żebym dał mu kilka dni, bo dzięki temu małemu zabiegowi cena pójdzie mocno w górę. Machnąłem w końcu ręką i dałem mu pozwolenie na malowanie i przemeblowanie. Facet zachowywał się tak, jakby dostał prezent z okazji dnia dziecka.

Miałem wrażenie, że pracowałem ponad normę, ale całkowicie pochłaniała mnie sprawa Michała. Okazało się, że zamknięcie Ivone nie kończyło dochodzenia, a audyt, który ruszył od poniedziałku w firmie Piotra, przynosił coraz to ciekawsze rewelacje. Jego firma nie dość, że nie przestrzegała przepisowego czasu pracy, to jeszcze zakładała fikcyjne firmy w celu wystawiania ich w przetargach, które zaraz po nich likwidowano i wrzucano jako straty do firmy matki. Zmniejszał w ten sposób podatki. Teoretycznie nie było w tym nic złego, bo każda firma może wziąć udział w przetargu, chodzi jednak o to, że mianował swoich pracowników zarządcami tych fikcyjnych córek swojej wielkiej firmy i wciągał ich prywatny majątek do kapitału.

Audyt trwał i wychodziło na to, że było dużo ukrytych spraw. Michał nieźle krył mu tyłek. Dla mnie jednak te informacje były zbyt skomplikowane i zrozumienie ich pochłaniało długie godziny. Zmęczony wczytywaniem się w zapisy wpadłem na myśl, że mógłbym poprosić ojca, by na to zerknął. Gdybyśmy nie byli spokrewnieni, nie mógłbym pokazać mu akt w obawie przed przeciekiem materiału dowodowego. Musiałbym czekać na konsultację ze specjalistą. Korzystając jednak z okazji, że staruszek zna się na takich sprawach, i wiedząc, że mogę mu ufać, zapakowałem wszystkie raporty w teczkę i pojechałem do rodziców z dokumentami firmy Piotra. Po drodze zadzwoniłem do Kai.

– Nie uda mi się raczej wpaść do ciebie dzisiaj – powiedziałem smutno. – Ten dzień to jakiś koszmar.

– Rozumiem. I tak jestem ledwo żywa. Dopiero teraz zauważam, jak dużo robiła moja mama. Zajmuję się dziećmi, pakuję kartony, gotuję obiady i kiedy oglądam dobranockę z dziećmi, walczę, żeby nie zasnąć.

– Już niedługo – pocieszyłem ją.

– Myślisz, że uda nam się do weekendu przenieść wszystko?

– Wątpię. – Skrzywiłem się na myśl zorganizowania transportu i przewiezienia pudeł tak szybko. – Poza tym nie możesz spakować rzeczy, których potrzebujesz na co dzień przy dzieciach.

Kaja zamilkła, a ja dojechałem pod dom rodziców. Najchętniej zakończyłbym już rozmowę i pobiegł do gabinetu ojca, żeby mieć to już za sobą i zamknąć na dziś swoją pracę, ale czekałem na jej reakcję.

– Mama zaproponowała, żebym przywiozła jej dzieci na weekend, więc może to zrobię. – Słyszałem wahanie w jej głosie, ale nie podpowiadałem jej, czy ma skorzystać z tej propozycji, czy nie.

Zostawiłem jej tę decyzję do podjęcia, ale ona ewidentnie czekała na moją opinię. Ta cisza była nie do zniesienia, było mi jej żal. Wszystko spadło na nią tak szybko, więc mimo że początkowo nie miałem zamiaru zabierać stanowiska, teraz przedstawiłem jej swój punkt widzenia.

– Moglibyśmy pakować rzeczy w weekend, ale z drugiej strony nie ma co się spieszyć, bo i tak będziemy mieć jeszcze cały następny tydzień. Nie uda mi się zorganizować transportu tak szybko. Nawet nie patrzyłem na firmy przeprowadzkowe – przyznałem otwarcie. – Ten weekend moglibyśmy potraktować jako odpoczynek dla nas.

– Przepraszam, że tak cię pospieszam. – Jej delikatny głos sprawił, że poczułem ukłucie.

– Nie, nie przepraszaj. Rozumiem, czemu nie chcesz tam być.

Przypomniałem sobie zdjęcia z telefonu Michała. Ivone siedzącą w wyzywającej pozie, ubraną jedynie w bieliznę, na blacie u nich w kuchni. Nagie zdjęcia ich obojga w sypialni. Zdawałem sobie sprawę, że dla Kai było to trudne do zniesienia. W ogóle nie rozumiała, po co jej mąż uwieczniał się ze swoją kochanką – i to jeszcze w ich mieszkaniu. Dla mnie to było zrozumiałe, bo jako facet sam chciałbym mieć takie zdjęcia swojej kobiety. Różnica polegała na tym, że ja zrobiłbym to z kobietą, która stanowiłaby część mojego życia, a nie z jakąś kochanką.

– Muszę zrobić kolację chłopakom. Do usłyszenia jutro?

Potwierdziłem i rozłączyłem się. Wziąłem głęboki oddech, zgarnąłem dokumenty z teczki i pobiegłem do domu.

– Miałbyś chwilę, żeby zerknąć na te papiery? – zwróciłem się do ojca, wchodząc do jego gabinetu.

– Na kiedy? – Ojciec od razu przeszedł do konkretów.

– Nie ma terminu, w wolnej chwili – tłumaczyłem, siadając w fotelu naprzeciwko niego.

Podałem mu folder.

– To sprawa, która wymaga analizy profesjonalistów, ja wymiękam.

– Nie macie jeszcze zespołu?

– Mamy, ale wiesz, jak jest. Wszystko idzie taaak woooolno…

Ojciec odłożył folder na bok, nawet nie zaglądając do środka. Ściągnął okulary, położył je na folderze i oparł się wygodnie na krześle, zakładając nogę na nogę.

– Jak tam wicie gniazdka? – zagaił przekornie.

– Doba jest za krótka, żeby zmieścić wszystko w czasie.

– Zwolnij – poradził. – Nigdzie się nie spieszysz. Co nagle, to po diable.

– Ale to nie mnie zależy, żeby ta przeprowadzka była na już.

– Oooo, dostrzegam wahanie. – Ojciec nachylił się bliżej, przyglądając mi się uważnie.

Od kiedy pamiętam, rodzice rozmawiali z nami bardzo otwarcie. W naszym domu nie było tematów tabu, a gdy któreś z nas chciało coś ukryć, miało do tego pełne prawo. Jednak gdy tylko chcieliśmy pogadać, oni byli zawsze dla nas dostępni. Mimo że byłem już starym chłopem, lubiłem rozmowy z ojcem. To takie miłe wspomnienie dzieciństwa, czasów, w których nie wszystko było w moich rękach, gdy można było narozrabiać, wiedząc, że ojciec wyciągnie z największego bagna.

– Boisz się, że gdybyś miał więcej czasu, to byś stchórzył? – zapytał, a ja rozważałem w myślach jego słowa. – Nie miałeś żadnego poważnego związku do tej pory i nagle, w miesiąc, kobieta po przejściach z dwójką dzieci, wspólne mieszkanie, życiowe decyzje.

Wyliczał te wszystkie sprawy, a ja każdej z nich poświęcałem chwilę w moich myślach, analizując, jakie to miało dla mnie znaczenie. To, co mówił ojciec, było prawdą.

– Seks się wypali, a potem przyjdzie codzienność – podsumował.

– Czy mam rozumieć, że chcesz mnie od tego odwieść? – Starałem się zrozumieć dokładnie jego przekaz.

– Nie, broń Boże. – Położył dłoń na sercu. – Mówię tylko, że takie decyzje wymagają przemyślenia, bo inaczej jest, jeśli ktoś wprowadza się i zajmuje jedną szufladę, a inaczej jak zmienia cały dom.

– Mówisz o późniejszej trudności wyeksmitowania jej?

– Myślę na głos. – Wstał z krzesła, obszedł biurko i położył mi rękę na ramieniu. – Nie chcę być pesymistą. Poza tym sam fakt, że się na to zdecydowałeś, powoduje, że jestem z ciebie dumny. Jeśli się nie uda, trudno. Czasem życie daje w dupę.

Klepnąłem dłoń staruszka na moim ramieniu. Nie musiałem mu dziękować werbalnie, on wiedział, że doceniam jego słowa.

– Może pogadaj z Marcinem, on jest w mieszanym związku – zasugerował. – Może coś ci podpowie.

– Ale co? – wstałem, żeby zrównać się z nim wzrostem. – Że wychowywanie dzieci to trudna sprawa? Że monotonia pojawi się prędzej czy później? Że będę zmęczony i jeszcze na dodatek będę wychowywał cudze dzieci?

– Musielibyście się zdecydować na wasze wspólne dziecko. – Ojciec spojrzał na mnie poważnie, po czym z uśmiechem dodał: – A gdybym ja miał jeszcze raz przechodzić przez wasz okres od pieluch do czasu szkolnego, wolałbym odsiedzieć rok w więzieniu o najwyższym rygorze.

– To dopiero zachęta. – Klepnąłem go w plecy.

– Młody jesteś, dasz radę. – Ruszył w kierunku drzwi. – Pójdziemy na drinka?

Kiedy sączyliśmy z ojcem whisky, mama wróciła z pracy i dołączyła do nas. Usiadła z kieliszkiem martini i po raz kolejny rozmawialiśmy o moim życiu i moich decyzjach. Budujące było ich wsparcie. W pewnym momencie ojciec zaczął mówić o moim dotychczasowym hulaszczym życiu i zapytał o liczbę kobiet, z którą spałem. Mamę zbulwersował ten temat. Zabroniła mi odpowiedzi na pytanie ojca, a następnie powiedziała, że ma dla mnie łatwiejszą zagadkę. Zapytała, ile kobiet do tej pory kochałem. Odpowiedź była banalnie prosta: żadnej.

KAJA

Piątek. Do mediów przeciekła informacja o audycie u Piotra, co spowodowało natychmiastowy spadek notowań firmy. Wojtek zadzwonił do mnie z pytaniem, czy dołączę do zbiorowego pozwu o wypłatę nadgodzin, skoro audyt wykrył takie nieprawidłowości. Dla niego to właśnie był ten pierwszy krok, którego sam bał się zrobić. Chciał do kogoś dołączyć. Bez zastanowienia odmówiłam.

– Chodzą po firmie pogłoski, że będziesz jednym ze świadków w sprawie… – rzucił, jakby się chciał upewnić.

– Wojtek – upomniałam go – ja nie chcę mieć z tym nic wspólnego. Nie będę zeznawała.

– A jak cię zmuszą?

– To zapytam prawnika, czy mam prawo odmówić zeznań.

– Nawet nie wiesz, o jakie pieniądze się tutaj rozchodzi – przekonywał mnie. – Sprawa Michała jest bardzo znacząca w zbiorowym pozwie.

– To już macie listę?

– Jeszcze nie, czekamy na ciebie.

– Chyba żartujesz – odpowiedziałam oburzona. – To ja mam wszystko zacząć, a wy się tylko dołączycie i staniecie w moim cieniu z szeroko rozłożonymi workami na łapanie pieniędzy?

Wojtek zamilkł.

– Nie mamy o czym rozmawiać – dodałam.

Już miałam się rozłączyć, kiedy usłyszałam jego słowa:

– Mercedesem kupił twoją lojalność?

Moje oburzenie sięgnęło momentu, w którym zwykle wybuchałam, ale tym razem ugryzłam się w język i rozłączyłam się bez komentowania jego zaczepki. Zrozumiałam, że ten samochód wielu osobom obrazował coś, czego w rzeczywistości nie było. Piotr nie kupił mojej lojalności, nie przekonał mnie nim do swojego planu i nie sprawił, że coś do niego poczułam. Z jednej strony miałam ochotę zrobić na przekór wszystkim i zatrzymać to auto, a z drugiej widziałam, że bolało to ludzi jak zadra. Rozumiałam jedynie Sebastiana, który nie chciał, żebym zatrzymała tak kosztowny prezent od innego mężczyzny. Wszystko byłoby świetnie, gdyby nie ten cień ryzyka, że może nam się jednak nie udać. Myślałam teraz bardzo realistycznie i rozważałam wszelkie możliwe opcje w swoim życiu. Już jeden mężczyzna mnie zawiódł i znalazłam się w podbramkowej sytuacji. Nie sądziłam, że Sebastian mógłby zrobić coś podobnego, ale wolałam posłuchać tego cichego głosu rozsądku i dać się mile zaskoczyć, że uda nam się stworzyć szczęśliwą rodzinę, niż postawić wszystko na jedną kartę i potem znów płakać z rozczarowania. Po tym, co usłyszałam od Piotra, nie czułam się dobrze, zatrzymując mercedesa. Obiecałam sobie, że to tylko tymczasowe rozwiązanie i oddam go, jak sprzedam mieszkanie. Wtedy będę mogła pozwolić sobie na zakup czegoś innego. Za własne pieniądze.

Zdecydowałam się też na kontynuowanie doktoratu i podjęcie pracy asystenckiej w katedrze ojca. Kiedy nieśmiało zadzwoniłam do niego z zapytaniem o możliwości, przyjął to z taką radością, jakbym mu zakomunikowała, że doczekałam się wystawy moich dzieł w Paryżu. Moja podjęta chwilę wcześniej decyzja znaczyła dla niego więcej niż dla mnie. Chciałam jednak coś dla siebie zrobić. Przy okazji ustaliliśmy, że dzisiaj, zaraz po szkole, rodzice zabiorą dzieci do siebie. Chwilę po zakończonej rozmowie mama dobijała się do mnie, żeby zakomunikować mi gotowość przywiezienia dzieci w niedzielę wieczorem lub nawet w poniedziałek, prosto do szkoły. Ojciec pewnie od razu pobiegł do niej z nowinami. Zaśmiałam się do telefonu, podziękowałam za propozycję, ale pozostawiłam sprawę otwartą, mówiąc, że zdecydujemy o ich powrocie w trakcie weekendu.

Wróciłam do pakowania, zastanawiając się, co robi Sebastian. Prawdopodobnie był już w pracy, ale dręczyła mnie świadomość, że nie zadzwonił rano, w drodze do biura, jak robił to przez ostatnich kilka dni. Sprawdziłam kilka razy telefon, ale nie było żadnej wiadomości ani nieodebranego połączenia. Wysłałam mu esemesa, przekazując wieści o wolnym weekendzie, ale nie otrzymałam odpowiedzi. Założyłam, że musi być bardzo zajęty.

SEBASTIAN

Koniec tygodnia okazał się dla mnie brutalny. Wczoraj za dużo wypiłem w domu rodziców. Zostałem na noc, ale nie spałem zbyt dobrze, co w rezultacie sprawiło, że rano czułem się jak zbity pies. Najpierw moje ciało, walcząc z kacem, nie współpracowało ze mną na siłowni, potem uderzył mnie z impetem ból głowy, a na koniec Malinowski na cotygodniowym spotkaniu poinformował, że sprawa Piotra została mi odebrana i przekazana do odpowiedniego wydziału. Miałem zakończyć dochodzenie. Podał mi też teczkę z przypadkiem zbiorowego samobójstwa. Moim zadaniem było dowiedzieć się, czy to było tylko samobójstwo, czy też działanie jakiejś sekty. Podejrzewano planowane morderstwo.

Wróciłem do swojego pokoju w okropnym nastroju. Nawet nie otwierałem nowej sprawy, sięgnąłem natomiast po raport z telefonów Michała. Ten, który ukrywał przed Kają, miał włączoną funkcję kasowania listy połączeń po wyłączeniu telefonu. Nawet nie wiedziałem, że takie coś jest w ogóle możliwie. No ale biorąc pod uwagę, że facet był mózgiem komputerowym, wiedział, jak się zabezpieczyć. Tylko galerię miał nieskasowaną, co wydawało się głupim posunięciem.

Studiowałem jego bilingi i układałem sobie chronologię zdarzeń. Na kilka godzin przed wypadkiem dostał esemesa wskazującego na to, że ktoś mu przesłał zdjęcia. Wysłałem prośbę o ściągnięcie danych z serwera dostarczyciela usługi telefonicznej. Nie mogłem zdradzić, że o to proszę, bo sprawa była już zamknięta, a gdyby Malinowski się dowiedział, byłby wściekły. Musiałem to jednak sprawdzić, bo zaraz po tym Michał kontaktował się z numerem, z którego dostał zdjęcia. W kolejnej wiadomości tekstowej otrzymanej z tego samego numeru wyczytałem, że ktoś go szantażował.

Podał kwotę i adres miejsca spotkania. Kartkowałem raport. Sprawdzałem, czy ten nieznany numer pojawiał się już wcześniej, ale była to tylko jednorazowa konwersacja. Wyrzucałem sobie, że nie poprosiłem o bilingi z całego miesiąca, tylko z ostatnich dwóch tygodni. Podkreśliłem zielonym mazakiem numer, który był ostatnią aktywnością Michała na tym koncie, co jasno wskazywało, że to musiało być przyczyną, dla której opuścił hotel. Wcześniej pojawił się numer Piotra, co by potwierdzało wersję, którą przekazała mi Kaja. Mógłby mi ten skurczybyk teraz bardzo pomóc, zdradzając, o czym rozmawiali, ale nie było szans, żeby w ogóle chciał ze mną rozmawiać. Pocieszałem się, że – tak jak w przypadku dotarcia do Ivone – prędzej czy później uda mi się rozwiązać zagadkę. To nic, że będę musiał więcej pogłówkować. Nie wszystkie odpowiedzi dostaje się szybko.

Wróciłem do podkreślonego numeru. To był teraz mój jedyny trop. Podałem numer Justynie z prośbą o sprawdzenie właściciela. Nie wtajemniczyłem jej, do której sprawy jest mi potrzebny. Kazałem jej sprawdzić, na kogo go zarejestrowano. Po dziesięciu minutach przyszła do mojego gabinetu z informacją, że właścicielem numeru jest osoba prywatna – kobieta, której adres dostałem od razu na małej przylepnej kartce. Bez zastanawiania się wsiadłem w moje służbowe mondeo i popędziłem przez miasto. Mieszkała w starej, obskurnej kamienicy, gdzie nawet domofon nie działał. Na miejscu nie było nikogo, co nie zdziwiło mnie, biorąc pod uwagę, że przyjechałem tu w środku dnia. Zapewne ta kobieta, jak większość ludzi, była teraz w pracy. Wyciągnąłem telefon, zobaczyłem wiadomość od Kai, ale nie mogłem teraz odpisać. Zadzwoniłem do firmy z prośbą o sprawdzenie miejsca zatrudnienia mojej poszukiwanej. Pozostałem na linii, pilnując, żeby moją prośbą zajęli się od ręki. Na moje nieszczęście dostałem adres wielkiej korporacji, gdzie prawdopodobieństwo dostania się do tej osoby było znikome. Mimo wszystko pojechałem tam, żeby sprawdzić, co uda mi się dzisiaj osiągnąć. Postanowiłem, że jeżeli nie dotrę do niej osobiście, zadzwonię pod jej numer, licząc na to, że nadal go używa.

Na recepcji przywitała mnie bardzo atrakcyjna dziewczyna. Miała wyraz twarzy wiecznie zadowolonego dziecka, które gdyby mogło, zaśpiewałoby piosenkę, żeby tylko uszczęśliwić kogoś ze swojego otoczenia. Podałem jej nazwisko kobiety, której szukałem, a przez jej szeroki uśmiech wydobyło się dźwięczne i radosne „słucham". Patrzyła na mnie z tym samym wyrazem twarzy, a mnie ogarnęło dziwne wrażenie, że nie zrozumiała nazwiska. Już miałem je powtórzyć, kiedy dotarło do mnie, że to ona jest osobą, której szukam. Spojrzałem w niebiosa, dziękując za okazaną łaskę, i wyciągnąłem odznakę. Jej mina zmieniła się błyskawicznie. Teraz wyglądała nieporadnie, ale nadal dziecinnie, tak jakbym przyłapał ją na podkradaniu słodyczy tuż przed obiadem. Zapytałem ją, czy moglibyśmy gdzieś pójść i porozmawiać, a ona odwróciła się do siedzącej obok koleżanki, by ustalić, czy może pójść teraz na przerwę. Tamta dziewczyna zupełnie obojętnie machnęła ręką i pozostała na telefonie, zapewne czekając na połączenie, bo nie odzywała się słowem do przyciśniętej do ucha słuchawki.

Przeszliśmy do małego pomieszczenia na parterze. Była to zapewne sortownia poczty, bo ściany wypełnione były małymi drewnianymi półkami z korespondencją. Usiadłem na krześle i wyciągnąłem zdjęcia Michała oraz jej wiadomości z szantażami.

– Mam kłopoty? – zapytała dziecinnie.

Miałem nadzieję, że się mnie boi. Tego wręcz od niej oczekiwałem.

– To zależy – uderzyłem w dwuznaczność. – Powiedz mi, co wiesz, a ja postaram się nie nachodzić cię więcej.

Nie mogłem jej gwarantować takich rzeczy, ale mogłem powiedzieć, że się postaram, co ona, jak większość ludzi, rozumiała jako pomoc... jednorazową wizytę, po której dam jej spokój i już nigdy więcej nie wrócę. Nieważne, ile razy rozmawiałem z ludźmi, danie im obietnicy sugerującej, że jestem po ich stronie i że jak mi wszystko powiedzą, to nie wrócę, zawsze działało. Wydawało im się, że chcę im pomóc.

– Ja tylko wykonywałam polecenia – wymigiwała się od odpowiedzialności.

W sumie nie spodziewałbym się po niej takiej przebiegłości, by działać na własną rękę.

– Czyje?

– Piotra Hoffmana.

Zaskoczyła mnie jej odpowiedź. Cały czas próbowałem go powiązać z tą sprawą, ale za każdym gdy dostrzegałem jakieś połączenie, okazywało się, że byłem w błędzie. Przyzwyczaiłem się już, że ten dupek umie zacierać za sobą ślady, więc kiedy dziewczyna w pierwszym zdaniu rzuciła jego nazwisko, przytłoczyła mnie ta niespodzianka. Szybko jednak ułożyłem w myślach scenariusz możliwych wydarzeń i zastanawiałem się nad pytaniami, jakie powinienem zadać.

– Jak poznałaś Piotra? – zacząłem od początku, dając sobie czas.

– Pracowałam u niego jako asystentka. Któregoś dnia Piotr zawołał mnie do siebie i zaproponował dodatkową pracę.

– Płatną ekstra? – doprecyzowałem.

– Tak. Dużo lepiej płatną niż moja praca.

– Co miałaś zrobić?

– Miałam uwieść Michała.

Zamilkła. Miałem ochotę potrząsnąć tą dziewczyną, bo wyglądała na nieogarniętą. Liczyłem na to, że powie coś więcej, ale ona gapiła się na mnie, jakbym to ja miał jej coś zdradzić.

– To wszystko? – Wyciągałem z niej kolejne wyjaśnienia.

– Nie. – Spojrzała na moje dłonie, a potem wróciła wzrokiem na moją twarz. – Michał miał wiele kobiet. Wszystkie jego wyjazdy kończyły się jednorazowymi numerkami, ale robił to dyskretnie, żeby nikt się nie dowiedział. Do czasu, aż zaczęło to wpływać na firmę i kontrakty. Wtedy Piotr się ze mną dogadał – miałam go uwieść i zdemaskować.

– Ale to nie ma sensu – przerwałem. – Zniszczenie jego małżeństwa to nie rozwiązanie.

–Nie chodziło o żonę. – Kręciła głową. – On miał kochankę w Niemczech i ja miałam rozbić tamten związek, dopiero potem się dowiedziałam, że Michał chciał się przeprowadzić i odejść z firmy.

Rozumiałem, że Piotr nie wtajemniczał jej w szczegóły pracy i finansowych decyzji. Jedyne, co miała zrobić, to wkurzyć Ivone. Po raz kolejny zawiesiła głos, a ja prosiłem o więcej szczegółów.

– Piotr do mnie zadzwonił i powiedział, że Michał jest w Niemczech. Miałam mu wysłać wiadomość o konkretnej godzinie, więc tak jak mi kazał, wysłałam Michałowi nasze zdjęcia.

– Nasze, czyli czyje? – Wiadomości zostały niestety skasowane.

– Nasze – uśmiechnęła się dumnie. – Moje i Michała. On się wściekł i zadzwonił do mnie, grożąc mi konsekwencjami, ale Piotr powiedział, żebym się nie bała, że on mi nic nie zrobi, więc napisałam mu kolejną wiadomość, że ma zapłacić za moje milczenie. To miało wystarczyć, żeby skupić uwagę Ivone na mnie, żeby wpadła w furię, że nie był jej wierny, i żeby z nim zerwała. Ale nie wiem, czy się dowiedziała, czy nie. Miałam go wyczyścić z kasy… ale do niczego nie doszło.

Wzruszyła ramionami, nie okazując żadnych emocji. Jak na dziewczynę, która wyglądała tak dziecinnie, wykonała kawał dobrej roboty.

– Dostałam pieniądze, zmieniłam pracę i temat zakończony – podsumowała naszą rozmowę.

– Piotr kazał ci zmienić pracę po śmierci Michała, tak?

– Tak.

– I dostałaś za to pieniądze. Coś jakby odprawę?

– Też.

To mi dało do myślenia. Skoro otrzymała wynagrodzenie za coś jeszcze, to co to mogło być... Przychodziła mi do głowy tylko jedna możliwość.

– Prosił cię o takie... usługi – nazwałem to najdelikatniej jak umiałem – w stosunku do innych pracowników?

– Czasem towarzyszyłam na spotkaniach jako hostessa. – Zarumieniła się niewinnie. – Ale nie ze wszystkimi spałam. Tylko jak któryś pan się mną bardziej interesował.

– Piotr też się interesował? – Użyłem jej określenia.

Zaśmiała się i spuściła wzrok.

– Nie, on nigdy. Nawet za darmo mu proponowałam – odpowiedziała. – Usidlić takiego faceta, to dopiero byłby sukces.

Chciałbym dodać, że biorąc pod uwagę, że używał jej jako prostytutki, to na pewno dałby się usidlić i umniejszyć sobie w oczach swoich partnerów, którym wcześniej podał ją na talerzu jak upieczoną świnię. On potrzebował takiej kobiety jak Kaja – z klasą, delikatnością, bez cwaniactwa i tego całego brudu.

Zaskoczyło mnie, że ta dziewczyna w ogóle nie dostrzegała, jak bardzo została wykorzystana. Być może zadecydowały pieniądze i przyćmiły jej zdrowy rozsądek. Albo też Piotr miał taką gadkę, że przekonał ją do tego stopnia, że uwierzyła w jego pomoc.

Zapytałem ją jeszcze, czy były inne dziewczyny, a ona ochoczo opowiadała mi, że zawsze, że często pomagały w biznesie. Poprosiłem ją, by opisała, jak to wyglądało, więc podawała mi ze szczegółami informacje o hotelach, w których były wynajmowane pokoje, o biznesmenach urządzających sobie grupowy seks i prawdziwe orgie. Według jej opisów wyglądało to dość wyuzdanie. Słuchałem tego wszystkiego i nie dowierzałem, że świat biznesu jest tak zepsuty. Jak można tak żyć? Nie mogłem pojąć, że potem ci cwaniacy wracali do domów, do żon i dzieci. Zastanawiało mnie, czy potrafili im spojrzeć w oczy po tym, jak chwilę temu wymieniali się kobietami jak w tanim filmie porno. Skoro Michał to robił, a Kaja nie miała o tym pojęcia, oznaczało, że całe środowisko było przegniłe i akceptowało taki styl życia. Wzajemnie chronili swoje tyłki i trzymali w tajemnicy, jak naprawdę wyglądał biznes. Zapomnieli, co naprawdę ma wartość w życiu. Ogarnęła ich znieczulica względem rodzin i ludzi, którzy powinni być dla nich najważniejsi.

– Kto to organizował? – Skupiałem się na osobach odpowiedzialnych za cały ten seksbiznes.

– Nie wiem. Ja zwykle dostawałam telefon od agencji z adresem, gdzie miałam się pojawić, i tyle.

– Towarzyskiej – dopowiedziałem za nią.

– Nieee – uśmiechnęła się bezmyślnie. – Takiej, która organizuje przyjęcia firmowe.

Poprosiłem ją o zapisanie nazwy i numeru telefonu na odwrocie jednej z mojej wizytówek, co posłusznie uczyniła. Zapewne myślała, że zamierzałem skorzystać z ich usług.

– Czy to się nadal dzieje? – dopytywałem, gdy ona kończyła notatkę.

Przekrzywiła głowę na bok tak, jakby szukała punktu ostrości, po czym odbiegła wzrokiem gdzieś wysoko w sufit.

– To nie ma związku z Michałem – zauważyła słusznie.

– Nie ma, masz rację. – Pochwaliłem jej spostrzegawczość. – Pytam ot tak, z ciekawości.

– A to, co powiem, będzie pan sobie potem notował? – zapytała mnie durnie.

– Nie, to już tak tylko dla mnie, interesuje mnie jako faceta.

Uśmiechnęła się, łykając haczyk.

– Tak, cały czas. Nawet w weekend pracowałyśmy.

– Ktoś znany? – dociekałem.

– Tym razem było inaczej. Zwyczajowo są to biznesmeni, teraz… – przerwała, uśmiechając się do mnie kokieteryjnie – to było dla policji. Pana nie było?

Jej słowa spadły na mnie jak grom z jasnego nieba. W locie poskładałem wydarzenia w całość. Starałem się oszacować w myślach wielkość imprezy. Gdyby to była mała grupa osób, zapamiętałaby moją twarz. Dopytując, czy tam byłem, wskazała jasno, że to musiało być coś dużego. Ogarnęła mnie wściekłość, ale zachowałem pełny profesjonalizm. Podziękowałem jej i jak wszędzie, gdzie przeprowadzałem wywiad, zostawiłem wizytówkę z zapewnieniem, że może do mnie dzwonić, gdyby coś jej się przypomniało lub uznałaby cokolwiek za ważne do przekazania. Opuszczając budynek, myślałem o tym, co powinienem zrobić dalej. Postanowiłem wrócić do firmy i podzielić się z szefem swoim odkryciem.

Malinowskiego nie było w gabinecie. Wróciłem więc do siebie, trzaskając drzwiami ze wściekłości. Usiadłem do komputera i spisałem zeznania tej głupiej panienki, która tak otwarcie przechwalała się nielegalnymi schadzkami. Rozmawiała ze mną tak, jakby chciała mi tym zaimponować. Prostytucja nie jest karalna, ale stręczycielstwo już tak. Muszę dotrzeć do osoby za to odpowiedzialnej lub inaczej – zdobyć dowody obciążające Piotra.

Czekałem na powrót szefa, by dostać pozwolenie na dalsze działanie. Wiedziałem, że sprawa jest już zamknięta, ale być może nowe fakty spowodują, że zainteresuje się nią na nowo z innego punktu widzenia. Niestety, nietypowo dla siebie, postanowił wydłużyć sobie weekend o kilka godzin i nie pojawił się w pracy, mimo że powinien tu być do piątej. To nie było nic nadzwyczajnego, że wyszedł wcześniej. Ludzie często wyjeżdżali, a chcąc uniknąć korków, wychodzili w piątki dużo wcześniej. Wiedziałem, że on do poniedziałku nie zerknie na sprawę, więc z niezadowoleniem złożyłem wszystkie dokumenty w folder, kiedy do pokoju wpadł Marek, by zaoferować mi wyjście na piwo. Chciałem się wykręcić, ale jeśli powiedziałbym choćby słowo na temat tego, że w domu czeka na mnie kobieta, nie daliby mi spokoju. Pod koniec tygodnia żarty na mój temat przestały ich bawić, więc nie chciałem dawać im kolejnego powodu na następny tydzień. Potwierdziłem, że dołączę do nich, i od razu wysłałem do Kai wiadomość, że chłopaki chcą dzisiaj opijać zakończenie sprawy i że muszę wyjść. Obiecałem, że szybko się wykręcę. Zaproponowałem jej spotkanie po powrocie z pubu, co przyjęła chyba dobrze, bo odpisała, że martwiła się ciszą, ale cieszy się, że wszystko jest w porządku. Wysyłałem ostatniego esemesa, tłumacząc się, że ten dzień był nie do zniesienia.

KAJA

Kiedy rodzice zabrali dzieci do siebie na noc, pomyślałam, że uda nam się spędzić ten wieczór tylko we dwoje – ciesząc się swoim towarzystwem w ciszy i samotności. Choć chłopcy cieszyli się z przeprowadzki do Sebastiana, to na wiadomość o noclegu u babci pakowali się jeszcze bardziej żywiołowo. Ewidentnie tęsknili za moją mamą, więc wszystko poukładało się idealnie.

Z radością przygotowywałam posiłek. Gdy zegar wskazywał prawie piątą, czyli godzinę jego wyjścia z pracy, przebrałam się w elegancką sukienkę i czekałam na niego. Niestety doczekałam się jedynie wiadomości, w której poinformował mnie o nieplanowanym wyjściu z kolegami. Usiadłam do obiadu sama, a porcję przygotowaną dla Sebastiana schowałam do lodówki. Karciłam samą siebie za naiwność i oczekiwanie spędzenia tego wieczoru razem. Był tak zajęty w ciągu dnia, że nie mógł nawet napisać ani zadzwonić. Sprawiało mi to przykrość, ale przełknęłam rozczarowanie wraz z posiłkiem i starałam się nie myśleć o tym zbyt dużo.

Moje mieszkanie jak nigdy wyglądało depresyjnie. Ściany świeciły pustkami, bo wszystkie obrazy, zdjęcia i dekoracje leżały już spakowane w kartonach, przygotowane do transportu do Sebastiana. Wszędzie stały pudła, które trzeba było mijać, poruszając się po mieszkaniu.

To był mój pierwszy wieczór od tygodnia, kiedy mogłam usiąść wygodnie na kanapie i obejrzeć coś w spokoju. Zdecydowałam się na romantyczną komedię, mając nadzieję, że to poprawi mi nastrój. Pozostając w sukience, zawinęłam się w koc. Popijałam słodką herbatę i karmiłam duszę jakąś prostą historią miłosną. Przy napisach końcowych miałam jednak nieodparte wrażenie zmarnowania dwóch godzin swojego życia. Życie żadnego człowieka nie było takie proste jak w tych durnych filmach. Siedziałam wystrojona, sama w domu po tym, jak facet mnie wystawił, i nawet nie mogłam się na niego obrazić, bo byłoby to po prostu nie fair. Po pierwsze wiedziałam, że jeśli śledztwo było pilne, pracował nad nim z ogromnym zaangażowaniem – tak samo jak czynił to w przypadku rozwikłania sprawy Michała. Gdyby nie jego upór i oddanie, pewnie do dziś żyłabym w nieświadomości. Po drugie zasługiwał na wyjście, na czas z kolegami, na odreagowanie złego dnia w sposób, do którego był przyzwyczajony. Nie mogłam oczekiwać, by rezygnował dla mnie ze wszystkiego. To z pewnością były jego drobne przyjemności, więc odbieranie mu ich byłoby z mojej strony podłe.

Starałam się zająć czymś swoje myśli. Przełączyłam na wiadomości. Po typowych doniesieniach przyszedł moment na pasmo biznesowe, w którym to reporter przedstawił notowania giełdowe i relacjonował tydzień. Wzmianka o firmie Piotra była bardzo niekonkretna, bo traktowała o problemach z nadgodzinami i podejrzeniach o niewłaściwie prowadzoną księgowość. Nie podali żadnych szczegółów, nie było słowa o procesie, o pozwie zbiorowym wśród pracowników. Ciekawiło mnie, czy reszta jego podwładnych wystąpi przeciwko niemu beze mnie. Program informacyjny dobiegł końca. Skakałam po kanałach i zastanawiałam się, czy czekać dalej.

Mój zagrzebany głęboko w kocu telefon rozdzwonił się i sygnał stawał się coraz głośniejszy. Szybko odebrałam, zerkając na wyświetlacz. Zgłaszając się, miałam nadzieję, że usłyszę od Sebastiana prośbę o zejście na dół albo pytanie, gdzie może zaparkować.

– Yyy… ja… nie mogę… przyjechać – bełkotał do słuchawki.

Był pijany. Nieprzytomnie pijany.

– Gdzie jesteś? – zapytałam poirytowana, choć nie miałam prawa być.

– Z chłopakami…

– Przyjechać po ciebie? – zaproponowałam.

Usłyszałam w tle krzyki i głośną muzykę, przeplatane śmiechem i innymi niezidentyfikowanymi dźwiękami. Zerknęłam na zegarek – dochodziła właśnie północ.

– Co? – krzyknął, jakby nie słyszał mojej propozycji.

Poprosiłam go o adres, który udało mi się jakimś cudem uzyskać. Poleciłam mu, żeby się nie ruszał, że zaraz po niego przyjadę. Powinnam się przebrać, bo miałam na sobie obcisłą szarą sukienkę, która bardzo ograniczała mi ruchy. Wygodniej byłoby mi w innym stroju, ale obawiałam się, że on mógłby gdzieś pójść lub pojechać do domu. Wsunęłam jedynie czarne szpilki, które przygotowałam dla siebie wcześniej, i wyszłam. Mknąc ulicami, tłumaczyłam sobie, że facet dał radę tyle czasu sam, więc moja misja ratunkowa była mocno przesadzona. Gdy się nad tym zastanowiłam, to tak naprawdę wcale nie jechałam go ratować. Wiedziałam, że nie potrzebował pomocy. Było mi jednak szkoda, bo jeśli po niego nie pojadę, to nie spędzimy ze sobą czasu. Chciałam mieć go obok, blisko siebie. Nawet jeśli był pijany.

Kiedy dojechałam na miejsce, bałam się wyjść z samochodu. Była to boczna, prawie pusta, słabo oświetlona uliczka. Głośna, szybka muzyka dudniła z blaszaka postawionego na podniesieniu, tak jakby na rampie. Pierwszą linię parkingu wypełniały samochody i motocykle. Zaparkowałam za nimi na szutrowej nawierzchni i przeczesywałam wzrokiem okolicę. Dużo ludzi przebywało na zewnątrz, ponieważ pogoda była ku temu sprzyjająca. Pili piwo i drinki pod chmurką. Przebywając na zewnątrz, mogli spokojnie porozmawiać, co bez wątpienia było niemożliwe w środku. Zadzwoniłam kilkakrotnie do Sebastiana, ale nie odbierał. Zapewne nie słyszał nawet dzwonka w tym hałasie. Czekałam jeszcze chwilę, gdy spora grupa ludzi pożegnała się i rozeszła w różnych kierunkach. Dostrzegłam Sebastiana otoczonego ludźmi. Siedział na murku, a w ręce trzymał butelkę piwa. Zastanawiałam się, czy wszyscy w tej grupie są z policji, a jeśli tak, to czy każdy z nich, tak jak Sebastian, jest uzbrojony. Podeszła do nich jakaś kobieta, która oparła się o ramię Sebastiana. On, jakby nie zwracając na nią uwagi, prowadził dalej rozmowę. Poczułam ukłucie zazdrości, że dotyka go inna kobieta i że on na to pozwala, ale stłamsiłam to w sobie. Wysiadłam z samochodu i udałam się w ich kierunku. Nikt nie patrzył w stronę parkingu, więc dołączyłam do ich kółeczka niezauważona.

– Dobry wieczór – przywitałam się, sygnalizując swoją obecność.

Sebastian zeskoczył z murka, jednocześnie upuszczając butelkę. Cofnęłam się o krok, unikając odprysków szkła i rozlanej cieczy. On nie zauważył, że cokolwiek rozwalił.

– Moja śliczna! – krzyknął na całe gardło, a reszta jego bandy zamilkła.

Ledwo utrzymywał pion. Walczył, by nie stracić równowagi po tym nagłym ruchu.

– My go tak nie upiliśmy – krzyknął ktoś z tyłu, powodując wybuch radości reszty zgromadzonych.

Czułam się jak żona zgarniająca męża z baru, ale uśmiechałam się przyjaźnie. Sebastian podszedł do mnie i chwycił moją twarz w obie dłonie. Pocałował mnie w barbarzyński sposób – zbyt mocno, zbyt gwałtownie. Zapach alkoholu budził we mnie niechęć. Włożyłam mu jednak rękę w rozsuniętą połówkę kurtki i sprawdziłam, czy ma ze sobą broń. Sebastian, mimo totalnego upojenia alkoholem, odczytał mój ruch poprawnie, bo od razu uniósł ręce i wybełkotał:

– Jestem grzeczny… nie strzelam swoją pukawką.

Po raz kolejny dobiegła mnie fala radości za jego plecami.

– Możemy iść do domu? – zaproponowałam lekko.

– Chodź… – Sebastian odwrócił się i zarzucił mi rękę na ramię, co przy moich szpilkach, jego masie ciała i chwiejnym kroku sprawiło, że prawie się przewróciliśmy. – Przepraszam… ale musisz… poznać chłopaków.

– Ja ich znam – odpowiedziałam mu rzeczowo. – Poznaliśmy się na odsłuchaniu nagrania.

Sebastian spojrzał na mnie, po czym uśmiechnął się szeroko.

– Moja śliczna…

Nachylił się, żeby znów obdarzyć mnie swoją barbarzyńską czułością, ale zablokowałam jego twarz.

– Już wystarczy.

Mimo moich protestów pociągnął mnie w stronę towarzystwa. Przedstawiał mnie ludziom, których już wcześniej widziałam. Wprawdzie nie tak jak teraz, że mogłam poznać ich imiona i uścisnąć ręce. Każdy z nich był nastawiony bardzo przyjacielsko. Uśmiechy nie schodziły im z ust. Co jakiś czas ktoś rzucał zabawny tekst, co reszta nagradzała gromkim śmiechem. Doszłam w końcu do kobiety, która się wcześniej opierała na ramieniu Sebastiana.

– A to jest Justyna – przedstawił ją, szczerząc się – …nasza policyjna… dziewczyna…

Wszyscy jednogłośnie parsknęli śmiechem, tylko nie ona. W sekundę posłała mu wściekłe spojrzenie. Chciałam coś powiedzieć, wytłumaczyć jego komentarz, ale nie wiedziałam, co było w tym takiego obraźliwego. Założyłam, że ją tym uraził, że jako kobieta nie była traktowana jako pełnoprawny policjant. Zrobiło mi się jej żal, ale kiedy śmiech nie ustawał, Justyna postawiła swoje piwo na murku.

– Z nimi nie spałam, kretynie – rzuciła. Nie czekając na reakcję, odeszła w stronę parkingu.

Sebastian odprowadził ją wzrokiem razem ze swoimi kompanami, których śmiech momentalnie umilkł. Odwrócił się do mnie, uśmiechając się tak, jakby nic się nie stało. Pamięć zresetowała mu się w ciągu kilku sekund. Nie miałam prawa być zła o jego przeszłość, ale też nie podobało mi się, że tak otwarcie o tym powiedział. Bez zawahania przyznał, że wszyscy w wydziale z nią sypiali, co wystawiło ją na pośmiewisko. Miałam nadzieję, że o mnie nic nie mówił.

– My go tak nie upiliśmy – tłumaczył po raz kolejny zachowanie Sebastiana jeden z kolegów.

Podczas gdy Sebastian wyglądał na półprzytomnego, oni trzymali się nieźle. Ten kolega, który przed chwilą się usprawiedliwiał, wyglądał na całkowicie trzeźwego.

– Seba wziął dziś garść przeciwbóli, co w połączeniu z pustym żołądkiem i alkoholem zwaliło go z nóg.

– Ja… nie jestem…

– Marek, tak? – Starałam się przypomnieć sobie jego imię, zupełnie nie zwracając uwagi na Sebastiana próbę zaprzeczenia.

– Tak.

– Mógłbyś mi pomóc zapakować go do samochodu?

– Pewnie. Gdzie stoisz?

Pokazałam mu mercedesa.

– Rzeczywiście, ładne auto – wyraził bez skrępowania swój zachwyt.

Jego krótkie zdanie spowodowało zgrzyt, ale odpuściłam sobie dociekanie, co tak naprawdę miał znaczyć ten komentarz. Jedyne, na czym się skupiałam, to próba zachowania równowagi przy jednoczesnej walce z przypływami czułości ze strony Sebastiana. Gdy tylko miał okazję, przytulał mnie. Zwinnymi ruchami wydostałam się z jego objęcia. Marek zarzucił sobie rękę Sebastiana na ramiona i prowadził go do samochodu. Zachowując dobre maniery, pożegnałam wszystkich, a następnie ruszyłam z nimi do auta. Otworzyłam drzwi i czekałam, aż Marek zapakuje Sebastiana do środka. Wrzucił go jak worek ziemniaków.

– Jak go wypakujesz u siebie? – zauważył słusznie, jak trudne czekało mnie wyzwanie.

– Nie wiem, może zostawię go w samochodzie – zażartowałam.

– Lepiej nie, może zabrudzić tapicerkę.

– Trafna uwaga. Albo wytrzeźwieje do tego czasu, albo go zostawię na betonie w garażu.

Stałam tuż przed drzwiami pasażera. Nachyliłam się nad Sebastianem, by zapiąć mu pasy, co w jego mniemaniu było próbą pocałowania go. Przyciągnął mnie do siebie i wytrącił mnie z równowagi. Oparłam się o fotel, a on położył mi rękę na pupie i zaczął mnie głaskać. Zastanawiało mnie, jak to było możliwe, że ma tyle siły, będąc tak bardzo pijanym.

– Dobra, kochasiu. – Ściągnęłam z siebie jego dłonie i wysuwając się z samochodu, wyprostowałam się.

Marek spojrzał na mnie życzliwie. Czekał na moje dyspozycje.

– Czy… – wyjąkałam nieśmiało – ta broń może wypalić?

– Nieee – zaśmiał się sympatycznie Marek. – Musi ją odblokować, żeby strzelić. Jesteś dziewczyną policjanta i boisz się pistoletu?

– Nigdy nic nie wiadomo, zobacz na niego. – Pokazałam na Sebastiana, który grzecznie siedział w samochodzie i uśmiechał się do mnie.

– Jest za mądry, żeby zrobić coś pochopnego. – Marek odwrócił się w stronę baru. – Prawie każdy z nas tutaj jest uzbrojony po zęby i zobacz, jak jest grzecznie.

Przeskanowałam wzrokiem miejsce, potem parking. Rzuciłam przelotne spojrzenie na Sebastiana, który walczył, by odpiąć pasy.

– Muszę lecieć. – Obiegłam samochód na tyle, na ile pozwoliła mi ciasna sukienka i szpilki. – Dzięki.

Sebastian od razu wyciągnął do mnie ręce, gdy wsiadałam, ale poprosiłam go, żeby był grzeczny, że pojedziemy do domu. Mówiłam do niego jak do małego chłopca. Musiałam przyznać, że był naprawdę pocieszny po pijaku, za wyjątkiem tego, że wysypał się niekulturalnie, mówiąc wtedy o Justynie.

Zastanawiałam się, czy powinnam jechać do swojego domu. Rozważałam konieczność przejścia z nim przez garaż podziemny, przez drzwi do windy i do domu. Dużo wygodniej byłoby go zabrać do niego, ale byłam tam tylko raz. Opuściłam szybę.

– Marek! – krzyknęłam, zatrzymując go w drodze powrotnej do grupy.

Podszedł raz jeszcze od strony pasażera.

– Cześć, stary… – Sebastian wyciągał rękę przez szybę, a Marek przyjął jego uścisk bez słowa sprzeciwu.

– Tak?

– Wiesz może, gdzie on mieszka? – zapytałam, uśmiechając się na myśl o tym, jak niezręczne było to pytanie.

– Mieszkanie czy dom?

– Dom – potwierdziłam wdzięczna, że wiedział o nim więcej niż ja.

– Daj telefon, wpiszę ci adres w nawigację.

Wyciągnęłam z torebki komórkę i podałam mu, co Sebastian od razu wykorzystał i złapał moją rękę. Obsypał ją mokrymi pocałunkami, przechodząc coraz wyżej i jednocześnie bełkocząc, jak bardzo mnie pragnie. Wprawił mnie w zażenowanie, ale uwolniłam się z jego dotyku w miarę sprawnie i odebrałam telefon od Marka.

– Wybacz mu. – Marek nachylił się, żeby zrównać się ze mną poziomem. – Miał gówniany dzień.

Puściłam do Marka oko, podziękowałam i odjechałam. Zerkałam od czasu do czasu na mojego nieziemsko przystojnego kochanka, upewniając się, że wszystko z nim w porządku. Byłam w szoku, bo przed każdym skrzyżowaniem, zanim nawet odezwała się nawigacja, Sebastian wskazywał mi drogę. Nie pomylił się ani razu. Był jak kot wracający do domu. Na swój sposób było to urocze. Momentami miałam wrażenie, że odleciał, że śpi, ale kiedy zbliżał się kolejny zakręt, dawał mi wskazówki. Mogłabym w zasadzie wyłączyć nawigację, zostawiłam ją tylko na wszelki wypadek.

Pod jego domem panowała pustka. Było tak samo ciemno i głucho jak za pierwszym razem, kiedy mnie tu przywiózł. Odpięłam jego pas, zanim wysiadłam z samochodu, ale kiedy doszłam do drzwi po stronie pasażera, Sebastian próbował się wygramolić o własnych siłach. Miał problem, żeby wstać. Ściągnęłam szpilki i wrzuciłam je tuż obok jego głowy do samochodu. Nawet nie zauważył, że coś mignęło mu koło ucha. Zaparłam się i równoważąc jego masę, wyciągałam go z samochodu. Z jeepa byłoby mu łatwiej się dźwignąć. Przy niskim mercedesie miałam wrażenie, że przeważało mnie pół tony. Jakimś cudem udało mi się postawić go do pionu. Chodzenie szło mu ciut lepiej niż pod pubem, więc dość sprawnie dotarliśmy do drzwi. Dostałam od niego wprawdzie zapasowy klucz, ale nie wpięłam go jeszcze do swojego kompletu, który zawsze ze sobą noszę.

– Gdzie masz klucze? – zapytałam, licząc, że zrozumie, o co mi chodzi.

Patrzył na mnie nieobecny i uśmiechał się. W odpowiedzi po raz kolejny usłyszałam, że jestem śliczna. Wkładałam mu dłonie we wszystkie kieszenie po kolei, co dla niego było zaproszeniem do okazywania czułości, więc znów zaczął mnie wąchać, całować i dotykać.

Choć powinno mnie to złościć lub chociaż irytować, nie przestawałam się uśmiechać. Co więcej, moje ciało błyskawicznie zareagowało nawet na jego nieskoordynowane ruchy. Zaskoczyło mnie budzące się we mnie podniecenie. Przygryzłam wargę i wsunęłam dłoń w kieszeń z przodu jego spodni. Natrafiłam na klucze. Wyciągnęłam je. Unikając jego dłoni i ust, walczyłam z zamkiem. Wprowadziłam go do środka i od razu skierowałam się do kanapy. Nie było szans, bym go zaciągnęła na górę. Wróciłam do samochodu po torebkę i buty. Ograniczona obcisłym materiałem, szłam powoli. Najchętniej pokonałabym te kilka metrów susami i wróciłabym do niego najszybciej, jak to możliwe. Zroszona trawa przejmowała mnie swoim zimnem, ale zadowolona ze swojego osiągnięcia odbierałam chłód pod stopami jako coś przyjemnego. Kiedy odłożyłam torebkę na stół, spojrzałam w stronę kanapy. Sebastian obrócił się na bok i zasnął.

– Mogę cię tutaj zostawić? – Szturchnęłam go w nadziei, że się do mnie odezwie.

Zero odzewu. Beton. Zdjęcie kabury nie wchodziło w grę, bo był za ciężki, żebym mogła go obrócić. Wyciągnęłam mu tyko pistolet i odłożyłam go na szafkę kuchenną. Nie było tu wprawdzie dzieci, ale z jakiegoś niewyjaśnionego powodu ogarniał mnie niepokój.

Przyniosłam z góry poduszki i na ile to możliwe, ułożyłam go na boku tak, żeby na wypadek wymiotów się nie udusił. Zablokowałam go też od tyłu, uniemożliwiając mu obrócenie się na plecy. Kiedy walczyłam z jego ciałem, Sebastian odzyskał na chwilę przytomność. Złapał mnie za rękę i patrzył na mnie tak dziwnie, jakby mnie nie poznawał. W tym momencie pogratulowałam sobie rozbrojenia go. Byłam pewna, że nie przywykł jeszcze do mojej obecności do tego stopnia, żeby spodziewać się mnie tutaj. Wyraz jego twarzy zmienił się na błogi.

– Chyba… cię kocham…

– Chyba? – Nie mogłam przestać się śmiać.

Nie miałam pewności, czy powiedział to świadomie, czy w ogóle adresował te słowa do mnie, ale był tak zabójczo uroczy, że nachyliłam się i pocałowałam go w policzek. Choć to poważna deklaracja, nie traktowałam jego słów serio. Był zbyt pijany, żeby się nad tym rozczulać. Sprawiało mi to jednak radość. Pogłaskałam go po głowie i przytuliłam na tyle, na ile pozwalała mi jego pozycja. Miałam iść spać, ale zdecydowałam się na coś zupełnie innego. Zostawiłam go na kanapie i zabrałam się za rozpakowywanie kartonów, które Sebastian zostawił bez ładu wokół stołu. W jednym z pudeł znalazłam słuchawki i podłączyłam je do swojego telefonu. Czyściłam jego szafki kuchenne, układam swoje rzeczy obok jego. Przypominało mi się, jak moja mama poukładała wszystko po swojemu, kiedy zaczęła użytkować moją kuchnię. Miałam w pamięci to uczucie, kiedy niczego nie mogłam znaleźć, więc starałam się dokładać swoje rzeczy bez naruszania układu, do jakiego on już przywykł.

Sebastian w ogóle się nie ruszał. Ze względu na jego stan upojenia sprawdzałam co jakiś czas, czy oddycha, czy jego skóra jest ciepła, po czym znów wracałam do układania książek. Bezszelestnie tańczyłam pomiędzy kartonami. Bardzo szybko zapełniłam dostępne powierzchnie płaskie w jego domu. Po kilku godzinach nie miałam co robić. Położyłabym się, ale bałam się go zostawiać. Nie wiedziałam, czy to u niego normalne, by zapić się do nieprzytomności, i czy spał na tyle czujnie, że obudziłby się, gdyby zaczął zwracać.

Przypomniałam sobie, że w jednej z szuflad widziałam ołówek. Naostrzyłam go nożem, tak kiedyś zrobiłaby to moja babcia. Tym samym nożem odcięłam jedną ścianę od kartonu i usiadłam na krześle naprzeciw Sebastiana. Zaczęłam szkicować jego twarz, przeszłam do sylwetki i zakończyłam na kawałku kanapy. W tym czasie mój model chciał się poruszyć, ale moje zasieki zablokowały go skutecznie. Poddał się szybko, a ja w spokoju cieniowałam swój szkic.

Za oknem niebo robiło się granatowe, z lekkim odcieniem fioletu. Przez otwarte okna dobiegało mnie budzące się za oknem życie. Ptaki zaczynały śpiewać, sygnalizując nowy dzień. Zaraz zacznie świtać – pomyślałam. Przysunęłam fotel do kanapy i usiadłam w nadziei, że uda mi się zasnąć. Pomimo zmęczenia nie byłam w stanie zrelaksować się w tej pozycji, zostawiłam go więc i rzuciłam się na łóżko w sypialni na górze.

SEBASTIAN

Piątkowy kac w porównaniu z dzisiejszym to nic. Whisky, którą piliśmy z ojcem, odzywała się lekkim otumanieniem, ale wczorajsze browary to zupełnie inny ból. Poza tym mieszaliśmy piwo z wódką, co zawsze powoduje u mnie zatrucie, niezależnie od ilości, jaką spożywam. Wstałem mimo dudnienia w głowie. Usiadłem na kanapie i starałem się zrozumieć sytuację. Przypominałem sobie urywki z wczorajszej imprezy, ale nie miałem bladego pojęcia, jak znalazłem się w domu. Wstając, zobaczyłem na stole damską torebkę. Podszedłem do okna i wyjrzałem na podjazd. Mercedes stał zaparkowany na podjeździe, co oznaczało, że Kaja została na noc i śpi teraz na górze. Ucieszyło mnie to, choć nie mogłem sobie przypomnieć, że się z nią widziałem.

Odruchowo sięgnąłem do kabury, ale była pusta. Wiedząc, jak Kaję to stresuje, pomyślałem, że zapewne gdzieś schowała glocka. Rozejrzałem się i zauważyłem, że rozpakowała część kartonów, a na stoliku leży kawałek kartonu z jakimś malunkiem. Podniosłem go. Mimo dyskomfortu zaśmiałem się w głos na widok swojej pijackiej gęby. Odłożyłem portret w to samo miejsce i ruszyłem do kuchni po szklankę wody i garść proszków przeciwbólowych. Powoli poczłapałem na górę. Po cichu wszedłem do sypialni. Kaja leżała rozciągnięta na łóżku. Poszła spać w ubraniu – tak jak ja. Zrzuciłem z siebie wszystko. Położyłem się obok niej, delikatnie, żeby jej nie obudzić, przyciągnąłem ją do siebie, przytuliłem i zasnąłem.

Kiedy ponownie się obudziłem, łóżko było puste. Normalnie zawołałbym jej imię, ale krzyknięcie byłoby dla mnie potwornym cierpieniem. Założyłem, że jest gdzieś na dole, więc poszedłem pod prysznic.

Włożyłem tylko jeansy i zszedłem na dół, licząc, że zastanę ją krzątającą się przy kartonach. Nie znalazłem jej, a na dodatek mercedes zniknął. Miałem nadzieję, że nie zrobiłem ani nie powiedziałem czegoś, co mogłoby ją urazić. Nie zwlekając, zdecydowałem, że z nią porozmawiam. Znalazłem telefon w kieszeni kurtki, ale bateria zdechła. Podłączyłem go do ładowania, ale urządzenie nie dawało się włączyć. W tym czasie usłyszałem hałas na zewnątrz. Otworzyłem drzwi frontowe i uśmiechnąłem się szeroko.

– Nie wiedziałam, czy masz coś na kaca, więc pojechałam do apteki i po jakieś żarcie na wynos – powiedziała, wyciągając siatki z samochodu.

– A ja się martwiłem, że coś zrobiłem…

– Oj, zrobiłeś – zażartowała i opuściła okulary przeciwsłoneczne na czubek nosa.

Wyszedłem boso z domu, żeby jej pomóc. Przejąłem siatki, całując ją przelotnie.

– Wczoraj byłeś bardziej namiętny – wyśmiała moje czułości.

Teatralnym gestem rzuciłem siatki na ziemię z zamiarem porwania jej w objęcia, ale ona umknęła bokiem i wbiegła do domu. Podniosłem wszystko z ziemi, przeklinając swoją porywczość. Schylanie się było dla mnie dzisiaj jak tortura.

– Pamiętasz coś z wczoraj? – zapytała, rozkładając talerze na stole.

– Co nieco.

– Szkoda. – Zmarszczyła nos.

Śledziłem ją wzrokiem, jak z gracją poruszała się w mojej kuchni. Klapnąłem ciężko na krześle, czekając, aż Kaja wszystko przygotuje. Nalała nam wody do szklanek i postawiła je na stole. Kiedy chciała odejść, zatrzymałem ją i posadziłem sobie na kolanach.

– Mam nadzieję, że nie palnąłem czegoś.

Starałem się zbadać jej reakcję, ale nie było w niej grama żalu. Uśmiechała się. Nie mogłem się oprzeć wrażeniu, że promienieje szczęściem.

– Czekaj, niech pomyślę... – Zamknęła oczy, niby to starając się odtworzyć wydarzenia. – Kiedy przyjechałam, Justyna prawie na tobie leżała, potem obraziłeś ją, sugerując, że sypia z wydziałem...

– Ale... – Chciałem wytłumaczyć, ona jednak położyła mi palec na ustach.

Wykorzystałem to i pocałowałem jej dłoń wdzięczny za to, że nie zakładała niczego. I mimo że była świadkiem klejenia się Justyny do mnie, nie zareagowała złością.

– Potem obmacywałeś mnie przy swoich kolegach, całowałeś, śliniąc się jak menel...

Wybuchnąłem śmiechem, bo wszystko wskazywało na to, że naprawdę dobrze się bawiłem.

– Ale to nie wszystko... Przy Marku wyznałeś, jak bardzo mnie pragniesz, a potem... – Urwała, uśmiechając się jeszcze szerzej.

– Potem co? – dopytywałem ciekawy.

– A potem... – patrzyła mi prosto w oczy – a potem mimo totalnego upojenia mówiłeś mi, jak jechać do domu.

– Zawsze wracam do domu – pochwaliłem się. – Mam autopilota.

Zmuszałem się do jedzenia, wiedząc, że pokonam kaca szybciej, gdy wrzucę coś do żołądka. W trakcie obiadu mój telefon brzdąkał wielokrotnie, sygnalizując spływające wiadomości. Zaniepokoiła mnie liczba dzwonków. Przeprosiłem, odchodząc od stołu. Sprawdziłem szybko, co przyszło. Jedna z wiadomości była od Marka, który gratulował mi świetnej dziewczyny i przestrzegał, bym tego nie spierdolił. Następna była od Justyny, która wyrzucała mi bycie prostakiem. Kolejną wysłał Marcin z pytaniem, czy chcę się z nim spotkać, bo ojciec mówił, że mam do niego jakąś sprawę. Nie potrzebowałem niczego omawiać, byłem pewien swoich decyzji. Ostatnim nadawcą był ojciec, który prosił mnie o telefon najszybciej, jak to możliwe. Resztę wiadomości stanowiły raporty z poczty głosowej, gdzie ojciec wydzwaniał kilka razy, za każdym razem rozłączając się bez słowa. To musiało być coś ważnego. Nie dobijałby się tak, by zapytać, co u mnie słychać.

– Coś się stało? – zapytałem, kiedy udało mi się do niego dodzwonić.

– Gdzie ty byłeś?! – Ostra reakcja ojca zaniepokoiła mnie jeszcze bardziej.

– W domu – wytłumaczyłem. – Imprezowaliśmy wczoraj i odsypiałem.

– Nie wyłączaj telefonu! – grzmiał.

– Sam zdechł.

– Nieważne, my się już martwiliśmy – zmienił ton na łagodniejszy.

– No bez kitu. – Usiadłem z powrotem przy stole, a mój telefon ostrzegawczo piknął, informując, że nie naładował się wystarczająco. – Mów, o co chodzi, bo mi znów komórka zdycha.

– Dzwoniłem, żeby przekazać ci, że zerknąłem w akta, które mi przyniosłeś.

Spojrzałem na Kaję pochłaniającą posiłek. Obiecałem jej, że nie będę jej informował o przebiegu śledztwa, więc zanim padłoby imię Piotra, wstałem od stołu.

– Czego się dowiedziałeś? – zapytałem, wchodząc na górę.

– Niczego – odpowiedział szybko ojciec. – Nie mówiłeś, że to sprawa Hoffmana.

– Znasz go? – Zaskoczyło mnie jego stwierdzenie.

– No pewnie!

– Tylko mi nie mów, że robisz z nim jakieś interesy.

Przypomniałem sobie orgie u Hoffmana. Miałem nadzieję, że mój ojciec był na tyle mądrym człowiekiem, żeby unikać tego typu atrakcji.

– Nie, znam go ze środowiska.

Odetchnąłem z ulgą. Nawet nie zdawałem sobie sprawy, że wstrzymałem powietrze.

– Ale musisz zostawić tę sprawę – kontynuował ojciec.

– Czemu?!

– Z nim nie wygrasz.

– Depczę mu po piętach – rzuciłem dumnie.

– To przestań – przestrzegł.

– A możesz powiedzieć czemu, ale tak naprawdę czemu, bo takie tajemnicze gadanie mnie irytuje.

– On ma za dużo kontaktów, nie udowodnisz mu winy.

– Mam nowe fakty o jego seksinteresie, zeznania świadka i zarazem uczestniczki tych przyjęć. Wszystko mi opowiedziała. Mam powiązanie ze śmiercią Hendersona, on użył tej laski do szantażu. Mam go na tacy.

– Zaraportuj go i zobacz, co się stanie. Mówię ci po prostu, że szkoda twojego czasu. Ja nawet nie będę się wczytywał w ten folder, który mi przyniosłeś.

– Dzięki – syknąłem zrezygnowany.

– Podziękujesz mi za jakiś czas, bo ten facet to taka święta krowa, której się nie dotyka. Zobaczysz.

– Nie mogę uwierzyć, że mi to mówisz. Jesteś prokuratorem. Nie powinieneś zachęcać mnie do tropienia gościa? Albo pomagać mi w zdobyciu materiału dowodowego?

– W każdym innym przypadku tak, w jego nie. Nie warto. Przypomnij sobie sprawę Mobila. Hoffman wystąpił do sądu z pozwem przeciwko nim. Zgadnij, gdzie jest teraz ta firma.

– Nie wiem.

– No właśnie, nie ma ich już na rynku, zniszczeni. A mieli sprawę do wygrania, bo z punktu widzenia prawa nie można zawrzeć umowy znacząco niekorzystnej dla jednej ze stron, a ta taka właśnie była. Właściciel Mobila podpisał z Hoffmanem umowę, która od początku była źle skonstruowana. Nie wiem, czy już w momencie zawarcia jej mieli zamiar pogrążyć swojego klienta, czy też zmienili zdanie w trakcie dostarczania usług. W każdym razie właściciel Mobila wyprowadził się gdzieś w świat, a Hoffman mieszka w jego domu.

– Jebany…

– No właśnie.

Zamilkliśmy, a ja zacząłem chodzić nerwowo po pokoju.

– Nie uważasz, że to nie fair?

– Synu, w podłym państwie żyjemy – westchnął ojciec. – Dlatego proszę cię, żebyś odpuścił, bo jeszcze ktoś coś ci podłoży, żeby zamknąć ci usta. Z takimi jak on to gorzej niż zadzieranie z mafią.

Rozłączyłem się rozczarowany jak nigdy do tej pory. Nie spodziewałem się takiej rozmowy ze staruszkiem. Wiedziałem, że znał ten krąg biznesmenów na tyle dobrze, by szczerze mi doradzić. Zawiodłem się.

Uciekając od tych myśli, zszedłem na dół. Kaja siedziała w altance, wygrzewając się na słońcu. Miała na sobie tylko bieliznę. Świadomość, że jest ze mną, dodawała mi otuchy i leczyła mój podły nastrój. Od samego patrzenia na nią czułem się lepiej. Usiadłem na podłodze obok jej krzesła.

– Co będziemy dziś robić? – zagadałem.

– A jak się czujesz?

– Kac mi jeszcze nie minął, jeśli o to pytasz, ale jestem twardy chłopak i możemy gdzieś wyjść.

Uśmiechnęła się i pogłaskała dłonią mój policzek.

– Jeśli chcesz, możemy pakować dziś resztę twoich rzeczy – zaproponowałem – albo się zabawić.

– Jak? – Zaciekawiła ją moja propozycja.

W odpowiedzi zacząłem całować jej szyję, jednocześnie sięgnąłem dłonią do piersi. Jej ciało podniecało mnie tak bardzo, że od razu byłem gotowy na seks.

Korzystając z zacisza altanki, kochaliśmy się na zewnątrz. Nie przejmowałem się sąsiadami. Ważniejsze było dla mnie jej spełnienie niż ryzyko, że ktoś mógłby nas zobaczyć. W zasadzie od bliższego sąsiada oddzielała nas dość wysoka drewniana kratka obrośnięta gęsto winoroślą, więc szanse były znikome. Po drugiej stronie mieszkała jakaś starsza pani, która od lat nie korzystała ze swojego ogródka. Jego teren wyglądał jak dżungla. Zapewne od długiego czasu nikt tam nic nie robił.

Spędzaliśmy weekend, kochając się wielokrotnie i ciesząc się swoją obecnością. W niedzielę Kaja poszła ze mną na siłownię. Zaszalałem z treningiem i przeciążyłem się, ale chciałem pokazać jej swoją siłę i sprawność. Później odebraliśmy jeepa z policji. W tym czasie ustaliłem z nią, że pójdzie ze mną na strzelnicę, by przełamać swój strach przed bronią i strzelaniem.

Wieczór przyszedł szybciej, niż się tego spodziewaliśmy, więc kiedy żegnałem się z nią na swoim podjeździe, żałowałem, że nie mieliśmy więcej czasu. Całowałem ją tak, jakby od tego zależało, czy do mnie jeszcze wróci. To było głupie z mojej strony, ale jeszcze nigdy nie zależało mi na kobiecie tak jak na niej. A przecież nie tak dawno miałem wątpliwości, kwestionowałem swoje decyzje, ale teraz mój wybór zdawał się najlepszym z możliwych. Każdy jej ruch, każde słowo działało na mnie niesamowicie. Nie chciałem wypuszczać jej z ramion. Czułem się spełniony, gdy była obok. Dawniej te nudne weekendy, które wypełniałem pracą w nadziei, że staną się dzięki temu odrobinę ciekawsze, stały się teraz moim ulubionym czasem w tygodniu, mimo że nie poświęcałem na pracę nawet sekundy.

Musiała jechać, żeby zdążyć na przyjazd dzieci. Nie chciała zaburzać im rytmu i zdecydowała, że spędzą noc z niedzieli na poniedziałek w domu, a nie jak wcześniej zaproponowała babka.

KAJA

Dzieci wpadły do mieszkania, wymieniając wszystkie atrakcje, jakie miały okazję zobaczyć przez ostatnie dwa dni, a mama przywitała mnie tekstem, który zwalił mnie z nóg. Bez ogródek wypaliła, że wyglądam okropnie, na bardzo zmęczoną i niedospaną. Nie komentowałam tego, bo miała rację. No i dlatego, że ojciec po raz pierwszy wszedł do mojego mieszkania. Rozglądał się niepewnie. Mama od razu strofowała go o zdjęcie butów, co posłusznie uczynił. Zaproponowałam im herbatę, ale odmówili jednocześnie. Chłopcy co chwilę wracali do mnie, pokazywali mi zabawki, przytulali się do mnie i pakowali mi się na kolana. Ich radość była wręcz zaraźliwa i napawała mnie szczęściem. Moi rodzice za to usiedli obok siebie na kanapie, jakby byli oficjalnie zaproszonymi gośćmi, i przyglądali się wszystkiemu z oddali. Nie mogłam uwierzyć, że po tylu miesiącach wspólnego mieszkania moja mama zachowywała się jak obca w moim domu. Poleciłam chłopakom, żeby poszli się kąpać. Najpierw jeden poszedł samodzielnie pod prysznic, a potem drugi. Zanim zdążyłam im zaproponować kolację, mama szybko wyjaśniła, że zjedli tuż przed wyjazdem i że nie powinni być głodni. Zostawiłam rodziców na chwilę samych i poszłam dopilnować dzieci w sypialni. Dziś wyjątkowo wysłałam ich do łóżek bez czytania i wspólnego zasypiania. Bez oporów przyjęli moje wytłumaczenie. Kilka razy wrócili jeszcze do wspomnień z weekendu, ale przeprosiłam ich, mówiąc, że porozmawiamy następnego dnia, a teraz muszę iść, bo dziadkowie czekają na mnie w pokoju obok. Dołączyłam do nich, siadając w fotelu naprzeciwko kanapy.

– Wyglądacie, jakbyście chcieli mi ogłosić swój rozwód – skomentowałam żartobliwie ich sztywne zachowanie. – Wszystko w porządku?

– Tak. – Wymienili się spojrzeniami, jakby ustalali, które z nich zabierze głos jako pierwsze, bo do tej pory wszystko mówili jednocześnie.

– Myśmy – ojciec przemówił w imieniu ich obojga – chcieli tylko powiedzieć, że wspieramy każdą twoją decyzję…

– Ale… – dopowiedziałam, spodziewając się, że to typowe zdanie, w którym najpierw mówi się coś miłego tylko po to, by zaraz dodać „ale" i przedstawić prawdziwe przemyślenia.

– Bez ale. – Mama uśmiechnęła się życzliwie. – Dzieci lubią Sebastiana, no i ty wydajesz się pewniejsza siebie, weselsza, co nas naprawdę cieszy. Dla mnie liczy się tylko twoje szczęście i jeśli ten człowiek jest w stanie ci to dać, to niech tak będzie. Na początku wydawało mi się, że wprowadzi chaos w twoje życie, ale wychodzi na to, że się myliłam, że on wprowadził radość i spokój.

– To miłe z waszej strony – powiedziałam grzecznościowo, nie wiedząc, jak zareagować na ich wyznanie.

– Jeśli będziesz potrzebowała pomocy, to dzwoń. – Zapewnienie mamy brzmiało bardzo lekko. – Poza tym jeśli wracasz do pracy na katedrę, to tak czy siak nie dasz rady sama z dziećmi. Nie uda ci się wyjść na tyle wcześnie, by być w szkole u chłopaków na czas.

– Tak, to prawda – przytaknęłam. – Chcesz ich odbierać?

Mama potwierdziła skinieniem głowy.

– Zdecydowaliśmy z Konradem, że nie wracam do pracy po operacji.

Przyglądałam się jej uważnie.

– Jesteś pewna, że wszystko w porządku?

– Tak – zapewniła. – Jestem już za stara na powroty. Pracowałam wystarczająco długo. Czas dać miejsce młodym. Poza tym ojciec mówił, że brakuje ci około roku do doktoratu.

– Tak? – Skierowałam się w jego stronę.

– Myślę, że mogłabyś zająć się pracą od razu, bez konieczności odrabiania wykładania, ale to już zależy, jak się dogadasz z dziekanem.

– Super – powiedziałam. – Dziękuję wam za pomoc.

Oboje uśmiechnięci od ucha do ucha, złapali się za ręce pełni satysfakcji z przebiegu rozmowy. Dostrzegałam w nich trochę więcej luzu niż na początku rozmowy. Ojciec zapewniał mnie o pomocy finansowej i naukowej, a następnie mówiliśmy o moich planach na kolejne dni. Oferowali wsparcie przy dzieciach i co bardzo mnie zaskoczyło, nawet przy pakowaniu. Mama odnalazła w swojej komórce numer do jakiegoś znajomego, który dawniej oferował przeprowadzki. Zapisałam sobie kontakt w swoim telefonie.

Ojciec poprosił, żebym jutro poszła do katedry, bo wstępnie rozmówił się z dziekanem, że na początku tygodnia pojawię się, żeby omówić szczegóły. Zgodziłam się z wdzięcznością i zapewniłam, że wpadnę się do niego przywitać, jak tylko będę na uczelni.

– Nie ma pośpiechu, ale jak coś namalujesz, to przynieś, z chęcią zobaczę, jak się zmieniłaś przez ostatnie lata.

Nie przestawało mnie zadziwiać, że mój własny ojciec lepiej rozumiał mnie poprzez sztukę, niż rozmawiając ze mną. W pierwszej chwili chciałam mu powiedzieć, że wczoraj narysowałam swoje pierwsze dzieło, ale postanowiłam zachować to dla siebie. Doszłam do wniosku, że pijany Sebastian to niezbyt artystyczny obiekt. Nie było w tym nic pięknego, za wyjątkiem jego ciała.

Mama po chwili wahania zapytała, czy mogłabym któregoś dnia zaprosić ich do Sebastiana, żeby zobaczyli, gdzie będziemy teraz mieszkać. Zaskoczona zapowiedziałam, że następnym razem spotkamy się u niego. Ustaliliśmy od razu, że na kolejny weekend postaram się zorganizować przeprowadzkę, a oni znów wezmą dzieci do siebie.

W katedrze byłam witana niezwykle życzliwie, tak jakbym nigdy nie odeszła. Dziekan sugerował, że powinnam zdać egzamin kompetencyjny, ale widząc, że nie stawiam oporów, stwierdził, że potraktuje moją przerwę jak urlop macierzyński, i poprosił mnie jedynie o powtórzenie materiału, co było dla mnie gwiazdką w czerwcu. Z racji tego, że studenci mieli już wolne, dał mi ulotki kursów letnich i podkreślił, że byłby więcej niż szczęśliwy, jeśli poprowadziłabym jeden z nich na spółkę z ojcem.

Od czasu mojego odejścia katedra przeszła gruntowny remont, więc oprowadzał mnie po biurach i pytał, czy wolałabym dzielić pokój z doktorantami, czy z ojcem. Wybrałam pierwszą opcję, a on nie dociekał czemu. Wysłał mnie potem do działu administracji, żebym dopełniła wszelkich formalności.

Firma przeprowadzkowa zaoferowała nam rabat, jeśli zdecydowalibyśmy się na dzień powszedni. Przekonał mnie nie tyle ten rabat, lecz ich dostępność. W weekendy byli zarezerwowani do końca miesiąca, zaś w tygodniu mieli sporo wolnych terminów. Zgodziłam się bez konsultowania tego z Sebastianem. Nawet jeśli nie udałoby mu się wziąć dnia wolnego, to ja byłam w stanie zarządzić całą akcją samodzielnie. Wybrałam pakiet rozszerzony z pakowaniem, więc od rana w czwartek kilka osób miało pomóc mi uporać się z moimi rzeczami. Wprawdzie nie wszystko zabierałam, ale były przedmioty, które zbyt lubiłam, żeby je tutaj zostawić. Spędzałam w tym miejscu ostatnie dni. Starałam się zamknąć ten rozdział w swoim życiu, nie pozwalając, by nawiedzały mnie jakiekolwiek negatywne emocje. W myślach, po cichu, wybaczyłam Michałowi.

Ze skrzynki pocztowej wyciągnęłam list od policji. Zastanawiałam się, czemu nie przekazali tego Sebastianowi. Adres placówki się jednak nie zgadzał, więc zapewne był to inny wydział. Otworzyłam pospiesznie kopertę. Wczytywałam się w list, przeskakując zapisy prawne z nic nieznaczącymi dla mnie numerami z kodeksów. Było to zawiadomienie o należnej mi kwocie, którą oficjalnie i legalnie zarobił mój mąż na sprzedaniu swoich firm. W wyjaśnieniu był też akapit o tym, że pierwotna kwota została znacznie pomniejszona, ale toczyło się postępowanie karne w celu wyrównania należności. Miałam zostać poinformowana w kolejnym piśmie o wyniku dochodzenia. Według tego dokumentu mogłam w każdej chwili iść do banku i wypłacić pieniądze, które tam jeszcze zostały. Słowo „wypłata" brzmiało komicznie, patrząc na tę sześciocyfrową sumę. Na dole znajdowała się wypunktowana lista dokumentów, jakie będę musiała dostarczyć w celu zidentyfikowania mojej osoby.

Doskonale zdawałam sobie sprawę, skąd pochodziły te pieniądze, ale nie zamierzałam się rozczulać ani odmawiać. Miałam zamiar żyć pełnią życia, wydając gotówkę na nasze szaleństwa lub też na rachunki za prąd. Przy takiej kwocie moglibyśmy żyć z oprocentowania, ale stwierdziłam, że czas zrobić coś dla siebie, więc podtrzymałam decyzję z powrotem do pracy.

SEBASTIAN

W poniedziałek dowiedzieliśmy się od asystentki, że Malinowski wyjechał na urlop i nie będzie go do końca tygodnia. Teoretycznie stopniem zastępował go taki smutas, który w ogóle się z nami nie socjalizował. Nikt go zatem nie słuchał, a tym bardziej nie prosił o jakiekolwiek decyzje. Wszystkie ważne sprawy wstrzymaliśmy do powrotu szefa.

Moje przesłuchanie tej dziewczyny z korporacji leżało na biurku i nie wiedziałem, co dalej z tym zrobić. Ruszyłem w teren w poszukiwaniu odpowiedzi na pytania w sprawie samobójstw. Wyglądało mi to na bandę znudzonych dzieciaków, które pod wpływem jakiegoś impulsu poszły o krok za daleko. Po rozmowie ze zrozpaczonymi rodzicami, z której nie dowiedziałem się nic poza tym, że to były złote dzieci, udałem się do agencji, o której wspominała słodka idiotka. Od progu witał mnie ogromny szyld z korzystną ofertą dla firm na letnie pikniki rodzinne w korporacjach. Wszystko wyglądało legalnie i nie było nigdzie wzmianki o usługach seksualnych. Była wprawdzie możliwość wynajęcia hostess do pracy czy to w modelingu, czy w celu zaprezentowania jakichś przedmiotów, ale stawki podane zostały za czas spędzony na pracy podstawowej. Nie widziałem innych ofert. Zgodnie z założeniem zagadałem o hostessy. Kobieta uprzejmie wręczyła mi katalog twarzy. Wszystkie dziewczyny były ładne, czego można było się spodziewać. Szukałem mojej rozmówczyni, ale jej nie znalazłem. Zapytałem konkretnie o nią, a kobieta wyczytywała z mojej twarzy, jak dużo wiedziałem. Zasugerowałem, że przyszedłem w celu wynajęcia jej na wieczór. Dla uwiarygodnienia dorzuciłem, że kolega polecał to miejsce i że widziałem ją na żywo w pracy, czym mi bardzo zaimponowała. Kobieta wahała się chwilę, ale podała mi cennik spod lady i uśmiechnęła się badawczo. Studiowałem uważnie ceny, ale nigdzie nie było wyraźnie napisane, że zaprezentowała mi stawki za seks. Kiedy dopytywałem o szczegóły, sprytnie odmówiła. Wyciągnęła w moim kierunku formularz z prośbą o zarejestrowanie się. Miałem podać swoje dane, które oni sprawdzą, a następnie – o ile zostanę pozytywnie zweryfikowany – zostać zaproszonym na rozmowę. Kobieta, tłumacząc się bezpieczeństwem dziewczyn, powiedziała mi, że muszę zeskanować swój dowód i prawo jazdy. Dowcipkowałem, że łatwiej wziąć kredyt, ale mój żart jej nie rozbawił. Zapewniłem, że wrócę raz jeszcze – miałem nadzieję, że z nakazem. Ona z kolei stwierdziła, że nie powinienem się obawiać, że zapewniają pełną dyskrecję i że są na rynku od wielu lat, a ponadto jeszcze nie zdarzył im się przypadek, żeby żona się dowiedziała albo – tu przerwała na chwilę, a ja, rozumiejąc do czego zmierza, dopowiedziałem: „policja". Zaśmiała się w głos, a potem rzuciła, że fajny ze mnie chłop. Wyszedłem z tego miejsca z poczuciem, że trudno będzie dorwać się im do tyłków – w dosłownym tego słowa znaczeniu.

Opisywałem nowe fakty i przygotowywałem dokumenty pod nakazy. Odłożyłem jednak sprawę agencji na bok. Do czasu powrotu szefa nie mogłem nic więcej zrobić. Wczytałem się raz jeszcze w dokumenty samobójstw, zaczynając śledztwo tak, jak powinienem – uczciwie i z zaangażowaniem. Szło mi ciężko i przez następne dni zdobyłem zaledwie szczątki informacji. Traciłem rozpęd z powodu nierozwiązania poprzedniej sprawy.

W czwartek firma przeprowadzkowa skontaktowała się z nami, mówiąc, że mają awarię samochodu i zaproponowali przełożenie terminu na następny piątek. Dzieci były potwornie zawiedzione, a Kaja wściekła. Konieczność spędzenia kolejnego tygodnia na kartonach dobiła ją do tego stopnia, że rozmawiając ze mną przez telefon, brzmiała tak, jakby świat jej się zawalił. Nie miałem na to wpływu. Nie mogłem jej pomóc. Zwłaszcza że zdecydowała, że to oni spakują resztę.

Jedynym plusem całej tej sytuacji było to, że mieliśmy kolejny weekend tylko dla siebie. Pocieszałem ją, ale niewiele to pomagało. Obiecałem pojawić się u niej tak szybko, jak to możliwe. Kiedy wychodziłem z pracy, zadzwoniła do mnie przestraszona, że ktoś zapukał do jej drzwi, a kiedy podeszła, by je otworzyć, wyjrzała przez judasza, ale nikogo nie zobaczyła. To mógł być tylko przypadek, jednak biorąc pod uwagę fakt, jak Ivone walczyła o kasę, dopuszczałem myśl, że nadal chciała ją usunąć z obrazka. Pędząc niczym wariat, jechałem w kierunku jej osiedla. Zostawiłem auto zaparkowane na trawniku i rzuciłem się biegiem do klatki. Zlustrowałem parter, ale poza dzieciakiem, który nie umiał wymanewrować rowerem w windzie nic się nie działo. Ruszyłem po schodach na górę. Zatrzymywałem się na każdej kondygnacji, żeby sprawdzić, czy ktoś nie czai się obok. Nikogo jednak nie było. Waląc w drzwi mieszkania Kai, krzyknąłem, że to ja. Wpadła w moje objęcia, trzęsąc się jak osika. Nie chcąc jej martwić, powiedziałem, żeby założyła zwykłą pomyłkę. Ktoś zapukał, zorientował się, że to zły numer, i odszedł. Ona jednak nie chciała mi wierzyć. Przyglądała mi się, oddychając ciężko przez usta. Wiedziałem, że ten strach miał podstawy, ale nie mogłem tego powiedzieć na głos.

– Nie chcę tu dłużej zostać – powiedziała w końcu, a ja skinąłem głową.

– Możemy jechać do mnie – zaoferowałem.

– Jestem tak zmęczona… nie mam na nic siły… – Odeszła w głąb mieszkania. – Muszę znaleźć torebkę, bo gdzieś tu ją rzuciłam.

– Chodź – pociągnąłem ją w kierunku sypialni – odpoczniemy chwilę, a potem pojedziemy do mnie.

Zgodziła się skinieniem głowy. Leżąc na łóżku, wtuliła się we mnie i odpłynęła tak szybko, że aż mnie tym zaskoczyła. Głaskałem ją po głowie i plecach, ale sam nie mogłem zasnąć. Cały czas myślałem nad sprawą, nad znalezieniem wystarczającego powodu, by wsadzić Piotra za kratki.

Trzymając Kaję w ramionach, usłyszałem dziwny hałas. Najpierw uniosłem głowę, nasłuchując, czy to czasem nie wyobraźnia płata mi figle, ale nie. Dźwięk się powtórzył. Powoli wysunąłem się z jej objęcia i poszedłem w kierunku korytarza. Chwyciłem kaburę wiszącą na drzwiach i szybko wyciągnąłem z niej broń. Jeszcze nie wiedziałem, jakie było ryzyko, ale ktoś ewidentnie chciał dostać się do środka i majstrował przy zamku. Wyjrzałem przez judasza. Nikogo nie zauważyłem. Musiałem się nachylić, by dostrzec ramiona jakiegoś faceta. Kucnął, żeby wygodniej mu było grzebać w zamku. Wiedziałem, że klucz skutecznie mu to utrudniał, więc powoli chwyciłem go i bezszelestnie wyciągnąłem z zamka. Od razu zerknąłem, czy mój cwaniaczek zauważył, że mu pomogłem. Zdawał się nieświadomy przysługi, jaką mu wyświadczyłem. Wcisnąłem się między szafę a drzwi, wiedząc, że gość zaraz dostanie się do środka. Czekałem na niego cierpliwie. Zastanawiałem się, czy może mieć broń, ale doszedłem do wniosku, że jeśli zaskoczę go od tyłu, nie będzie miał czasu na zaatakowanie mnie. Po chwili chrzęst w zamku zasygnalizował, że udało mu się go otworzyć. Drzwi powoli się uchyliły. Modliłem się, żeby Kaja się nie obudziła. Jeśli spała, nie było szans, że cokolwiek usłyszy.

Po chwili klamka poruszyła się, a drzwi przesunęły, aż dotknęły moich palców u stóp. Gość wszedł do środka. Był dość wysoki, dobrze zbudowany, a ja patrząc na niego, szacowałem, ile czasu będę potrzebował, by go powalić na deski. Gdy tylko wyłonił się zza drzwi, przywaliłem mu rękojeścią glocka w łeb, a potem rzuciłem się na niego. Szarpał się ze mną, ale nie miał szans. Założyłem mu ciasny chwyt na szyi, a drugą ręką szybko schowałem broń za pasek spodni na plecach. Musiał znać pewne techniki obrony, bo walnął mnie łokciem w brzuch. W odpowiedzi zacisnąłem ramię jeszcze mocniej, pomagając sobie drugą ręką. Szamotał się, próbując mnie sięgnąć, ale mając mnie na plecach, z odciętym powietrzem, nie stanowił dla mnie dużego zagrożenia. Gdy jego opór zmalał, zwolniłem chwyt, a on upadł. Siedział na dupie i trzymał się za gardło. Kolory mu powoli wracały, więc nachyliłem się nad nim i posłałem mu kilka sierpowych. Przyjmował moje ciosy, osłaniając się przed nimi tylko od czasu do czasu. Wiedziałem, że taki cwaniak jak on mógł tylko czekać na mój błąd i swoją szansę, więc dodatkowo kopnąłem go kilka razy w żebra. Leżał, wyjąc jak dziki zwierz.

W końcu odwróciłem się i zamknąłem za sobą drzwi. Wyciągnąłem glocka, odbezpieczyłem go i wycelowałem w gościa łeb.

– Gadaj – rzuciłem, a on spojrzał na mnie.

Widząc lufę skierowaną pomiędzy oczy, podniósł ręce i zaczął uciekać, odpychając się nogami od podłogi i jadąc plecami po panelach jak po zjeżdżalni. Chwyciłem go za nogę i przyciągnąłem z powrotem do siebie.

– Słuchaj – powiedziałem pewnie – jeśli mi powiesz, po co tu jesteś i najważniejsze, kto cię przysłał, nie zginiesz. Daję ci moje słowo. Jeśli mi nie powiesz, zrobię ci kropkę na czole, taką jak u hindusek, z tą różnicą, że twoja będzie miała jeszcze dziurkę. Włamałeś się do niewłaściwego mieszkania. Muszę wiedzieć, czy to przypadek, czy też dostałeś adres.

Skinął głową, ale to nie dawało mi odpowiedzi.

– Ktoś cię przysłał? – dopytywałem.

– Tak – potwierdził.

– Po mnie czy po Kaję?

Po tym, jak mi ojciec zapowiedział, że Piotr może chcieć mnie uciszyć, dopuszczałem do głowy wszystkie scenariusze. Gość jednak nie odpowiedział. Gruchnąłem na niego, przyciskając kolano do jego klatki piersiowej. Zaskowyczał, ale nie walczył ze mną. Błagał o litość. Dziwiło mnie, że tak szybko się poddał. W tym momencie chwycił moją dłoń, chcąc wytrącić mi broń z ręki. Na ułamek sekundy zanim to zrobił, wiedziałem, że wykona ruch. Wziąłem zamach i uderzyłem go w skroń rękojeścią glocka. Rozciąłem mu skórę, ale to go skutecznie zatrzymało. Traciłem do niego cierpliwość.

– Po mnie czy po Kaję? – powtórzyłem.

– Po nią – rzucił mi jak psu ochłap, co z kolei sprawiło, że ogarnęła mnie wściekłość.

– Kto cię wysłał?! – krzyknąłem mu prosto w twarz.

To musiało obudzić Kaję, bo mnie zawołała. Nie odpowiedziałem. Nie odrywałem też wzroku od gościa. Przyciskałem go kolanem i pilnowałem świadomy, że jedna chwila wystarczy, by on wykorzystał to przeciwko mnie. Wiedziałem, że Kaja zaraz tu przyjdzie i pewnie narobi szumu, ale nic innego nie mogłem zrobić.

– Kto cię wysłał?! – Uderzyłem go lufą w czoło.

– Nie znam nazwiska.

W tym momencie Kaja wyszła i zastała nas na podłodze. Zaczęła piszczeć, ale ja nie podniosłem wzroku. Kazałem jej zadzwonić po pomoc. Poleciłem, by wzięła mój telefon i skontaktowała się z Markiem, a on będzie wiedział, co dalej zrobić. Nie odeszła, więc nie mając innego wyboru, krzyknąłem na nią, żeby poszła po pomoc. To ją odblokowało.

– Jak mi nie powiesz, to daję ci moje słowo, że zaraz przestanie być miło – zagroziłem, ale nie zrobiło to na gościu wrażenia.

Na potwierdzenie swoich słów złapałem jego dłoń, dając mu do zrozumienia, że jeśli nie zacznie gadać, złamię mu palce. Zaczął się ze mną szarpać. Nie pozostawił mi wyboru, więc szybkim ruchem wykręciłem mu dwa palce tak, że chrupnęły. Zawył z bólu, a potem zaklął siarczyście. Zaczął mi się odgrażać.

– Nazwisko – powtórzyłem.

– Nie znam! – krzyknął mi prosto w twarz.

– Naprawdę mi tego nie ułatwiasz. – Sięgnąłem ponownie po jego dłoń.

– Błagam – zawył. – Daj mi spokój.

– Daj mi nazwisko.

Przez chwilę wahał się, co powiedzieć.

– Dobra…

Więcej mi nie było trzeba. Odwróciłem go szybkim ruchem na brzuch. Wyginając mu rękę, żeby uniknąć z jego strony szamotania, zakułem go. Kaja przybiegła z telefonem przy uchu. Relacjonowała widok, jaki zastała. Wypuściłem powietrze, czując, że to jeszcze nie koniec.

Zanim przyjechały posiłki, wyciągnąłem z niego nazwisko. Tym razem był to inny człowiek niż ten gangus, którego wynajęła Ivone. W pierwszej chwili pomyślałem, że może przekazali sprawę komuś innemu albo zatrudniła dwie różne osoby z zastrzeżeniem, że ten, kto pierwszy wykona wyrok, dostanie kasę. Już kiedyś słyszałem o takich konkursach wśród najemników. Jedno jednak nie pasowało. Zarówno tamci dwaj, jak i ten tutaj nie byli profesjonalistami, co sugerowało, że to był ktoś z ulicy, kto połasił się na łatwą kasę. Musiałem od niego wydobyć dane, więc z jego telefonu spisałem sobie nazwisko i numer telefonu. Musiałem dotrzeć do zleceniodawcy, by w końcu położyć temu kres.

Kiedy wyprowadzali gościa, zwróciłem się do Kai. Nie musiała nic mówić. Widziałem, jak dużo ją to kosztowało. Tym razem nie mogłem zapewnić, że to nic nie znaczyło, że była bezpieczna.

Mimo że facet opuścił jej mieszkanie w kajdankach, nie dawało to gwarancji, że kolejny nie przybędzie z tą samą misją.

Przytuliłem ją, jednocześnie przepraszając, że wtedy na nią krzyknąłem. Zapewniała, że wszystko rozumie. Gdy tkwiliśmy w objęciu, do mieszkania wpadł Marek.

– Ty, stary – zaczął od drzwi. – Jeszcze jeden?

Machnąłem mu głową, by odpuścił.

– Jedź z Kają do mnie do domu, zostań tak długo, aż nie wrócę – poleciłem. – Muszę załatwić sprawę.

– Może pojadę z tobą? – zaoferował.

– Nie.

Zrozumiał od razu, że bardziej martwiłem się o nią niż o siebie.

Marek wziął jej mercedesa. Sam wsiadłem w swoje mondeo, ale nie uruchomiłem silnika. Pod numer telefonu, który dostałem od gościa, wysłałem wiadomość, że misja wykonana i że chcę się spotkać, żeby odebrać hajs. Nie czekałem zbyt długo. Odpowiedź przyszła od razu. Dostałem adres.

KAJA

Gdyby ktoś mi kiedyś powiedział, że tak będzie wyglądało moje życie, nigdy bym nie uwierzyła. Do tej pory przez wszystkie te lata nic takiego się nie wydarzyło, a teraz co chwilę bałam się o własne życie. Wszystko przez Michała. Przez pieniądze. Zastanawiało mnie, czy on kiedykolwiek pomyślał o nas, czy był świadomy, że jego działania będą zagrożeniem dla mnie i dla dzieci. Cieszyłam się, że nie było z nami chłopców, bo gdyby widzieli Sebastiana w akcji, mogłoby to się odbić na ich psychice. Z drugiej jednak strony pewnie zaimponowałby im jeszcze bardziej.

– Jakkolwiek to nie wygląda – odezwał się Marek po długiej chwili prowadzenia samochodu w ciszy – Sebastian wie, co robi. W najgorszym przypadku załatwi ci ochronę. To już któraś próba z kolei, więc bez dwóch zdań…

– Marek? – weszłam mu w słowo.

– Tak? – Posłał mi przelotne spojrzenie.

– Czy tak wygląda praca Sebastiana? On to robi każdego dnia?

– Niee – zaśmiał się, ale mnie to nie bawiło. – Jego codzienna praca jest nudna. Ma masę papierów, jeżdżenia bez celu, szukania dowodów. Przygotowanie materiału dowodowego…

– To dobrze – odetchnęłam z ulgą.

– Są policjanci, którzy przez całe życie nie wyciągną pistoletu z kabury. Ani razu. Czaisz? Jedyne miejsce, gdzie strzelają, to treningi. Teraz jest gęsto, bo sprawa jest duża, ale to się nie zdarza tak często. Zresztą… – urwał na chwilę, a potem dodał: – Sebastian wiedząc, że takie dochodzenia nie zdarzają się często, przekonywał mnie, by wykorzystać sprawę Ivone jako przepustkę do głównej, gdzie dużo więcej się dzieje.

– Sebastian się przenosi? – zapytałam zszokowana.

– Niee… – Ponownie przeciągnął to słowo. – Namawiał mnie do tego, ale odpuścił.

Marek zaparkował na podjeździe u Sebastiana. Poczekał, aż wysiądę i przeszedł ze mną do domu. Tam usiadł przy stole, a ja zaproponowałam herbatę.

– Nie bój się o niego – powiedział po długiej ciszy. – On jest genialny w tym, co robi.

SEBASTIAN

Kwitnąłem pod barem, czekając na umówioną godzinę. W pewnym momencie musiałem iść się odlać. Rozważałem możliwość sikania na parkingu, ale biorąc pod uwagę, że godzina była zbyt wczesna na pijackie szczanie na koło, wysiadłem, by skorzystać z łazienki w tej spelunie. Kibel wyglądał tak, jakby ktoś w nim zabił kilka osób. Obdrapane ściany, dziwne plamy, a w pisuarze stała żółta woda z różowym zabarwieniem. Być może od środka dezynfekującego, a być może ktoś sikał z krwią. Wzdrygnąłem się, uważając, by niczego nie dotknąć. Zerknąłem na zegarek i zakląłem, bo właśnie dochodziła pora mojego spotkania. Wyszedłem z kibla i już miałem podejść do baru, gdy nagle się zatrzymałem. Stanąłem jak wryty. Widząc jego postać, poczułem się tak, jakby ktoś wyrwał mi wtyczkę z serca. Odpychałem od siebie myśli, nie chciałem wierzyć, ale jego zachowanie mówiło samo za siebie. Na głowie miał kaptur, starając się zamaskować, a na dodatek rozglądał się nerwowo. Nie potrafił grać twardziela, co zdradzało, że nie miał pojęcia, co robi. Siedział do mnie tyłem, ale ja nie miałem wątpliwości. Wszędzie bym go poznał. Wziąłem głęboki oddech i podszedłem do stolika, który zajął.

– Wolne? – zapytałem.

– Hej – rzucił i podniósł na mnie wzrok. – Co ty tu robisz?!

Rozejrzał się dookoła. Widziałem w jego oczach strach. Przerażenie. Jakbym przyłapał go na czymś niedozwolonym. Jeszcze nie wiedział, że to na mnie czeka.

– Mógłbym zadać ci to samo pytanie. Kiedy ostatni raz wyszliśmy na piwo? Ja stawiam! – krzyknąłem ochoczo, choć żarło mnie od środka.

– Eee – zająknął się. – Słuchaj, nie mam czasu…

– Masz się spotkać z koksem, któremu zleciłeś sprzątnięcie Kai?

– To nie tak! – wypalił od razu.

Zerwał się z miejsca.

– Usiądź – poleciłem mu, a on, nie mając innego wyboru, wrócił na miejsce.

– To nie tak! – powtórzył.

– A jak? – Nachyliłem się nad stołem, żeby być bliżej niego. – Wytłumacz mi, bo chcę ci powiedzieć, że gościowi się nie udało. Włamał się do niej, gdy byliśmy razem. W ogóle przewidziałeś, że ona może być ze mną? Czy zapomniałeś o takiej możliwości? Czy też miałeś w dupie to, że gość mógłby i mnie zranić albo nawet zabić?

– On miał ją tylko zastraszyć...

– Słuchaj, Robert, nie tak działa ten świat. Po chuj się w to wtrącasz?

– Ona jest z tobą dla korzyści...

– Kurwa mać! – krzyknąłem. – Dla korzyści to by była z Piotrem. Dał jej mercedesa i obiecywał gruszki na wierzbie. Ja nie mam nic. Czaisz?

– Ale masz władzę, a ona jest zamieszana w sprawy Hoffmana. Sprawdziłem jej komputer, dane, które skasowała. Przymilała się do Piotra, bo jest podłą, interesowną babą, która chciała przez łóżko wyciągnąć od niego informacje! – mówił szybko i nerwowo, walcząc o oddech po każdym zdaniu. – Przejrzałem komputer Michała, śledziłem Piotra rozmowy. Wiesz, że on kazał niszczyć dokumenty księgowe i umowy po śmierci Michała, tak by nikt nie udowodnił mu lewych interesów? Ona jest w to wszystko zamieszana, bo sama ma konto na pokaźną sumę, z przekrętów. Zrozum, że jest z tobą tylko po to, żeby nie pójść siedzieć. Mydli ci oczy.

Pozwoliłem mu dokończyć i złapałem się za głowę, nie mogąc uwierzyć, że mój własny brat wywinął mi taki numer.

– Daj mi telefon – poleciłem, lekceważąc jego długi wywód. – Ten koks cię sypnie. Jesteś tego świadomy? Jest miękki jak cipa. Po tym, jak oberwał ode mnie kilka razy, dał mi wszystko, co chciałem. Wiesz, co ci za to grozi? Wiesz?!

– To nie tak! – powtórzył po raz kolejny. – Ja tylko chciałem, żeby dała ci spokój.

– To ja jej go nie daję – powiedziałem spokojnie. – Słuchaj, ja wiem, że chciałeś dobrze, ale wszystko, co o niej powiedziałeś, jest nieprawdą. Hoffman, owszem, ma swoje za uszami, ale nie ona. Jestem tego pewien i boli mnie, że mi nie ufasz… Ta kobieta jest dla mnie ważna. Jej strata bolałaby mnie ogromnie. Rozumiesz?

– Jesteś ślepy, bo niezła z niej dupa.

– Nie – wszedłem mu w słowo. – Czy ja ci mówię coś na temat pracy u Hoffmana? Wpierdalam się w twoje życie czy pozwalam ci żyć tak, jak chcesz? Nie ty będziesz mi wybierał kobiety.

– Zostawi cię, jak tylko sprawa Hoffmana przycichnie!

– Poczekaj na mnie – rzuciłem.

Poszedłem do baru. Choć brzydziłem się tym miejscem, kupiłem dwa piwa w butelce. Postawiłem jedno przed Robertem i wziąłem głęboki oddech. Nie chciałem nawet wyobrażać sobie, co by było, gdyby ten koks zastał Kaję samą w domu, ani co by było, gdybym kogoś tu wysłał. To, że Robert posunął się do tak haniebnej rzeczy, nigdy nie wyjdzie na jaw. W raporcie napiszę, że nikt nie przyszedł na spotkanie. Zniszczę telefon Roberta, a jego samego przekonam, żeby trzymał język za zębami. Kai powiem, że gościa złapałem i że w końcu może spać spokojnie. Nigdy się nie dowie, że to Robert za tym stał. Ani ona, ani nasza rodzina, ani policja.

Wróciłem do domu bardzo późno. Potrzebowałem dużo czasu, by wytłumaczyć bratu, co jest jego powinnością, a co nie. Wypiliśmy kilka piw, ale to nie alkohol mnie otumanił, tylko fakt, że ktoś tak mi bliski okazał się prawdziwym draniem.

Gdy wszedłem do środka, Kaja wstała. Ruszyła w moim kierunku wpatrzona we mnie i czytająca z mojego spojrzenia. Marek też zerwał się z krzesła. Chwyciłem ją i pocałowałem, zupełnie nie zwracając uwagi na kumpla. Ona z kolei odsunęła się, by mnie obejrzeć. Tak jakby chciała się upewnić, że nic mi się nie stało. Pociągnąłem ją za rękę do stołu. Podziękowałem Markowi, ale jego też zżerała ciekawość o to, co się stało. Wyciągnąłem więc czteropak z lodówki, postawiłem na stole i zaczęliśmy gadać. Zmyśliłem im historyjkę o tym, jak to spotkałem się z gościem, przycisnąłem go i jak potwierdził, że to on rozmawiał z Ivone i że nie było nikogo innego. W tym momencie mojej opowieści Marek, świadomy, kto tak naprawdę był szefem grupy, zmarszczył brwi. Wiedział, że kłamałem, ale się nie odezwał. Obaj zrobiliśmy to dla Kai.

Siedzieliśmy tak dość długo. Z czasem atmosfera się rozluźniła i żartowaliśmy w najlepsze. Marek wypił kilka piw i zapytał, czy mógłby się przespać na kanapie. Trochę było mi to nie na rękę, ale zgodziłem się.

Następnego dnia zabrałem Kaję w końcu na strzelnicę i mimo oporu przekonałem ją do strzelania. Ręce trzęsły się jej jak pijakowi i nie była w stanie nawet trafić w tarczę. Popisywałem się swoimi umiejętnościami, ale jej to nie bawiło. Uważałem, że jak na pierwszy raz i tak poszło nieźle. Nie przedłużałem jej męczarni w moim ulubionym miejscu i zabrałem ją do domu.

Kochaliśmy się praktycznie w każdym dostępnym miejscu w domu. Najmniejszy kontakt, czy to fizyczny, czy wzrokowy, powodował, że zaczynaliśmy się dotykać, co z kolei kończyło się seksem. Zapas gumek topniał błyskawicznie, a ja już na wszelki wypadek nosiłem jakąś przy sobie, żeby nie musieć biegać i szukać.

Dużo też rozmawialiśmy. Dzieliliśmy się opowieściami z lat, kiedy jeszcze się nie znaliśmy. Układaliśmy wydarzenia z życia, porządkując je według dat. Kaja starała się jak najmniej mówić o Michale, a o życiu z nim mówiła dobrze. Nie opisywała swoich uczuć. Relacjonowała tylko wydarzenia tak, jakby to robił ktoś postronny. Starałem się okazać jej tyle czułości, ile tylko umiałem dać. Miałem nadzieję, że to wystarczało.

Od momentu, w którym poprosiła mnie o niewtajemniczanie jej w śledztwo, nie informowałem jej o kolejnych odkryciach. Traktowałem sprawę Michała tak, jakby to było dla niej coś obcego. Odcinałem od niej jak nożem tego dupka i jego poczynania. Piotr też nie pojawiał się w naszych rozmowach. Nie nalegałem już nawet na oddanie samochodu. Pozwoliłem jej zdecydować samodzielnie, co chciałaby zrobić z tym kosztownym podarunkiem.

W niedzielę jej rodzice przywieźli dzieci do mnie. Chłopaki biegali po domu, zaklepując pokoje dla siebie, a jej rodzice przechadzali się jak po muzeum, oglądając z uwagą wnętrza. Czułem się jak na wizji lokalnej, ale nie skomentowałem ich zachowania. Kartonowy obraz Kai wisiał przybity gwoździem do ściany, co Konrad od razu zauważył. Nie pytając o nic, podszedł do niego i oglądał szkic z zainteresowaniem godnym dzieła Matejki. Poświęcił dobrych kilka minut na studiowanie każdej kreski.

Kiedy w końcu oderwał się od dzieła i przeniósł wzrok na Kaję, pokiwał głową z uśmiechem. Ta skromna reakcja nie pasowała mi do tego wcześniejszego naciskania, by jego córka wróciła do malowania. Nie rozumiałem gościa wcale, ale dla upewnienia się zerknąłem na Kaję. Ona też nie pytała, czy mu się podoba, czy nie, nie prosiła o wyrażenie opinii. Widocznie rozumieli się bez słów, bo po chwili przytulił ją ciepło i łamiącym głosem powiedział, że jest najszczęśliwszy na ziemi. Po chwili oderwał się od niej i kierując tym razem swoje słowa do wszystkich, stwierdził, że Bóg dał mu wiedzę i pasję, ale z talentem czekał na jego córkę. Zerknąłem na szkic, nie rozumiejąc, co spowodowało jego reakcję. To byłem tylko ja – na dodatek ledwo żywy. Co takiego on tam dostrzegł?

Ich wizyta przebiegła sprawnie. Odjechali praktycznie w tym samym czasie co Kaja. Dzieciaki były zbyt zmęczone, by zostać dłużej. Wiedziałem też, że Kaję przytłoczyły wrażenia. Była jednak szczęśliwa, o czym marzyłem. Z jej oczu biła radość i za każdym razem kiedy nasze spojrzenia się spotkały, uśmiechała się do mnie zalotnie.

W poniedziałek jak zawsze zacząłem od siłowni. W myślach układałem sobie przebieg rozmowy z Malinowskim: to, jak poproszę o wznowienie sprawy, o nakazy i o przekazanie samobójstw komuś innemu. Wydawało mi się, że jestem dobrze przygotowany, ale kiedy miałem okazję spotkać go osobiście, zaskoczył mnie opalenizną i nietypowym dla siebie szerokim uśmiechem. Moja starannie zaplanowana rozmowa rozpadła się na kawałki. Miałem pustkę w głowie.

– Nieplanowane wakacje? – zagadałem lekko, czując ukryty powód jego wyjazdu.

– Tak. – Wyciągnął się wygodnie na krześle. – Prezent.

– To ja też poproszę o prezent – rzuciłem żartobliwie, a on uśmiechnął się dość życzliwie.

– Wal, Mauer, nie mam czasu na oglądanie twojej gęby przez pół dnia.

Podałem mu raport z przesłuchania tamtej dziewczyny, streszczając moje odkrycia, po czym poprosiłem o ponowne otwarcie śledztwa.

– Nie.

Konkretna odpowiedź Malinowskiego zupełnie mnie zaskoczyła. Byłem pewien, że go zainteresowałem, bo wysłuchał mnie do końca i nie przerywał, co było dla niego nietypowe. Czemu mi zatem odmówił? I to tak szybko?

– Nie? – dopytywałem. – A dlaczego nie?

– Dlatego, że nie! Bo ja tak powiedziałem.

W sekundę zmienił się w tyrana. Znałem go z tej strony i nie robiło to na mnie wrażenia. Widziałem, że żyłka pulsuje mu na czole, co zwykle świadczyło o tym, że facet ostro się wkurzył.

– Mamy dowody...

– Czego ty, kurwa, nie rozumiesz?! – wrzeszczał na mnie, nie podnosząc się z miejsca. – Śledztwo jest zamknięte. Zostałeś odsunięty od sprawy już jakiś czas temu. Czemu węszysz?!

– Ale tu mowa o prężnie rozwijającym się seksbiznesie. – Nie poddawałem się.

– Jesteś taki sam jak oni. Chodzisz na prawo i lewo, a teraz nagle zgrywasz takiego świętego?

– Nie jestem taki sam, nie płacę za seks.

– Pieprzysz wszystko, co się samo rozkraczy, też mi różnica – rzucił ironicznie.

Jego słowa powodowały we mnie złość, ale jeden z nas musiał panować nad sobą, bo dwóch furiatów w takim małym pomieszczeniu nie wróżyło nic dobrego.

– Co się stało? – Spojrzałem na niego, analizując jego postawę, i odważnie zapytałem: – Od kiedy jesteś po ich stronie?

– Kto ci pozwolił tak do mnie mówić?! – Zerwał się na równe nogi i walnął obiema pięściami w stół.

W tym momencie połączyłem fakty. Dlaczego z takim zacięciem odmawiał mi, jak to on określił, węszenia, czemu nie zależało mu na tym, by seksbiznes wyszedł na jaw.

– Rozumiem, byłeś na tej imprezie dla policji, o której ona opowiadała, i jak widzę, bardzo ci się spodobało. To była łapówka czy rzucony ochłap, żebyś zajął się mlaskaniem i przestał szczekać?

Malinowski wypuścił się do mnie biegiem. Złapał mnie za koszulę tuż pod szyją. Uderzył moimi plecami i głową o ścianę, ale ja się nie broniłem. Pozwoliłem mu na ten atak furii. Wiedziałem, że gdybym tylko chciał, załatwiłbym go bez dwóch zdań. Był starym, opasłym i niedołężnym dziadkiem. Chciałem jednak poznać powód tej reakcji i tego wzburzenia. Wróciłem do słów ojca, który uprzedzał, że nie da się dopaść Hoffmana.

– Wakacje to też prezent od niego? – Dolałem oliwy do ognia, a on ponownie uderzył mną o ścianę.

Jego oczy i wyraz twarzy potwierdzały, że się nie pomyliłem. Zaciskał pięści na mojej koszuli, podciągając ją pod moją brodę. W końcu pękł.

– Jeszcze jedno słowo, skurwysynu, a wylecisz z tego wydziału.

Uśmiechnąłem się i pokiwałem głową. Tylko tyle miał do powiedzenia. Puścił mnie i zaczął prostować na sobie koszulę. Tak jakby dotarło do niego, że posunął się za daleko.

– Sprawa zamknięta, możesz odejść.

Bez słowa skierowałem się do drzwi. Malinowski ciężko usiadł w fotelu i typowym już dla siebie tonem dorzucił, zanim wyszedłem:

– Powinieneś się cieszyć, że pozwolił ci zgarnąć tę dupę dla siebie.

Wyszedłem bez spoglądania na niego. Spakowałem wszystkie dokumenty dotyczące sprawy Michała i odesłałem je do archiwum.

Później Marek przyszedł zapytać, o co poszło z szefem, więc mu z grubsza opowiedziałem, do czego doszedłem i czego nasz szef nie zamierzał wyciągnąć na światło dzienne. Marek obojętnym tonem stwierdził, że policja od zawsze była sprzedajna. Nie mógł jednak uwierzyć, że nasz szef też miał cenę – i to wcale nie taką wysoką. Obaj zastanawialiśmy się, co z tym zrobić. Jeśli on bronił Hoffmana, to pewnie ci wyżej też nie przyskrzynią mu dupy. Marek w odpowiedzi poprosił, żebym przeczytał najnowsze doniesienia odnośnie do audytu w firmie Piotra. Według raportu niespójności znaleziono w sposobie zapisywania godzin pracy, a nie w wykorzystaniu pracowników, jak to prasa kłamliwie rozdmuchała. Piotr zwołał konferencję, podczas której ogłosił projekt nowego systemu kart zbliżeniowych mających rejestrować ruch pracowników w biurze. Przyznał, że na własnej skórze doświadczyli, jak potrzebny jest taki system, i że gotowi są podzielić się nim z każdą firmą, której pracownicy rozpoczynają pracę w różnych widełkach czasowych. Stał uśmiechnięty i pewny siebie, że po raz kolejny wyszedł cało, mimo że już tkwił po uszy w gównie. Po jego wypowiedzi notowania firmy wróciły do wysokiego stanu sprzed audytu, a nawet pobiły dotychczasowe rekordy. W sumie prawie dwutygodniowy audyt nie przyniósł żadnych niepokojących informacji o firmie, a skoro nawet urząd skarbowy potwierdzał wiarygodność, warto było w taką firmę inwestować.

Przeglądałem wszystkie portale informacyjne i myślałem tylko o tym, że nie ma na tym świecie sprawiedliwości. Pieniądze załatwiały wszystko, a każde, nawet poważne przestępstwo, zamiatano pod dywan.

Po pracy pojechałem, nietypowo dla siebie, na siłownię. Wyżyłem się na maszynach. Nie mogłem podzielić się z Kają wydarzeniami z tego dnia, więc musiałem je przetrawić po swojemu. Biegłem na największej prędkości, jaką było w stanie osiągnąć moje ciało. Następnie dałem sobie w kość na ciężarach. Głośna muzyka rockowa dudniła mi w uszach. Przestałem dopiero wtedy, gdy zmęczenie fizycznie dało o sobie znać. Choć nadal gryzłem się w środku, dzięki wysiłkowi pozbyłem się złości.

W drodze do Kai zadzwoniłem do ojca, by przyznać mu rację. Pocieszał mnie i zapewniał, że jestem wybitnym detektywem. Kazał mi nie tracić zapału i wykonywać moją pracę nadal z taką samą pasją, jaką miałem do tej pory. Pomyślałem, że to będzie trudne po tym, jak wszystkie wartości, w które wierzyłem, poszły się pieprzyć.

KAJA

Sebastian nie mógł wziąć dnia wolnego, bo między nim a szefem doszło do sprzeczki i teraz duma mu nie pozwalała poprosić go o przysługę. Nie wtrącałam się w jego decyzje, choć byłam zawiedziona, że ze wszystkim przyjdzie mi się uporać samej. Jedyna pomoc, na jaką mogłam liczyć, to rodzice – obiecali odebrać dzieci zaraz po szkole i zabrać chłopców do siebie. Choć moi synowie upierali się, że chcą zobaczyć przeprowadzkę, nie mogłam sobie pozwolić na to, by dwóch maluchów kręciło nam się pod nogami. Blisko południa mama zadzwoniła i poinformowała mnie, że zwolnili chłopaków z ostatniej lekcji. Chcieli uniknąć piątkowych wyjazdowych korków. Podziękowałam im za pomoc. W zasadzie to było jedyne, co poszło w miarę sprawnie.

W moim mieszkaniu było czterech mężczyzn i każdy z nich pakował inny pokój, co chwilę wzywając mnie, żebym potwierdziła, co powinno być umieszczone w danym kartonie. Nie sądziłam, że tempo będzie takie zawrotne. Jeden z nich zapakował do pudła moją torebkę, której używałam na co dzień, i zakleił je. Potem dzwoniliśmy na mój numer telefonu, by ją odnaleźć. W rezultacie wyciągnęłam koc z rzeczami, których mieli nie dotykać. Przez resztę dnia biegałam pomiędzy pokojami, odpowiadając na pytania o poszczególne przedmioty.

Zanim wyjechaliśmy do Sebastiana, a raczej do mojego nowego domu, zamówiłam pizzę. Według mnie było na niej coś nieświeżego, ale pracownicy zajadali się ze smakiem. Burczało mi w brzuchu, ale wolałam być głodna, niż mieć potem problemy żołądkowe. Nie mogłam sobie teraz pozwolić na najmniejszą niedyspozycję.

Po dojechaniu na miejsce panowie nie mogli wjechać dużym samochodem na podjazd, bo rosnące tuż obok drzewo uniemożliwiało zaparkowanie wozu przeprowadzkowego. Panowie przeklinali ile wlezie i proponowali nawet ścięcie gałęzi, ale nie było to możliwe. Musieli nosić więc wszystkie meble z samochodu zaparkowanego na ulicy. Dwóch rozładowywało samochód, a dwóch pozostałych wnosiło meble do środka. W tym czasie układali dla mnie kartony na wózku, który pchałam przez podjazd do środka. Wszystko szło naprawdę sprawnie. Dokuczało nam jedynie ciepło, ale tempo nie zmieniało się nawet na chwilę. W domu rzeczy zawalały drogę i stopniowo pozostawały nam do poruszania się jedynie ścieżki. Duże meble trafiały od razu pod ściany, zaś kartony i małe przedmioty walały się pod nogami. Rozpakowanie tego będzie bardziej uciążliwe niż pakowanie. To pewne.

Usłyszałam wołanie z pytaniem, gdzie postawić telewizor. Zbiegłam na dół i ostatnie, co zapamiętałam, to uczucie zimna na ciele.

Mijaliśmy się z szefem bez słowa. Nic nie było w stanie zmienić obecnej atmosfery w pracy ani przywrócić poprzedniej. Wiedziałem o Malinowskim zbyt dużo, czego on był w pełni świadomy. Jako szef, jako przykład, którym bez wątpienia powinien dla nas być, dał ciała na całej linii. Był jednak zbyt ograniczony, by wyciągnąć z tego jakieś wnioski. Szedł w zaparte dumny z siebie, że w końcu spadł mu jakiś ochłap. Rozdmuchiwał sprawę Ivone do granic możliwości, odwracając jednocześnie uwagę od Piotra. Mogłem go pociągnąć na dno, mogłem udać się ze swoimi odkryciami wyżej, ale poza usunięciem go ze służby nie zdziałałbym nic, bo pewnie macki Hoffmana sięgały na tyle daleko, że zwaliłby winę na Malinowskiego, a sam po raz kolejny wyszedłby bez szwanku.
Z każdą upływającą minutą żałowałem, że jednak nie poprosiłem o urlop. Przebywanie tutaj dokuczało mi potwornie. Wprawdzie Kaja zapewniła, że idzie sprawniej, niż przypuszczała, ale mimo wszystko nie podobało mi się, że ona tam ciężko pracuje, podczas gdy ja siedzę w biurze i czytam po raz enty listy pożegnalne znudzonych dzieciaków, które chciały skupić na sobie uwagę, co w zasadzie im się udało, ale dopiero po zbiorowym samobójstwie. Miałem na dzisiaj umówioną wizytę w kościele i rozmowę z księdzem, ale w ogóle nie chciało mi się ruszyć z miejsca. Nie mogłem tego jednak przełożyć. Ta rozmowa według rodziców miała dużo wnieść do sprawy z racji jakichś okultystycznych znaków na miejscu zdarzenia i metafor zawartych w listach.

Ksiądz przyjął mnie z nieskrywaną niechęcią. Najpierw narzekał na młodzież, która odwraca się od Boga, a potem podawał nas, dorosłych, jako winnych tego zjawiska. Był o krok od zapytania mnie, czy wierzę w Boga i czy chodzę do kościoła. Normalnie bym go przyciskał, ale brakowało mi weny i oddałem mu pałeczkę. Gdy w końcu zerknął na listy i zdjęcia, japa mu się nie zamykała. Nawijał niczym specjalista o tym, skąd wywodzi się dany znak. Moim zdaniem umieścili je przypadkowo. Znaleźli w internecie, skopiowali i mieli nadzieję, że ludzie będą rwać włosy z głowy, by to zrozumieć.

Po wizycie u księdza postanowiłem pojechać do Kai. Jej mieszkanie było już zamknięte, wróciłem więc do biura i spisałem wszystko, co usłyszałem od księdza. Następnie szukałem informacji i potwierdzenia znaków w internecie.

Skończyłem pracę tuż przed szóstą. Pojechałem do domu szybciej niż zwykle. Podjazd był pusty, ale założyłem, że Kaja przyjechała z ekipą ich samochodem. Drzwi jednak zastałem zamknięte na klucz. Wszedłem do środka i pierwsze, co zobaczyłem, to mój dom przywalony kupą rzeczy. Nie widać było ani ścian, ani podłogi. Prześwit w postaci wąskiej ścieżki prowadził do schodów na górę. Pokonałem je w susach, chcąc zrobić jej niespodziankę, ale wszystkie pokoje stały puste. Zadzwoniłem do niej, ale nie odpowiadała. Wsiadłem w samochód i ruszyłem do jej mieszkania w nadziei, że może miała jakiś cel, żeby tam wrócić. Nikogo jednak nie zastałem. Nie rozumiałem, co się mogło wydarzyć. Zadzwoniłem do firmy i poprosiłem o podanie numeru do jej matki. Zapamiętałem cyfry i po rozłączeniu się od razu wybrałem jej numer. Bez powodzenia. Nie odebrała. Przekląłem na głos, kiedy uzmysłowiłem sobie, że nie poprosiłem o podanie numeru do ojca. Wiedziałem, że nie byłbym w stanie zapamiętać obu szeregu cyfr, ale mógłbym je gdzieś zapisać. Zamknąłem za sobą drzwi i pobiegłem do samochodu. Przyszło mi na myśl, że z jakiegoś powodu Kaja musiała pojechać do rodziców. Może dzieci jej potrzebowały albo była zbyt zmęczona, żeby zająć się rozpakowaniem kartonów. Odsuwałem od siebie myśl, że była na mnie zła o to, że ją z tym wszystkim zostawiłem. Po raz kolejny żałowałem, że nie zgłosiłem urlopu.

Usiadłem w jeepie gotowy do trasy. Zanim jednak odpaliłem silnik, stwierdziłem, że Kaja wzięłaby samochód, gdyby miała jechać do matki. Wróciłem więc do bloku, potem do windy i zjechałem na dół do garażu. Mercedes stał zaparkowany na jej miejscu, więc nie było opcji, że pojechała do domu. Kiedy wybiegłem z garażu, mój telefon zaraportował nieudaną próbę połączenia. Oddzwoniłem, wsiadając do jeepa. To była jej matka.

– Coś się stało? – zapytałem zdenerwowany.

– Nie wiem dokładnie. – Matka ściszyła głos: – Kaja jest w szpitalu.

– Co się stało?! – wykrzyczałem pytanie, nie kontrolując samego siebie.

– Zasłabła, a ekipa nie mogła jej obudzić, więc wezwali karetkę.

– Kurwa mać! – zakląłem na głos. – Który szpital?

– Nie dostaniesz się tam, bo nie jesteś z rodziny – zauważyła słusznie. – Ale Konrad jest w drodze, więc powiem mu, żeby się z tobą spotkał.

Kiedy podała mi adres, dołączyłem z piskiem opon do ruchu. Piątkowy korek był nie do zniesienia. Co ja bym teraz dał za koguta na dachu, żeby minąć te wszystkie samochody ustawione w ciągnącą się kilometrami gąsienicę. Czułem się winny. Potwornie winny.

Zanim dojechałem do szpitala, zadzwonił mój telefon. Odebrałem pospiesznie, sądząc, że to jakieś nowe doniesienia w sprawie Kai. Ku swojemu zaskoczeniu usłyszałem szefa.

– Przyjedź do biura – polecił szorstko bez witania się ze mną.

– Nie mogę – odpowiedziałem od razu. – Mam pilną sprawę.

– Mnie gówno obchodzi twoja pilna sprawa. Jak nie przyjedziesz, pożałujesz.

– Szefie – zwróciłem się do niego łagodnie, mimo że wkurwił mnie swoimi żądaniami. Zawsze tak miał, że to, co on chciał, było najważniejsze, a my jak służący powinniśmy rzucać wszystko na jego rozkaz. – Teraz nie mogę. Mam rodzinę w szpitalu. Nagły przypadek.

– No jak w szpitalu, to pomoc już mają – zakpił ze mnie.

– Co jest takiego pilnego, że mam wszystko rzucić? Chodzi o Hoffmana?

Przez moment pomyślałem, że nastąpił jakiś przełom. Coś, co go w końcu pogrzebie.

– Po części tak – prychnął w słuchawkę.

– To niech szef mówi, bo ja mam jeszcze chwilę, żeby dojechać na miejsce. O co chodzi? Jakieś zmiany? Coś nowego? Ruszy proces? – dociekałem.

– Nie, nic nie ruszy – wysyczał. – Ciebie ruszą.

– Słucham?

– Wiedziałem, że też masz coś na sumieniu. Każdy ma. – Podkreślił te dwa słowa, a potem je jeszcze raz powtórzył: – Każdy jeden. Wparowałeś do mnie do gabinetu jak święty, rzucając mi w gębę moje grzechy. Wziąłem sobie za cel wygrzebać na wierzch twoje.

– Nic na mnie nie masz. – Przeszedłem do zwracania się do niego per ty.

Dziwiło mnie, że policjant, ba, komendant ucieka się do takich sztuczek, żeby tylko ochronić swój tyłek. Musiał się przestraszyć. Stwierdzić, że stanowię dla niego zagrożenie po tym, jak dowiodłem, jakim okazał się niekompetentnym pacanem. Jak za pieniądze wymazał z pamięci przysięgę wypełniania służby. Jak przymknął oko na poczynania Hoffmana.

– A właśnie, że mam – pochwalił się z radością w głosie. – Ja wiedziałem, że trzeba cię sprawdzić. Pamiętasz, jak poszedłeś na spotkanie z podejrzanym? Ze zleceniodawcą drugiego napadu na tę Kaję? Jak napisałeś, że się nie pojawił? – grzmiał do słuchawki. – Znalazłem świadków, ludzie cię widzieli. Mam ich zeznania nagrane telefonem. Mam też zdjęcie twojej rodziny do pokazania temu łebkowi, żeby potwierdził, kto go wynajął. To tylko kwestia jednego telefonu…

Przygniótł mnie ciężar jego słów. Doskonale wiedziałem, do czego zmierza. Wiedział już o Robercie. O tym, jak zatuszowałem jego pochopną decyzję. Darowałem bratu, dając mu szansę na normalne życie, ale nigdy bym nie przypuszczał, że obróci się to przeciwko mnie.

– Zniszczyłeś kartę z telefonu, wypełniłeś fałszywie raport i zatailes udział braciszka – wymienił obojętnym tonem. – Taki z ciebie praworządny detektyw. Taki szlachetny chłop, co to go jedna impreza ubodła, jego poczucie wartości…

– Do czego zmierzasz? – Przerwałem mu, nie mogąc dłużej tego słuchać.

Mógłbym zaprzeczać, ale nie miało to sensu. Zbyt dużo wiedział, by blefować. Naprawdę mnie sprawdził.

– Tak łatwo mnie rozliczyłeś – przypomniał mi. – Więc teraz czas na ciebie. Teraz ty jesteś przyparty do muru – zaśmiał się zadowolony z siebie. – No więc, mój drogi, masz dwa wyjścia: albo cię zaraportuję, odpowiesz za utrudnianie śledztwa, pomaganie przestępcy i fałszywe zeznania…

– Albo? – zapytałem zainteresowany, czego ode mnie naprawdę chce.

– Jeśli nie chcesz oddać odznaki, rezygnujesz z dupy i przenosisz się gdzie indziej.

– Co?! – krzyknąłem do słuchawki. – Co to, kurwa, za warunek?!

– Nie drzyj się na mnie, skurwysynu jeden! Decyduj.

– Przeniosę się – powiedziałem pewnie.

– To nie wszystko.

– Chyba żartujesz! Co ma do tego Kaja?

– To, że powiedziała Hoffmanowi, że jak nie wypali z policjantem, to wróci do biznesmena.

– Ja pierdolę! – Walnąłem w kierownicę i zjechałem na pobocze.

Byłem zbyt wściekły, by jechać dalej. Walczyłem ze sobą, żeby czegoś nie rozwalić. On nadal musiał gadać z Hoffmanem. Musieli nawet teraz spiskować, klepiąc się nawzajem po plecach. Ojciec miał rację. Byłem głupi, sądząc, że depczę im po piętach. Ostrzegał mnie, że jeśli nie przestanę, wsadzą mnie na minę. Teraz musiałem wybierać między wolnością swojego najmłodszego brata, który dopiero co zaczął życie i popełnił jeden głupi błąd, a kobietą, która sprawiła, że moje życie nabrało sensu. Do tego jeszcze dochodziła moja kariera. Lata poświęcone pracy poszłyby na marne. Straciłbym to, na co tyle czasu harowałem.

– Co, chuju – odezwał się po chwili – myślałeś, że tak system rozgryzłeś, że możesz wparować do mojego gabinetu i w twarz rzucać mi oskarżenia? Nauczka dla ciebie na całe życie… Znasz ten tekst z Biblii: *Kto jest bez winy, niech pierwszy rzuci kamień*? Mimo że masz o sobie nie wiadomo jakie mniemanie, jesteś, kurwa, taki sam.

– Zróbmy tak – opanowałem się na tyle, by móc z nim rzeczowo rozmawiać – przeniosę się, mogę nawet zrezygnować ze służby, żebyś miał satysfakcję, że wygrałeś, i jesteśmy kwita.

– Nie, kwita to będziemy, jak twój jebnięty braciszek pójdzie siedzieć, a ty stracisz odznakę, albo jak odprawisz babę. Wybieraj. Rodzina albo dupa.

Zanim zdążyłem się odezwać, rozłączył się. Ponownie walnąłem w kierownicę. Sam byłem sobie winien, bo wydawało mi się, że wpadka Roberta nie będzie miała wpływu na moje życie. Nie przyszło mi do głowy, że szefa tak bardzo ubodzie to, co odkryłem, co mu powiedziałem prosto w twarz. Wcale nie byłem od niego lepszy. Owszem, posunąłem się do działania wbrew prawu, bo chciałem chronić Roberta. On zamknął sprawę, bo mu Hoffman posmarował. Różnica ogromna. Tyle że mnie łatwo udowodnią winę, bo zbyt nieuważnie to załatwiłem, a szef zawsze będzie mógł się wyprzeć jakichkolwiek powiązań z Piotrem. Trzymał mnie w szachu. Jeśli wybiorę Kaję, Robert pójdzie siedzieć, a ja stracę odznakę. To będzie koniec mojej służby. Złapałem się za głowę, nie wiedząc, co zrobić. Co wybrać. Nie mogłem jednak dłużej zwlekać. Włączyłem się do ruchu.

Wbiegłem przez drzwi szpitala, uzmysławiając sobie, że nie mam numeru do Konrada. Wymyśliłem, że jeśli go nie znajdę, wyciągnę legitymację policyjną i dowiem się czegoś, korzystając z przywileju, jaki mi dawała. Rozglądałem się po wielkim przedsionku szpitala, gdzie ludzie kręcili się we wszystkich możliwych kierunkach. Było tłoczno jak na targu. Konrad dostrzegł mnie pierwszy. Zerwał się z ławki oczekujących i wpadł na mnie.

– Wszystko okej – zapewnił, zanim zdążyłem zapytać. – Przywieźli ją jakieś półtorej godziny temu. Sanitariusze z karetki nalegali, żeby ją zabrać, bo to było zasłabnięcie z utratą przytomności.

Złapałem się za głowę przytłoczony wyrzutami sumienia. To ja nie chciałem iść do Malinowskiego po łaskę, a ona pracowała ponad siły.

– Nikt jej nie złapał, walnęła w podłogę tak, jak stała – relacjonował Konrad.

– Gdzie ona teraz jest?

– Na trzecim piętrze, na obserwacji. Zrobili jej tomografię, bo nie wiedzieli, czy straciła przytomność od zasłabnięcia, czy od uderzenia głową w podłogę.

Nie tracąc czasu, przemierzaliśmy korytarze w milczeniu. Konrad pewnie też mnie obwiniał, co w zasadzie w ogóle mnie nie dziwiło. Czułem, że powinienem coś powiedzieć, wytłumaczyć się jakoś.

– Mogłem wziąć wolne – usprawiedliwiałem się. – Tylko byłem zbyt dumny, żeby poprosić szefa o łaskę.

Nikt nie wiedział, za wyjątkiem kumpli w pracy, co się wczoraj stało. Byłem pewien, że w jego oczach wyglądałem na pracoholika, który wolał tkwić w pracy, niż pomóc jego córce z przeprowadzką.

Konrad zatrzymał się i położył mi rękę na ramieniu.

– Nie obwiniaj się, ta dziewczyna jest tak uparta, że nie przekonałbyś jej do tego, żeby zaczekała. Poza tym ja też mogłem przyjechać, a zostałem z Ewą i dziećmi w domu.

Rozumieliśmy się nawzajem. Żaden z nas nie przypuszczał, że tak się to skończy. Drżałem z obawy, że to może być coś poważnego. W sumie takie omdlenie to nietypowa sprawa. Sięgałem w pamięci do objawów chorób i pasowały mi wszystkie, które kończyły się tragicznie. Nie wyobrażałem sobie, żeby Kai miało się coś teraz stać. Po raz pierwszy moje życie miało sens. Odpędzałem od siebie złe myśli i zacząłem składać w głowie różne obietnice, błagając, żeby tylko nic jej nie było.

Na drzwiach jednego z pokoi znaleźliśmy nazwisko. Weszliśmy do środka. To było małe pomieszczenie, ale dość przytulne. Przede wszystkim jasne, niesprawiające wrażenia pudełka po butach. Od wejścia zobaczyłem, że śpi, ale mimo wszystko podszedłem do niej. Konrad został przy drzwiach, a po chwili dołączył do mnie i szturchając mnie w ramię, pokazał na drzwi. Kiedy wyszliśmy na korytarz, patrzyłem na niego, wyczekując powodu, dla którego wywołał mnie na zewnątrz.

– Może dajmy jej trochę czasu na odpoczynek – stwierdził.

– Ale ja nie zamierzałem jej budzić.

– Mogłaby cię usłyszeć, jak podchodzisz.

Pomyślałem, że facet nie ma pojęcia, jak twardo śpi jego córka. Obudzenie jej krzątaniem się po pokoju graniczyło praktycznie z cudem. Nie dzieliłem się z nim jednak tymi spostrzeżeniami. Przytaknąłem mu jedynie i ni to pytając, ni stwierdzając, zaoferowałem, że posiedzę obok jej łóżka, w fotelu. Konradowi nie podobało się, że chciałem tam ponownie wejść. Szybko zaproponował, żebyśmy porozmawiali na korytarzu. Jednakże żaden z nas nie miał dobrego tematu, więc zapadła cisza. Przeszły dwie pielęgniarki. Zauważyły nas siedzących pod salą, więc zainteresowały się naszą obecnością. Zależało im na potwierdzeniu naszej tożsamości i stopnia pokrewieństwa z pacjentką. Nie chciały przypadkowych ludzi w szpitalu. Rozumiałem ich punkt widzenia. Konrad przedstawił siebie jako ojca Kai, a mnie jako zięcia. Nie zaprzeczałem. Nie komplikowaliśmy tego. Pielęgniarki dały nam spokój, a po chwili przyszła do nas lekarka. Ona także zweryfikowała, kim jesteśmy dla jej pacjentki. Wytłumaczyła, że obowiązuje ją przekazywanie informacji tylko najbliższej rodzinie.

– Tomografia nie wykazała żadnych zmian. – Kartkowała swoje raporty, po czym zerknęła na mnie. – Żona była odwodniona i nic chyba nie jadła od rana, a powinna.

– Tak, powinna – powtórzył za nią Konrad.

– Poza tym wszystkie inne badania nie wykazują żadnych nieprawidłowości, no za wyjątkiem podwyższonej beta hCG, ale to nie jest nieprawidłowość. Podaliśmy jej płyny i to wszystko, co możemy zrobić. Jak się małżonka obudzi, wypis będzie już gotowy i będzie mogła wyjść do domu.

Uśmiechnęła się do nas szeroko.

– A ta beta za co jest odpowiedzialna? – zapytał troskliwie Konrad.

– Za ciążę, proszę pana – wyjaśniła, a potem zwróciła się do mnie: – Gratuluję.

Odeszła, zostawiając nas obu w oszołomieniu. Konrad zerknął na mnie, a ja na niego. Po chwili wyciągnął rękę i też mi pogratulował. Przytulił mnie po męsku.

– Witaj w rodzinie, synu.

Powinienem się cieszyć, skakać z radości, tymczasem jedyne, o czym myślałem, to kto na tym ucierpi.

OD AUTORA

Za każdym razem gdy widziałam te teksty w książkach, śmiałam się, że pisarze muszą być strasznymi wrzodami na tyłkach tych, z którymi współpracują, a te podziękowania służą jedynie oczyszczeniu ich własnych sumień.

Dzisiaj, po wydaniu trzeciej książki, wiem już, że powyższe przypuszczenie jest prawdziwe, a każda z osób, która w jakiejkolwiek mierze przyczyniła się wydania książki, zasługuje na wyróżnienie.

W pierwszej kolejności chciałabym podziękować Magdalenie Siczek-Zalewskiej, która bez narzekania na moją niewiedzę tłumaczyła mi struktury policji i funkcjonowanie wydziału kryminalnego. Jestem jej wdzięczna za to, że wisiała ze mną na telefonie i wymyślała, jak by tu nagiąć rzeczywistość i prawo tak, żeby pasowało do fabuły, bo wiadomo, że czasem rzeczywistość jest mniej atrakcyjna. Żadne przeszukiwania Internetu, żadne materiały nie pomagają tak, jak realna osoba, która odpowiada na pytania. Madziu, ogromnie dziękuję!

Druga w kolejności jest Katarzyna Wróbel. W przypadku Kasi powinnam napisać referat, za co jestem jej wdzięczna. Przede wszystkim za cierpliwość, zrozumienie, pomoc i fachowość. Coś, co wcale nie jest tak łatwo osiągalne, a o czym również przekonałam się na mojej drodze pisarskiej. Trafić na właściwych ludzi, to jak znaleźć żyłę złota. Kasia jest takim moim skarbem.

Dziękuję Łukaszowi Różyńskiemu, który łamie i składa moje teksty oraz dba o to, by wszystko było na właściwym miejscu. Łukasz pewnie niejeden raz miał mnie szczerze dość, a widząc wiadomość ode mnie, uciekał od komputera. Wytrwał i nadal ze mną współpracuje! Należą mu się za to szczególne wyrazy uznania!

Na specjalne wyróżnienie zasługuje też Mikołaj Gośliński. Jego pomoc, wsparcie i dobre słowo zawsze wywołują uśmiech na mojej twarzy. Nigdy nie sądziłam, że ktoś, kto nie jest ze mną połączony więzami krwi, będzie mi tak kibicował. Dziękuję z całego serca! Doceniam każdą Twoją pomoc!

Na koniec chciałabym podziękować najbliższym, bo to oni muszą znosić mnie na co dzień. Swojemu mężowi, Jakubowi Wójciakowi – bez niego nic nie byłoby możliwe. Dziękuję za czytanie moich tekstów i przedstawianie mi męskiego punktu widzenia, za cierpliwość, zrozumienie, miłość i wsparcie, a także za płacenie rachunków. Moim dzieciom, Julkowi i Jasiowi, którzy są moją największą przygodą, a zarazem lekcją życia. To dzięki Wam jestem, kim jestem.

Korekta: Katarzyna Wróbel
Projekt okładki: Karolina Wójciak
Skład i korekta techniczna: Łukasz Różyński

ISBN 978-83-948013-4-2